古典文学にみる

女性の生き方事典

西沢正史編

国書刊行会

発刊にあたって

日本の古典文学は、千五百年以上にわたる豊穣な歴史を有している。しかし残念ながら、古典文学にアレルギーをもつ人びとが、若者を中心としてけっして少なくない。それは、主として高校や大学の古典教育が、文法と解釈に重点がおかれていることに起因する。

そもそも古典文学は、文法や解釈ばかりに終始するようなものではなく、時代を越えて人間の琴線《きんせん》にふれるような読み方（鑑賞）にもっともっと重きをおくべきものである。その場合、古典文学は、それぞれの時代の深層部と深くかかわりあいながら、さまざまな人間像を多面的に描いているという点で、近代文学にも劣らない広がりと含蓄をもって読者に迫ってくるはずである。

ある人が、〝古典文学はスルメイカのようで、噛《か》めば噛むほど味が出てくる〟と、実にうまいことを言っているが、歴史という長い時間に洗われ磨かれ、多くの読者・聴衆・観客によって滋養が与えられ、時間の流れが欠落させてしまった人間の豊かさを、見事に描きだしているといってよい。

とりわけ、古典のなかに描かれた「女性の人生」は、男性にもまして波乱に富んでいて、とても興味深いものである。

いつの時代でも、男性の人生がやや定型的になりやすいのに比べて、女性の人生は少なからず起伏に富んでいる。そうした多彩な「女性の人生」を描きだしているという点で、古典文学はまさにその宝庫といえよう。

本事典は、日本の古代から近世にいたるまでの古典文学のなかから多様な女性像を広く取りあげ、現代につながる「女性の生き方」という新しい視点をさぐることを企図して編まれたものである。

取りあげた八〇名の人物の各項目において、基礎的・一般的・文献的な知識を示すとともに、〔現代に生きる女性〕の項目において現代の社会や人間の課題を顕在させている「女性の生き方」にかかわるさまざまな問題点を提示したつもりである。

いろいろな読み方がなされてこそ、古典文学の新しい可能性が生まれてくるものと信ずるが、多くの研究者に執筆の労を取っていただき、本事典を上梓することができた。企画者・編者として、こころから慶びとするところである。

まったく新たな試みゆえ、読者諸氏に、ぜひ忌憚のないご叱正・ご批判を賜わりたい。

なお、本事典の刊行については、国書刊行会社長佐藤今朝夫氏をはじめ、編集部の方々にたいへんお世話になりました。

平成二十年五月　風薫る季節に

編者　西沢正史

凡例

一、本事典は、日本の古典文学（大和時代〜江戸時代）に登場する主要な女性の人物像を明らかにし、学生・社会人などが古典文学の世界に分け入ろうとする道しるべとなることを意図したものである。

二、各項目は、〔人生（あらすじ）〕〔モデル・素材〕〔人物評価の歴史〕〔人物像をいかに読むべきか〕〔影響を与えた人物・作品〕〔現代に生きる女性〕の小見出しに分け、これまでの研究成果をもとに一般の方にもわかりやすく記述した（項目・執筆者により小見出し名が異なる、あるいは欠けているものもある）。

三、女性名の呼称については、作品によってまちまちなものがあるが、一般的で通称的なものを用いた。

四、各項目の記述のしかたについては、最小限度の統一をはかったが、各作品がかならずしも同質でないことに加え、執筆者の書き方を尊重したことなどから、一部に統一のとれていない面もある。

五、文章表記は、原則として常用漢字・現代かなづかいを用いたが、常用漢字にない専門用語には正字も用い、なるべくふりがなを付した。ふりがなは、古典の引用文には歴史的かなづかい、解説の本文には現代かなづかいを用いた。

六、各項目の文責を示すために、文末に執筆者名を明記した。

上代・中古（大和・奈良・平安時代）

中世（鎌倉・南北朝・室町時代）

●軍記物語

●説話文学

●日記文学

●室町物語

●能〈謡曲〉

●狂言

近世（江戸時代）

古典文学にみる女性の生き方事典

かぐや姫

かぐやひめ

『竹取物語』
平安時代

〔かぐや姫の人生〕

竹取の翁《おきな》（讃岐《さぬき》の造《みやつこ》）は、竹取を生業としている翁である。ある日、翁がいつものように竹林の中に入っていくと、根元から光があふれている一本の竹があった。不思議《ふし》に思って近づくと、光る竹筒《たけづつ》の中に女の子が座っていた。翁がその子を連れ帰ると、なんと三月足らずで大きくなった。翁がまた竹を取りに行くと、竹筒から黄金があふれ、日に日に翁は豊かになった。この女の子は、「かぐや姫」と名づけられた。

しかし、竹から生まれたかぐや姫は、ふつうの女性らしくなく、翁の結婚のすすめをこともなげに断わるばかりであった。とはいえ、翁の家には毎日、世界中からかぐや姫を求める男たちの手紙が絶えない。ほとほと困った翁の姿に、かぐや姫は初めて心を打たれたのだろうか、結婚の条件を出してそれをかなえた男性となら結婚をしてもよいと言ったのである。ただし、翁が喜ぶのも束《つか》の間《ま》、かぐや姫の条件は、ふつうの人間ならばおよそかなえられるはずもないものばかりであった。

そうはいっても、どうしてもかぐや姫を手に入れたい男たちが、そうかんたんに根をあげたりはしない。仏の鉢《はち》を要求された一人目の男は計算に長《た》けた男であり、天竺《てんじく》（インド）まで探しにいくめんどうさを考えて国内に隠《かく》れ、三年目に真っ黒な鉢をかぐや姫に届けた。初めは、ほんとうに持ってきたかと疑ったかぐや姫だが、光っていない偽物《にせもの》の鉢を見破ると、すぐに男を追い返した。しかし、蓬莱《ほうらい》（中国の伝説の神山）の珠《たま》の枝を要求された二番目の皇子《みこ》にたいしては、かぐや姫は冷静さを保てなかった。なぜなら、皇子がじつに見事な蓬莱の珠の枝を持って帰るのを、町の人たちが騒ぎ立てていたからである。「私はこの皇子に負けてしまう」と、かぐや姫は胸がつぶれる思いであった。実際に珠の枝を見ても、本物と見分けがつかない。いよいよ万事休《ばんじきゅう》すといったそのとき、皇子から珠の枝の偽物を作らされた職人たちが、かぐや姫の屋敷に駆《か》けこんできたのである。かくして、かぐや姫は皇子と結婚をしなくてすんだのだが、この時点でかぐや姫の変化《へんげ》の者としての能力は失われつつあったことがわかる。かぐや姫は、ふつうの人間に少しずつ近づいていたのだ。最後の求婚者が、かぐや姫の命じた品を探す途中で亡くなったときには、かぐや姫の心に、「少しあはれ」という感情が芽生えたのである。いよいよ人間らしくなったそのとき、無情にも月に帰る時期が迫っていた。もはや翁に見つけられた当初のかぐや姫ではない。翁を思い、嫗《おうな》を思っては、ため息をついて涙するばかりであった。

竹取の翁も嫗も、かぐや姫を離すまいといきりたつ。月の都の者は、あわれを知らないために、かぐや姫が別れを惜しむのを待とうとしない。間に立たされたかぐや姫ただ一人が凛《りん》としており、その場に落ちつきをもたらそうとする。いよいよ天《あま》の羽衣《はごろも》をつけるときがやってきた。これはかぐや姫を、月の世界にあるべき状態にもどすものであり、人間界で得た感情の豊かさを奪い去るものであった。だからこそかぐや姫は、最後に帝《みかど》へ不老不死の薬と、「君をあはれ」という手紙を贈り、月の都へ帰っていった。

〔かぐや姫のモデル・素材〕

『古事記』に、垂仁《すいにん》帝の妃として「迦具夜比売《かぐやひめ》」がおり、その叔父が「讃岐《さぬき》垂根《たりね》王」である。しかし、藤原不《ふ》比等《ひと》をはじめとする五人の求婚者のモデルの時代と異なるため、これらをモデルと考えるならば、なぜ時代を超えた人物らを一つの物語に混在させたかという疑問が残る。

そのほか、「采女《うねめ》説」（梅山秀幸）と「斎宮《いつきのみや》説」（上井久義）の二つがある。帝に食膳を奉仕する下級女官の采女は、けっして帝と結ばれてはならず、この造型がかぐや姫に現われているとするのが前者である。これは、文《もん》武《む》帝が二十五歳の若さで崩御《ほうぎょ》していることから、『竹取物語』において不死の薬を焼いて「死」を選んだ帝の造型とも重なる。一方「斎宮説」であるが、斎宮とは、伊勢神宮で、帝の分身として天照大御神に仕える皇女のことであり、帝といえども、けっして手を触れることのできない聖女である。このような斎宮の姿は、かぐや姫の印象と重なる。

〔かぐや姫の人物の評価の歴史〕

【変化の者から人間へ】　竹から生まれた三寸(約一〇センチメートル)ばかりのかぐや姫は、光り輝き、たったの三か月で成人になった、いわば異常な生命体である。昔物語では、これを「変化《へんげ》の者」と呼び、性別を問わず主人公格の人物にたいして使用する。変化の者は、神仏や天人が仮に人間の姿となってこの世に現われていることをさす。かぐや姫のばあいは、文字どおり変化の者であり、後代の物語がほとんど比喩《ひゆ》のように使用しているのとは異なっている。たとえば、かぐや姫は現実に光り輝いており、家の中は暗いところがないほどであった。帝に手を捕まえられた瞬間には、「きと影になりぬ(ぱっと姿形がわからなくなった)」となる。また、求婚者らがかぐや姫に命じられた品を届けに行くと、あっさりと嘘《うそ》を見破るような能力の持ち主でもある。しかし、物語がすすむにつれて、しだいに人間味を帯びてくる。求婚者の偽りの品を見破れずにどぎまぎし、石上麻呂足《いそのかみのまろたり》にたいして「少しあはれ(すこしいとしいと思う)」、帝への手紙には「今はとて天の羽衣着るをりぞ君をあはれと思ひいでける(人間特有の感情を消す天の羽衣を着るときになって、あなたをいとしいと思う)」との和歌を詠《よ》む。物語の最後には、かぐや姫が、人間の「あはれ」という心をもち、さらにそれを捨てることが悲しいという心境にまで変貌している。かぐや姫が人間として発した最後の「あはれ」ということばは、たとえば『源氏物語』で、柏木《かしわぎ》が「あはれとだにのたまはせば(いとしいと情けだけでもおかけください)」と、女三の宮に切々と訴えるように、その後の男女関係の重要なことばとなる。

【結婚拒否】　かぐや姫は結婚拒否をつらぬいて昇天した女性である。かぐや姫は、翁に結婚をするよう言われると、「どうしてそんなことをしなくてはいけないのか」と言い、さらに「相手の心根を知らずに結婚をして、もし浮気でもされれば悔しいことになる。相手の深い心ざしがわからなければ、結婚をするわけにはいかない」と言ってのけた。しかし現代とはちがい、女性は結婚をし、子孫をふやすことが使命とされていた時代において、女性の結婚拒否は許されるものではなかっただろう。それは翁の「この世の人はみな、結婚をして子孫をふやし、家の繁栄を求めるものだ」ということばにも表われている。だが、だからこそ安易に結婚へ流されるのではなく、女性が「自己」を守る最後の砦《とりで》として「結婚拒否」があったと考えられる。たとえば、『源氏物語』の宇治《うじ》の大君《おおいぎみ》や浮舟《うきふね》のように、物語において結婚を拒否する女性は少なくない。同じく『源氏物語』には、空蟬《うつせみ》という女性がいる。彼女はすでに結婚をしており、光源氏との一度の契りを経《へ》た後は、二度とそのような関係になるまいと拒絶している。また朝顔《あさがお》の斎院《さいいん》は、光源氏に捨てられた六条御息所《ろくじょうのみやすどころ》の二《に》の舞《まい》にはなるまいとして、光源氏との結婚を拒否しつづけた。これらのように、「結婚拒否」とは、男性に頼るしかない平安時代の女性たちが、それによって生じる嘆きから脱すべく態度に示したものとされる。

〈かぐや姫の人物像をいかに読むべきか〉

かぐや姫は、『源氏物語』以降に描かれる女性たちと異なり、ひじょうに冷たい人物として描かれている。そもそも、竹取の翁に拾われた当初は口も開いておらず、求婚譚《たん》の始発とともにようやくしゃべり始めた。そして、そのことばは翁からの結婚のすすめを拒否するものであり、はっきりと自分の考えを述べる男勝《おとこまさ》りな女性であった。求婚者が数々の失敗をしても同情することなく、かえって嘲笑《ちょうしょう》するほどである。かぐや姫は変化《へんげ》の者であり、光り輝く美しさをそなえているとはいえ、男から見て妻にしたいという女性的な特徴はもっていない。どうして、求婚者はここまでかぐや姫に惚《ほ》れこんでいるのか。そこには「光」の要素がある。月から下りてきたかぐや姫は、いわば垂直的な光の象徴であり、かぐや姫が求婚者に出した難題は、蓬萊《ほうらい》や天竺《てんじく》といった水平軸にあるとされる光の宝物であった。求婚者は人間界の「光」によって、異界の「光」を得ようとしているのである。かぐや姫の人物像から、変化の者としての「光」を確認するとき、それは異界と都、垂直と水平という空間の問題にまで及んでいる（河添房江）。また、かぐや姫が変化の者でありながら感情（「あはれ」）をもち、人間としての要素も兼ねそなえるようになることや、最後の月への昇天の場面で、いらだつ天人に、「もの知らぬことなのたまひそ（情趣を理解しないことをおっしゃいますな）」と諭《さと》す姿からは、月の都の住人そして人間、どちらをも超えた、賢人のような存在になっている。中性あるいは両義的な存在の偉大さが見出され、もはや月の都と人間界という二項対立の空間ではなくなっているのだが、理想とされたはずの月世界も理想とは呼べず、価値あるとされた人間の情も、かぐや姫の昇天により無《む》に帰し、賢人かぐや姫も、ゼロにもどるのである。物語はかぐや姫をとおして、人間の存在のはかなさとその魅力、そして危うさを提示している。

〔かぐや姫が影響を与えた人物・作品〕

かぐや姫が月に昇ったのは、八月十五夜のことである。その場面のイメージは、その後の物語文学に脈々と受け継がれている。たとえば『うつほ物語』（「楼《ろう》の上」巻）では、物語の大団円《だいだんえん》を八月十五夜に設定する。その日は、琴《きん》の秘曲を伝える清原俊蔭《としかげ》の一族が、大演奏会を催す日である。嵯峨《さが》院・朱雀《すざく》院をはじめ、平安京の貴顕らがこぞって参加しており、琴の音は天をも揺り動かす。さらに大団円を語りながらも、中心人物である俊蔭の娘の病状が悪化している。これは、八月十五夜のかぐや姫の昇天という非現実的な結末を、主人公格の女性の死を暗示させるという方法に変えて、最大の盛りあがりを演出したものである。『源氏物語』では、夕顔《ゆうがお》や紫《むらさき》の上《うえ》が八月十五夜に死んでいる。また、紫の上は死の直前まで出家を願い出ているが、出家とは「死」や「昇天」の比喩でもあり、かぐや姫の昇天を阻止《そし》しようとした翁や帝と同様に、光源氏も紫の上の出家の願いを拒みつづける。また、玉鬘《たまかずら》や宇治の大君も、かぐや姫の影響のもとに造型されている。

（伊藤禎子）

〔現代に生きるかぐや姫〕

かぐや姫は、現代風にいえば、〝女王様〟である。美貌・才能・学歴・財産などを武器にして、群がってくる男性たちの上に君臨する現代のかぐや姫＝女王様は、ミツグ君（高価な品物を貢ぐ男性）やアッシー君（運転手として酷使される男性）を従え、愛と性を武器に男性たちを酷使する。

しかし、愛する弱みから献身的に尽くした結果捨てられる男性たちは、怨念の中で深く傷つき、ストーカーになったり、殺人を犯したりすることもある。高慢な女性たちは注意しなければならないであろう。

（西沢正史）

落窪の君

おちくぼのきみ

『落窪物語』
平安時代

〔落窪の君の人生〕

むかし、源忠頼《ただより》という中納言《ちゅうなごん》が、北の方と三男四女の子どもたちに囲まれて生活していた。しかし、この中納言にはもう一人の娘がいた。この娘は、中納言がときどき通っていた、皇族の血を引く女性とのあいだにできた姫君である。だが、北の方にとっては夫の浮気にすぎず、その母子ともに憎《にく》らしい存在であった。そんなときに姫君の母が亡くなり、世話役も乳母《めのと》もいない姫君は、父の中納言に迎えられた。そこで継母《ままはは》にいじめられる日々がつづくが、姫君には唯一の味方がいた。実母の在世中から自分の世話をしていた女《め》の童《わらわ》である。姫君は「後見《うしろみ》」と呼んでいた。

姫君は、一段低くなっている「落窪」といわれる部屋に入れられて、裁縫《さいほう》の仕事を命じられ、さらに北の方の三女に琴を教えさせられた。やがて、後見の「女の童」も三女専門の侍女として奪われてしまい、名前を「阿《あ》漕《こぎ》」と変えられた。

ある雨の降る夜のこと、中納言一家が石山寺《いしやまでら》に参詣《さんけい》をして留守《るす》のとき、阿漕は落窪の君を訪れた。そこへ阿漕の夫の帯刀《たちはき》がやってきたので、阿漕は少しのあいだ、落窪の君のもとを離れた。この帯刀という男は、時の左大《さだい》将《しょう》の長男、少将道頼《みちより》の乳母子《めのとご》であった。この日遅れてやってきた道頼は、阿漕がいないあいだに落窪の部屋へ入りこんだ。

阿漕は、突然のことで落窪の君にたいし申しわけなく思うものの、道頼の妻になって、ここから連れ出してもらいたいとも考えていた。三日三晩、雨はしとしとと降っていた。道頼は、落窪の君と契りを結んだ。

しかしある日のこと、道頼が落窪の君の部屋にいるところを継母に見られてしまったのである。りっぱな身なりの男性が落窪の君の相手だと思うと、継母は悔《くや》しくてたまらず、落窪の君を物置部屋に閉じこめてしまったのである。涙に暮れている落窪の君にたいして、継母はさらに追いうちをかけた。典薬《てんやく》の助《すけ》という好色《こうしょく》な老人に、落窪の君を襲わせようとしたのである。その危機は、阿漕の機転によってまぬかれた。

道頼は、落窪の君が継母に「落窪」と呼ばれ馬鹿にされていることに憤《いきどお》り、典薬の助事件でいよいよ腹に据《す》えかね、とうとう落窪の君を救出し自邸に迎えた。そして、そこから道頼による継母への復讐劇《ふくしゅうげき》が始まるのである。

この復讐劇に、落窪の君は関与していなかった。道頼の復讐により父までが不幸になることを嘆きつつも、とめることができなかった。道頼に身を任せるしかなかった落窪の君は、道頼に別の結婚話がもちあがったときも、強く訴え出ることができなかった。とはいえ、道頼は落窪の君ひとすじの男である。その話をすすめた乳母を叱咤《しった》し、結婚話をゼロにもどした。

それからというもの、落窪の君の人生は順風満帆《じゅんぷうまんぱん》であった。やがて道頼の復讐も終わり、継母を除いた中納言家への報恩《ほうおん》がはじまる。落窪の君の父の中納言は、道頼のはからいにより念願の大納言職にも就《つ》くことができた。道頼と落窪の君とのあいだには三男二女が誕生し、長女は入内《じゅだい》した。道頼は太政大臣《だじょうだいじん》にまで昇進し、落窪の君の人生はここに絶頂を極めた。

〔落窪の君のモデル・素材〕

落窪の君は、裁縫を得意とする女性である。継母からのいじめのなかには、この裁縫の仕事がある。当時、夫の衣装は妻の家が準備しなくてはならなかった。実際に妻みずからが縫わなくてもよいのだが、そのさいには女房（世話役）に適確に指示できなくてはならない。衣装の準備は、いわば妻の実力をためすひとつの試練であった。『うつほ物語』では、夫の兼雅《かねまさ》に頼まれて、俊蔭《としかげ》の娘が衣装ほか宴の準備を見事にこなしたことにより、「北の方」としての地位を確立した。裁縫の技量は落窪の君の代名詞であるが、この力をもつ女性としてすぐに思い出されるのは「織女《おりめ》」である。また、「織女」には琴との結びつきがある（畑恵里子）。『うつほ物語』「俊蔭」巻には、天稚御子《あめわかみこ》が琴を作るかたわらで、織女がその絃を張る。落窪の君にも琴を弾く力があり、同じく琴を弾く俊蔭の娘のイメージと重なっている。

〔落窪の君の人物の評価の歴史〕

【反みやびな女性】 落窪の君は、ろくな世話役もおらず、またいじめる継母のもとで暮らしているため、みずぼらしい格好をせざるをえなかった。髪の毛こそはきれいな状態であるが、身なりが悪く、父の中納言も「身なり、いと悪し。〈中略〉かくてのみいまするが、いとほしや（身なりがとても悪い。〈中略〉このように不如意な暮らしをなさっているのが気の毒だ）」と言うほどである。このとき落窪の君は、「白き袷《あはせ》一つ」のみを着ていた。「袷」とは、表・裏を合わせて縫い作った衣で、春秋に着用するものであるが、いまは晩秋であり、その格好では寒いはずである。その後、継母から新しく衣服をもらうが、継母の着古した「綾《あや》の張綿《はりわた》の萎《な》えたる」衣であった。だが、そんなことすら、落窪の君にとってはうれしい出来事であった。このような落窪の君にたいして、いわゆる高級貴族である道頼が、なぜ惚《ほ》れこんだのだろうか。道頼はのちに、「自分はあなたが『落窪』と罵倒《ばとう》されているのを見て愛が深まったのだ」という。落窪の君の美しい容姿や心以上に、反みやびな生活状況とその苦境こそが、道頼の恋をかりたてたのであった。

【女児から女性へ】　落窪の君の母親がいつ亡くなったのかは明らかでない。『落窪物語』以前に成立していたと考えられる『住吉物語』（いまでいう「古本《こほん》住吉」）の女主人公のばあい、彼女が七歳のときに母親と死別したとある。その後、彼女の裳着《もぎ》（成人式）が語られていないため、この母親との死別が代わりとなっていると考えられる。現在でも七五三のように、女児の成長過程を祝う儀式が残っているが、『住吉物語』の姫君にとっても、ちょうど七歳のときの死別の事件は、心の成長に大きな影響を与えたであろう。『落窪物語』は、同じ継子《ままこ》物語である『住吉物語』の影響を強く受けており、読者もこぞって『住吉物語』から『落窪物語』に目を通したであろうから、落窪の君の母親との死別も、だいたい同じ七歳くらいの出来事としてイメージしたのではないだろうか（三谷邦明）。かくして、落窪の君の成長物語がスタートしたのである。その後、落窪の君は、継母によって「落窪」といわれる一段低い部屋に住まわされたり、納戸《なんど》に閉じこめられたり、典薬の助という老人に襲われたりと、さまざまないじめがくり返される。ところで、このなかで「籠《こ》もる女性」というのが重要なモチーフとなっている。『落窪物語』以前の、たとえば『竹取物語』・『うつほ物語』・『住吉物語』といった物語では、すべて女性の籠もった場所が題名となっている。河合隼雄《かわいはやお》によれば、籠もることは、女性の成長過程のうちの「内閉の時代」であり、その時代を経ることによって成長が可能となるらしい。その説明をぬきにしても、さまざまな試練から逃れるために籠もり、そして耐えぬいて籠もりの場からぬけ出たあとには未来が開ける、という構図は理解できるものである。

〔落窪の君の人物像をいかに読むべきか〕

落窪の君は、継母のいじめを受けるが、侍女の阿漕に助けられ、道頼という貴公子に救われることで、やがては幸せなお姫様になるという、シンデレラストーリーの枠組みのなかで生きる女性で、つねに周囲に守られて生きる女性として描かれている。落窪の君がかわいそうであればあるほど、それを守ろうとする周囲の人びとの印象も良くなる。もちろん、典薬の助暴行事件に代表されるような道頼の復讐は、度を越している。しかし、それが落窪の君を守る目的から発した行為であり、また実際に、落窪の君一人を愛しつづけた男主人公であると思えば、よくやったと、読者にはおもしろおかしく、快感ですらあったであろうことも否定できない。だが、男主人公の道頼は藤原氏であり、源氏を主人公にする大部分の物語に反していることに気づくと、そこにはなんらかの意図が感じられる。当然のように出世をする藤原道頼は、自分の権力を利用して中納言一家の人生を思いどおりに動かす男として描かれている。『竹取物語』の求婚者のモデルが、藤原政権への非難を暗示すると考えられているように、『落窪物語』においても「藤原」道頼の造型には、ヒーローという表面的なものだけではすまされないものがあるように思う。落窪の君をたんなる「かわいそうなシンデレラ」のようにみれば道頼はヒーローになるが、道頼の行動をとめようともしない非積極的な女性とみれば、彼女も道頼と同罪で、道頼の横暴も彼女の心を代替的に引き受けたものと考えられる。まるで、鏡に写し出されたのは鏡の前に立つ自分であるにもかかわらず、左右対称の構図になるように、道頼は落窪の君という「鏡」をとおして、ヒーローの顔を写しながら、非難されてもよいであろう権力者の一面を出すのであった。亡き母のかたみとして鏡を大事にしていた落窪の君を、「鏡の女」と捉えると、道頼の造型が二重に写し出されるのである。

〔落窪の君が影響を与えた人物・作品〕

継子《ままこ》物語の影響としては、『源氏物語』の若紫（のちの紫の上）がいる。若紫は北山で、祖母といっしょに住んでいた。父親は兵部卿《ひょうぶきょう》の宮である。兵部卿の宮の北の方は、宮が新たに通った若紫の母親を妬《ねた》み、死に追いやったほどである。若紫がこの北の方とうまくやっていけるはずもない。こうして若紫も継子関係の犠牲者《ぎせいしゃ》となりそうな窮地《きゅうち》に陥《おちい》った。そんなときに光源氏が彼女を見つけ、二条院に迎え取る。父宮にとって若紫は行方《ゆくえ》不明も同然であったが、その後、若紫の裳着《もぎ》の儀式に招かれたことで、ようやく真相を知り、その後も紫の上との交流を図る。が、依然として継母（北の方）は、紫の上の栄華が憎らしくてたまらない。なにかと光源氏に邪魔をされる継母は、その矛先《ほこさき》を紫の上に向けるため、紫の上にとっても光源氏の行動は悩みの種であった。ところで、明石の姫君の養育にさいし、光源氏が継子物語の類を紫の上から遠ざける記述がある。このように『落窪物語』は、後代の物語に強い影響を与えている。

（伊藤禎子）

〔現代に生きる落窪《おちくぼ》の君〕

落窪の君は、現代風にいえば、イジメを受けた女性である。

現代は、なぜかイジメの風潮がはびこっている時代である。家庭・会社・地域社会など、あらゆる場所でイジメが陰湿なかたちで行なわれている。

女性がイジメを受けた場合、どういう生き方をしたらよいであろうか。特に女性同士のイジメの場合は隠湿になりやすい。イジメを受けている女性は、逃げまわったり、言うなりになったりするとますますイジメがエスカレートするので、強い勇気をもつことが大切で、上司・先生・親などに相談して、きちんと対策をとってもらうことが大切である。

（西沢正史）

阿漕

あこぎ

『落窪物語』
平安時代

〈阿漕の人生〉

少女(阿漕)は、落窪《おちくぼ》の君《きみ》の母が在世中のころから、その屋敷で女《め》の童《わらわ》(侍女)として仕えていた。とても機転の利く子で、姫君から頼りにされ、「後見《うしろみ》」と呼ばれていた。やがて姫君の母が亡くなると、父の中納言《ちゅうなごん》に迎え取られた姫君について行き、継母《ままはは》(北の方)にいじめられる落窪の君を守った。だが、髪も美しく、侍女としてなかなかの人物であったことから、継母によって落窪の君から引き離され、継母の三女付きの侍女《じじょ》にさせられてしまう。呼び名も、「阿漕」に変えられた。

阿漕は、それでも折を見て落窪の君のようすをうかがいにゆき、そしていつまでも不如意《ふにょい》な暮らしをし、嘆き悲しむ落窪の君を見て、なんとかしなくてはと思うのであった。そのころ、阿漕にも帯刀《たちはき》という名の夫がおり、それは左大将《さだいしょう》の長男、道頼《みちより》の乳母子《めのとご》であった。そうしたことから、阿漕は、道頼のようなりっぱな男性に、いつか落窪の君を救出してもらいたいと思っていた。阿漕に落窪の君のことを相談された帯刀が道頼に話すと、色好みで有名な道頼は姫君に興味をいだき、帯刀になんとか落窪の君と会わせるように頼んだ。

ある日、中納言一家が石山寺《いしやまでら》に参詣《さんけい》に行った。阿漕は留守をし、落窪の君といっしょにいると、帯刀がやってきた。しかたなく外へ出て帯刀と二人でいると、格子《こうし》の上がる音がした。落窪の君の部屋にだれが来たのかと不安になり、見に行こうとすると、道頼がやって来たという事情を知っている帯刀は阿漕を放さない。事情をさとった阿漕は怒《いか》り心頭《しんとう》に発したが、こうなった以上、きちんと結婚式の準備をしなくてはと、叔母へ手紙をやり、几帳《きちょう》や三日夜《みかよ》の餅《もち》を首尾《しゅび》よく整えた。

無事に結婚式もすみ、色好みであった道頼も、いまでは落窪の君一人に心を寄せ、落窪の君も幸せな心境になってきた。しかしそのころ、継母に部屋をのぞかれ、道頼の存在がばれてしまった。自分の娘よりりっぱな男を連れこんでいることに継母は怒り、落窪の君をだれも訪れようのない納戸《なんど》へ閉じこめてしまった。しかも、典薬《てんやく》の助《すけ》という好色《こうしょく》な老人に襲わせようとまで試みた。それを知った阿漕は、なんとしても典薬の助を納戸に入れまいとして尽力し、落窪の君は難を逃れることができた。

この状況を、阿漕は帯刀に相談し、帯刀が道頼に連絡する。そして、中納言一家が賀茂《かも》の臨時祭の見物に出ている隙《すき》に、落窪の君を救出したのであった。阿漕は、一人前の女房となり、衛門《えもん》という名になった。

その後、衛門は継母に復讐《ふくしゅう》する道頼に協力する。落窪の君の制止も聞かず復讐に加担《かたん》するので、落窪の君からは「私ではなく、道頼付きの女房《にょうぼう》になりなさい」と言われるほどであった。もちろんそれは冗談であったが、二条邸や、落窪の君所有の三条邸に移ったあとでも、このように笑いの絶えない幸せな生活を送っていた。

衛門はのちに、中宮《ちゅうぐう》の掌 侍《ないしのじょう》となり、さらに女官の名誉職である典侍《ないしのすけ》にまで出世した。二百歳まで長生きしたという噂《うわさ》である。

〈阿漕のモデル・素材〉

『落窪物語』以前に、同じ継子《ままこ》物語として成立していたのは『住吉物語』である。現在残っているのは改作されたものとされるが、筋自体はほぼ同じであったろうと思われる。当然『落窪物語』は、この『住吉物語』(「古《こ》本《ほん》住吉」)の影響を受けていると思われる。『住吉物語』では、姫君の父親が同じく中納言という設定で、継母は諸大夫《しょだいぶ》の娘であり、そこに中の君・三の君の娘がいた。姫君が七歳のときに母が亡くなり、継母に引き取られ、その後はさまざまないじめを受ける。姫君の母の乳母子《めのとご》である尼《あま》が住吉にいたこともあり、姫君は住吉へ身を寄せた。そこにいっしょについていったのが「侍従《じじゅう》」であった。侍従は姫君の乳母子であり、二歳年上であった。だいたい同世代である彼女は、姫君にとっていちばん親しい人物であった。姫君を最後までめんどうみて、将来は内侍《ないし》にまで出世した。ただし、『落窪物語』の阿漕のばあいは、落窪の君の乳母子でない点で異なっているが、『住吉物語』の侍従の影響を受けているものと考えられる。

〈阿漕の人物の評価の歴史〉

【語り手として】『落窪物語』は、「昔の阿漕、今は典《ないし》侍《のすけ》になるべし。典侍は二百まで生けるとや(むかし阿漕といった者は、いまは典侍の位になっているようだ。二百まで生きていたとかいうことだ）」と終わっている。最後の「二百まで生けるとや」という文は、底本では典薬の助となっているが、諸注釈書はおおむね「典侍」と修正している。これは前の文ですでに亡くなったと書かれた典薬の助の記事と矛盾《むじゅん》するために、修正されたものと考えられる。角川文庫ソフィアでは、典薬の助が死んだという情報のほかに、二百歳まで生きていたという噂もあったのだろうか、としている。ここではその真偽にふれることはしないが、ともかく『落窪物語』の巻末に阿漕の情報をもちだしていることの重要性は指摘してよいだろう。物語の全体が女主人公の物語であるように語られていながら、最後に阿漕の現在を述べることによって、あたかも物語全体が阿漕の語りであったかのように錯覚《さっかく》させるのである。このことから、『落窪物語』の作者が阿漕という侍女階級の女性であったのではないかとされることもあるが、物語内の語り手と作者を混同してはならない。また、最後の「二百まで生けるとや」という文が阿漕のことであるとすれば、たとえば『古事記《こじき》』の稗田阿礼《ひえだのあれ》からはじまり、『大鏡《おおかがみ》』の大宅世継《おおやけのよつぎ》につづいていく、記憶力抜群な長寿の語り手の一人として、阿漕も創造されたと考えられる。

【キャリアウーマン】　阿漕は、初め落窪の君に「女《め》の童《わらわ》」として仕えていて、落窪の君の母の死後も無報酬で懸命に世話をしつづけたため、「後見《うしろみ》」とも呼ばれた。その献身ぶりはまるで乳母子《めのとご》のようである。乳母子とは、たとえば『源氏物語』の光源氏と惟光《これみつ》のような関係であり、同じ『落窪物語』では男主人公の道頼と帯刀《たちはき》がそうである。落窪の君が道頼によって救出されたあとは、阿漕は大人になって衛門《えもん》と呼ばれるようになる。そして、落窪の君の娘が入内《じゅだい》すると掌侍《ないしのじょう》となり、のちに典侍《ないしのすけ》にまでいたる。このように、『落窪物語』は落窪の君の物語であるとともに阿漕の一代記のようにもなっており、女房レベルの人物の出世が逐一《ちくいち》描かれるのはめずらしい。落窪の君の心を理解し、道頼といっしょになって継母に復讐をするなど、物語のなかでは、道頼に守られておとなしくしている落窪の君よりも、かえって阿漕のほうが主要人物になっている。阿漕は、『枕草子《まくらのそうし》』などから感じ取れる女房の生き生きした活動や、物語文学史全体にいきわたる乳母子の活躍の先駆け的存在となっている。

〔阿漕の人物像をいかに読むべきか〕

落窪の君が納戸に閉じこめられ、典薬の助という老人に襲われそうになったとき、阿漕はとっさの機転で彼女を守りぬいた。その後、落窪の君が道頼に救出され、二条殿に移ったとき、阿漕は「衛門」と改められた。本文では、「あこきは、大人になりて、衛門といふ」と書かれており、阿漕の「子どもから大人へ」という成長過程が見られる。ここでいう「大人になりて」というのは、成人式のことであろう。だが、阿漕はすでに帯刀と結ばれており、ちなみに落窪の君は、物語中でいっさい裳着《もぎ》のことにふれられていないが、道頼と結ばれている。たとえば『竹取物語』からも、裳着はすなわち結婚の準備段階ということが知られるように、阿漕や落窪の君のばあいは、逆転しているのがわかる。しかしこのような例は、『落窪物語』だけではない。『うつほ物語』では俊蔭《としかげ》の娘と若小君《わかこぎみ》(のちの藤原兼雅《かねまさ》)が少年少女のまま契りを結んでいる。若小君はいまだ元服していないと書かれているが、俊蔭の娘の裳着についてはふれられていない。だが、早くに父が亡くなり、不如意な生活を送っていた俊蔭の娘であるから、おそらく裳着はしていないのであろう。『源氏物語』では、若紫(紫の上)が光源氏との契りのあとに裳着を行なっている。これらの例のように、当然あるべき順序、つまり成長過程を覆《くつがえ》すということは、いわば「年齢の超越」といえよう。阿漕は、三日夜《みかよ》の餅という結婚の儀式を道頼に説明し、嘆く落窪の君を慰めるような大人の一面をもちつつ、年齢に相応した幼い面もそなえている。「かく大人になり、童になり、ひとりいそぎ暮しつ(大人役になったり、童女役になったり、一人二役で暮らしていた)」という、阿漕の年齢を超越する造型は、物語史における「童子」の神聖な存在の問題につながってくる。

〔阿漕が影響を与えた人物・作品〕

阿漕のように、女主人に生涯をかけて尽くす献身的な女房として、たとえば『源氏物語』の右近《うこん》がいる。右近は夕顔《ゆうがお》の侍女で、光源氏が廃院《はいいん》に夕顔を誘い出したさいにも同乗している。夕顔の子である玉鬘《たまかずら》を光源氏の手もとに届けたのも右近である。右近は、夕顔が健在であったなら、いまの明石《あかし》の君《きみ》程度には扱われているだろうにと悔《くや》しがり、玉鬘を見つけるべく長谷寺《はせでら》まで詣《もう》でて、そこでとうとう玉鬘に再会し、六条院に迎えたのである。このとき右近は、玉鬘を光源氏の新たな恋人の地位にしようとしていたと思われる。だが、光源氏はそこまで思ってはいなかったようで、（偽りの）父娘のあいだでの戯《たわむ》れの恋を楽しむ対象（「くさはひ」）にすぎなかった。とはいえ、光源氏の没後、玉鬘にも遺産が分けられていることから、光源氏の生涯にとって、夕顔・玉鬘母子がかけがえのない存在であったのはまちがいない。その夕顔・玉鬘の母子に尽くした右近からは、阿漕に似た熱心な女房像がうかがえる。

（伊藤禎子）

〔現代に生きる阿漕《あこぎ》〕

阿漕は、現代風にいえば、哀れな主人・落窪の君への同情・正義感による献身、いわば無償《むしょう》の愛に生きた女性である。

現代に生きる多くの人々は、いたずらに自己の利益を追い、地位・財産の獲得に憂《う》き身をやつしているようにみえるが、他人に対する貢献・献身という無償の愛を忘れてはならないであろう。

人間同士の深い信頼関係にもとづく無償の愛は、男性同士・女性同士にみられる友情という形をとることが多い。特に女性同士にみられる友情的な連帯感は、利害のからまる社会に生きざるをえない男性の場合よりも、より純粋であって、生涯にわたって継続・深化されるものであるという。

〃情けは人のためならず〃というコトワザは、貢献・献身が相手を幸福にするとともに、自己をも幸福にすることを物語っている。

（西沢正史）

筒井筒の女　つついづつのおんな

『伊勢物語』
平安時代

〈筒井筒の女の人生〉

田舎ぐらしの人の子どもたちは、幼いころ、いっしょになって井戸のもとで遊んでいた。いつしか、小さな子どもだった女もそして男も、成長するにつれて気恥ずかしい思いをいだくようになった。女は、この男を夫にしたいと思い、親がほかの男と娶《めあわ》せようとしても承知しない。いっぽう、男のほうでもこの女を妻にしたいと思っていたのである。そうこうするうちに、隣に住むその男から歌がおくられてきた。「筒井筒《つついづつ》……（背の高さをはかって遊んだ井筒より、私は大きくなりました。あなたに逢いたい、男として）」。女は、歌を返した。「くらべこし……（くらべあった私の髪も、とうとう肩をすぎるほどになりました。この髪を結いあげて女となるのは、だれのためでもなくあなたのためなのです）」。このののち、女は男とたびたび歌を詠《よ》みかわし、かねてからの願いどおり、女は男の妻となった。

夫婦《めおと》となり何年か暮らすうち、女の親が亡くなった。暮らし向きはおぼつかなくなり、女は妻としてするべき夫の仕度《したく》ができなくなってしまう。そのため、いつしか男は富裕な女を新しい妻とし、河内《かわち》の国（大阪府）・高安《たかやす》の郡《こおり》へとたびたび行き通うようになった。しかし、もとからの妻である女は、それを憎いと思うようすもなく、夫を新しい妻のもとへと送り出す。そんな態度から女の浮気心を疑った夫は、ある日、新しい妻のもとへ行くふりをして、庭の植えこみのなかに隠《かく》れ、女のようすをうかがった。女はいつものように男を送り出したあと、念入りに化粧をし、ぼんやりともの思いにふけっている。そして、女はひとりごとのように歌を詠んだ。「風吹けば……（河内の国へ向かうため、盗賊が出るという、あのおそろしくもの寂しい竜田山（奈良県生駒《いこま》郡）を、この夜更《よふ》けに一人で越えているのでしょうか、あの人は）」。それを耳にした男は、もとからの妻であるこの女をいとおしく思う気持ちがつのり、とうとう新しい妻のもとに通わなくなってしまった。

〔筒井筒の女のモデル・素材〕

筒井筒の女は、「ゐなかわたらひしける人の子ども」とあり、都である平安京以外の場所である「ゐなか」で生業《なりわい》をいとなんでいた人の子どもと設定される。この物語の素材となったと考えられる『古今集』（巻一八雑下「よみ人しらず」）の左注では、「大和《やまと》の国なりける人の女」という設定がなされ、なおかつ、女が妻となった「となりの男」が、この物語の終盤で「大和人《やまとびと》」と呼ばれていることから、「ゐなか」は大和（奈良県）であることがわかる。大和はかって都がおかれていた古都である。このころの都は、藤原京から七一〇年に奈良の地の平城京へ遷《うつ》り、七八四年に長岡京へ遷るものの造営を中止し、七九四年に平安京へと遷っている。このように都が遷ろうなか、必然的に生み出されるのが、新しい都へと移り住むことができない弱小貴族たちであった。「ゐなかわたらひしける人」とは、たんなる庶民や農民ではなく、大和に「国人《こくじん》」として土着することを余儀《よぎ》なくされ、地方貴族となった人物と考えられよう。そこから筒井筒の女のモデルを、没落していく悲しい運命にある地方貴族の一子女として想定することができる。

〔筒井筒の女の人物の評価の歴史〕

【化粧をする女への変貌】 筒井筒の女は「いとよう化粧して、うちながめて」歌を詠む。『伊勢』の「筒井筒」の素材とされたと考えられている『古今集』（巻一八雑下「よみ人しらず」）の左注では、女は「夜ふくるまで琴をかき鳴らしつつうち嘆き」歌を詠んでいる。「筒井筒」は〝琴を弾く嘆く女〟から〝化粧をして物思いに耽《ふけ》る女〟へと変化させている。琴を弾くという行為と化粧をするという行為は、どちらも呪術《じゅじゅつ》性を帯びているという点では同様のものであり、これらの行為によって男の愛を呼びもどしたともいえる。しかし、同様の行為とはいいながらも、なぜ「化粧」なのか考えてみる必要もあろう。『枕草子』「職の御曹司《おんぞうし》の西面《にしおもて》の立蔀《たてじとみ》のもとにて」章段でも「女はおのれをよろこぶもののために顔づくりす、士はおのれを知る者のために死ぬ」と述べられているように、『史記《しき》』の「刺客《しかく》列伝」の一説が知れわたっていた。「顔づくり」（化粧）をこのように捉えると、女が化粧をしたのは、いかなるときも身だしなみを忘れない女の行為とも考えられるが、それだけではなく、愛する男を喜ばせるためになされた行為、男の愛を信じてなされた行為と考えることもできる。一歩すすめると、女が夫への愛をつらぬこうと決心した姿だと読み取ることもできなくはない。〝琴を弾く嘆く女〟という〝みずからの嘆きを琴によって慰めようとする女〟は、〝化粧をして物思いに耽る女〟という〝男を変わらず愛していこうと決心する女〟として描かれることによって、気高く崇高な女へと変貌をとげている。

【女の行為は策略か】　夫の他所通いにたいして嘆くことも嫉妬《しっと》することもなく、あたかもみずからがいだく男にたいする愛や誠心を確認しているかのような筒井筒の女の行為は、あまりにも気高く美しい。しかし、その崇《すう》高《こう》な美しさは、逆に生身の女を感じさせないといえないか。無条件に人を愛するといった心のありようは、現代においてどれだけ信じられ、受け入れられるものなのか。女が化粧をして歌を詠んだのは、男が物陰から見ていることを知っての行為か、はたまた物陰から見ることもあるかもしれないと思っての行為か。ここに〝女の策略〟をみてしまう読みが生じないとはいいきれない。

〔筒井筒の女の人物像をいかに読むべきか〕

幼《おさな》恋をつらぬきとおし、夫の他所通いにも動じない、愛をつらぬく女として無条件にひたむきに男を愛していこうとする女の姿勢は、気高く美しく、誇り高い。その崇高さが、筒井筒の女を〝女の鑑《かがみ》〟といわせるゆえんであろう。女の誇り高さは、男の心を動かし、貴族としての精神や誇りを取りもどさせる。しかし、男が富める新しい妻のもとへ通わなくなり「金より愛」を選んだ結末は、容易に見えてこよう。もはや、男も女も没落していくしか道がないのだと。しかし、それでいい。いや、それだからいい。女の誇り高さや崇高な精神は、生き生きと物語のなかで生きつづけ、わたしたちに、どこかにこんなひたむきでかわいい女がいて、わたしだけを待っているという幻想をいだかせつづける。その幻想があるかぎり、筒井筒の女は〝女の鑑〟でありつづけるのだ。

〔筒井筒の女が影響を与えた作品〕

「筒井筒」と同様の内容をもつものとして、『古今集』（巻一八雑下「よみ人しらず」）左注のほかに『大和物語』一四九段がある。しかし〝物思いに耽《ふけ》る女〟として描かれていた筒井筒の女は、『大和物語』では、「金鋺《かなまり》」に入れた水が熱湯になるほどの嫉妬の思ひ（火）をいだく〝嫉妬の思ひを堪え忍ぶ女〟へと変化する。同じ〝男を待つ女〟ではありながら、気高い崇高な美しさは失われていよう。「筒井筒」からつくられた謡曲（能）の『井筒』は、僧の前に美しい女（じつは筒井筒の女）があらわれ、在原《ありわらの》業平《なりひら》と紀有常《きのありつね》の娘の夫婦の話として「筒井筒」の幼《おさな》恋や男の他所通いを語り聞かせ、なおかつ僧の夢で業平を恋い慕って舞をまう。男への愛をつらぬく女という基本的な姿勢は変わらないが、やはり筒井筒の女がもつ気高い崇高な美しさは脱落したといえよう。女の崇高すぎる美しさは、時代の移り変わりとともに受け入れられず、形を変え脱落していったのである。

一方、「筒井筒」の後世に与えた影響がもっとも強い部分は幼恋である。それは、幼恋そのものが〝筒井筒の恋〟と一般的に呼びならわされていることからもうかがい知ることができよう。同じ内容の『古今集』や『大和物語』には、幼恋を実らせる物語がないため、共通する「風吹けば……」の和歌をふくむ、妻となった女が愛をつらぬくという物語が、本来の伝承であったことを証拠だてる。題名の由来ともなっている「筒井筒」の和歌をやりとりする幼恋をテーマとした物語は、『伊勢物語』の「筒井筒」にしかない物語なのである。筒井筒の女はこの幼恋をテーマとした物語の女主人公として、〝幼恋をつらぬきとおした女〟という形でのちの作品に大きな影響を与えている。なかには、樋口一葉《ひぐちいちよう》の一連の作品にみられるような、〝実らない幼恋〟とその形を変えながらも、描かれつづけている。

（八島由香）

〈現代に生きる筒井筒《つついづつ》の女〉

筒井筒の女は、現代風にいえば、思慮深い愛を知っている女性である。夫（恋人）が浮気をした場合、現代女性は、裁判—離婚という方法をとることが少なくないが、それは、意外と女性の人生にとってマイナスである場合が多い。浮気する男性が悪いのは当然であるが、男性の愛を取りもどすのは、思慮深い愛にもとづく対処法が必要であろう。（西沢正史）

蘆刈の女

あしかりのおんな

『大和物語』
平安時代

〔蘆刈の女の人生〕

摂津《せっつ》の国（大阪府）、難波《なにわ》あたりに住まう夫婦《めおと》がいた。妻である女もそして夫も、賤《いや》しい身分のものではなかったが、暮らし向きは悪くなる一方であった。途方《とほう》にくれるような貧しさのなか、夫は女を見捨てず、女も夫と離れたくないと言ってはいたが、女の身を案じる夫から宮仕《みやづか》えをすすめられた女は、ふたたび会う約束を固く交わしながら、泣く泣く京へと向かった。

縁者を頼り、貴人のもとに仕えることになった女は、日々の方便《たずき》で悩み苦しむこともなくなり、しだいに身なりもさっぱりとし容姿もこぎれいになったが、難波に住まう夫を片時も忘れることはなかった。ときおり、人を使わし手紙を届けようとするものの、消息はいっこうにつかめない。そうこうするうちに仕えている貴人の妻が亡くなり、いつしか主人の愛を一身に受けるようになった。そして、みずからも主人に心惹《ひ》かれた女は、とうとう貴人の妻となった。なに不自由もない暮らしをおくりながらも、もとの夫を気がかりに思う気持ちだけは変わらず、新しい夫にそれを打ち明けるわけにもいかないまま、人知れず悩みはつきなかった。

とうとう女は、禊《みそぎ》をするという口実をもうけて、ようやくにして難波を訪れた。しかし、かつて暮らした家もなければ、もとの夫もいない。悲しみのあまり、牛車《ぎっしゃ》をとめ、もの思いにふけっていると、その車の前を蘆《あし》を背負ったみすぼらしい身なりの男が通り過ぎた。その男こそ、変わり果てたもとの夫である。それに気がついた女は、その男の蘆を法外な値で買いつけようとするが、従者たちの小言《こごと》の手前、むりをおしとおすこともできない。女が思い悩んでいるあいだ、男は女がかつての妻であることに気づき、みずからの姿を恥じて身を隠《かく》した。女はあわてて従者たちに命じてほうぼうを探させたところ、竈《かまど》のうしろに隠れていた男から従者を介して手紙が届けられた。それには、刈った蘆を売るような貧しい生活をしているわが身を恥じ、妻である女を失ってなお難波の浦に住むことのつらさや苦しさを嘆く歌が書きつけられている。女は、声をあげて泣いた。
さて、女がその返事をどう返したのか、それはわからない。

〔蘆刈の女のモデル・素材〕

蘆刈の女は、「いと下種《げす》にはあらざりけれど」、「さすがに下種にもあらねば」と語られるように、「下種（身分卑しきもの）」ではないとくり返し強調されている。「下種」ではないが暮らし向きがだんだんと悪くなり召し使う人びともいなくなったという一文から、もとは召し仕う人も多かった大きな邸宅に住んでいたことがうかがえる。つきつめると、婿入《むこい》り婚《こん》であったと思われる当時の結婚形態から、人を多く召し使っていた邸宅は女親が住んでいた女の持ち家であったと考えられよう。

また、「下種」ではないからこそ人に召し使われることもなくますます困窮していくという展開には、男の身分の高さが強調されているだけでなく、当然ながら女の身分の高さも言い表わされていよう。女がわざわざ都へ宮仕えをしにいくという物語展開は、難波という地方一帯において、女が仕えることができるような身分高き貴人がいなかったからではないか。このように考えると、九世紀末に行なわれた地方行政の改革によって、衰退していかざるをえなかった古代の豪族の流れをくむ一女性をモデルとして想定することができる。

〔蘆刈の女の人物の評価の歴史〕

【歌の心から培われた女のやさしい心】　この物語展開の山場は、男がみずからの心情を和歌によって吐露《とろ》し、それを見て女が泣く場面である。両者ともに和歌を詠むことができ、なおかつその心を理解できるという人物設定は、この物語には必要不可欠である。とくに女は、男を恋しく思い、ひとりで和歌を詠んでいる場面もある。

都の外の文化圏に位置する人物でありながら和歌にある程度精通していたのは、女が「下種」ではなく、それなりの教養を身につけられるような身分や環境にあったからと考えられよう。女が和歌にある程度精通したことで培《つちか》われたのは、たんに和歌の知識だけではない。男の和歌にたいして声をあげて泣いたという女の心の琴線《きんせん》、物語に一貫して描かれる女のやさしい心は、歌の心に通じることによって形成されたものである。

日々の方便《たずき》の前に男と別れざるをえなかった女が、生活が安定した後もかつての夫を思いやるやさしい心をもちつづけたのは、女がたんなる庶民や農民といった「下種」ではないという要素に支えられている。

【物語にそぐわない補筆】　「蘆刈」には、一連の物語の流れにそぐわない二つの展開が末文につけられている。一つは、返しの手紙とともにみずから着ていた着物を脱ぎ与えたらしい、という一文である。もう一つは、「あしからじ……（あなたが別れようと言ったのに、どうして難波に住みにくいのでしょうか）」などと冷たく歌を返したらしい、という展開の二か所である。この二か所は「返事をどうしたのかわからない」という物語の締めくくりと思われる一文のあとに重ねて描かれ、むかしの夫を忘れることなく、男の和歌に泣く女の行為にはそぐわないため、後人の補筆とされている。

問題の物語末文は、異なる本文を持つ『大和物語』（第三類系統）の「拾遺《しゅうい》に返歌あり」という一文から、「あしからじ」の歌が本来の『大和物語』にはなかったことを示すとともに、この歌が『拾遺抄《しょう》』や『拾遺集』成立以前の歌語りの際に付け加えられ、それが記載文学として『拾遺抄』や『拾遺集』に残されたものと推測できる。『拾遺抄』や『拾遺集』の蘆刈説話は、女の胸中は描かれることなく、むかしの男にたいするやさしさもみられない。そのうえ、冷めた女の心情を代弁するかのような冷淡な和歌が女の返し歌としてつづけて描かれている。

このころの物語の享受者たちは、物語の人物の気持ちになって歌をつくることがあり、ときとして物語の内容に即さない、彼女たちの日常生活が露出するような勝手な歌が詠まれるばあいがあった。そのような状況から、蘆刈の女にはそぐわない冷淡な和歌「あしからじ……」には、『拾遺抄』から『拾遺集』が成立した一条朝における宮廷女房たちの、したたかな、なおかつ皮肉な姿勢で応ずるという一般的な男女贈答歌のかたちが反映されたものとみることもできよう。

〈蘆刈の女の人物像をいかに読むべきか〉

ほかの男の妻となり、新しい夫を愛するようになったが、それでももとの夫である男にたいする思いは変わることはなく、ただひたすら男を思う女は、夫と別れて別の男と結婚をしたうえ、新しい夫の妻でありながら別の男へ思いをつのらせる。このような女の生き方や心の動きは、けっしてほめられたものではない、非道徳的な行為であり倫理観《りんりかん》からはずれた感情である。男を探す女の行為ですら、もとの夫である男の心を思いやらない軽率な行為であろう。しかし、これだけはいえまいか。この女の行為や感情を善《よ》し悪《あ》しではかることはできない、と。女が男にたいしていだいていた恋という感情は、その男をひたすら思いつづける心へと昇華《しょうか》したのである。これを愛といわず、なんといおう。たとえそれが実ることのない不毛なものであろうとも、たとえそれが道徳観や倫理からはずれているものであろうとも。ただひたすら男を愛し、その姿を探し求めて声をあげて泣く女は、みずからの心に真っ正直な、悲しいほどに純粋な人物であるとはいえまいか。

〈蘆刈の女が影響を与えた人物・作品〉

「蘆刈」は『大和物語』後半に配置される一連の地方説話章段の一つであり、蘆刈説話を物語化したものである。蘆刈説話はほかにもいくつか物語化された作品があり、『今昔《こんじゃく》物語集』巻第三〇の第五話もその一つとしてあげられる。『今昔物語集』では、「あしからじ」の歌に即して女の性格を解釈しなおし、原話に大幅に手をくわえたものである。そのため、人物の設定そのものの変化とともに、『大和物語』に描かれている女のやさしい心が失われた物語展開となり、ものめずらしい世間話となってしまっている。『拾遺抄』や『拾遺集』に残された蘆刈説話もふくめ、蘆刈の女のやさしい心は、落ちぶれた男にたいする冷淡な和歌を詠みかける、男にたいして冷然としたまなざしをもたされるなど、女そのものの描かれ方に変遷《へんせん》がみられる。このような変遷は、蘆刈の女がいだくやさしい心が、時として時代に即さない、あまりにも純粋すぎる心の動きであったためではあるまいか。

また、謡曲（能）の『蘆刈』は、『大和物語』の「蘆刈」をもとにつくられたものであるが、女の男を思うやさしい心に矛盾をきたさないように、女は別の男の妻になっているという設定はなく、夫を探しあて、連れ立って都に帰るという、夫婦愛をテーマとした物語となっている。これは、江戸時代における『大和物語』の注釈書にみられるような、「二《に》君《くん》にまみえし」ことが儒教的《じゅきょう》に忌《い》むべきことであるという考えによるものであろうか。女のやさしい心は、夫にたいするひたむきな愛という形につくりかえられたのである。

（八島由香）

〔現代に生きる蘆刈《あしかり》の女〕

蘆刈の女は、現代風にいえば、玉の輿《こし》に乗った女性である。

いつの時代でも、人生を渡ってゆくとき、男性の武器は、学歴や仕事力であるが、女性の武器は、結婚力であることが少なくない。

もとより、現代では仕事力によって人生の成功を勝ち得ている女性も次第に増加しつつあるようである。それでは、学歴や仕事力をもたない普通の女性はどうしたらよいのであろうか。

男女は、平等であるが、同質ではない。だから、普通の女性は、男性にはない特性—愛・美しさ・優しさ・かわいらしさ・思いやりといった女性の特性を武器として、結婚というカギを開ければよいのである。

女性は、結婚というカギを有効に活用すれば、玉の輿に乗ることも夢ではないであろう。

（西沢正史）

藤壺《ふじつぼ》

『源氏物語』平安時代

〔藤壺の人生〕

　幼くして死別した母桐壺《きりつぼ》の更衣《こうい》の顔を、光源氏《ひかるげんじ》はよく覚えていなかった。しかし、おぼろげな母の記憶に、一人の女性の面影がぴたりと重なる。その女性こそ、光源氏の永遠のあこがれの人、藤壺であった。けっして愛してはならない、禁断の恋をささげるその人は、父の桐壺帝が寵愛《ちょうあい》する妃であった。

　桐壺帝の第二皇子である光源氏は、わずか三歳のときに実母（桐壺の更衣）を失った。その光源氏の前に、若く美しい継母が現われる。先帝《せんだい》の后腹の四《し》の宮《みや》であり、故桐壺の更衣に生き写しの容貌であるという藤壺の女御《にょうご》である。悲しみの涙にくれていた桐壺帝も、この若い女御に慰めを得るようになる。五歳年長の、まだ十六歳の可《か》憐《れん》な藤壺を、幼心《おさなごころ》にも母のように慕《した》う光源氏を、藤壺もいじらしく感じる。「光る君」と呼ばれる光源氏と、「かかやく日の宮」と並び称される藤壺は、まばゆいばかりの一対であった。

　十二歳で元服《げんぷく》した光源氏は、以前のように藤壺の御簾《みす》のなかに入ることが許されなくなる。左大臣の姫君葵《あおい》の上《うえ》と結婚するものの、うちとけることができない。なぜなら、光源氏にとって藤壺こそがかぎりなくすばらしい女姓であり、藤壺のような人をこそ妻にしたいものだと、いちずに思いこんでいるからである。

　求めてやまない藤壺に似た、紫のゆかりの少女（紫の上）を垣間見《かいまみ》た光源氏は、その少女を藤壺の身代わりにして明け暮れの慰めにしたいと一方では望みながら、おりから実家の三条の宮で静養していた藤壺のもとに忍び、強引に関係を結んでしまう。以前の密会をも悔い、ゆだんして光源氏を受け入れてしまった身を情けなく思う藤壺は、その後体調をくずすが、それは不義の子の懐妊であった。かくして、藤壺の苦悩の人生はつづくのである。

　もののけのために妊娠の徴候《ちょうこう》がはっきりしなかったということにして、藤壺の懐妊は桐壺帝に報告される。はじめての妊娠に気分がすぐれず、面《おも》やつれする藤壺をやさしくいたわる桐壺帝の愛情に、藤壺の自責《じせき》の念はますます深まってゆく。光源氏もまた、夢占いによって藤壺が自分の子を宿していることを確信するのであった。そして、その胎内《たいない》に罪の子を孕《はら》みつつも、朱雀院行幸《すざくいんぎょうこう》の試《し》楽《がく》において青海波《せいがいは》を舞う光源氏の姿に、藤壺は感動を禁じえなかった。あのような大それた出来事さえなかったならば、この美しい舞姿をわだかまりなく見つめることができたものを、と思うばかりであった。舞の一挙一動にこもった光源氏の思慕の情を、藤壺もまたしっかりと感じとっていたのである。

　藤壺は、予定日を過ぎてようやく男皇子《おとこみこ》（のちの冷泉《れいぜい》帝）を出産するが、その生まれた皇子が光源氏にそっくりな顔立ちであることから、あらためて罪の意識にふるえるのであったが、出産のために衰弱した身体をいたわりながらも、彼女は決意する。お腹《なか》を痛めた皇子のために、母として強くあらねばならないと。男皇子の誕生をめぐって呪《のろ》わしい発言をしたという弘徽殿《こきでん》の女御《にょうご》への対抗心から、藤壺はしだいに変貌《へんぼう》していくのである。そして、光源氏の接近も厳しく拒否した。しかし、生まれた皇子を抱いて喜ぶ桐壺帝を見るにつけて、藤壺も光源氏も、良心《りょうしん》の呵責《かしゃく》にうちのめされるのであった。

　その年、残酷な宿命を嘆く藤壺は、現皇太子（のちの朱雀《すざく》帝）の母の弘徽殿の女御を越えて中宮に昇格した。みずからが譲位《じょうい》したのち、藤壺の生んだ皇子を皇太子にするための桐壺帝の配慮であった。光源氏は宰相《さいしょう》に昇進したが、中宮になってますます遠ざかっていく藤壺にもはや逢うことはかなうまいと切ない思いに苦しみ、絶望にしずむばかりであった。

　藤壺は、桐壺院の譲位、そして崩御《ほうぎょ》を経て、ふたたび寝所に忍び入った光源氏の強引さに困惑し、皇太子（冷泉帝）の将来のために秘密の漏洩《ろうえい》を怖れて、出家を決意する。なおも激しくなってゆくばかりの光源氏の恋情を拒むためには、それしか方法はなかったのである。桐壺院の一周忌、法華八講《ほっけはっこう》の最後の日に、藤壺は突然のごとく出家したのであった。残された光源氏も出家を思うものの、皇太子の父としての重い自覚から、それもかなうことではない。それもまた、藤壺の思惑であったのだ。皇子の父と母として生きていく、それが二人の歩む、宿命的な禁断の恋の道なのであった。

　朱雀帝の即位とともに弘徽殿の大后一派の圧迫を受

け、光源氏や藤壺の周辺には寂寥感《せきりょうかん》が立ちこめる。勤行《ごんぎょう》に励む藤壺は、わが身にひきかえても皇太子を守らねばならないと、ひたすら祈念する日々である。そんなおり、こともあろうに朱雀帝の寵愛する朧月夜《おぼろづきよ》と光源氏との密会が露顕して窮地に陥り、その影響が皇太子にまで及ぶことを心配して、光源氏は須磨《すま》に退去することを決意した。すべては皇太子の安泰のためであった。

そして、二年におよぶ須磨・明石への退去からの光源氏の帰京ののち、皇太子が即位して冷泉帝となり、藤壺は女院《にょういん》となる。冷泉帝政権の安定のため、光源氏と協力して前斎宮《さいぐう》（のちの秋好中宮《あきこのむちゅうぐう》）の入内《じゅだい》を実現させ、絵合《えあわせ》でも擁護《ようご》するなど、光源氏の栄華獲得をめぐって、藤壺は重要な役割を果たすことになる。

やがて、太政大臣《だじょうだいじん》（故葵の上の父左大臣）が薨去《こうきょ》し、しきりに天変地異が起こる。藤壺も病気がちとなり、ついに臨終のとき、光源氏にたいして、桐壺院の遺言を守って冷泉帝の後見をつとめてくれたことに感謝を述べた。それは藤壺の、最初で最後の愛の告白であった。並ぶもののない栄華と、はかりしれない苦悩や嘆きをも人並み以上に背負った一生であったとふり返りつつ、藤壺は三十七歳の生涯を閉じた。灯火《ともしび》の消え入るような最期であった。

その後、藤壺と親しかった夜居《よい》の僧都《そうず》の密奏《みっそう》により、冷泉帝は真実の父が光源氏であることを知ってしまい、実父を臣下にしていた不孝を恥じて光源氏に譲位をほのめかすが、光源氏は固辞《こじ》する。瓜二つの顔をした父子は、名のりも許されないのであった。秘密が知られてしまったことに驚愕《きょうがく》する光源氏は、ただ静かにわが子冷泉帝を見守り、ひたすら慰留するしかなかった。かくして、亡き藤壺に代わって冷泉帝が光源氏の栄華の後見役を継承し、太政大臣に昇進した光源氏を中心にして冷泉聖代《せいだい》がきずきあげられてゆく。

みずからの宿世《すくせ》をくり返し嘆息し、罪の重さに苦しんでいた藤壺は、死後、あの密事のために成仏できないのだと光源氏に訴える。光源氏は、かたわらにいる紫の上が不審に思うのもかまわずに、夢のなかで恨む藤壺を思って涙を流し、ひたすら藤壺の鎮魂を祈るが、一蓮托生《いちれんたくしょう》の願いは無理であろうと嘆くのであった。

〔藤壺のモデル・素材〕

藤壺と光源氏の密通事件は、『伊勢物語』の二条后や斎宮の禁忌《きんき》の恋が想起される。しかし、『源氏物語』は『伊勢物語』をふまえつつも、紫の上という女主人公をもう一人登場させ、紫のゆかりの物語を展開させた。さらに、不義の子の誕生によって光源氏に栄華がもたらされるという新たな世界を生み出して、物語を長編化させている。あるいは、『万葉集《まんようしゅう》』における額田王《ぬかたのおおきみ》をめぐる天智《てんち》・天武《てんむ》天皇の三角関係もそこに重ねられる。また、藤壺の仏教帰依《ぶっきょうきえ》、女院宣下《にょういんせんげ》などの事象と醍醐《だいご》帝の中宮藤《ふじ》原穏子《わらのおんし》のイメージと対比させられもする。藤壺が太上天《だじょうてん》皇《のう》に准《じゅん》ずる待遇を受け女院となったのは、一条《いちじょう》帝の母藤原詮子《せんし》が太上天皇に准ぜられ、東三条院《ひがしさんじょういん》の称号を得たという歴史的事実を背景としているのであろう。紫式部が仕えた中宮彰子《しょうし》（藤原道長の娘）も、『うつほ物語』の女主人公貴宮《あてみや》も「藤壺」と呼ばれ、中宮・国母《こくも》となった点で藤壺に類似している。

〔藤壺の人物の評価の歴史〕

【藤壺の変貌】 物語の構想を支え、突き動かす最重要人物であるはずの藤壺は、とりわけ立后《りつごう》以前の部分においては不明瞭な語られ方をしており、その人物像はきわめておぼろげである。読者は、光源氏の心情をとおして藤壺を感じとるしかない。ところが、詳細な描写の少なかった藤壺は、罪の子の出産を契機に、冷泉の父と母として光源氏とともに政治の表舞台にひきずりこまれてゆく結果、しだいに政治家としての顔を見せはじめ、おおきく変貌をとげるのであった。冷泉帝の母として生きぬこうとする決意には、藤壺のしたたかなまでの強さが表われている。懐妊中の苦悩と孤独こそが藤壺を鍛錬《たんれん》したのである。もとより、懐妊・出産・病気といった身体性のなかに、藤壺の外面と抑圧された内面の裂け目が照らし出されるのである。登場人物の「変貌」の問題は藤壺にかぎったことではないが、生前一度たりとも「女」と呼ばれなかった藤壺が、「朝顔」巻で光源氏の夢枕に立ち、はじめて「女」としての情念を述べ、往生《おうじょう》がかなわず、罪を背負いつづけていることを吐露《とろ》することの意味は軽くないであろう。

【藤壺は光源氏を愛していたか】 臨終の迫った藤壺は、「高き宿世《すくせ》、世の栄えも並ぶ人なく、心の中《うち》に飽《あ》かず思ふことも人にまさりける身（前世からのすぐれた宿縁《しゅくえん》に恵まれ、中宮から国母にまでなって、並ぶ者のないほどの栄華をきわめたが、心のなかではまた光源氏との関係に悩み、嘆きも人にまさる身であった）」（「薄雲」）と生涯をふり返っている。その思惟《しい》が、晩年にさしかかった光源氏の「心に飽かずおぼゆること添ひたる身にて過ぎぬれば（心に飽き足らない思いのつきまとった身の上として過ごしてきたのですから）」（「若菜下」）と符合する点に作者の意図を読みとるとすれば、藤壺と光源氏は、冷泉帝を中心とした運命共同体であったと考えられる。そうみるとき、その主導者は藤壺であるゆえに、藤壺の変貌は物語の要請として以上に、とりわけ内発的なものであったことになろう。

さらには、藤壺が冷泉帝のために生きることをくり返し主張し、積極的に政治的役割をになうことがそのまま光源氏にたいする「愛」の告白ともなってゆく、藤壺の光源氏への「愛」の特異なあり方を読みとることができるのである。

〔藤壺の人物像をいかに読むべきか〕

藤壺を苦悩の生涯に導いたのは、光源氏前史の悲恋であった。桐壺帝は、周囲の反発と批判を招き、帝《みかど》として守らねばならぬ後宮《こうきゅう》の秩序をあえて乱してまでも愛しぬいた桐壺の更衣を、その愛の深さゆえに死なせてしまった。その絶望のなかでかすかに見いだした希望の光、それが藤壺であった。先帝の后腹《きさきばら》の内親王である藤壺の入《じゅ》内《だい》は、天皇親政の実現をもくろむ桐壺帝の政治的な戦略であったとみることもできる。一方で、桐壺の更衣の二《に》の舞《まい》になることを懸念していた母后に逆らって入内に賛成した兄の兵部卿《ひょうぶきょう》の宮（紫の上の父）のひそかな思惑《おもわく》もあったであろう（吉海直人）。

光源氏・藤壺の密通物語において、その犯した罪は近親婚のタブーにふれるものではなく、光源氏の王権侵犯《おうけんしんぱん》にかかわる禁忌《きんき》が問題なのだといわれている。藤壺の思惟のなかに王権侵犯をめぐる罪意識は希薄《きはく》であり、そもそも「罪」の語の用例が少ないことも問われているが、生命をかけて冷泉帝を守りぬく藤壺の決意の背後には、桐壺帝にたいする負い目があり、桐壺帝の信頼を裏切ってしまった呵責《かしゃく》から、なんとしても冷泉を帝位につかせ、せめてもの贖罪《しょくざい》となさねばならなかったのだ。そのように解釈するとき、藤壺の変貌はまた異なる意味をもってくる。すなわち、藤壺を政治的言動に突き動かしていたのは、桐壺帝の悲願であった冷泉帝の即位と冷泉聖代の実現のためであり、桐壺帝の意志を体現するうえで藤壺と光源氏は共犯者となるのである。光源氏の父性愛、藤壺の母性愛、あるいは二人ならではの過酷な「愛」のかたちも、右大臣一派に対抗する桐壺帝の意志に導かれていたことにもなる。

いうまでもなく、藤壺は『源氏物語』の根幹をなす〝禁断の恋〟の女主人公である。すなわち、義理の息子にあたる光源氏と密通し、不義の子を懐妊出産し、光源氏の罪までも自分自身に引き受けるかのように落飾《らくしょく》して、一人死んでいったのであった。そうであるならば、彼女は悲劇のヒロインなのか。かならずしも、そうはっきりとは言いきれないであろう。その歯切れの悪さは、罪の子の冷泉帝を桐壺帝の皇子と偽ったまま帝位につかせたことの後ろめたさとしたたかさにあるのではないであろうか。

藤壺は光源氏を愛していたのか、いや桐壺帝を愛していたのか——本文を読むかぎり、藤壺の心情はじつにとらえがたいところがある。一人の女としての藤壺がいかに生きたか、その人物造型の魅力を探るために、懐妊・出産・病気という身体の苦しみの問題からアプローチした石阪晶子の功績は大きいといわなければならない。藤壺は死後、光源氏の夢枕に立ち、恨み言をいう場面においては、明らかに紫の上に嫉妬をおぼえているようだし、その藤壺の情念が光源氏に「おそはるる心地(なにかに襲われるような心地)」(「朝顔」)を体感させていた。藤壺がもののけめいた存在にまで化してしまうこともふくめて、藤壺像を再度問わなければならない。

〔藤壺が影響を与えた人物・作品〕

藤壺には異母妹がいた。それは女三の宮の母であり、朱雀帝に入内した、もう一人の藤壺の女御である。この人物の存在によって、藤壺—紫の上—女三の宮という紫のゆかりがつながっていくのである。ときめいていた異母姉とちがい、この更衣腹《こういばら》の藤壺の女御は不遇な人生を送ったようである。朱雀帝も彼女を気づかってはいたものの、朧月夜 尚侍《ないしのかみ》の威勢に圧倒され、男皇子《おとこみこ》をもうけることもなく、中宮の座を得ることもなかった。「世の中を恨みたるやうにて（不遇なわが身を恨みながら）」（「若菜上」）、幼い女三の宮を残して早逝《そうせい》したという。そうした藤壺の女御の人生は、むしろ光源氏の母の桐壺の更衣や紫の上の母である故姫君と重なる。〝藤壺〟の記号性が、女三の宮の光源氏への降嫁《こうか》を導き、さらには柏木との密通や罪の子の懐妊という藤壺物語の再現をもたらし、光源氏にその罪の報復をつきつけることにもなったのである。

（三村友希）

〔現代に生きる藤壺《ふじつぼ》〕

藤壺は、現代風にいえば、すばらしい女性でありながら不幸を背負って生きた女性である。

いつの時代にも、どんなにすばらしい人、立派な人、幸福にみえる人でも、その裏側には、何らかの弱点を抱え、不幸に苦んでいる場合も少なくないのである。

とりわけ、女性の場合は、不幸の意識が強いようにみえる。他の幸福そうな女性に比べて、自分はどうしてこんなに不幸なのだろうか、欠点だらけで容姿にも恵まれていないのだろうかと思い悩み、他の女性を嫉妬する場合が少なくないようだ。

しかし、幸福そうにみえる女性が、はたして本当に幸福なのだろうか。神様は意外に公平である。従って、不幸だと思いこんでいる女性は、もう一度自分の長所を探し出す必要があろう。

（西沢正史）

六条御息所

ろくじょうのみやすどころ

『源氏物語』
平安時代

〔六条御息所の人生〕

十七歳の夏ごろ、光源氏は年上の貴婦人、六条御息所（二十四歳）のもとに通いはじめる。御息所は大臣の娘として生まれ、十六歳で皇太子（桐壺《きりつぼ》帝の弟）の妃《きさき》として入《じゅ》内《だい》し、姫君（のちの秋好中宮《あきこのむちゅうぐう》）を生んだが、二十歳で皇太子と死別して未亡人となった人である。高貴の人らしい知性をもち、美貌の彼女は若き青年貴公子たちのあこがれの存在であった。

しかし、二人の甘い時間は長くはつづかなかった。誇り高く、深く考えすぎる性格の六条御息所との関係は、若い光源氏にとって重荷ともなり、訪問も途絶えがちになってゆく。

御息所との息苦しい関係から逃避するように、光源氏は、偶然出会った謎の女に夢中になる。五条に住むその女（夕顔《ゆうがお》）は、御息所とは対照的に従順でかわいい。光源氏は夕顔といると、張りつめた緊張感から解放されたのである。八月十五夜、光源氏は夕顔をある荒れ果てた廃院に誘い出し、二人だけで過ごした。ところが、その夜、異変が起こる。〃もののけ〃が現われ、身分の低いつまらない女（夕顔）に夢中になっている光源氏を恨《うら》み、かたわらで寝ていた夕顔を取り殺してしまったのである。正体不明のその〃もののけ〃は、狂おしい嫉妬《しっと》に苦しむ御息所の生霊《いきりょう》であったのか、それとも廃院に棲《す》みついた〃もののけ〃であったのか。

夕顔の死後、光源氏はますます御息所をうとましく思い、訪れも絶えだえになってゆく。そうしている間に、桐壺帝が譲位し、光源氏の異母兄であり、弘徽殿《こきでん》の女御《にょうご》が生んだ朱雀《すざく》帝が即位する。その帝の交替にともなって、御息所の姫君が伊勢神宮に奉仕する斎宮《さいぐう》に決まった。光源氏との愛の終焉《しゅうえん》を感じ、もの思いに沈んでいた御息所は、斎宮となる姫君がまだ幼いことを口実にして、遠い伊勢に付き添ってしまおうかと悩む。

賀茂《かも》の斎院《さいいん》には弘徽殿の女御の内親王が任命され、その新斎院の御禊《ごけい》の日、光源氏が行列に供奉《ぐぶ》することになった。光源氏の美しい晴れ姿を見ようと、都大路《みやこおおじ》はごった返していた。懐妊中の葵《あおい》の上《うえ》もそのなかにいた。そこに、光源氏への愛をあきらめきれず、その姿を見ずにはいられない御息所もまた、忍んで見物にやってきていたのだった。

混雑はしていても、光源氏の正妻で左大臣の姫君である葵の上にたいしては、多くの車が駐車場所を譲ったが、どうしても動こうとしない網代車《あじろぐるま》が一台あった。その車にこそ、御息所が乗っていたのだった。双方の従者たちの争いとなって、網代車はひどく破壊されてしまう。見物客にも素性が知られてしまった御息所は、たいへんな屈辱のなかで逃げ帰るしかなかった。その前を、葵の上に挨拶《あいさつ》をして、光源氏が通り過ぎていく。御息所のプライドはずたずたに切り裂かれてしまった。

出産を間近にひかえた葵の上は、執念深い〝もののけ〟に取り憑《つ》かれて苦しんでいた。産気づいた葵の上に乗り移った〝もののけ〟は、光源氏に恨み言をいい、嫉妬の苦しみを訴えた。〝もののけ〟の正体を御息所と知った光源氏は、女の愛執の恐ろしさを思い知るのであった。男児(夕霧《ゆうぎり》)が生まれるが、葵の上はまもなく息絶えてしまった。車争いによる深い屈辱感と光源氏にたいする未練をかかえて、伊勢行きを悩む御息所は、光源氏の子を生む正妻葵の上への嫉妬の炎をどうすることもできなかったのだ。

御息所は、自制心を失っているあいだになにをしていたのかと考えているうちに、自分の魂が生霊となって葵の上を取り殺したことをさとる。正妻葵の上の死後、御息所が新しい正妻に迎えられるのではと取り沙汰《ざた》されるが、もはやそんな希望もほとんどなくなり、ついに伊勢に下ることを決意した。光源氏もさすがに別れがたく、晩秋の嵯峨《さが》、野の宮で精進潔斎《しょうじんけっさい》の日々を送る彼女を訪ねるのだった。いまさらにつのる未練を口にする光源氏に、御息所は静かに別れを告げて、伊勢へと悲しく旅立っていった。

年月は流れ、朱雀帝の譲位によって、御息所は伊勢から六年ぶりに帰京したが、やがて急病に倒れ、出家した。駆けつけた光源氏にたいして御息所は、姫君(前斎宮、のちの秋好中宮)の後見を依頼し、姫君にはけっして色めいた感情はもたないでほしいと遺言して、三十六年の生涯を閉じた。

死んでもなお、御息所の愛執は消えず、その後も紫の上の危篤《きとく》、女三の宮の出家のさいに死霊《しりょう》として取り憑《つ》き、往生《おうじょう》できない苦しみをうったえた。光源氏は追善供《ついぜんく》養《よう》を営みつつ、人間の愛執の恐ろしさを思うのであった。

〔六条御息所のモデル・素材〕

「夕顔」巻に「六条わたり」として朧化《ろうか》されて登場し、巻がすすむにつれて人物像の全貌が明らかにされるのが「六条御息所」である。「葵」巻では、「まことや、かの六条御息所の御腹の前坊《ぜんぼう》の姫宮、斎宮にゐたまひにしかば(それはそうと、あの六条御息所をお母君とする、前東宮の姫宮が、斎宮におなりになったので)」と語られ、「前坊」の「御息所」という具体的な設定が加えられる。「前坊」という言い方は、朱雀帝の立坊以前の皇太子、おそらくは桐壺帝の弟宮をさし、その薨去《こうきょ》によって朱雀帝が立坊したと理解されよう。『源氏物語』が書かれた一条帝の時代、「前坊」といえば「人々は醍醐天皇《だいごてんのう》の最初の皇太子となった保明親王《やすあきらしんのう》を思い浮かべるのを常とした」(藤村潔)。『源氏物語』には宇多《うだ》・醍醐・村上朝の史実が準拠として多く指摘されている。「賢木《さかき》」巻になると、六条御息所の経歴はさらに、十六歳で故皇太子に入内し、二十歳で先立たれ、三十歳で伊勢に下ると明らかにされる。母娘同伴で伊勢に下向した例としては、斎宮女御・徽子《きし》が最初であるが、この徽子は醍醐帝の皇子重明親王《しげあきらしんのう》の娘である。また、その年齢設定については、中国の詩人白居易《はっきょい》の「上陽白髪人」の影響が認められる。そして、『蜻蛉《かげろう》日記』の作者である道綱の母との類似も注目され、六条御息所の物語が平安時代の一夫多妻制にたいする批判となっていることが指摘されている(上坂信男)。

〔六条御息所の人物の評価の歴史〕

【登場の方法】　六条御息所の登場の方法は、じつに曖《あい》昧《まい》なものといわなければならない。というのも、御息所と光源氏の交渉のはじまりはなにひとつ語られず、「六条わたりの御忍び歩きのころ」、「御心ざしの所」、「六条わたりも」(夕顔)、「おはする所は六条京極わたりにて」(若紫)、「六条わたりにだに」(末摘花)と示されるだけで、しっかりとした像をなかなか結ばない。光源氏がひそかに通う恋人の一人として、「身分も高からず、源氏の愛情も薄い人物として寸描されている。高貴で奥ゆかしい御息所像はまだできあがっていない」（小学館・新全集頭注）のであった。彼女が「御息所」であると明かされるのは「葵」巻になってからである。「御息所」というのは、帝の寝所に仕える女官をいい、皇子を生んだ女官をさす。故皇太子の未亡人であり、寵愛《ちょうあい》された女性ということで、こう呼ばれたようである。光源氏がけっしておろそかには扱えぬ、高貴で教養ゆたかな女性として、六条御息所があらためて立ち現われてくるとき、光源氏の気持ちはすでに冷淡になっていた。

【生霊化】　生霊・死霊としてしばしば出現することがあるという意味で、『源氏物語』に登場する女性たちのなかでも、六条御息所がとりわけ特異な存在であることはまちがいない。光源氏と六条御息所の出会いが語られないため、二人の交渉のはじまりを語る欠巻が想定もされたが、ともあれ「葵」巻で具体化された二人の関係はすでに終末を迎えていた。斎宮となる娘につきそって伊勢に下向しようかと悩みつつも、光源氏にたいする断ち切れない愛執ゆえに決めかねている。その愛の深さがまた、光源氏を疎遠《そえん》にさせる原因ともなってしまった。夕顔を取り殺したのが六条御息所の〝もののけ〟とは判断できないが、葵の上に取り憑《つ》いた〝もののけ〟については「のたまふ声、けはひ、その人にもあらず変りたまへり。いとあやしと思《おぼ》しめぐらすに、ただかの御息所なりけり（おっしゃる声や感じが、葵の上とは変わって別人でいらっしゃる。不可解だとお思い合わせになると、まさにあの御息所なのであった）」（葵）とリアルに語られる。ほかでもない光源氏がその目撃者なのだった。そして、「若菜下」巻において、六条御息所はふたたび死霊として現われる。彼女の邸宅跡に建てられた六条院は、彼女の鎮魂《ちんこん》のためにあるともされる。彼女のさまよえる魂は、紫の上の発病や女三の宮の出家にさいして姿を見せた。あるいは、女三の宮と光源氏の新婚三日目の夜、光源氏の夢に現われた紫の上の心理と生霊となったときの六条御息所の心理とが、分裂する自己という点で共通することから、紫の上のになう主題に呼応して六条御息所の死霊が出現するとも指摘されている（奥出文子）。六条御息所の苦悩は、紫の上や大君《おおいぎみ》、浮舟へと継承されていく、女の生きにくさなのでもあった。〝もののけ〟となり、光源氏の妻たちを襲《おそ》っていくという希有《けう》な生は、光源氏物語の愛の世界の深淵《しんえん》を照射する役割も負っている。

【遺言】 朱雀帝の譲位、冷泉帝の即位にともなって斎宮も交替することになり、六条御息所は帰京する。やがて病気になり、出家した六条御息所を見舞った光源氏にたいして、娘を後見してほしいと遺言する。娘の将来を託しながらも、六条御息所は釘《くぎ》をさすことも忘れなかった。「うたてある思ひやりごとなれど、かけてさやうの世づいたる筋に思《おぼ》しよるな(いやな気のまわしようですけれども、けっしてそのような好色《すき》がましいすじにお思いなさいますな)」(澪標《みおつくし》)。娘を預けられる人は光源氏のほかにはいない。しかし、光源氏との恋愛関係に苦しみを尽くした六条御息所は、それだけに不安もあったのだった。この遺言が、これ以後の光源氏の行動と物語のゆくえを規制していくことになる。六条御息所の死後、光源氏は前斎宮に魅力を感じるものの養女とし、藤壺と結託して、冷泉帝《れいぜい》に入内《じゅだい》させるのである。朱雀帝も前斎宮にひどく執心していたにもかかわらず、その意向に反しての処遇であった。冷泉帝は、光源氏と藤壺の秘密の子である。その年若い帝に年上の前斎宮が光源氏の養女として后妃となれば、光源氏はその帝と后妃の両方の親という未曾有《みぞう》な立場になれるわけであった。藤壺としても安心である。須磨《すま》・明石《あかし》から政界に復帰したばかりの光源氏は、こうして政治的基盤を固めることに成功し、前斎宮はやがて中宮となる。秋好中宮の存在はさらに、春を好む紫の上と競い合い、六条院の秋の御殿の女主人としてその文化空間の体現者となることで、光源氏の栄華を支えていくのである。

〔六条御息所の人物像をいかに読むべきか〕

『源氏物語』には、そっくりな顔立ちをした人たちがいる。たとえば、光源氏と冷泉帝がよく似ているのは、秘密の父子だからだ。葵の上の生んだ夕霧が光源氏と冷泉帝に瓜《うり》二つであるのも、夕霧が光源氏の息子だからである。血縁関係が濃ければ、いくら似ていても不思議はない。しかし、似ていることがわざわざ指摘されるからには意味があるにちがいない。明石の姫君が光源氏に似ているとか、秋好中宮が六条御息所に似ているなどとはいわれない。親子・兄弟などの血のつながりがあることが正式に認められているばあいには、似ていることを特別には語らないらしい（池田節子）。

おもしろいのは、他人の空似である。桐壺帝は、後宮の掟《おきて》に逆らい、その秩序を乱してまでも桐壺の更衣《こうい》を愛しぬき、その愛ゆえにも死なせてしまった。茫然自失《ぼうぜんじしつ》の日々を送っていたところ、桐壺帝に仕える典侍《ないしのすけ》が見かねて、先帝《せんだい》の四《し》の宮こそ故桐壺の更衣によく似ていらっしゃる、と奏上した。これが藤壺である。実際に入内すると、たしかによく似て、しかも身分も高く若い藤壺に、桐壺帝は感動するのだった。「思しまぎるとはなけれど、おのづから御心うつろひて、こよなう思し慰むやうなるも、あはれなるわざなりけり（故人への御思いがまぎれるというわけではないけれども、自然と藤壺にお心が移って、すっかりお気持ちが慰められるらしいのも、人の情というものであった）」（桐壺）とある。尽きぬ悲しみが藤壺という新しいヒロインの登場を促したのだったが、桐壺帝のその哀惜は案外にすんなりと、そのそっくりな容貌のために癒《いや》されてしまうのである。

さて、六条御息所の美しい容貌は、奥ゆかしい風情《ふぜい》や教養の高さ、高雅な趣味を示唆《しさ》されるものの、生霊・死霊と化してしまう強烈な個性のためか、ことさら具体的に語られることがない。ところが、光源氏が明石で出会った明石の君の「ほのかなるけはひ、伊勢の御息所にいとようおぼえたり（ほのかに感じられるようすは、伊勢の御息所にほんとうによく似ている）」（明石）とあるのである。さらに、「人ざまいとあてにそびえて、心恥ずかしきけはひぞしたる（明石の君の人柄はいかにも気品があって背が高く、こちらが気恥ずかしくなるような感じがする）」（明石）とある。長身の明石の君と小柄な明石の姫君（のちの明石の中宮）は、母娘であっても「似ている」ことはないようである。六条御息所と明石の君の「ほのかなるけはひ」の類似は、なにを示すのか。

光源氏の栄華を陰ながら支えていくことになる明石の君は、桐壺の更衣一族や中務《なかつかさ》宮家に連なり、和歌や音楽のたしなみも深い。しかし、受領《ずりょう》の娘という身分の低さは否定しようがなく、明石の姫君を紫の上に養女として引き渡すことを余儀《よぎ》なくされるなど、自己を抑制しつづけた。その甲斐《かい》あって、一族の宿願であった明石の姫君の立后《りつごう》が実現する。そこには、いわゆる「紫のゆかり」（桐壺の更衣―藤壺―紫の上―女三の宮）の物語とは一線を画した、桐壺の更衣から、あるいは六条御息所から明石の君、明石の姫君へと続く「もう一つのゆかり」という一筋の流れが立ち現われてくるのである（久富木原玲）。光源氏その人が見て感じた、六条御息所と明石の君の「けはひ」の類似は他人の空似にちがいないが、これは今後さらに考察されるべき課題のひとつであろう。

〔六条御息所が影響を与えた人物・作品〕

『源氏物語』を典拠とした謡曲は多くないが、六条御息所をシテとする『葵上』・『野宮』がある。また、原作には描かれることのなかった光源氏と六条御息所の出会いを描く、本居宣長《もとおりのりなが》『手枕《たまくら》』（宝暦十三年〈一七六三〉成立）がある。『源氏物語』をよく模した文章や展開で、宣長の『源氏物語』研究の深みが発揮された作品である。きわめて個性的なその人物造型はやはり興味をそそられる素材であり、『源氏物語』の現代語訳を手がけた円地文子も、『女面』において〝もののけ〟としての六条御息所を主題としている。小説には、主人公の未亡人である栂尾三重子の書いた六条御息所論「野々宮記」が引用される。そこには「藤壺の宮や紫の上が男をゆるす苦しみの中に自分のすべてを溶解して男の中に永遠の花を咲かせる女であるならば、六条御息所は男の中に磨滅することの出来ない自我に身を焼きながら、現実のいかなる行動にもよらず、憑霊的な能力によって、自分の意志を必ず他に伝え、それを遂行させねばやまぬ霊女なのである」とある。円地文子は、三重子という女をもう一人の六条御息所として描いている（木村朗子）。

（三村友希）

〔現代に生きる六条御息所《ろくじょうのみやすどころ》〕

六条御息所は、現代風にいえば、嫉妬に人生を狂わせた不幸な女性である。

人間は嫉妬する生き物である。特に女性は、愛の問題において嫉妬深いようである。

もとより、嫉妬は、愛の深さの結果であり、愛による独占欲の結果である。だから、嫉妬する女性の方が情が深いといえるが、それも程度の問題で、あまりに過度の嫉妬は、女性自身を不幸にし、自滅の道を歩ませる。自戒すべきであろう。

（西沢正史）

朧月夜

おぼろづきよ

『源氏物語』
平安時代

〔朧月夜の人生〕

光源氏二十歳の春二月、宮中南殿《なでん》の桜の宴《えん》が盛大に催された。光源氏のみごとな舞や詩は人びとから絶賛される。その光源氏を、前年に皇子（冷泉）を出産して自責の念にさいなまれる藤壺は、複雑な思いで見つめていた。

宴が果てた夜更け、春の宵の明るい月にいざなわれて、ほろ酔い心地の光源氏は、藤壺の近くを徘徊《はいかい》するものの、そこは女房の局《つぼね》（部屋）の戸口までしっかりと閉まっていた。なおあきらめきれない光源氏が向かいの弘徽《こき》殿《でん》の細殿《ほそどの》に立ち寄ると、弘徽殿の女御《にょうご》は留守らしく、人少なのようすである。奥の戸も開いている。こうした不用心がもとで男女のまちがいも起こるものだと思いつつ、光源氏はそっと中に入っていった。すると、美しい声で「朧月夜に似るものぞなき」と口ずさみながら、若い女が近づいてくる。ふと、光源氏はその袖をとらえた。突然のできごとに驚いておびえる女こそ、朧月夜の君である。「ここに人が」というのを、光源氏が「まろは、皆人に許されたれば」（私にとやかくいう人はいませんから）と制すると、朧月夜はその声で男の正体を知り、少し落ちついたのか、拒むようでもない。無愛想でかわいげのない女とは思われたくないという女の気持ちであった。

光源氏もまた、強く拒絶しない朧月夜をいじらしく思って契りを交わしているうちに、まもなく夜も明けてしまった。あわただしいなかで朧月夜に名を問うが、彼女は「うき身世にやがて消えなば尋ねても草の原をば問はじとや思ふ」（憂き運命の私がこのままこの世から消えてしまったら、名乗らなかったからといって、あなたは草の原を分けてでも私を尋ねようとはなさらないのでしょうね）と応じるだけであった。その挑発的なようすが、なんとも魅力的でなまめかしい。夜が明けるけはいにせかされ、二人は逢瀬《おうせ》のしるしに扇だけを交換して別れたのであった。

その後、光源氏は、扇の女が政敵である右大臣の姫君、すなわち弘徽殿の女御の妹であるらしいと知った。

再会はむずかしいかもしれないが、行きずりの恋として忘れてしまうには、朧月夜はあまりに魅惑的であった。一方、夢のような逢瀬を思い出しては切なく思いつめていた朧月夜は、じつはこの四月に皇太子(のちの朱雀帝)の妃として入内《じゅだい》することが決まっていた。

それから約一か月後の三月末、右大臣邸において催された藤の花の宴に招待された光源氏は、酔ったふりをして、交換した扇の主を探し、「扇を取られてからめきを見る(困っている)」といいかけると、黙ってため息をつく女がいた。手をとらえると、まぎれもなくあの夜の朧月夜であった。

その後、朧月夜は光源氏との仲が噂となり、皇太子への入内がとりやめとなってしまい、御匣殿《みくしげどの》として宮中に仕えることになった。光源氏の正妻であった葵の上《あおいうえ》が亡くなり、娘の身を思いやる父の右大臣は朧月夜と光源氏の結婚を許したく思うが、姉の弘徽殿の大后《おおきさき》はけっして認めない。やがて、朧月夜は尚侍《ないしのかみ》となり、朱雀帝の寵愛を受けるものの、光源氏と心を通わし密会をつづけていた。桐壺院が崩御《ほうぎょ》し、政治の権勢は右大臣側へと移っていった。

光源氏二十五歳の夏、朧月夜が瘧病《わらわやみ》のために里下がりしたころのある雷雨の晩、二人の密会はついに右大臣に発見されてしまう。知らせを受けた弘徽殿の大后は激怒し、光源氏失脚への手だてを考えはじめる。二人のひそかな関係は朱雀帝の知るところとなったが、気弱でやさしい朱雀帝は朧月夜を咎《とが》めたりはしなかった。

藤壺や皇太子(のちの冷泉帝)にまで類が及ぶことを危《き》惧《ぐ》した光源氏は、翌年、みずから須磨の浦へと退去した。朧月夜はなお光源氏を思慕しつづけるが、それでも朱雀帝は朧月夜を愛しつづけ、光源氏のことで恨み言をいいつつも、朧月夜に皇子が生まれないことを残念に思うのであった。

二十八歳の秋、光源氏は京都に召還された。冬、朧月夜は譲位《じょうい》も近い朱雀帝の深い愛情を知るにつけ、それに比べれば光源氏の気持ちは深くはなかったのだと悟り、よりをもどそうとする光源氏にたいしてきっぱりと拒絶する。

月日は流れ、光源氏が准太上天皇《じゅんだじょうてんのう》となった年の冬、朱雀帝は出家し、その翌年二月、鍾愛《しょうあい》の内親王女三の宮が光源氏に輿入《こしい》れしたのを見とどけ、西山の御寺《みてら》に移った。朧月夜も朱雀院のあとを追って出家したいと願っていたが、朱雀院にとめられ、故弘徽殿の大后が住んでいた二条の宮に移ることになった。

紫の上を悲しませてまで迎えた女三の宮の未熟さに落胆していた光源氏が、朧月夜を見過ごすわけがなかった。光源氏は朧月夜を訪ね、危険をおかして身をこがした青春時代の恋を懐かしむ。朧月夜もやはり、光源氏を強く拒みとおすことはできなかった。それから、ふたたび逢瀬を重ねる二人であった。

光源氏四十七歳の年、朧月夜は出家をした。光源氏からは法服が贈られる。光源氏から出家を許されない紫の上は、髪を下ろした朧月夜をうらやむのであった。

〔朧月夜のモデル・素材〕

光源氏の須磨・明石流離の深層には、光源氏と藤壺の密通、不義の子（冷泉帝）誕生の贖罪《しょくざい》という意味が内在しているわけであるが、直接的な契機となったのは朧月夜との密会が露顕《ろけん》したことであった。朧月夜物語には古注以来、『伊勢物語』二条の后（藤原高子《たかいこ》）にかかわる章段の引用・影響が指摘される。帝への入内《じゅだい》を定められながら昔男（在原業平《ありわらのなりひら》）と恋に落ち、入内後も関係はつづいて、そのために昔男は流離せざるをえなくなり、女は謹慎を余儀なくされるという過程に、朧月夜と二条の后の物語性が符合する。あるいは、『伊勢物語』斎宮《さいぐう》の章段も注目される。朧月夜は光源氏失脚のきっかけをつくり、実家の右大臣家、姉の弘徽殿の大后の外戚政治への野望をうちくだいてしまった。素性《すじょう》を明かさぬまま始まった朧月夜の恋は、それでいて政治的動向と密接にからみ、緊張をはらむのであった。また、朧月夜が朱雀帝の尚侍であったことから、そこに巫女《みこ》性を認め、光源氏の朧月夜にたいする恋が王権のタブーを侵《おか》すものであったとも指摘される。史実では、藤原兼家の三女で永延元年（九八七）に一条帝の尚侍となり、中将源頼定と密通した藤原綏子のばあいが想起されよう。

〔朧月夜の人物の評価の歴史〕

【尚侍という立場】　朱雀帝の最愛の寵妃でありながら、朧月夜は御匣殿《みくしげどの》から尚侍という待遇でしかなかった。尚侍という立場をめぐっては、同じく尚侍であった玉鬘がのちに髭黒《ひげくろ》と結婚していることからも、『源氏物語』が尚侍を后妃と同等にとらえていないことが了解される。朧月夜と二条の后とでは、その意味で異なった位置づけにある。内侍司《ないしのつかさ》の長官でありつつ帝の妻であるというのが、当時の尚侍の実際であろうと思われるが、歴史上からいっても御匣殿から女御になる例は多く、朧月夜の御匣殿としての出仕は女御になるための準備工作であったと考えられる（後藤祥子）。問題は、朧月夜がすでに光源氏と関係をもっていたことにあったはずである。それにもかかわらず、なかば強引に朧月夜の立后をなしとげようと期待していたのが姉の弘徽殿の大后であった。光源氏との密会が露顕したのち、父の右大臣が朧月夜を光源氏と結婚させようと考えたのは、より現実的な判断だったといえる。そうなれば、右大臣家に光源氏が取りこまれることになり、右大臣家にとっては逆に有利にはたらいたかもしれない。いや、もしも朧月夜が朱雀帝の男皇子《おとこみこ》を生めば、后妃となることもありえたであろう。朧月夜に皇子がなかったことは、皇太子（冷泉帝）の即位実現にとっては幸運であった。

【恋する女】　右大臣家の深窓の姫君としてかしずかれ、朱雀帝への入内《じゅだい》も望まれていた朧月夜であるが、光源氏との出会いの場面に見られるような挑発的な積極性や、恋の官能に流されがちな享楽的《きょうらくてき》な一面は、『源氏物語』に登場する多くの女性たちのなかでも個性的である。朱雀帝の寵愛を受けていながら、姉の弘徽殿の大后も滞在する父の右大臣の邸で光源氏と密会するなど、かなりの大胆さだ。それは、「帚木《ははきぎ》」巻「雨夜の品定め」の左馬《さま》の頭《かみ》の体験談で紹介される「木枯《こがらし》の女」に共通する人物像でもある。「木枯の女」はたしなみ深く、歌も上手で手紙もすらすらと書き、琴も巧みに弾きこなし、美しい女性であったけれども、すこし派手好みで浮気っぽいところがあったと紹介されている。朧月夜もまた、すばらしい歌を詠み、筆跡も高く評価されており、人柄や趣味・教養の点、軽率で感情に流されやすい脆《もろ》さなどは「木枯の女」に類似していよう。また、『源氏物語』には「木枯」を詠んだ歌は、雨夜の品定めにおける「木枯の女」の歌、朧月夜の歌、小野の妹尼の歌の三首のみであり、「木枯の女」と朧月夜の歌は恋人を誘う歌であった。和歌史においても希《まれ》な「木枯」の歌を詠む小野小町・和泉式部にも通じ、朧月夜は「恋する女」の系譜にある（日向一雅）。

【死と流離のイメージ】　光源氏との恋愛は、たがいに素性《すじょう》を明かし合わないところからはじまる。扇を媒介とする点においても、それは光源氏と夕顔の交渉に似ている。その類似は、小野小町や和泉式部にまつわる流離のイメージともつながってくるであろう。名を問う光源氏に朧月夜が詠んだ歌にみえる「草の原」の語がさすらいの果ての異常な死を連想させ、流離と死のイメージをはらみながら光源氏を破滅へと誘う朧月夜の物語は、夕顔の物語とあらゆる面で類似する（吉野瑞恵）。また、そうして光源氏をはぐらかし、危険な恋に身を投じていく朧月夜の無防備さは、頼りなく腑甲斐《ふがい》ないと批判された女三の宮や浮舟の性質とも似かよっている。

〔朧月夜の人物像をいかに読むべきか〕

登場場面はかぎられているのに、朧月夜という女性は光源氏の一生の節目に深くかかわっていく。青春時代の光源氏の自由奔放な、傲慢《ごうまん》なまでの恋愛遍歴の最《さい》たるものとして、兄の朱雀帝の寵愛する朧月夜との横恋慕的な恋があった。正式な妃ではなかったにせよ、二人の関係は「密通」として糾弾《きゅうだん》された。

若き日の過ちとして光源氏との恋を経験したのち、変わらずに寵愛をそそぐ朱雀帝とともに過ごした朧月夜は、朱雀帝の出家にともなって内裏を去り、弘徽殿の大后の住んでいた二条の宮に移った。朱雀院のあとを追って出家したいと望んだものの、朱雀院にひきとめられ断念する。そして、帰京した光源氏と訣別《けつべつ》してから十余年、朧月夜はふたたび物語の表舞台に登場してくるのである。朱雀院の鍾愛《しょうあい》する女三の宮が光源氏に輿入《こしい》れし、「若菜」巻冒頭で明かされた朱雀院の病気をきっかけに、物語は六条院崩壊へと動きだすのであったが、朧月夜もまた、その展開のなかで再登場する。それは、まさしく「恋する女」らしい再登場であった。

そもそも女三の宮が早くに母の藤壺の女御（藤壺の異母妹）を亡くしたのも、朧月夜の圧倒的な威勢に気圧《けお》されてしまった落胆ゆえであった。その敗北の設定は、光源氏の母の桐壺の更衣や、紫の上の母の故姫君にも似ている。このもう一人の藤壺の入内には、先帝一族の帝位奪還への期待や天皇親政をめざす桐壺院の意志がはたらいていたのかもしれず、政治的な思惑《おもわく》をせおっていたのであろう。この藤壺の女御は男皇子《おとこみこ》をもうけることもかなわず、おそらく異母姉の藤壺よりも早く、まだ幼い女三の宮を残しての早逝ということになるが、その悲劇ゆえにも朱雀院は女三の宮を溺愛《できあい》するのである。この母の存在が突然明かされ、紫の上と同様に母の非業《ひごう》の死という不幸と、「紫のゆかり」であるというヒロイン性をまとって女三の宮が登場してくる仕掛けであった。

女三の宮の流転の人生と朧月夜のかかわりはそれだけではない。注目されるのが、女三の宮誕生の時期である。「若菜上」巻冒頭の女三の宮を十三、四歳とすると、母の藤壺の女御が彼女をみごもったのはちょうど、朧月夜が右大臣邸に退出して光源氏と密会し、それが露顕したのち、そのまま朱雀帝の後宮を留守にしていたおよそ二年のあいだにあたるのである(金田元彦)。朧月夜の謹慎がなければ、女三の宮誕生はなかったかもしれない。朱雀帝は朧月夜にこそ男皇子の誕生を望んでいたし、弘徽殿の大后にとって憎き藤壺の血を引く藤壺の女御は目《め》障《ざわ》りな存在であったであろう。結果として、朱雀帝の後宮は中宮を欠くこととなったのであった(今上帝が即位したとき、すでに母の承香殿《しょうきょうでん》の女御は他界していた)。

再会を語る数段には「昔」、「いにしへ」といった語が頻出し、須磨流離の過去をよびおこす語りとなっている。第一部の光源氏の若さにまかせた恋と、第二部の六条院世界の解体の物語が、光源氏の一生の流れのなかに位置づけられるのである。六条院の緊張から逃れるように朧月夜と密会をつづける光源氏は、しかし、朧月夜の突然の出家に驚くことになる。女三の宮の幼稚さにがっかりし、けなげな紫の上を見ているのがつらくて朧月夜との恋を再燃させた光源氏は、女三の宮と柏木の密通を知ったのち、朧月夜が髪をおろしたことを知るのであった。じつは朧月夜は、姉の四の君が太政大臣(頭《とう》の中将)の北の方で柏木の母であることから、女三の宮を所望する柏木の意を朱雀院に伝えていたという。その熱心な運動が失敗し、女三の宮を獲得できなかった柏木はあきらめきれず、ついには密通事件を起こしてしまったのであった。『源氏物語』において出家する女性たち、藤壺・空蟬・朧月夜・女三の宮・浮舟といった主な女性は密通を犯しているが、女三の宮の結婚・密通・出家について、朧月夜はそのたびに道しるべ的な役割を果たしているのである。

〔朧月夜が影響を与えた人物・作品〕

朧月夜が登場するのは「花宴《はなのえん》」巻であるが、「紅葉賀《もみじのが》」巻の女主人公は藤壺であり、后妃あるいは后妃候補者である二人はともに、光源氏にとって王権侵犯の罪の起因となる女性である。光源氏が弘徽殿の細殿に忍び朧月夜に出会ったのも、藤壺に会えない渇望からであった。光源氏の須磨退去の理由は、光源氏と朧月夜の密会が露顕したことと、光源氏と藤壺の密通事件が表裏の関係にあると理解される。また、『伊勢物語』の引用・影響という点でも、二人はつながっている。藤壺のばあいは、罪の子である冷泉帝が誕生することで『伊勢物語』から逸脱し、さらなる展開を生み出していくのであるが、光源氏と藤壺の密事にも、朧月夜の物語と同様に『伊勢物語』の昔男《むかしおとこ》(在原業平)の二条の后や斎宮《さいぐう》との恋がふまえられているのである。藤壺の出家と朧月夜の密会が知られる「賢木」巻は、二人の女主人公の物語がからむようにして光源氏を失脚へと導いていくことになる。

(三村友希)

〔現代に生きる朧月夜《おぼろづきよ》〕

朧月夜は、現代風にいえば、男性経験によって成長した女性である。

現代に生きる女性は、一般的に、人生経験の少ない若い時には、イケメン・高学歴・高収入というような外形的・付随的なものによって男性を選択しがちである。

ところが、女性も、いくつかの男性経験を重ねた三十歳すぎになると、外形的なものより内面的な人間性を重視するようになり、着実な生活に根ざした男性を選択するようになる。

従って、女性が長い人生のパートナーとしてふさわしい男性を選択するためには、外形的なものだけではなく、内面的なものを的確に洞察できるような判断力が必要である。

さらに、その力を養うためには、知識・教養を深め、さまざまな経験を積んで、女性としての人間的成長をはからなければならないのである。(西沢正史)

紫の上

むらさきのうえ

『源氏物語』平安時代

〔紫の上の人生〕

晩春の北山、瘧病《わらわやみ》の治療のために高僧をたずねた光源氏は、夕暮れどき、十歳くらいの美しい少女（のちの紫の上）を垣間見《かいまみ》る。年端《としは》もゆかない少女に、なぜこうも視線を奪われるのかと、光源氏はふと気づき、涙を流して感動したが、それは少年の日からあこがれつづけ、思《し》慕《ぼ》してきた藤壺《ふじつぼ》になんともよく似ていたからである。

雀《すずめ》の子が逃げてしまったと泣いている少女の頑是《がんぜ》なさを嘆く祖母の尼君は、どうやら重い病気であるらしい。頼るべき人もいないまま孫娘を残して死んでいく悲しみにくれる尼君に、光源氏も同情しつつ、藤壺の身代わりに、このあどけない少女を明け暮れの慰めにして過ごしたいと思う。そのひそかな光源氏の願望は、少女が藤壺の姪《めい》であると知ってからは、なおも高まっていくのであった。なんと少女は、藤壺の兄の兵部卿《ひょうぶきょう》の宮の娘であり、藤壺の姪にあたる紫のゆかりの人であったのである。

少女を引き取って養育したいという光源氏の申し出を、尼君は本気に取り合わなかった。その秋、いよいよ病篤い尼君は、あらためて光源氏に少女の将来を託した。かくして尼君の死後、光源氏は父の兵部卿の宮にさきんじて幼い少女を強引に引き取ってしまったのである。初めはとまどっていた少女（紫の上）も、やがて光源氏に馴《な》れ親しみ、生来の聡明《そうめい》で素直な性質のゆえもあって、そのあたたかな庇護《ひご》のもとで、光源氏の理想である、あの藤壺にも似て美しくすこやかに成長してゆく。

正妻である葵《あおい》の上《うえ》の死という不幸ののち、光源氏は十四歳になった紫の上と新枕《にいまくら》を交わして結婚し、ようやく夫婦となる。父宮とも疎遠《そえん》で身寄りもなかった紫の上が、光源氏の正妻格として、世間にも晴れて認知されるようになったのである。光源氏の須磨《すま》・明石《あかし》流浪、明石の君の出産、明石の姫君の引き取り、光源氏の朝顔の斎《さい》院《いん》求婚など、紫の上にとっての試練がつづいたが、そのたびに彼女自身の魅力や才覚という輝くような美質によって乗り越えることができた。愛情と信頼によってのみ結ばれた、理想的な男女としての光源氏と紫の上との二人の希有《けう》な関係性が構築されていくのである。

しかし、紫の上の安定や幸福が砂上《さじょう》の楼閣《ろうかく》にすぎず、いかに脆弱《ぜいじゃく》なものであったかを露呈する最大の危機がおとずれる。光源氏の決定的な裏切りともいえるその事件は、もうひとりの紫のゆかりである女三の宮の六条院への降嫁《こうか》である。紫の上には従妹《いとこ》にあたる若々しい皇女の参入により、六条院の世界の秩序は大きく乱され、紫の上の正妻格としての立場は揺らがざるをえなかったのである。光源氏の愛情を疑い絶望する紫の上は、それでも気丈《きじょう》にふるまい、表面的には女三の宮を気づかう思いやりをみせている。女三の宮の幼さに落胆した光源氏は、そのような紫の上の心ある配慮に感動し、その理想性を再認識するが、紫の上の傷ついた精神はもはや癒《いや》されることはない。華やかな女楽《おんながく》ののち、紫の上は、ついに力尽きたように発病してしまうのであった。

もはや、光源氏とのあいだに生じてしまったギャップは修復しようもなかった。紫の上には気がかりな実の子どもがいるわけでもないので出家を望むものの、光源氏からはけっして許されなかった。危篤状態に陥りつつも蘇生《そせい》した紫の上は、うろたえる光源氏を見て、慈愛《じあい》から見捨てることができない。女三の宮の出家や、落葉の宮をめぐる夕霧一家の騒動を横目《よこめ》に、男女の関係性の頼みがたさを痛感しつつ、しだいに死に近づいていく。

一進一退をくり返して衰弱《すいじゃく》していく紫の上は、むりやりに出家をとげることはしなかった。かわいがって養育していた匂宮に、二条院の庭の紅梅《こうばい》と桜を託すことが、紫の上の唯一の遺言となった。確実に死の世界に歩みよりながらも、生ある人びとへのやさしさを最後まで失わなかった紫の上は、養女の明石の中宮に手を取られながら息をひきとったのである。

最愛の紫の上を亡くした光源氏は、茫然自失《ぼうぜんじしつ》の日々を送り、彼女の追憶のなかで一年の四季の移り変わりを悲しく感じるばかりであった。紫の上のなつかしい手紙を焼却し、身辺の整理をすませて、出家の意志を固めた。紫の上の死、それは光源氏の栄華の世界の終焉《しゅうえん》そのものを示していた。

〔紫の上のモデル・素材〕

「若紫」巻の構造は、『伊勢物語』に負うところが大きい。光源氏の少女垣間見《かいまみ》の物語と『伊勢物語』初段、また『伊勢物語』の第四十九段の兄妹の近親相姦《きんしんそうかん》的な恋を結びつけて読むと、その影響は紫の上の初期の人物形象全体に及んでいる。「昔男」（在原業平）の恋を背景に、光源氏の幼い少女にたいする欲望は誘発されていくと考えられる。

祖母の尼君と死別して孤児同然の身の上となった紫の上が、もしも父の兵部卿の宮に引き取られていたとすれば、尼君や乳母《めのと》の少納言が心配していたように、継子《ままこ》いじめの災難にあっていたかもしれなかった。『源氏物語』の成立当時に流行していた継子いじめ物語との類似は玉《たま》鬘《かずら》物語により顕著であるものの、髭黒《ひげくろ》と別れて実家にもどってきた兵部卿の宮（式部卿《しきぶきょう》の宮）の娘の母の大北の方、すなわち紫の上の継母は紫の上にも悪態をつくしまつであった。光源氏の須磨《すま》流浪にさいして紫の上とのかかわりも断った兵部卿の宮は、もう一人の娘の王女御入《おうのにょうごじゅ》内《だい》にも光源氏は援助せず、光源氏の後見する秋好《あきこのむ》に中宮の座も奪われてしまう。紫の上物語の継子いじめ物語的要素は、玉鬘の結婚とからみ、案外に長く揺曳《ようえい》している。しかし、その初期段階にかぎっては、予想される継子いじめから紫の上を救済する光源氏の紫のゆかりの恋を正当化していた。

あるいは、紫の上の死をめぐっては、八月十五夜の葬送や光源氏による手紙の焼却などに、かぐや姫の昇天を重ねて読むことができる。

〔紫の上の人物の評価の歴史〕

【紫のゆかり】　紫の上は藤壺の血を引く（姪）紫のゆかりであり、その身代わりとして光源氏に見いだされ、結婚する。『源氏物語』の愛情世界は、運命的な愛の連鎖によって長編化され、主題化されている。桐壺の更衣―藤壺―紫の上―（女三の宮）という系譜は、光源氏の恋愛遍歴のなかでも特別な意味をもっていた。桐の花・藤の花は紫色、紫草の根による染色が紫色であり、「紫の一《ひと》本《もと》ゆゑに武蔵野の草はみながらあはれとぞ見る（私が親しく愛する人ゆえに、その人にゆかり〈縁〉のある人はみな、格別親しく感じられる）」（『古今集』）を引き歌にして、そのつながりは紫のゆかりと呼ばれる。血縁関係以上に（桐壺の更衣と藤壺に血縁はない）、その容貌が似ていることも重要な条件となっている。藤壺も紫の上も、奇跡的な容貌の相似を最大の理由づけに、桐壺帝や光源氏に見初《みそ》められ、愛されるようになるのである。寵愛《ちょうあい》を得たとはいっても、彼女たちはいいしれない空虚をかかえながら、同一性と差異の狭間《はざま》に生きる矛盾《むじゅん》した存在であった。しかし、紫の上自身の魅力や才覚が光源氏に評価されなかったわけではなかった。発揮される紫の上の美質によって、藤壺の身代わりを求める光源氏物語は不毛性や破綻《はたん》をまぬがれている。女三の宮というもうひとりの紫のゆかりの登場は、その論理じたいを問いなおし、紫の上という存在をあらためて相対化する契機となっている。だれかの身代わりを求める側と求められる側の見えざる葛藤《かっとう》のなかで、光源氏は、藤壺の身代わりとして紫の上を愛しているのか、それとも紫の上その人を愛しているのかと自分自身に問いつづけなければならないのである。

【少女時代】　物語初期の紫の上について、統一的な内面が見られずおぼろげであるという印象が否めず、「若菜上」巻以降の深まる苦悩に読者の関心が向かいがちであったことなどから、少女時代の紫の上の才気煥発《かんぱつ》で無邪気な魅力が注目されてきたのは近年のことである。「若紫」巻において光源氏の視界に走り出てきた紫の上の身体は幼いきらめきに満ち、光源氏を魅了してやまなかった。十歳ばかりと見えた紫の上は、実年齢以上に幼く形象されているといわれる（藤井貞和）。雛《ひな》遊びに興じ、光源氏と無心に戯れる紫の上は、その幼さゆえもあって、なににも支配されない反秩序のエネルギーを力強くたたえている少女であった。それはまた、紫の上が光源氏との結婚の手続きの曖昧《あいまい》さのなかで描かれ、将来后《こう》妃《ひ》や大臣となるべき実子の誕生を願うことのなかった反世俗的な紫の上の人生それじたいに捉え返される問題でもある（原岡文子）。

【雛遊び】　幼い紫の上は、世に名高い貴公子の光源氏を、少女が好む遊びの世界をとおして受容する。「幼心地に、めでたき人かな（幼心に、なんて素敵なお方か）」（「若紫」）と見て、「雛遊びにも、絵描いたまふにも、源氏の院と作り出でて、きよらなる衣《きぬ》着せかしづきたまふ（雛遊びにも、絵をお描きになるにも、これは源氏の君というようにお作りになって、きれいな衣装を着せて大事にしておいでになる）」（「若紫」）のであった。そこには、紫の上が「幼心地」なりにいだいた光源氏にたいする憧憬《しょうけい》が確認されよう。少女らしい発想と愛着の方法において、まずは偶像としての光源氏を受容してゆくのである。また、少女を庇護しようとする光源氏には、一方で藤壺幻想を投影し、藤壺の身代わりとして愛していこうとするもくろみがある。光源氏と紫の上がともに雛遊びに興じるようすがしばしば語られるが、雛遊びのミニチュア世界を采配する紫の上と、その紫の上をあたかも愛らしい人形《にんぎょう》(人形《ひとがた》・形代《かたしろ》)のように養育する光源氏という、奇妙な二重構造がみられるのである。

【妻の座】 紫の上は、光源氏によって誘拐《ゆうかい》されるようにして二条院に据《す》えられ、父兵部卿の宮の承諾を得ることもなく、また裳着《もぎ》(女性の成人式)をすませるよりもさきに、普通一般の結婚とは異なる経緯《けいい》で光源氏の妻となった。しかるべき後見をもたず、光源氏の政治的栄華に寄与することもなく、信頼と愛情によってだけ結ばれた光源氏の伴侶《はんりょ》、理想的な妻としての紫の上の美質それじたいが、光源氏の栄華の世界の構築に貢献していくことになる。紫の上は、曖昧《あいまい》で不安定な妻の座をたゆまぬ努力と忍従によって守りぬこうとするが、光源氏の朝顔の斎院思慕《しぼ》や女三の宮降嫁《こうか》という危機にみまわれる。紫の上は、光源氏最愛の女君とはいっても、光源氏の永遠の憧憬の人である藤壺に追いつくことはできず、正妻格でありつつも実子に恵まれなかったという現実からついに逃れることはできなかったのである。しかし、そこで問題なのは、光源氏の正妻であると断言できない紫の上が六条院の実質的な中心であり、光源氏の愛情をほぼ独占していく状況を語り、かならずしも史実とあいいれない設定を創造した『源氏物語』独自の論理である。

〔紫の上の人物像をいかに読むべきか〕

紫の上は、発病・危篤・蘇生を経て、「御法《みのり》」巻において病の床でいよいよ死期を迎えようとするとき、唯一の遺言として幼い匂宮に二条院を託すのであった。ことさら「人の聞かぬ間」を見はからい、「まろがはべらざらむに、思《おぼ》し出でなんや(私がいなくなりましたら、思い出してくださるかしら)」(「御法」)と尋ねると、頑是《がんぜ》なく涙をぬぐう匂宮のようすが愛らしくて、紫の上もほほえみつつ涙ぐむのであった。死への傾斜と生きる者への哀別とに引き裂かれながらも、紫の上は静かに死を待っている。

紫の上にとって心残りなのは、光源氏のことだけなのである。しかし、たがいに思いやりの視線でみつめ、たしかに愛情を交わしあっているのに、二人はそれを確認することができないでいる。その決定的なギャップを解決できないまま、紫の上の死は近づいていく（三谷邦明）。

　そのすれちがいは、紫の上の念願である出家を光源氏がけっして許さないというところにある。いや、それすらも光源氏の愛情ゆえの拒絶なのであり、紫の上も光源氏の許可なしに断行することはできないでいる。紫の上は、最後まで愛欲と仏法のあいだをさまよいつづけた人なのだとされる（阿部秋生）。そして、紫の上の存在根拠の基盤であった光源氏の愛情にたいする絶望がゆるやかに無常観にまで昇華されていったところにこそ、その出家願望の本質がある（武原弘）。

　出家をめぐって、紫の上は光源氏の「ゆるし」をくり返し求め、死期が迫っても「御ゆるしなくて、心ひとつに思し立たむも、さまあしく本意なきやうなれば（お許しのないままに、ご自身の一存で出家をお決めになるのも見よいことではなく、本意にも反するようなので）」（「御法」）と考えて出家を断念してしまうのは、なにゆえなのであろうか。強引に髪を下ろしてしまわなかったのは、どうしてなのであろうかという疑問がわいてくる。それは、光源氏その人が悲しむことを不憫《ふびん》に思うからなのである。いかにも紫の上らしいその選択は、「忍従であるより、むしろ主体的な判断を語るもの」（原岡文子）であろう。紫の上の出家・絶望・死をめぐる問題は、そのまま光源氏物語の根幹を問うものである。

〔紫の上が影響を与えた人物・作品〕

　女三の宮の登場、そして六条院降嫁は、物語世界に波紋をもたらした。父の朱雀《すざく》院は「六条の大臣（光源氏）の、式部卿の親王《みこ》の娘（紫の上）生《お》ほしたてけむやうに、この宮を預かりてはぐくまむ人もがな（六条の大殿が、式部卿の親王の娘御をお育てあげになったように、この宮を預かって育ててくれる人があればよいのに）」（「若菜上」）と思い、紫の上を理想的な女性に育て上げた実績のある光源氏に白羽《しらは》の矢を立て、婿《むこ》に選んだのだった。紫の上の成長は、女三の宮の目標とすべきモデルであった。女三の宮は密通を犯し、不義の子を懐妊・出産し、やがて出家するという、藤壺と同じ軌跡をたどり、その罪の重みを光源氏に再認識させる役割を負っている。「若菜」巻以降の紫の上の苦悩をめぐって展開されていく女の生きにくさの物語は、鏡像関係にある女三の宮の不幸と同時進行していると思われる。

さらに、宇治十帖に登場する三姉妹は、それぞれに紫の上のになった問題を継承しているといえよう。薫君の求婚を拒みつづけた大君《おおいぎみ》は、紫の上がたどった、女性であることゆえの苦悩や絶望を投影して描かれており、匂宮の妻として生きる中の君はそのまま紫の上の二番煎《にばんせん》じであるとの評価がなされてきた。中の君は、大君から浮舟へと印象的な生き方が語られる物語の橋渡し的な役割を果たしながら、直面する現実を受けとめ、それなりの安定のなかでしなやかに対応してゆくが、それは紫の上物語の問題を背負っているものとみられる。しかしながら中の君は、そうした女主人公的な性格をもちつつも、皇太子候補である匂宮の第一子を懐妊・出産し、底流していた薫君との密通の可能性を断たれ、その女主人公の座を浮舟に譲らざるをえなくなる。さらには、『源氏物語』最後の女主人公である浮舟は、大君の身代わりであり、回避された中の君の運命の代替者であり、形代《かたしろ》と呼ばれている。形代は、その身を撫《な》でて罪や穢《けが》れを移して河や海に流す人形であり、そこに浮舟の運命が示唆《しさ》されている。紫の上は形代とは呼ばれないものの、紫のゆかりや形代の方法は、紫の上や浮舟の物語の主軸となる思想であった。

（三村友希）

〔現代に生きる紫の上〕

紫の上は、現代風にいえば、子供をもたなかったゆえに、不幸な晩年を送った女性である。

現代にあって、少子化問題に象徴されるように、結婚・未婚を問わず、子供をもたない女性が少なくない。だからといって、子供をもたない女性が不幸であるとは必ずしもいえないであろう。

子供をもたない女性の生き方としては、仕事なり趣味なり、充実した人生を歩むために価値のあることを生活の基盤にすえることが大切である。中年以降の女性は、養子・里子などを考えてもよいと思う。

（西沢正史）

空蟬《うつせみ》

『源氏物語』平安時代

〔空蟬の人生〕

空蟬は、衛門《えもん》の督《かみ》の娘である。父は宮仕えさせる希望があったが、志を果たさず没した。空蟬は父の没後零落《れいらく》し、弟の小君《こぎみ》を連れて高齢の伊予《いよ》の介《すけ》の後妻になっている。十七歳の夏、源氏は方違《かたたが》えに中川の紀伊《き》の守《かみ》の別邸を訪れ、そこで紀伊の守の父伊予の介の若い後妻が来合わせていることを知る。軽い侮蔑《ぶべつ》と色めかしい関心をもって、その夜、源氏は空蟬の寝室に忍ぶが、たおやかで慎ましく思慮深い態度が源氏の心を惹《ひ》きつけた。空蟬は、源氏にたいして強い関心と憧憬《しょうけい》をいだいており、夫に愛情をもっているわけでもなく、人妻の倫理《りんり》にしばられるわけでもないが、源氏の高貴さにたいしてわが身の不似合いな「身のほど」を痛感して拒む。一夜の妻の立場に身をおく惨《みじ》めさを避けようとするのである。小君に託す源氏の手紙にも、ありし日の自分だったらと嘆きつつ返事をしない。

源氏が再度訪問した日、空蟬は侍女の部屋に隠れ、逢《あ》うことを拒んだ。生まれてはじめての女性の拒否に源氏はとまどい、帚木《ははきぎ》伝説のように近づけば隠れ姿を消した空蟬を恨《うら》んだ。

源氏は三度訪れて、空蟬が伊予の介の娘と碁《ご》を打つ姿を垣間見《かいまみ》た。豊満で官能的な娘軒端《のきば》の荻《おぎ》に比べて、小柄で見栄えのしない空蟬にはたしなみと品格があり、強い精神性が感じられた。人が寝静まるのを待って、源氏はその寝室に忍んでいったが、寝覚めがちの空蟬は、源氏の衣擦《きぬず》れの音と薫物《たきもの》の匂いで察して、自分の小袿《こうちぎ》を脱ぎ残して身を隠した。残された小袿は夏物の薄衣《うすぎぬ》であった。源氏は二度目の拒否より手ひどくこたえ、空蟬の真意がわからなかったが、持ち帰った薄衣を肌身離さず持っていた。

翌日、小君に源氏の独詠歌を見せられた空蟬は、そのかたわらに伊勢《いせ》の御《ご》の「空蟬の羽におく露の木隠《こがく》れて」という歌を書きつけて嘆くばかりであった。木陰に隠れて露に濡《ぬ》れる蟬に、恋情にしのび泣くわが身を託し、封印した源氏へのわが思いを暗示したのである。空蟬という呼称は、源氏の独詠歌と、かたわらに書きつけた空蟬の歌による。

十月上旬のころ、空蟬が上京していた夫の伊予の介と任国伊予の国（愛媛県）に下ることになったが、源氏は持ち帰っていた空蟬の薄衣を餞別《せんべつ》とともに遣わし、空蟬と贈答を交わした。おりあるごとに源氏は、その人柄を懐かしみ、いまいましくも思うのであった。

その後、空蟬は夫の任国常陸の国（茨城県）へ下り、源氏の須磨《すま》退去を人知れず悲しんだ。源氏二十九歳の秋のこと、空蟬は上京途上、逢坂《おうさか》の関《せき》で源氏の石山詣《いしやまもう》でに行き会い、空蟬は一人もの思いに沈むばかりである。源氏から右衛門佐《うえもんのすけ》（小君）に託した手紙が届き、いとしさと恨めしさ相半ばして忘れえぬ人へのおりおりの消息が復活する。

空蟬はまもなく夫と死別し、継子《けいし》河内の守（紀伊の守）の懸想《けそう》を逃れて尼になったのち、やがて源氏に迎えられ、二条東院で仏道に専念する。空蟬は終生、思慮深く奥ゆかしく、拒否する女性でありながら「なよ竹」の風《ふ》情《ぜい》とその聡明さとで源氏を魅了した。源氏三十五歳の年末、新春の装束を贈られた女君の一人として、空蟬は点描されている。

〔空蟬のモデル・素材〕

空蟬に作者紫式部の自画像をみようとする論は根づよい。『紫式部集』にみられる日常体験との重なり、『紫式部日記』から察知される自我意識や生活感覚などの投影が、空蟬形象を可能にするとの説である。一方、その呪《じゅ》縛《ばく》を断ち切るところから、自立した物語世界の人物形象が可能になる、とする説も対極にある。また、空蟬形象には古説話・古歌などが強い力を及ぼしている。信濃《しなの》の国（長野県）薗原《そのはら》の帚木《ははきぎ》伝説や天人女房譚《たん》が、遠くから姿は見えて手に触れられない女性や、薄衣を残して逃れる女性を物語中に鮮明にかたどっている。拒《こば》む女性の具体的形象は、二つの古説話によるのである。そして、拒む女性の悲しみに伊勢の御の「空蟬の羽におく露の木隠れて」の歌を重ねる。袖を濡《ぬ》らして恋にしのび泣く古歌の叙情《じょじょう》は、空蟬の女性としての隠された思いを物語中によみがえらせる。さらに古物語の論理に従えば、空蟬と源氏との交渉は、「接客女《いっきめ》」と「稀人神《まれひとがみ》」との問題として解釈されるべきものという。空蟬物語にかんする民俗学的なおもしろい視点であろう（説明は後述）。

〔空蟬の人物の評価の歴史〕

(1)　『源氏物語』古注以来、現代の空蟬論にまで、強い影響を与えつづけた空蟬貞女説がある。空蟬の源氏拒否には、人妻だからという倫理的制約が張りついているという説である。とくに、「常はいとすくすくしく心づきなしと思ひあなづる伊予の方のみ思ひやられて、夢にや見ゆらむとそら恐ろしくつつまし」（つね日ごろはひどく野暮《やぼ》ったくて情も移らぬ夫として見下している伊予の方ばかりを思いやらずにはいられなくて、このことが夢に見られはせぬかと、そら恐ろしく身のちぢむ思いがする）の部分から、夫の伊予の介への倫理意識と帰属意識を読む立場が強力であった。

(2)　空蟬貞女説にたいして、貞女という根づよい倫理的解釈から脱却しようと試みる数多くの研究が続出した。いずれも空蟬の拒否の姿勢の根底に切りこんだ論で、古説話や古歌に枠づけられた平安朝の「実験小説」と読む立場などが興味深い。上流の没落という条件に加えて、人妻という倫理的制約を設け、さらに老受領《ずりょう》の後妻という若い女性が劣等意識をもつような状況を積み重ねて、そのうえで「貴・美・聖」の極みである源氏と相対したとき、平安朝の女性はどう考え、どうふるまうのか、その鮮烈な一例が空蟬の物語だとするのである。この論の範囲で、「つれなき人」、「主体的・功利的に身を処する人」、「身分差や憂き身を自覚し、肉体関係を拒むことによって源氏との関係を生きた人」など、空蟬の心理構造や源氏拒否の思考と姿勢が探求された。また、空蟬の「自抑の姿勢」のなかに、「あり得たかもしれない」夢を指摘して、それが彼女の現実を支えているとする説もあり、興味をそそられる。

(3)　脱空蟬貞女説にかんしていまひとつ、民俗学的成果が提出される。古説話の論理と倫理によれば、空蟬と源氏との交渉は「接客女《いつきめ》」と「稀人神《まれひとがみ》」との問題として解釈されるべきで、現代の貞操意識とは別次元のものと論じる。そして源氏を稀人神、空蟬を一夜妻とした構造と把握すべく論を展開する。作品としての自律性を尊重し、作中人物としての固有の形象性を考えるとき、民俗学的把握によりすぎることは危険であるが、空蝉の物語を基底からあぶりだすための、ひとつの有効な方法であろう。

(4)

空蝉に作者紫式部の自画像をみようとする研究と、それにたいする反論がある。紫式部の結婚、『紫式部集』や『紫式部日記』にうかがわれる作者自身の生活経験・思考傾向の投影が、空蝉形象に認められるとする説は、現在いまだに根づよい。一方で、空蝉と紫式部の異質性に注目しつつ、作者自画像説は、女性に受動的な生き方を強《し》いた平安朝にあって、きびしく自己を律した女性の苦悩を強調しすぎた短絡的二重写しだとする説もある。

〔空蝉の人物像をいかに読むべきか〕

空蝉は「拒否する女性」として個性的な存在である。帝への入内《じゅだい》を夢に描くような上昇志向に育《はぐく》まれた衛門の督の娘が、父の死後没落し、老受領の後妻として生きる現実は、平安朝の断面をえぐり出してリアルである。上流からの没落という条件に加えて、人妻という倫理的制約を設定し、しかも老受領の後妻という若い女性なら耐えがたい状況を積み重ねたうえで、最高の貴公子である源氏と相対したとき、平安朝の女性はどう考え、どうふるまうか。空蝉の物語は「実験小説」であり、とりわけ鮮烈な平安朝の現代小説の側面がある。

空蝉のばあい、源氏の求愛を拒んだが、人妻という倫理的制約は求愛を拒む理由の本質的なものではない。空蝉が、避けることができずに源氏と契った逢瀬ののち、揺れる心情を示す「ましかば―まし」、「ば―まし」という仮想が表出するものは、「ありしながらの身」で生きるわが身の夢想であって、そうした仮想の条件下であれば、空蝉は「をかしうもやあらまし」（どんなにか魅力的なことだろうに）と、源氏とのかかわりを肯定するのであった。源氏の求愛そのものは、「入内」という見果てぬ夢を閉じこめて生きる没落した空蝉にとって、消えた夢の再来に似て、心揺れるものだった。しかし、現在の自分は「憂《う》き身のほど」が定まった中《なか》の品《しな》（中流階級）で、老受領の後妻という惨《みじ》めな「身」でしかない。そのわが身に源氏が期待するものは「一夜の妻求《つまま》ぎ」にすぎまい。源氏の「貴・美・聖」なるすばらしい魅力は、それが完璧なものであるほど空蝉の自己存立を危うくし、みずからの没落を痛感させ、自我をも崩壊させかねない。空蝉としては、「無心に心づきなくてやみなむ」（情け知らずの気にくわない女として押しとおそう）と拒む決意をし、わが「身」の帰属するところは中の品の伊予の介と思い定めるのである。

　空蝉は、没落組の中の品であるわが「身」を痛みとして生きる人である。しかも「身のほど」を思い知らされるような状況を、みずからの意志で拒否する自意識の人であり、知性の人である。没落組の中の品の女性が貴公子とかかわるとき、顕著にみえる「身」意識表現、「身のほど」意識表現が空蝉にきわだって多いのも、このことを実証するものであろう。

　しかし、源氏に惹《ひ》かれあこがれる空蝉は、全面的に拒否できないのであって、姿を消して拒む現実のふるまいにたいして、忘れられたくない情念がちらつく。空蝉の物語では、思考回路や決意の構築を内省的な心内表現で重ねてゆき、拒否のふるまいを古説話などを用いて構成する。「ありとてゆけどあはぬ」（そこにあると思って行くが逢うことのできない）伝説の帚木《ははきぎ》のように姿を隠し、蝉の抜け殻のように薄衣《うすぎぬ》を残して逃れるのである。一方、拒みの物語の核をなしている和歌には、隠れ姿を消した空蝉という女性の嘆きが痛切なほどに託される。帚木に託して「名の憂《う》さ」ゆえに「消ゆる」嘆きを歌い、空蝉に託して「しのびしのびにぬるる袖」の切なさを歌う和歌に、拒否する女性の尽きぬ愛執をみるのである。

「人に似ぬ心ざま」（類のない女性の気強さ）が気高く保たれる空蝉の形象に、いまひとつ工夫がある。この自意識と意識的思慮がきわだつ女性の形象に、女性としての肉体的ゆたかさが排され、かぎりなく小さく、細く、ささやかで希薄な、ほとんど「空《から》」に近い肉体的印象がつきまとうのも、特徴のひとつである。

（藤田加代）

〈現代に生きる空蝉〉

空蝉は、現代風にいえば、玉の輿に乗りそこねた女性である。

　現代の人妻だって、今の夫よりすばらしい男性からプロポーズされたらどうであろうか。プロポーズを受け入れる時は、離婚におけるダメージへの覚悟と、新しい男性の将来性を見きわめることが大切である。

（西沢正史）

夕顔《ゆうがお》

『源氏物語』平安時代

〔夕顔の人生〕

夕顔は三位《さんみ》の中将《ちゅうじょう》の娘として生まれ、両親に早く死別した。頭《とう》の中将がまだ少将だったころ、夕顔のところに三年ばかり通って娘一人（のちの玉鬘《たまかずら》）をもうけたが、正妻方から脅迫されて夕顔は姿を消した。その経緯《けいい》が雨夜《あまよ》の品定《しなさだ》めにおける頭の中将の体験談のなかの「常夏《とこなつ》の女」の話である。夕顔の侍女右近《うこん》の話によれば、夕顔がその後、五条の家に仮住まいするあいだに、源氏が通うようになった由である。

十七歳の夏、源氏は五条に住む大弐《だいに》の乳母《めのと》の病気を見舞ったが、そのとき隣家のすだれのすがすがしさと女性たちの住まう気配に目を留めた。源氏がその家の切懸《きりかけ》に咲く白い花を折らせようとすると、童女が出てきて「これに花を」と扇をさしだした。香を薫《た》きしめた白い扇に書かれてあった歌のおもしろさに興味をひかれた源氏は、乳母子《めのとご》の惟光《これみつ》に隣家の女性の素姓《すじょう》を探らせた。五月ごろから女性が滞在していること、その女性は身元をひどく隠していること、頭の中将のゆかりの女性らしいことなどを、惟光が源氏に報告した。

秋、源氏は夕顔のところに通うようになったが、たがいに身分を隠している。源氏が顔を隠《かく》し道も晦《くら》ませて忍んでくるので、夕顔は源氏に異様さと妖《あや》しさを覚えて不安におびえながら、いちずになびき従い意のままになっている。源氏はそんな愛らしい夕顔に耽溺《たんでき》しつつ、頭の中将の語った「常夏の女」ではないかと疑っている。夕顔には男女関係を知らぬでもない世慣れた柔らかさがあるが、隣近所の話し声もそのまま聞こえるあばら家に客（源氏）を迎えて恥じらいもせず、あどけなくおっとりとしていて品がよく、源氏の色めかしい興味と庇護《ひご》本能をかきたてた。

八月十五夜の翌暁、夕顔は源氏に連れられて荒れ果てた廃院《はいいん》に赴《おもむ》いた。侍女右近と惟光と随人などわずかの供《とも》であった。源氏はそこではじめて顔を見せ素姓を明かしたが、女性はなお甘えた調子で「私は海人《あま》の子（身分の卑しい人の子）ですから」というばかりで、身分を語ろうとしなかった。それでも夕顔は、源氏のかたわらにぴったりと「添ひ暮らして」、甘美と恐怖の漂う廃院で一日を過ごした。その夜、六条御息所《ろくじょうのみやすどころ》を思わせる廃院の物《もの》の怪《け》に襲われて、夕顔は急死してしまう。

夕顔の亡骸《なきがら》は東山に運ばれ、十七日夜、源氏や右近の悲しみのうちに葬られた。源氏は、生前のままの可憐な姿で横たわる夕顔（十九歳）の身体に、共寝した自分の紅の衣装が着せかけられているのを見て、悲しみに動転するばかりであった。夕顔は、朝を待たずしおれる夕顔の花のはかなさと、かすかな妖《あや》しさを体現する女性でもあった。源氏は、夕顔の四十九日を比叡山延暦寺《ひえいざんえんりゃくじ》の法華堂《ほっけどう》で供養した。法事の翌夜、夕顔は源氏の夢に現われたが、それは急死した廃院の光景も、とり憑《つ》いた物の怪のようすも、そのまま再現されたような夢であった。

一方、乳母たちは夕顔のゆくえを知らぬまま、好色な受領《ずりょう》（国司）などが連れ去ったのだろうなどと心配していた。源氏は夕顔が忘れられず、追憶の思いが深いまま歳月が流れ去り、その遺児玉鬘は、九州流浪ののち、源氏三十五歳のときに六条院に迎え入れられる。

〔夕顔のモデル・素材〕

「葎《むぐら》の門《かど》の女」（雑草の生い茂った家の女）の類型は、物語に好んで使われている。『宇津保《うつほ》物語』の俊蔭《としかげ》の娘は、夕顔にさきだって形象された葎の門の女性である。また、一方は白い尾花《おばな》に招かれ、他方は夕顔の花の白さに導かれて怪異の世界に入る構造の類似性から、唐（中国）の伝奇小説『任氏伝《じんしでん》』の影響が指摘されている。さらに、廃院で夕顔が急死する物語には、河原の院での源融《みなもとのとおる》の霊が出現する物語だけでなく、『伊勢物語』第六段も重ねられている。この段は、高貴な女性（二条の后高子《たかいこ》）を盗み出した男性（在原業平《ありわらのなりひら》）が、逃げる途中で女性を鬼に食われた話である。顔を隠して通う物語構成に三輪山《みわやま》説話が関与することは通説だし、八月十五夜の翌夜に廃院で急死した夕顔には、かぐや姫昇天のイメージがみられる。このように、古伝承の話型に導かれながら、恋に生きはかなく死んでいった夕顔に、現実の人の映像を追えば小少将の君の姿が重ねあわされる。紫式部が『紫式部日記』に親愛の情をもって描いている「あえか」で「はかない」小少将の人物像は、夕顔形象に深くかかわるものであろう。

〔夕顔の人物の評価の歴史〕

(1) 夕顔の物語は、雨夜の品定めに端を発する「没落組の中《なか》の品《しな》（中流階級）」物語である点から、空蟬《うつせみ》の物語と対比されることが多い。空蟬は「心理的な苦悩に生き」、「処世のかしこさ」に特色づけられ、夕顔は「事件のなかにうもれ」、「処世のつたなさ」に印象づけられるというように対比されている。

(2) 夕顔のキーワードとして「らうたし」、「らうたげ」、「あえか」がとりあげられ、男性の庇護《ひご》本能をくすぐる可憐《かれん》さ、いじらしさ、没自我による従順さが人物論の中核になっていた。加えて、その「らうたげ」な性情の奥に、「男の情愛にひたすら身を捨てていく、より根源的な純真さ」があって、それが「愛の世界への昇華《しょうか》」を描く夕顔の物語の本質に結びつくとする説もある。源氏の好《す》き心から出発した恋が、夕顔の「ひたぶるに従ふ」という没自我の魅力と、名前を名のらないことによって「物の変化《へんげ》め」く超現実性（幻想性）を得て、死への「愛の昇華」をとげる、そこに夕顔物語の本質をみる説は根づよい。夕顔の性格に「耽美《たんび》的なもの」をみる説、「遊女性」や「巫女《みこ》性」をみる説なども特色がある。夕顔にある種の「コケットリーやしたたかさ」を読む説は、冒頭の「心あてにそれかとぞ見る」歌に一定の方向性を与え、夕顔の実像を定着させるに足る手がかりを提供する。

(3) 夕顔と源氏との交渉の端緒《たんしょ》になった「心あてに」歌は、歌の解釈の揺れを包含しながら、現在も諸説が提出され、かならずしも定説を得ていない。内気で「もの怖《お》ぢをわりなくし」（むやみと憶病なご性分で）、「ものづつみ」をする夕顔が、なぜ路上の男に恐れ気もなく歌を贈るのかという疑義から出発して、頭の中将と源氏を誤認しての行為とするもの、侍女たちの集団心理にもとづく代詠とするもの、高貴な花盗人への挨拶《あいさつ》とするもの、夕顔形象に遊女性や巫女性をみようとするものなど、多面的な考察がなされている。しかしなお、こんごの検討が残されている課題であろう。

(4) 夕顔を突然の死に導いた物の怪《け》についても、廃院に住む妖怪《ようかい》とする説が現在優位であるが、六条御息所の存在をめぐって見解の分かれるところである。御息所の存在を背後の影、たとえば源氏の「心の鬼」の見た幻影としてみるか否かなどの問題である。

(5)「夕顔」巻がみごとに構成された怪異物語だという視点から、①「白をキーワードの連辞」とし、「あやし」、「すごし」、「恐ろし」、「もの恐ろし」等の語の効果的使用が指摘される。②また、その根源が夕顔の花の「喩《ゆ》」にあるとする指摘も適切である。③夕顔の物語と古説話の関連について、「夕顔物語と狐女房譚」、「夕顔物語と三輪山《みわやま》説話」、「御霊《ごりょう》信仰と物の怪」などをとりあげ、紫式部は「古伝承や信仰の中に自縛されることなく」、それらを巧みに利用しつつ「独自の世界を構築していった」とする説は、夕顔の物語の方法として認められるべきであろう。

〈夕顔の人物像をいかに読むべきか〉

夕顔は「らうたく」、「らうたげ」な人で、いじらしく、男性の庇護本能をかきたてる可憐さを特徴とする女性である。「細やかにたをたをとし」（ほっそりとなよなよし）た外見や物腰も、「はなやかならぬ」白い袷姿《あこめすがた》も、「うちとけゆく」心ざまも、「ささやか」なその亡骸《なきがら》さえも、「らうたげ」だと源氏は思うのである。「らうたげ」の周辺に「柔らか」、「おほどく」、「若ぶ」、「若し」、「あてはか」、「子めかし」、「のどやか」、「おいらか」などの語を用い、「物怖《お》ぢ」の性向を加えて形象された夕顔像は、楚々《そそ》として無垢《むく》で壊れそうな少女性をはらんでいるようにみえる。

一方、夕顔は「海人《あま》の子なれば」と源氏をはぐらかし、「いとあいだれた」（後出）ふるまいをもみせる。「海人の子なれば」は、『和漢朗詠集《わかんろうえいしゅう》』「遊女」の項の「白波の寄するなぎさに世をすぐす海人の子なれば宿もさだめず」をふまえていて、そこから夕顔に遊女性を求める説が生じる。女性たちが内から外をのぞき見る夕顔の宿の構造や、「心あてにそれかとぞ見る」と路上の源氏に歌を詠みかける媚態《びたい》に重ねて、「海人の子なれば」の表現性から遊女性を説明するのである。その説の可否とかかわって、動詞「あいだる」も特徴的である。『源氏物語』に二例、夕顔と柏木にのみ用いられるこの語は、「相手に媚《こ》びて甘ったれた態度をとる」意を表わす。夕顔の魅力は、壊れそうな少女性と媚態とを一身に抱きこんだ謎めいた形象性にあり、「うちとけゆく」ままにその秘密めかしさが一枚ずつ剝《は》がされる構成によって生彩を放っているのである。

当初は男性経験を思わせていた夕顔が、愛の交歓《こうかん》の深まりとともに至純な愛の対象に思われ、源氏が我にもあらず耽溺《たんでき》したのはなぜであろうか。それは「あえか」な夕顔の、「ひたぶるに」「ただいと」「いみじく」「なびき」従う心ではなかったか。藤壺《ふじつぼ》への思いに懊悩《おうのう》し、葵《あおい》の上《うえ》との不和に苦しみ、六条御息所とのかかわりに疲れ、空蟬の拒否に傷ついた源氏が、白い夕顔の花に似た女性の、没自我の魅力と男性を惹《ひ》きつける力に、世俗を越え現実を脱したひとときの耽溺を経験したのであろう。夕顔には「心細し」、「もの恐ろし」、「影や絶えなむ」（姿が消えてしまうのかもしれません）などという存在の不安が潜在している。葎《むぐら》の宿を「かりそめの隠れ家」として生きる、さすらいの生活感覚がある。「なびき」「従ひ」「はかられ」てもよし、と思う愛は、夕顔にとっては自己救済の色合いをもっていたとも思われる。昔物語風怪異恋愛譚の女主人公に仕立てられた夕顔の存在も、潜在するその不安も、零落《れいらく》の身がさすらい、最後には横死《おうし》することもまれではなかった平安朝の闇を写すものであったといえようか。

「心あてにそれかとぞ見る」の歌を詠みかける場面は、『狭衣《さごろも》物語』の「葎が門」の女の物語に影響を与え、夕顔の形象性が、同じく『狭衣物語』の「飛鳥井《あすかい》の君」に大きく影響したことは通説である。また、『浜松中納言物語』の「大宰《だざい》の大弐《だいに》の娘」は、傍流の人物ながら、夕顔を連想させる「あえかに」「ささやかな」女性として描かれている。

（藤田加代）

〈現代に生きる夕顔《ゆうがお》〉

夕顔は、現代風にいえば、男性に従順な愛に生きた女性である。

現代の女性は、主体的・意志的に生きる人が少なくなく、夕顔のような男性べったりの生き方を指弾する。しかし、男性の愛の籠の中で従順に庇護されて生きる女性も、本人がそれを至福と思っているのであれば、誰も指弾することはできないだろう。

女性が主体的・意志的に生きすぎたばかりに不幸になった例も少なからず存在する。

（西沢正史）

末摘花

すえつむはな

『源氏物語』
平安時代

〔末摘花の人生〕

末摘花は常陸《ひたち》の宮の姫君で、父宮と死別後、琴を相手にさびしい人生を生きているという女性であった。そうした境遇の末摘花は、夕顔《ゆうがお》を忘れかねている十八歳の源氏をときめかせた。十六夜《いざよい》の朧月夜《おぼろづきよ》に、話をもちこんだ乳母子《めのとご》大輔《たゆう》の命婦《みょうぶ》の手引きで、源氏は常陸の宮邸に忍び、末摘花の琴を立ち聞いたが、帰途、源氏の恋路《こいじ》を尾行してきた頭《とう》の中将と出会い、彼の競争心にあおられて「まだ見ぬ恋」に熱中してゆく。しかし、挑《いど》み合う源氏と頭の中将たちからの恋文に、末摘花は返事もせず、まるで反応がなく、異様な引っ込み思案ぶりであった。

八月二十日あまり、むかしのことを話して泣く心細げな末摘花に、命婦は折《おり》もよしと考えて源氏を手引きする。依然として末摘花の応答がなく、返歌さえ侍女が代作しているようすに、初心《うぶ》なのだとは思っても、源氏はがっかりする。後朝《きぬぎぬ》の手紙も夕方になる気のなさだし、それにたいする末摘花の返書も、古風で風情《ふぜい》がない。

多忙でなかなか通うことのできなかったその年の冬、気持ちを引き立てて常陸の宮邸を訪れた源氏は、寒々としたその貧窮ぶりに同情する。翌朝、源氏が雪明りに見たものは、胴長で長い顔、広い額と青白い顔色、そして異様に高く長く、さきのほうが赤く色づいた鼻、という末摘花の醜貌《しゅうぼう》であった。しかも、痩《や》せ細って骨ばかりの身体に、若い女には似合わぬ古めかしい黒貂《ふるき》の皮衣を着ている。ただ一点目立つのは、長く美しい黒髪であった。そうした末摘花を見て、いたたまれなくなった源氏は逃げ帰り、苦労して得た恋の結果の苦《にが》さをもてあますばかりであったが、同情心から生活の援助をする。末摘花とは、茎《くき》の先に咲く花を摘《つ》み取って染料にする紅花《べにばな》の別称で、それに鼻先の赤い姫君を暗示させた名称である。

末摘花は、年末に「唐衣《からころも》」の歌を添えて源氏に装束《しょうぞく》を贈るが、彼女の陳腐《ちんぷ》な感覚と「唐衣」の歌は源氏を辟易《へきえき》させる。源氏からも新春の装束が贈られるが、末摘花は重々しく折り目正しい古風を尊び、自身の歌や贈り物に確信をもつのだった。

源氏の須磨《すま》退去時には、末摘花の生活は困窮し、侍女たちも去り、邸は荒廃して狐梟《きつねふくろう》の住処《すみか》となる。兄の醍醐《だいごあざり》の阿闍梨には末摘花の後見をする力量も世間的な知恵もない。叔母が訪れては九州への下向を末摘花にすすめるが、彼女は源氏を信じて拒み、さびしくても古風でいちずな生活をつらぬく。

須磨・明石から帰京した翌年四月、源氏は花散里訪問の途上、蓬生《よもぎう》の宿を思い出して末摘花邸を訪問した。二年後、二条東院に迎えられた末摘花は、源氏の庇護《ひご》を受けることになる。源氏三十五歳の歳末、新春の装束を贈られ、またしてもなくもがなの返歌と禄《ろく》を届ける末摘花を、源氏はもてあます。翌春、正月の賑わいを過ごして源氏の来訪を受けた末摘花は、黒髪の美しさも衰え、黒貂の皮衣も兄に取られたといって寒そうにしていた。

玉鬘の裳着《もぎ》のおりには、末摘花はひとつ覚えのように「唐衣」の歌を添えて、さしでがましくも古風な贈り物をする。源氏は、いらだたしさを「唐衣また唐衣唐衣、くり返しくり返し唐衣とおっしゃるのですね」の意の歌に詠《よ》み、愚直なまでの律儀さと古風な格式を痛烈に皮肉った。

〔末摘花のモデル・素材〕

末摘花は醜女《しこめ》の典型であり、この物語の素材・源泉とみられる醜男《しこお》「面白の駒」（『落窪物語』）などをはるかに越える醜貌である。現実には、紫式部の同輩であった「五節の弁」にも醜貌の原型がたどれるといわれる。また、散逸《さんいつ》先行物語『唐守《からもり》物語』の「かたはびと」（『宇津《うつ》保《ほ》物語』による）からの影響も考えられる。しかし『源氏物語』の基層には、『古事記』や『日本書紀』のような古伝承があって、末摘花の形象に「黄泉津醜女《よもつしこめ》」の神話、「石長比売《いわながひめ》」の古伝承が濃厚な影を落としている。古代語において「シコ」はたんに醜悪の意ではなく、「葦原色許男《あしはらのしこお》」の例からみても、邪気を払う荒ぶる力を表わす。石長比売の醜貌は周知のように永久不変・不動安泰を表わしている。光源氏の潜在王権とかかわらせて、末摘花の醜貌の構想上の意味を読み解かねばなるまい。末摘花の形象を、後見のない没落王族の現実を直叙したものとみるとき、花山帝の皇女が藤原彰子《しょうし》に仕えた史実（『小右記《しょうゆうき》』）なども連想される。

〔末摘花の人物の評価の歴史〕

(1)　末摘花の醜女性や愚直さなど、容姿・性格を分析する人物論が多い。醜貌のうえ「世づかず」「ものづつみ」するその特異性は、「鄙《ひな》つ女」、「沈黙《しじま》の女」として一方では神人的性格が論じられる。また他方、一時代前の保守的な価値観を守る「古代なる人」とも説かれる。時代遅れの姫君であったことの背後に、神話性や呪術性を見る説と、融通性のない格式ばったありようの裏に、後見のない親王の娘がたどるであろう現実の逆境や、女王《ひめみこ》としての心情・制約を体現すると読む説が両立する。

(2)　末摘花の醜貌に関連して、このような醜女に幻惑された源氏や頭の中将の「をこ」（馬鹿げた）のふるまいを指摘し、末摘花物語の笑いの特質を分析する論もある。夕顔の再来を願い、骨を折り苦労して得た女が、理想的貴公子にはまるで不似合いな醜女だった意外性は、作者が読者とぐるになって仕立てた「狙《ねら》い」だったとする視点もあって、秀抜である。空蟬・夕顔とつづく手痛い挫折《ざせつ》にも懲《こ》りない「忍びごと」の報復的どんでん返しには、予想外の特異な女主人公が求められる。それが醜貌で古風、世慣れず格式ばる一方で、無口で愚鈍、「歌」も苦手な、要するに扱いに困る末摘花の登場だったと、「をこ」物語の意図を突くのである。

(3)　源氏の生涯に末摘花の存在がどう意味づけられるか。彼女の醜貌が『源氏物語』の構想にどうかかわるかについて諸説がある。この特異な人物を、『源氏物語』はなぜ必要としたのかという視点をめぐって、研究意欲が刺激されるのであろう。①従来、一度契れば一生涯後見するという、源氏の「心長さ」をきわだたせるものと考えられがちであった。②近年、「木花之《このはなの》佐久夜毘売《さくやひめ》」や「石長比売」などの説話の影響を認め、末摘花の醜貌に光源氏の潜在王権確立の構想とのかかわりを指摘する論が目立つ。古来、英雄は霊力のある妻を必要とした。末摘花の醜貌は、沖縄の屋根獅子《サーシー》のように、神社の狛犬《こまいぬ》などのように、降魔・破邪の呪力をもって源氏の偉大性を支えた、という考えである。

(4)　「末摘花」と「蓬生」の両巻における末摘花像の相違にも論議が多い。赤鼻の醜女の「をこ」物語風な

「末摘花」巻と、源氏を信じて窮乏に耐えいちずに家を守る「蓬生」巻の末摘花像はかなり異なる。これを主題の変貌にかかわるものとみるか否かには両説ある。ただ、頑固で古風、因習を脱却できない宮家の姫君(末摘花)の資質が、美点として花開いた例が「蓬生」巻という指摘は適切である。そこでは、最大の難点であった古風な頑固さが、時流におもねらない誠実な不変性として、誘惑に屈しないいちずさとして意味をもっている。軽薄な「世」において、それが珍奇な価値であることを語りたい作者の処世観の表明だとする説もおもしろい。「歌の病」にこだわり、「唐衣」をひとつ覚えのように詠む無器用な末摘花の歌が、「蓬生」巻では他巻と異質である。そこに着目し、末摘花像の変貌を論じる傾向も根づよい。

〈末摘花の人物像をいかに読むべきか〉

「もとはやむごとなき筋なれど、世に経《ふ》るたづき少なく、時世《ときよ》にうつろひて、おぼえ衰へぬれば、心は心として事足らず、わろびたることども出でくるわざなめれば」(もとは貴《とうと》い家柄であっても、世間を渡る手づるに恵まれず、時勢に押し流されて声望も衰えるとなれば、気位は高くても不如意がちで、対面の保たれぬ点がいろいろと出てくるでしょうから)——。雨夜の品定めのこの記述は、まさに没落した親王家の娘の末摘花像と合致する。一時代むかしの貴種の矜持《きょうじ》を心としてもちつつ時流にはずれ、古めかしい非常識や醜態が続出しては嘲笑され憫笑《びんしょう》される中《なか》の品《しな》(中流階級)の女性である。

　末摘花の異様な形象性は、醜貌のみならず古風で格式ばって寡黙《かもく》で妥協のない点に特色がある。父の常陸の宮の晩年に生まれ、男手で育てられ、父の死後もその霊に導かれて生きるような末摘花にとって、父の教育はまさによって立つ生命線であった。父譲りらしい黒貂《ふるき》の皮衣を着、父在世中から手持ちの艶《つや》を失い黒ずんだ、または白茶けた襲《かさね》や袿《うちぎ》を身につけ、源氏との逢瀬において沈黙し、歌も詠まない「世づかぬ」人である。親王家が「古宮」として政治的文化的に権威を失い、尊敬の対象でなく、むしろ道化的存在になってしまった時代的変遷に感応せず、そこから一歩も動けない末摘花を描いて、現実の矛盾を撃《う》つ作者の意図を読む説がなりたつゆえんである。

末摘花の古風の遵守《じゅんしゅ》は、とりわけ「衣」と「歌」にかかわる。装束は色目・地質・文様《もんよう》に位階や家格が表われ、時代の流行をも敏感に反映する。また「歌」についても、時代による用語や歌風の変遷がいわれる。末摘花関係の「衣」の描写記述は多いが、なかでも歳暮・裳着《もぎ》などの祝儀に装束を贈る場面は特異である。「うるはしくものしたまへる人」で、守るべき作法格式は律儀に守る古代の心というが、そこにある錯誤に彼女は気づかない。中宮や正室格の女君に伍《ご》して装束を贈るふるまいは、経済的援助を受ける身でありながら、親王家の姫君の矜持《きょうじ》にもとづいた「妻」意識ではないか。贈る装束は古代の逸品《いっぴん》だが流行遅れで、「つやなく古め」いている。しかもすべてに、恋の嘆きを詠みこんだ「唐衣」の歌を添える。末摘花が贈った装束は、源氏の妻としての格式にみあう親王家の権威の象徴であろうが、それはありもしない、いわば錯誤の古ぼけた抜け殻にすぎない。「唐衣」の歌もまた、「唐衣によって恋の悲しみを詠むことが古めかしくなった」時代変遷に気づかない、暗愚なほどにいちずな心の表象である。

変化に適応する「今めかしさ」が軽佻浮薄《けいちょうふはく》の別名であるように、古風な「うるはしさ」が誠実に結びつくことがある。源氏を信じて貧窮に耐える「蓬生」巻の末摘花の強さと美しさはここにあるが、親王家出身の源氏の妻という錯誤から解放されて、「蓬生」巻には「衣」の描写も少なく「唐衣」の歌もない。末摘花のような「世づかぬ人」の系譜としては、『堤《つつみ》中納言物語』の「虫めづる姫君」が考えられる。

（藤田加代）

〔現代に生きる末摘花《すえつむはな》〕

末摘花は、現代風にいえば、容貌の悪さを性格の良さで補って、安らな人生を送った女性である。

容貌の良い女性は、多くの場合、男性からもてはやされ、ちやほやされるから、謙虚さ・やさしさを忘れて高慢ちきな人間になりやすい。一方、容貌の劣った女性は、自らの不利さを自覚しているから、やさしさ・思いやりといった女性としての魅力をみがけば、意外と幸福な人生を歩むこともできる。

（西沢正史）

花散里

はなちるさと

『源氏物語』
平安時代

〔花散里の人生〕

光源氏が若いころ、宮中でほんの少しばかり付き合いのあった女性がいた。「麗景殿《れいけいでん》の女御《にょうご》」という桐壺帝の女御の、妹の三の君（花散里）である。麗景殿の女御には皇子・皇女がおらず、桐壺院が亡くなってからは、いよいよ気の毒な生活ぶりであったが、もっぱら光源氏の庇《ひ》護《ご》のもとで暮らしていた。光源氏は例の性分から、花散里とすっかり関係を断つでもなく、かといって正式に妻の一人として扱うこともないので、花散里のほうでは、物思いのかぎりをつくす日々を送っていたようだ。

そのような花散里に光源氏が無性《むしょう》に会いたくなったのは、政治的苦境に追いこまれていた須磨《すま》流謫《るたく》直前のころである。源氏は五月雨の空がめずらしく晴れた雲間をみはからって、彼女の住む麗景殿の女御の邸宅に赴く。ホトトギスが鳴き、橘《たちばな》の花が散る邸内は、予想以上に人目にもふれず静かで、胸を打つ風情《ふぜい》であった。最初、姉の麗景殿の女御と故父桐壺院の昔語りに浸ったのち、夜更けになってから、わざわざの訪れといったふうではなく、そっと花散里のもとにわたった。あれこれと慕わしく語らいかける光源氏に、日ごろのつらさもつい忘れてしまう花散里であった。

須磨流謫は、光源氏の庇護下にある花散里にとっても試練の時期であったはずである。しかし、彼女の生来のおっとりとした心やさしさは、結果的にみずからを救うことになる。光源氏は、そんな彼女を見捨てることなく、須磨流謫中、そして帰京後も、生活が困窮しないよう配慮した。そして、やがては花散里を二条東院に迎え入れる。泊まりはないながら、暇なおりにはふっと訪れて昔話に花を咲かせる——こうした扱いに不満なようすをみせるでもない花散里は、光源氏にしても気心を許せる相手であり、夕霧の後見を安心して任すことのできる貴重な女性であった。

六条院完成時に、花散里は東北の町の女主人としてあらためて迎え入れられ、「夏の御方」と呼ばれるまでにいたる。彼女の前半生の旧邸での人気《ひとけ》のない慎《つつ》ましい生活ぶりからは、一転した人生といってよかろう。花散里もこの光源氏の厚遇に、紫の上に劣らぬ染色の才能を生かして、依頼された装束を調達するなど、妻としての役割を確実にこなした。また、玉鬘《たまかずら》を西の対屋に迎え、その母代わりとしての期待にも十分に応えている。

　花散里には、光源氏との実子はなかったものの、その空白を埋めるに十分な息子・娘・孫に相当する人たちがいた。誠実な夕霧や鬚黒《ひげくろ》大将の正夫人となった玉鬘、そして手もとに引き取ることを許された夕霧の藤典侍腹《とうないしのすけばら》の二男一女である。こうした人たちに囲まれ、光源氏の死後においては、彼女が相続した二条東院に移り住み、その余生を送ったという。

〔花散里のモデル・素材〕

　「花散里」巻における「五月雨の空」のころの「中川」周辺という設定は、帚木《ははきぎ》三帖第一巻「帚木」巻における「長雨、晴れ間なきころ」、光源氏が空蟬《うつせみ》と出会う紀伊《き》の守《かみ》邸のある「中川のわたり」と重ね合わされる。一方、花散里の姉である麗景殿の女御は、具平《ともひら》親王の母の荘子女王（村上帝女御）の呼称でもある。

　具平親王（村上帝第七皇子）は、紫式部が中宮彰子に出仕後、道長から「そなたの心寄せある人（具平親王家側からひいきのある者）」（『紫式部日記』）としてみなされていた、伯父為頼《ためより》・父為時《ためとき》の主家筋にあたる人物である。紫式部自身も中宮彰子に出仕するまでは、この親王家に深くかかわっていた。帚木三帖の最終巻「夕顔」の物語は、この親王のエピソードにもとづいており（「玉鬘」の項参照）、具平親王は帚木三帖における光源氏のモデルとも目される。年老いた受領《ずりょう》（任地に赴く国司）の後妻という共通点から空蟬が紫式部の自画像に最も近い女君であること、紫式部の里邸が「中川のわたり」にあることなど、帚木三帖が紫式部の実生活を五十四帖のなかでも最も色濃く反映した巻々であるのを考慮するならば、「花散里」巻は帚木三帖同様、具平親王家ゆかりの物語として発想された可能性が高い。花散里が光源氏の古くからの既知の女君として登場するのには、そうした創作事情が隠されていると思われる。

〔花散里の人物の評価の歴史〕

(1)　「好もしき人（好ましい人、望ましい人）」（『無名草《むみょうぞう》子《し》』）。

⑵　たいして整ってもいない容貌・姿でありながら、りっぱな女君たちといっしょになって、それほどひけをとらない世間の評判があり、誠実な夕霧の大将を養子になどしたのは、好ましくすばらしい（同）。

⑶　あれほど誠実でりっぱであった葵の上腹男君（夕霧）が、どうして世間体《せけんてい》の悪い花散里などを養母にもつことになったのか、たいそう腹立たしい（同）。

⑷　「花散里」巻のヒロインであるにもかかわらず、その巻末にわずかに登場するのみという描かれ方には、不審な点がある。

⑸　始発が不明なままに、既知の女君として登場する点、六条御息所や朝顔斎院と共通している。

⑹　花散里の着想は、同じく「花散里」巻初出の筑紫の五節とともに、作者の原体験に近い、なにか根深いものをふくんでいたと思われる。

⑺　おおいなる平板に生きた女性ながら、母なき光源氏がうちとけた親しみをもって頼ることができた母性型の女性である。

⑻　光源氏の運命に左右されはするが、彼女のほうから光源氏の運命や人生観に影響を与えることのなかった女性である。

⑼　花散里は光源氏の数多い愛人関係の一例として捉えられる。すなわち、光源氏の不実な対応にも心変わりすることなく、誠実に待ちつづける女性群像の一類型として描かれている。

⑽　花散里という呼称は、当初、姉の麗景殿の女御を中心とする呼び名として使われ、三の君をさすようになるのは、主として「松風」巻以降である。物語の主要人物の呼称が当初複数をさし、しだいに特定人物に固定されていくのはめずらしく、花散里という女君の特殊性をものがたっている。

⑾　その非独立的、没個性的な無色透明さが、かえって色好みとしての光源氏像を浮き彫りにしている。

⑿　花散里は光源氏にとって穏やかな話し相手であり、精神を慰撫《いぶ》する場としてたいへん貴重な存在であった。このように光源氏との関係を結びつけているのは、男女の肉体的な愛ではなく、精神的な愛である。

〔花散里の人物像をいかに読むべきか〕

花散里の性格は、おおよそつぎの三つのパターンで表わされている。

①「おいらか」「おほどか」「のどか」
②「らうたげ」「らうたし」「児《こ》めく」
③「うしろやすし」「めやすし」「心安げ」

右のうち、①の「おいらか」「おほどか」は複数回使用されており、花散里の基本的性格を最もよく示している。①のおっとりとした性格は、②のかわいらしさ・子どもっぽさの延長線上に位置づけされうる。しかし、③の気がかりのなさ・安心感は、①、そしてとくに②とはあいいれないばあいが多い。おっとりしている女性は、ともすればうっかり者になりやすいし、庇護したいようなかわいらしさ（「らうたし」）のある女性は、たとえば『源氏物語』中、その典型的なタイプである夕顔のような頼りなさ・危うさ（物《もの》怖《お》じの激しい夕顔は、物の怪《け》にとり憑《つ》かれて死去する）を一般的にともなうからである。したがって①を基底とした、この③との共存こそ、花散里の特性といえよう。すなわち、花散里とは、おっとりとしていて、かわいらしさはありながらも、安心して接していくことができるという、いそうでいない女君なのである。

この③の側面は、染色を得意とし、装束の調達にさいして重宝がられるところに顕著に現われている。夕霧・玉鬘の母代わりとしての大役を依頼されたのも、このしっかり者としての性格による。そしてそれは、花散里自身の後半生を充実させる結果をもたらす。光源氏の妻としての体面を保ち、子どものないさびしさ・不安定さを補ってあまりあるからである。

こうした花散里の性格は、つぎのような彼女自身が調合した香の評価に象徴されている。

さま変はり、しめやかなる香して、あはれになつかし。（「梅枝」）

（一風変わった、しっとりと落ちついた香りで、しみじみとした懐かしさがある。）

彼女は劣った容貌や華やぎのなさといった欠点を、その性格・賢さで補った。個性ゆたかな女君たちによって、ともすれば埋もれがちな彼女の存在は、光源氏の存在をとおして渋い輝きを放っているのである。

〔花散里が影響を与えた人物・作品〕

『源氏物語』のなかで登場場面もけっして多くはなく、光源氏の安らぎ場所にすぎない花散里が、後代の文学作品に与えた直接的な影響を見いだすのは、なかなかむずかしい。彼女は与えられた状況に充足し、みずから行動を起こすことの少ない、母性型・菩薩《ぼさつ》型の女性なのである。

強《し》いてあげるならば、江戸前期の浄瑠璃《じょうるり》・歌舞伎作者、近松門左衛門晩年の代表作『心中天《しんじゅうてん》の網島《あみじま》』の主要登場人物おさんに、花散里との類似性が見いだせるかもしれない。おさんは、夫の治兵衛となじみの遊女小春との関係に深く悩みながらも、愚痴《ぐち》をもらすことは極力おさえ、家庭を守り事態の収束に腐心《ふしん》する。彼女は自分の意を汲んで、小春が治兵衛に偽りの愛想《あいそ》尽《づ》かしをすると、恋敵の命を救うため奔走《ほんそう》することも厭《いと》わない懐《ふところ》の深い女性であった。田辺聖子が『文車《ふぐるま》日記』のなかで、おさんに与えた「日本のマリア、観音さまのような女」という賛辞は、そのまま花散里にもあてはまるように思われる。

（斎藤正昭）

〔現代に生きる花散里《はなちるさと》〕

花散里は、現代風にいえば、古風で献身的な女性である。

現代において、男女平等社会に育った高学歴の女性の意識のめざめには、目を見張るものがあり、そうした女性の自己主張をする主体的な生き方も、社会の発展に大切なのかも知れない。

しかし、社会の発展は、自己犠牲を払って社会に貢献し、他人のために献身を惜しまない女性によってなしとげられていることを忘れてはならない。むしろ、自己主張ばかり強くて利己的な行動をとる女性よりも、人間としてすばらしいであろう。

病院の看護師や老人ホームの介護士などの女性たちは、おおむね社会的弱者に対する、自己犠牲的・献身的な愛と奉仕の精神から、日夜職務に精励しているようである。そこに利害を越えて愛に生きる女性の幸福があるといえよう。

（西沢正史）

明石の君

あかしのきみ

『源氏物語』
平安時代

〈明石の君の人生〉

「海龍王の后になるはずの秘蔵娘であるようです」――瘧病《わらわやみ》の治療に訪れた北山で、光源氏は供人《ともびと》からこのような話を耳にした。その女君（明石の君）とは、播磨《はりま》の国（兵庫県）に土着化した元受領《ずりょう》（任地に赴く国司）の娘で、明石の浦の育ちでありながら、代々の受領たちからの結婚話にはいっさい応じようとしなかったため、変人の親子として話題にのぼったのであった。光源氏はこの話に関心を示したものの、この女性こそ将来、みずからの栄華の一翼をになう妻となることを、この時点においては知る由《よし》もなかった。

明石の君の生き方は、すでにその誕生した段階で運命づけられていたといってよい。父の明石入道は、この一人娘誕生を機に、都での出世の可能性を捨てて、みずからすすんで播磨の国に赴いた。そして彼女を権門（権力ある一門）に嫁がせるべく、蓄財に励み、明石という地の利に乗じて、莫大な財産をきずくにいたっている。海運隆盛を約束する住吉の神への帰依《きえ》を一家の精神的支柱として、ただひたすら権門との良縁を待つ――これが「海龍王の后になるはずの秘蔵娘」の実態であった。

歳月は流れ、やがてその時が訪れる。「あの光源氏様が須磨《すま》におられる」という情報を得た明石入道は、迷うことなく光源氏を迎え入れ、娘との結婚を懇望する。源氏はその申し出を受け入れるが、この光源氏との結婚には、当初より落ちぶれた元受領の家柄・地方育ちというハンディが重くのしかかっていた。光源氏は京都に残した愛妻紫の上への遠慮から、明石の君のいる岡辺の邸へみずから赴くことをしぶり、逆に彼女が自分のもとに来ることを提案する。しかしその条件を飲むことは、光源氏の正式な妻の一人として扱われる可能性を放棄し、一夜妻的な扱いに甘んじることにほかならない。明石の君の激しい拒絶により、けっきょく、独り寝のさびしさに耐えかねた光源氏が、岡辺邸を訪れることによって、その危機は回避されるが、こうした光源氏にたいする危惧《きぐ》は、明石の君の懐妊後、そして光源氏の帰京後においても、たえず明石の君を脅《おびや》かすことになるのである。

光源氏帰京の翌年、明石の君は女児(のちの明石の中宮)を出産した。光源氏からは、さっそく乳母《めのと》が、さらに五十日《いか》の祝いにはその使者が明石に派遣された。このような慶事にもかかわらず、明石の君は、みずからの境遇のはかなさを痛感せざるをえない出来事に遭遇する。同年の秋、恒例の住吉大社詣でのさい、大願ほどき(大願成就ののち、お礼参りして願かけをほどくこと)に参詣する光源氏一行とかちあい、「身のほど」(身分)の低さを痛感せざるをえない。そして、こうした明石の君の不安は、光源氏の二条東院入りの要請というかたちとなって現われる。二条東院に移ることは、そこに迎え入れられはしたものの、顧みられることのない花散里に代表されるように、かならずしも正妻に準ずる妻の座の保障を意味しない。この苦境は、都の西の郊外、大堰《おおい》河畔の山荘に移り住むことで乗りきれたものの、これには必然的に大きな代償がともなった。父の入道との別れを余儀なくされ、さらに明石の君本人も郷里を遠く離れた大堰邸で、わずかな光源氏の訪れを待つ忍従の生活を強いられたからである。

明石の君の苦難は、さらにつづく。大堰邸への転居は、あくまで一時的な妥協案にすぎない。光源氏は二条東院への転居がかなわないとみるや、明石の姫君を紫の上の養女に迎える提案を申し入れる。明石の姫君はすでに三歳を過ぎ、袴着《はかまぎ》(幼児に初めて袴を着せる儀式。袴の腰紐を結ぶ役は重んじられ、通常、親族中の年長者が務めた)を行なうにふさわしい年齢に達していた。このまま娘を手もとにおくことは、明石の姫君を一介の元受領の幼女にとどまらせ、その将来に暗い影を落とすことにもなりかねない。最愛のわが子とも引き離されるつらさに、明石の君はこの光源氏の申し出にたいして、いったんは躊躇《ちゅうちょ》するが、姫君の将来を強調する母の尼君に説得され、幼いわが子との別離を決意せざるをえなかったのであった。

明石の君の長い忍従の生活に、一筋の光明がさしこむのは、姫君との別れから丸四年ののちである。明石の君は六条院に冬の御方として迎え入れられた。以前同様、明石の姫君との交流は皆無《かいむ》とはいえ、同じ邸内に、しかも華麗な六条院に光源氏の妻の一人として、晴れて住むことができるようになる。そして、ほどない翌年の元旦、新年にことよせて明石の姫君に贈り物をしたさい、娘直筆の返歌を手にして、喜びをかみしめる明石の君であった。

　さらに慶事はつづく。十一歳に成長した明石の姫君の裳着《もぎ》（女子が成人して初めて裳をつける儀式）、皇太子への入内《じゅだい》、そして待ちに待った娘との再会も、その直後に果たされた。またそれ以後も、明石の君は父の入道の財力のもと、明石の姫君の後見役をりっぱに務める。光源氏との結婚から、十二年の歳月を経て手中にした至福であった。

　明石の君の幸福は、これにとどまらない。やがて、明石の姫君は皇太子の男御子《おとこみこ》を無事出産し、明石一門における栄華の布石《ふせき》はここに極まる。しかし入道は、その吉報を受け、わが一門の繁栄を願い、みずから深山に分け入って消息を断つ。明石の君は、父の残した願文《がんもん》を手にし、悲しみに沈むが、この願文をみて感動した光源氏は、入道の願《がん》ほどきのために明石の姫君を連れて盛大に住吉詣でを敢行。明石の君も母の明石の尼君と同行して、おおいに面目をほどこした。また、六条院で催された女楽《おんながく》では明石の君は琵琶《びわ》を弾き、光源氏からは花橘《はなたちばな》にたとえられる称賛を受けている。紫の上とは、つねに身分をわきまえて良好な関係をたもち、紫の上の病気のおりは、娘の明石中宮とともに見舞った。その亡きあとも光源氏の悲嘆を慰めている。光源氏他界後の明石の君は、二条院の匂《におう》の宮や六条院の女一の宮といった孫宮たちの後見に専念し、一門の繁栄を見守りながら晩年を送ったという。

〔明石の君のモデル・素材〕

当時、国内海運の独壇場たる観を呈していた瀬戸内海――播磨の国（兵庫県）明石の浦は、淡路島を眼前とする地の利から、その重要な拠点のひとつであった。この地で、海運隆盛を約束する神として住吉明神が深く信仰されていたことを考えあわせると、神の加護深き裕福な受領の娘という特性は理解される。ちなみに作者紫式部の父の為時は、紫式部出生以前の安和《あんな》元年（九六八）、播磨権少掾《ごんのしょうじょう》（「権」は副の意。「少掾」は「大掾」の下で、〝掾〟は国司の第三等官）に任ぜられている。

　名門としての誇りを堅持する一方、光源氏とみずからとの懸隔《けんかく》からつねに「身のほど」（身分）意識にさいなまれるという人物像は、強い家門意識をもちながら、受領階級に定着してしまった作者紫式部自身の自我構造と酷似する。紫式部自身、摂関家を代々継承した名門藤原北家出身であり、「堤《つつみ》中納言」と称された父方の曾祖父の兼輔《かねすけ》は、聖代と称賛された醍醐帝の御代における文化隆盛の一角をになった人物である。また、紫式部が越前(福井県)に下向するまで同じ邸内に住んでいたと思われる父方の祖母は、三条右大臣定方の娘で、勧修寺《かじゅうじ》家(醍醐帝の生母胤子《いんし》の父藤原高藤《たかふじ》から始まる一門)の流れを汲んでいる。

生き方においても、紫式部と通ずる点が多い。明石の君の謙退《けんたい》の精神は、紫式部の重んじた美徳である。パフォーマンス好きな清少納言への痛烈な批判(『紫式部日記』)は、それを端的にものがたっている。強い自制心により忍従と謙退の態度をつらぬきとおし、光源氏の信頼をかちえた明石の君のあり方は、夫の宣孝の妻の一人にすぎず、通いの少なさを耐える時期もあった紫式部にとって、理想的自画像であったといってよい。

〔明石の君の人物の評価の歴史〕

(1) 「心憎《にく》く、いみじ(奥ゆかしく、すばらしい)」(『無《む》名草子《みょうぞうし》』)。

(2) 『紫式部日記』や『紫式部集』からうかがわれる紫式部と性格上の共通点が多いことから、作者の自画像の一人と考えられる。すなわち、権門との結婚を切に望みながらも、一夜妻的扱いを拒否し、かつての名門としてのプライドを強くもつ一方、光源氏とみずからとの身分的落差からつねに「身のほど」(身分)意識にさいなまれる——こうした姿は、まさに名門北家出身ながら、祖父の雅正《まさただ》の代より受領《ずりょう》(国守)階級に定着してしまっていた紫式部その人の精神構造とたいへん似かよっている。

(3) 希《き》代《たい》の一門繁栄の礎《いしずえ》を築く女君《おんなぎみ》(明石の君)の内実は、忍従と自己否定で覆《おお》われた一種、暗鬱《あんうつ》な人間像であろう。

(4) 古注(『源氏物語』の注釈書)以来、「明石の上」として親しまれているものの、物語中、「上」と呼ばれた事例がなく、「明石の御方」にとどまる。この事実は、最愛の明石の姫君を紫の上の養女にせざるをえなかった、正妻とは一線を画す彼女の立場を端的に表わしている。

(5) 民俗学的見地から、光源氏の須磨流謫を貴種流離譚《きしゅりゅうりたん》型の発想とするのにたいして、明石の君には「水の女」としての造型が読みとられる。

(6) 父親である明石入道の「ひが者(偏屈者)」としての生き方は、一面、明石の君にも受けつがれ、彼女は「海龍王の后になるべき、いつき女(たいせつな娘)」と失笑を買っている。「身分の高い方は、自分のような者を相手にすまいが、かといって分相応の結婚は断固として拒否する。両親にさきだたれたならば、尼となるか、さもなくば入水《じゅすい》してしまおう」——このみずからの結婚にたいする悲壮な決意は、父入道と彼女の願いが当初より同じであったことを示している。

(7) 明石の君においてつらぬかれる忍従・謙退の姿勢も、父の明石入道の生き方の延長線上に生まれたものである。ちなみに、明石入道の個性と行動の奥底には、名門に生まれた者のみの知る執念というべきものがあった。みずからすすんで播磨の国(兵庫県)を志願し、そのまま京の都にもどらなかったのも彼なりの勝算があってのことである。明石の入道における精神的支柱である住吉明神祈願(現世志向)と仏道修行(来世志向)との共存さえ、この彼の精神構造からすれば納得いくものであり、「若菜上」巻において唐突に告げられる入山も、いかにも彼にふさわしい結末である。

(8) 明石の岡辺邸・大堰邸の風景、明石の姫君との別れにさいしての和歌、明石の君の最終的住まいである六条院西北の町——これらいずれの場面においても〝松〟が点描されている。このことからうかがわれるように、〝松〟は彼女のトレードマークである。六条院における〝冬の御方〟という呼び名も、そうしたイメージを言い換えたものといえよう。その背景には、住吉信仰との密接な関連も指摘しうる。明石入道一家が信奉する住吉明神は海神であるゆえに、住吉の松は数多く詠まれており、住吉大社の象徴的植物である。また、風雪に耐えて春の訪れを待つ〝松〟は、いかにも明石の君の生き方にふさわしい。

(9) 女君としての華やかさは紫の上に一歩譲るものの、明石の君およびその一門は、『源氏物語』の長編的構想において確固たる一翼をになっている。

〔明石の君の人物像をいかに読むべきか〕

明石の君の娘、明石の姫君が中宮になることは、冷泉帝実現とならんで光源氏の栄光の象徴である。物語の伏線である第一四巻「澪標《みおつくし》」における宿曜《すくよう》(星の運行による人の運命を占う術)の占い「帝・后、並びて生まれ給ふべし(〔光源氏の御子《みこ》には〕帝・后が並んでお生まれになるであろう)」は、それを明確に語っている。明石の君は、この光源氏の栄光を実現していくための須磨流謫構想に不可欠な中心人物にほかならない。明石の君の初登場は、光源氏が若紫と出会う、巻頭近くの北山の場面(「若紫」)である。須磨流謫を暗示する夢告など、物語の長編的構想が最初に明確にうちだされる「若紫」巻に、ひとつのエピソードというかたちをとってまで紹介されているのも、その重要性を考慮するならばおおいにうなずける。

誇り高さと、それと相反する「身のほど」(身分)意識との葛藤に悩むという性格上、明石の君が女君としての華やかさに欠けがちなのは当然であろう。しかし、その活躍の軌跡は「若紫」以降の長編的物語、いわゆる紫の上系の巻々を中心として、光源氏亡きあとの世界である「匂宮」巻にいたるまで広範囲にわたる。そのなかで明石の君にちなむ巻名は、「明石」「澪標」「松風」「初音」の四帖にもおよび、『源氏物語』における明石の君の比重の大きさをものがたっている。

『源氏物語』中、玉鬘や浮舟と並び、地方育ちの女君という設定は特異である。「古受領の沈める類(土着化した元受領)」の娘というハンディは、つねに明石の君に重くのしかかるが、その行動原理は、「ひが者」とまで呼ばれながら一門再興に後半生をかけた父の明石入道の影響下にあった。上流貴族以外との結婚を拒む強い意志は、父の意向そのものであったし、結婚後、光源氏の上京要請にたいして大堰河畔の別邸へ転居したのも父の決断に従ったものである。明石の姫君が三歳に成長した時点で、紫の上の養女に迎える光源氏の提案には抵抗しきれず愛娘《まなむすめ》を手放すが、この決断も、明石入道の意を酌《く》んだ母の明石の尼君の助言によるところが大きい。

けっして光源氏の正妻たりえない「身のほど」(身分)をわきまえながらも、六条御息所にも比せられる誇り高さは、彼女のなかに深刻な葛藤をよぶ。最愛の娘、明石の姫君との幼少時での別離も、わが子の幸福のためならあえて忍びぬくという、したたかで強い母性も明石の君の特質である。確固たる自意識をもちながら、献身と忍従をもってみずからの運命に柔軟に対応していくその生き方は、明石一門繁栄の物語に、たんなるサクセスストーリー以上の真実味を与えている。

〔明石の君が影響を与えた人物・作品〕

　一見、シンデレラ的な玉《たま》の輿《こし》に乗ったととられがちな明石の君であるが、幸福への道程《みちのり》は長く厳しかった。明石一門の栄華の陰に、本人のみならず親族をもふくめた血のにじむような苦闘と深慮があったことを見すごすべきではない。このあたり、作者の描写は詳細をきわめている。耐えがたきを忍ぶしんの強い女性像は、また日本人好みでもあって、のちの文学作品に与えた影響もけっして少なくないというべきであろう。権門《けんもん》との婚姻《こんいん》による一族の繁栄というテーマは、同時代の『栄花物語』をはじめ、後代の軍記物語『平家物語』などでもくり返し語られていくことになる。

　明石の君個人の資質は、一介の白拍子《しらびょうし》でありながら源氏の御曹司《おんぞうし》義経の寵愛《ちょうあい》を受け、彼亡きあとも毅然《きぜん》とした態度をつらぬきとおした『義経記《ぎけいき》』の静御前《しずかごぜん》の誇り高さ、しんの強さにも相通ずる。その他、現代のヒットドラマ「おしん」にいたるまで、忍従の人明石の君の系譜は脈々と息づいているといえよう。

（斎藤正昭）

〔現代に生きる明石の君〕

　明石の君は、現代風にいえば、玉の輿《こし》に乗って幸福な人生を送った女性である。

　女性の人生を幸福あるいは不幸にするのは結婚という選択であろう。しかし、結婚によって幸運に玉の輿に乗ることができたとしても、それを効果的にするために、女性としての謙虚さ・忍従・感謝といった人間的努力が必要である。

　良き人間性の総和を人間力というなら、人間力こそ女性を幸福にするものであろう。

（西沢正史）

玉　鬘

たまかずら

『源氏物語』
平安時代

〔玉鬘の人生〕

玉鬘は幼くして両親と離別した女君である。母の夕顔(故三位中将の娘)が幼少時に失跡(じつは死去)し、父の頭《とう》の中将とも、もとよりわずかな通いのおりに会えていただけで、母が父の正妻(右大臣の娘)からの迫害を恐れて西の京に住んでからは、まったく父を知らずに育った。ちなみに光源氏と夕顔の運命的な出会いは、乳母子《めのとご》の住まいがあった五条界隈《かいわい》に、夕顔がたまたま身を寄せていたときのことである。

母亡きあとの幼い玉鬘の庇護《ひご》は、残された乳母一家に託された。そうした状況下、四歳のとき、乳母の夫の赴《ふ》任《にん》にともない、乳母一家とともに筑紫《つくし》へ下向を余儀《よぎ》なくされる。玉鬘はそのまま二十歳ごろまで、この遠隔の地九州で過ごし、美しく成長するが、その噂を伝え聞いた肥後の国(熊本県)の粗暴な豪族大夫《たゆう》の監《げん》は、強引に結婚を迫った。この難を乳母一家の献身的な犠牲《ぎせい》によってかろうじて逃れた玉鬘は、そのまま肥前の国松浦《まつら》(佐賀県)より上京し、九条に仮住まいすることになる。

上京はしたものの、乳母一家になんら将来の展望があったわけではなかった。玉鬘の父の内大臣(頭の中将)のもとに連絡をとろうかとも思うが、よい扱いをうける保障はない。この時点における玉鬘たちにとっての唯一の希望は、夕顔との再会のみである。その祈願のために、石清水《いわしみず》八幡宮《はちまんぐう》につづいて、こんどはあえて徒歩で大和の国(奈良県)の長谷寺《はせでら》に詣でたおりのこと、奇跡は起こる。仏の功徳《くどく》か、玉鬘一行は、長谷寺一歩手前の椿市《つばいち》で偶然、夕顔の乳母子で光源氏のもとに身を寄せていた右《う》近《こん》と再会した。右近もまた玉鬘との再会を祈願して、この長谷寺に詣でていたのであった。狂喜する右近と乳母たち。右近より夕顔の死を告げられるが、この出会いによって、夕顔を追慕する光源氏の意向により、玉鬘は六条院に迎え入れられるという幸運がもたらされる。乳母一家も、光源氏の配慮で長男の豊後《ぶんご》の介《すけ》が玉鬘付きの家《けい》司《し》となるなど、これまでの苦労が報われるのだった。

かくして玉鬘は花散里の養女として、夏の町の西の対《たい》屋《のや》に移り住んだ。ここで彼女は光源氏の思惑どおり、「好き者どもの心尽くさする種《くさ》はひ（好色者たちの気をもませる種）」（「玉鬘」）として、一躍、六条院のヒロインとして脚光をあびることとなる。妹と知らない内大臣家の長男柏木《かしわぎ》、武骨な鬚黒《ひげくろ》大将など、多くの求婚者のなかには、有力候補の一人として蛍の宮《ほたる》（光源氏の異母弟）もふくまれていた。玉鬘は、蛍の宮とは五月雨のころに几帳越しに逢い、宮の心を引きつけようと光源氏がいたずらに放った蛍によって、その美しい姿をほの見られたりする。「もし実父のもとにいたならば、このようなひどい扱いはあるまいに」――この蛍の宮との一風変わった対面につけても、わが身がおかれた境遇を物語の姫君に準《なぞら》え、みずからがたどった数奇な運命を嘆かざるをえない。養父でありながら求愛めいた光源氏のふるまいに、その思いをいっそう強める玉鬘であった。しかし物語論を語りかけたり、和琴を弾いたりして気を引く光源氏に、玉鬘は苦悩し困惑しつつも、しだいにうちとけてゆく。父の内大臣に引き取られた異母妹の近江《おうみ》の君が笑い者になっている風評を耳にしたさいも、源氏の思いやりに感謝したりした。初秋の七月、篝火《かがりび》に照らされ、ほのかに明るんだ室内で、寄り添って歌を交わした一夜は、不思議な二人の関係を象徴している。このわずかなひとときは、玉鬘にとって光源氏との忘れえぬ思い出になったことであろう。

その年の十二月、大原野行幸《おおはらのぎょうこう》の見物において、玉鬘は冷泉帝の姿を垣間見《かいまみ》て心をときめかした。冷泉帝が彼女の意中の人となった瞬間である。翌年の二月、自身の裳着《もぎ》（女子が成人して初めて裳をつける儀式）のさい、光源氏のはからいのもと、念願であった実父の内大臣との対面が実現する。そして十月には、尚侍《ないしのかみ》として冷泉帝のもとに出仕が決まり、求婚者たちからの手紙も玉鬘のもとに頻繁に届けられた。そうしたやさき、玉鬘の結婚のゆくえは意外な結末を迎える。女房の手引きにより鬚黒の大将が玉鬘のもとに忍びこみ、強引に迫って契りを結んだのであった。この関係はすぐに周囲の知るところとなり、玉鬘は不本意にも鬚黒との結婚を余儀なくされる。内大臣はこの結婚を歓迎し、光源氏も静観するが、玉鬘本人はとまどい嘆く日々を送らざるをえなかった。しかし翌年、玉鬘は男児を出産、宮仕えもうちきられる。

玉鬘の流転の前半生は、こうして終止符がうたれた。玉鬘は、光源氏の四十賀には鬚黒夫人として公的に六条院を訪れ、若菜を献じている。玉鬘の去就がふたたび注目されるのは、その約二十年後である。そこには男君《おとこぎみ》三人、女君《おんなぎみ》二人の母として、鬚黒一家を支えるべく孤軍奮闘する玉鬘が映し出されている。夫の鬚黒もすでに死去し、大黒柱を失って凋落《ちょうらく》の気配がいちじるしい鬚黒太政大臣家の体面を保とうと、玉鬘はあれこれと心をくだいていた。とくに、長女大君《おおいぎみ》の結婚相手には頭を悩ませる。鬚黒は生前、「娘の大君は入内《じゅだい》をさせよう」と心積もりしており、冷泉院からの所望も過去の経緯から無視できない。さらに、夕霧の右大臣の子息である蔵人《くろうど》少将からは熱烈な求愛がある。このほか、匂《におう》の宮や薫君《かおるぎみ》も婿《むこ》として考えられないわけではない。過去において玉鬘自身が悩んだ結婚問題が、こんどは娘のばあいとなって再燃したのである。こうしたさまざまな選択肢のなかから、悩みぬいたすえに玉鬘がくだした結論は、大君の冷泉院への参内であった。しかし、この選択は大君に幸福をもたらすものではなかった。危惧《きぐ》していたとおり、秋《あきこ》好《のむ》中宮や異母姉の弘徽殿《こきでん》の女御《にょうご》との関係を悪くし、鬚黒一家の勢いをとりもどすこともかなわない。玉鬘は出家を望みながらも、娘たちの不如意《ふにょい》な人生や、息子たちの昇進の遅れを嘆くのだった。

〔玉鬘のモデル・素材〕

『古今著聞集《ここんちょもんじゅう》』には、具平《ともひら》親王（村上帝皇子）が月明かりの夜、寵愛の雑仕女《ぞうしめ》「大顔《おおがお》」を邸外へ連れ出すが、女は物《もの》の怪《け》に襲われて急死するというエピソードが残されている。この夕顔怪死事件のモデルともいうべき大顔は、具平親王とのあいだに男児（親王の落胤で、紫式部の伯父為頼《ためより》の長男の養子となった藤原伊祐《これすけ》か）を生んでおり、夕顔の遺児として登場する玉鬘との関連性が認められる。ちなみに具平親王は、紫式部が中宮彰子出仕後、道長から「そなたの心寄せある人（具平親王家側からひいきのある者）」（『紫式部日記』）とみなされていた、伯父為頼・父為時の主家筋にあたる人物である。紫式部自身も中宮彰子に出仕するまでは、この親王家に深くかかわっていた。

玉鬘の筑紫下向の着想には、若き光源氏ゆかりの女君である筑紫《つくし》の五節《ごせち》が関連している。そしてその発想の原点には、青春時代、紫式部が姉君と慕った女友達「筑紫へ行く人の女《むすめ》」との友情（『紫式部集』）の投影がある。この女友達が下向したのは玉鬘が成長した肥前の国であり、二人の贈答歌に詠まれている肥前の国松浦《まつら》（佐賀県）の鏡《かがみ》神社の名も、「玉鬘」巻中にみえる。また、一人の美しい女君をめぐり展開する求婚譚という玉鬘十帖の構成には、『竹取物語』のかぐや姫、『宇津保《うつほ》物語』の貴宮《あてみや》の影響が顕著である。

〔玉鬘の人物の評価の歴史〕

(1) 「好もしき人（好ましい人、望ましい人）」ともいうべきであろう。外見・容貌・人柄・気立てなど、理想的である。また、実父が内大臣（頭《とう》の中将）、養父の光源氏と、二人の父親からたいせつに扱われ、申し分ないあり方である（鎌倉初期成立『無名草子』）。

(2) 尚侍《ないしのかみ》として冷泉帝に寵愛される、もしくは深く愛されつづけた蛍兵部卿の宮の北の方になったならばよかったであろうが、気にいらない鬚黒《ひげくろ》の大将の北の方になって、つねに監視状態で、あれほどすばらしかった養父の光源氏に会うこともまったく絶えてしまったのは、じれったく、いらつく（『無名草子』）。

(3) あまりにプライド高げ、しっかり者ふうで、養父の光源氏からの求愛めいた行動にたいしても、「このような例は昔物語にもない」というのは、はかなげであった夕顔の娘らしくない（『無名草子』）。

(4) 筑紫下向も、あまりに品がないように思われる（『無名草子』）。

(5) 実父（内大臣）とは引き裂かれ、養父（光源氏）からは言い寄られるという特異な状況を強いられた玉鬘の内面的苦悩は、光源氏の栄華の集大成ともいうべき六条院の世界の裏側を映し出している。

(6) 玉鬘（つる草類の総称）という命名は、母が夕顔（ウリ科の一年生のつる草）である親子関係をふまえている。

(7) 正妻（右大臣の娘）の迫害になすすべもなく頭の中将の前から姿を消したのち、非業《ひごう》の死をとげる薄幸の母夕顔は、「らうたし」と評された典型的な没自我的な女性である。これにたいして、娘の玉鬘は華やかな個性・堅実な身の処し方が目につく。

(8) 筑紫《つくし》（九州）下向という、上流貴族との婚姻にはハンディになりかねない玉鬘の生い立ちも、求婚者たちの目からは、その半生がまったく謎につつまれていたことから、いっそう神秘的なものとして魅力を増している。

(9) 光源氏の求愛にとまどいつつ、弟宮である蛍の宮との交流、冷泉帝への憧憬《しょうけい》を経て、鬚黒の正妻として現実的な後半生を歩む姿は、当時の生き方としてひとつの規範であったであろう。とくに光源氏にたいする柔軟な対応や、求婚者たちへの時宜《じぎ》をえたふるまいは、心憎いほどである。結婚のゆくえも終盤を迎えた「藤袴」巻は、求婚者たちへの玉鬘の対応の仕方にたいして「『女の御心ばへには、この君をなむ本にすべき』と大臣たち(光源氏と内大臣)、定め聞こえ給ひけりとや」としめくくられている。

(10) 蛍が美しい玉鬘の横顔を照らし出す「蛍」巻のクライマックスは、光源氏の舞台設定の奇抜さ、一流の風流人としての兵部卿の宮の歌の絶妙さとともに、玉鬘の当意即妙《とういそくみょう》によって名場面たらしめている。

(11) 同じ玉鬘十帖には、内大臣が探し求めた近江《おうみ》の君が登場するが、この愚かな異母妹と対比的に描かれることによって、玉鬘の美質はいっそうきわだっている。

(12) 一見、荒唐無稽《こうとうむけい》になりかねない肥前《ひぜん》の国(佐賀・長崎県)からの逃避行は、手に汗握る波乱の展開で読ませ、玉鬘十帖のヒロインとしての資質を与えている。

(13) 椿市《つばいち》(奈良県)における右近との偶然の再会も、長谷《はせ》寺《でら》の観音の御利益《ごりやく》として不自然さを減じている。こうした手法は、「若紫」巻における某寺での光源氏と若紫(紫の上)との偶然的な出会いにも通じている。

(14) 幼くして父(内大臣)と別れ、母(夕顔)を失って西国をさまよう数奇な運命にもてあそばれた玉鬘が、多くの求婚者の心を惑わしたのち、堅実な人生を歩むという展開におもしろみがある。

〔玉鬘の人物像をいかに読むべきか〕

玉鬘の結婚のゆくえは、『源氏物語』中、最も華麗な王朝絵巻的世界である玉鬘十帖の主軸として展開される。構想的には、二条東院構想の段階で紫の上の養女「思ふさまに、かしづき給ふべき人(思うままにたいせつに育てなさるべき人)」(「澪標《みおつくし》」)として登場もありえた玉鬘が、頓挫《とんざ》した筑紫《つくし》の五節《ごせち》の物語をひきつぐかたちでの筑紫流浪を経て、美しく成長したのち六条院に迎え入れられたことで、より物語の求心力を高める結果となった。玉鬘の登場は、薄幸の夕顔の遺児がいかなる半生をたどったかという帚木《ははきぎ》三帖以来の読者の期待に応えるとともに、光源氏外伝としての役割をになう玉鬘十帖が、いわゆる紫の上系にたいしてたんなる傍系の物語にとどまらず、『源氏物語』の構造をより重層的なものとするという効果をもたらしているのである。また、匂の宮三帖においても、玉鬘の存在は、光源氏亡きあとの物語を展開させる牽引力《けんいんりょく》となっている点もみのがすことはできない。

玉鬘が激変する環境のなかで賢明に人生に対処していったにもかかわらず、不本意な鬚黒の大将との結婚を強いられるという意外な結末は、人間の運命の皮肉さを印象づけてやまない。しかし、もし結婚相手がほかの男性であったならば、玉鬘は鬚黒の北の方以上の幸福を保障されたであろうか。

光源氏のばあい、その関係が深まったとしても、玉鬘の将来が閉ざされることになったであろうことは、六条院に彼女が入りこむ余地がなかったことからも明らかである。そもそも、玉鬘を容易に手中にできる距離にありながら、いま一歩ふみこめなかった光源氏の苦悩は、その点にあった。尚侍《ないしのかみ》として冷泉帝のもとに仕えさせた選択は、光源氏の苦肉の策である。片や、冷泉帝と結ばれる可能性についてはどうか。これも最善の選択とならないことは、冷泉帝に心ひかれながらも、尚侍着任の要請の段階で、光源氏の養女秋好中宮や、異母姉の弘徽殿《こきでん》の女御《にょうご》との関係などに配慮し、千々《ちぢ》に乱れる玉鬘の心境がなにより雄弁にものがたっている。実父（内大臣）・養父（光源氏）との関係に亀裂《きれつ》が入りかねない状況に立たされる危険性——それは後年、熟慮のすえ、娘の大君を冷泉院に入内《じゅだい》させながら、不本意な結末をもたらしたこと（「竹河」）からも予想される。

それでは元来、最有力候補であった蛍兵部卿の宮のばあいはどうであったか。蛍兵部卿の宮は北の方を三年前に亡くしているのにたいして、鬚黒は年配《ねんぱい》ながら長年つれそった北の方がいる点、蛍兵部卿の宮に有利といえるが、蛍兵部卿の宮は好色家で通い先も多いという欠点をもつ。鬚黒のような政治的メリットも期待すべくもない。一方、鬚黒は野暮《やぼ》で容貌に難《なん》があり、好感がもたれる蛍兵部卿の宮とは対照的ながら、「名に立てたるまめ人」（評判の誠実な人）であり、人柄もよく、次期政権担当者という将来性もある。「若菜上」巻以降における玉鬘の髭黒の正夫人としての活躍ぶりは、髭黒との結婚がいかなるものであったかを端的に示している。

髭黒との結婚という物語の結末は、堅実な身の処し方、思慮深さのたいせつさを説くとともに、ともすればそれを越えた宿運《しゅくうん》ともいうべき偶然的要素がからむこと、そしてそれをかならずしも忌避《きひ》すべきでないばあいがあることを読者に雄弁に語りかけているともいえよう。

〔玉鬘が影響を与えた人物・作品〕

『源氏物語』の強い影響下に成立した、いわゆる後期物語には、玉鬘やその発想のもととなった筑紫下りにかかわる記述が散見する。『浜松中納言物語』巻二で、主人公の中納言が唐国より筑紫に帰国したさい、都より呼び寄せた乳母に若宮を託す場面は、玉鬘幼少時の境遇を思わせる。中納言は、筑紫の大弐から娘との婚姻を請われてもいる。また、同作の影響が指摘される『松浦宮《まつらのみや》物語』も、松浦という地名や長谷《はせ》観音《かんのん》の利益《りやく》が語られるなど、やはり玉鬘にかかわる物語から発想を得ていよう。

ストーリーの類似という点では、室町時代以降成立の御伽草子《おとぎぞうし》の代表作『鉢《はち》かづき』があげられる。生母と死別した美貌の姫君が流浪ののち宰相殿と結ばれ、長谷観音の功徳《くどく》により父との再会を果たすという物語の骨子には、玉鬘の影響が著しい。

しかし、可憐《かれん》な童女が数奇な運命のすえ、堅実な主婦となる女性の一生を活写している点、玉鬘の造型は他の追随を許さない。

（斎藤正昭）

女三の宮

おんなさんのみや

『源氏物語』
平安時代

〈女三の宮の人生〉

女三の宮は朱雀院《すざく》の三番目の女宮だが、母の藤壺《ふじつぼ》の女御《にょうご》にとってはただ一人の子だった。藤壺の女御は先帝の娘で、桐壺帝の中宮だった藤壺の妹でもある。朱雀院がまだ皇太子だったころに結婚した。といえば問題なく中宮の地位にも昇れそうに聞こえるけれど、母が更衣《こうい》という低い地位だったこと、女御自身にもはかばかしい後見がないことなどから、ついに中宮にはなれなかった。女御が源氏の姓をたまわったのもそのせいだし、日ごろ宮中でもなにかにつけて心細さを思い知らされることも多かった。朱雀院は、そんな藤壺女御を心のなかではいとおしく思いながら、朧月夜尚 侍《おぼろづきよないしのかみ》の勢力に圧倒されてどうすることもできなかったのである。女御は、「世の中」に恨みをふくんだままこの世を去ってしまった。このばあい「世の中」とは、朱雀院との夫婦関係をふくめた宮中の人間関係であり、宮廷社会そのものでもあろう。

時の権力者光源氏は、着々と権勢を固めていった。冷泉帝のつぎ、さらにつぎの御代を視野に入れて、光源氏の力は当分のあいだ揺るぎそうもないものであった。出家を控えた朱雀院は、母もすでになく、はかばかしい後見もない女三の宮の将来を心配し、けっきょく光源氏への降嫁《こうか》を決意した。光源氏に、婿《むこ》としては大きい疵《きず》があることは十分承知してはいた。年が明ければもう四十歳の光源氏と十三、四歳の宮とでは年齢も不釣り合いだし、その邸宅の六条院には多くの女性たちが引き取られている。とりわけ紫の上の存在は大きく、その人と光源氏とのあいだにほかの人が割りこむことなどとうていできそうもないという疵であった。しかし、朱雀院はむしろその疵にすがって、年老いているぶんだけ寛大で心配りもできるだろう、だから、けっして完璧とはいえない女三の宮も、光源氏にならば受け入れてもらえるだろう、と考えた。つまり、光源氏が老齢であることも六条院の女性たちのことも、庇護者としての成熟、愛の広さを保証する事実と思いなそうとしたのである。かくして女三の宮は、あたかも女御の入内《じゅだい》のように華々しい儀式に飾られて、光源氏のもとに降嫁した。

こうして女三の宮の悲劇ははじまる。朱雀院の知るよしもないことではあったが、光源氏が多くの女性たちとかかわりをもった大きな原因は、藤壺中宮への秘めた思いであり、その思いは老境に入っても消えてはいなかった。だから、どこかに藤壺中宮と似かよったところがなければ、光源氏は心から庇護したり愛したりはできない。そして女三の宮は、そうした光源氏の庇護と愛の条件にかなう女性ではなかった。藤壺中宮の姪《めい》なのだからという光源氏の秘かな期待も、幻想にすぎないことはすぐにわかった。愛はなくとも表を飾ってたいせつにとりあつかうことは、光源氏にとってむずかしいことではなかったが、立場をかえて女三の宮からすれば、それはいたたまれない残酷な仕打ちであった。宮の心は追いつめられていく。また、いかに表面をとりつくろおうとも、光源氏の心が女三の宮にないことは、二人の身近に仕える人びと、二人の結婚生活から目を離せない人びとにさとられないはずはない。柏木もそれを知った一人であったのである。

かつて柏木は、女三の宮の有力な宮の婿候補であった。自分でも降嫁を望み、そのための運動もしたが、望みはかなえられなかった。柏木の女三の宮への執着は、肉体を奪おうなどという粗野で具体的な欲望ではなく、近づきがたい存在にたいするあこがれといっていいものではあったが、しかしそれは異常なほどに激しいあこがれだった。女三の宮の女房を味方に語らいとって、機会をうかがいつづける。そして女三の宮降嫁の翌年、平和な家庭内に起きたささやかな挿話のようなよそおいで、女三の宮と柏木の運命を決する事件は起きた。

降嫁翌年の春三月下旬、桜の花盛りのころ、六条院の春の御殿の前庭に若い公達《きんだち》が集まって蹴鞠《けまり》に興じていた。そのようすを女三の宮は寝殿の庇《ひさし》の御簾《みす》の陰から見物していたのだが、そのとき突然、彼女がかわいがっていた小さな唐猫が大きな猫に追われて寝殿の外に飛び出したのである。唐猫の首には紐《ひも》がついていて、女三の宮の姿を隠していた御簾の端にひっかかり、御簾は大きくまくれ上がって、宮の姿は夕霧といっしょにその場に居合わせた柏木に丸見えになってしまった。夕霧にとっては、そうした事態は女三の宮のいたらなさによるものと思われたが、柏木は運命だと思いこみ、自分はやはり彼女と結ばれる運命にあったのだと思いいたった。

それから数年の時が流れた。帝が交代したが、今上《きんじょう》の帝は女三の宮の兄であることから、彼女の地位はますます重く、自身もさすがに年齢とともに幾分の成熟味を加えた。おりしも今年は朱雀院の五十の賀であることから、光源氏はこの機会に成長した女三の宮の姿を院に見せて心を慰めようと思い立ち、女三の宮をはじめとして、紫の上や明石の君、その娘の女御など、六条院の女性たちを一堂に集めて音楽の会を催すことになった。「六条院の女楽」の催しである。その女楽の会の翌日、紫の上は発病し、六条院を出て、その場所こそが自分の居所と思っていた二条院に転地療養することになる。こうして女三の宮が、名実ともに六条院の女主人として立つ条件が整ったわけである。

しかし、光源氏の紫の上への愛が、そうした事態を悲劇的にゆがめてしまった。光源氏もまた六条院を出て、紫の上のかたわらを離れることはできなかった。その主《あるじ》のいない六条院で、柏木はついに女三の宮とのひそかな逢瀬《おうせ》をもち、その結果、彼女は柏木の子を宿してしまう。そのうえ柏木からの手紙が光源氏の手におち、女三宮の密通の事実、そして彼女の胎内《たいない》の子が柏木の子であることを知られてしまう。

年が明け、女三の宮は男の子（のちの薫）を出産した。光源氏は自分自身の藤壺中宮との過去を思い、こうした事態をひたすら堪え忍ぶことで乗りきろうとするのだが、日ごろから目をかけてきた柏木と、自分なりに愛情をそそいだはずの女三の宮に裏切られた苦悩と怒りが、言動のはしばしに現われるのはいかんともしがたいことであった。その光源氏の怒りは二人をじわじわと追いつめ、女三の宮は朱雀院の手によって剃髪し、柏木は命を落としてしまった。

剃髪した女三の宮は、その後、光源氏と今上帝の手厚い庇護のもとに六条院で平穏に日々を送った。その若い尼姿に光源氏が好《す》き心をいだくこともあったが、女三の宮がそれを受け入れることはなかった。さらに年月は流れ、光源氏もこの世を去る。女三の宮は三条院に移って薫を育て、その成長ののちは薫に守られて、仏の道に従い、いっそう穏やかな日々を過ごしたのであった。

〔女三の宮のモデル・素材〕

女三の宮と同じように、身分や地位と実体とがかけはなれている女性の話が、『源氏物語』「帚木《ははきぎ》」巻の雨夜の品定め、「蛍」巻の女子教育論などにとりあげられている。そうした女性が当時、実際に存在したのであろう。臣下に嫁した皇女も実在するが、なかでも注目されるのは三十四歳年長の源清蔭《きよかげ》に降嫁した醍醐帝の皇女韶子《しょうし》である。その話は説話として語り伝えられたらしく、『大和物語《やまと》』にもおさめられており、女三の宮形象の参考にされた可能性は高い。

文学に登場する人物としては、同じ『源氏物語』の夕顔と女三の宮が似ていることは早くから気づかれ、現代にいたるまで、人物形象、女性の生き方の問題としてだけではなく、『源氏物語』の構想や主題にかかわる問題としてくり返し論じられている。また、女三の宮の人物像は紫の上のパロディだという見方がある。紫の上を追いつめ、その苦悩をとおして女性の生き方を物語の主題として追求する方法として、紫の上のパロディを登場させたという考えである。こうした読み方によるなら、女三の宮は紫の上を素材とし、それを裏返しにして形象されたとみることができる。

〔女三の宮の人物の評価の歴史〕

【性格と人柄】 女三の宮は実年齢よりも子どもっぽく描かれており、個性といえるほどの個性もなく、ほかからのはたらきかけにたいしても、はかばかしく反応しない。現代の研究においてまず注目されたのは、こうしたいわば否定的な面で、ときには「白痴《はくち》的」とさえいわれた。やや遅れて、そうした女三宮の人間性を皇女の高貴さ、真の貴族の上品さとみなす読み方が現われた。そして現在では、女三の宮はこうした二つの面をあわせもつ人物とされるのがふつうで、そのうえで女三の宮の物語における位置・役割が考察されている。

【物語における位置・役割】 女三の宮の物語における位置・役割が論じられるようになったのは、前記のように、彼女の人柄が「幼稚」、「上品」などと一言で言い尽くすことができるほど単純なものではないとみなされるようになったことと、それに加えて『源氏物語』は登場人物の思いや言動がからまりあうことによって世界が形成され、そのなかでさらに新たな思い・言動が生まれて物語を展開させていくという方法を有する物語だ、という考え方が定着したことによるところが大きい。そのため、この問題の考察にあたっては、女三の宮を主人公の光源氏、紫の上と結びつけつつ論じる、という方法がとられることが多い。

①紫の上と結びつける方法　女三の宮は、紫の上と対比することによって紫の上の理想性を強調し深め内面化する役割を果たす存在として登場させられたといわれる。また、光源氏との結婚によって紫の上を追いつめ、それをとおして女の生き方を物語の主題にすえる役割を果たしたとされる。さらに、紫の上に代わって密通によって犯される役割を果たすために物語に導入されたともいわれている。

②光源氏と結びつける方法　女三の宮を、光源氏の正妻になることによって「色好み」としての光源氏像を完成させると同時に、紫の上を光源氏の身近から、また物語の世界から排除する存在、また密通を引き起こすことによって六条院の世界を崩壊に導く存在とする。

【光源氏との結婚】　女三宮と光源氏との結婚を、朱雀院の誤りとする読み方と、これ以上の選択はありえない妥当な判断とする読み方がある。さらに、女三の宮が藤壺の中宮の姪であることに期待して光源氏の側からも降嫁を求めたということを重視する論もある。いずれにせよ、女三の宮は藤壺の中宮・紫の上とつらなる「紫のゆかり」として『源氏物語』に登場した。したがって、光源氏の正妻となること、そして光源氏の藤壺の中宮との密通の応報として、紫の上の形代《かたしろ》(身替わり)となって犯されることは避けられない運命だった。

【柏木との密通】　柏木との密通は、光源氏と藤壺の中宮との密通の応報である。これは動かしがたい解釈であり、古くからそう評されてもきた。そうした意味で、この密通は『源氏物語』の「背骨」を形づくっている事件とみなされている。その一方で『源氏物語』は、さまざまな女性の生き方を描いた物語としても読まれてきた。現在、その流れを受けて、この密通は、六条院の秩序を崩壊に導くことによって、光源氏を中心として女性が配される物語から、女性たちのそれぞれがそれぞれの運命を背負って生きていくさまを描く物語への転換点になったと位置づけられている。

〔女三の宮の人物像をいかに読むべきか〕

女三の宮は朱雀院と藤壺の女御の娘であるが、その人物像は朱雀院にひきつけて読みとられるのがふつうである。朱雀院は、母の身分が光源氏のばあいが更衣であるのにたいして弘徽殿《こきでん》の女御であり、朱雀院自身が帝の位についたという、いわば公的な部分をのぞいて、あらゆる点で光源氏に劣っている。女三の宮の身分・年齢にふさわしくない幼稚さや未熟さは、光源氏にたいする父の朱雀院のこうした負性、弱者性の現われと解釈されるのである。

しかし、物語の主要人物はその父母のことから書き起こされるのがふつうなのであって、女三の宮のばあいも、登場にあたっては父の朱雀院と母の藤壺の女御のことがまず紹介されている。それによると、女三の宮の生い立ちは、じつは光源氏によく似ていることがわかる。女御は帝に愛されながら、圧倒的な権勢をもつ右大臣・弘徽殿の女御に支えられた対立者、すなわち朧月夜《おぼろづきよ》の前に、恨みをふくんだまま早世した。かつて光源氏の母である桐壺の更衣も、弘徽殿の女御の存在によって似たような境遇に陥って斃《たお》れた。そのいまわのきわに桐壺の更衣は、帝になにごとか訴えようとして果たさないまま息絶えたのだったが、藤壺の女御はどうだったのか。物語は語らないが、朱雀院の満たされなかった思いは、桐壺帝の更衣への愛情が光源氏にふりむけられたのと同じように、残された女三の宮にそそがれることになる。

光源氏は母の死後、父の桐壺帝の強引な措置《そち》と自分自身の超人的な能力・資質によって、さまざまな危機をきりぬけてヒーローになりおおせた。女三の宮のばあい、幸いにも光源氏のような苦難に陥る状況にはおかれていなかったかわりに、朱雀院が父の桐壺帝ほどの力はなく、女三の宮自身にも光源氏ほどの資質・能力はそなわっていなかった。そのため、女三の宮は光源氏とは正反対の、反主人公的な人物に生い立ったのである。つまり女三の宮は、その生い立ちからみると、光源氏の裏返しの分身のような存在だということができる。しかし、もちろんこれは光源氏自身、また女三の宮自身の認識できる性格のことではないし、『源氏物語』の登場人物のうちにこれを認識できそうな立場の人物はいない。したがって、このことが女三の宮の女性としての生き方になんらかの影響を与えているのかいないのかは、女三の宮がどう思ってどう行動した、こう感じてこう言ったといった次元を越えた問題として、慎重に判断するほかはないのである。

〔女三の宮が影響を与えた人物・作品〕

同じ『源氏物語』の登場人物であるが、浮舟は女三の宮によく似ている。無性格といえるほどおっとりとふるまい、男性の性的な志向の対象とされ、そのことによって境遇を左右されることになる。しかし、追いつめられると皇女あるいは宮家の娘としての生地《きじ》が出ることもある。また、女三の宮は光源氏の兄の朱雀院の三女であるが、朱雀院は右大臣の娘の弘徽殿の女御の息子で、光源氏・左大臣方との政争に敗れて実権を失った。浮舟は宇治の八の宮の三女であるが、八の宮は光源氏の弟で、これも弘徽殿方に押したてられて光源氏と対抗し敗北した。女三の宮と浮舟とは、光源氏に敗れた兄弟の娘であるという素性も共通しているわけで、浮舟はおそらく確実に女三の宮を意識して形象されているといってよいであろう。

（田中　仁）

〔現代に生きる女三の宮〕

女三の宮は、現代風にいえば、運命にもてあそばれた女性とみることもできる。

人間における運命という不可抗力は、それぞれの人生を不思議な力で支配し、翻弄する。

現代に生きる女性の中にも、悪い男運のために不幸な人生を歩まざるをえない人も少なくないようだ。世の中には良い男性だっているのに、なぜか次々とろくでもない男性を愛してしまい、悲しい人生を歩んでいる女性もいる。

男運の悪い女性は、運命だとあきらめたりしないで、幸福の青い鳥を求めて、運命を転換できる日を信じて、日々誠実に生きることが大切である。その場合、神仏に運命の転換を祈ることも一つの方法かもしれない。

（西沢正史）

大　君《おおいぎみ》

『源氏物語』
平安時代

〔大君の人生〕

宇治の大君は、父の八の宮と母の北の方の結婚から二十五年もたったあと、没落した宮家の長女として生まれたのだった。その二年後、妹の中の君が生まれる。望んでいた男の子ではなかったうえに、出産がたたって北の方は世を去った。残された八の宮は、世俗の欲望、野心のすべてを捨てて仏の道を修め、その暇々《ひまひま》には娘たちの遊び相手になるというように、それまでとはうってかわった穏やかでつつましい日々を送っていた。

しかし、八の宮家の悲劇はそれだけでは終わらなかった。都の邸宅を火事で失い、けっきょく宇治の山荘にひきこもるほかはなかった。古来、宇治は「憂《う》し」にかよう敗残者や世捨て人の住む世界であったが、その山に住む一人の阿闍梨《あじゃり》（聖）と知り合ったことによって、八の宮はいっそう深く仏道に心を入れることになる。そして二人の姫君にも、仏の教えに従って生きるように、また男に乗せられて宇治を出て不幸に陥り宮家の誇りに傷をつけることのないようにと、おりあるごとに教えさとしていた。

このような八の宮のもとに、はるばる都から通ってくるようになったのが薫である。薫は幼いころから、自分の出生に後ろ暗い秘密がつきまとっていることを感じとっていた。そのため、身の栄華とはうらはらに、現世を仮の世として厭《いと》う心が強かった。とはいえ、つぎの御代の柱石となるはずの存在として世を捨てることなど望むべくもなかった薫は、俗世にとどまりながら聖のように生きる八の宮に心ひかれ、その教えを聞きたいと思っての宇治通いであった。

こうして三年ばかりの時がなにごともなく流れたある年の晩秋、大君と薫は運命的に出会ったのであった。ふと思い立って宇治を訪れた薫は、有明の月の光のなかで琵琶《びわ》と箏《そう》を合奏する姉（大君）と妹（中の君）の姿を垣間見《かいまみ》たのだった。おりしも八の宮は、阿闍梨の山寺にこもって修行のさなかだったから、代わって姉の大君が応対に出た。薫は、そのつつましやかで気高《けだか》い立居ふるまいにたちまち心をうばわれてしまう。このときから、薫は大君と歌や手紙を交わしあうようになった。

そのやりとりは、たしかに世の男女のばあいとはまったく異なるものだった。自分は色恋などとは無縁の男であって、ただ俗世から遠く離れた者同士としてたがいにつれづれを慰めあい仏の道について語りあいたい、というのが薫の姿勢であり、だからこそ大君も彼を受けいれることができたのである。

しかし、薫の内にあったのは、けっして単純な求道心のみではなかった。八の宮が山寺に参籠したまま不帰《ふき》の人になったあと、薫は大君に愛を告白し求婚するが、大君はそれをかたくなに拒絶した。理由のひとつは父の遺言であった。山荘を出るとき、八の宮は姫君たちに、結婚して宇治を離れてはならないと、それまでもくり返してきた戒めを残しており、けっきょく、それが遺言になってしまった。遺言は守られなければならない。しかし、理由はそれだけではなかった。

大君には、薫と結婚することによっていま以上の幸福が得られるとはとうてい思えなかったのである。もし薫と世間並みの男女の関係を結んでしまったら、薫は自分を世間並みの女として扱うようになるにきまっている、いま薫は自分の容色に心ひかれているけれど、容色は年とともに衰えてゆく、自分はもう二十六歳、薫より二歳も年上なのだ、それに薫のような境遇の男が、零落《れいらく》したなんの取り柄《え》もない宮家の娘一人を、いつまでも守ってくれるとは思えない、などと考えつづけるのであった。要するに、大君は薫を、結婚という世俗の関係を結んだあとも、いまのように自分を見つづけることのできる特別な人物とは見ていなかった。薫という男性のもつ俗人の一面を、大君は的確に見ぬいていたのである。

このような大君の思いは、しかし周囲のだれからも理解されなかった。権力や財力をふくめて、薫の俗人としての魅力こそ周囲の人びとの期待するものであって、その庇護《ひご》のもとで安穏《あんのん》に世を渡ることが彼らの望みだったのである。父の八の宮亡きあと、八の宮家の存続を慮《おもんぱか》らねばならない大君は、周囲のこうした期待を無視するわけにはいかなかった。思い悩んだすえにたどりついた結論は、妹の中の君を薫と結婚させ、自分は中の君の後見として親代わりに二人を見守る、ということだった。しかし、あくまでも大君に執着する薫は、かねてから宇治の姫君たちに興味を示していた匂《におう》の宮に中の君を譲ることによって、大君のそんな考えを圧殺してしまったのである。

この心ない薫の仕業《しわざ》は、大君の死という悲劇的な形で彼自身にふりかかることになる。大君は、匂の宮が噂に高い好色の人であり、妹の中の君との結婚が父の八の宮と自分とが思い描いていたような幸福をもたらしそうにないことが心配だったのだが、その心配はたちまち現実のものとなった。匂の宮の訪問はたちまち途絶えがちになってしまったのである。皇太子にいま最も近い位置にいる匂の宮の立場を、大君が理解できなかったとは思えない。たとえ理解はしていても、その立場をはみ出す匂の宮のあだめいたふるまいはけっして少なくなかったし、立場上やむをえない途絶えだったとしても、結果が中の君と八の宮家の運命をふみにじるものであることに変わりはなかった。そしてそれはまた、薫と結婚したあとの自分のたどる運命だとしか、大君には思えなかったのである。

女房たちも味方につけた薫の周到な求愛によって、大君はもはや死以外によっては逃れられないところに追いつめられていった。そして、決定的な噂が大君の耳にとどいた。妹の夫である匂の宮と、時の権力者で薫の兄である夕霧の六の君との結婚である。大君の生きる力は、これによってついに尽き果ててゆく。

かくして、大君は薫に看取られて、冬の訪れとともにこの世を去った。薫の求愛は拒みとおしたけれど、そのために人の情けを知らない意固地《いこじ》な女として薫の記憶に残ることが、病み衰えた現身《うつしみ》を見られること以上に耐えがたかったのである。大君を失う悲しみを訴える薫と、多くの思いを心にいだいたまま世を去る悲しさをいう大君――二人の心はようやく通いあい、そして大君の死に顔はこのうえなく美しかったが、そのために薫の愛執はますますつのってゆき、亡き大君への追慕の情を揺曳《ようえい》させることになる。

〔大君のモデル・素材〕

大君は、紫式部の実体験とそこから得た人生観・世界観、また彼女がいだいていた観念的な苦悩にもとづいて形象された、という説がある。それに従うなら、作者自身が大君の素材だったということになる。問題を結婚拒否にしぼれば、宮家の女性が体面にとらわれて結婚できないという事態は、とくにこれこそが大君のモデルだといった事例が記録に残っているわけではないが、当時実際に少なからずあったであろう。

先行文学においては、たんに結婚を拒否する女性、または拒否しなければならない状況におかれている女性は数多く見いだされる。しかし、大君の結婚拒否は内面の理由と外部の事情が複雑にからまりあっているところに特徴があって、同様の例をほかに見いだすことはむずかしい。しいてあげれば、『万葉集』巻三・巻九の葛飾《かつしか》の真間《まま》の手児名《てごな》、『万葉集』巻一六の縵児《かずらこ》の例がある。手児名も縵児も、男たちの求婚を受けいれることなく自殺するのであるが、結婚拒否も自殺もその理由が明示されていないため、想像をめぐらせば大君の結婚拒否と結びつかないわけではない。とくに後者は、女の身の消えやすいことをいっている点が大君と似ている。『大和《やまと》物語』の「故御息所の御姉」は、長女であること、幼少時に母を失っていること、心深い人柄であること、日ごろから宿世《すくせ》のつたなさを思い結婚はしないといっていたこと、ことばどおり結婚しないまま若死にしたことなどが大君と共通している。『源氏物語』のなかでは、光源氏の求愛を拒絶した朝顔斎院の面影が、大君に似通う。

しかし、大君の人物形象の素材として従来から最も注目されてきたのは、『竹取物語』のかぐや姫である。かぐや姫が結婚できないのは、もともと人間ではなく、やがて月の都に帰らなければならない天人だったからであるが、大君の物語は、それを地上に暮らす人間の問題として語り変えたとみることが可能である。

〔大君の人物の評価の歴史〕

大君の生涯のほとんどは、薫に求愛・求婚されそれを拒絶するという、いわゆる結婚拒否の一件によって占められていた。必然的に、従来の研究も結婚拒否問題に集中しているが、それらは結婚拒否の原因・理由の考察と、結婚拒否の物語上の位置づけの考察と、大きく二つに分けることができる。

【結婚拒否の原因・理由】　大君の結婚拒否の原因・理由についての考察は、つぎのように四つに分けることができる。

(1)　大君自身の内面に原因・理由があるとするもの

自己を犠牲にして幸福を中の君に譲ろうとする「姉妹愛」、いつまでもあこがれつづけられる存在でありたい、そのためには結婚という俗世の男女関係に陥ることは避けたい、という身勝手な「自己愛」、零落して政治・経済上まったく無力な宮家の娘という身分・境遇や、薫より年長ですでに二十歳代半ばという年齢からくる「コンプレックス」などが結婚拒否の原因・理由とされている。

(2) 八の宮との関係に原因・理由があるとするもの
八の宮が山寺参籠のため山荘を出るおりに残した「遺言」、また八の宮家という「家」の維持存続、そしてまた母を失った長女と父親との密接な結びつきなどが大君を束縛して結婚を許さなかった、といわれている。

(3) 薫との関係に原因・理由があるとするもの
大君は、世俗の性を超越した精神的な結びつきを求める薫、また密通の子として子孫を残すことを許されない宿命を背負う薫にふさわしい相手として形象され、物語に登場したのであって、必然的に薫との結婚の可能性ははじめから閉ざされている、と考えられている。

(4) 作者の内面に原因・理由があるとするもの
〔大君のモデル・素材〕の項でふれたように、大君の心情・言動には、作者がいだいていた観念的な苦悩・実体験と、そこから得られた人生観・世界観が明瞭に表われている、といわれる。その重要な根拠として、『紫式部日記』からうかがわれる紫式部の内面と大君の内面には共通する要素が多いということがある。紫式部の観念の具象化、物語化されたのが大君という人物であり、結婚拒否だった、ということが可能であろう。

【結婚拒否の物語上の位置づけ】 大君の結婚拒否は、晩年の紫の上をはじめとする多くの女性たちの男女関係にかかわる苦悩を受けつぎ、さらに浮舟物語へつらなっていくものとして、『源氏物語』の主題や構造の研究において重要な問題とされている。

〔大君の人物像をいかに読むべきか〕

大君は『源氏物語』のなかでも最も綿密にその心理・心情を分析、考察されてきた人物の一人であるが、出家・受戒の志向についてはややおろそかになっている。薫の周到で執拗な求愛・求婚から逃れるために、出家はひとつの有効な方策だったはずであるが、大君がはっきりと出家・受戒を志向するのは、「総角《あげまき》」巻において死期がせまり、自分でも「なほかかるついでにいかで亡せなむ」（やはり、ここで、なんとかして死んでしまおう）と思うようになってのちのことである。

もちろん、その理由は、従来の研究にもとづいて容易に推測することができる。大君の事情に即してみれば、八の宮家の維持ということが第一の理由であろう。八の宮は、すべての世俗の欲を捨てた聖のような人物と、語り手もふくめて物語の登場人物たちはみているが、じつはそれとあい反する面を有している。たとえば、大君が生まれたあと、第二子として男の子を望んだというのは、男の子と女の子が協力しあえば、どのようなかたちにせよ家を絶やすことだけは避けられるからではないかと思う。すくなくとも、八の宮が宮としての誇りを死ぬまでもちつづけていたことは、大君・中の君に宮家の体面を傷つけるようなことをしてはならないと、くり返し戒めていることからも推測できる。大君は、このような父の思いを受けついでいる。また、作者の事情に即していえば、大君は薫を照らす鏡であり、鏡として薫の実体を照らし出すためには、ぎりぎりまで俗世にとどめて薫と正面から向きあわせなければならない、ということもあろう。

しかし、それにしても、すでに紫の上はその晩年には心から出家を願っているにもかかわらず、その紫の上のかかえていた問題を受けつぐ存在であるはずの大君に、最後の最後にいたるまで強い出家志向がみられないのはやはり気になることであり、大君について論ずるばあい、じゅうぶん注意しなければならない問題ではないかと思う。

〔大君が影響を与えた人物・作品〕

『平家物語』の女性たちは、その言動のはしばしにしばしば『源氏物語』の女性の面影をみせる。清盛に愛された白拍子《しらびょうし》の祇王《ぎおう》と仏御前《ほとけごぜん》のばあいも、その一事例である。祇王は男（清盛）の心変わりによって世の無常を知り、嵯峨野《さがの》の奥に隠棲《いんせい》し念仏三昧《ねんぶつざんまい》の日を送るようになった。そしてその姿を見た仏御前は、そうした身の上を明日のわが身と観じて世を捨てた。これは、大君が男（匂の宮）の妹にたいする心変わりを見て、それを自分と結ばれたあとの薫の姿と思いなす、という話の筋と類似し

大君（源氏物語）

ている。

大君の俗世の性的関係に染まらない生き方は、後世の往生伝《おうじょうでん》に登場する女性たちに受けつがれている。祇王・仏御前も本来の話が女人往生説話に脚色されて『平家物語』にとりいれられたものといわれているし、大君の美しい亡骸《なきがら》とそれを前にした薫の心惑いは、裏返しにすれば、愛し執着した美女の亡骸が醜く変化していくさまをまのあたりにした男が、世の無常を悟り出家するという型の話と重なる。ただし、こうした共通性は、大君の直接の影響というよりも、往生伝の流れのなかに大君の物語がある、ということを示すものであろう。（田中　仁）

〔現代に生きる大君《おおいきみ》〕

大君は、現代風にいえば、ストイックな独身主義の女性である。

現代社会において、女性が結婚した方が幸福なのか、結婚しない方が幸福なのかは、さまざまな問題があって、いちがいに判断できないだろう。

広い世間のさまざまな女性たちをみていると、〝隣の芝生は青い〟というコトワザがあるように、独身女性は、結婚して安定した人生を送っている女性をうらやましく思い、結婚している女性は、自由に生きている独身女性をうらやましく思うという。

独身主義も結婚主義も、女性の人生の幸福という点では一長一短があり、どちらが良いとは即断できないであろう。ただ大切なことは、女性は、時々の社会風潮や一時的な感情にとらわれずに、自らの長い人生設計や自分の性格を考えて、早目に人生の決断すべきである。（西沢正史）

浮舟《うきふね》

『源氏物語』
平安時代

〔浮舟の人生〕

浮舟は宇治の八の宮の三女で、大君《おおいぎみ》・中の君の妹である。しかし、二人の姉の母が北の方だったのとはちがって、浮舟の母は北の方（正妻）の姪《めい》、とはいってもいまでは没落してしまい、女房として八の宮家に仕える中将の君であった。八の宮は、北の方が世を去ったあとは、仏の道に深く心を入れた、と物語は語ってきたけれど、そのことは、中将の君とのあいだに浮舟をもうけたことと矛盾するものではなかった。中将の君は八の宮の前では一人の女とはみなされない存在であり、したがって浮舟もまた一人の子として認められる存在ではなかったのである。浮舟は、その誕生のはじめから、自分のための確かな居場所をもたない女性であったといえる。

八の宮に見捨てられた中将の君は、受領《ずりょう》（国守）の後妻になって夫の任国の陸奥《むつ》の国（東北地方）、そして常陸《ひたち》の国（茨城県）で暮らした。浮舟も母にともなわれてそこで成長し、任期を終えた養父の常陸の介や母とともに帰京したときは、すでに二十歳ばかりになっており、父八の宮似の大君に生き写しの美しい女性になっていた。

京都に帰った中将の君は、浮舟をともなって匂《におう》の宮の妻として二条院で暮らす中の君を訪問した。そのときのようすを中の君は薫に話し、浮舟が亡くなった大君に生き写しであることを教えた。大君を失った薫は、満たされぬままの愛執のおもむく先を中の君に向けて責め立てていたから、大君に生き写しの浮舟を見た中の君は、薫の愛執から逃れるべく、その矢面《やおもて》に浮舟を立たせようともくろんだのである。もちろんそれに心を動かす薫ではなかったが、たまたま宇治の山荘で、初瀬《はつせ》（長谷寺）からの帰りに立ち寄った浮舟を垣間見《かいまみ》たあとは、うって変わって熱心に浮舟を求めはじめる。垣間見たその姿が、たしかに大君そのままだったからである。

しかし、薫と浮舟とが結ばれるまでになお半年あまりの時が流れる。それは浮舟にとって波乱の月日であった。中将の君がもっとも似合わしい相手として婿《むこ》に選んだ少将に、土壇場で婚約を反故《ほご》にされたことから、常陸の介邸を出て二条院の中の君のもとに身を寄せたが、そこで匂の宮（中の君の夫）に迫られて三条の山辺に隠れ住んだ。その三条の家で、浮舟は薫の訪れを受けいれ、その薫によって宇治の山荘に移しすえられたのだった。薫にしてみれば、それは亡き大君を偲《しの》ぶひとつの手段だったのだが、そうした薫の思惑《おもわく》はともあれ、浮舟は波乱のすえに宇治の地でつかのまの平安の日々を過ごすことになったのであった。

しかし、それで浮舟のさすらいが終わったわけではなかった。二条院で一目《ひとめ》見た浮舟の姿を忘れることができない匂の宮が、彼女の居場所を探りあてて強引に契りを交わしたのであった。かくして浮舟は、薫と匂の宮という当代一、二を競う貴公子に争われる身になってしまったが、身も心もうばわれるようになるのは匂の宮であった。しかし、いままでのいきさつや将来の身の上にふと思いをやると、穏やかで心深い薫にすがりつづけていたくもなる。

こうした二人の男に愛される浮舟の危うい均衡《きんこう》が崩れる時が迫る。薫が浮舟を京都にもどして手もとにおくことを決めてその準備をすすめる一方で、匂の宮はそのままえに彼女をうばいさろうと画策《かくさく》する。しだいに緊迫する事態のなかで、ついに匂の宮との関係が薫に知られてしまった。

薫と匂の宮の対立は、二人が直接対面して相手を打ち倒そうとする体《てい》のものではない。そのような対立なら、浮舟にとってはまだ救いがあるともいえよう。敗者は去り、女は勝者のもとに引き取られるのが必然だからである。しかし、男二人はたがいに没交渉のまま、さまざまなかたちで浮舟に直接はたらきかけて、その身と心とを得ようとする。しいてどちらかを選んだなら、どちらにもただならぬ、厭《いと》わしいことが起こるにきまっている。だから、残された道は自分が死ぬことだけだと、浮舟は思いつめる。そして少しずつ身辺を整理し、ある夜、美しい男に抱きとられる幻《まぼろし》を見ながら宇治川の川辺にさまよい出たのだった。

それでもなお命をながらえたのは、どのような運命によるものだったのだろうか。浮舟が宇治の院の裏の大木のもとに意識のないまま倒れているのを、通りかかった横川《よかわ》の僧都《そうず》に救われたのである。僧都の妹の尼君は、以前一人娘を亡くしていたから、浮舟を初瀬《はつせ》（長谷寺）の観音がその身代わりに授けてくださった人と信じて小野の庵《いおり》に連れ帰った。その手厚い介抱と僧都の祈禱《きとう》によって、やがて回復した浮舟は、しかし尼君がどのように尋ねても、かたくなに出家を懇願するだけで、いままでのいきさつも、名前さえも明かそうとしなかった。

日々ひたすら経を習い読むだけの浮舟は、尼君の目には過去をまったく忘れさった人、忘れ去ろうとしている人のように写るだけであったが、その心の内はちがっていた。かつて暮らした東国（常陸の国＝茨城県）を思い出し、母、そして乳母や女房の右近を懐かしみ、来し方を悔い、行く末をはかなく思いつつ、だれに見せるのでもない手習いの歌に思いのたけを託すのであった。

ある日、そんな浮舟に心ひかれる男が彼女の前に現われた。尼君の亡くなった娘の夫であった中将は、妻の没後もおりおりこの山里を訪れることを絶やさない誠実さ、仏の道を語ることもできる知性と教養をもった、薫と一脈通じるところのある男であった。尼君も二人が結ばれることを望んだのだが、もとより浮舟は応じるわけにはいかなかった。浮舟は、もう自分はこの世で幸福を得ることはできない身と思いきめていたから、いっしょに初瀬に詣でようと尼君に誘われたときも、それを断わって庵にとどまったのである。そして、おりしも下山してきた横川の僧都に哀願してついに出家を果たした。

こうして浮舟がようやく平穏な日常を手に入れたかのようにみえたころ、薫によって自分の一周忌の法要が営まれたという噂が聞こえてきた。京都では、浮舟はもうこの世にいない人になっていたのである。

しかし、浮舟の安穏も長くはつづかなかった。薫が、浮舟は生きて小野に身を寄せていることを知ったのである。横川の僧都からの手紙と薫の手紙をもって浮舟のところにやってきたのは、とりわけかわいがっていた弟の小君《こぎみ》であった。しかし、浮舟はその弟を見知らぬ人と言い張って、会うことも薫の手紙に返事を書くことも拒んで臥し沈むばかりであった。

〔浮舟のモデル・素材〕

浮舟はあとでふれるように多くの面をもつ人物であるが、「浮舟のモデル・素材」は、薫と匂の宮のどちらを選ぶこともできずついに入水《じゅすい》するという話型について論じられるばあいが最も多い。

男たちが一人の女を得ようとして争い、女はそうした事態に耐えかねてみずから死を選ぶという話は、『万葉集』巻九の葦屋《あしや》の菟原処女《うないおとめ》、さらに巻一六の桜児《さくらこ》の物語がある。ただし、これらのばあいは、男たちが武器をとり（菟原処女）、命をかけて（桜児）直接争い、女の自殺はその争いをやめさせようとしての窮余の行動であった。また、同じ『万葉集』巻三および巻九の葛飾《かつしか》の真間《まま》の手《て》児名《ごな》のばあいは、男たちが手児名を愛して言い騒ぐことと手児名の死とにどのような関係があるのか明らかではない。これらに比べると、『万葉集』巻一六の縵児《かずらこ》、『大和物語』の生田川《いくたがわ》伝説の津の国の女のほうが浮舟に近い。前者の求婚者は三人で、女が身を投げたのは池である点が異なるが、女は、「一《ひとり》の女の身の、滅《け》易きこと露のごとく」（一人の女の身のはかなく消えやすいことは露のよう）と女の身のはかなさを訴え、水辺をさまよってついに入水する。また後者のばあいは、二人の男に求愛されてどちらを選ぶこともできなかった女が、「すみわびぬわが身投げてむ津の国の生田の川は名のみなりけり」と詠んで生田川に身を投げる。「すみわびぬ」とは「この世で生きているのはつらすぎて嫌になりました」という意味で、浮舟の心境に似ているし、なによりも二人の男は別々に女に求婚し、直接対決することはしない点が薫と匂の宮に似ている。

ほかにも、『竹取物語』と「浮舟物語」の構造が似ているところから、かぐや姫を浮舟の素材とする説、小野で仏の道を求めて修道する浮舟の姿は浄土教絵画の「二《に》河白道図《がびゃくどうず》」にもとづいて形象されているという説などがある。

なお、同じ『源氏物語』のなかで、浮舟のはかなげな印象や男との悲劇的な関係は夕顔・女三の宮に似ている。これはまた光源氏との関係に苦悩した晩年の紫の上にもあてはまることであり、構想論、主題論等々、さまざまな観点からこれらの女性たちの関連について考察されている。したがって、浮舟の女性としての生き方を考えるばあい、こうした『源氏物語』の女性たちとの関連性は重要な手がかりになるであろう。

〔浮舟の人物の評価の歴史〕

【二種類の読み方・評価】　浮舟の人物の読み方・評価は大きく二つに分かれる。一つは、浮舟を主体性のない、他者の意のまま、おかれている状況のままにただよう、まさしく浮舟(さすらいの小舟)のような女性とするものである。古くは「手習いの君」と呼ばれることが多かったらしいこの女性の呼び名が、いつのころからか「浮舟」に固定したのは、このような読み方が主流になったことの表われであろう。

もう一つは、浮舟の主体性を重視する読み方である。ことに入水《じゅすい》し蘇生《そせい》したあとの浮舟は、匂の宮にひかれたかつての自分を否定し、さらに薫の求愛も拒否して、自分自身の意志で仏道にすがる。浮舟のこのような生き方の基盤は、直接には思いを歌に託しそれを手習いするという小野での日常によってかたちづくられたのであって、「手習いの君」は浮舟のこうした面をとらえた呼び名であろう。

【現代の読み方・評価】　浮舟についての現代の人物論は、前者の読み方にもとづいてなされるばあいが多い。宇治十帖は光源氏という偉大な主人公が去ったあとの物語であって、その物語世界は一人の主人公によって領導されるのではなく、登場人物同士の人間関係によって展開する、というのが現代の研究における共通の認識である。浮舟は周囲の状況に素直に反応して動く女性であることから、その動きの軌跡《きせき》を検証することによって物語内の人間関係を照らし出すことができる人物として論じられることが多いのである。

〔浮舟の人物像をいかに読むべきか〕

浮舟その人の内面はけっして特異なものではない。物語に描かれている彼女の思いを拾ってみると、唐突な死の決意は別として、みな母や乳母《めのと》といったごく身近で小さな人間関係にかかわる平凡でありきたりといってよいものばかりである。宇治十帖の世界は、薫や匂の宮、八の宮や大君といった尋常ではない人びとが織りなす物語であって、ふつうの女性である浮舟はそのなかに引きずりこまれて翻弄《ほんろう》されるのである。浮舟の「さすらい」の原因はそこにある。

浮舟の「さすらい」は、具体的には、京都から東国《とうごく》へと流れ、京都に帰って二条院から三条院へ移り、さらに宇治から小野へと、転々と居場所を移していることをいう。また、薫と匂の宮とのあいだで、どちらに身をゆだねることもできなかった状況をいう。そしてもう一つ付け加えるなら、その薫と匂の宮のどちらからもついには離れ去ろうとするところで物語が終わってしまい、その後どうなっていくのか確定できないこともあろう。そして、こうした個別の事象の根源には、此岸《しがん》（現世）と彼岸《ひがん》（来世）とのあいだのさすらいがある、ともいわれている。しかし、物語の表面に現われている浮舟の姿に即して、より一般的につぎのように説明できるのではないかと思う。

浮舟は八の宮家の姫君であるから、八の宮家の姫君らしくいかにも純真で気高いところがある。その一方で、心情や行動に京都の女性の枠からはみ出すところのある「東国の女」でもある。入水《じゅすい》の決意を固める経緯《けいい》など、ことばによる思考から行動への移りゆきがいかにも唐突で、すでにいわれているように「東国の女」ならではの行動であろう。ところが、小野での独詠歌の手習いは、ことばによってその内面を表現する、のみならずそのことばを書くことによって来し方行く末の自己のありようを徐々に確かめ切り開いていく術《すべ》を身につけていることを示している。そうかと思えばまた、横川《よかわ》の僧都・尼君・薫・小君などのあいだに手紙や口頭によることばの網が張りめぐらされるなかで、浮舟一人はかたくなにそこに加わることを拒むのである。このように、物語の局面ごとの姿を切り出してみると、浮舟はきわめて多様な面をもつ人物であることが知られる。そして、浮舟のそれらのさまざまな面のあいだの内面的な関連は乏しいようにみられる。そうした多くの面が、おりおりの状況によって入れ替わり物語の表面に現われてくることが、浮舟のさすらいにほかならないといえよう。

〔浮舟が影響を与えた人物・作品〕

『源氏物語』以後の物語から、浮舟が影響を与えた人物として二人の人物を考えてみる。一人は『狭衣《さごろも》物語』の飛鳥井《あすかい》の姫君である。浮舟のばあいと同じく、この姫君にも「らうたし」（かわいらしくて守ってやりたくなる）という語がくり返し使われているように、可憐《かれん》でどことなく頼りない感じがするという印象が二人に共通している。また、飛鳥井の姫君が欺《あざむ》かれて九州下向の船に乗せられて京都を離れるという、いわば漂泊の一時期を過ごすこと、さらにまた、事情は異なってはいるが入水《じゅすい》したことも浮舟に似ている。

もう一人は『浜松中納言物語』の大君である。大君は式部卿の宮との結婚がきまっていながら源中納言と結ばれたのだが、式部卿の宮はつぎの皇太子になるはずの宮であり、女性関係も華やかである点が匂の宮によく似ている。また一方の源中納言も、きまじめな薫型の人物である。浮舟と薫、匂の宮の関係とは逆に、『浜松中納言物語』では、大君と式部卿の宮とのあいだに薫型の中納言が割りこむのだが、対照的なタイプの二人の男性のあいだで苦悩する大君の姿は、浮舟とよく似ている。

これら二人は、明らかに浮舟から直接影響を受けて形象された女性であるが、浮舟の影響はこうした例にとどまらない。一つにはその悲劇性が物語の女主人公としてうってつけであること、もう一つにはそのさすらいのイメージが、文学のみではなく日本の文化の根底を流れるなにものかと密接な関係をもっているらしいことから、浮舟のイメージをまとった女性たちが、現実の社会にも文化・芸術の世界にも現われつづけているといえよう。

（田中　仁）

〔現代に生きる浮舟《うきふね》〕

浮舟は、現代風にいえば、二人の男性の愛に翻弄された不幸な女性である。

現代において、まったくタイプの異なる男性に愛された女性は、どのように対処したらよいのであろうか。どのタイプの男性が自分を本当に幸福にしてくれるかを判断することができるのであろうか。

たとえば、ある女性が、誠実だが暗い薫君タイプの男性と結婚したら、おそらく、誠実であるから浮気の心配は少なく、やさしく愛してくれるであろうが、面白味のない、平々凡々な結婚生活を送らざるをえないかも知れない。一方、浮薄な匂の宮タイプの男性と結婚した女性は、楽しく情熱的な結婚生活を送ることができようが、常に浮気の心配をしなければならないにちがいない。

若い女性は、匂の宮タイプの男性に魅惑されがちであるから、自分の性格をよく考えて、結婚問題に対処しなければならないだろう。

（西沢正史）

寝覚の君

ねざめのきみ

『夜の寝覚』
平安時代

〔寝覚の君の人生〕

『夜の寝覚』は、太政大臣家の中の君(以下「寝覚の君」という)を中心に、彼女の思春期から晩年までを描いた平安後期の物語である。物語の中間と末尾に欠巻があり、外部諸資料からその散逸部分のストーリーもおおむね復元されている。便宜上、巻一・二を第一部、中間欠巻部を第二部、巻三・四・五を第三部、末尾欠巻部を第四部としてとらえるのが一般的である。

さて、寝覚の君の人生は不思議な体験からはじまる。彼女の十三歳の八月十五夜、夢に天人が降下し、そこで与えられたのは、琵琶の秘曲の伝授と、「あはれ、あたら、人のいたくものを思ひ、心を乱したまふ宿世のおはするかな」(ああ、残念なこと、これだけのお方がひどく思い悩み、心をお乱しにならねばならない宿世がおありになることよ)という苦難の人生の予言であった。その二年後、寝覚の君は方違《かたたが》えに訪れた九条の邸宅で、忍びこんできた男性と意に添わぬかたちで契りをむすぶ。思いがけない出来事に困惑し、閉じこもりがちになり、やがて妊娠していることを知る。のちに判明した相手の男性は、じつは姉の大君《おおいぎみ》の結婚相手で関白左大臣家の長男の権中納言(以下「男君」という)であった。その後、生まれた姫君は男君のもとに母親を秘してひきとられ、あやにくな二人の関係が周囲の人びとの思惑《おもわく》とからみあいながら物語は展開してゆく。(第一部)

やがて、二人の関係は姉の知るところとなり、仲のよかった姉妹も敵対することになって、父の大臣は娘の将来を案じて寝覚の君を左大将(のちに関白に昇進。以下「老関白」という)と結婚させた。男君との関係が断てないまま結婚した寝覚の君は若君(まさこ君)を生むが、じつは男君との子であった。先妻にさきだたれ、三人の娘をつれ再婚した老関白とうちとけようとしなかった寝覚の君であったが、彼女に一心に愛情をそそぐ老関白にやがて心を許してゆくようになる。一方、男君は寝覚の君の結婚に衝撃を受け、かたくなな態度をくずさない妻の大君との満たされない思いをかかえながら、朱雀院《すざくいん》から望まれるままに女一の宮のもとに通うようになる。大君は姫君を生んでまもなく亡くなり、老関白も他界してしまう。寝覚の君は姉の遺児小姫君をひきとり、老関白の三人の娘と実子若君（まさこ君）の母として生きてゆくのであった。（第二部）

第三部にはいり、巻三の冒頭は老関白の長女の尚侍《ないしのかみ》入内《じゅだい》の準備と、それに付き従って参内する寝覚の君が描かれる。彼女のゆきとどいた家政的手腕は賞賛され、このあと子どもたちに囲まれて穏やかに過ごす女君の生涯が予想されるが、物語はそれを許さなかった。参内した寝覚の君を垣間見《かいまみ》た帝は彼女への思いを募らせるが、寝覚の君を忘れられない男君はそんな帝に嫉妬する。このような状況のもとで、大皇宮は一計を案じ、息子である帝の願いをかなえようと、宮中において寝覚の君のもとに帝を導き入れた（帝闖入《ちんにゅう》事件）。かろうじて帝の手から逃れた寝覚の君を待ち受けていたのは、「生霊《いきりょう》となって女一の宮（帝の姉妹・男君の正妻）にとりついている」という噂であった（偽生霊事件）。この噂は根も葉もないものであったが、それをとおして寝覚の君は「心のほかの心」の存在について思いを重ねるようになる。第三部では、寝覚の君の長い心中表現がめだち、くり返し昔を回顧し今を嘆息して、みずからも意識していないような深層意識に降り立っていく精神構造がうかがえる。それは、ふだんは押さえている男君への愛情や、それと裏腹にこんな運命に自分を導いた男君への怨みであったりした。そして、みずからの心の救済を祈って出家を願うようになるが、そういう寝覚の君をおそったのは三度目の妊娠であった。男君は寝覚の君を自邸にひきとり、彼女は晴れて二人の子である若君を出産し、入内した老関白の遺児の尚侍もつづいて皇子を出産、それにともない寝覚の君の周囲はことごとく昇進して、表面的には栄華につつまれた平穏な日々が訪れる。だが、寝覚の君は「夜の寝覚絶ゆる世となくとぞ」（寝覚めがちな愁いの夜は絶えるときとてなかったという）との思いをかかえたままであった。このあと末尾欠巻部分（第四部）では、実の娘の石山姫君の立后《りつごう》、養女尚侍の若君の即位と慶事がつづくが、その一方で帝の彼女への執拗《しつよう》な懸想《けそう》に関連しての偽死《ぎし》事件や、帝によるまさこ君勘当《かんどう》事件が起こり、寝覚の君の苦悩は絶えることがなかったという。やがて寝覚の君は、念願の出家を果たしたようである。

〔寝覚の君のモデル・素材〕

とくに実在するモデルはいないが、先行文学として『源氏物語』の女君たちの影がさまざまに投影されている。母を亡くした姉妹が父親の庇護《ひご》と深い愛情のもとに過ごしている設定は、宇治十帖の大君・中の君姉妹が想定されよう。寝覚の君は妹という点では中の君であるが、人物形象としては大君型といえる。その他、夕顔・花散里・女三の宮などの影響も指摘できるが、やはり紫の上との関連がもっとも深いものであろう。紫の上も少女期に光源氏に見いだされ、絶頂期、その晩年の苦悩、死にいたるまで、一人の女性としての生涯が描かれ、さらに容貌・美質・才覚はもちろんのこと、周囲への心配り、家政的手腕など多くの共通点が見いだせる。だが、なにより女性としてわが身と心の処し方について悩み、苦しんだ紫の上の心のありようは、宇治十帖の浮舟《うきふね》を経て、物語文学の大きな主題のひとつとして寝覚の君にひきつがれたといえよう。

さらに、忘れてはならない先行文学の人物として『竹取物語』のかぐや姫があげられる。男君との出会いの場面で、奇《く》しくも男君が寝覚の君を垣間見《かいまみ》したときに、「竹取の翁の家にこそかぐや姫はありけれ」(竹取の翁の家にこそかぐや姫はいたのだった)と感じたように、かぐや姫こそが寝覚の君の形象と深いところでかかわっているといえよう(後述)。

〔寝覚の君の人物の評価の歴史〕

この物語は近代以降、ほかの後期物語と同様、『源氏物語』を模倣した作品ととらえられていたが、早くに鎌倉時代の物語評論書『無名草子《むみょうぞうし》』が「はじめより、ただ、人ひとりのことにて、散る心もなく、しめじめとあはれに、心入りて作り出でけむほど思ひやられて、あはれにありがたきものにてはべれ」(はじめから、ただ、女主人公一人のことを追って、ほかに心を向けることもなく、しんみりと趣深く、心をこめて作りだしたらしいようすが思いやられて、しみじみとしためったにない作品です)と評したように、一人の女性を主人公とし、その内面に深く立ち入って心理状態を描写し、心の動きに注目した点などにおいて、『源氏物語』を発展させた作品として文学史上の意義が認められる。いくつかのキーワードにしたがって、人物像にかんして紹介しておく。

【女性の成長物語】　寝覚の君は第一部と第三部で、ずいぶん異なった印象をもつ女性として描かれている。第一部では、突然の男性との契り、妊娠をはじめとしてつぎつぎと事件が起こるが、女主人公であるはずの彼女の肉声はほとんど聞こえてこない。周囲の人間の思惑《おもわく》や言動で物語は進行してゆき、宿世《すくせ》や運命のままに流されてゆく意志をもたない人形のようである。ところが、中間欠巻部分を経て私たちの前に立ち現われてきた寝覚の君は、老関白の遺児の入内《じゅだい》をまえに家を経営してゆくしっかりした大人の女性であった。その後も帝の懸想をめぐっておこるさまざまな事件や男君との関係について苦慮したりするが、そのふるまいは非のうちどころがなく、「心上手」（『無名草子』）と評されるものであった。このような寝覚の君像は、あいつぐ苦難を乗り越え、少女から一人のりっぱな女性として成長していく物語としてとらえられる。

【「主婦性」「母性」】　従来の物語の女君像に比して特徴的なこととして、寝覚の君の「主婦性」が指摘できる。故老関白の遺児の入内という盛儀にさいして彼女がみせる主婦的手腕は、物語内で高く評価されている。さらに実子が三人、養女として亡き姉の大君の遺児小姫君、老関白の三人の娘と多くの子どもたちの母親であることは、物語の高貴な女君としてはきわめて異例である。その子どもたちとの愛情あふれるようすが描かれる一方で、子への絆《ほだ》しゆえ、出家もできず周囲と妥協せざるをえない状況に追いやられたりもする。これらに関連して、「母性」も大きなテーマとして論じられてきた。

【「かぐや姫」との関係】　さらに、忘れてはならないのが「かぐや姫」との関係である。寝覚の君が少女のころ、八月十五夜の夢に月の都から天人が訪れ、琵琶の秘曲とともに苦難の人生を送るという予言を与えられた出来事は、彼女にみずからの異質性、異能性を自覚させ、「かぐや姫感覚」（永井和子）と名づけられた心理状態をもたらした。一人の女性をめぐって何人かの男性が求愛することや、帝による懸想などをはじめとする『竹取物語』との関連は、さまざまな角度から指摘がなされている。

〔寝覚の君の人物像をいかに読むべきか〕

身分・境遇・容貌・美質・愛情など、なにもかも恵まれ、傍目《はため》には栄華をきわめているかにみえる寝覚の君だが、その苦悩の人生はつきることなくつづく。それはどこに起因するのであろうか。おそらく「〈母〉の欠如」あるいは「〈母〉の過剰」とかかわるのではないかと思われる。

寝覚の君には、実母も継母も母がわりとなる有力な乳母も存在しない。これは高貴な姫君としてめずらしいことで、同母姉妹の姉の大君には有力な乳母がついていたが、その父は彼女がこのような困難な宿世をたどるのだが、それを補うかのように父の大臣が彼女を溺愛《できあい》するのは「母なき女子」だからと嘆く。物語の主人公の属性のひとつに実母がいないということがあるが、継子いじめ以外のかたちで苦難の理由になるのは、この作品の特徴といえよう。

みずから背負った〈母〉の不在を補うかのように、寝覚の君は物語の女君としては異例ともいえる子だくさんである。多くの子どもの存在が彼女を救うとともに、新たな困難をまねきよせる。同じようにこの世での女の生きにくさがテーマとなっていても、不生女《うまずめ》だった紫の上とは異なる女性の〈生〉のあり方が、新たな主題として浮上してきたといえよう。また子どもである帝、女一の宮のために策を弄する大皇宮の存在も、〈母〉を考えるさいには重要である。

さらに、王朝物語の基本的なテーマは恋愛にあるといえるが、寝覚の君は男女の関係には懐疑的である。この作品の男君は、さまざまな事情で思うようにいかないこともあるとはいえ、彼女ひとすじに愛情をそそぎ、それは出会ったときからずっと変わらない。帝も帝位を捨ててもよいと思うほど夢中であるし、中間欠巻部で寝覚の君の夫となった老関白もひじょうに献身的であったことが随所にうかがえる。一夫多妻制に悩んだほかの物語の女君たちとは、おかれている状況が異なるのである。寝覚の君の悩みの原因は、男君の愛が得られなかったり、ほかの女性とその愛情を分かたなければならないことにあるのではなく、ままならない人生を歩まなければならなかった悔恨と、そういう自分にたいして、世間の目、肉親の思惑《おもわく》というかたちで、みずからを呪縛してゆくことにある。寝覚の君は、外面的には栄華をきわめても、魅力的で美しい「女性」であるがゆえに、本人の意図とは別に男性をひきよせ、また「女性」であるがゆえに妊娠・出産という事態をひきうけざるをえず、自分が描いた理想の人生を歩めない孤愁が、ひとつのテーマとなっているといえよう。

〔寝覚の君が影響を与えた人物・作品〕

寝覚の君のみずからの運命にたいする苦悩は、『とりかへばや物語』の女中納言に影響を与えたといえる。男装の姫君である女中納言も、みずからの内面と外見の格差に違和感をおぼえながら、晴れがましい人生を歩むが、やがて妊娠・出産という事態をむかえ、女性としての生き方を余儀なくされる。寝覚の君をはじめとして、それまでの女君像と異なるのは、与えられた運命を嘆くだけではなく、行動に移すことであろう。また、寝覚の君は散逸した末尾欠巻部分で准后《じゅごう》まで登りつめたことが知られるが、女性の出世物語として『とりかへばや物語』の女東宮《おんなとうぐう》、『わが身にたどる姫君』の女帝の先蹤《せんしょう》となることも指摘されている。

（乾　澄子）

〔現代に生きる寝覚《ねざめ》の君〕

寝覚の君は、現代風にいえば、長い間の不倫の恋に翻弄されながらも、最後は母として生きようとした女性としてみられる。

現代において、少子化現象が著しいように、結婚しても子供を生むことを回避する女性が多くなっている。それは、女性の現代的な人生観によることも少なくないであろうが、生みたくても経済事情が許さないなど、政治や社会の責任も大きいようだ。

世間の子育てに忙殺されている女性たちをみると、愛や性に翻弄されていた青春期とは著しく異なって、女性としての確固たる人生、母としての自信に満ちた人生を歩んでいるかのように見受けられる。

女性が子供をもった方が幸福か、もたないで仕事に生きる方が幸福かは、その女性の人生観・性格・夫との関係をよく考えて、対処しなければならない。

（西沢正史）

虫めづる姫君

むしめずるひめぎみ

『堤中納言物語』
平安時代

〔虫めづる姫君の人生〕

　蝶《ちょう》めづる姫君の住む屋敷の近くに住む按察使《あぜち》の大納言《だいなごん》の姫君はたいせつにかしずかれているが、人にはまことがあり、「本地《ほんじ》（本体・実体）」を知ることがたいせつだといい、籠箱《こばこ》の中で虫を育て、とくに烏毛虫《かわむし》は掌《たなごころ》に入れてじっと見守るほどであった。女房たちが怖《こわ》がるので、代わって男の童《わらわ》たちを指揮して庭の虫を集めさせ、名を問い、ときには新しく命名さえしていた。眉《まゆ》を抜いて眉墨《まゆずみ》をつけることや、お歯黒《はぐろ》といった一般の成人女性のたしなみを拒《こば》み、親の諫《いさ》めにたいしても理詰《りづ》めの反論を加え、いっこうに改めるふうでもなかった。女房たちも蝶めづる姫君に仕える女房を羨《うらや》み、和歌を詠《よ》みあっては嘆息していた。それら周囲の当惑をよそに、姫君は童たちと今様《いまよう》（流行歌）を声高《こわだか》に吟《ぎん》じ、童たちにそれぞれ虫の名をつけて召し使うのであった。

　そんな姫君の噂《うわさ》は広まり、ある公達《きんだち》の御曹子《おんぞうし》の右馬《うま》の佐《すけ》が興味をいだいて度胸《どきょう》のほどを試そうと、帯を細工《さいく》して蛇《へび》の形に作って動く仕掛けをほどこし、歌を添えて贈ってきた。本物の蛇かと怖がって女房たちが逃げ出したあと、姫君は「なもあみだぶつ（南無阿弥陀仏）」と名号《みょうごう》を唱え、前世《ぜんせ》の親かもしれないといって、震えながらも気丈《きじょう》にふるまった。そこに父の大納言が太刀《たち》を手に駆けつけ、蛇が作り物だと見破り、細工の出来映《できば》えを褒《ほ》めて礼儀として返歌《へんか》するようにいう。ところが姫君は、大人の女性のたしなみである草仮名《そうがな》がまだ書けないため、ごわごわした紙に片仮名で返歌をしたためた。

　右馬の佐は、さらに興味をもって、賤しい女性の姿に変装して中将《ちゅうじょう》とともに彼女のようすを見に大納言邸へと赴《おもむ》いた。垣間《かいま》見られているとも知らず、簾《すだれ》を外に押し張って庭を見て童たちを指揮していた姫君であるが、童から男たちが垣間見ていると報告されて、さすがに奥に退いた。このように姫君は、はきはきしたものの言い方、荒らかな歩き方、墨で黒々と漢字を書きつけた白い扇を手にするなど、男性を思わせるふるまいをとっていたにもかかわらず、伸びっぱなしで手入れされていない黒髪、抜かれていない眉、歯黒めされていない口もとなど、いずれも手を入れれば世間に十分通用するに足りると右馬の佐は推測した。着物を被《かぶ》るような奇妙な出立《いでた》ちで、しかも練色《ねりいろ》の綾《あや》の袿《うちぎ》に、きりぎりすの模様の小袿《こうちぎ》、白い袴《はかま》と、若い女性にしては風変わりなものばかりであったが、右馬の佐はそのまま帰ろうとはせず、手持ちの畳紙《たとうがみ》に草の汁で書きつけた歌を贈った。しかし、姫君は贈られた歌にたいして、人生は夢幻《ゆめまぼろし》のようなもので、なにが絶対的であると判断できようかといって返歌をしようとはせず、みかねた女房が代作するが、右馬の佐は笑いに紛《まぎ》らわして大納言邸を後にするのであった。

さて、そのつづきは「二《に》の巻《まき》」で……(と物語は終わる)。

〈虫めづる姫君のモデル・素材〉

按察使《あぜち》の大納言の姫君という設定であるが、一条帝以後の時代の按察使大納言経験者からモデルとなる人物は見出せず、按察使は兼官していないが大納言を経験した藤原宗輔《むねすけ》(承暦元年〈一〇七七〉~応保二年〈一一六二〉)と、萎黄病《いおうびょう》かと推測される娘の若御前《わかごぜん》とがモデル候補にあげられる。宗輔は「蜂飼《はちかい》の大臣《おとど》」と呼ばれ、『今鏡《いまかがみ》』・『古事談《こじだん》』・『十訓抄《じっきんしょう》』などに、蜂《はち》を飼いならし、名前をつけたなどの逸話《いつわ》がみえる。

本物語に影響を与えた作品としては、『源氏物語』と『狭衣《さごろも》物語』があげられる。『源氏物語』からは二か所。論理的に父親をやりこめる姫君の性格が、「帚木《ははきぎ》」の雨《あま》夜《よ》の品定《しなさだ》めで語られる、漢語を多用し、風邪に効くとなると臭いも気にせず大蒜《にんにく》を服用する実用的な性格の博士《はかせ》の娘の影響を受けている。また右馬の佐が中将と垣間見《かいまみ》をする場面は、「若紫」の北山での光源氏の紫の上を垣間見する場面のパロディといえる。主人公《ヒロイン》についていえば、雀《すずめ》が逃げたと走り来る可憐《かれん》な紫の上と、虫を求めて庭近くに足音荒く姿をみせる姫君は、男性から美質が将来期待される点が共通しており(ただし虫めづる姫君のほうは少年っぽいが)、さらに光源氏と惟光《これみつ》二人の垣間見が右馬の佐と中将の二人連れに重なる。『狭衣物語』からは、男の童たちと庶民の芸能である今様を歌い漢字を書きつけた白い扇を使用する姫君のようすに、琵琶《びわ》を奏でて風俗歌「小茨木」の一節を歌い、流麗な草仮名が書けずにとぎれとぎれの仮名で体裁整わぬ自作の和歌を書きつけた扇を持つ今姫君《いまひめぎみ》の影響が指摘されている。

〔虫めづる姫君の人物の評価の歴史〕

「虫めづる姫君」は短編でもあり、物語じたいが高く評価されてもてはやされることはなかった。そもそも『堤《つつみ》中納言物語』じたいが江戸時代になるまであまり流布しておらず(現存する最も古い写本が江戸時代初期の天和《てんな》三年〈一六八三〉である)、明治時代になって藤岡作太郎が物語として評価するようになったが、作中人物を論じるところまではいたらなかった。

昭和時代に入ってようやく評価の対象となったが、作家の小島政二郎の「変態の女」という評価に代表されるように、平安時代の貴族社会の常識を指標とした読み方に従っている。そのような姫君を、仏教説話を分析した「偽悪《ぎあく》」という語で分析評価したのが塚原鉄雄である。姫君の「人工を排除して自然を尊重」、「根源を重視し末葉を無視」の二点に要約される行動は露悪であって偽醜ではないという。すこしむずかしい表現なので整理すると、①姫君の基本の思想は本質を確認することにある、②行動の指針は虚飾の排除にある、③行動の姿勢は本質の理解にある、④行動の立場は姫君の観念を実践したものである、⑤行動の認識は異端の自覚にある、の五点となり、姫君の一見醜悪にみえる行動は、王朝貴族の美学が隠してしまった醜いものがじつは美しいものと連続するということを解明しようとしたのだと塚原は評価したのであった。

そのような貴族社会の枠組みを離れて真に新しい価値観をもった女性として認定されるのは、研究の世界にジェンダーの概念がもちこまれ、男女の社会における規範性が問いなおされるようになってからである。その先駆けは瀬戸内晴美(現在は寂聴)で、聡明さ、文化批判の正しさなど「時代を千年先取りした」とまで評価する。化粧、結婚にいたるまでの男君との交渉の手順まで、「女」に縛られずに自身の価値観で生きる姫君の分析を通じて、逆に作品を読む読者の側の規範性が分析されていく点で、他の作品とはおおいにちがっている。

〔虫めづる姫君の人物像をいかに読むべきか〕

姫君自身を理解するためには、もうすこし丁寧《ていねい》に姫君の行動や装束《しょうぞく》を理解する必要がある。眉の手入れやお歯黒を拒む点や、大声をあげ歌い、足音高く歩き、簾を押し張って外を眺めるなどの行為は、成人女性の嗜《たしな》みからほど遠いものである。また、和歌を片仮名でしたためることも、女性としての未成熟さの強調といえる。ただ、片仮名の和歌は物語などに数例しかなく、草仮名の流麗な和歌が書けない未熟性がいわれる一方で、片仮名表記の和歌は仏道《ぶつどう》とかかわりがあるともいわれているので、いちがいに未熟だとはいいきれない。そういう意味で、姫君には仏教の経典を引いて論理的に親を論破し、檜扇《ひおうぎ》ならぬ白い紙の扇に漢字を書きつけ、男の童たちと今様を歌うといった男性的な面があるといえる。さらに、身につけた練色はふつう老女もふくむ年輩の女性（ときには下位の老人）が着る色であり、また白い袴は懐妊中の小宰相《こさいしょう》が身につけて入水《じゅすい》したという特例（『平家物語』）があるが、一般的には男性の使用するものである（男性用のばあいは下着としての袴ではないので、すこし意味合いが異なるが）。つまり姫君の衣装は、子どもであり、老人であり、男性であり、小宰相の例も勘案《かんあん》すれば死者をもふくめてしまうように、結婚適齢期である若い女性の身体にはふさわしくない装いで全身を固めているということになる。

塚原鉄雄のいう「人工を排除して自然を尊重」し、「根源を重視し末葉を無視」する虫めづる姫君の態度は、今日的にはおおいに評価される。そんな風変わりな姫君にたいしても興味を示す男性がいるわけで、むりに世間の評価や秩序に自分を合わせる必要もないと、現代の女性たちにエールを送ってくれているようである。当時の貴族社会での風変わりさは、時代が変わり社会の規範が変われば異端ではない。また当時の若い女性としては異様であっても、男装して官僚社会への進出や出世をめざしたのでもなければ、仏道に傾斜するあまり貴族社会での日常生活そのものを否定したわけでもない。男性との出会いによって「風変わり」から「個性が強い」へと修正される可能性もある。さきにも紹介した『狭衣物語』の今姫君も、大臣家の姫らしくない行為が多かったが、結婚によって落ちつきをえて、それなりの社会性をわきまえた北の方におさまって子どもの養育にあたっている。この虫めづる姫君と右馬の佐との恋のつづきは「二の巻」で、と展開を予告するのも、社会から排除されたままで結末を迎えるのではないと予感させるもので、男性の手になる作品といわれるが、作者からの温かいエールと解したいところである。

（野村倫子）

〔虫めづる姫君が影響を与えた人物・作品〕

虫めづる姫君が影響を与えた人物は、作品の流布《るふ》の状況を勘案《かんあん》すると、とくにいないようである。仏教への傾斜や科学的な知性をもつ女性は、それぞれの時代にいるが、それは時代の影響を受けたものであって、作品の影響ではない。

姫君の行動や衣装はジェンダーの境界線上にあって、一歩境界を越えれば男装の麗人《れいじん》となり、その例として白拍子《しらびょうし》の静御前《しずかごぜん》や出雲阿国《いずものおくに》があげられるが、これらも時代にもてはやされて生まれたものであった。時代に束縛《そくばく》されずに大胆なデザインの模様を着て、新しい髪型を生み、海外からのファッションをいち早く取りいれ、斬新《ざんしん》なメイクで人目を引くことは、市井《しせい》の女性たちの手によって室町時代、江戸時代、はてはモガやヤマンバギャルにいたるまで、いつの時代にもある。たんなる時代への反抗のあだ花で終わるか、時代をさきどりしたと評価されるかは、後世を待たなければならないであろう。

〔現代に生きる虫めづる姫君〕

虫めづる姫君は、現代風にいえば、性差の意味を社会的に問いかけた女性である。

現代の社会通念においても、男の子は元気に男らしく、女の子はやさしく女らしくと期待されていて、男女ともモデル化されている。

最近では多少変化してきてはいるが、女性は、幼い時から女の子らしさを身につけるように親や社会から強いプレッシャーを受けて育てられる。

しかし、そうした社会通念は、形式的・外面的なものにすぎず、必ずしも本当の女性らしさではないのではないだろうか。本当の女性らしさとは、その人間性の内に秘められた、他人に対するやさしさ、思いやりといったものであるはずである。

（西沢正史）

女中納言

おんなちゅうなごん

『とりかへばや物語』
平安時代

〔女中納言の人生〕

左大臣《さだいじん》（最初は権大納言《ごんだいなごん》）家の姫君は、とても元気な子どもで、外での遊び、蹴鞠《けまり》や小弓《こゆみ》が大好きで、横笛の演奏や漢詩文にも優れていた。そんな姫君を見るにつけ、父の悩みは深かった。姫君は、服装も動きやすい狩衣《かりぎぬ》・指貫《さしぬき》（平安時代当時の男性服）が好きで、女性と見なされそうにないものであった。その一方で、姫君とそっくりの異母兄弟である男君（のちの男尚侍《おとこないしのかみ》）は、人形遊びなどを好み、とても優美で人見知りもひどかった。世間の人は、姫君を男性、男君を女性と思いこんでいた。姫君と男君の立場を「とりかへばや」（取り替えたい）という父の願いもむなしく、二人は幼いころからの性格や好みをもったまま美しく成長し、朝廷からの要請も強く、とうとう姫君は男性として元服《げんぷく》して朝廷で仕えることとなった。出仕した男装の姫君は、横笛や琴の演奏・漢詩文・和歌・書道・政治関係と、あらゆる方面で天才を発揮し、若くして権中納言《ごんちゅうなごん》にまで昇進した。しかし、この女中納言（姫君）は、男装の自分が世間の人とはちがうのを思い知って慎重にふるまうようにもなっていった。

そんなころ、女中納言（姫君）は、右大臣《うだいじん》の娘の四の君《しのきみ》と結婚した。女中納言は、朝廷の仕事と実家、そして毎月四、五日間の物忌《ものい》み（じつは月経を隠すための籠居《ろうきょ》）を除けば、右大臣の四の君のところへきちんと通ってきて、寝室で仲むつまじくいっしょに臥した。しかし、「夫婦」はじつはただ親しく話をするだけなのだが、なにも知らない四の君は不思議に思わない。ここまでは女中納言の両親の思惑《おもわく》どおりだったが、予想外の事件が人知れず起きた。式部卿《しきぶきょう》の宮《みや》の子息でたいへんな色好みである、宮《みや》の宰相中将《さいしょうちゅうじょう》が、四の君を強引に犯してしまい、やがて四の君を妊娠させてしまったのである。妊娠を知った女中納言は、四の君とよそよそしくなり、男装がばれないかと恐れつつ「世づかぬ身」（世間の人とは異なる男装の自分）に嫌気がさして遁世《とんせい》を願うようになり、吉野山で仏道修行に専心する聖《ひじり》の宮《みや》やその娘二人と、親しく交流しはじめた。

だが、夏の暑い日、宮の宰相中将は女中納言に強引に迫り、男装を見破って肉体関係を結んだ。宰相中将は、それより前には女中納言にそっくりな美貌の男尚侍(朝廷に女官として出仕している、女中納言の異母兄弟)に迫っていたが、拒絶されたために、はけ口を女中納言に求めたのだった。それ以来、宰相中将は女中納言に肉体関係を求めるようになり、女中納言を妊娠させてしまう。宰相中将との女児を出産してまもない四の君もまた妊娠してしまう。女中納言と四の君との両方を独占したがる宰相中将(権中納言に昇進)を頼りなく思いながらも、妊娠して追いつめられた女中納言(右大将に昇進)は、両親や男尚侍にもなにも告げないまま、男性しか吹かない楽器の横笛を吹き惜しみつつ京都を去って行った。じつは宰相中将に宇治へ連れて行かれて女姿に変えられたのである。

女中納言の失踪《しっそう》に、京都では大騒ぎとなる。これをきっかけに右大臣は娘四の君の密通を知り激怒した。そこで宰相中将は、勘当《かんどう》された身重の四の君にかまける。その後、女中納言は宇治の隠れ家で男児を出産するが、四の君のいる京都と宇治とをあわただしく行き来する宰相中将や、いまの隠棲生活に愛想をつかし、男児を乳母《めのと》に預けたまま去った。いまは女装を解いて男姿になった兄弟の男尚侍に連れ出されて、仲立ち役である吉野山の聖の宮を密かに訪ねたのである。吉野山で、女中納言と男尚侍は、たがいの教養と癖《くせ》を学び合い、京都における立場を男女入れ替わった。女中納言は今尚侍《いまないしのかみ》に、男尚侍は今大将《いまだいしょう》になったのである。

京都へもどった二人は、「とりかへばや」の願いがかなった父との喜びの再会後、男女取り替えた役割をこなし、栄華の道をそれぞれ歩む。今尚侍(かつての女中納言)は、帝に強引に迫られて肉体関係を結び、やがて第一皇子を妊娠し出産した。第一皇子が皇太子になったのにともなって正式に入内《じゅだい》・立后《りっごう》し、第二皇子も出産した。その一方で、宮の宰相中将(大納言に昇進)のもとに残してきた男児と密かに再会し、心通わせてもいた。そして最後には、天皇(第一皇子)・皇太子(第二皇子)の国母《こくも》となった。かつての宮の宰相中将は内大臣にまで昇進したが、男女兄弟入れ替わりの真相に気がつかず、女中納言の失踪を嘆くのであった。

〈女中納言のモデル・素材〉

女中納言の光り輝く美貌や音楽・学問の天才は、『源《げん》氏物語《じものがたり》』で「女にて見ばや」（女性として見てみたい）などと讃えられた光源氏の美貌や才能をひきついでおり、男装による苦悩は、同じく『源氏物語』の薫《かおる》が自分を世間の人びととちがう「世づかぬ身」と感じ、遁世《とんせい》を考える気質を受けつぐ。そうして描かれる女性としての生きにくさと苦悩は、天上の美をもちながら現世をさまよう『竹取物語《たけとりものがたり》』のかぐや姫に喩《たと》えられた『夜《よる》の寝《ね》覚《ざめ》』の寝《ね》覚《ざめ》の君《きみ》の人物像を受けついでいる。

なお、『とりかへばや物語』にはもととなる原作「古とりかへばや」があり、異なる女中納言像であり物語展開だったようだが、現在は残っていない。

〈女中納言の人物の評価の歴史〉

『とりかへばや物語』は江戸時代までずっと読み継がれてきたが、明治時代になってからは、読むに堪えない吐き気をもよおすものなどと切り捨てられがちだった。男装の姫君である女中納言は、いわゆる「変態」、その「妻」右大臣の四の君と宰相中将との三角関係はいわゆる乱れきった「異常性愛」と決めつけられた。しかし、女中納言が現代の社会に身をおくならば、活発な女性とのみ受けとめられるであろう。前述のような考え方では、男女の役割にたいする社会の制約がどの時代でも決まっていて変えられないものとし、人それぞれの性質（性的傾向をふくむ）を、「正常」と、取り除かれなければならない「異常」との両極へおしこめてしまっていると、現代においては受けとめられつつある。女中納言はもともと、いわゆる「男性美」と「女性美」を兼ねそなえた両性具有《りょうせいぐゆう》の美で、男女両方を引きつけていたうえに、男装や入れ替わりの秘密がばれないよう、男装していたときには「男男《をを》し」く、男装を解いてからは「女《をんな》び」て見えるよう努めてふるまったのである。また心情面では、男装時に「世づかぬ身」に嫌気がさしたとはいえ、男装を解いたあとで「女び」た女姿に満足したのは、本人ではなく周囲だったことが明らかにされている。それとともに、女中納言の性的傾向が実際には同性愛よりむしろ異性愛にもとづく面が多いことや、女中納言の男装によって平安時代当時の女性の生きにくさが描かれていることも共通した見方となりつつある。女中納言と隠し子の男児の親子愛、女中納言の男装と男尚侍の女装をまねいた父左大臣の「罪」、「家」を繁栄させる父の策略や女性の最高位の問題も論じられている。

このような女中納言の人物像は、女中納言とそっくりの兄弟である男尚侍との二人一対の描き方、物語展開ときりはなせない。なお、女中納言のほかにも注目される女性登場人物に、女中納言の「妻」であった右大臣の四の君や、女東宮《おんなとうぐう》(女中納言のきょうだい男尚侍と肉体関係を結ぶ皇太子)がいる。

〔女中納言の人物像をいかに読むべきか〕

『とりかへばや物語』の女中納言は最近、とくに社会学的・心理学的な面から評価されてきている。それはおそらく、女性の生き方をめぐって現代日本にいまなお残る問題を悩んだすえに決断を下す人物像であるためだろう。女中納言が男装にいたる幼いころ、男尚侍と役割を男女入れ替わるまで、入れ替わったあとの各段階には前項で述べたように、男女の役割・性質にたいする社会の制約と、社会に生きる人間それぞれの性質とのせめぎ合いや、自己形成の問題が見出されている。また、妊娠した女中納言が男装を解いて出産し、やがて子どもを預けて抜け出すまでの経緯には、女性の社会での活躍や経済的自立と、前述した社会的な役割の制約や恋愛・結婚・母の役割などとの二者択一を迫られてしまう問題が、また宰相中将や帝から強引に迫られて肉体関係を結ばざるをえない経緯にはレイプの問題が、それぞれ読みとれる。

このような従来の研究成果に加えて、両性具有の美をもつ女中納言の苦悩を中心とした物語展開から考えられるのは、当時の物語創作上、唯一無二の超人的な「男主人公」の王朝物語という定番がむずかしくなったという背景である。従来の「男主人公」では、描くのにふさわしい心の内面をもはやもたせられないため、男装の姫君を登場させたうえで「男」としては途中で退場させ、しかも男装を解いたあとは実家の繁栄をまねく結末へと収めなければならなかったともみられる。現代日本で見なおされてきている男性の内面の問題とも重なる点があるかもしれない。

〔女中納言が影響を与えた人物・作品〕

院政期末ごろ成立とみられる王朝物語『有明《ありあけ》の別《わか》れ』の女右大将《おんなうだいしょう》が、女中納言の人物像を受けつぐ。両性具有の美や音楽・学問の才能をもつ男装の姫君が、苦悩のすえに男装を解き、天皇の后となる物語展開を受けつぎながら、天変地異を引き起こす力のある音楽の伝授と出生の秘密の物語展開へと変わっている。また、苦悩のすえに失踪し男装を解くまでの女中納言の人物像は、男装の姫君にかぎらず、鎌倉時代の長編の中世王朝物語『いはでしのぶ』の末尾で出家する右大将（男）にも影響を与えている。

室町時代以降も、男装する女性を主人公とする作品は見受けられる。室町時代の室町物語『新蔵人《しんくろうど》物語』の新蔵人は、男性官僚としての活躍を望んで朝廷に出仕する中流貴族の娘であり、男装が「化《ば》け顕《あらは》れ」（ばれ）てすぐに帝と肉体関係を結ぶのは『有明の別れ』の影響も考えられる。江戸時代後半の読本《よみほん》『奴《やっこ》の小《こ》まん』（別名『新登《しんと》利《り》佳《か》衣《え》走《ば》耶《や》物語』柳亭種彦《りゅうていたねひこ》作）の小まんは、出生をめぐる因縁に導かれつつ、怪力の美少年として活躍し、女装で育てられた男性と結婚する。

現代において『とりかへばや物語』の女中納言の影響を見出せるのは、昭和初期の岡本かの子の小説『秋の夜がたり』で、子どもたちにたいして「おかあさん」が、男装で育ち馬術にうちこむ美青年として過ごしたのちに女姿となり、女装で育った幼なじみである「おとうさん」と結婚した過去を語る。最近では、氷室冴子《ひむろさえこ》の小説『ざ・ちぇんじ！――新釈・とりかえばや物語――』（山内直《やまうちなお》実《み》によりマンガ化）の綺羅《きら》や、木原敏江《きはらとしえ》のマンガ『夢の碑《いしぶみ》』中の一篇「とりかへばや異聞《いぶん》」の紫子《ゆかりこ》などのなかで、『とりかへばや物語』の女中納言は現代的によみがえっている。

これらの作品では、「家」の途絶える危機を扱った『有明の別れ』や『夢の碑』などを除けば、男装の正体がばれるのを恐れたり男女の役割差に悩む経緯《けいい》よりもむしろ、男装をする経緯や男装の女性がそなえる両性具有の美や才能、制約の多い恋や結婚の経緯のほうに力点がおかれているといえよう。

（松浦あゆみ）

道綱の母

みちつなのはは

『蜻蛉日記』
平安時代

〔道綱の母の人生〕

　承平六年（九三六）ごろ、中流貴族藤原倫寧《ともやす》を父として生まれた娘（道綱の母）は、聡明ですこし勝ち気な美しい女性に成長する。評判を聞きつけて、時の右大臣藤原師《もろ》輔《すけ》の三男兼家《かねいえ》が求婚してきた。天暦八年（九五四）夏、十九歳を迎えたころである。権門の貴公子の出現に、道綱の母の心のなかでは、そのとき、日ごろ親しんでいた物語が喧伝《けんでん》する、貴公子との甘美な恋愛や幸福な結婚のイメージが大きくふくらんでいた。

　兼家との結婚から一年後、道綱の母はめでたく男子をもうける。兼家にとっては次男にあたる道綱《みちつな》の「母」である女性という呼称は、このとき生まれたことになる。兼家にはすでに、長男道隆《みちたか》（天暦七年〈九五三〉生まれ）を生んでいる時姫《ときひめ》という一番目の妻がいた。けれども、力に応じて多くの妻をもつことができる当時のこと、兼家は道綱誕生の直後に町の小路の女という新しい女性と結婚する。この女性はまもなく兼家の寵愛《ちょうあい》を失うけれど、道綱の母が最初に深い挫折感《ざせつかん》を味わった事件だった。

　兼家をほんとうの家族のように信頼することができない道綱の母だったが、権門の夫をもったがためにその交流範囲は飛躍的に広がる。兵部卿《ひょうぶきょう》の宮章明親王《みやのりあきらしんのう》や九条殿の女御《にょうご》怤子《ふし》、貞観殿登子《じょうがんでんとうし》などの貴人たちと交わす和歌の贈答に、道綱の母の歌人としての才が存分に発揮されている。

　兼家の妻となって十五年、「三十日三十夜《みそかみそよ》はわがもとに」（夜ごとに通ってほしい）と願う道綱の母だったが、夫の処遇はとうてい満足のゆくものではなかった。天禄元年（九七〇）春、新築された東三条邸《とうさんじょうてい》に入って兼家と同居する期待は見事に裏切られるばかりか、ひと月あまりも音沙汰《おとさた》のない事態にさえなってしまう。あとで聞けば、このころ兼家は故小野の宮左大臣藤原実頼《さねより》の召人《めしうど》だった近江《おうみ》という女性に夢中だったのだ。道綱の母は焦燥感をつのらせて、唐崎《からさき》へお祓《はら》いに出かけたり、石山寺に参籠《さんろう》して苦悩を訴え観音の夢告《むこく》を賜わったりするが、心の安定は得られない。

天禄二年(九七一)二月ごろ、兼家が近江と結婚したらしいという確かな噂を耳にした道綱の母は、邸の門前を素通りする車の音を聞いて絶望を深めるよりは、都を離れて山に入ってしまおうと思いつめる。長い精進生活のすえ、六月の初めに鳴滝《なるたき》の般若寺《はんにゃじ》へと出かけていく。その知らせを聞いてあわてた兼家があとを追ってくるが、彼女は頑《がん》として下山を拒むのだった。静かな山寺で、心身の疲れを癒《いや》し、わが人生を顧《かえり》みて、道綱の母は深い内省の時を過ごす。母に従って寺にいる道綱を気づかいつつも、二十日間ほどが過ぎたころ、突然姿を見せた兼家は、息子の道綱をそそのかして荷物をまとめさせ、あっというまに下山の準備を整えてしまった。しぶる道綱の母も、子に急《せ》かされては帰らざるをえないのだった。冗談好きの兼家はこの事件後、道綱の母に「あまがへる」(雨蛙・尼帰る)というあだなを進呈し、からかっている。

鳴滝から下山して以降、道綱の母の心にはすこし余裕が生まれ、身を切るような激しい焦燥感はなりをひそめてゆく。七月の長谷寺詣ででは、周囲の景色を「あはれ」としみじみ眺め、宇治では鵜飼《うか》い見物に興じている。そのような心境の変化に応じてか、兼家も若いころのように妻を気づかって雨のなか訪れたりすることもあった。ただ、夫兼家の関心は若い近江にあるのはまちがいなく、夜ごとに通っているという情報を聞き内心穏やかではないものの、静かに物思いに沈みながら、年末を迎えるのだった。

年が明けて天禄三年(九七二)、道綱の母は夫兼家のふるまいにいちいち心を乱されまいと決意する。兼家は正月の司召《つかさめし》で大納言に昇進することになったが、道綱の母は妻として窮屈さが増すようで昇進にはあまり関心をよせず、油断して寝入っているころ、兼家がやってきた。翌朝、やわらかな直衣《のうし》を着てくつろぐ夫は、貫禄をそなえた魅力的な男にみえた。それにひきかえ、美貌《びぼう》は衰え老いの波が確実にせまっている道綱の母は、きっと夫に飽《あ》きられるにちがいないと不安にかられる一方だった。

いまは息子道綱の出世を願うばかりの道綱の母だが、じつは長年、女子ももうけたいという願望があり、それがかなわなかったため、適当な養女を迎えようと思い立つ。そして、兼家が若いころ源兼忠《かねただ》の娘とのあいだにもうけた女の子をひきとることにする。離れて育った娘と父兼家との対面は、周囲の感動の涙を誘うのだった。

天延元年（九七三）八月、めったに訪れなくなった兼家が近江のところに通いつめていると聞き、夫との仲は終わったと感じた道綱の母は、広幡中川《ひろはたなかがわ》あたりにある父の倫寧《ともやす》邸に引っ越していく。兼家がそこに通うことはなく、これが実質的な「床離れ《とこばなれ》」（離婚）となった。

天延二年（九七四）正月の司召で、道綱が右馬《うま》の助《すけ》（右馬寮の次官）に任ぜられた。道綱の母は、上司にあたる右馬の頭《かみ》藤原遠度《とおのり》（兼家の異母弟）の養女にたいする求婚に対応したり、道綱が八橋《やつはし》の女に求婚するのを監督するなど、若い世代の恋愛を見守り支援する立場に身をおいてゆく。自分が兼家に求婚された過去をはるかに回想しながら、物思いにひたりつつ年末を迎えるのだった。

〔道綱の母のモデル・素材〕

道綱の母は、承平六年（九三六）ごろ、受領《ずりょう》階級の藤原倫寧《ともやす》の娘として誕生した。母は主殿《とのも》の頭《かみ》春道の娘かという有力な説がある。天暦八年（九五四）、右大臣藤原師輔の三男兼家に求婚されて、その秋結婚し、翌年八月下旬には道綱を出産している。この時期から天延二年（九七四）までの道綱の母の人生は、『蜻蛉日記』に詳しく描かれている。兄の兼通《かねみち》との確執によって治部卿《じぶきょう》に落とされた（貞元二年〈九七七〉）兼家は、兼通の没後、右大臣（天元元年〈九七八〉）に昇進し、一条帝即位とともに摂政（寛和二年〈九八六〉）となり、太政大臣頼忠《よりただ》死去のあと太政大臣を引《ひ》き継《つ》ぎ（永祚元年〈九八九〉）、公卿《くぎょう》としての頂点をきわめて、翌正暦元年（九九〇）七月二日、六十二歳で亡くなる。道綱の母は、その経緯のすべてを見とどけて、長徳元年（九九五）五月、六十歳で没した。

仮名日記の創始といえば『土佐日記』であるが、その冒頭文に「男もすなる日記といふものを、女もしてみむとてするなり」（男も書くと聞いている日記というものを、女の私も書いてみようとするのだ）とある。男が漢文で記す日記を、女が仮名文で書こうと（装《よそお》って）する新しい試みを『土佐日記』がはじめたのである。そのあとを継いで、仮名文による女の日記として『蜻蛉《かげろう》日記』は書かれた。

仮名日記の源である漢文日記は、公的日記であれ私的日記であれ、宮廷の出来事や儀式次第などを記録して後世に伝えるという、故実《こじつ》指南書《しなんしょ》の役割をになっていた。

仮名日記である『蜻蛉日記』も、読者に向けてこの日記は後世に伝えるべき効用をもつ作品である、と序文のなかで宣言している。「天下の人の品高きやと問はむためしにもせよかし」(このうえない高貴な方々の実体を知る参考にしてほしい)と訴えている。藤原兼家との結婚によって交流をもつことになった、上流貴顕《きけん》の人びと(兼家・道綱もふくむ)の動静を書き伝える意義を自覚していたのである。

〔道綱の母の人物の評価の歴史〕

(1) 昭和の初期から本格的に研究が開始された『蜻蛉日記』は、結婚生活に悩む女性、道綱の母の真摯《しんし》な魂を告白した「私小説」(イヒ・ロマン)であるといわれた。夫の兼家に味わわされた苦悩・嫉妬《しっと》・煩悶《はんもん》を時に激しく記述しながらも理想と品位を失わなかった道綱の母は、晩年「母性」のなかに人間存在への愛を見出す高貴な人格の持ち主であり、すべての女性たちがいだく永遠のテーマを描いた先駆的な人物である、という評価がなされた。

(2) 道綱の母にとって、物を書くということはどのような意味をもつものであったのか。『蜻蛉日記』の作品的価値とともに、真摯に問われたのはこの問題である。兼家との実人生は、はかなくつらいものであった。そのままでは耐えきれない人生を新たにみつめなおして、道綱の母は作品のなかに自分の人生を再構築することを試みたのであった。日記することじたいが人生に充実感を与えただけではなく、自己の運命を主体的にとらえて生きる道綱の母像が、作品内に刻印《こくいん》されてもいったのである。道綱の母は、書く行為をとおして、主体性と人生の救済を回復したといえよう。この見解は、定説として現在に受けつがれている。

(3) 道綱の母の人物的特徴を端的に表わしているといわれるのは、「家の女」という呼称である。清少納言・和泉式部・紫式部・讃岐典侍《さぬきのすけ》など、同時代の女性日記作者たちは、いずれも宮廷女房として宮仕えをした経験をもつ女性たちであった。それにたいして、道綱の母には宮廷女房の経験がなく、藤原倫寧の娘から藤原兼家の妻へと転身し、道綱を生んで道綱の母と呼ばれた、いわば家のなかで一生を終えた女という概念が付与されたのである。社会に出て他人と交わり職務を遂行する「宮仕え女房」は、人間のあり方や社会の仕組みについて深く理解し、客観的・現実的な判断力と行動力をそなえているのにくらべ、社会と直接的な交わりをもたない「家の女」は、家族や夫に庇護《ひご》される生活のなかで相対的視点を欠いたまま人生の理想を追求し、ひたすら夢想にひたる精神性を保つ傾向を示す、と定義された。道綱の母は、この「家の女」の典型とみられている。

(4) 『蜻蛉日記』を書くことは、道綱の母の孤独な作業ではなく、夫の兼家の支援・推奨も想定される、といわれる。父の師輔、叔父の実頼、兄弟の伊尹《これまさ》・兼通などがそれぞれの私家集を残して「摂関家歌壇《せっかんけかだん》」に名を連ねる状況のもとで、あるべき『兼家集』が欠けている。そこで、兼家の掲載歌数三六首を数える『蜻蛉日記』上巻が『兼家集』の役割をになっているのではないか、というのである。さらに、『蜻蛉日記』下巻には息子の道綱の歌も三〇首収載されており、『道綱集』の趣さえある。道綱の母は、夫の兼家と息子の道綱の家集を記し伝える役割を負って、『蜻蛉日記』という「家」の日記を執筆したのである。このような視点は、『蜻蛉日記』研究に新たな視角を提示するものと考えられている。

(5) 『蜻蛉日記』を兼家と道綱の母との「交感と断絶の歴史」と読む立場から、道綱の母は「歌う女」、「縫《ぬ》う女」としての存在感を示すといわれる。夫の兼家とのコミュニケーションの手段として道綱の母がもっていたのは、和歌と仕立物《したてもの》であった。歌う妻、縫う妻である道綱の母は、やがて歌う母、縫う母へと転身をとげて、静かな諦念《ていねん》の境地を示すようになるという。

〔道綱の母の人物像をいかに読むべきか〕

一夫多妻制のもとでの結婚生活に苦しみ、ついに北の方とはなりえなかった「はかない身の上」を女性のひとつの真実の姿として描き、画期的な日記文学を世に残した先駆的女性、という道綱の母像はおそらく永遠に動かないと思われる。

しかし、道綱の母の人生や社会に向けた視野が、夫や家族およびその狭《せま》い周辺のみにとどまるとする見方には、いささか修正を迫らなければならない。というのも、『蜻蛉日記』の上巻序文にみえる執筆意図には、「人にもあらぬ身の上」（人並みでもない身の上）を日記として書くけれど、そのなかに「天下の人の品高きやと問はむためしにもせよかし」と後世の人びとにすすめたい記事が交じっている、という意欲的な宣言がみえるからである。道綱の母には、兼家と結婚することによって生じた上流貴顕の人びととの交流をとおして、人間と社会にたいする深い洞察力と、書き伝えることへの使命感が育まれていったのではないかと考えられる。

たとえば、中巻で「安和《あんな》の変《へん》」（安和二年〈九六九〉三月）という政治史上の重大事件を詳述したあと、「身の上をのみする日記には入るまじきことなれども、悲しと思ひ入りしも誰ならねば、記しおくなり」（自分の身の上だけを書くこの日記には入れるべきでない記事かもしれないが、身にしみて悲しいと感じたのはほかのだれでもなく私自身なのだから、ここに書きとめておく）と断わっている。従来は、「身の上の記」から逸脱《いつだつ》することへの弁明と受け取られてきたが、道綱の母の「思ひ入る」琴線《きんせん》にふれた事柄であれば何事であろうとも書き伝えることができるという、案外したたかな側面もあわせもつ言明である。この釈明にさきだって、道綱の母は、謀反《むほん》の罪で大宰府《だざいふ》へ流された左大臣源高明《たかあきら》およびその一族の苦難と世間の人びとの狂騒と同情を、すでに丁寧に描いている。事件をとらえる視点と急を告げる事件展開を綴《つづ》る筆致は、『栄花物語』「月の宴」で紹介される「安和の変」の記述の先駆《さきが》けといってもよい充実ぶりである。道綱の母は、「天下の人の品高きやと問はむためし」の一例として、源高明の悲運を記し留《と》めた。それは、歴史物語へとひきつがれるような、歴史認識と人間把握《はあく》の萌芽《ほうが》だったといえよう。

道綱の母は、「はかない身の上」を真実の女の人生として描き、日記文学史上初めての女性作家となった。それと同時に、村上・冷泉《れいぜい》・円融《えんゆう》朝の歴史的出来事を見聞した者として、重要な出来事や人びととの事跡を書き伝えることの意義を自覚し、夫の兼家、息子の道綱とその一族、貴顕の人びとの動静を歴史物語的視点から描く才覚をも発揮しているのである。内へと収斂《しゅうれん》する日記的視点と、外へと拡充する歴史的視野の両方を兼ねそなえた女性、それが道綱の母の相貌《そうぼう》なのだといえよう。

〔道綱の母が影響を与えた人物・作品〕

『源氏物語』「蛍《ほたる》」巻で展開される物語論は、『蜻蛉日記』序文の言説を強く意識したものといわれる。道綱の母は「世の中に多かる古物語のはしなどを見れば、世に多かるそらごとだにあり、人にもあらぬ身の上まで書き日記して、めづらしきさまにもありなむ」（世間で読まれている多くの古物語のはしばしを見てみると、まったくの絵空事ばかり、そんな内容さえもてはやされるのだから、人並みでないこの身の上でも真実の日記として書いてみたら、いままでになかった読み物と思われることだろう）といい、「古物語」の「そらごと」を排《はい》して、女の人生の真実を「書き日記」する試みに挑《いど》んだ。それにたいして、紫式部は光源氏のことばを借りて、物語は「その人の上とて、ありのままに言ひ出づることこそなけれ」（日記とちがい、だれそれの身の上をありのままに書いたものではないが）、「世に経る人のありさま」を熱心に語りついだもので、「ひたぶるにそらごとと言ひはてむも、事の心違ひてなむありける」（いちずに偽《いつわ》りごとといいきってしまうのは、物語の本質を見誤ってしまうことになる）と物語を擁護《ようご》している。道綱の母の古物語観を批判しつつ、新たな物語論を構築したのが紫式部である、というのである。

そのことを重くみれば、道綱の母は紫式部の物語精神を先鋭化《せんえいか》し鼓舞《こぶ》する役割をになったのだ、ということができよう。

（石坂妙子）

〔現代に生きる道綱の母〕

道綱の母は、現代風にいえば、夫の浮気に一生苦しんだ女性である。現代の女性は、男性（恋人や夫）に浮気されたらどうするであろうか。考えられるのは、①慰謝料を取って離婚する。②浮気をして報復する。③子供のために我慢する。④将来の離婚に備えて準備する。などが考えられるが、最近は女性の経済力、意識の向上などによって、①や③のケースが増えている。しかし、普通の専業主婦の場合、離婚後の生活に多大の苦難がともなうので、経済力をもつように心がける必要がある。

（西沢正史）

和泉式部

いずみしきぶ

『和泉式部日記』
平安時代

〈和泉式部の人生〉

　長保五年（一〇〇三）四月中旬のこと、庭先に茂る若葉の緑を眺《なが》めながら、深いため息をもらす女（和泉式部と思われる）がいた。前年六月に故宮（為尊《ためたか》親王）と死別した悲しみをかかえ、無常感にひしがれながら呆然《ぼうぜん》と一年を過ごしてきた女である。生きる気力さえ失いかけたそのとき、女のもとを訪れる者がいた。故宮に仕え、女との連絡係も務めていた小舎人童《こどねりわらわ》である。聞けば、いまは故宮の同母弟の宮（敦道《あつみち》親王）に仕えており、宮の使いで橘の花を届けにきたという。懐《なつ》かしい人の袖の香を思い出させる橘の花で、ともに故宮を偲《しの》ぼうという心なのであった。すぐに察知した女は、「薫る香によそふるよりはほととぎす聞かばやおなじ声やしたると」（橘の香で故宮を偲ぶよりは、あなたのお声を聞きたいのです、兄宮様と同じお声かどうかと）と切り返し、直接会いませんか、とすこし挑発的な返歌を贈る。生きる意欲が、女のなかにふたたび芽吹いた瞬間だった。

　年下で恋の経験も乏しいらしい宮が初めて女を訪れたのは、四月も下旬のころである。身分柄あまり外出できないことを理由に押し立てて、宮は強引に女と契《ちぎ》りを結んだ。女は、故宮に愛され弟宮とも恋に落ちるという身の上を嘆きながらも、心身の空洞を宮に埋めてほしいと思う。しかし宮のほうでは、兄の故宮が最後まで世間の批判をあびていたのはこの女が原因だったと思い返して、女から足が遠のいてゆく。女にはつねに多情の噂があり、侍従《じじゅう》の乳母《めのと》も宮に、軽々しい夜歩きで将来を嘱望《しょくぼう》されている身をむだにしてはいけないと進言する。

　侍従の乳母の進言に抵抗したのか、五月のある月の夜、宮は女を車に乗せてこっそりと自邸に連れ出す暴挙《ぼうきょ》に出た。つぎの夜も同じく人目を忍んで宮邸で語り合った二人に、この月夜の逢瀬《おうせ》は長く記憶に刻まれることになる。いつも心に響く和歌を詠む女に宮は強く惹《ひ》かれてゆくが、悪い噂が耳に入るとすぐに動揺し訪れが遠のくのだった。

　八月、進展のすくない恋に悩んで、女は石山寺に参籠《さんろう》するが、そこへ宮の手紙が届き、久しぶりに女の心は浮き立った。女は山へ迎えにきてほしいと歌で訴えるが、それがかなうはずのないことは承知のうえである。一人下山した女が宮に贈った歌「山を出でて暗き道にぞたどり来し今ひとたびのあふことにより」(み仏のおいでになる山を出て煩悩《ぼんのう》多い俗世に帰ってきました。もう一度宮様にお逢いするために)は、宮の心の深いところをうがつ一首だった。

九月、晩秋の物思いが深まるころ、女が眠れずに月を眺めていたとき、だれかが門をたたいたが、手間どっているまに帰ってしまった。私と「おなじ心」で有明の月を鑑賞していた人はいったいだれだろうと思いながら、女は心に浮かんだ思いを手習《てならい》に書きつづけて夜を明かした。翌朝、昨夜の訪問者が宮だったことがわかる手紙が届いた。すぐさま女は、さきの手習文《てならいぶみ》を結び文《ぶみ》にして返事をするのだった。心細さゆえに「おなじ心」の人を求めてやまない女の真意を知って、私も「おなじ心」で有明の空を眺めていました、という宮の返事が届けられる。これは、女と宮が「おなじ心」で結ばれた希有《けう》の男女なのだということを確認する最初の出来事だった。

これまでいくどとなく女にまつわる悪い噂に心を乱されてきた宮だったが、かたわらに臥《ふ》す女をかけがえのない存在だと覚醒《かくせい》するときがくる。故宮(為尊親王)を介した出会いから半年ほどが過ぎた十月のこと、この女の孤独を自分の手枕《たまくら》の袖でつつんで癒《いや》してやりたいと決心した宮は、女を自邸にひきとるべく説得にかかるのだった。宮邸に入るのは、宮との関係に社会的・身分的な制約をあらためて受けることにほかならない。女は世間の目や評価の厳しさを考慮して迷わざるをえなかったが、宮の変わらない熱意にほだされてとうとう宮邸に上がろうと決意する。無常の世で虚無《きょむ》感《かん》をかかえながら生きる「おなじ心」をたがいのなかに見て、もはや二人は離れられない仲になっていた。

十二月十八日、月の美しい夜、女は宮に迎えられて宮邸に赴《おもむ》くが、侍女《じじょ》一人を連れた寂しい宮邸入りだった。にもかかわらず、宮邸内には波乱が巻き起こる。私に断わりもなく新しい女を入れるとは面目《めんぼく》が立たないと、北の方は宮に泣く泣く抗議した。宮邸の女房たちの耳目《じもく》は女の周囲に執拗《しつよう》に張りめぐらされ、何事も漏《も》らすまいと邸内の空気は張りつめている。しかし、宮の態度は周囲の喧噪《けんそう》に惑《まど》わされることなく、以前と変わらずに女を寵《ちょう》愛《あい》しつづける。徹底して体面を傷つけられた北の方は、東宮《とうぐう》の女御《にょうご》である姉君のすすめもあって、実家へ退去してしまう。

この結果は、女の恋の勝利とみるべきだろうか。それにしては、女の表情に明るさがみられない。女の最後のつぶやきは、「なほもの思ひたゆまじき身かな」（やはり物思いの絶えないわが身だな）であった。宮邸入りは宮との継続的な生活をもたらしたが、女は女房として仕える身に転身している。和歌の魅力で宮を自邸に引き寄せていたころの力はまったく発揮できず、ただ宮に従って事の推移を傍観するだけの不自由な立場に落ちてしまっている。やはりこの世にはどこにも満足できる居場所はないのか、ともらす女のため息が聞こえてくる。

〔和泉式部のモデル・素材〕

和泉式部は天元元年（九七八）ごろ、父の大江雅致《おおえのまさむね》と母の平保衡《たいらのやすひら》の娘とのあいだに生まれた。長徳元年（九九五）ごろ、受領《ずりょう》階級ではあったが裕福な橘 道貞《たちばなのみちさだ》と結婚する。長徳三年（九九七）には女子（小式部《こしきぶ》）をもうけている。長保元年（九九九）二月、和泉《いずみ》の守《かみ》に任ぜられた道貞とは、秋ごろから不仲に陥《おちい》ったらしい。原因は不明である。

道貞に心を残しながら、長保二年（一〇〇〇）初めごろ、冷泉院《れいぜいいん》第三皇子弾 正《だんじょう》の宮為尊《みやためたか》親王と恋に落ちる。世間の非難をあびながらも、恋の巧者である為尊親王との交際は、六月十三日に痘瘡《とうそう》にかかって親王が亡くなる長保四年（一〇〇二）までつづいた。翌長保五年（一〇〇三）四月、冷泉院第四皇子帥《そち》の宮敦道《みやあつみち》親王に亡き兄宮をともに偲《しの》びましょうと誘われ、ふたたび恋に落ちていく。そして、同年十二月十八日、宮邸に召人《めしうど》として出仕する。和泉式部というのは宮邸で使われた女房名で、夫の橘道貞の任国である和泉の国（大阪府）が冠せられている。帥の宮との四年ほどの生活で、和泉式部は岩蔵《いわくら》の宮《みや》（永覚《えいかく》）を生んだといわれる。心ゆく日々も、病気を得た帥の宮が寛弘四年（一〇〇七）十月二日に亡くなると同時に消滅してしまう。その深い悲しみは、『和泉式部続集』「帥宮挽歌《ばんか》群」百二十首に切々と詠まれている。『和泉式部日記』も帥の宮の死後まもなく書かれたものと推定される。

和泉式部は寛弘六年（一〇〇九）ごろ、一条帝の中宮彰子のもとに女房名「和泉式部」で出仕している。歌人として高名で華やかな噂につつまれた女房として、中宮や父の道長にも愛されたらしい。出仕後しばらくして、二十歳ほど年の離れた藤原保昌《やすまさ》と結婚した。富裕で有能な保昌を自分と小式部の後見として頼んだ結婚だった、という説もある。

万寿二年（一〇二五）十一月、小式部《こしきぶ》の内侍《ないし》が藤原公成《きんなり》の子（頼仁）を生み亡くなる。同じく彰子のもとに出仕して、掌 侍《ないしのじょう》として活躍していた娘の死に、和泉式部は耐えがたい衝撃を受け、哀切をきわめた追慕の歌を多く残し、くり返し嘆いている。晩年の和泉式部はどのように暮らしていたのか、それは明らかではない。

〔和泉式部の人物の評価の歴史〕

(1) 和泉式部批評の先駆的文章は、『紫式部日記』内に見出すことができる。いわゆる「消息文《しょうそくぶん》」のなかで、紫式部の和泉式部にたいする端的な評価がなされている。「和泉式部といふ人こそ、おもしろう書きかはしける」（和泉式部という人は、とてもすてきな手紙のやりとりをしたものです）と始めて、「恥づかしげの歌詠みやとはおぼえはべらず」（こちらが気おくれするほどのりっぱな歌人とは思われません）と終わる批評文では、和泉式部が手紙の名手であること、「けしからぬかた」（感心しない面）があること、趣のある和歌の詠み手であること、の三点があげられる。

手紙のすばらしさは、「うちとけて文はしり書きたるに、そのかたの才ある人、はかない言葉の、にほひも見えはべるめり」（気軽に手紙を走り書きしたときなど、その方面に才能のある人で、なにげないことばにもつややかな味わいが感じられます）と、当意即妙かつ艶《えん》のある個性が高く評価されている。

和泉式部の「けしからぬかた」とはなにか。文脈上は手紙のやりとりと内容にかかわることなので、手紙交換の相手や文章などに常識を超えた言動がみられることを示唆《しさ》したものと考えられる。恋の噂が絶えない女だった和泉式部の問題行動を揶揄《やゆ》したことばと受けとれようか。

歌人としての和泉式部には、「歌は、いとをかしきこと。……口にまかせたることどもに、かならずをかしき一ふしの、目にとまる詠みそへはべり。……口にいと歌の詠まるるなめりとぞ、見えたるすぢにはべるかし」（和歌は、とても興趣《きょうしゅ》あるものです。口にまかせて詠むものに、かならずすてきな目にとまる一句が添えてあります。口から自然に歌が詠み出《いだ》される、と見えるたちの人です）と評して、天性の歌人の風情《ふぜい》があると認めている。しかし、賛嘆《さんたん》とまではいかず、古歌の知識や歌論に通じた本格的な歌人の域には達していないと批判して終わる。この紫式部の批評こそ、同時代の貴重な和泉式部評といえる。

(2)

鎌倉時代の初めに書かれた『無名草子《むみょうぞうし》』には、「和泉式部、歌数など詠みたることは、まことに、女のかばかりなる、ありがたくぞはべるらむ。心ざま、振舞ひなどぞ、いと心にくからず、かばかりの歌ども詠み出づべしともおぼえはべらぬに、しかるべき前《さき》の世《よ》のことにこそあんめれ。この世一つのこととはおぼえず」（和泉式部は、詠んだ歌の数の多さでは女でこれほどの人はいないでしょう。気だてやふるまいなどにあまり奥ゆかしいところがなく、これほどすばらしい多くの歌を詠み出すだろうとは思われませんが、それは前世からの因縁というものでしょう。現世だけでの仕業とは思えません）という和泉式部評がある。現世では多情な生き方をした感心しない女であったが、前世から約束された優れた歌詠みの資質をそなえていた人物であるという。人生でかかえこんだすべての矛盾や苦悩を圧倒的な歌才で乗り越えた女性、という和泉式部像をうちだしている。

(3)

和泉式部が愛用したことばに、「あぢきなし」（事態が思うようにならない）、「いたづらに」（生きる甲斐《かい》のない空しさ）、「憂《う》し」（憂鬱《ゆううつ》で嫌な気持ち）、「つれづれと」（恋人に逢えない所在なさ）、「ながめ」（満たされない心で物を思う）、「はかなし」（手応《てごた》えのない人生・命）などがあるといわれる。いずれも虚無感や無常感に結びついた、頼りない身のあり方を嘆くことばである。華やかな男性遍歴《へんれき》に彩《いろど》られた人生を送った和泉式部ではあったが、恋の陶酔《とうすい》のさなかでさえ虚無の底をみつめていたのかと思わされる。

〔和泉式部の人物像をいかに読むべきか〕

和泉式部は、橘道貞・為尊親王・敦道親王・藤原保昌、その他多くの男たちを愛した恋愛巧者の面影、数多くの印象に残る秀歌を詠み人びとを魅了した歌人の面影、小式部の内侍の母親、という高名な多面的相貌をもつ女性である。そこに、『和泉式部日記』の書き手(一時は他作説もあったが、現在は自作説がほぼ定説となっている)であるという作家の面影が加わる。

作家としての和泉式部は、自画像を巧みに描き分けてみせる。『和泉式部日記』は前編の「女と宮の世界」と後編の「宮と北の方の世界」とで構成されるが、和泉式部とおぼしい主人公の「女」は前編と後編ではまったく異なった存在感を示している。前編では、「女」は恋人の「宮」をおりおりの情感を盛りこんだ和歌で魅了し、身分差を越えて「宮」と「おなじ心」で結ばれる理想的な恋人として描かれる。しかし後編では、宮邸に召人《めしうど》として仕える、主人公の資格さえ失った無力な女房の姿に変貌してしまう。この対極的な自画像の提示に、作家和泉式部の高い創造性と批評性をみることができる。書き手の和泉式部は、二人の関係を異なった位相《いそう》で表現することを試みているのである。

前編の「女」と「宮」二人だけの和歌贈答の世界では、社会的・身分的制約を排除した対等な恋人でいることが可能であった。二人は紆余曲折《うよきょくせつ》を経て「おなじ心」を共有する理想的境地に至り着いている。一方、続編になると、身分社会の掟《おきて》の前では「おなじ心」の共有などいかにも無力で、「宮」と「女」は宮邸にあっては主人と女房の関係以外のものでなく、ことに「女」の魅力や力が主導的に発揮されることはないのだ、という厳しい現実が描かれる。二人が生きた理想的世界と、二人をとり巻く現実的世界を描き分け、しかも対比的構造に仕上げた『和泉式部日記』は、男女関係の理想を追いつつも現実感覚を失わなかった作品であり、そこに作家の絶妙なバランス感覚と客観的視野が透《す》けてみえるのである。

〈和泉式部が影響を与えた人物・作品〉

『源氏物語』の最後に浮舟《うきふね》という女君が登場するが、その浮舟の形象には、『和泉式部日記』と『和泉式部集』の強い影響が指摘されている。主要な類似点をあげよう。まず、浮舟が『源氏物語』のなかで二十六首もの和歌を詠む屈指《くっし》の女性歌人であることが、歌人和泉式部の姿を彷彿《ほうふつ》とさせる。そして、宮邸や方違《かたたが》え先へ強引に連れ出された「女」と同じように、浮舟は匂《におう》の宮《みや》に強引に

和泉式部(和泉式部日記)

宇治川対岸の隠れ家へと連れ出される。道中、「橘の小島の色は変はらじをこのうき舟ぞゆくへ知られぬ」と詠じるが、この歌は『和泉式部集』の「そのかたとさしてもよらぬ浮舟のまたこぎはなれ思ふともなし」によっている。また、対岸の家では「降りみだれみぎはにこほる雪よりも中空《なかぞら》にてぞわれは消ぬべき」と詠むが、これも『和泉式部集』「かきくもる中空にのみ降る雪はひと目も草もかれがれにして」、「なかぞらにひとりありあけの月をみてのこるくまなく身をぞしりぬる」をふまえている。入水行《じゅすいこう》から生還《せいかん》したのちの浮舟は手習《てならい》をする女君という性質を濃くするが、『和泉式部日記』の「女」がすでに手習による心の整理を行なう女君であった。このように、浮舟のはかなく漂《ただよ》う感覚は、和泉式部を先蹤《せんしょう》とするものだったということがわかる。

(石坂妙子)

〔現代に生きる和泉式部《いずみしきぶ》〕

和泉式部は、王朝のプレイガールといわれるほどに、現代風にいえば、情熱的で奔放な恋に生きた女性である。

現代においても、和泉式部のように、次々に男性を愛し、いくつもの奔放で官能的な恋に身も心も燃焼させている女性も、少数派であるが存在する。

偏見かもしれないが、愛や性において、おおむね皮相的で浮薄な男性に比べると、女性の方が真剣で純粋で、本能的・官能的な体質をもっていて、のめりこみやすいようにみえる。だからこそ、女性は、恋のスタートが男性に比べると慎重なのであろう。

恋の季節にいる若い女性が情熱的な性愛に翻弄されるのは仕方がないにしても、三十代以降の女性があまりにも深い恋に翻弄されると、人生の不幸を招来し、殺人事件にまで発展することがあるので、注意しなければならない。

(西沢正史)

紫式部

むらさきしきぶ

『紫式部日記』
平安時代

〔紫式部の人生〕

寛弘五年（一〇〇八）七月中旬、紫式部は初秋の気配漂う土御門邸《つちみかどてい》にいた。御産を控えて、父の左大臣藤原道長邸に里下がりをした一条帝の中宮彰子に仕える身だったからである。彰子に仕える女房たちのなかでも、紫式部は特別な任務を負っていた。それは、中宮の初めての御産という慶賀《けいが》すべき出来事のいっさいを見とどけて、書き伝える役割である。「見る」女房として、出来事のすべてに鋭い視線を投げかけている。

中宮は、九月九日の夜中に産気づき、多くの僧や験《げん》者《じゃ》・陰陽師《おんようじ》・僧正・僧都《そうず》たちの修験祈禱《しゅげんきとう》に守られながら、九月十一日正午ごろ、男子（敦成《あつひら》親王）を出産した。「午《うま》の刻《とき》に、空晴れて、朝日さし出でたる心地す」（正午に、空が晴れて、まるで朝日が射したような気持ちがする）と、紫式部はその感激を記している。さらに、中宮の父道長の歓喜・安堵《あんど》のかぎりなさ、宮の大夫《だいぶ》（藤原斉《ただ》信《のぶ》）などの喜びも印象深く記し、天皇から下賜《かし》される御剣のこと、御臍《おんほぞ》の緒《お》切りの役目、御乳付《おんちつけ》のこと、御乳母の任命、御湯殿《おんゆどの》の儀、三日・五日・七日・九日の御産養《おんうぶやしない》など、若宮誕生を祝う儀式の生彩ある記録を丹念《たんねん》に書きつけていく。とくに、十月十六日に挙行《きょこう》された帝の土御門邸御行《みゆき》の儀式次第にかんする記述は華麗《かれい》な描写にあふれ、その盛大で晴れがましい雰囲気を見事に記し留めている。

道長は紫式部のことを、文才に富み歌才も十分にそなえた有能な女房と認めていた。十一月一日に行なわれた若宮誕生五十日目の祝いの日、満座の男たちが酔い乱れるなか、紫式部はまず藤原公任《きんとう》に、「あなかしこ、このわたりに、わかむらさきやさぶらふ」（失礼ですが、このあたりに、若紫はおいででしょうか）と呼びかけられるが、『源氏物語』作者へのお追従《ついしょう》だわ、とその場は無視を決めこんだ。しかし、道長に賀歌を所望《しょもう》されては断われず、「いかにいかがかぞへやるべき八千歳《やちとせ》のあまり久しき君が御代《みよ》をば」（どのようにして、いく千年にもあまる長く久しい若宮さまの御代を、数えあげることができましょうか、けっしてそれはできません)と、とっさに詠じて賛嘆《さんたん》されることになる。十一月中旬には、中宮の内裏《だいり》還啓《かんけい》にさきだち、『源氏物語』の書写作業の陣《じん》頭指揮《とうしき》にあたっている。十一月十七日、中宮の内裏還啓に従い紫式部も宮中へ帰った。宮中での年末の諸行事や寛弘六年(一〇〇九)の年始の儀式をまのあたりにしながら、紫式部の心にはいつしか、自分の人生観・世界観をだれかに聞いてほしいという意欲が湧《わ》き起こっていた。

それを記したのが「消息文《しょうそくぶん》」とよばれる、手紙の文体で書かれた長文である。内容は、中宮女房たちの批評、斎院《さいいん》御所と中宮御所の比較、和泉式部・赤染衛門《あかぞめえもん》・清少納言などにかんする批評、自己批評と仏道成就の願い、という整然としたものである。人としていかに生きるべきか、とくに女房としていかにふるまうべきかという問題意識が全体をつらぬいている。

紫式部にとって、この世は苦悩の多い生きにくいところだった。亡き夫(藤原宣孝《のぶたか》)が残した漢籍《かんせき》をひもとけば、仕える女房たちに、漢文の書物などを読む変わった方だから幸せが少ないのですよ、と批判される。中宮に仕える女房仲間からは、あなたは風流ぶった気取り屋で、物語を好み歌を詠み散らし、傍若無人《ぼうじゃくぶじん》に人を見下すような人だと思っていた、と警戒される身だった。実際は「あやしきまでおいらか」(不思議なほどおっとりとしている)な人だと見なおされるのだが、それも、まわりにけっして非難されまいと意識的に「ほけしれたる人」(ぼんやりした愚か者)を演じた成果なのである。中宮や上級女房たちからも反感をもたれまいと「おいらけもの」(おっとりした人)の仮面を被《かぶ》り、中宮サロンに自分の居場所をみつける努力をしている。それでも、その知性と才能を敵視する人物はいた。左衛門《さえもん》の内侍《ないし》である。『源氏物語』を人に読ませて聞かれた天皇が、この作者はむずかしい歴史書を読んでいるね、まことに学識があるとみえる、と褒《ほ》められたのを聞き、女性には恥となる「日本紀《にほんぎ》の御局《みつぼね》」というあだなをつけて宮中に広めたのである。

そのような境遇のなか、紫式部が望んだのは仏道修行に明け暮れる出家生活だった。ただ、心の迷いが生じる恐れがあるうちは、むやみに出家はできないと思う。さらに、自身の身の上もふくめた世間の出来事を凝視《ぎょうし》し、それを後世に書き伝えたい情動からも逃れられない。そのような作家の業《ごう》をかかえる「罪ふかき人」こそこの私である、という苦い反省もある。「消息文」は、揺れる紫式部の思考の跡を描いて終わっているが、この多義《たぎ》的な思考方法こそが紫式部の内面のあり方を顕示《けんじ》するものといえよう。中宮に仕える幸運と、女房階級にすぎない悲哀と、理想的女房であろうとする誇りとを一身に引き受けながら、懸命に生きた女性が紫式部という人であった。

〔紫式部のモデル・素材〕

紫式部は天延元年（九七三）ごろ、受領《ずりょう》階級の藤原為時《ためとき》の次女として生まれた。母は藤原為信《ためのぶ》の娘で、弟の惟規《のぶのり》を生んでまもなく亡くなったかといわれる。継母に育まれながらも生母を慕う寂しい少女時代を過ごす。長徳二年（九九六）、越前《えちぜん》の守《かみ》となって赴任する父の為時にともなわれ、紫式部も越前（福井県）へ下向《げこう》している。京都から越前までの長旅と越前国府《こくふ》での一年あまりの地方生活は、特別な人生経験として紫式部の心に残るものだった。

長保元年（九九九）、二十七歳の紫式部は二十歳年上の藤原宣孝と結婚する。実務に明るい有能な官吏で、学問教養もあり明朗闊達《めいろうかったつ》な性格であったらしい宣孝との結婚は、思いのほか満足できるものだった。翌長保二年（一〇〇〇）には一人娘賢子《けんし》をもうけている。ところが長保三年（一〇〇一）四月二十五日、夫の宣孝が病気で亡くなってしまう。わずか二年あまりの結婚生活だった。

紫式部が娘の賢子を養育しながら寂しい寡婦《かふ》生活を送っているころ、父の為時を介して藤原道長から中宮彰子への出仕の要請がもたらされた。初出仕の日は、寛弘元年（一〇〇四）ごろの十二月二十九日夜とみられる。この宮仕えの初期に道長の庇護《ひご》のもとで、『源氏物語』の本格的な執筆活動を展開したと考えられている。紫式部は出仕期間のなかで道長の召人《めしうど》となったようである。敦成親王と敦良《あつなが》親王の誕生を記録した、中宮彰子の御産記の趣を呈する『紫式部日記』を執筆したのは、寛弘七年（一〇一〇）夏ごろのことかと思われる。

一条帝崩御《ほうぎょ》（寛弘八年六月）ののち、皇太后《こうたいごう》となった彰子に紫式部がひきつづいて仕えたことがわかっている。没年は、一説に長和三年（一〇一四）二月ごろ、享年《きょうねん》四十二歳であったという。

〔紫式部の人物の評価の歴史〕

(1)　紫式部人物批評の早期のものは、『紫式部日記』中にみえる。同僚女房たちからは「いと艶に恥づかしく、人見えにくげに、そばそばしきさまして、物語このみ、よしめき、歌がちに、人を人とも思はず、ねたげに見おとさむもの」（とても風流ぶっていて人を寄せつけないよそよそしさがあり、物語好きで気取り屋で、すぐ歌など詠み散らして、まわりの人を認めず憎らしげに見下すだろう）と予想していたけれど、実際会ってみると「あやしきまでおいらか」（不思議なほどおっとりとした）な人だった、と評されている。中宮彰子からは「いとうちとけては見えじとなむ思ひしかど、人よりけにむつましうなりにたるこそ」（そんなにうちとけて会うことはあるまいと思ったけれど、ほかの人よりもずっと仲良くなってしまったこと）と、深い信頼を寄せられている。

(2)　鎌倉初期成立の『無名草子《むみょうぞうし》』にみえる紫式部評には、仏の加護《かご》があったかと思われるほどに優れた作品『源氏物語』の作者として尊敬する先輩であること、控え目な人柄でありながら、『紫式部日記』では仕えていた彰子や道長のすばらしさをはっきりとうちだす積極的な面ももちあわせていること、などの人間的特徴があげられている。

(3)　紫式部は、「身」と「心」の相克に深く苦悩した人だといわれる。「数ならぬ心に身をばまかせねど身にしたがふは心なりけり」（ほんの小さな望みさえかなえられない身なのに、その情けない境遇をいつしか受けいれてしまうのです）、「心だにいかなる身にかかなふらむ思ひ知れども思ひ知られず」（人並みでない私の心でも、いったいどのような境遇なら満足だというのだろう）というように、『紫式部集』中の歌にはその葛藤《かっとう》の跡が鮮明に現われている。

(4)　紫式部という人は、『紫式部日記』を書くにあたって、「私」を主人公にした人生の記を構想することはなかった。それは、紫式部の精神構造に深く根ざしたものであるといわれる。物語や日記の女主人公にはけっしてなりえない代わりに、世間の動向や主家（道長家）の繁栄を観察し批評し、それを語り伝えることに人生的価値を見出した有能な「宮仕え女房」の資質をそなえた人物であるという。「見ること」と「書き（語り）伝えること」にこだわりをみせる紫式部の本質を見事にいいあてた説だといえよう。

(5)

「紫式部」とはなにか。「紫式部」論の新たな可能性はどこに拓《ひら》かれているのか。歴史的現実のなかに実在する作家としてではなく、作品内部の虚構の語り手としてでもない、新しい紫式部像を探る方法はないのか。近年問われているのは、その問題である。手がかりは、紫式部が残した『源氏物語』、『紫式部日記』、『紫式部集』、この三つのテクストである。対象の類型化・普遍化を実現するといわれる三者関係の原理を援用すれば、その三つのテクストの相互関連を探ることで「それぞれのテクストを支え創造する『紫式部』の存在感が具体的で現実的なものとして明らかになるはずだ」という。さらに、「紫式部」という作者名のもとに「流通してきた諸言説の歴史」までをも考慮に入れて、「紫式部」論はなされるべきだというのである。このような方法・理論によって解明される新しい人物像に期待したい。

〔紫式部の人物像をいかに読むべきか〕

「紫式部」という名は、不朽《ふきゅう》の名作『源氏物語』の作者として日本文学史上に燦然《さんぜん》と輝いている。また、藤原道長や中宮彰子に重用《ちょうよう》された有能な女房として、中宮の御産という歴史的出来事を見守り書き伝える役目を、『紫式部日記』を執筆することで見事に果たした人物でもある。さらには、和歌にも堪能《たんのう》で『紫式部集』という家集まで残している。藤原宣孝とのあいだにもうけた娘賢子《けんし》は、越後《えちご》の弁《べん》の女房名で上東門院《じょうとうもんいん》に出仕し、後冷泉《ごれいぜい》帝の乳母《めのと》となり、大宰《だざい》の大弐高階成章《だいにたかしなのなりあき》と結婚して大弐《だいに》の三位《さんみ》とよばれるほどの出世をとげた。このように、物語の作者、仮名日記の書き手、優秀な歌人、大弐の三位の母という「紫式部」像は、圧倒的なイメージで私たちに迫ってくる。

そこに加えなければならないのは、批評文学の旗手《きしゅ》という名称である。よく知られているように、『源氏物語』「蛍《ほたる》」巻には、物語とはなにかを論じる場面がある。光源氏が玉鬘《たまかずら》に向かっていうには、物語とは神々の時代からの出来事を書き残したもので、歴史書の類よりはずっと道理にもかなった詳しい事柄が書いてある、という。

さらに、「その人の上とて、ありのままに言ひ出づることこそなけれ、よきもあしきも、世に経る人のありさまの、見るにも飽《あ》かず聞くにもあまることを、後の世にも言ひ伝へさせまほしきふしぶしを、心に籠《こ》めがたくて言ひおきはじめたるなり」(だれか特定の人の身の上をそのまま記すことこそないが、よいことでも悪いことでも、この世に生きる人びとのようすを見聞していて、興味のつきない、後世にも言い伝えさせたい事柄のひとつひとつを、心に籠めていられずに言いおいたのが、物語の始まりなのです)と、語り手の側に立った物語論を展開してみせる。この物語論は、主人公光源氏の考えであり、同時に『源氏物語』自身の語りの本質を照らし出す理論でもあり、物語の陰に隠れた作者「紫式部」の思想の反映と受けとめうるものでもある。

この物語論のみならず、紫式部という人は、批評的言説をくり返す存在である。『紫式部日記』に「消息文《しょうそくぶん》」と呼ばれる文章がある。だれかに宛《あ》てて書いた手紙文という体裁《ていさい》の長文だが、中宮女房にかんする人物批評、斎院と中宮御所の比較文化論、和泉式部・赤染衛門《あかぞめえもん》・清少納言にかんする人物・文学批評、自己批評、という歴然とした批評文学になっている。この「消息文」は「御文にえ書きつづけはべらぬことを、よきもあしきも、世にあること、身の上のうれへにても、残らず聞こえさせおかまほしうはべるぞかし」(お手紙にうまく書きつづけられない事柄を、よいことでも悪いことでも、世間の出来事や身の上の悩みごとでも、残らず申しあげておきたいと思うのでございます)という、まさに物語の語り手と同じ意欲で書かれている。この飽《あ》くことを知らない批評精神を発動させ、物語論や批評的「消息文」を創造した紫式部の功績は、賞賛に値するものといえよう。

〔紫式部が影響を与えた人物・作品〕

紫式部にあこがれ、ほとんど同化したいと願った女性がいる。それは、『更級《さらしな》日記』の作者菅原孝標《たかすえ》の娘である。『源氏物語』を暗記するほどに耽読《たんどく》した読者として有名であるが、紫式部その人も、宮仕え女房の先輩としてはるかに仰ぎ見る対象だった。孝標の娘は三十二歳ごろ、後朱雀《ごすざく》帝第三皇女祐子《ゆうし》内親王家に出仕する。その経験を『更級日記』に記しているが、初出仕・宮の御仏名《ごぶつみょう》・宮仕えの心得・再出仕・水の浮寝《うきね》・源資通《すけみち》との出逢い、という記事で構成される「宮仕えの記」は、ほとんどが『紫式部日記』の夥《おびただ》しい引用によって成立していることがわかっている。孝標の娘は、宮仕え女房としての自己を、紫式部に重ねて描いているのである。

紫式部にあこがれ、その批評精神をひきつぎたいと志した女性たちがいる。『無名草子』に登場する女房たちである。『無名草子』は鎌倉時代の初期に書かれた、平安時代の文学と女性を論じる評論文学である。評論の中心的対象は『源氏物語』と紫式部である。このめずらしい評論文学の成立には、『紫式部日記』中の「消息文」の影響が考えられる。批評文学の先駆的作品ともいうべき「消息文」の最後に、「おぼさむことの、いとかうやくなしごとおほからずとも、書かせたまへ。見たまへむ」（思っていらっしゃることで、こんなに無益なことは多くおありでなくとも、お書きください。拝見しましょう）という、後世の読者へ向けたことばがある。評論文学『無名草子』は、この紫式部の語りかけに呼応した真摯《しんし》な試みだったと考えられる。

（石坂妙子）

〔現代に生きる紫式部《むらさきしきぶ》〕

紫式部は、現代風にいえば、生涯コンプレックスに苦しんだ不幸な女性である。

現代にあっても、〃隣の芝生は青い〃というコトワザのように、常に他人と比べて自分が不幸であると思いこみ、理由のないコンプレックスにさいなまれている女性も少なくない。確かにこの世の中には、容姿に恵まれた女性、経済的に豊かな女性、家庭的に恵まれた女性など、いかにも幸福そうな女性はいる。

しかし、表面的に幸福そうにみえる女性の大部分が本当に幸福なのであろうか。そういう女性だって内面的に人には言えない不幸を抱えた場合だってあるはずだ。

だから、紫式部のように、自分の人生を実質以上に暗く悪く考える必要もないのではないか。女性は、他人がどう思おうと、自分のコンプレックスを良い方向に転化できるように努力し、楽天的な発想をもつべきであろう。

（西沢正史）

菅原孝標の娘

すがわらのたかすえのむすめ

『更級日記』
平安時代

〔菅原孝標の娘の人生〕

菅原孝標の娘は、十歳から十三歳までの多感な少女期を上総《かずさ》の国（千葉県）で過ごした。寛仁元年（一〇一七）、父の菅原孝標の上総の介《すけ》就任にともない継母や姉といっしょに下向《げこう》したからである。文学好きの姉や継母の影響もあって、地方生活のなか、孝標の娘の心を占めていたのは、世間で読まれている物語への強い関心だった。早く京へ上ってすべての物語を手に入れて見たいと願う少女が上京したのは、寛仁四年（一〇二〇）のことである。九月三日の出発から十二月二日の入京におよぶ三か月の上洛の旅は、孝標の娘の心に忘れがたい印象を残した。武蔵《むさし》の国の竹芝《たけしば》に伝わる伝説、足柄《あしがら》山麓で出会った美しい遊女たち、富士川の伝説など、それは物語的記憶に彩られた旅だった。

孝標の娘は帰京するやいなや、母にせがんで、三条の宮に仕える親戚筋の衛門《えもん》の命婦《みょうぶ》から、宮様よりたまわった書物を手に入れる。その後、あこがれの『源氏物語』を入手したのは、地方より上京してきた叔母からだった。それからは、昼夜を分かたず暗記するほど『源氏物語』を読むことに熱中したが、そのとき夢に上品な僧が現われて、『法華経《ほけきょう》』五の巻を早く習いなさいと諭《さと》してくれたが、ほとんど気にもかけなかった。

万寿元年（一〇二四）五月一日、姉が出産後亡くなってしまう。美意識や価値観を共有する先生のような存在だった姉の死は、孝標の娘には計り知れない痛手だった。以降、彼女は姉の残した二人の女児の養育に尽力することになるが、物語熱はいっこうに冷めることなく、光源氏のような美しい男君を一年に一回の訪れでもいいから待つ生活をしたい、浮舟のように山里に隠し据《す》えられたい、などという若い女性らしい空想に耽《ふけ》っていた。

長元五年（一〇三二）、無官となっていた父がようやく常陸《ひたち》の介《すけ》になる。六十歳での任官だった父は、永《なが》の別れになるかもしれない、都に残しても路頭《ろとう》に迷うだろうあなたが心配だ、とかき口説《くど》きながら常陸（茨城県）へと下っていく。翌長元六年、二十六歳となった孝標の娘に将来を暗示する夢告《むこく》がもたらされた。母が代参の僧を長谷寺へと遣《つか》わしたところ、三日参籠《さんろう》して帰参した僧の報告は、りっぱな身なりの品のよい女性が夢に現われて、奉った直径一尺の鏡を手に、その鏡の左右に映った悲しい光景とうれしい光景を示された、というものだった。ただ、孝標の娘自身は、まだこの夢告の意味には無関心であった。長元九年（一〇三六）秋、常陸の介の任を無事終えて父が上京したが、西山の家に落ち着いた父は、もう隠退したいともらす。十月に京の家へ移ると、こんどは母が出家して別棟に住むことになる。こうして、家のきりもりは孝標の娘に任されるのである。

長暦三年（一〇三九）初冬、孝標の娘は周囲のすすめに従い、関白藤原頼通《よりみち》が後見する後朱雀《ごすざく》帝第三皇女祐子内《ゆうしない》親王家《しんのうけ》に出仕し、慣れない女房生活にとまどうものの、この宮仕えを成功させて女房として認められたい、と覚悟をあらたにする。ところが、出仕後まもない長久元年（一〇四〇）に、両親がなにを思ったか、孝標の娘を橘《たちばなの》俊通《としみち》と結婚させてしまう。彼女にとっては地味でおもしろみのない結婚生活だった。いったんは退いた宮仕えであったが、宮家からは再三お召しがあり、姪《めい》が出仕することになったのを期に、ときどき非常勤の女房として参上することになる。長久三年（一〇四二）十月一日ごろ、宮家で不断経《ふだんぎょう》が催された夜、孝標の娘は生涯忘れられない経験をする。同僚と二人、戸口近くで経を聞きつつ語り合っているところへ、一人の貴公子が現われた。しみじみとした口調で春秋《しゅんじゅう》の優劣などを述べたあと、その貴公子は、むかし斎宮《さいぐう》の裳着《もぎ》に勅使《ちょくし》として伊勢へ下ったときから、雪が積もった冬の夜の月を愛《め》でるようになった、と告白する。貴公子の名は源資通《すけみち》といった。物語の風流な男女の語らいの疑似体験として、彼女が心に深く刻みこんだ出来事だった。

永承元年（一〇四六）十月、世間がこぞって見物をする後冷泉帝の大嘗会《だいじょうえ》の御禊《ごけい》をよそに、孝標の娘は長谷寺詣でに出かける。そのころには、物語などに熱中する浮ついた生活を反省して、神仏を頼んで豊かな生活と後世《ごせ》の往生を実現しようとする志をもつようになっていたからである。夫の出世と子どもたちの成長を願う家庭婦人の境地になっていたのである。ところが、その願いも夫の俊通の死によってうちくだかれてしまう。天喜五年（一〇五七）七月、信濃《しなの》の守《かみ》となった俊通が、翌年四月に任国より上京していたが、九月に発病して十月五日には帰らぬ人となってしまった。経済的・精神的支柱を失った痛手に耐えかねて、孝標の娘はつぎのようにつぶやく。

「昔より、よしなき物語、歌のことをのみ心にしめで、夜昼思ひて、おこなひをせましかば、いとかかる夢の世をば見ずもやあらまし。……からのみ心に物のかなふ方なうてやみぬる人なれば、功徳《くどく》もつくらずなどしてただよふ」(むかしから、つまらない物語や歌のことばかりに熱中せず、夜昼懸命に勤行に励んでいたなら、実際この夢のようにはかない世を経験せずにすんだろう。……私は、こんなふうに、人生の望みがすべてかなわずに終わってしまう人間だから、功徳も積まないでただぼんやりと過ごしている)と、悔恨《かいこん》の思いを吐露《とろ》するのである。

「月も出でで闇《やみ》にくれたる姨捨《おばすて》」(月も出ないまっ暗な姨捨山)、これが夫にも子どもにも捨てられたような、孝標の娘のわびしい晩年の境涯《きょうがい》であった。

〈菅原孝標の娘のモデル・素材〉

菅原孝標の娘は、寛弘五年(一〇〇八)一条帝の時代に生まれた。父は菅原道真《みちざね》から五世の末裔《まつえい》にあたる孝標、母は藤原倫寧《ともやす》の娘で『蜻蛉《かげろう》日記』を書いた道綱の母の異母妹である。兄弟には、姉と兄の定義《さだよし》があった。また、継母に高階成行《たかしなのしげゆき》の娘で、後一条院中宮の女房となって上総《かずさ》の大輔《たいふ》とよばれた人がいる。

孝標の娘は寛仁元年(一〇一七)十歳のとき、上総の介に任官した父にともなわれ、姉・兄・継母といっしょに上総へ下向し四年間を過ごした。その間、姉と継母から物語や歌の世界の手ほどきを受け、以降、文学熱にとりつかれることになる。寛仁四年(一〇二〇)京にもどってまもなく、継母が父と離別して家を出ていった。万寿元年(一〇二四)には、姉が女児を出産して亡くなってしまうという悲しい事件があった。

上総の介任官以降、散位生活を送っていた父が、長元五年(一〇三二)ようやく任じられたのは常陸の介であったが、六十代の老齢を理由に、任期をおえた四年後に帰京すると隠退してしまった。そのうえ、母も出家して別居生活となる。一家の主婦の役割を、孝標の娘が引き受けざるをえないことになる。

孝標の娘は長暦三年(一〇三九)、周囲のすすめで祐子内親王家に出仕するが、翌年、親の強い意向で橘俊通と結婚し、女房としては非常勤の宮仕えとなる。六歳年長の夫の俊通とのあいだに長男仲俊《なかとし》などの子どもたちをもうけている。家庭の安泰を願い、夫の出世と子どもたちの成長に望みを託すようになったやさき、病を得た夫の俊通が、康平元年（一〇五八）十月五日にあっけなくこの世を去ってしまう。孝標の娘は、五十一歳になっていた。

　老残の身を労《いたわ》りつつ、晩年の孝標の娘が没頭したのは『更級日記』の執筆である。定家《ていか》筆御物本《ひつぎょぶつぼん》『更級日記』奥書《おくがき》には、『夜半《よわ》の寝覚』、『みつのはま松』、『みづからくゆる』、『あさくら』も孝標の娘の作と記されている。

〔菅原孝標の娘の人物の評価の歴史〕

(1)　昭和の初期、『更級日記』の作者孝標の娘は、浪漫《ローマン》主義的な精神構造をもつといわれた。現実生活を美化し、物語と夢幻への憧憬《しょうけい》をつらぬいた女性であると評価されたのである。孝標の娘が『源氏物語』の夕顔や浮舟《うきふね》という薄幸《はっこう》の女君にあこがれ、物語世界と自己の将来像を重ねていた前半生と、夫の橘俊通の死去などの現実的苦悩を経験しながら天喜三年（一〇五五）十月十三日にみた弥陀来迎《みだらいごう》の夢を頼みとする、よりいっそう夢幻世界へと傾倒する後半生とが、彼女の人生の総体であるという。作品全体をおおう浪漫的、夢幻的精神の存在を指摘し、その特質を孝標の娘の人間性にまで結びつけた考察であった。

(2)　『源氏物語』を耽読《たんどく》した孝標の娘には、「浮舟志向」があるといわれる。十四歳のときには「われはこのごろわろきぞかし、さかりにならば、かたちもかぎりなくよく、髪もいみじく長くなりなむ。……宇治の大将《だいしょう》の浮舟の女君のやうにこそあらめ」（私はいまは器量がよくない。けれど、年ごろになったら、容貌はとても美しく、髪もほんとうに長くなるだろう。きっと、薫《かおる》の大将に愛された浮舟の女君のようになるだろう）と思い、二十五歳ごろには「浮舟の女君のやうに、山里にかくし据《す》ゑられて、……めでたからむ御文などを、時々待ち見などこそせめ」（浮舟の女君のように、山里に大事に隠されて、……すてきなお手紙などをときどき待ち受けて見たりしたいものだ）と願ったりしている。まずは、このような浮舟憧憬の直接的言及が注目される。

さらに「浮舟志向」の本質は孝標の娘の人生が浮舟の人生に重ね合わせられているところにある、との指摘がある。『更級日記』の主人公は、「あづま路の道のはてよりも、なほ奥つ方に生ひ出でたる人」と紹介されるが、それは「あづま路の道のはてなる常陸帯《ひたちおび》のかごとばかりもあひ見てしがな」（古今六帖・紀友則）を引用した、常陸《ひたち》の地を強く印象づける表現である。浮舟は継父に常陸の介をもつ女君であったし、孝標も六十歳にして常陸の介となったから、孝標の娘も浮舟と同じく常陸の介の娘ということになる。このように孝標の娘は、冒頭から浮舟の面影をせおって登場するのだが、晩年にもまた浮舟の影響がみられる。老境に入った孝標の娘の頼みは、天喜三年十月十三日の夜に見た阿弥陀仏来迎の夢である。一方、『源氏物語』の「夢浮橋《ゆめのうきはし》」巻の浮舟も、薫をはじめ過去のしがらみに惑わされまいと「阿弥陀仏に思ひ紛らはして」（阿弥陀仏を念じることに気を紛らわして）生きようとしている。このように孝標の娘の姿は、晩年にも浮舟と重なるのである。

(3) 上総の地で多感な少女時代を過ごした孝標の娘には「東国志向《とうごくしこう》」があったという。あこがれの物語に描かれた「みやび」の世界を具現《ぐげん》するはずの京都にいざもどってみると、そこは東国育ちの少女の夢をうちくだく場所でしかなかった。孝標の娘は継母と別れ、姉とは死別し、宮仕えにはなじめず、身分相応の結婚生活におもしろみはなく、頼みとしていた夫は突然亡くなってしまうという、はかばかしくない人生をよぎなくされる。晩年「かうのみ心に物のかなふ方なうてやみぬる人なれば、功徳もつくらずなどしてただよふ」と深く悔《く》いる心で過去を回想したとき、夢の挫折《ざせつ》をもたらした京都への思いの裏返しとして浮上したのが、夢を育《はぐく》んでいた幸福な少女時代を過ごした東国への故郷意識であった。ある皇女が京都から東国へ下って幸福に暮らした経緯を詳細に語る「竹芝寺伝説」が、上洛《じょうらく》の記に採録されたのはその意識の現われであるという。孝標の娘の東国志向を論じる鍵となる「竹芝寺伝説」をめぐっては、東国の地で幸せを得た皇女と比較して、宿世に恵まれなかった孝標の娘の「ただよふ」人生を強調する効果をもたらしているとの見解もある。

(4) 孝標の娘には、神々と交感するシャーマンの素質があるという。まず「昼は日ぐらし、夜は目のさめたるかぎり、灯《ひ》を近くともして、これを見るよりほかのことなければ、おのづからなどは、そらにおぼえ浮かぶ」(昼は一日中、夜も目のさめているかぎり灯火《ともしび》を近くにともして、『源氏物語』を読むこと以外はなにもしないので、自然と文章がそらでも浮かんでくる)という『源氏物語』への耽溺《たんでき》ぶりは、物語というモノにとり憑《つ》かれた現象である。そして、昼夜の時間が交《こう》錯《さく》し夢と現実との区別もつかない精神状態のなかで、「天照御神《あまてるおほんかみ》を念じませ」(天照大神をご信心申しあげなさい)という夢告《むこく》を得る。皇祖神《こうそしん》であるアマテラスを求めて、孝標の娘は宮中の内侍所《ないしどころ》を訪れる。心中には宮廷世界での栄達の夢が育まれていた。その後、「修行者」のように熱心な観音霊場への物詣でに励んだ果てに、孝標の娘がたどりついたのは阿弥陀仏来迎の夢であった。物語に憑かれた孝標の娘のアマテラス信仰は、観音菩薩をへて阿弥陀仏信仰へと姿を変えてゆく。このように、『更級日記』は宗教者孝標の娘の魂の変転を描いた書であるといわれる。

(5) 孝標の娘について、物語世界への憧憬が厳しい現実にうちくだかれ仏道帰依《きえ》に赴いた女性、とする従来の人物像から解放し、自立をめざして思索する女性として再評価しようする試みがある。とくに、父の隠退・初出仕《はつしゅっし》・結婚という一連の出来事が、孝標の娘の自立への始動を促したという。両親の庇護《ひご》のもとその古風な価値観も受けいれて暮らしてきた孝標の娘が、父の隠退により突然一家の支柱にさせられてしまう。重責をになう不安と逼塞《ひっそく》した日常に疲れたころ、孝標の娘に出仕の話がもちあがり、家に縛《しば》られる身から逃れようと親の反対を押して決行したのが宮仕えであった。孝標の娘は、他者の目にさらされて自己認識の改変を迫られる苦しみをかかえながら、家族関係を相対的に見る眼もそなわり、ようやく女房として生きる自信が芽生えたころ、娘の意思を忖度《そんたく》しない親たちによって結婚させられてしまうのである。宮仕えの休止は、孝標の娘にとって社会的に活躍する道を閉ざされた事件だった。このように、孝標の娘の人生の軌跡《きせき》は、「みずからのアイデンティティを惑いながら求めつづけた女性の自立と成長の物語」として読むことができるという。

〔菅原孝標の娘の人物像をいかに読むべきか〕

孝標の娘にとって、宮仕えはどのような意味をもつものだったのか。孝標の娘の新しい姿を見出すには、この問いを避けて通ることができない。宮仕え女房とのかかわりは、三十二歳で祐子内親王家に出仕する以前から深いものがあった。少女期に物語や歌の手ほどきをしてくれたのは、宮仕え経験の豊富な継母であった。京都へもどって最初に物語冊子を与えてくれたのは、親戚で三条の宮に仕える衛門《えもん》の命婦《みょうぶ》という宮仕え女房である。物語・歌という雅《みやび》の世界にたいする強い憧憬は、先輩女房たちの影響によるものだった。孝標の娘がめざしたのは有能な宮仕え女房になることだった、といえば意外だろうか。祐子内親王家に出仕はしたが、結婚によって専業の女房職の道は絶たれてしまう。それでも、晩年まで「宮仕へとても、もとは一筋に仕うまつりつかばやいかがあらむ」（宮仕えにしても、もともとひとすじに懸命にお仕え申しあげていたなら、重要な地位につけたかもしれない）という願望を捨てきれなかったほどだ。そのような孝標の娘の視線の先に存在しつづけたのは、『源氏物語』の作者紫式部である。紫式部は、藤原道長や中宮彰子に才能を認められ重用された女房の先達で、その女房生活の機微《きび》は『紫式部日記』に詳述されている。じつは、『更級日記』の「宮仕えの記」は、ほとんどが『紫式部日記』をなぞるように描かれたものである。時代も出仕先も女房としての立場も異なる身でありながら、孝標の娘は紫式部のような宮仕えをした女房としての存在感を日記に刻印している。したがって、『更級日記』における孝標の娘の自画像は、平安後期の紫式部とよぶのがふさわしいと思われる。

〔菅原孝標の娘が影響を与えた人物・作品〕

『更級日記』がどのように享受《きょうじゅ》され、世に流布《るふ》していったのかについては、これからの研究課題である。

（石坂妙子）

清少納言

せいしょうなごん

『枕草子』
平安時代

〔清少納言の人生〕

『枕草子《まくらのそうし》』は、随筆文学である。だから、主人公の清少納言は実在の人物である。物語や説話とはちがい、随筆文学は日記文学に近い。

清少納言は学問と和歌に秀でた家柄の清原家《きよはら》に生まれた。曾祖父は三十六歌仙の一人、深養父《ふかやぶ》で、父元輔《もとすけ》は第二番目の勅撰集『後撰《ごせん》和歌集』の撰者「梨壺《なしつぼ》の五人」の一人として、また三十六歌仙の一人として著名である。父の元輔は貴族としての身分は高くはないが、学者かつ歌人・教養人として知られていた有名人である。そういう父との関係で、清少納言も宮中に出仕したものと考えられる。

有名人の娘ということで、清少納言は興味津々《しんしん》で宮中に迎えられた。仕えたのは、中の関白家《かんぱく》、藤原道隆の娘、一条帝の后、中宮《ちゅうぐう》定子である。清少納言は宮中にあこがれていた。宮中では定子をはじめ、帝・大臣・大納言などのお歴々が所狭しとひしめきあっている。田舎者が突然大都会に出てきたような心境だった。『枕草子』一八二段には、

宮に初めて参りたる頃、物のはづかしき事数知らず、涙も落ちぬべければ、夜々参りて、三尺の御几《みき》帳《ちゃう》の後に候ふに、絵など取り出でて見させ給ふだに、手もさし出づまじうわりなし。

(中宮様の御所に初めて参上したころ、なにかと恥ずかしいことが数知れずあり、涙も落ちてしまいそうなので、毎夜出仕し、中宮様のお側の三尺の御几帳の後ろに控えていると、中宮様は絵などをお取り出しになってお見せあそばしてくださるのさえ、それに手も出せそうにもなく、私はむやみと困惑した気持ちでいる。)

と記されている。三十歳近い清少納言は、まだ十代の中宮定子の前で口もきけない状態である。転校したばかりの小学生そのままのようであり、ほっておけば登校拒否児童になってしまうところだった。

しかし清少納言は、父親譲りの明るさと、天性の才能

でしだいに力を発揮する。そうさせたのは、ほかならぬ中宮定子である。定子は、温かくやさしく清少納言に接するのだった。『枕草子』二七八段には、

「少納言よ。香炉峰《かうろほう》の雪はいかならむ」と仰《おほ》せらるれば、御《み》格子《かうし》あげさせて、御簾《みす》を高く上げたれば、笑はせ給ふ。

（中宮様が「少納言よ。香炉峰の雪はどんなであろう」と仰せになるので、御格子を上げさせて、御簾を高く巻き上げたところが、お笑いあそばす。）

とある。有名な「香炉峰の雪」の話である。「香炉峰」とは中国にある山であるから、もちろん日本の京都から見えるわけがない。じつは、当時日本ではやった中国の詩に「香炉峰の雪は簾《すだれ》を撥《かか》げて見る」という一節があった。それをふまえ、清少納言がどのようなうまい返答をするか、中宮はそれを知りたかったのである。すると清少納言は、ことばではなく、簾を上げるという直接行動でそれを示した。そのとっさのアイディアが、中宮をはじめまわりの女房たちを感心させたのである。しだいに清少納言は、宮中での生活を楽しむようになる。天衣無《てんいむ》縫《ほう》な性格から、宮中という舞台で水を得た魚のように潑《はつ》剌《らつ》と泳ぎまわる。

清少納言は殿上人《てんじょうびと》たちと対等にやりあい、男友達との交流も盛んで社交的である。『枕草子』一三九段には、

「『夜をこめて鳥のそら音《ね》ははかるとも世に逢坂《あふさか》の関はゆるさじ』心かしこき関守《せきもり》侍《はべ》るめれ」と聞《きこ》ゆ。立ち返り、「逢坂は人越えやすき関なれば鳥も鳴かぬにあけて待つとか」

（『夜のまだ明けないうちに鶏《にわとり》の声色は函谷関《かんこくかん》という中国の関所の番人はだませても、けっしてこの男女相逢うという逢坂の関は、だまされて許すようなことはしないつもりです』。利口な関所の番人がここにはいるようです」と、私は行成《ゆきなり》様に申し上げる。すると、行成様は私に折り返し、「逢坂の関は人が越えやすい関所なので、鶏も鳴かないのに関の戸をあけ、来る人を待つとかいうことですよ」）

と、有名な書道の達人の藤原行成と歌の贈答をしたことが記されている。「もっと話したかった」という行成に、「かんたんに私とは親しくなれませんよ」という歌を贈り、それに対し、「そんなことないでしょ」と、からかい気味に行成が返歌をしてきた場面である。清少納言

は、男性たちの人気の的《まと》だった。言い換えると、からかいやすい女性でもあった。この「夜をこめて」の歌が百人一首に収載されたことは、注目してよいだろう。

しかし、清少納言の幸せな宮中での生活は、十年に満たなかった。仕えていた中宮定子の父、藤原道隆が亡くなり、政敵であった藤原道長の時代となり、失意のうちに定子も世を去ってしまったからである。だが、清少納言はその悲しさをまったく『枕草子』に記しておらず、崇拝《すうはい》する定子とあこがれの宮中を見事に美しく描ききった。「をかし」という明るいことばを基本に据《す》え、嫌なことは切り捨て、よいことだけを夢見つづけたのである。結果的に、『枕草子』は中宮定子の賛歌《さんか》となった。

〈清少納言のモデル・素材〉

『枕草子』は、わが国最初の随筆文学作品である。内容は、①類集段(同類を集めた段)、②随想段(思いのままに書いた段)、③回想段(日記的な段)に三分類される。自分の思いや身のまわりを記したものだから、モデルは当然、実在の本人である。彼女は、天性の才能と身につけた教養をもって中宮定子に仕え、宮中での生活を、「をかし」ということばを中心に『枕草子』という作品にまとめたのである。

素材となった先行文学は『土佐日記』と、それを受けた『蜻蛉日記《かげろう》』などの日記文学であり、本書の③回想段などは、まさにその先行日記文学そのものといってよい。そして、清少納言がそれを発展させたのが、②の随想段である。これは、日記文学等で、経験した事実よりも受けた感動(精神)に重きをおいたばあいに成立するものである。他の日記文学ならば、日記のなかに埋もれてしまう随筆的な部分が、彼女の随想段では、それぞれが自己の世界をもち、自己主張をしている。随想段を日記的なものから独立させえたのは、清少納言の個性・才能だといってよいだろう。

おもしろいのは、①の類集段である。「もの尽くし」ともいわれるこの段は、同類を集めるという特徴をもっている。これは、中国文学の影響だという説もあり、日本文学からの影響だという説もある。妥当な線は、中国と日本の両方の文学が融合しあった当時、「もの尽くし」という時代の流行にのっとって、教養の一環として類集段としてまとめられたといったところだろう。

〈清少納言の人物の評価の歴史〉

清少納言の評価としては、まず『紫式部日記』に、

　清少納言こそ、したり顔にいみじう侍《はべ》りける人。さばかり賢《さか》しだち、真名《まな》書きちらして侍るほども、よく見れば、まだいとたらぬこと多かり。

（清少納言は、じつに得意顔をして偉《えら》そうにしていた人です。あれほど利口《りこう》ぶって漢字を書きちらしております程度も、よくみれば、まだひどくたりない点がたくさんあります。）

と記されている。漢字を使うが、能力はない、というきびしい評価である。

　鎌倉時代に成立した『無名草子《むみょうぞうし》』に、清少納言が中宮定子に仕えたこと、『枕草子』そのものについて、さらに清少納言の老後がみじめであったことなどが記されている。「歌は父の元輔よりもうまくはないが、まあまあであり、『枕草子』自体はおもしろく書けている。定子がはなやかに栄えていることだけを書き記し、その父の関白道隆が亡くなり衰退していくようすなど一言も記さないのはりっぱだ」と評価していて、「それなのに老後、みじめなようすで、昔をしのんでいるのはかわいそうだ」と同情を加えている。この『無名草子』の作者は、それまで残っていた彼女についての悪いイメージをプラスに変えたということができる。

　この『無名草子』では、紫式部と清少納言が活躍したことを取りあげて、女性の鏡として評価しているが、そのような取りあげ方から、両才女の比較論も生まれてきた。紫式部と清少納言の比較は現代まで継続してなされてきたが、これからもずっと続くことだろう。平安文学の永遠のテーマといってよい。

　『徒然草《つれづれぐさ》』は、当然のことながら、同じ随筆文学として『枕草子』の影響を受けており、第一九段には、「言ひつづくれば、みな源氏物語・枕草子などにことふりにたれど、同じ事またいまさらに言はじとにもあらず」（このように言いつづけると、みな『源氏物語』や『枕草子』などに、言いふるされてしまっていることであるが、同じことを、またこと新しく言うまいと思っているのでもない）と記されている。これは、『源氏物語』と同等に『枕草子』を評価しているといってよい。兼好《けんこう》法師は清少納言を支持しているのである。

　なお『正徹《しょうてつ》物語』では、「『枕草子』は随想的に書かれ

ていて、『徒然草』は随筆文学の『枕草子』を受け継いで書いたものだ」と位置づけられている。正徹は、『枕草子』から『徒然草』へという随筆文学の流れを認めているのである。これにより、『枕草子』は、やはり『徒然草』と同等に評価されていると考えられる。

江戸時代には、北村季吟《きぎん》が、『枕草子』の文体はすばらしいもので、『源氏物語』と同等であり、兼好法師の『徒然草』でも『枕草子』を模倣《もほう》しているところがみられ、その文章の見事さ、ことばの優美さ、心の奥深さは、いずれもすぐれている、と最大級の賛辞をおくっている。

このように江戸時代までは、例外を除いては、おおむね『枕草子』の評価は高いといえよう。

明治時代になって、その江戸時代までの評価を受け継いで支持したのが、東大教授の芳賀矢一で、紫式部と並んで平安文学の代表という立場をつらぬいている。それに反対の立場に立つのが藤岡作太郎で、『枕草子』の中で、清少納言には弱者への同情心がないという点、また対象の捉え方が表面的で本質をつかんでいないという点をとらえ、酷評している。

明治の女流作家樋口一葉《ひぐちいちよう》は、清少納言と自分の身を重ね合わせ、紫式部よりは清少納言のほうを好んでいる。それゆえ、彼女は「今清少」と呼ばれたりしている。

さらに与謝野晶子《よさのあきこ》も、どちらかというと清少納言を支持する立場であるが、彼女の感覚的な文章は好まない、という批判もしている。

昭和時代に入り、多くの『枕草子』研究家が輩出し、さまざまな考えを主張しているが、その大部分は作品『枕草子』を評価し、作者清少納言をほめたたえている。だが戦後、この清少納言にたいする好意的な流れに反発する意見も出されるようになった。研究者によって、清少納言への評価は正反対となってしまうことがある。これは『枕草子』という作品と、それをまとめた清少納言の発想が、ひじょうに個性的だということを意味しているといえよう。個性が強すぎると、反感を覚える人が多いのは、いつの時代でも同じである。

〔清少納言の人物像をいかに読むべきか〕

そもそも人物像を「人間性（性格）」と考えれば、それは一に遺伝、二に環境を重要な要素として形成されるといってよい。清少納言の父の清原元輔は明るい人だったようである。『宇治拾遺物語』によると、元輔は公衆の面前で落馬し、自分のはげ頭が露出したのを見て笑う人びとを平然とたしなめ、逆に笑いとばすことのできる人だった。学者で和歌の達人でありながら、堅物ではなく、ユーモアにあふれる父を、清少納言は幼いころから見慣れ、かつ尊敬していた。そういう父と、その環境から、彼女の人物像は形成されていった。

第一に、清少納言はとても明るい性格で、はなやかな場面が好きだったようである。父が有名人でもあったことから、清少納言は進んで中宮定子に仕えたのだろう。有名な「香炉峰の雪」の話などは、まさに清少納言の性格を象徴するようなエピソードであり、宮中が似合う女性、とでもいえそうである。

第二に、清少納言は田舎者的コンプレックスをもっている点である。これは「宮に初めて参りたる頃」の描写を見れば、一目瞭然である。あこがれの定子の前で小さくなっている清少納言は、まるで内気な少女のようである。これは、彼女が身分というものを強く意識する性格であったことをものがたっている。身分が高いものには頭があがらなくなってしまうという意味で、ブランドに弱い女性、とでもいえそうだ。裏返すと、弱者には高飛車《たかびしゃ》にでるタイプである。そういうことから、清少納言は同情心に欠けると批判されたりもする。

つぎに、清少納言のプラス思考である。離婚した夫とも友人づきあいのできる人である。過ぎたことは過ぎたことで、くよくよしないで、いまを生きる女性、ともいえそうである。

また、清少納言は社交的で男友達もたくさんいたが、藤原行成との歌の贈答など、平気で対等にふるまっており、そういう点では男まさりな面もある。

さらに、清少納言には忠誠心もあり、定子への変わらぬ愛は『枕草子』のテーマともなっている。「定子様に愛されるのなら何番目でもいい」という清少納言にたいして、定子は「それはいけない。一番思う人に一番に愛されようと思いなさい」と諭《さと》すのであった。仲間には嫌われても、中宮に愛されることに喜びを感じていた。あるとき、後宮の仲間の女房のいじめにあい、里帰りしていた清少納言は、大好きな紙を贈って励ましてくれた定子のあたたかな思いやりに感激する場面もある。

清少納言は裏表のない人間で、思ったことはすぐに口に出し、相手はどう考えるかなどと、紫式部のように悩んだりはしない。

まとめると、清少納言の長所としては、明るく、プラス思考、裏表がない、忠誠心がある、さっぱりしている、というところで、短所としては、表面的、思いやりがない、ブランドに弱い、ということなどがあげられる。女性としては、よくあるタイプではないだろうか。ただ、場面を容易に盛りたてることのできる清少納言は、宮中にはうってつけの人物であったといえよう。

ところで、清少納言のことばにたいする感覚にはすばらしいものがあり、「うつくしきもの」などの対象の捉え方や表現は、天才的といってもいいすぎではないだろう。まさに随筆文学を著わすべく生まれてきた、そんな人物と評価してよいと思われる。紫式部が文章の構築力に優れた散文家（小説家）ならば、清少納言は感覚的な詩人なのである。

〔清少納言が影響を与えた人物・作品〕

『源氏物語』が後世に与えた影響にくらべ、『枕草子』の影響力はそれほどでもない。その理由として、『枕草子』は歌道にあまり役立たなかったという説がある。和歌中心の時代では、和歌に利用できないものは不要であったのだ。しかし、確実に影響を受けたと思われる人物が二人いる。それは、紫式部と兼好法師の二人である。

紫式部は、そうとう清少納言を意識していた。二人はいちじるしく対照的な女性で、散文タイプの紫式部にたいして、詩人タイプの清少納言と位置づけられるが、どちらも相手にない才能をもっていた。清少納言は、宮中における紫式部の先輩で、幸か不幸か後輩の紫式部が出仕したときには、すでに宮中から退いていた。しかし宮中では、中宮定子と清少納言の噂だけが一人歩きしていた。紫式部がライバルとして意識するのも当然である。『紫式部日記』には、清少納言について辛辣《しんらつ》に批評している部分があることはすでにふれたが、紫式部にとって清少納言の存在は無視できないものがあり、ライバルの記した『枕草子』は当然熟読していたであろう。『源氏物語』の中には、明らかに影響を受けた部分がかなりあるとの指摘もある。

さらに兼好法師は、『枕草子』の影響があることをみずから認めており、『徒然草』の随所に影響がみられるとの指摘もある。両作品は、随筆文学としてともに随想性をもっていたのだが、根本精神には大きな相違がある。清少納言は、宮中を感覚的に描写する方法をとっているが、兼好法師は、無常な世の中を理性的に把握する書き方である。それは、清少納言と兼好法師における時代のちがい、男女の性格のちがいに由来するものであろう。

（土屋博映）

〔現代に生きる清少納言《せいしょうなごん》〕

清少納言は、現代風にいえば、組織におけるキー・ウーマンである。

いつの時代でも、会社・学校・家庭など、人間が集まる組織においては、対立・抗争・嫉妬などの人間同士のあつれきが生じる。そうした組織内のあつれきを緩和し、スムーズに運営されるような、いわば潤滑油《じゅんかつゆ》のごとき役割を果たす清少納言のような人間が必要であろう。

たとえば、家庭内にあって、夫婦・親子・兄弟姉妹という家族関係の中で、争い・悪事・家出・不倫・引きこもり・病気などのあつれきは、多くの場合、一家の主婦（母・妻）が調整・緩和することによって、家庭崩壊を食いとめることができる。

そういう意味で、母や妻という立場の女性は、何事にもくよくよせず、笑顔を絶やさず、家庭の潤滑油として安寧《あんねい》をはかるべきではないだろうか。

（西沢正史）

額田王
ぬかたのおおきみ

『万葉集』
大和時代・歌人

〈額田王の人生〉

額田王の作品は『万葉集《まんようしゅう》』に合計十三首見えるが、信用できる巻一と巻二に収められているのは十一首(長歌三首、短歌八首)しかない。生没年は未詳であるが、天智帝の時代(六六二〜六七一)を中心に活躍した初期万葉を代表する女流歌人である。作品にはしばしば天皇歌とする異伝があり、天皇の名前で歌をよむ代作者の役目もあったらしい。彼女は天皇に近侍し特別の役目を果たす宮廷人として、華やかで目立つ存在であり、公《おおやけ》の席の作品が多く、プライベートな秘密の歌はほとんどない。

作品によれば、彼女はめそめそ、なよなよした線の細いタイプではなく、才能ゆたかで明るく元気、華やかで包容力の大きい女性であったと思われる。「春山秋山優劣歌」(巻一―一六)は、そのような額田王の特徴をよく示している作品である。額田王が恋多き妖艶《ようえん》な美女とされるのは、その作品を誤解した後世の評価にすぎない。

たとえば、有名な「蒲生野遊猟贈答歌」(巻一―二〇・二一)がある。

茜《あかね》さすむらさき野逝《ゆ》き標野《しめの》行《ゆ》き野守は見ずや君が
袖ふる

紫草《むらさき》のにほへる妹《いも》を憎くあらば人妻ゆゑに吾《われ》恋ひめ
やも

西暦六六八年五月五日、遊猟の日の打ち上げ宴会における歌とされるが、額田王の歌は一首で完結しているし、これで終わり。それにしても彼女に袖をふったという高貴な男性はだれだろう——とだれもが思ったそのとき、皇太弟にして額田王の夫君大海人皇子《おおあまのみこ》が、「それではワシが」とつづけたのであろう。この瞬間に額田王の独立歌は贈歌にと転換せられ、高貴な男性は大海人皇子に特定されたのである。

「紫草《むらさき》のにほへる妹《いも》」のような最高の誉めことばで誉められた女性は、いままでにいない。彼女は高貴な若い女性であるが、特定のだれかではない。その独身の女性は、第四句で人妻に急転する。前歌にくり返される「標《しめ》野《の》」(「むらさき野」)に「あなたに占有された私」の意を感じ取って大海人皇子は、今日の狩りの「獲物《えもの》」は人妻だったと応じたのであるが、その人妻も一般論であって特定のだれかではなかった。それが結句「吾《われ》恋ひめやも」によって、対象の女性が額田王、すなわちわが妻であったということになったのである。額田王の歌だけで薬狩りの一日を回想でき、わくわく、どきどき楽しめて、この宴席を盛りあげたのに、大海人皇子の歌がつづいたことによって一瞬のうちに贈答歌に転変せられ、けっきょく爆笑・拍手喝采《かっさい》されたのである。遊宴の歌とはどのように歌うべきものか、まさにその見本のような歌ではないか。

二首はどう見ても即席にうたえるような歌ではない。「茜草《あかね》」、「紫草《むらさき》」の表記も標野《しめの》に茜草も紫草もあり、女たちがこの日採取したからであろうが、贈歌と答歌の文字までが対応するようにあらかじめ考えられていたふしがある。歌はその場で書かれ掲げられ、文字によっても宴席の人びとをおおいに感嘆せしめたのではあるまいか。遊猟の日、打ち上げの宴席があること、そこで額田王が歌を求められることはわかっているのだから、そのとき、歌をどうするか、額田王と大海人皇子がいかに行動をするか、宴席を盛り上げる工夫について夫婦はあらかじめ綿密に考えていたのにちがいない。だから「君が袖ふる」など、実景であるはずがないのである。

額田王の才能からみても、女性である額田王の歌が先行するのをみても、二首とも額田王があらかじめ創作した可能性が高い。大海人皇子は、妻の創作したストーリーにしたがって、彼の役目を果たしたにすぎないのであろう。事実、大海人皇子の実作と認められる確かな歌はなく、彼が和歌の上手であった形跡はない。遊猟があった六六八年、大海人皇子は推定四十四、五歳、額田王は四十一、二歳、娘どころか孫も生まれていたはずなのに、彼女の歌は高貴な君を軽く睨《にら》んでたしなめる風情《ふぜい》で、しかも「もっと振って」といっているかのようだ。歌はあくまで実景ふうで明るく華やか、若々しいお色気を感じさせる。まことに万葉きっての名歌といってよい。作品からうかがえる額田王は宮廷の花というにふさわしく、彼女の一生は花の生涯であったかのようにみえるが、その実像は明瞭ではない。

〔額田王のモデル・素材〕

『万葉集《まんようしゅう》』の表記は「額田王」であるが、『日本書紀《にほんしょき》』天武帝二年二月条に、天皇は初め鏡王の女《むすめ》「額田姫王」と結婚し、十市《とおち》皇女が生まれたとある。また『懐風藻《かいふうそう》』の葛野王《かどののおおきみ》の伝記に、彼は天智帝の孫で、大友皇子《おおとものみこ》の長子、母は天武帝の長女十市《とおち》内親王と記す。額田王の生没年は未詳ながら、六九〇年ごろとされる弓削皇子《ゆげのみこ》との贈答歌を信じれば、このころ生存していたことになり、推定六二七〜六九〇年生存か。

額田王が大海人皇子（天武帝）の妻でありながら天智に近侍していたことはなにかと問題があっただろうし、その天智・天武帝兄弟はかならずしも仲がよいとはいえなかった。天智帝の長子の大友と天武との古代史最大の争乱「壬申《じんしん》の乱《らん》」（六七二）が起き、額田王の夫と娘婿《むすめむこ》とが戦い、娘婿は戦死してしまった。娘の十市にとっては父と夫の戦いであったから、娘の苦悩を見つめねばならなかった母の額田王の心情は察するにあまりある。しかも、六七八年には一人娘の十市皇女は宮中で急死してしまい、六八六年には夫の天武帝を見送った。十市皇女の急死は、あるいは自殺か。このように、歴史上の「額田姫王」には、哀《かな》しいことがつぎつぎに襲いかかり、作品にみられる花の生涯とは合致しない。

〔額田王の人物の評価の歴史〕

額田王研究は、谷馨『額田王』（昭和三十五年）が刊行時点での集大成であり、従前の研究を見わたし、問題を網羅して、その後の研究の出発点となった。その後も、出自・系譜、天智・天武帝の関係、宮廷における地位、生涯などの研究が進められ、それぞれもっともらしいが信ずるに足らない。作品を理解するうえで、さまで関係のない記事を博捜《はくそう》して敷衍《ふえん》し、説を立てる論者が多いが、すべては作品によるほかない。

額田王の作品中、作者を天皇とする異伝をもつ四首があり、それはほかの歌人にはみられない特色である。このために天皇の資格で作歌する宮廷代作歌人と考えられるにいたったが、それらが代作歌であるとしても額田王のゆたかな個性と才能は歴然としており、初期万葉の歌人中もっとも歌数が多いこととあわせて、わが国最初の専門歌人といってよい。

彼女の作品が発散するオーラに研究者も幻惑されて、

額田王は恋多き美女であり、至高の君たち（天武や天智）に愛された幸せな女性としてのイメージが作られていくが、それらは作品の力に押され、作品を誤解した結果にすぎないことが明らかになってきている。額田王の、人目をはばかる恋など、どこにもなかったのである。

いまでこそ、額田王を知らない人はいないほどの有名人であるが、『古今和歌集』以下の八代集に一首も選ばれておらず、平安朝から江戸中期まで額田王が評価された形跡はない。江戸の国学者以来、近・現代の歌人や研究者が額田王とその作品を発掘し、評価したのである。

〈額田王の人物像をいかに読むべきか〉

額田王の生育地は大和の国（奈良県）平群《へぐり》郡額田であると考えられ、額田部連《ぬかたべのむらじ》のもとにいたと推測される。古代の皇族は、居住地や育てられた乳母の一族の姓で呼ばれることが多いからである。出雲《いずも》の国（島根県）岡田山古墳（松江市）出土の鉄剣に「額田部臣」の文字が発見されて話題になったように、額田部氏は出雲系の豪族で、三輪《みわ》山《やま》の神の大物主神《おおものぬしのかみ》はまた大国主神《おおくにぬしのかみ》とされたから、額田王は出雲系の神話や伝承・歌謡に親しんで成長したとみてよい。そのような素養が、後年の文学的才能の開花をもたらしたのであろう。たとえば、

熟田津《にきたつ》に船乗りせむと月待てば潮《しほ》もかなひぬ今は漕《こ》ぎ出《い》でな（巻一―八）

の堂々たるうたいっぷり、「潮もかなひぬ」としっかり休止して最後に「今は漕ぎ出でな」と収めるところ、「春山秋山優劣歌」（巻一―一六）のラスト「そこし恨めし」とたっぷり間を置いて一気に「秋山吾《われ》は」と終わるその呼吸とぴったり響き合う。二首が同じ作者であることは疑いえない。藤原定家が『百人一首』に額田王を入れなかったのは、八代集に入集されていなかったからとはいえ、千慮《せんりょ》の一失《いっしつ》というものであろう。

〈額田王が影響を与えた人物・作品〉

万葉集第一期の代表的歌人である額田王は、宮廷歌人、代作歌人として早くも専門歌人のおもむきを示していたが、この流れは万葉集第二期の歌人である柿本人麻呂《かきのもとのひとまろ》に受けつがれる。人麻呂はその宮廷挽歌《ばんか》に特色があるが、堂々たる大きいうたいぶりも似ているところがある。

額田王（万葉集）

また「蒲生野遊猟歌」に典型的にみられるような、若々しく華やかで艶な歌風は、ひとつの女歌の流れのルーツとなり、万葉集の坂上《さかのうえの》郎女《いらつめ》から平安時代の女流文学へと影響した面がある。

（石破　洋）

小野小町

おののこまち

『古今和歌集』
平安時代・歌人

〔小野小町の人生〕

クレオパトラ・楊貴妃《ようきひ》・小野小町《おののこまち》が世界三大美女だという。むろん、こんなことを言ったのは日本人にきまっている。小町は六歌仙の紅一点、三十六歌仙の一人でもあるが、のちの鎌倉時代初期に藤原信実《ふじわらののぶざね》が描いた『三十六歌仙絵』では、小町は後ろ向きで顔は見えない。肖像画の名人も小町のあまりの美貌ぶりにお手上げだったということか。小町はほんとうに世界的な美女だったのか。実は、そのような証拠はどこにもないのである。

小町の作品は八代集に二十八首、勅撰集に合計六十六首あり、ほかにも小町作という歌がある。『小町集』もあるが、信用できるのは『古今和歌集《こきんわかしゅう》』（以下『古今集』）の十八首だけである。それによれば、小町の歌の時代は陽成《ようぜい》帝の元慶年間（八七七〜八八五）ということになる。つまり、八七七〜八八五年に生存していたことは確かであり、わが国で漢詩集がつぎつぎと編まれ、つづいて菅《すが》原道真《わらのみちざね》（八四五〜九〇三）が活躍した外国風のハイカラな時代を生きたことになる。

確かな小町の作品は十八首しかないし、屛風絵《びょうぶえ》を見て詠《よ》んだかと思われる歌や題詠歌と思われる歌がほとんどで、彼女の実人生をうかがわせる作品は少ない。つまり、宮廷で宮人《くにん》として活動していたおりの作品ということになるが、だから作品がつまらないということではない。それどころか、小野小町が恋多き夢見る美女とされているのは、ひとえに作品の力によるのであって、歌が発するオーラの力に幻惑《げんわく》され、作品を誤解して成立した小町像なのである。

たとえば、『古今集』巻一二の巻頭に三首、夢の歌を並べ（五五二・五五三・五五四）、巻一三でも夢の歌を三首並べる（六五六・六五七・六五八）。プライベートに見た夢であったのなら、その作歌事情を説明する題詞《だいし》があってよいが、いずれにも題詞は記されていない。六首とも同じときに詠まれた「夢」の題詠歌であろう。だからこそ、記録保存されたのである。

しかし、このように題詠歌ともみられる作品のなかに、小町自身がしっかり入りこんでいるところに特色がある。小町に現実に想い人があったかどうかは、あまり重要なことではない。事実はどうあろうとも、小町がいちずに夢を頼み、現実ではなく、夢のなかに生きようとしたことは確かだからである。

一見、じつに率直で、なんの作意《さくい》もない平凡な歌にみえるのに、独特の柔らかな調べ、しっとりとした心の潤《うるお》い、情感のゆたかさを感じさせる。このような「待つ女」、「夢見る女」が世々の男たちにとっていかに魅力的な好みのタイプの女性であったかよくわかる。それでこそ、小町とその作品が人気抜群なのであろう。作品にみるかぎり、小野小町の人生は、こうあってほしいと願う男たちに「期待される女性の生き方」であったといってよいが、彼女の実像は鮮明とはいえず、依然として曖昧《あいまい》模糊《もこ》としたままである。

〔小町のモデル・素材〕

『古今集』の仮名序にあるように、小町は美貌の姫君衣通姫《そとおりひめ》みたいだと誤って受けとられたが、事実は真名序《まなじょ》がいうように、容貌ではなく、歌についての評であった。それはともかく「よき女」の「つよからず」、「艶《えん》にして気力なし」というところがキーワードだろう。いまもむかしも、世の男たちは「よき女」でも「強い女」は苦手《にがて》だから、小町の人気が高いのもわかるというものである。

作品のうえの小町とちがって、史実上の小町についてはなにもわからない。『古今集目録』は小町を出羽《でわ》の国(秋田県)郡司《ぐんじ》の娘で母は衣通姫と記すが信用できないし、『尊卑文脈《そんぴぶんみゃく》』は出羽の守《かみ》小野良真《よしざね》の娘で小野篁《たかむら》の孫などといっているが、これも信じがたい。諸説あるが、けっきょく『古今集』の小町の作品十八首に帰るしかない。

その『古今集』でさえ、小町と小野貞樹《さだき》との贈答歌(巻一五―七八二・七八三)のように、詞書《ことばがき》もなく、歌の内容と「小野」という姓を利用して撰者が贈答歌に仕立てあげたのではないかと疑われるものもあるし、小町の姉の歌一首(巻一五―七九〇)というのも不審《ふしん》である。

作品における小町の人生と実在の小町とは本来別であるが、いまは作品を読みこむことによって、人生を重ねて理解するよりほかに手立てがない。

〔小野小町の人物の評価の歴史〕

小町の作品の研究は、後世の小町伝説の先入観があって主観的・恣意《しい》的になりがちで、恋多き美女の恋の歌として惚《ほ》れこむ姿勢が感じられた。『小町集』の文献学的研究も進んだが、『古今集』の小町の作品十八首のほかに確かな資料はない。出自・系譜、宮廷における地位や職掌などについて関係ありそうな記事が博捜《はくそう》されて論じられ、それぞれもっともらしいが、信ずるに足らない。それにたいして、説話・唱導《しょうどう》・説教・芸能などは研究領域が広く、研究はますます進展している。山口博の説によれば、小町がはじめて出仕したのは三十〜四十歳であり(『閨怨《けいえん》の詩人小野小町』)、『古今集』小町歌はそういう高齢での作品だったことになる。また、小町における中国詩の影響とその評価も、今後さらに精細になされるべきであろう。

〔小野小町の人物像をいかに読むべきか〕

小町の歌にプライベートな心情を吐露《とろ》したようなものはまずない。作品が成立した個人的な説明である詞書がないのである。詞書がないのは、宮中でほかの女官たちとともに詠み、そこで記録保存されたということであろう。プライベートなやりとりで確実なものは、安倍清行《あべのきよゆき》との贈答(巻一二—五五六・五五七)と、文屋康秀《ふんやのやすひで》との贈答(巻一八—九三八)だけで、これには詠歌事情を記した詞書がある。小町と贈答したとき、清行も康秀もそうとう高齢であったことは確実で、対する小町も康秀への返歌をみればとうてい若い女性の歌ではなく、彼女もかなり高齢でしかも独り身であったとみられる。プライベートな作品はこれくらいで、あとはほとんど宮中における職場での歌であろう。たとえば、巻一三—六二三・巻一四—七二七は淋《さび》しい海辺の景を描いた屏風絵を見て、同じ時に詠んだ歌であろうが、ほかにも屏風絵によると思われる歌が多い(巻一五—八二二・巻一九—一〇三〇・一一〇四墨滅歌、巻一三—六三五は題詠歌か)。あるいは、『百人一首』第九番歌(巻二—一一三)、

花の色は移りにけりないたづらにわが身よにふるながめせしまに

や巻一五—七九七も屏風絵歌か題詠歌で、同じ時に詠まれた作品ではあるまいか。だとすれば、歌は小町が声に出してうたい、それを聞いて反応する女官たちがいたこ

とになる。

「花の色は」とうたったとき、聞き手の脳裏には美しい桃色のイメージが広がり、「花色」、「花顔」などのハイカラな外国語（漢語）が連想され、『万葉集』にはみえない語の新鮮さを感じたであろう。自分の容貌を「花の色」などというはずがないというのが建て前であるが、背後に「花顔」の響きを揺曳《ようえい》させるところがミソである。初句・第二句とも『万葉集』に用例がなく、聞き手には新鮮である。次句「移りにけりな」をうたうと初句の美しい桃色のイメージが消されるが、桃色の残映があるし、「けりな」という言い方に、建て前としての花だけではない気配があろう。屏風絵歌にせよ題詠歌にせよ「落花」をテーマにしていても、小町は落花をそのままうたわず、「散る」よりも「色が移る」ところに視点をおく。つぎに第三句「いたづらに」がうたわれると、聞き手は小町が花の色を歌うのではなかったのかという疑念を生じ、「いたづらに」が上にフィードバックするのか、下につづくのか混乱が生じる。小町は語の曖昧《あいまい》性を利用し歌の真ん中に配置することによって上へも下へも響かせ、同時に二つの内容をいおうとしたのであり、第四句がうたわれてはじめて、この歌が人事詠なのだとわかる仕掛けである。それは、すでに第二句・第三句で予感されたかもしれない。「わが身」は『万葉集』になく小町歌に多いキーワードである。結句「ながめせしまに」がうたわれて「ながめ」が掛詞《かけことば》とわかると、前句の「ふる」も掛詞であったことがフィードバックされ、二つの掛詞によって本歌は自然詠と人事詠の両方になったのである。

花の色が移る景色から、小町の心はその外側の対象（自然）ではなく、自分自身の内部へと反転する。その反転が、真ん中におかれた一句「いたづらに」のはたらきどころである。そしてこの歌が、華やかな色彩を揺曳しながら、じつは齢《よわい》を重ねたわが身を嘆く歌であることは動かない。

いままで恋多き美女という先入観と作品の発する力、オーラに幻惑《げんわく》されて、年寄るわが身を嘆く小町の姿をとらえそこなってきたが、小町の作品を熟読すれば、閉ざされた世界を生き、老いるわが身を凝視する彼女の深い哀《かな》しみを理解することができるであろう。

〔小野小町が影響を与えた人物・作品〕

小町の作品にみられる自分の内面を凝視《ぎょうし》し、深い哀しみに沈んでいる姿は、のちの紫式部に似ている点があるが、驚くべきは小町伝説の広がりと多様さである。小町の生誕地・墓・遺跡は京都・出羽地方を中心に全国にあり、たとえば鳥取県岸本町には小野部落・小町部落・小野神社・小町神社のほか小町産湯《うぶゆ》の井戸跡・小町屋敷跡・小町の墓・小町の位牌《いはい》にいたるまですべてそろっているありさまだし、『玉造小町子壮衰書《たまつくりこまちしそうすいしょ》』は小町老衰零《れい》落《らく》伝説を全国に広め、最後は乞食《こじき》になって流浪《るろう》し、小町のドクロが業平《なりひら》によって発見されるなど、伝説は拡大されていく一方だった。

七小町と呼ばれる小町ものの一つ「通小町《かよいこまち》」は、小町にプロポーズした深草少将が通ったが、満願の百日に一日足らず九十九日で死ぬというもので、小町の冷たさを巷間《こうかん》に喧伝《けんでん》した。このような広汎《こうはん》な小町伝説は『古今集』の作品よりも国民的人気が高かったが、男好き伝説・男に冷たい伝説・穴なし伝説・零落伝説・和歌上手伝説等々、それらはかならずしも無節操《むせっそう》に付加されたのではない。小町伝説の芽もまた、『古今集』十八首のなかにあったのである。

（石破　洋）

式子内親王

しきしないしんのう

『新古今和歌集』
平安～鎌倉時代・歌人

〔式子内親王の人生〕

式子内親王は、後白河院《ごしらかわいん》の第三皇女として、このうえなく高貴な血筋のもと、久安《きゅうあん》五年（一一四九）に生まれた。母は権大納言藤原季成《すえなり》の娘の成子《なりこ》で、弟に守覚法親王《しゅかくほっしんのう》や以仁王《もちひとおう》がいる。十一歳の年に、第三十一代の賀茂斎院《かもさいいん》に卜定《ぼくじょう》された。斎院とは、神に仕える役目で、未婚の皇女から選ばれる。都の喧噪《けんそう》からも華やぎからも離れた京都紫野《むらさきの》の斎院御所での暮らしは、二十一歳の年までつづいた。式子内親王は、少女から大人の女性へと成長する最も多感な時期を、ひっそりと禁欲的に過ごしたのである。のちに式子内親王は、斎院時代を思い出して、つぎのように詠んだ。

時鳥《ほととぎす》そのかみ山の旅枕ほの語らひし空ぞ忘れぬ

（かつて、賀茂祭のおりに斎院として宿泊した神山の旅寝の床で、ほととぎすがほのかに鳴くのを聞いた空は、いまも忘れられない。）

斎院を降りて都にもどった式子内親王は、それまでとさほど変わることない静かな暮らしぶりだったが、そのなかで数多くの優れた和歌を詠んだのだった。「忍ぶ恋」の歌の名手――のちにそう讃《たた》えられたほどに、とりわけ人目を忍ぶ苦しい恋の歌に佳作《かさく》が多かった。

玉の緒《お》よ絶えなば絶えねながらへば忍ぶることの弱りもぞする

（私の命よ、絶えるのなら絶えてしまうがよい。このうえ生きながらえていれば、恋を秘めつづける気持ちが弱くなってしまうかもしれない。それは困るから。）

忘れてはうち嘆かるる夕べかなわれのみ知りて過ぐる月日を

（つい忘れてしまっては、あの人の訪れのないことを嘆いてしまう夕暮れよ。私だけが知る、忍ぶ恋をして過ごしてきた年月であることを。）

これらの絶唱の背景には、現実の忍ぶ恋があったのだろうか。じつは、式子内親王の恋の相手として、和歌の道の巨匠、藤原定家《さだいえ》の名が早くから取り沙汰《ざた》されている。定家は式子内親王より十三歳年下だが、定家の姉たちは式子内親王に仕えた女房、父の俊成《としなり》は式子内親王の和歌の師で、その縁で定家も式子内親王に仕えるようになったようだ。二人の間柄が、たがいの才能を敬愛しあう歌人同士としての関係であったのか、はたまた密やかに愛をはぐくむ恋人同士であったのか、いまとなっては真実を知るよしもない。

おそらくは和歌を心のなぐさめとして、穏やかで落ちついた暮らしを望んでいたはずの式子内親王に、突然、呪詛《じゅそ》の疑いがふりかかったのは、彼女の四十二、三歳のころのことだった。叔母である八条院《はちじょういん》の御所に同居していた式子内親王が、領地の相続にからんで、八条院とその猶子《ゆうし》（養子）になっていた以仁王《もちひとおう》の姫君を呪詛したという噂がたった。この噂のために、式子内親王は出家せざるをえなかった。ところが、それから五、六年後、蔵人《くろうど》橘　兼仲《たちばなのかねなか》という人物の妻に、いまは亡き後白河院の霊が乗り移って、あやしげなことばを吐《は》くという事件が起こったのだが、これに式子内親王も関与したとされ、あやうく京都を追放されそうになった。京都からの追放はなんとか免れたものの、どれほどかつらい思いをしたことであろうか。式子内親王は、その三年後からしだいに病気がちとなり、ついに五十三歳の一月にこの世を去ったのだった。

亡くなる半年ほど前に詠んだ『正治初度百首《しょうじしょどひゃくしゅ》』という作品のなかの一首、

山深み春とも知らぬ松の戸にたえだえかかる雪の玉水

（山深いところなので、春が訪れたとも気づかない松の戸に、とぎれとぎれにかかる玉のようにきらめく雪解けの水よ。）

は、式子内親王の代表作といえよう。この歌をふくめ、『新古今和歌集《しんこきんわかしゅう》』には式子内親王の歌が四十九首収められている。女流のなかではだれよりも多い数が取られ、新古今時代を代表する女流歌人として名を残したのであった。

〔式子内親王の人物の評価の歴史〕

(1)　式子内親王の甥《おい》にあたる後鳥羽院《ごとばいん》は、その著書『後《ご》鳥羽院御口伝《とばいんごくでん》』において式子内親王の歌を「斎院は殊にもみもみとあるやうに詠まれき」（式子内親王は、とくに技巧的で曲折に富み、心情の切迫した歌風の歌を詠まれた)と評価した。

(2) 昭和初期に発表された論では、内親王としての血筋や斎院として青春期を過ごしたことが重くみられており、「どの歌もよき花鳥諷詠の高雅優美な趣味を反映しているとともに、ものつつましく詠嘆的な気持ちを反映している」とか、「斎院として生きた式子内親王の一生は白百合のように純潔であり、和泉式部の奔放な生涯とコントラストをなしている。内親王の恋は現実のものではなく、幻影の恋であって、心ひそかに恋人の幻影を胸にいだいていた。したがって彼女の和歌は、象徴的で影の深い余韻をもっている」というような見方が中心であった。

(3) やがて作品の研究が進むにつれ、彼女の人生とは切り離し、和歌そのものの特色が分析されるようになる。その過程で、落ちつきと渋さのなかにとけこんだ優艶さ、四季おりおりの風物に託された繊細な叙情、対象を捉える繊細で鋭い感覚、恋歌にみられる悶々《もんもん》とやるせない嘆き、諦観《ていかん》や寂寥《せきりょう》の裏にこめられた情熱、洗練された巧みな技巧などが、式子内親王の歌風の特色として指摘された。

(4) さらに、同時代の歌人(とくに俊成や定家をはじめとする新古今歌人)との影響関係や歌語・歌材が詳しく解明され、実人生を色濃く反映した歌を詠む孤独な歌人という見方から脱却し、新古今歌風が形成される流れのなかで確かな位置を占める歌人として評価されるようになった。

(5) 近年は伝記研究も進み、准后《じゅごう》(太皇太后宮・皇太后宮・皇后宮に準ずる待遇)宣下《せんげ》を受けていたこと、もともと少なからぬ領地を有していたうえに父の後白河院からも相続を受けていたこと、東宮《とうぐう》(皇太子。のちの順徳帝《じゅんとく》)を猶子(養子)にする話ももちあがっていたことなど、これまで見すごされがちであった事実があらためて重視され、式子が内親王として正当に遇され、社会的地位も経済力も有していたことが明らかにされている。

〔式子内親王の人物像をいかに読むべきか〕

式子内親王は、日常生活に即した歌をあまり残していないこともあり、彼女の伝記にはいまだ不明の部分も少なくない。生年を明らかにする論が一九九一年に発表されるなど、研究の進展はみられるが、これまで知られていた資料を厳密に検討しなおす作業も必要であろう。たとえば、かつて藤原定家の日記『明月記《めいげつき》』をもとに、式子内親王が若き定家に琴を弾いて聞かせたとする解釈が行なわれていたが、『明月記』をよく読めば、定家は式子内親王の琴を直接聞いていないことがわかる。

また式子内親王は、それなりの経済力を有していたし、社会的地位もけっして低かったわけではない。苦しい恋をしていた薄幸《はっこう》の皇女というような先入観を排して、正確に資料を読むことが重要である。

式子内親王の伝記と和歌の関係においても、先入観は障害になる。式子内親王の和歌に自閉的なものが多いことから、世の中から忘れられた不遇な皇女とみなしたり、高貴な血筋の歌人ゆえに、和歌にも先入観的に気品や典雅を認めようとしたり、必要以上に式子内親王の生涯と和歌を関連づけようとすることは、彼女の生き方を考えるうえでも、歌風を考察するうえでも、有効な方法ではない。生き方は生き方として、和歌は和歌として、客観的に解明したうえで、初めて「このような式子内親王の生涯と、このような彼女の和歌は、どう結びつくのか」という問いに立ち向かうべきであろう。

〔式子内親王が影響を与えた人物・作品〕

式子内親王の和歌を考えるうえで見落としてはならないのは、藤原定家との影響関係である。式子内親王が定家ら新風歌人の歌風の影響を受けていることは定説といってよいが、定家もまた式子内親王の和歌から影響を受けている。たとえば、

①忘れめやあふひを草に引き結び仮寝《かりね》の野辺《のべ》の露《つゆ》のあけぼの

(忘れることがあろうか。葵《あおい》を草枕《くさまくら》とするために引いて結んで野辺で仮そめの旅寝をした、露深いあけぼのを。)

②あふひ草仮寝の野辺の時鳥《ほととぎす》暁かけて誰をとふらん

(「葵を刈る」の「刈り」ではないが、仮そめの旅寝をしている野辺で、だれを訪れるのであろうか、時鳥が暁にさきだって鳴いている。)

③思ひやる仮寝の野辺のあふひ草君に心をかくる今日かな

式子内親王（新古今和歌集）

（あなたが仮そめの旅寝をした野辺の葵を、心にかけて今日は思い遣《や》っていますよ。）

といった例があげられる。定家が詠んだ②と③は式子内親王没後の作であり、式子内親王の①の歌の影響下にあることがわかる。

ほかにも、初句切れ（第一句のあとに意味上の切れ目がある）や、

恨むとも嘆くとも世の覚えぬに涙なれたる袖の上かな　式子内親王

（恨むとか嘆くとか、そういうふうに世の中のことが思われるのではないのに、涙になじんでいる私の袖の上よ。）

思ふとも恋ふともなにのかひがねよ横ほりふせる山を隔てて　定家

（いくら思っても恋しても、なんのかいがあろうか。横たわっている山を隔てたところにいるのだから、恋しい人には逢えないのだ。）

のような対句《ついく》的表現が目立つ点など、二人の歌風には類似性が認められる。

（家永香織）

道成寺の女

どうじょうじのおんな

『今昔物語集』平安時代

〈道成寺の女の人生〉

熊野《くまの》へ参詣《さんけい》する二人連れの僧《そう》がいた。一人は年老い、もう一人はまだ若い美しい僧であった。二人の僧は、その途中、紀伊《きい》の国（和歌山県）牟婁《むろ》の郡《こおり》で一夜の宿を借りたが、宿の主は年若い未亡人だった。女は僧の美貌《びぼう》に心奪われ、親切にもてなし、人が寝静まってから、こっそりと若い僧の寝所に忍びこんで思いをとげようとした。女は、「ふだんは旅人を泊めない私が、あなたをお泊めしたのも、あなたを見初《みそ》めてこそです。私は夫を亡くした女、お情けをいただきとうございます」とかきくどいたが、僧は、「私は熊野詣《もう》での途中です。身を清めての旅ですから、あなたのお気持ちに応《こた》えるわけにはいきません」と強く拒否した。しかし、女は引き下がらず、一晩中、僧を口説《くど》き、誘惑しつづけた。若い僧は、困惑しつつ女をなだめすかしたあげく、「それでは、熊野詣での帰りにあなたのお気持ちに応えましょう」と約束したので、女はやっと自分の部屋へ帰っていった。女は僧の約束を信じ、準備万端整えて、ひたすら僧がもどるのを待っていたが、待てど暮らせど僧はやってこなかった。じつは女を恐れた僧は、熊野に参詣するや、別の道を通って、すでに三日もまえに逃げ去っていたのだった。ほかの旅人からそれを知らされた女は、裏切られたことに激怒し、家に帰って寝室に閉じこもったきり、まったく音をたてなかった。そして女の寝室の扉が開くと、なかからは大蛇が顔を出し、熊野から下向する道筋をたどっていく。女は、死んで大蛇と化したのだ。先を行く若い僧たちは、この大蛇の噂を聞いて、女が約束を破ったわれわれを恨んで大蛇となり、追いかけてきたにちがいないとさとり、道成寺《どうじょうじ》へと逃げこんで、事情を話し助けを求めた。寺の僧たちは鐘楼《しょうろう》の釣鐘《つりがね》を下ろして、そのなかに若い僧をかくまい、寺の門を閉めてしまった。しばらくすると大蛇が姿を現わし、寺の門を乗り越えて鐘楼の扉《とびら》を叩《たた》き破り、若い僧が隠《かく》れた釣鐘に巻きついた。大蛇はそのまま何時間も釣鐘を吊《つ》るす竜頭《りゅうず》を叩きつづけたが、とうとう鐘は壊れなかったので、両目から血の涙をこぼして去った。しかし、鐘は巻きついた蛇の放つ毒熱《どくねつ》の気《き》におかされ、炎をあげて真っ赤に焼けただれ、とても近寄れない状態であった。そこで道成寺の僧たちは、水をかけて鐘を冷やし開けてみると、若い僧は焼けつきて骨も残っていなかった。その後、寺の老僧の夢に、あの大蛇よりも大きな蛇が現われて、「私はかくまっていただいた若い僧です。あの蛇の夫となり、このようなけがらわしい身になりはて、このうえない苦しみを受けております。どうか『法華経《ほけきょう》』の如来寿量品《にょらいじゅりょうほん》を書写し、私とあの女を供養してくださいませ」と懇願した。老僧は夢から覚めると、ただちにみずから如来寿量品を書写し、法会《ほうえ》を設けて若い僧と女(大蛇)を供養《くよう》してやった。するとまた夢に、こんどは僧と女がにこやかに姿をみせ、「あなたさまのおかげで蛇身を脱し、成仏《じょうぶつ》することができました」と老僧に礼を述べ、空へと昇っていったのだった。

〔道成寺の女のモデル・素材〕

亡き妻イザナミを死者の世界(黄泉《よみ》の国)に訪ねたイザナギは、妻に生者《せいじゃ》の世界へともどるように頼んだ。イザナミは黄泉の神々と相談してみるが、そのあいだは私の姿を見てはならないと夫を戒《いまし》め、建物の奥へと姿を消した。しかし、イザナギはその約束を破り、妻の姿をのぞき見ると、ウジ虫がたかる醜《みにく》い姿となっていた。イザナギが恐れをなして逃げ出したことを知ったイザナミは、「私に恥《はじ》をかかせた」と激怒し、配下の者にあとを追わせ、ついにはみずからが夫を捕らえようと、あとを追った(『古事記《こじき》』)。以上は、約束を破った男を女が追うというモチーフの最も古い逸話《いつわ》にあたる。また、約束を破ったという要素を欠くが、垂仁《すいにん》帝の皇子本牟智和気王《ほむちわけのみこ》は肥長比売《ながひめ》と結婚し、妻の姿をそっとのぞくと妻は蛇体であったので、恐れて逃げ出したところ、肥《ひ》長比売はそれを悲しみ、蛇身のまま海を渡り、逃げた王の船のあとを追う逸話も見出される(『古事記』)。この神々の姿が、遠く道成寺の女へとつながっていくのである。

〔道成寺の女の人物の評価の歴史〕

若い僧への恋慕《れんぼ》と裏切られた怒りにより、女は寝室に籠《こも》ったのちに大蛇となって現われた。恋慕・嫉妬《しっと》の情にとらわれた女は、その変身・転生《てんしょう》ののちに蛇体と化すことが多いが、これは仏教が恋慕《れんぼ》・嫉妬《しっと》といった愛執《あいしゅう》を罪《ざい》業《ごう》とみなし、その象徴に蛇を想定するところに由来している。本話を収める『今昔《こんじゃく》物語集』は、別の説話において夢のなかで夫の浮気現場に乱入した本妻にたいし、「その本《もと》の妻《め》、いかに罪深かりけむ。嫉妬は罪深き事なり。必ず蛇に成《なり》にけむかし」（その本妻はどれほど罪深いことであったろうか。嫉妬は罪深いことである。その妻はかならず蛇となったことだろうな）ともらしている。本話は、男にたいする恋慕・嫉妬などにより女が人間以外の存在に変身・転生する最初期の説話にあたる。

　愛欲に駆《か》られつつも、人の身の上ではさまざまな制約からそれを果たせなかった者が、人間以外の存在に変じてその思いをとげようとするのは、女という性にかぎったことではない。文徳帝《もんとく》の后《きさき》、藤原明子《ふじわらのめいし》に物《もの》の怪《け》がつき、葛城山《かつらぎさん》に住む法力《ほうりき》のある僧が祈禱《きとう》に招かれた。几帳《きちょう》の隙間《すきま》から后の姿を垣間見《かいまみ》た僧は一目で恋に落ち、人気《ひとけ》のないときをみはからって后に抱きつくが、取り押さえられ、獄《ごく》につながれた。釈放されてのちも、僧は后をあきらめきれず、ついに餓死《がし》して鬼となり、本意《ほんい》をとげたのだった（『今昔物語集』）。このように男にも愛執の亡者となった者がありながら、平安後期にかけて時代の趨勢《すうせい》は、とくに嫉妬を女性に特有の業《ごう》として位置づけていく。平安末期の『宝物集《ほうぶつしゅう》』、鎌倉前期の『発心集《ほっしんしゅう》』といった仏教説話集には、そのことが明確に示されている。このような時勢を背景に、本話、そしてより広くとらえれば、女が愛欲の果てに蛇と化す類話は、『道成寺縁起《どうじょうじえんぎ》絵巻《えまき》』、『日高川草紙絵《ひだかがわそうしえ》』など、さまざまな作品に姿を変え、女性にそなわった罪業の深さとその救済を語る説話として、中世・近世を通じて享受されつづけたのである。

〔道成寺の女の人物像をいかに読むべきか〕

　蛇と化した女は物語中において「悪女」と呼称される。彼女が「悪女」とされたのは、女犯《にょぼん》を禁ずる僧の身を誘惑し、仏道を妨《さまた》げ、はてには僧をも蛇道《じゃどう》へと引きずりこんだその行為が、仏教的見地から否定的にとらえられたためである。たしかに、僧と彼女が属する仏教的世界観に即せば、女がそのように断罪されるのはしかたがないことであろう。そして、現代の私たちの視点からも女の言行《げんこう》は身勝手にすぎるし、好意を感じない異性につきまとわれることが社会問題（ストーカー行為）となる昨今だから、僧に同情を寄せるのが大方の読み方というところだろう。こう結論づけて筆を擱《お》いては女も救われないから、いささか女の弁護もしておこう。

僧が守らなければならない最も基本的な戒律《かいりつ》に四重禁《しじゅうきん》があるが、そこには女犯《にょぼん》の戒めも入っている。僧は必死にそれを守ろうとしたのだが、彼はそのとき、熊野詣での帰りに女の気持ちに応えると「約束を成し」た。苦しまぎれの約束とはいえ、僧は守るつもりのない約束をしたのであって、嘘《うそ》をついたことになる。四重禁にはふくまれないが、虚言《きょげん》を弄《ろう》してはならないことも仏教者の守るべき基本的な戒である五戒の一つに該当《がいとう》するのである。まだまだ年若い僧は世慣《よな》れた対応ができなかったために、心ならずも嘘をつくはめに陥ったのだが、これは不誠実とそしられてもしかたがないであろう。相手の心情をまったく顧《かえり》みず、肉欲に惑《まど》った女ではあったが、そのぶん、僧への思いはある種、純粋であったといえる。彼女は「約束の日を計《かぞ》へて、更に他の心無くして僧を恋ひて、もろもろの備へを儲《もう》けて」（約束の日までを数え、一心に僧を恋い慕い、いろいろな準備をして）待ちつづけたのである。それを裏切られて女は激怒し、蛇と化して僧を追った。だが、僧が隠れる鐘を叩き破ることができずにその場を去った大蛇が流した血の涙は、僧への怒りや恨《うら》みというよりはむしろ、心をかけた存在がすぐそこにいながら手がとどかない、悲しみと恋慕の涙と読めよう。宿主の女の僧への純粋な愛情が負《ふ》の方向へとはたらき、女は「悪女」の烙印《らくいん》を押されたが、これが正《せい》の方向にはたらけば、女は僧を守護《しゅご》する存在に転ずることができたはずだ。

『華厳縁起絵巻《けごんえんぎえまき》』は、仏法を学ぶべく唐《とう》へ渡った僧の義湘《ぎしょう》が善妙《ぜんみょう》という女に出会い、心のうちを告白されるが、義湘は仏の教えを善妙に説いて彼女を改心させた結果、善妙は義湘に師事《しじ》することになる。しかし義湘は帰国にあたり、善妙にはなにも告げずに唐を去った。港へとやってきた善妙は海中に身を投じて竜と化し、義湘の船を守って本国まで送るという内容である。僧への思いから蛇体に変じた女の話という点で、善妙も道成寺の女も変わるところはないが、絵巻の作者は両者を対比し、煩悩《ぼんのう》の力で蛇となった道成寺の女は罪が重いとして退《しりぞ》け、善妙は仏の加護《かご》を受けて竜となったのであり、それは師の僧を敬《うやま》い、仏法《ぶっぽう》を信じたゆえであると説明している。

〔道成寺の女が影響を与えた人物・作品〕

嫉妬や愛欲の心から女が蛇身に化すモチーフは、道成寺の女ほど劇的ではないにせよ、後にも引き継がれていく。鎌倉前期の『発心集《ほっしんしゅう》』（巻五）には、ある女が再婚したが、何年かたって、自分が高齢であることを理由に、前夫とのあいだに生まれた連れ子の娘を夫の後妻に世話をした。ところが女は、自分から娘を夫の後妻にしたものの、娘への嫉妬《しっと》の思いはやみがたく、左右の手の親指が蛇と化したという説話がある。

鎌倉後期の『沙石集《しゃせきしゅう》』（巻九）には、稚児《ちご》に思いをよせて亡くなった女が蛇と化して、その稚児にとりつき、とうとう稚児も亡くなってしまうが、稚児を葬《ほうむ》るときに棺《ひつぎ》を開けると、いつのまにか遺体に大蛇がまとわりつき、さらに女の遺骨を調べてみると、蛇となっていたという説話がある。

また鎌倉時代に入ると、同様の心ゆえに蛇ではなく、また死を媒介《ばいかい》にしての転生《てんしょう》でもなく、生きながら鬼と化し、自分を捨てた男や男を奪《うば》った女を取り殺す女も出現するにいたった（『閑居《かんきょ》の友《とも》』、『平家物語』剣《つるぎ》の巻、謡曲『鉄輪《かなわ》』など）。

（蔦尾和宏）

〔現代に生きる道成寺《どうじょうじ》の女〕

道成寺の女は、現代風にいえば、愛執によって身を滅ぼした女性である。

いつの時代においても、人間は、生物的本能の一つとして、愛執（愛欲執念）に翻弄されて生きている。一般的に、男性の性愛がほぼ直線的で単純であるのに対して、女性の性愛は複雑で細やかであるようにもみえる。

通常、人間は、そうした本能的な愛執を、道徳・宗教といった理性によってコントロールしているわけであるが、どちらかというと、女性の方が本能に惑溺《わくでき》しやすいようにみえる。従って、女性は、愛執にはまりこんだ場合、不幸な人生を歩み、ある場合には悲劇的な結末を迎えることすらあるので注意が必要であろう。

（西沢正史）

源信の母

げんしんのはは

『今昔物語集』
平安時代

〔源信の母の人生〕

源信は幼いころより、比叡山延暦寺《ひえいざんえんりゃくじ》で修行《しゅぎょう》を積んでりっぱな学僧《がくそう》となり、冷泉《れいぜい》帝の皇后《こうごう》から法会《ほうえ》に招かれるまでになった。源信がその布施《ふせ》を分けて母へ贈ったところ、母はその返事のなかで、「あなたのお気持ちは、ありがたくちょうだいします。りっぱな学僧におなりなのはうれしいのですが、華やかに世間付き合いをなさるのは感心しません。たった一人の男の子だったあなたを出家させたのは、一心に修行に励み、私の来世《らいせ》を救ってほしかったからです。それなのに、名高い僧侶として世間にもてはやされるのは、私の願いに背《そむ》きます」といってよこした。これをみた源信は、「華やかに世間付き合いをするつもりは、まったくありません。おことばどおり一心に修行に励み、母上からのお便《たよ》りのないかぎりは比叡山から出ないようにします」と泣く泣く返事を申しあげた。さらに母は、「そう聞くと、私も安心して死ねます。どうか仏道《ぶつどう》修行にお励みなさい」という返事をよこした。源信は、この母からの手紙二通をお経のなかにしまい、ときどき取り出して読んでは涙をこぼした。こうして源信は六年のあいだ、比叡山から下りずにいたが、七年目の春に、「お寂《さび》しくはありませんか。少しだけおうかがいしたいと思いますが」と母に手紙を送ると、母は「お目にかかっても、私の前世《ぜんせ》からの罪《つみ》が消えるわけではありません。あなたが山で修行しておられると聞くのが、なによりの喜びです。こちらから手紙を送らないかぎりは、あなたはけっして山を出てはなりませんよ」という返事をよこした。かくして山に籠《こも》って九年の月日が過ぎたところ、源信は「母上から手紙はないが、もしや母上の死が迫っているのではないだろうか。あるいは、私の死が近いのかもしれない」と、ふと胸《むな》さわぎをおぼえ、たまらず急いで母のもとへ出向いた。その途中、手紙を持った男に出会ったが、その手紙は源信あてで、母が危篤《きとく》となり、源信に一目《ひとめ》会いたいと願う母からのものであった。それをみた源信は、母の死期を感じとらせた親子の不思議《ふしぎ》な絆《きずな》に涙するのだった。源信が足を速めて、日暮れどきに母のもとに着くと、病床の母はすでに虫の息で、源信を目にして、「どうしてこんなに早く。手紙を出したのは明け方なのに」と弱々しくいった。源信は「このところ、母上にお目にかかりたい気持ちがしまして、うかがう途中に使いの者に会ったのです」と母に申しあげた。「死ぬときには会えないものと思っていましたのに、親子の縁《えにし》とはありがたいものですね」と母が苦しげにいうと、源信は母に念仏《ねんぶつ》をすすめ、一、二百遍くり返したところで、母は安らかに息をひきとった。源信は、「私がいなければ、こう穏やかな最期《さいご》ではなかっただろう。深い親子の縁ゆえに、臨終《りんじゅう》にまにあい、念仏をして亡くなったのだから、母上の往生《おうじょう》は疑いあるまい。母は私を仏道へと導き、私も母を仏道へと導いたのだなあ」と涙にむせびながら、比叡山へともどったのだった。

〔源信の母のモデル・素材〕

仏教では、女性を男性よりも成仏する可能性の低い、劣った存在とみなす考え方がある一方、出産・哺乳《ほにゅう》を報《ほう》恩《おん》の対象とし、例えば、日本最古の仏教説話集『日本霊異記《にほんりょういき》』には、この出産・哺乳という母の恩を強調する説話がしばしば見出される。仏教と母性のかかわりには深いものがあったのである。僧となった息子は母の恩に報《むく》いるため、その宗教的救済が重要な責務《せきむ》とされたのだが、子息を仏教に導く「理想的な母」の出現は平安時代を待たねばならなかった。源信の母とほぼ同時代の人物に、求法《ぐほう》のため渡宋《とそう》を果たした僧奝然《ちょうねん》の母がいる。危険な航海を冒《おか》して異国へ渡る息子にたいし、彼女は嫌な顔をせず快く送り出した。それを奝然は「これ善縁《ぜんえん》の母なり」（私を仏道へと導く母なのだ）と表現しているが（『本朝文粋《ほんちょうもんずい》』）、ここには母の臨終を看取《みと》ったあとに、源信のもらしたことばと同じ思いがこめられているだろう。

〔源信の母の人物の評価の歴史〕

源信の母について語る最古の文献の一つに『首楞厳院《しゅりょうごんいん》二十五三昧結縁過去帳《にじゅうござんまいけちえんかこちょう》』がある。それには母が源信から贈られた布施の品を拒んだ記事を載《の》せるが、事のあらすじを記すにとどまり、『今昔《こんじゃく》物語集』のように詩情を湛《たた》えた物語とはなってはいない。また、母の往生をめぐる物語は、母子の心情の機微《きび》を描いたものといえるが、

『首楞厳院二十五三昧結縁過去張』はその物語じたいを欠いている。このことは、『首楞厳院二十五三昧結縁過去張』から『今昔物語集』までの約百年のあいだに、『往生要集《おうじょうようしゅう》』を編み、日本浄土教の基盤をきずいた大宗教者たる源信とその母にまつわる逸話《いつわ》が、文学として大きな成長をとげたことをものがたっている。

　源信の父の占部正親《うらべのまさちか》は、まったく信仰心に欠ける人だったというが、源信の母とのあいだにもうけた一男四女のうち、四人までが出家して僧尼《そうに》になったと伝えるから、源信の母の仏門《ぶつもん》に帰依《きえ》する心の厚さと、それが子女の精神生活に及ぼした深い影響が容易に想像できる。そして彼女は、源信の出家《しゅっけ》ののちも、社会的に成功する僧ではなく、俗世《ぞくせ》とは完全に訣別《けつべつ》した真の僧となることを望み、息子に指針を示しつづけたのであった。源信の母は、貴族の子弟の入山《にゅうざん》があいつぎ、第二の俗世との様相を強めつつあった俗化した比叡山を批判し、僧の真実のありようを諭《さと》しているという意味で、僧侶の「理想的な母」として高く評価されてきた。その評価は、これからも大きく動くことはないだろう（中世における具体的な評価の様相は〔源信の母が影響を与えた人物・作品〕参照）。

〔源信の母の人物像をいかに読むべきか〕

　出家させた息子が世間的に栄達《えいたつ》するのを戒め、さらに息子が自分を訪ねる必要も認めず、ひたすら修行一途《いちず》に日を送ることを求めた源信の母は、親子の情において、ふつうの母親のありようからは遠く離れた存在であるが、その母も死期を悟ると一目《ひとめ》だけでも息子に会いたいと願うようになる。人によっては、母のこの心情の変化を、人物造型に一貫性を欠くものと受けとめるかもしれない。だが、完全な悪人や完全な善人が存在しないように、いついかなるときにもぶれない人間など、人間のあり方として不自然だろう。本話で母の死を察し、母の戒めを破っても下山《げざん》して会おうとした源信であるが、別の説話によると、源信は妹の尼《あま》に、臨終のときにはかならず出向くと約束をしていたが、いざそのときがきて妹の尼が面会を求めたところ、源信はちょうど千日間の山籠《やまごも》りのさいちゅうであることを理由に下山を拒んだという別の横顔（『古事談《こじだん》』巻三）も伝えられているのである。僧《そう》侶《りょ》になる、すなわち出家とは俗世を捨てることであるため、そこできずいた人間関係もまた捨て去らねばならなかった。肉親にいだく親愛の情、それを恩愛《おんあい》というが、成仏《じょうぶつ》するために、仏の教えはそれを断ち切ることを求めたのである。しかし、悟《さと》りを開き、仏の教えを説いた釈《しゃ》迦《か》が死を目前にし、最後の最後にもらしたのは、「この羅睺羅《らごら》は、これわが子なり。十方《じっぽう》の仏、これを哀愍《あいみん》し給《たま》へ」（この羅睺羅は私の子どもです。いたるところの仏たちよ、どうかこの子をお守りください）と、わが子の加護《かご》を諸仏に願うことばなのだった（『今昔物語集』）。釈迦でさえも父子の情は格別だったのだ、まして凡夫《ぼんぶ》のわれらが子を思う心に迷うのも当然なのだ、釈迦はみずからそのことをお示しになったのだ、と『今昔物語集』はつづける。息子に僧侶としての指針を示しつづけた源信の母であったが、人生の最後にみせた心の弱さを知った人びとは、彼女の一貫性のなさを責めたりはせず、人間だれしもがもち、あの釈迦でさえ捨てられなかった心の揺《ゆ》れに共感したからこそ、現在までこの逸話《いつわ》が伝えられたと思われる。釈迦の逸話を取りあげるまでもなく、恩愛を断つとは、理屈として理解はできても、情としてはなかなかにむずかしい行ないであり、出家にあたっては多かれ少なかれ、この恩愛をめぐってさまざまなドラマが、出家をする人間の数だけ生まれることとなった。出家した人びとが恩愛をどのように断ち切ったのか、それは人びとの関心を集めるテーマであり、さまざまな逸話が残されている。その最も有名なものに、西行《さいぎょう》法師が出家にさいし、すがる娘を縁の下へ蹴《け》り落とした逸話があげられる（『西行物語』）。

〔源信の母が影響を与えた人物・作品〕

源信の母のごとく、子息の僧を仏の道へと教え導く母の姿が文献に現われだすと、こんどはそれまで母について語られなかった源信以前の高僧たちの伝記に、新たにその母の姿が書き加えられる逆転現象が生じた。ややこしい言い方だが、源信の母は、源信以前の高僧たちの人生が、源信以後に語られたとき、その内容に影響を及ぼしたということである。平安中期、奇行《きこう》で知られた増賀《ぞうが》上人《しょうにん》の伝記はそのよい一例にあたる。平安時代に増賀について記されたものには、母が彼を教戒《きょうかい》する場面は書かれていない。ところが中世に入り、『三国伝記《さんごくでんき》』、『増賀《ぞうが》上人行業記《しょうにんぎょうごうき》』になると、りっぱになった姿を母に見せようと美麗《びれい》な衣装《いしょう》や乗り物で訪れた増賀にたいし、彼の母は、それは利欲《りよく》に染まった姿で、これではかえって私は地獄《じごく》の炎に焼かれてしまうと叱責《しっせき》する。増賀の話は、布施を拒《こば》んだ源信の母と同工異曲《どうこういきょく》のすじだてである。このような文学上の現象は、源信の母にたいする評価の歴史に重なるだろう。なぜなら、高僧の背後に母の力をみる説話の誕生は、源信の母の姿に共感し、これを積極的に評価する人びとの心に、その誕生の原動力が存したにちがいないからである。

(蔦尾和宏)

〔現代に生きる源信《げんしん》の母〕

源信の母は、現代風にいえば、すぐれた教育ママである。

現代の母親は、源信の母に比べると、子供に対してあまりにも甘く、盲目的な愛を与えているようにみえる。その結果、過保護に育てられた子供(特に男の子)は、すっかりスポイルされてしまって、自立性・生活力などを欠き、強い人間力を失なっている。それは子供にとって不幸なことである。

母親となった女性は、子供、特に息子を、原則として、二十歳の成人式を迎えたとき、または大学を卒業したとき、冷たいかもしれないが、速やかに家を追い出して独立させるくらいの、子離れの決断が必要である。それは、寂しいことかも知れないが、息子にとっても親にとっても必要なことである。息子に対する本当の愛は、非情と思われる厳しさで、彼の大人としての自立を助けることではないであろうか。

(西沢正史)

茨田重方の妻

まんだのしげかたのつま

『今昔物語集』
平安時代

〔茨田重方の妻の人生〕

茨田重方は京都では名の知られた近衛舎人《このえとねり》であり、二月の初午《はつうま》は伏見稲荷《ふしみいなり》の祭礼の日なので、同僚とつれだって参詣に出かけた。山に鎮座《ちんざ》する伏見稲荷には上社《かみしゃ》・中《なか》社《しゃ》・下社《しもしゃ》があるが、その中社近くでのこと、向こうから美しく装った若い女性がしとやかにやってきた。女性は舎人たちをみると、かたわらの木の下に隠《かく》れてやり過ごそうとする。舎人たちはひとしきり女を冷やかして通り過ぎたが、重方は根っからの女好きで、しじゅう妻から浮気で小言をいわれても知らぬ、存ぜぬで押しとおすつわものであった。そんな重方は、立ち止まってさっそく女を口説《くど》きだした。それにたいして女は、「奥様がおありの方が、戯《たわむ》れにおっしゃることなど……」と、かわいい声で返事をする。重方は、「いやいや、あいつなど猿《さる》顔《がお》のふてぶてしい女だから、離婚したいのはやまやまですが、繕《つくろ》いものをするやつがいないのも困りますし。よい方がいれば、新しい妻をもらいたいと存じまして」といった。「ほんとうかしら」と答える女に、重方は「稲荷の神様に誓《ちか》って。ここでお目にかかったのも神のお導きです。ところで、あなたはどこのお方で」と尋ねた。女は、「夫が田舎《いなか》で亡くなり、この三年ほど、よいご縁《えん》を願ってこちらへお参りしています。おことばがほんとうなら、私の住まいもお知らせしましょうが、やはり、行きずりの方のことばを信じるのも愚《おろ》かしくて。もうお帰りになってください。私も帰ります」と、そっけなくあしらって先へ行こうとした。重方は女の胸元《むなもと》に顔をうずめ、「神様、ご加護《かご》を。そんなつれないことをおっしゃらずに。このままあなたのもとへ行き、妻のもとへはもう足も入れません」とすがりついてゆく。するとこの女は、重方のまげを烏帽子《えぼし》の上からむんずとつかみ、その横《よこ》っ面《つら》をあたりに響《ひび》きわたるほど張り倒した。「これはなにをなさる」と、仰天《ぎょうてん》した重方が女を見あげると、そこにいるのはわが妻であると気づき、しまった、やられたと思って狼狽《ろうばい》するばかりであった。妻は、「あなたの同僚《どうりょう》が、あいつは油断《ゆだん》のならない男ですよというのは、私を怒らせようとの告げ口と思って信じずにいましたけれど、ほんとうだったのですね。きょうから私のところへきたら、お稲荷様のばちがあたるわよ」と冷たく突き放した。重方は、「ごもっとも、ごもっとも。そんなに怒らないでくれ」と妻をなだめるが、妻は重方を許す気もさらさらなかった。これを目にした仲間たちも、「あっぱれ、奥方。こいつは浮気者《うわきもの》だと、まえからいったじゃないですか」とはやしたてた。面目《めんぼく》を失った重方は烏帽子をつくろい、すごすごと稲荷の上社へ向かった。「おまえなぞ、好きな女のところへ行け。私のところへきたら、足をへし折ってやるわよ」と、妻はようようと稲荷の下社へと下っていくのであった。それでも重方は家にもどってきて、あれこれと妻のご機嫌《きげん》をとる。「あんなことができるのも、私の妻だからこそだよ」といったが、妻は「うるさいわね、このばか親父《おやじ》。女房《にょうぼう》の顔や声もわからず、まぬけ面《づら》をさらして人様《ひとさま》に笑われるなんて」と、重方を嘲笑《ちょうしょう》するばかりであった。この重方のしくじりの一件は評判となり、貴公子《きこうし》たちのお笑い種《ぐさ》となったものだから、重方は貴公子たちからも逃げまわっていた。若い妻はというと、重方と死別したのち、再婚したのだとか。

〔茨田重方の妻のモデル・素材〕

浮気、それは有史以来、男と女が結ばれると同時に、つねに存在してきた現象といえる。大国主神《おおくにぬしのかみ》と須勢理毘売《すせりびめ》を筆頭に、妻が夫の浮気に腹を立てるのは神代《かみよ》のむかしからのことであった。仁徳《にんとく》帝の皇后《こうごう》、石之比売《いわのひめ》の嫉妬《しっと》は激しく、ほかの妃が逃げ出すほどであった。また大国主神・須勢理毘売夫妻のばあいは、妻の嫉妬に嫌気《いやけ》がさして、夫が逃げ出している(『古事記《こじき》』)。さらに允恭《いんぎょう》帝の皇后、忍坂大中姫《おしさかのおおなかつひめ》は家に火を放ち自殺しようとした(『日《に》本書紀《ほんしょき》』)。だが、本話の最も印象的なモチーフである、浮気を劇的にとっちめる女性というのは、なかなか例がみつからない。

〔茨田重方の妻の人物の評価の歴史〕

話の舞台となった伏見稲荷だが、稲荷神は本来、農耕神として信仰を集めてきた。だが、平安時代に入ると、性愛にまつわる願いをかなえる神という新しい顔をもつようになった。『蜻蛉日記《かげろうにっき》』の作者藤原道綱《ふじわらのみちつな》の母は天延二年（九七四）、夫との仲を祈り、ある社に参詣した。社の名は明かされないが、それは稲荷社と推測されている。また、『新猿楽記《しんさるがくき》』の右衛門尉《うえもんのじょう》の第一の妻は、失われた夫からの愛をとりもどそうとさまざまな寺社に参詣するが、そのうちの一つが「稲荷山《いなりやま》の阿小町《あこまち》」なる神だった。本話において、妻が化けた女は、その参詣の目的はよい夫を求めてのものだと述べるが、これはいつか神《しん》慮《りょ》によって良縁《りょうえん》にめぐりあうことを期待してのことばであるのみならず、稲荷参詣という場そのものが、男女の出会いの場として機能したことを示唆《しさ》している。妻とは知らずに口説《くど》く重方の「ここで会ったのも神様のお導き」という台詞《せりふ》もまた、同様の考え方にもとづくものだった。

一夫多妻制の時代であっても、夫がほかの女と関係をもつのは従来の妻にとって気持ちのよいものではなく、新しい女や夫に対して思うところはさまざまなかたちをとって表に現われることになる。本話は妻が一計を案じて夫の浮気現場を押さえ、つるしあげるという内容である。一見すると、重方と妻は偶然、稲荷社で出くわし、たまたま重方の好色が露見《ろけん》したようにみえるが、そうではあるまい。妻はたいそう美しく着飾り、参詣の群集のなかでもめだつ存在だった。しかも、重方一行を見て木の下に隠れているが、これは重方にみつかるまいとしてのものではなく、逆に、めだつ美しい服装とともに、重方の気を引くための意識的な動作と考えるべきだろう。「おや、あの女、俺《おれ》たちを意識しているな」というふうに重方に思わせ、関心をいだかせるためのふるまいだったのである。妻の思惑《おもわく》どおり、重方はわなにかかる。食いついた瞬間に妻は正体をみせるのではなく、さんざん重方にいいたいことをしゃべらせて、いいのがれができないようにしてから、一撃《いちげき》をくらわせたのだった。この妻の果敢《かかん》なふるまいに照らして、平安時代、上層庶民や下級官人層では女性は自己抑制《よくせい》を強《し》いられず、男性にたいして堂々と自己主張ができたとする見解もある。

なお、新たな愛人にたいする妻の嫉妬は、ときとしてその女の邸宅の襲撃《しゅうげき》という物理的暴力のかたちをとって爆発することがあった。これを「後妻打《うわなりう》ち」という。大《おお》中臣輔親《なかとみのすけちか》の妻、蔵命婦《くらのみょうぶ》はわずか二年ほどのあいだに「後妻打ち」を二度も行ない、歴史に名をとどめている。源頼朝の妻、北条政子による「後妻打ち」も名高い。ただ、この「後妻打ち」は、せいぜい中・下級貴族にまでみられる現象で、高貴な女性は嫉妬の情を物理的暴力というかたちで爆発させることはかなわず、その怨恨《えんこん》は深く沈潜《ちんせん》させざるをえなかった。『源氏物語』に名高い六条《ろく》《じょうの》御息所《みやすどころ》は皇太子妃《こうたいしひ》という高貴な身分であったため、葵の上《あおいうえ》への悪感情を物理的暴力に転ずることができず、心の奥底に沈められた結果、その思いが生霊《いきりょう》と化し、葵の上の命を奪《うば》うにいたったのである。

〔茨田重方の妻の人物像をいかに読むべきか〕

浮気が露見し、あわてふためく情けない亭主と、それを暴《あば》いた行動力のある妻——この物語をそのような視点のみで読み解くのは、やや一面的にすぎる。物語中で好色な道化《どうけ》を演じさせられた重方だが、彼は祖父から三代にわたって近衛舎人《このえとねり》を務めた家柄で、その馬術の腕前は高官に賞賛されるほどのものだったから、ただの女好きではなく、それなりに魅力のある男だったのだろう。妻もそのことはわかっていたはずだ。人びとの面前で「もう二度と帰ってくるな」と言い放った妻ではあったが、この件ののち、重方と別れていない。なるほど彼女は再婚はしたが、それはあくまで重方の没後だったのだから。夫への愛があるからこそ、彼に執着し、おとり捜査《そうさ》まがいの一計を構えてまで懲《こ》らしめようとしたのである。夫への愛情が残っていなければ、このような手のこんだお膳立《ぜんだ》てはしないだろう。そのような妻の気持ちを重方も理解していたから、あれだけ人前で恥をかかされても、のうのうと妻のもとへもどってご機嫌をとることができたのである。このように考えると、妻の大げさな身ぶりやことばもかならずしも本心からのものではなく、多く参詣の人が集《つど》う場において、人目を意識しての演技だった可能性が想定され、祭礼という非日常的な空間で演出された祝祭劇という性格が見て取れる。この物語の有するそのような性格が、妻が素性《すじょう》を隠して夫の浮気をあばくという共通のモチーフを有する、後代の狂言へと結実していくのである。夫の愚かさを笑い飛ばす豪《ごう》快《かい》な女性、彼女たちは「わわしい女」(気が強くて口うるさい女)と称され、狂言に多く登場している。

〔茨田重方の妻が影響を与えた人物・作品〕

狂言『花子《はなご》』は、妻とは知らずに女を口説《くど》くすじだて

茨田重方の妻(今昔物語集)

ではないが、相手を妻と知らずに浮気の証拠を語ってしまう点で趣向が共通する。ある男が愛人のもとへ出かけようとするが、妻に発覚するのを恐れ、従者を身代わりに仕立てる。従者に坐禅ぶすまを頭からかぶせ、自分が坐禅しているふりをさせ、ごまかそうとの魂胆である。しかし、不審(ふしん)を覚えた妻に正体を見破られ、従者はいっさいを白状させられる。こんどは妻が坐禅ぶすまをかぶり、従者になりすました。そこへいい気分の男が帰宅し、坐禅しているのは従者と頭から信じて愛人との逢引(あいびき)の一部始終と妻の悪口をとうとうと語り、入れ替わろうとふすまを取る。だが、そこにいたのは恐れていた妻その人であった。妻に追われた夫は、あわてて舞台から退場する。

(蔦尾和宏)

【現代に生きる茨田重方(まんだのしげかた)の妻】

重方の妻は、現代風にいえば、知恵と行動力とによって夫の浮気を阻止した賢明な女性である。

現代において、多くの男性は、賢い妻・美しい恋人がありながら浮気をする。浮気された妻は、我慢がならず、慰謝料を取って離婚するケースが多いようである。しかし、現代の社会制度では、離婚した女性は、おおむね子供をかかえて困難で、不幸な人生を歩まざるをえない場合も少なくない。

浮気する男性が悪いにはちがいないが、浮気された女性も、重方の妻のように、知恵と行動力によって、男性の浮気を事前に食い止めたり、男性が浮気に走らないようにしたりすることも必要である。その方法は、さまざまなものがあり、男性のタイプによっても応用が異なるといってよい。少なくとも、浮気した男性に対して、証拠を突きつけて騒ぎ立てたり、ネチネチと責めさいなんだり、知らんぷりをするのは逆効果であろう。

(西沢正史)

女盗賊《おんなとうぞく》

『今昔物語集』平安時代

〔女盗賊の人生〕

どの時代であったか、年のころは三十ばかり、背はすらりとして赤ひげを少々たくわえた男が夕暮れ方に道を歩いていると、その男を招く女の声がした。「お話ししたいことがありまして」という声に誘われ、男が屋敷に上がると、二十歳ほどの美しい女が座っていた。親しげなそぶりをみせる女と男は、その夜のうちに深い仲となった。その屋敷には女のほかにはだれもいないようだったが、食事時になると、どこからともなく使用人がやってきて支度《したく》をしていくのだった。このようになんの不自由もなく暮らすこと二十日あまりたったころ、女が男に「私とこのような関係になったのもなにかの縁でしょう。ですから、命にかかわることでも、私の願いをすげなく拒否したりはなさいませんね」といった。男は、「いまは死ぬも生きるも、あなたしだいと思っております」と答えた。女はたいそう喜び、男を屋敷奥の別棟《べつむね》へと導くと、男の髪を縄《なわ》で柱に結びつけ、足をも固定し、背中を出させた。そして、烏帽子《えぼし》に水干装束《すいかんしょうぞく》という男のなりに着替えた女は、ムチを振るって男の背中をしたたか八十回ほど打ちすえた。そして女は、「どんな気分ですか」と聞いたので、男は「どうということはありませんよ」と答えた。すると女は、「思ったとおりだったわ。たくましい方ですね」といって手当てをし、まえにもまして男をたいせつにした。三日ほどたち、男の傷が癒《い》えかけるとまた背中をムチで打ち、四、五日後にもまた背中をムチでしたたか打った。とりわけこの日は、背中ばかりか腹まで打ちすえたが、それでも平然としている男に女は感心した。さて、傷もすっかりよくなったある日の夕暮れ、女は男に黒装束と武具をまとわせ、「どこそこの集まりに加わり、連れていかれた場所で戦ってください。その後、船岳《ふなおか》で分け前がもらえますが、けっしてそれに手を出してはなりませんよ」といいふくめて送り出した。男は女からいわれたとおり仲間《なかま》に加わると、一団は手はずを決めて京都の大きな屋敷に乱《みだ》れ入り、戦いのすえに多くの財宝を略奪《りゃくだつ》した。船岳で男にも分け前がまわってきたが、男は女からいわれたとおりそれを断わった。すこし離れた場所に立つ、頭目《とうもく》らしき者は男の態度に満足げであった。

女は盗賊《とうぞく》の一味《いちみ》らしかったが、男は女を嫌《きら》う気にはならず、強盗をくり返して暮らすうちに一、二年が過ぎた。そのうち、ときに女はさびしそうな顔をみせるようになった。理由を尋ねても、はっきりしたことをいわない。男は強《し》いて気にとめなかったが、そのようななか、男は二、三日、外出することになった。ところが、外出先ではどうも従者たちのようすがおかしく、男を置いて先に帰ってしまった。不審《ふしん》に思った男が屋敷にもどると、女はおろか、家そのものが影も形もなくなっていたのであった。そのとき、ようやく男は、女のさびしげな横顔のわけを知ったのだった。それにしても、あの女はいったい何者だったのだろうか。いまあらためて考えてみると、強盗《ごうとう》をはたらいたときの頭目らしき男は、小柄で男とは思えぬ色の白さといい、あのいっしょに暮らした女の面《おも》ざしに似ていたような気がしたが……。しかし、もはや男に知るすべはなかった。

〔女盗賊のモデル・素材〕

女の盗賊は男のそれに比べると圧倒的にその数は少ないが、史料にその姿を認めることができる。たとえば、帝《みかど》の側近くまで忍びこんだが、帝に気づかれて未遂《みすい》に終わった女（『続日本後紀《しょくにほんこうき》』）、宮中の蔵から着物を盗んで検《け》非違使《びいし》に捕縛《ほばく》された女（『文徳実録《もんとくじつろく》』）などを正史は書き留める。また、内裏《だいり》で装束《しょうぞく》が盗まれ、捜査《そうさ》の結果、それはある女房の下女のしわざと判明したこともあった（『春記《しゅんき》』）。ただし、いずれの女盗人《ぬすっと》も一個の盗賊団を率《ひき》いる首領にはあたらず、さらにそこには男女の物語もかかわらないため、厳密な意味でこの物語の女盗賊の先行例にはふくめられない。ここに挙げた記事は史書・日記を作成する貴族・知識人階層の近辺に生じた事件であったために、記録に残された氷山《ひょうざん》の一角《いっかく》にすぎず、彼らの周辺を離れた世界ではこの何倍もの事件があっただろうから、そのなかにはこの物語の先輩にふさわしい大女盗賊が活躍していたことは十分に考えられる。

〔女盗賊の人物の評価の歴史〕

男を仕込《しこ》み、自分の意のままにあやつる妖艶《ようえん》な美女、その過程にみられるサディズムとマゾヒズム、男装という倒錯《とうさく》、自己の痕跡《こんせき》いっさいを消して忽然《こつぜん》と逃亡してしまう結末など、幻想《げんそう》と怪奇《かいき》に全体が支配される構成は、一〇〇〇話以上の説話を収める『今昔《こんじゃく》物語集』のなかでも傑作《けっさく》と評価される雄編《ゆうへん》である。その特異な内容から、古くより読者の関心を多く集めている。

女の人間性に着目すると、男を誘惑《ゆうわく》して自己の手足とした女ではあったが、男との別れが近づくころ、女は「もの心細気《こころぼそげ》に思ひて常に泣く」(どことなく不安そうに思っていつも泣く)ようになった。女のようすの変化は、いわば強盗をはたらくための道具としてしかみなかった男に、女が愛を感じるようになった一方で、盗賊団の一部品にすぎない男に特別な感情をいだくことは、組織の秩序《ちつじょ》を乱し、ひいてはその崩壊《ほうかい》をまねきかねず、男への愛と組織の防衛という両立しない二者のあいだで葛藤《かっとう》し、揺れ動く心情の現われとして、およそ理解されてきた。

古くは、『竹取物語』のかぐや姫は、さまざまな人びとから求婚されるものの、けっして心を動かすことはなく、帝《みかど》の求婚にも、「国王のご命令に背いてはならないというのであれば、さっさと私を殺せばよいのです」と言い放つほどであったが、月への出立《しゅったつ》が近づくにつれて、ひどくふさぎこみ、人目《ひとめ》もはばからず泣くようになる。慣れ親しんだ人びととの別離を思ってのことだった。そして、突き放した帝にたいしても心のこもった手紙に不死の薬を添えて、月の都へと帰っていった。この物語を収める『今昔物語集』にも、巻二九・二八に、盗賊の首領の命を受け、殺すべく家に誘いこんだ貴公子に愛をおぼえた女が、男の身代わりになることを決意して、「いみじくもの思ひたる気配にて、忍びて泣く」(ひどくふさぎこんだようすで、こっそりと泣く)姿がみえる。このような人物造型の歴史にのっとれば、女の常《つね》ならぬ涙の背景に男への恋情を想像するのは自然な読み方といえよう。

社会史的な面からいえば、女が盗賊団の首領《しゅりょう》という、この物語は盗賊団の行動様式を具体的に伝える貴重な資料である。彼らの行動様式は、強盗の現場はもちろんのこと、食事の支度という日常の一コマすら、ことばを交わさないままにすすめられていく点に際立《きわだ》った特徴が認められる。この無言のなかに統制のとれたふるまいをたもつのは、盗賊のみならず武士団にも共通する特徴であったが、『今昔物語集』や『古事談《こじだん》』などに、その説話がみえている。盗賊は暗がりのなかで盗みをおかし、武士も暴力・殺生《せっしょう》を事とするなど、両者ともに社会の闇《やみ》になう存在という点においてもまた、通じあう存在なのだった。

〔女盗賊の人物像をいかに読むべきか〕

前項に女のようすの変化にたいする通説的理解を示したが、それに異を唱え、女が男を意のままに調教するのは、これが初めてということはなく、そのように多くの男を操縦《そうじゅう》してきたしたたかな女がかんたんに男に愛を感じるとは考えにくいとして、女の涙は男の反応を探るための予定の行為だったとする新しい見方もある。女を信頼しきって、女のようすの変化に強いて気をとめなかった男に心のたるみを見てとった女は、そのとき、男をきりすてる判断を下したと解釈するのである。女の涙に男への愛を刷《す》りこみのように想起するのは、女という性にたいする、男の幻想の所産なのかもしれない。女の嘆きをどのように把握するのか、それは最終的には読者の裁《さい》量《りょう》に委《ゆだ》ねられるものであるが、はかなげな女の姿に、男の反応をうかがう冷やかな眼差《まなざ》しをみる読み方も捨てがたい魅力を感じる。

女はムチによる苦痛を通じて、男の盗賊としての資質を確認しようとしたのだが、男をムチ打つことをほかの者に任せず、みずからムチを振るった。そこには男の苦痛への耐性《たいせい》を調べるのみならず、被虐《ひぎゃく》(マゾヒズム)・嗜《し》虐《ぎゃく》(サディズム)という特殊で濃密《のうみつ》な人間関係のなか、男の判断力を麻痺《まひ》させ、その心を絡《から》めとろうとする心理的な戦略を、現代の読者は読みとることだろう。ムチを振るう女の姿は、水干《すいかん》に太刀《たち》を下げ、同じく男装をして舞う芸能者の白拍子《しらびょうし》に重なり、風俗史的に注目されるのだが、彼女がわざわざ男装をしてムチを振るわねばならなかった理由は、現在のところ、よくわかっていない。しかし、男装の麗人《れいじん》がムチを振るう非現実的な光景は、作品が成立した平安末期の人びとにいかなるものとして受けとめられたのかは不明であるが、現代の私たちにはこの物語に一種独特の妖艶《ようえん》な香気《こうき》を感じさせ、文学作品としての懐《ふところ》を深めているように思われる。

〔女盗賊が影響を与えた人物・作品〕

『古《こ》今著聞集《こんちょもんじゅう》』(一二・四三三)によれば、平安の末、文治のころ(一一八五〜一一九〇)、京都白川に賊が押し入り、賊の一人のあとをつけていくと、藤原隆房《ふじわらのたかふさ》という貴族の屋敷あたりで姿がみえなくなった。それを知らせると、隆房は自邸の女房が盗賊をかくまったと考え、徹底的に家《か》宅捜査《たくそうさ》をした。すると、大納《だいな》言殿《ごんどの》という身分ある女房の部屋の床下から盗品やら犯行時に用いた衣服やらがみつかった。ほかならぬ彼女が素顔を仮面で隠し、夜な夜な強盗をはたらいていたのだった。この大納言殿は「強盗の主領」であり、ほかの盗賊とは「主従」のようだったとある。彼女が具体的にどのように盗賊団を組織していたか、文中からはうかがい知れないが、この物語の女盗賊の系譜《けいふ》に連なる人物といってよい。なおこのとき、隆房は京都の警察を管轄《かんかつ》する検非違《けびい》使別当《しのべっとう》の職にあった。京都の治《ち》安《あん》をになう親玉の足もとに、盗賊の親玉が身を潜《ひそ》めていたのである。この四三三話は話末に、むかしは鈴鹿《すずか》山《やま》に女盗人がいた、と付け加える。男女の別を問わず、鈴鹿山は盗賊が頻々《ひんぴん》と姿を現わす物騒《ぶっそう》な場所だった(『今昔物語集』巻二九・三六など)。だが、鈴鹿山の女がいかなる盗賊であったのか、それを伝える記録は残っていない。

(蔦尾和宏)

〔現代に生きる女盗賊〕

女盗賊の首領は、現代風にいえば、ＳＭ(サド・マゾ)のＳの女性であり、いわゆる加虐の女王様である。

現代において、秘密の性愛として行なわれているＳＭの世界は、人間の性の深奥《しんおう》な不思議さを垣間見せてくれる。

もとより、異端の性愛(ホモ・レズ・ＳＭなど)は、少数派であり、普通の人の性愛とは異なるからといって、恐れたり、嫌悪したり、差別したりしてはならないはずであろう。人間における性愛のあり方は、社会や他の人間に迷惑をかけない限り、各人の自由であり、社会的に容認すべきものである。従って、異端の性愛に生きざるをえない女性は、劣等観・悲観に陥ったり、不幸にさいなまれる必要はないであろう。

(西沢正史)

常盤御前

ときわごぜん

『平治物語』
鎌倉時代

〈常盤御前の人生〉

常盤御前は源義朝《よしとも》の妻で、今若《いまわか》・乙若《おとわか》・牛若《うしわか》（のちの源義経）の母である。生没年等は未詳であるが、『平治《へいじ》物語』や『義経記《ぎけいき》』に彼女の事蹟が語られているので、『平治物語』によりつつ、常盤御前について見ていくことにしよう。

常盤御前は、九条の女院（藤原呈子）が立后《りつごう》したとき、京都の中から美しい女性を千人そろえたさい、一番の美人であると評判になった女性であった。彼女は、十六歳から義朝の寵愛《ちょうあい》を受けるようになり、三人の子宝に恵まれたが、二十三歳のときに夫の義朝は討ち取られてしまう。義朝に最期《さいご》まで付き従っていた金王丸から夫の最期のようすを聞いた常盤御前は、三人の息子を一人で守らなくてはならないと強く思った。

義朝の三男、源頼朝が生け捕《いど》られたという情報を得ると、親にさえ行き先を告げずに、常盤御前は八歳の今若、六歳の乙若、二歳の牛若を連れて京都からゆくえをくらました。彼女は、だれかにゆくえを教えてしまうと、敵に捕らわれてしまうかもしれないと、だれも信じられないほどに追いこまれていたのだった。常盤御前は、九歳から信仰していた観音菩薩《かんのんぼさつ》を本尊としている清水寺《きよみずでら》に詣《もう》で、一晩中、子どもたちを助けてくれるよう祈り、翌朝、まだ雪の残る道を、足から血をにじませながら逃亡の旅に出た。敵を警戒しながらの逃避行であり、寒さと苦痛に堪えられない子どもたちは泣き悲しんだ。常盤御前は泣きやまらせるために、「ここは敵のいる六波羅《ろくはら》の近くだから、泣くと人に怪《あや》しまれて、義朝の子どもだといって捕まって首を切られてしまいますよ。命が惜しいなら、泣くのではありません。頼もしい人の子は、お腹の中にいるときから母の言うことを聞くといいます。まして、あなたたちは七、八歳にもなるのです。どうしてこの程度のことがわからないのですか」と、長男の耳もとでささやいた。すると、八歳の子は泣きながらも声を殺すようになったという。夜になり、観音菩薩のご利益《りやく》によるのだろうか、とても親切な老夫婦の家に泊めてもらうことができ、食事もふるまわれた。夜更《よふ》けに、「明日には命を奪われてしまうかもしれない」と常盤御前がいうと、長男は「お母さんといっしょなら命は惜しくない」といって、二人で顔を寄せ合い手を取り合って泣き明かしたという。だが、家の主人の好意でもう一日休むことができた一行は、大和《やまと》の国（奈良県）宇陀《うだ》の郡《こおり》まで無事に逃げ落ちることができたのだった。

しかし、常盤御前や子どもたちを追う平家は、彼女たちのゆくえを聞きだすために、なにも知らない常盤御前の母を捕らえた。この話を聞いた常盤御前は、責任を感じ、母を助けるために子どもたちをともなって京都にもどってしまった。六波羅に参上した常盤御前は、敵である平清盛に「武家の習いとして、義朝と私の子を一人でも助けてほしいというのは筋が通らないことはわかります。しかし、せめて、子どもたちのまえに私を殺してください」と懇願した。そのときの幼子の姿は、清盛をはじめ人びとの涙を誘ったという。常盤御前と三人の子の命は、年長の頼朝の命さえ助けたのであるから、幼子の命を奪う必要はないという清盛の判断により助けられた。清水の観音菩薩の助けであると、常盤御前は感じたのであった。

その後、常盤御前は清盛の寵愛を受けるようになり、「廊《ろう》の御方」と呼ばれるようになる姫君を生み、さらにその後、藤原長成《ふじわらのながなり》に嫁いで男子能成をもうけた。

〔常盤御前のモデル・素材〕

常盤御前は、『平治物語』によれば生年は保延四年（一一三八）、没年は未詳。源義朝の妻の一人で、全成《ぜんせい》（今若）・円成《えんせい》（乙若）・義経《よしつね》（牛若）の母で、九条院（藤原呈子）の雑仕女《ぞうしめ》であった。平治元年（一一五九）平治の乱で義朝が討たれたのち、平清盛、さらに藤原長成と再婚した。清盛とのあいだに生まれた女子は花山院左大臣藤原兼雅《かねまさ》に養育され、「廊の御方」と呼ばれた。この女子は、仁安三年（一一六八）に高倉帝が即位したさいの大嘗会《だいじょうえ》の御禊《ごけい》のとき、后の代役（女御代《にょごだい》）を勤めた。また、長成とのあいだには男子能成をもうけている。頼朝と義経の関係が悪化したさいには常盤御前も尋問を受け、『吾妻鏡』文治二年（一一八六）六月十三日条には、「去る六日、一条河崎観音堂の辺において、与州（義経）の母、並びに妹らを尋ね出し、尋問す」とある。その後、常盤御前がどうなったかは不明である。

〔常盤御前の人物の評価の歴史〕

日下力は、常盤御前の物語は本来、独立した個々の物語であったが、『平治物語』に取り入れられて一連の物語となったと考えている。すなわち、「六波羅出頭の段」の導入部に、「さても、九条院《くでうのゐん》雑子《ざふし》常葉《ときは》腹《ばら》の義朝が子共、三人あり。皆男子《なんし》なれば、ただは置《おき》がたしとて」とある表現に注目し、同様の表現が「都落ちの段」の導入部や金王丸の報告の部分の冒頭部にもあることから、これは常盤御前の物語が語り物として享受されていて、三種の語り物が『平治物語』に取りこまれたために、語り物の導入の定型句であろう類似表現が、同一作品内に三つも認められると指摘する。さらに、常盤御前の話は清水寺周辺でつくりだされ、盲女の語り物として享受されていただろうと推測している。

小番達は、中世における母性意識の研究成果をふまえて常盤御前の物語を解釈している。それによると、常盤御前の物語には家父長権の確立を背景とした母性尊重の思想が現われ、義朝の血縁者を生み育てるという母性機能、「家」における存在意義を「母」に求めようとする女性性の一端が認められるという。

〔常盤御前の人物像をいかに読むべきか〕

平治の乱で討たれた義朝は、落ち延びる途中、常盤御前とのあいだの幼子のことをつねに気にかけていたという。そのことを、常盤御前は義朝の従者金王丸から聞いていた。その後、義朝が亡くなってから、常盤御前は三人の幼子を一人で守らなくてはならなくなってしまった。『平治物語』などにおける常盤御前の物語は、義朝死後の子を守る苦難の日々が語られている。この母としての、とくに牛若の母としての常盤御前像は、近代・現代の人々にも広く知れ渡っている。それは、親権をめぐる裁判の中にまでも、常盤御前の物語が取り入れられたほどである（大判昭和四年二月十三日。「法律新聞」二九五四号）。以下に、その裁判の様子を見てみよう。

歯科医の夫に先立たれた未亡人は、二人の幼子の親権者になった。二人の子を育てながら生活していくのはたいへんであったが、彼女は長男をなんとかして歯科医にさせたいと思うようになった。生活の安定と子どもたちの養育の必要もある状況において、未亡人は妻子ある歯科医と関係をもつようになり、彼とのあいだに子どもをもうけることとなった。これを知った亡夫の親が、親権喪失の宣告を裁判所に求めたのである。

未亡人は控訴審で負け、上告した。そこで彼女の弁護士が、つぎのように常盤御前の例を語り弁護した。すなわち、彼女は二人の幼子をかかえて生きていかねばならない苦しい環境下にあったことを考慮しなくてはならない。平治の乱のときに常盤御前は、源義朝の仇敵《きゅうてき》平清盛にいやいやながらも耐えて嫁いだではないか。それは三人の幼子を助けるためにほかならない。弁護士は『日本外史』に記された一節を引いてこのように説いたうえで、「常盤が其の母と幼き三児の為に世の所謂貞女両夫に見へずてふ教に背き清盛の寵に忍従したる此の行為に対し未だ曾て不行跡者なりと議したる者あるを聞かず」と主張したのであった。常盤御前の例を引き合いに出し、幼子をかかえた未亡人が生きていくためにはしかたなかったのだという主張が裁判でも受け入れられ、未亡人の親権は守られることとなったのである。本件判決は「常盤御前判決」と称されている。

この判決は現在でも判例として生きている。幼子を守りながら生きてゆく母の物語としての常盤御前の物語は、現代社会にまで作用しているのである。

〔常盤御前が影響を与えた人物・作品〕

常盤御前の物語は広く人びとに親しまれたため、後世にも数多くの作品がつくられた。それは、『平治物語』や『義経記』によったものもあるが、伝承をふまえてつくられた作品もある。室町物語に『常盤物語』・『山中《やまなか》常盤《ときわ》』などが、幸若《こうわか》舞曲に『伏見《ふしみ》常盤《ときわ》』・『常盤問答《ときわもんどう》』・『笛の巻』などがある。また、岩佐《いわさ》又兵衛《またべえ》は古浄瑠璃《こじょうるり》『やまなか』をもとにして絵巻『山中常盤』（近世初期成立）を作成したが、散逸してしまったようで現在では見ることができない。室町時代の公家三条西実隆《さんじょうにしさねたか》は『常盤』という謡曲をつくったようである（『能本作者注文《のうほんさくしゃちゅうもん》』による）。

常盤を描く作品については、日下力「常葉〔盤〕像の推移―幸若舞曲とその後―」（『平治物語の成立と展開』）に網羅されている。

（和田琢磨）

〔現代に生きる常盤御前〕

常盤は、現代風にいえば、自己犠牲によって子供を守った強き母である。

いつの時代でも、母が自らの犠牲をかえりみず、ある時には命を賭けて子供を守りぬくという例は少なくない。そういう点では、父より母の方が子供への愛が深い場合もある。

ところが、現代において、さまざまな社会的事件をみていると、本来子供を守るべき母は、自らの犠牲を払うどころか、自己の利益や欲望のために子供を犠牲にしている例があまりにも多い。再婚に邪魔だからといって殺したり捨てたり、パチンコに熱中して車に閉じこめて死なせたり、人生がうまくゆかないからといって虐待したりという事件が絶えない。そういうことをする前に、行政に相談に行くとか、養護施設に預けるとか、養子や里子に出すとかすることによって、あわれな子供を救うことができるはずである。

（西沢正史）

祇王《ぎおう》

『平家物語』
鎌倉時代

〔祇王の人生〕

祇王は平清盛の寵愛《ちょうあい》を受けていた白拍子《しらびょうし》で、家族には母の「とぢ（刀自・閉）」と妹の祇女《ぎにょ》がいた。祇王は、時の権力者清盛に気に入られていたために世間にもてはやされ、毎月米百石と銭百貫を贈られていたので、一家は裕福な暮らしをしていた。これを見て、京都の白拍子たちは、うらやんだり妬《ねた》んだりしていたが、うらやむ者たちは、祇王にあやかり「祇」の字を自身の名に付け、「祇一」「祇二」「祇福」「祇徳」などと名のったという。

このような幸せな生活が三年もつづいたある日のこと、加賀《かが》の国（石川県）出身の、仏御前《ほとけごぜん》という十六歳の白拍子が現われた。仏御前は清盛の西八条邸に芸を披露《ひろう》するためみずからやってきたが、清盛は無礼であるといって会おうとしなかった。しかし、それを見てかわいそうに思った祇王のとりはからいにより、仏御前は清盛邸に入ることを許される。見た目も美しい仏御前の、すばらしい今様《いまよう》と声、舞に心を奪われた清盛は、祇王を追い出し仏御前を住まわせることを決意する。仏御前は情けをかけてくれた恩人である祇王をかばい、みずからは身を引こうとしたが、けっきょく、祇王は清盛邸から追い出されてしまった。

いつかこういう日が来ると覚悟していた祇王であったが、それにしてもあまりにも突然であった。傷心の祇王は部屋をきれいに掃除し、三年間慣れ親しんだ住み家を出ていった。その後、清盛からの援助もなくなった祇王は悲嘆の日々を送っていたが、ある日、ふたたび清盛から邸に来るよう依頼があった。仏御前をなぐさめに今様を歌い舞いに来てくれというのである。この依頼に渋る祇王であったが、母の説得により清盛邸に参上した。すると、寵愛を受けていたころに召されていた場所とはうって変わって、以前よりもずっと下手《しもて》のところに座が設けられていた。それを見た祇王は悔しさのあまりに涙した。仏御前もなんとかとりなそうとしたが、清盛はとりあわなかった。無神経な清盛の要求に応じ、祇王は「仏（釈迦《しゃか》）もむかしは凡人《ぼんじん》でした。私たちもついには悟りを開いて仏になります。そのようにみなが仏になれる性質をもっているのに、こんなふうに仏(仏御前)と私とを分け隔てすることだけが悲しいことですよ」と、泣きながらくり返し二回歌った。それを聞いた清盛は、祇王の気持ちも解さず、「今後は召さずともいつも参上し、仏御前をなぐさめてやれ」と冷たく告げるのだった。このようなひどい仕打ちを受けた祇王は、こんなにつらい思いは二度としたくないから身を投げたいと訴えるが、ふたたび母に説得され、母、妹とともに出家する。時に祇王は二十一歳、妹の祇女は十九歳、母は四十五歳であった。こうして、三人は嵯峨《さが》の奥の山里に庵《いおり》を結んで念仏《ねんぶつ》修行《しゅぎょう》をすることとなった。

時が経《た》ち七夕《たなばた》のころとなった。親子三人で念仏を唱えていた夜、庵の竹の網戸《あみど》をたたく音がした。彼女たちは、昼間でさえ人が来ないところに、こんな時間に人が来るはずがない、もしかしたら修行を邪魔しに来た魔物ではないかと恐れつつ、扉を開けると、なんとそこには仏御前が立っていた。

仏御前は、恩人である祇王が追い出されてしまったことを心苦しく思いつつも、女の身である自分にはなにもできないことをつらく思って生きてきたこと、仏道に入る決心をしたことなどを涙ながらに語り、被《かぶ》っていた衣を取ると、すでに出家していたのだった。

仏御前の許してほしいという願いを快く聞き入れた祇王は、四人で念仏修行を行ない、みなめでたく往生をとげた。後白河法皇が建立した長講堂《ちょうこうどう》の過去帳《かこちょう》にも「祇王、祇女、仏、とぢらが尊霊」と記されているという。

〔祇王のモデル・素材〕

祇王・祇女については、生没年・系譜はもとより、実在したか否かさえも未詳であるが、二人にかんする伝承はいくつか伝えられている。

京都長講堂に現存する過去帳(現存するものは江戸時代の書写かと考えられている)には、「閉・妓王・妓女・仏御前」の四人の名が、源為朝・為義につづいて記されている。また、嵯峨の往生院町に祇王寺があり、四人の木像が安置されており、姉妹の墓と伝えられる宝篋印塔《ほうきょういんとう》がある。さらに、伴蒿蹊《ばんこうけい》『閑田耕筆《かんでんこうひつ》』には、姉妹の父親は江部《えべ》の九郎時久といい、平家の家人であったが、熊野合戦で戦死したので、母刀自《とじ》が二人の娘を抱いてこの里に住んだという伝承が載せられている。これらはいずれも、江戸時代にできた伝承と推測されている。詳しくは、冨倉徳次郎『平家物語全注釈』を参照されたい。

〔祇王の人物の評価の歴史〕

(1) 梶原正昭は、祇王と仏御前の対照的性格を指摘している。すなわち、祇王は我執の少ないおだやかな人柄だが芯《しん》の強いところがあり、仏御前のほうは聡明で頭の回転の速い行動的なタイプであるという。そしてこの二人が、清盛の無道なふるまいによって、それぞれに世の無常を悟り、最終的にひとつの仏の道に結ばれていく様を語ったのが『平家物語』の祇王の物語であるとする。また二人の生き方を対比させ、祇王はみずからすすんで新しい運命を切り開いてゆく決断と実行力に欠け、再三におよぶ屈辱を受けて、やっと仏道に帰依《きえ》したのにたいし、仏御前は祇王の運命のなかにみずからの将来を悟り、清盛の恩寵が衰えるまえにみずから俗世を棄《す》てて仏門に入っている、と指摘する。

(2) 佐伯真一は、祇王は清盛に翻弄されたことは確かであるが、まったく受動的に出家に追いやられたわけではないと考える。祇王はいくつかの選択肢《せんたくし》があったと考えられる状況下にあって、遊女としてのプライドと来世への信仰から、みずからすすんで仏道を選んだのであると、祇王の意志の強さを読みとっている。

〔祇王の人物像をいかに読むべきか〕

祇王の物語は、「入道相国《にふだうしやうこく》、一天四海《いつてんしかい》を、たなごころのうちににぎり給ひしあひだ、世のそしりをもはばからず、人の嘲《あざけ》りをもかへりみず、不思議の事をのみし給へり」と、平清盛（入道相国）が天下を思うままにし、人の非難も気にしないで非常識なふるまいをしていたことから語りはじめられ、以下、祇王たちの話へと入ってゆく。つまり、清盛をはじめとした平家一門の驕《おご》りが平家滅亡につながったという物語の主題にそって、清盛の横暴さの具体的一例として、祇王たちの悲劇が語られているわけである。

物語全体のなかでの「祇王」の位置づけは、右のように、清盛の横暴さを語ることにあるといえよう。しかし、「祇王」は、祇王・祇女・とぢ・仏という四人の女性がいっしょに念仏往生をとげたという女人往生《にょにんおうじょう》の物語としても読まれてきた。

「祇王」は、『平家物語』のなかでも一つの章段としてはとても長い、女性哀話である。そして、この物語は祇王(女性)の視点から語られ統括《とうかつ》されている。このことから、もともと祇王の物語は女性によって語られ、それを聞く人も女性ではなかったかという推測もされている。祇王に重ね合わせた物語を語る尼や遊女のなかで祇王の物語が生まれ、伝承されてゆき、それが『平家物語』に取りこまれていったと考えられているのである。

また、たとえば「祇王もとより思ひまうけたる道なれども、さすがに昨日今日《きのふけふ》とは思ひよらず」という、清盛邸から追い出されるさいの祇王の心理に示されているように、「諸行無常」「盛者必衰」といった『平家物語』の主題が随所に散りばめられていることに注目する意見もある。

〈祇王が影響を与えた作品〉

『平家物語』巻一「祇王」をふまえた作品として、室町物語『祇王』(『祇王物語』)、謡曲『祇王』、『仏原《ほとけのはら》』がある。室町物語『祇王』は、『平家物語』から、ほぼそのまま抜き出した作品であるが、芸能者の出家を主題としている点に『平家物語』との違いがある。謡曲『祇王』は、祇王の取りなしにより清盛との対面がかなった仏御前は、祇王といっしょに舞を舞う。その後、仏御前一人で舞うようにという命令から、祇王は清盛の心変わりを知ったが、仏御前は祇王を裏切らないと約束した、という内容である。同じく謡曲『仏原』の内容は、とある僧が、加賀の仏の原を通りかかったところ、里女に出会う。里女は、仏御前の命日であるから弔ってほしいと願い、祇王・仏の物語をし、仏の霊であるとみずから名のり姿を消す。やがて白拍子姿の仏御前が現われ、弔ってくれたことへのお礼の舞を舞い、この世には人間も仏もなく、また仏の舞もないと述べて消えてゆく、という内容で、『平家物語』をアレンジしたものである。

(和田琢磨)

小督《こごう》

『平家物語』
鎌倉時代

〔小督の人生〕

小督は桜町中納言成範《しげのり》の娘で、宮中一の美人、しかも琴の名手であった。もともと彼女は、当時少将であった冷泉《れいぜい》大納言隆房と交際していたが、傷心の高倉院を慰めるためにと、その女房として召されてしまう。思いを断ち切れない少将隆房は、小督に和歌を詠みつかわすが、高倉院のことを気にする小督は手にさえしなかった。この話を聞いて激怒したのが平清盛である。なぜなら、隆房は清盛の娘婿であったうえに、高倉院の中宮は清盛の娘徳子だったため、小督により二人の面目がつぶされたと考えたのである。清盛が怒っているという話を漏れ聞いた小督は、自分のことはともかくとして、高倉院に迷惑がかかることを恐れ、ある日の暮れに人知れず宮中を出て失踪《しっそう》してしまった。高倉院は小督の失踪をたいへん悲しんだが、このことが清盛をさらに怒らせ、高倉院のまわりの人に嫌がらせをし、高倉院を孤立させてしまう。

そうこうしているうちに、八月十日ごろになった。月の美しいある日の夜、高倉院は高階《たかしな》仲国を召して、小督のゆくえを探すよう命ずる。高倉院は、小督が嵯峨《さが》にある片折戸の家に身を寄せているという噂を聞いていたのである。しかし、その家の主人の名を知らない以上、小督を探しだすことは無理であり、そのことに気づいた高倉院は涙した。そのとき仲国は、「小督は琴の名人であるから、こんなに月が美しい夜に、高倉院のことを思って琴を弾かないはずはあるまい。自分はむかし笛の役で召されたことがあるから、小督の琴の音は聞けばわかるはずだ」と思い、「もしかしたらお会いできるかもしれませんので、探しに行ってみましょう。ただし、お会いできたとしましても、いいかげんなことだと思われたら困りますので、お手紙をいただきたいと思います」と言って、寮の御馬を賜わり、高倉院の手紙を手に嵯峨へと急いだ。

嵯峨の家々や仏堂などを探しまわったけれども、小督らしき女房は見あたらず、あきらめかけた仲国であったが、「近くにある法輪寺に、もしかしたら月に誘われて、小督殿が行かれていることもあるかもしれない」と思い、そちらのほうに向かった。すると、亀山の近くで、峰を吹き渡る嵐の音か、松風の音か、それとも小督の弾く琴の音か定かではないが、かすかに琴の音が聞こえてきた。馬の足を速めていくと、とある片折戸の内から琴の音が聞こえてくる。耳を澄まして聞いていると、まちがいなく小督の琴の音であった。その曲が「想夫恋《そうふれん》」というものであったことから、高倉院のことを思って小督が弾いていると確信した仲国は、内裏《だいり》からの使いであることを伝えて小督に会い、高倉院の手紙を渡した。小督は、清盛に恐れをなして逃げだして以来、琴を弾くことはなかったけれども、明日大原の奥に移るので最後に琴を弾いていたと語った。大原で出家する覚悟だったのである。このことを聞いた仲国は、小督を従者に見守らせたうえで、大急ぎで御所に帰った。夜通し仲国の帰りを待っていた高倉院は、仲国の話を聞くと、小督を迎えるよう命じ、内裏に迎え入れ、人気《ひとけ》のないところに住まわせた。

　その後、高倉院は小督のもとに通い、坊門の女院といわれる姫宮をもうけた。しかし、そのことを知った清盛は、小督を捕らえ出家させてしまう。時に二十三歳の小督は、嵯峨のあたりに住んだという。出家を望んでいた小督であったが、この出家は不本意なものであった。こういったことで心労が重なった高倉院は、とうとう亡くなってしまったという。

〔小督のモデル・素材〕

　生没年は未詳であるが、平家一門の興亡にかんする記事を多く有する、中山忠親《なかやまただちか》（平安末期の公卿）の日記『山《さん》槐記《かいき》』治承四年（一一八〇）四月十二日条の高倉帝の皇女範子内親王にかんする記事のなかに、「母は権中納言成範の娘。小督殿と号す」とあることから、藤原信西の孫で、桜町中納言成範の娘であったことがわかる。また、『建春門院中納言日記《けんしゅんもんいんちゅうなごんにっき》』（十三世紀初期成立）には高倉帝が行幸したさいの小督の美しさが記され、『尊卑分脈《そんぴぶんみゃく》』（十四世紀末に作られた系図集）に「高倉院の小督の局《つぼね》、名人なり。隆茂（房カ）卿の恋尽の主也」とあることなどから、小督は宮中一の美女で琴の名手でもあったことが知られている。『山槐記』には先の部分につづき、小督が二十三歳で出家したことが記されているが、その理由は「なにか事情があったのだろうか。出家の理由はわからない」としている。鎌倉時代初期の貴族である藤原定家の日記である『明月記《めいげつき》』元久二年（一二〇五）閏《うるう》七月条には、病気の小督を定家が見舞ったことが記されている。

〔小督の人物の評価の歴史〕

小督と恋仲だった冷泉隆房には『隆房集』（『艶詞《えんし》』）という歌集があり、小督と思われる女房との悲恋の思い出が虚構をまじえて描かれている。この作品には、『平家物語』が載せる歌「思ひかね心はそらにみちのくのちかのしほがまちかきかひなし」と「たまづさを今は手にだにとらじとやさこそ心に思ひすつとも」の二首も見られることから、『平家物語』の作者が『隆房集』を参照したと考えられている。隆房と小督の悲恋の物語に、高倉院と小督の話と、清盛の非道ぶりを加えることによって、清盛の専横ぶりの一例を語る物語につくりなおしているのである。

高階仲国が小督を探すくだりは、古くから平安時代の王朝物語などの影響を受け、優美な物語世界をかもしだしているという指摘がなされてきた。月夜に琴の音を探すあたりは『宇津保物語』に通ずるといわれたり、仲国が寮の馬で月の嵯峨を探す場面は『源氏物語』「桐壺」・「賢木」巻や『長恨歌《ちょうごんか》』に重なるところがあるという。

日下力は、物語に登場する仲国は、『富家語《ふけご》』の筆録者であった高階仲行の子にあたる高階仲国のことであることを明らかにした。

松尾葦江は、この話の魅力は王朝的な優美さだけにあるのではなく、「小督」には「我を忘れるほど思いつめた帝と、切なる慕情を圧し殺して大原へ去ろうとしている小督と、ふたりを支えるために全力をつくそうとする仲国」の真情を踏みにじる清盛の権力（不条理さ）に立ち向かう人びとの意志的な姿が共感をもって描かれており、人びとはそこにこそ感動するのだと説いている。

また細川涼一は、「高倉上皇と小督の悲恋譚を通して、『やさしい』統治者像として理想化された高倉上皇像の形象化がなされて」いることから、「小督」に「高倉の帝徳を称揚する王権と関わる音楽説話」としての性格を指摘している。

〔小督の人物像をいかに読むべきか〕

小督は高倉院に愛された女性であった。しかし、時の権力者であった清盛ににらまれたことから、悲劇的人生を送ることになる。すなわち、小督の存在により娘と娘婿の二人の面目をつぶされたと考えた清盛は、「小督がいるかぎりは世間体がよくないだろう。召し出して殺してしまおう」といい、小督と高倉院の二人の仲を引き裂いてしまったのである。

「小督」の章段は、清盛の専横ぶりを語ることを主眼としているのであるが、この物語のすばらしさは、その表現性の美しさにも認められる。たとえば、嵯峨に身を隠した小督を探しに行った仲国が、小督を発見するくだりに、「亀山のあたりちかく、松の一むらあるかたに、かすかに琴ぞきこえける。峰の嵐か松風か、たづぬる人の琴の音か、おぼつかなくは思へども、駒をはやめてゆくほどに、片折戸したる内に琴をぞひきすまされたる」とあるが、このように王朝物語を思い起こさせる表現を用いることで、優美な物語世界を描きだすことに成功しているのである。

王朝的優美な雰囲気は、小督と高倉院の関係を描きだすのにふさわしいものである。物語は二人の悲恋を、言葉が織りなす表現世界からも演出しようとしているのだ。そして、このような甘美な世界を崩壊させる人物として清盛は描かれている。物語の内容と表現世界は密接につながっているのである。

〔小督が影響を与えた作品〕

『平家物語』の「小督」は、後世、謡曲として、また独立した物語としてつくられ、人びとに親しまれてきた。金春禅竹《こんぱるぜんちく》の作かといわれる謡曲『小督』は、高倉院の命を受けた仲国が、満月の夜に嵯峨野で小督を探しだし、院の手紙の返事を預かり、酒宴ののちに京に帰るというもの。室町物語『小督物語』は、高倉院の命を受け小督を探しに行った仲国が嵯峨をさまよっていると、院を慕う琴の音が聞こえてきた。それに合わせて仲国が笛を吹き門をたたくと琴の音がやむ、という場面で終わっている。あるいは、仲国が小督を連れて帰る部分が失われてしまったのかもしれない。内容は『平家物語』の「小督」とほぼ同じであるが、「隆房」を「みちふさ」としたり、『平家物語』には見られない和歌を載せるなどの違いも認められる（『お伽草子事典』「小督物語」の項、伊藤慎吾執筆参照）。

（和田琢磨）

〔現代に生きる小督《こごう》〕

小督は、現代風にいえば、生まれてくる子の性別（皇子か皇女か）によって人生を翻弄された女性である。

現代でも、男児を生むか女児を生むかによって女性の人生は大きく変転する場合がある。たとえば、天皇家をはじめ、社会的地位の高い人は、後継者を必要とするから、男児を切望する。しかし、後継者に拘泥《こうでい》しない普通の家では、どちらかというと女児を好むという。

女性（母）にとって、育てにくく扱いにくい息子より、そして結局嫁に取られてしまう息子より、老後まで話し相手になったり、買い物・旅行に連れ立って行ったりできる娘の方が好まれるという。女性の人生の後半を彩るのは息子より娘であるかもしれない。

（西沢正史）

巴御前《ともえごぜん》

『平家物語』
鎌倉時代

〔巴御前の人生〕

巴御前は、『平家物語』巻九「木曾最期」に登場する。彼女は、「いろ白く髪ながく、容顔《ようがん》まことにすぐれたる美人で、しかも「ありがたき強弓精兵《つよゆみせいびやう》、馬の上、かちだち、打物《うちもの》もつては鬼にも神にもあはふどいふ一人当千《いちにんたうぜん》の兵者《つはもの》なり」と、弓矢の技術が高く、馬に乗っても乗らなくても、刀を持たせてもだれにも負けないすばらしい武者であったという。その資質が買われ、「究竟《くつきやう》のあら馬乗り、悪所《あくしよ》おとし、いくさといへば、札《さね》よき鎧《よろひ》着せ、大太刀《おほだち》・強弓もたせて、まづ一方の大将にはむけられけり。度々《どど》の高名《かうみやう》、肩をならぶる者なし」と、戦いとなれば質のよい鎧を与えられるなどして、大将の一人として戦場に送られ、数々の功名をあげたというのだ。このような女性であったため、味方のほとんどが討ち死にするなか、「七騎が内まで巴はうたれざりけり」と、巴御前は最後のほうまで義仲に従うことができたのである。

しかし、いざ討ち死にのときとなると、巴御前の身を思うがゆえに、義仲は「おのれは、とうとう、女なれば、いづちへもゆけ。我は打死せんと思ふなり。もし人手にかからば自害をせんずれば、木曾殿の最後のいくさに、女を具せられたりけりなんど、いはれん事もしかるべからず」と強い口調で言い放つ。「義仲の最期に女がいっしょであったなどといわれては恥だから、早くどこかへ行け」ということばは、巴御前の身を思ってのことであることはいうまでもない。巴御前は抵抗するもあきらめ、最後の戦いといって恩田八郎師重の首をねじ切り、鎧を脱ぎ捨て東国の方へと落ちていったという。

〔巴御前のモデル・素材〕

『平家物語』にはさまざまな種類（諸本）があるが、「靹《ともゑ》」「靹絵《ともゑ》」「伴絵《ともゑ》」と諸本により表記が異なる。『源平《げんぺい》盛衰記《じょうすいき》』などは、父を「木曾中三権守《きそのちゅうぞうごんのかみ》」（中原兼遠）とするが、これにしたがうと、樋口兼光・今井兼平の兄妹ということになる。また『源平闘諍録《げんぺいとうじょうろく》』は、父を樋口次郎兼光（兼遠二男）、母を挿頭《かざし》とする。

『平家物語』のなかでも古い姿を比較的多く残しているといわれる延慶本《えんぎょうぼん》『平家物語』によると、巴御前は義仲と幼いころから同じように育ち、大力だったために義仲のそば近くで使われたという。『平家物語』では、巴御前を「非上（物語では「便女」「美女」と記されている）」という陣中で身のまわりの世話をし、戦にもかかわった下級の侍女とされているが、義仲との関係は「乳母子《めのとご》ながら妾《おもひもの》」（『源平盛衰記』）に端的に示されていよう。巴御前は、木曾義仲の愛妾・女武者だったのである。

このように、『平家物語』には巴御前にまつわるいくつかのエピソードが載せられているが、記録類からは、彼女の存在すら確かめることはできない。巴御前は、物語・伝説上の人物である可能性が高い。

〔巴御前の人物の評価の歴史〕

長門本《ながとぼん》『平家物語』は、越後の国（新潟県）友椙《ともすぎ》で尼になったという伝を載せる。『源平盛衰記』や百二十句本『平家物語』には、木曾義仲が「早く逃げて義仲達の最期のようすを語り、後世を弔ってくれ」と巴御前に語ったということが記されている。このことから、水原一により、巴御前が義仲最期のことを報告し、彼女の名を名のる巫女が諸国を廻って物語を広めたのではないかという説も出されている。こうして語られていた話が、『平家物語』に取り入れられたというのである。

『源平盛衰記』の巴御前の描かれ方は、〈弔う女〉と〈産む女〉という二つの性格をあわせもっているが、これは中世という時代の武士への要請に応えたものと、源健一郎は考える。そして、〈弔う女〉としての性格は主に謡曲の世界に、〈産む女〉としての性格は主に幸若や御伽草子・古浄瑠璃などのテクストに引き継がれていったという。

〔巴御前の人物像をいかに読むべきか〕

巴御前の人物像は、「巴はいろ白く髪ながく、容顔《ようがん》まことにすぐれたり。ありがたき強弓精兵《つよゆみせいびやう》、馬の上、かちだち、打物《うちもの》もつては鬼にも神にもあはふどいふ一人当千《いちにんたうぜん》の兵者《つはもの》なり。究竟《くつきやう》のあら馬乗り、悪所《あくしよ》おとし、いくさといへば、札《さね》よき鎧《よろひ》着せ、大太刀《おほだち》・強弓もたせて、まづ一《いつ》方《ぱう》の大将にはむけられけり。度々《どど》の高名《かうみやう》肩をならぶる者なし。されば今度《このたび》も、おほくの者どもおちゆき、うたれける中に、七騎が内まで巴はうたれざりけり」という、『平家物語』の紹介部分にほぼ規定されているといえよう。巴御前は美人で、力の強い女武者であったのである。このイメージが人びとに受けつがれ、さまざまな巴御前の伝説がつくられていった。『源平盛衰記』の例を掲げておこう。

『平家物語』諸本のほとんどは、戦場から去ったのちの巴の動向について語っていないが、『源平盛衰記』だけは次のような話を伝えている。頼朝に斬られる直前、巴御前を見て「事の景気《けいき》も尋常《じんじゃう》なり。心の剛も無双なり。あの様の種《しゅ》を継《つ》がせばや」と、巴御前の血を引いた子どもがほしいと思った和田義盛に助けられ、彼とのあいだに朝比奈《あさひな》三郎義秀《さぶろうよしひで》をもうけた。朝比奈は巴御前と同様大力だったが、元久二年（一二〇五）の和田合戦で討ち死にしてしまう。巴御前は越中の石黒氏を頼り、そこで出家し、息子の後生を弔い九十一歳まで生きたといい、一説には、赤瀬の地頭のもとにいたとされる。この朝比奈の母とする説は、義秀の生年から史実とはいえないことが明らかにされているが、ここで重要なことは、巴御前の大力という資質を受け継ぐ子孫が生まれたという伝説が創られていた点にある。

〔巴御前が影響を与えた人物・作品〕

謡曲に『巴』という作品がある。木曾から旅をする僧が、途中、近江《おうみ》の国（滋賀県）粟津《あわづ》の松原で巫女に出会う。彼女は木曾義仲をまつる祠《ほこら》を教え、回向《えこう》を願い姿を消す。僧が弔っていると、さきほどの女が鎧をまとった姿で現われ、自分は巴の霊であると名のり、義仲との別れのようすや形見の小袖と守り刀を携えて逃げ落ちたさいのことなどを語り、冥福を祈ってくれるよう願う。

また、室町物語に『朝比奈』という作品がある。これは、巴御前の子という伝承をもつ朝比奈三郎義秀を物語にした作品であるが、その前半部に母である巴御前のことが語られている。巴御前にかんする部分の内容は、前項で引いた『源平盛衰記』とほぼ同じである。

（和田琢磨）

小宰相

こざいしょう

『平家物語』
鎌倉時代

〔小宰相の人生〕

小宰相は頭《とう》の刑部卿憲方《ぎょうぶきょうのりかた》の娘であり、上西門院《じょうさいもんいん》の女房で、宮中一の美人であったという。安元年間(一一七五～七七)の春、小宰相が十六歳のころ、女院が法勝寺《ほっしょうじ》に花見に行ったとき、のちに夫となる平通盛《みちもり》も供をしていたが、小宰相に一目惚《ひとめぼ》れしてしまった。それ以来、通盛は和歌を詠み手紙を書いて、小宰相に思いを伝えようとしたが、相手にしてもらえなかった。こうして三年もの月日が過ぎたある日、通盛はこれを最後という手紙を書き小宰相のもとにつかわした。あいにく取り次ぎの女房に会えずに通盛の使いはむなしく帰ろうとしていたところ、運よく御所に向かう小宰相に出会った。チャンス到来とばかりに、使いは強引に小宰相の車のすだれの中に通盛の手紙を投げ入れたので、彼女は捨てるわけにもいかず袴《はかま》の腰にそれをはさんで参内《さんだい》した。

小宰相は、宮仕えしているうちに、こともあろうに女院の前に通盛の手紙を落としてしまった。だれの手紙かとの問いに女房たちはみな自分のものではないと答えたが、小宰相だけが顔を赤らめていた。女院は小宰相にたいする通盛の思いを知っていたので、その手紙を読んでみたところ、よい香りが焚《た》きこめられた紙に、すばらしい文字で「あまりにもあなたの心が強いので、いまではかえってそれがうれしい」など細々《こまごま》と書いてあり、最後に「我こひは細谷河のまろ木橋ふみかへされてぬるる袖かな」(私の恋心は細い谷川にかかっている丸木橋のようなものです。何度も踏み返されてぬれている丸木橋のように、手紙を返されて私の袖は涙でぬれていますよ)と一首あった。女院は、この恨《うら》みの歌を見て、あまりにも気が強いのも女性としてはどうかと思ったので、たいへんな美人でありながら気が強かったために零落《れいらく》した小野小町を例にあげ、小宰相を諭《さと》した。そして、「ただたのめ細谷河のまろ木橋ふみかへしてはおちざらめやは」(ひたすらに細い丸木橋を頼りにしなさい。何度も踏んでいれば落ちないことがありましょうか。いや、かならず落ちますよ。だから、きっと私の心もなびきますよ)

と、小宰相に代わって女院が返事を書いた。こうして、小宰相は通盛の妻となり幸せな生活を送ることになったのである。

ところが、夫の通盛は一の谷の合戦で討ち死にしてしまう。その知らせを受けても、小宰相はしばらく信じなかった。しかし通盛の死が疑いないとわかると、通盛が三十歳にして初めて授かった子がお腹のなかにいるにもかかわらず、小宰相は夫を追って自害を決意する。「静かに出産した後に、幼子を育てて亡き夫の形見として見たいとは思うけれども、幼子を見るたびごとに夫のことが恋しく思われるでしょう。つらい思いが数多く積もって、慰められることはないでしょう」というのが、小宰相の考えであった。まわりの制止をふりきって、小宰相は人びとが寝ているあいだに念仏を百返ほど唱えてから、海に飛びこみ自殺してしまう。海から引きあげられた小宰相の遺体は、夫の着背長《きせなが》(鎧《よろい》)に包まれて海に沈められた。

物語の語り手は、小宰相の最期《さいご》について、つぎのように語り賞賛している。夫の死後、出家する人は多くいても、小宰相のように後追い自殺する人はめずらしい。

「忠臣は二君につかへず、貞女は二夫にまみえずとも、かやうの事をや申すべき」と。

〔小宰相のモデル・素材〕

『尊卑分脈《そんぴぶんみゃく》』の藤原憲方《ふじわらののりかた》の娘の一人に、「従三位平通盛卿の室、上西門院《じょうさいもんいん》女房、小宰相」とある。小宰相は、上西門院に仕える女房で平通盛の妻であった。父は蔵人頭《くろうどのとう》で刑部卿《ぎょうぶきょう》を兼ねた藤原憲方という。

『建礼門院右京大夫集《けんれいもんいんうきょうのだいぶしゅう》』(十三世紀初期に成立した建礼門院に仕えた右京大夫の家集)には、作者が実際に見た小宰相のこと、小宰相が入水死《じゅすいし》した当時のことが記されている。

治承《じしょう》年間(一一七七~八一)の豊《とよ》の明《あ》かりの節会《せちえ》のころ、小宰相を見かけたが、とても美しかったので、当時、通盛に小宰相を取られてしまい嘆いていた人に和歌を贈った。それは、「さぞかしお嘆きのことでしょう」という内容であったが、「どうして小宰相に恋をしてしまったのだろうか」という内容の返歌があったという。その後、通盛のために小宰相までも水底の藻《も》くずとなってしまったという前例のない悲劇にみまわれたが、もしあのとき、通盛ではない人(右京大夫と和歌をやりとりした人)といっしょになっていたら、こんなことにはならなかったのに……という内容である。

〔小宰相の人物の評価の歴史〕

日下力は、物語において小宰相が入水自殺した二月十三日が、通盛の初七日にあたっていることに注目し、そこに作者の作意を指摘した。すなわち、一の谷から屋島までは当時の船でも二日ほどで移動できていたことを指摘したうえで、作者は史実を曲げて、通盛の首が都大路を渡された十三日と呼応させたのではないかと考えている。

横井孝は、小宰相の入水場面がふまえている王朝物語について論じている。この場面が、『源氏物語』「総角《あげまき》」巻にみられるような結婚拒否の論理や、『狭衣物語《さごろも》』巻一末尾に描かれているヒロイン飛鳥井《あすかい》の女君の描写の影響を受けていることを指摘し、そこから小宰相の物語が女の視点からなされているという考え方を導きだしている。

四重田陽美は、入水場面の小宰相の描かれ方には『源氏物語』の浮舟《うきふね》の姿が重ねられていると論じている。すなわち、再婚させられてしまうことを拒絶し自害した小宰相と、二人の男性の愛情のあいだにはさまれ苦しみ身を投げた浮舟の姿が、作者の思考のなかで重なっていたと考えている。

〔小宰相の人物像をいかに読むべきか〕

夫の討ち死に後、出家し後世の菩提《ぼだい》を弔《とむら》う女性は『平家物語』やほかの軍記物語にも数多くみられるが、小宰相のように身ごもっていながら夫の後を追って自害する女性はめずらしい。事実、『平家物語』の語り手も、「むかしから夫に先立たれる例は多いけれども、そういったときは出家するのが一般的であるが、自害までする(身を投げる)ことはめったにない例である。忠臣は二君に仕えず、貞女は二夫《じふ》にまみえずというけれども、このようなことを申すのであろうか」と批評している。

小宰相の入水記事は、『保元物語』の為義の北の方との類似性が指摘されたり、『狭衣物語』の飛鳥井姫君との類似性が指摘されたりするが、その意志の強さに王朝物語作品にはみられない女性像をみるむきもある。

〔小宰相が影響を与えた人物・作品〕

謡曲に『通盛』という作品がある。阿波《あわ》の国（徳島県）鳴門で夏安居《げあんご》の僧が平家一門を弔っていると、それを聴きに来ていた老漁師夫婦が、小宰相の入水のことを語り姿を消す。二人は通盛と小宰相夫婦の亡霊であった。僧が二人のために『法華経』を読誦していると、二人はふたたび現われ、一の谷の合戦前夜の悲しい別れや通盛の最期のようすを語り供養を頼む。

（和田琢磨）

〔現代に生きる小宰相《こざいしょう》〕

小宰相は、現代風にいえば、夫に先立たれた悲しみによって自殺した女性である。

現代において、三十代・四十代で夫に先立たれた妻は、子供を抱えている場合、経済的に困窮するので、困難な人生を歩まなければならないことも少なくない。その人生の選択として、

(1)　生活力のある男性と再婚する
(2)　就職して女手一つで子供を育てる

のどちらかを選択するのが一般的であろう。が、どちらにしても、さまざまな問題が生じて、苦難の人生を歩むことは明らかである。（子供がいない場合は(1)を選択する可能性が大きいとみられる）

配偶者に先立たれた人に対する社会保障制度の充実が望まれるが、それが十分でない現状からすると、女性の場合、資格を取得したり、資産を蓄えておいたりして、生活のために経済力をつけておく必要がある。

（西沢正史）

横笛

よこぶえ

『平家物語』
鎌倉時代

〈横笛の人生〉

屋島(香川県)の戦線を離脱した平維盛《たいらのこれもり》は、京都に残した妻子を忘れがたく思いつつも、捕縛《ほばく》されることを恐れて高野山《こうやさん》へと向かった。高野山には、父の平重盛《しげもり》に仕えていた斎藤時頼という滝口武士《たきぐちぶし》が出家して住まっていたからである。維盛はこの滝口入道の導きで高野山に参《さん》詣《けい》したあと出家し、さらに熊野《くまの》に参詣ののち、那智《なち》の沖で入水《じゅすい》して果てたのだった。寿永三年(一一八四)三月二十八日のことである。『平家物語』は維盛最期《さいご》の旅の先《せん》達《だつ》である滝口入道の出家のいきさつを紹介しているが、彼の出家にかかわったのが横笛である。

斎藤時頼は十三歳で滝口武士に任ぜられたが、まもなく建礼門院《けんれいもんいん》に仕える雑仕《ぞうし》(雑役に従事する下級の官女)横笛と恋に落ちる。父の茂頼は、息子の時頼と後《うし》ろ盾《だて》のない身分の低い女との関係を喜ばず、厳しくこれを諫《いさ》めた。父の希望をいれて短い人生を望まない相手と結婚して過ごすことはできないが、だからといって、父の命令に背《そむ》いて思いをつらぬくことも不孝である。時頼はこの二律背反《にりつはいはん》を「まことの道(仏道)」に赴《おもむ》くよい機会とみて十九歳で出家してしまった。恋人も父をも捨てての出家であった。

さて横笛は、時頼(滝口入道)が出家したのみならず知らせもしなかったことに恨《うら》み言《ごと》をいいたいと思い、ある夜、都を出て嵯峨野《さがの》へとさまよい出た。時頼の所在は往《おう》生院《じょういん》と聞いてはいたが、そのなかのどの僧坊にいるかがわからず、あちらこちらを探し歩いた。そして、ある荒れ果てた僧坊から聞こえる念誦《ねんじゅ》は、まごうことなき時頼の声であった。横笛が伝えた来訪の趣《おもむき》を聞いて驚いた時頼がふすまの隙間《すきま》からのぞき見をすると、そこにはまさしく自分の愛した横笛の疲れ果てた姿があった。時頼の目に、横笛は、探しあぐねて疲労困憊《こんぱい》したひどく気の毒なありさまに映った。しかし、仏道への志が揺らぐのを恐れた滝口入道は、人を出して「ここにはそのような者はいない。お尋ねの先がちがうのだろう」といわせ、ついに会うことなく終わった。横笛は、時頼に居留守《いるす》を使われたと感じたがどうしようもなく、泣く泣く都へ帰るほかなかった。

横笛の来訪後、滝口入道時頼は高野山へと住居を移した。滝口入道の心のなかには横笛への愛情が強く残っており、そのために横笛が再度の来訪をすることでもあれば心が揺らぎかねないと恐れたからである。

その後、滝口入道は横笛の出家の噂を聞き、「そるまではうらみしかども梓弓《あずさゆみ》まことの道に入るぞうれしき(出家するまでは親に喜ばれない仲であるあなたの存在を恨んだが、ともに仏道にはいったのはうれしいことだ)」と歌を贈って、横笛の出家を喜んだ。横笛は「そるとてもなにかうらみん梓弓ひきとどむべき心ならねば(あなたが出家をしたからといって、なんで恨みましょうか、引き留めることができるあなたの心でない以上は)」と歌を返した。愛する人とのせめてもの共通の基盤をもちたいと、出家を選んだ横笛であった。横笛は尼《あま》となって奈良の法華寺《ほっけじ》にいたが、滝口への思いの蓄積が身体を害したのか、いくほどもなく死去したという。

滝口入道は横笛の死を聞いて、さらに厳しい修行をつづけた。かくして父も出家の不孝を許し、親しい者たちも「高野《こうや》の聖《ひじり》」といって尊崇したことであった。

〔横笛のモデル・素材〕

奈良の法華寺門前には横笛堂があって、そのなかに横笛像と称するほっそりとした美しい尼僧像が伝わっているが、史料からは横笛の存在を確認することはできない。横笛説話じたいも『平家物語』の諸本によってちがいがあり、滝口入道と横笛の贈答の和歌二首の作者が入れ替わっていたり、滝口入道を訪ねたあとの横笛のゆくえが異なっていたりする。

一方の滝口入道は、『尊卑分脈《そんぴぶんみゃく》』によりその系譜が確認できる。また、『吉記(吉田経房の日記)』養和元年(一一八一)十一月二十日条に、時頼が十八歳で道心を起こして出家した旨の記載がある。出家の年齢に一歳の差異はあるが、信用してよい所伝と考えられる。

〔『平家物語』における横笛の位置づけ〕

滝口入道(斎藤時頼)の『平家物語』における役割は、屋島より戦線を離脱した維盛の出家・熊野参詣・熊野の沖における入水《じゅすい》を、先達《せんだつ》として導くことである。平重盛の長男、清盛には孫にあたる維盛は、妻子への強い愛情と執着をもつ人物として描かれている。維盛が屋島（四国）よりもどったのは、妻子との再会を果たしたいという一念からであった。しかし、京都はすでに源氏の勢力下にあり、一の谷の合戦で生け捕りになった平家一門の重衡《しげひら》の噂が耳に入ったため、維盛は京都にはもどりかねて、高野山にいる滝口入道を訪ねた。滝口入道は出家前、維盛の父の重盛に仕えていたので、すくなからず縁があったからである。平家一門のなかにも居場所がなく、京都の妻子のもとに帰ることもできない維盛には生きる道がなく、滝口入道のもとに現われた時点で、熊野に参詣して死ぬことを宿願とするようになっていた。しかし、維盛の心中にはつねに妻子がいたので、入水の場にいたっても妻子への妄執が彼の心を迷わせた。このような維盛の心情を受けとめて支えながら、一方では妻子への煩悩《ぼんのう》を断ち切らせて浄土へと導くのが、滝口入道の『平家物語』における役割である。その意味で、女性との愛の悲劇を出家の機縁とし、その愛を断ち切って修行を重ねた滝口入道は、維盛の最期の旅の先達としてふさわしい地位を与えられているといえる。滝口入道の出家の顚末《てんまつ》を語る横笛説話は、滝口入道に、維盛の死出の旅の先達としての位置を与えているのである。

さて『平家物語』において、滝口入道は横笛への愛を断ち切って出家したが、一方の横笛は、愛した男（時頼）が自分に一言も告げずに出家してしまったと聞いて、恨み言をいいにそのもとを訪れようとする。事情も話さず出家したことに、自分から離れたいという時頼の強い意志を感じたからである。

しかし、実際はそうではなかった。滝口入道は、父の意向と横笛への愛との煩悶《はんもん》を機縁として出家はしたものの、横笛への愛はまだ深く心のなかに残っていたのである。それゆえに、横笛に会うことで出家の決意が揺らぐのを恐れていた。嵯峨を訪れた横笛に、入道の胸はさわいだ。だからこそ、滝口入道は「ここにそのような人物はいない」と人にいわせて横笛に会うことを避け、さらに、横笛が再度の訪れでもしたら道心が揺らいでしまうにちがいないと確信して、高野山に移り住むことにしたのである。しかし、時頼の心情を知るよしもない横笛は、強い拒絶にあったと感じた。そこで横笛が取った選《せん》択肢《たくし》は、出家して時頼と同じ世界に生きることであった。横笛の立場に立つと、拒絶されても拒絶されても同じ世界に生きようと必死だった彼女のいじらしい姿がみえてくる。

滝口入道にとって仏道は、父と愛する女との二律背反《にりつはいはん》の苦しみから逃れて自分が生きるための道であった。しかし、横笛にとっては自分を拒絶する男（時頼）との唯一の接点であった。滝口入道は横笛の出家を聞いて喜び、祝福する和歌を贈ったが、横笛の返歌は、男の愛をつなぎとめることのできなかった女の諦念《ていねん》を伝えている。『平家物語』は、横笛は思いが積もっていくほどもなく他界したと伝えている。滝口入道の愛を獲得することができず、出家はしたものの、同じ世界を共有して生きていると実感できなかった横笛にとって、仏道も救いにはならなかったのである。

しかし、横笛の死を伝え聞いた滝口入道は、いっそう修行に励み、父にも認められ、人びとからも尊敬を集めるようになった。横笛は、滝口入道の出家・修行を成就《じょうじゅ》させる機縁として、『平家物語』のなかで意味ある存在になっているといえる。

〔関連する作品〕

『平家物語』の諸本のなかでも、横笛は、出家したがけっきょく桂川に身を投げて死んだ、時頼に会いにいったが会えず大堰《おおい》川に身を投げ、滝口入道自身が火葬して骨を各所に納めて弔った、出家して天野別所に住み滝口入道の袈裟衣を濯《すす》いだなどの諸伝がある。

御伽草子《おとぎぞうし》には滝口と横笛の悲恋を描いた『横笛草紙』という作品があるが、『平家物語』との差異は、父の教訓に思い悩んだ時頼が密かに出家を決意し、横笛との逢瀬《おうせ》の翌朝、嵯峨の往生院に隠遁《いんとん》している点、横笛が夢に現われた老僧に時頼の居場所を教えられている点、滝口入道が横笛には会わないものの門の内と外とで和歌を贈答する点、横笛が大堰川の千鳥ヶ淵で入水《じゅすい》して滝口入道がいっそうの道心を起こした点などである。

近代の作品では、高山樗牛《ちょぎゅう》の『滝口入道』が著名である。『平家物語』の滝口入道関連説話全般を小説化したもので、樗牛の出世作とされる。平家全盛時代、横笛の舞姿を見たとたんに恋に落ちた時頼は、長らく恋慕の情に苦しむが、身分ちがいを理由に父が反対することを予見し、そのばあいには出家する決意を定めて、父に横笛への思いを語る。予想どおりの反対にあって時頼は出家を宣言し、病床にある重盛のもとに別れを告げに訪れるが、そこで万一維盛が不覚《ふかく》をしたばあいにそなえての見守りを託される。一方の横笛は、時頼と足助二郎重景の二人に求愛されていて決心がつかないでいたが、時頼出家の報により思い返すと、そこには情の深い時頼の姿があり、自分の気持ちにあらためて気づかされる。自分の本当の気持ちを自覚した横笛は、せめてその心情を伝えたいと嵯峨の往生院《おうじょういん》に時頼を訪ねるが、出てきた時頼はすべては過去のことであるとして横笛を帰らせた。修行に励む滝口入道（時頼）のもとをたまたま訪ねた老婆が横笛の出家と死を伝えたので、時頼はその墓を訪ねて後世《ごせ》を弔うのであった。以後、物語は維盛を先達として導き、入水《じゅすい》を見送ったのち、時頼が自刃をするまでを描いている。『平家物語』を素材としながらも、ドラマチックで華麗に展開させた物語である。

（XY）

〔現代に生きる横笛〕

横笛は、現代風にいえば、身分が低いことを理由に結婚に反対された女性である。

現代は、平等主義の時代であるから、身分ちがいで結婚を反対されることは少ないが、女性にとって身分の代わりに男性の学歴が結婚の障害になることが多いようである。

現代の若い女性は、相手の男性の学歴よりも容姿や人間性（性格）を重要視する傾向が顕著であるようだ。むしろ、高学歴のキャリアウーマンの結婚が社会問題になってきている。

いつの時代でも、多くの男性は、保守的であるから、有名大学出身の女性よりも、ごく普通の大学や女子大出身の女性を結婚相手に選ぶ傾向が強い。その結果、高学歴の女性は、結婚を願いつつも結婚にあぶれることが少なくないから、謙虚に相手を選ぶか、かなり年齢差のある相手を選ぶとうまくゆくかもしれない。

（西沢正史）

千手《せんじゅ》

『平家物語』
鎌倉時代

〔千手の人生〕

平重衡《しげひら》は清盛の四男で、平家一門のなかでも武勇に秀でていたが、寿永三年（一一八四）二月の一の谷合戦で生《い》け捕《ど》りになった。重衡は京都を経て鎌倉に護送され、ふたたび奈良にもどされて、南都寺院焼亡の罪により木津川のほとりで斬首《ざんしゅ》された。

『平家物語』は、重衡の最期《さいご》の旅を、平家一族の滅亡と重ね合わせながら悲しく描いている。重衡の旅は、生前親しかった人びととの今生《こんじょう》の別れに彩られた旅でもあった。

鎌倉では、源頼朝が重衡の到着を待ちかねて、南都焼亡について推問《すいもん》した。重衡の応答は毅然《きぜん》としていて、頼朝をはじめ同座の人びとに感銘を与えた。その後、重衡の身柄は狩野《かの》の介《すけ》宗茂に預けられた。

狩野の介宗茂は、囚人の重衡に厳しくあたることはせず、温情をもって接した。宗茂はまず、長旅の汚れを落とせるよう、湯殿《ゆどの》の準備をして入浴をすすめた。重衡は、体をきれいにしてから処刑しようというもくろみではないかと疑ったが、入浴の介助《かいじょ》に現われたのは年齢二十歳ばかりの優雅で美しい女であった。女は、自分が頼朝の好意で派遣されたことを明かし、頼朝の「重衡の希望を聞いてくるように」ということばを伝えた。重衡は出家をしたいという希望を伝えたが、頼朝は、重衡が私的な怨敵《おんてき》ではないから自分の裁量の範囲ではないという理由で、重衡の出家を許容しなかった。

介助の女の優美さに心ひかれた重衡がのちに警備の武士に尋ねたところ、女は手越《たごし》の長者の娘で、名を千手《せんじゅ》の前《まえ》といい、容姿も美しく性格も優れていることから、頼朝自身がこの二、三年召し使っているという話であった。

その晩も、千手は琴《こと》と琵琶《びわ》を携えて重衡のもとを訪れた。狩野の介は重衡に酒をすすめ、自分も酒の相手をした。千手が酌《しゃく》をしても、死を覚悟している重衡は少し受けるだけで、気のり薄な態度をとった。もてなし役の狩野の介は白けた座の雰囲気に困惑して、千手に朗詠《ろうえい》を求めた。そこで千手は、菅原道真《みちざね》の「羅綺《らき》の重衣たる、情ない事を奇婦《きふ》に妬《ねた》む（舞姫は舞い疲れて薄衣さえ重く感じ、機織《はたお》り女を無情だと恨む）」という漢詩を詠じた。道真の詩を詠じたのは、北野天神（菅原道真を神として崇《あが》めたもの）にこの朗詠をする人を護《まも》ろうという誓いがあったからである。しかし、重衡は心を開くことなく、天神の誓いは現世についてのことである、自分はすでに現世のことはあきらめているからと、皮肉な返答をするばかりであった。千手は重衡の心情を推《お》し量《はか》って、「十悪といへども引摂《いんじょう》す」、「極楽ねがはん人はみな、弥陀の名号唱べし」と阿弥陀仏の信仰をうたった別の朗詠を詠ずると、そのときになって重衡は杯を傾けたのであった。

心が解けた重衡は、千手が琴を弾くのを聞いて曲名をもとに冗談をいったり、みずから琵琶を弾いたりもした。夜が更《ふ》けるにしたがって、座の雰囲気はいよいよ盛りあがった。重衡の求めに千手は、「一樹《いちじゅ》の陰に宿り会ひ、同じ流れをむすぶも、みなこれ前世のちぎり（一本の木の陰で共に雨宿りをしたり、同じ流れから水を汲んだりするようなちょっとしたことでも、すべてみな前世からの約束なのです）」という白拍子《しらびょうし》の曲をとても見事に歌いあげた。重衡も、中国の楚《そ》の項羽《こうう》と虞美人《ぐびじん》との悲しい別れの場面の朗詠を詠じて、千手との別れを惜しんだ。

翌朝、千手は報告のため頼朝のもとに参上したが、頼朝は前夜の立ち聞きを白状し、戦いのことしか念頭にないと思っていた平家の武将（重衡）が、音楽のたしなみも見事であったことに感銘を受けたと語った。

重衡は、のちに奈良に送られて斬首された。千手はそれを聞くとすぐに髪を切り出家をして、信濃《しなの》（長野県）の善光寺で重衡の後世《ごせ》を弔《とむら》い、自分も往生《おうじょう》を果たした。たった一夜のことではあったが、心を交わしたことが重衡への思慕のきっかけとなったのであろう。

〔千手のモデル・素材〕

鎌倉幕府の史書である『吾妻鏡《あずまかがみ》』によれば、重衡は寿永三年（一一八四）三月二十七日に「伊豆国府（三島）」に到着し、二十八日に頼朝に面謁《めんえつ》したという。翌月の四月八日に鎌倉に入り、二十日に入浴を許されている。『吾妻鏡』四月二十日条によれば、その夜頼朝は、重衡の徒《つれ》然《づれ》を慰めるためとして藤原邦通《くにみち》・工藤祐経《すけつね》・官女（千手）などを遣わし、酒と肴《さかな》もあわせて贈ったので、重衡は大いに喜んだ。祐経は鼓《つづみ》を打ち今様《いまよう》を歌い、千手は琵琶、重衡は横笛で合奏し、朗詠も詠じられた。邦通らは頼朝のもとに帰参し、その情況をつぶさに報告した。頼朝は雅趣《がしゅ》に富んだ宴《うたげ》のありさまを聞いて、世の聞こえをはばかって同席しなかったのは残念であったと語り、着衣ひとそろいを千手に持たせて重衡に贈り、また、鎌倉在留の間、重衡が千手を召し使うようにしたという。『吾妻鏡』は後世《こうせい》の編纂《へんさん》ではあるが、実話と考えてさしつかえなかろう。

ただし『平家物語』では、千手は駿河《するが》の国（静岡県）の「手越《たごし》の長者（遊君）の娘」であるとするが、『吾妻鏡』は「官女」、「御台所《みだいどころ》（政子）の御方の女房」としている。また、重衡の死後の千手の動向について、『吾妻鏡』は文治四年（一一八八）四月二十二日条に、その夜千手が御台所の前で倒れ、すぐ意識を回復したものの翌暁実家に帰ったという記事があり、二十五日条では千手の死去を伝えている。年齢は二十四歳。千手は穏やかな性格で、人びとはその死を惜しんだという。また、その死の理由を推測して、重衡の鎌倉滞在中に親しんだことから、恋慕の思いがやまず、このことが発病の因になったのではないかと記している。出家して信濃の善光寺で重衡の後世《ごせ》を弔い、自分も往生を果たしたとする『平家物語』には虚構があるといえよう。

〔千手のとらえ方〕

いつの時代においても、愛する人との死別は耐えがたい悲しみである。残された人生を空白であると感じ、とても生きていくことはできないと思う人は多いことだろう。夫の平通盛《みちもり》の戦死の報に死を選択した小宰相《こざいしょう》の物語は、『平家物語』のなかでも最も哀れ深い物語であるが、過激なゆえに哀れさをさそっているともいえよう。生きていかざるをえない多くの女性たちは、出家して愛する人の後世《ごせ》を弔うことで、残された人生に意義を見出していった。多くの平家の女性たちが、都落ち以後、一門とともに西海《さいかい》（九州）にさすらい、親兄弟と死に別れている。しかし、入水《じゅすい》して果てたのは、この小宰相と、安徳帝を抱いて入水した二位の尼（時子）の二人だけであって、残りは壇の浦で保護されて京都に帰っている。建礼門院をはじめ多くの女性たちは、出家して一門を弔う生活を送っている。出家は、生き残った女性たちにとって、自分たちも望み、社会的にも許容された生きる道であった。

千手も『平家物語』においては、重衡の死後に出家したことになっている。しかし、千手のばあい、重衡との関係は夫婦でもなければ恋人ともいえない。たった一夜の朗詠と音楽を介したふれあいがもとになっている。そのつかのまのふれあいが、つきることのない物思いの種となり、出家にいたったたという点が特徴的である。

容姿も美しく性格も優れているとして、頼朝が召し使っていたという千手の美質は、重衡との応答のなかでも存分に発揮されている。それは、苦悩のなかにある人の心に寄り添い、すこしでもひきたてるために、さまざまに手をつくすことのできる資質であった。人の琴線《きんせん》にふれることのできる注意深さとやさしさによって、千手は重衡の心を開いて虜囚《りょしゅう》の苦しみを慰めることができたのである。その実際は、千手が一方的に重衡の心を開いたというのではなく、千手自身がみずからの心を重衡に寄り添わせていったのである。そして重衡は千手の心を受けとめ、千手はさらに重衡への深い思いをいだくことで、重衡にとっての心安らぐ一瞬が生じたのである。二人のあいだに生じた親密感は、最後に歌われた千手の今《いま》様《よう》や重衡の別れの朗詠によく現われている。千手は、「一樹《いちじゅ》の陰にやどりあひ、同じ流れをむすぶも、みなこれ前世のちぎり」と歌っている。重衡との一夜だけに終わるかもしれないささやかな出会いを、前世からの因縁と深く受けとめ、運命の不思議を感じている。重衡は中国の楚《そ》の項羽《こうう》と虞美人《ぐびじん》との別れの場面の朗詠を詠じているが、愛し合う二人の今生《こんじょう》の別れの歌を詠じたのは、重衡が千手のことを別れがたい心の通いあう存在と認めて、別れを惜しんだからにほかならない。言い換えれば、重衡にとって、一夜のうちに千手は妻に匹敵《ひってき》する存在として重い位置を占めたのであり、それは千手も同様であった。だからこそ、立ち聞きしてようすを知っている頼朝が「仲人をした」という発言もしたのである。また、千手が重衡の死後に出家の道を選んだのも、このような深い心の通いあいがあってのことであった。

〔関連する作品〕
金春禅竹《こんぱるぜんちく》の作品とされる能『千手』は、『平家物語』の作中人物を主人公とする多くの能同様、基本的には『平家物語』の人物像をそのまま踏襲している。しかし、重衡が来訪した千手との面会を拒絶しながら、いざ対面すると、待ちかねたように出家の許可のことを問うとか、千手が朗詠を重ねながら重衡の心を開いていく場面に二人の応答によって生ずる緊迫感がないなど、若干の粗雑さがみられる。能『千手』では、重衡は千手と一夜を共にし、翌朝二人が引き離されていく場面で終わっている。男女が一夜を共にするというのはありきたりの発想ではあるが、『平家物語』における一夜のうちに生じた心の通いあいを、置き換えて解釈したものとも理解しうる。（ＸＹ）

〔現代に生きる千手《せんじゅ》〕

千手は、現代風にいえば、運命的な出会いによって真実の人生を悟った女性である。

現代においても、多くの人は、偶然という名の運命的な出会いによって、自らの人生を大きく転変させることが少なくない。

たとえば、恋人同士の出会いは、学校のクラスメート、サークル（クラブ）の先輩・後輩、旅先での出会い、友人の結婚式での出会いなど、実にさまざまな偶然的な出会いに支配されている。

また、人と書物との出会いも運命的である場合が少なくない。ふと立ち寄った書店で出会った書物が、その後の人生を大きく左右するような場合もあるからである。

人間同士でも、人と書物でも、偶然という名の運命的な出会いに左右されるが、特に行動範囲の狭い女性は、一つ一つの出会いを大切にすることが重要であろう。（西沢正史）

建礼門院

けんれいもんいん

『平家物語』
鎌倉時代

〈建礼門院の人生〉

『平家物語』は巻一「我身栄花《わがみのえいが》」で、平清盛の出世につづいて、その子どもたちの栄達を描いている。清盛の娘たち八人のさまざまな幸せのなかに、次女の建礼門院徳子《とくこ》が紹介されている。生まれた皇子《みこ》（のちの安徳帝）の即位によって院号を授かり、清盛の娘として、また天下の国母《こくも》（天皇の母）として、このうえない幸福の絶頂にいる女性の姿である。建礼門院の存在は、平家一門の栄華の象徴として、清盛が太政大臣に任ぜられたこと、重盛・宗盛兄弟が左右の大将の位を占めたこと、三女の白川殿盛子が准三后《じゅさんごう》に叙せられたことなどと合わせて語られている。

仁安三年（一一六八）三月二十日、高倉帝が六歳で即位したが、その母の建春門院は清盛の妻の時子の妹にあたる。この即位によって、平家一門の栄華はいよいよ極まったかにみえたが、一方では平家の専横をそしる声もあがっていた。高倉帝は嘉応三年（一一七一）一月に元服するが、その直前に「殿下乗合《てんがののりあい》」事件が起きている。下馬《げば》の礼をとらなかった重盛の次男の資盛に、関白基房が恥《ち》辱《じょく》を与え、次いで、これに立腹した清盛が武士を遣わして基房恥辱に及んだという事件である。『平家物語』はこの事件を「世の乱れそめける根本」と位置づけているが、そのような状況のなかで、清盛の次女徳子は高倉帝の元服に合わせて入内《じゅだい》する。ときに高倉帝は九歳、徳子は十五歳であった。

治承二年（一一七八）、二十二歳になった中宮徳子が懐《かい》妊《にん》したので、平家一門の人びとは狂喜し、皇子誕生を祈願した。懐妊によるつわりに苦しむ徳子に、さまざまな物《もの》の怪《け》がとりつく。それは、平家栄華の過程で犠《ぎ》牲《せい》になった人びとの死霊《しりょう》・生霊《いきりょう》である。保元《ほうげん》の乱における崇《す》徳《とく》院・藤原頼長などには追号・贈位・贈官が行なわれ、また恩赦《おんしゃ》も行なわれた。しかし、なかには恩赦の恵みに浴することができず現地で死んだ俊寛《しゅんかん》のような人物も残ったのである。

十一月十二日、中宮徳子に出産の兆しがあって、多くの人びとが六波羅《ろくはら》に参集した。さまざまな修法が行なわれたが、陣痛がつづくばかりでなかなか出産にいたらなかった。清盛夫妻は心配のあまり取り乱すが、後白河院が祈禱《きとう》をすると、無事に皇子が生まれた。出産にあたっては、のちになってあれは不吉の前兆であったと思い合わされるさまざまな現象が起きている。清盛夫妻は徳子入内のおりから厳島神社《いつくしまじんじゃ》に皇子誕生を祈願しつづけてきたが、望みどおりの皇子誕生であった。

翌治承三年（一一七九）、平家一門の柱石たる重盛が死去した。その十一月、清盛は福原から急遽《きゅうきょ》、軍勢を率いて上洛し、関白藤原基房以下四十三名を解職・流罪にし、後白河院を鳥羽の御所に幽閉した。心痛のあまり食事も喉《のど》をとおらぬ高倉帝を、徳子はただ心配するばかりであった。

治承四年（一一八〇）二月二十一日、清盛の主導で、高倉帝は徳子から生まれたわずか三歳の皇子に位を譲り、安徳帝が即位した。清盛は念願どおり、外祖父として権力をふるうことになった。四月の即位式では、中宮徳子が幼い帝を抱いて高御座《たかみくら》に登った。

同年五月、以仁王《もちひとおう》（後白河院第二皇子）・源頼政《よりまさ》の平家打倒の挙兵と敗北があって、六月には福原遷都《せんと》が強行された。安徳帝の移動は、母后の徳子とではなく乳母《めのと》との同輿《どうよ》であった。徳子も高倉院・後白河院らとともに福原に移った。しかし、新都では不祥事がつづき、頼朝が蜂起《ほうき》、富士川の合戦で平家が大敗するにおよんで、十二月、都はふたたび京都にもどされた。同年末には平家の軍勢が南都の僧兵と衝突し、寺院を焼き払う事件があった。それは高倉院・後白河院のみならず、徳子にとっても嘆かわしい事件であった。

平家一門の専横とあいつぐ騒乱に心を痛めた高倉院は、翌治承五年（一一八一）一月に崩御《ほうぎょ》する。『平家物語』は、天性柔和《てんせいにゅうわ》で情け深かった高倉院の逸話を語る。盗賊にあった女《め》の童《わらわ》に与えるために、奪われた装束の代わりを徳子に依頼し、徳子も求めに応じて衣装を調進したことがあった。さらに、高倉院の二つの悲恋が語られている。高倉院は在位中、徳子に仕えた女房の女の童（葵《あおい》の前《まえ》）を愛したが、世間のそしりを憚《はばか》って召すことをやめ、結果として葵の前を早世させてしまう。同情した徳子は自分の女房の小督《こごう》を参らせたが、それも清盛の横槍《よこやり》によって悲恋に終わっている。このような事情も高倉院の発病の原因であったと、『平家物語』は語っている。

富士川での敗戦以来、反平家の挙兵があいつぐなか、同年閏《うるう》二月、父の清盛が死去し、養和と改元された同年末に徳子は院号を被《こうむ》って建礼門院となった。

寿永二年(一一八三)木曾義仲の軍勢が都に乱入せんとするにおよんで、平家一門の中心となった宗盛は都落ちを決意する。その判断の背景には、建礼門院や幼い安徳帝、清盛の未亡人二位の尼時子らの眼前で、悲惨な光景がくり広げられるのを避けたいという思いがあった。建礼門院は宗盛の判断にまかせて一門と行動をともにする決意をし、都落ちのさいには安徳天皇と同輿している。

都落ち後、戦局の劣勢のなかで、平家一門の女性たちをさまざまな悲嘆・苦労がおそった。大宰府落ちのさいには、風雨のなか、徒歩《かち》はだしで逃げねばならなかったし、父の清盛の忌日《きにち》には十分な仏事もできずに泣くよりほかはなかった。さらに一の谷の合戦での大敗では、平家一門に多くの死者を出して悲嘆にくれ、屋島に落ちついても敵襲来の不安におびえる日々であった。平家一門の女性たちを集団として語るとき、『平家物語』は、その代表格として清盛の未亡人時子とともに建礼門院の名をあげている。

寿永四年(一一八五)三月二十四日、源平両軍は壇の浦で最後の合戦におよんだ。戦いは平家軍の劣勢で終局を迎え、戦死者は多く、戦局を見限った人びとはつぎつぎと入水《じゅすい》していった。建礼門院の眼前で、二位の尼時子も安徳帝を抱いて海に入った。母(時子)とわが子の入水を見た建礼門院も焼石・硯《すずり》を懐《ふところ》に入れて沈もうとしたが、源氏の武者に髪を熊手《くまで》にかけて引きあげられ、保護された。ほかの女房たちも、入水を試みてとどめられるなどして保護されている。

平家一門滅亡の悲劇を眼前にした建礼門院は京都にもどり、吉田にあった朽《く》ちた僧坊をしばしの住居とし、まもなく出家した。『平家物語』本編十二巻のなかでは、この出家については語られていない。やがて、生け捕りになっていた宗盛・重衡らが処刑された。また、流罪になる人びとも定められたが、そのなかで伯父にあたる時忠は、配所に向けて出発の朝、建礼門院のもとを訪れ、別れを惜しんだ。昔日の平家一門の名残の最後の一人だったのである。『平家物語』本編十二巻は、このあと、重盛の長男維盛が都落ちのさいに京都に留めた嫡子六代が、文覚《もんがく》の奔走で助命され、しかし最後には処刑され、平家が断絶するところで物語を終えている。

『平家物語』には本編十二巻のほかに灌頂《かんじょう》巻が別立てされていて、その主人公は建礼門院である。建礼門院は京都にもどったあと、東山の麓《ふもと》の吉田にある古い僧坊を住居としていた。僧坊は朽ちかけていて、雨風をしのぎかねるほどに荒れ果てて、住む人もないありさまであった。建礼門院は文治元年(一一八五)五月一日、長楽寺の阿証房上人印西を戒師《かいし》として出家する。布施《ふせ》の用意すらできかねる生活のなかで、亡き安徳帝の直衣《のうし》が布施として取り出された。建礼門院にとっては手放しがたい形見ではあったが、帝《みかど》の後世《ごせ》菩提《ぼだい》のためにと考えたのであった。出家後も、壇の浦の合戦における平家一門の入水、安徳帝最期の光景が目に焼きついて、悲しみが尽きることはなかった。多くの女性たちも建礼門院同様、入水することができなかったので、捕らわれて京都に帰り、出家して、はかなげなありさまで生きつづけるしかなかった。しかしその京都も、住居は焼け失せ、慣れ親しんだ人はすでになく、異境同然の地になっていた。建礼門院自身の生活も、妹たちが世をはばかりつつ支えており、后妃としてあがめられた栄光のむかしからは想像もできない凋落《ちょうらく》ぶりであった。

建礼門院はその後、九月末には大原の寂光院《じゃっこういん》に移る。京都近くで人目《ひとめ》もある吉田よりは、寂しくても静かな場所をと望んだのであった。建礼門院はここで、片時も忘れることのない安徳帝の面影をいだきつつ、静かに念仏《ねんぶつ》三昧《ざんまい》の日々を送ってゆく。

その建礼門院のもとを、翌春になって後白河院が訪れた。後白河院は建礼門院にとって夫高倉院の父にあたる。後白河院の目に映る大原は人跡まれな寂しい土地であり、寂光院は自然の美に囲まれた簡素な信仰の住まいであった。みずから仏に供える花を摘《つ》みに出かけた建礼門院の留守を守る阿波《あわ》の内侍《ないし》の老い衰えた姿に、後白河院は隔世の感を新たにするのであった。

建礼門院は後白河院に現在の生活を問われて、自分の身をおそった不幸も仏縁であるとして、みずからの一生をふり返る。天上界さながらに楽しみをもっぱらにした后妃としての生活であったが、京都を離れてからは一転して愛別離苦《あいべつりく》・怨憎会苦《おんぞうえく》の人間界の苦しみを味わった。船中の暮らしは食事にも事欠き餓鬼道《がきどう》さながらであり、一の谷の合戦での惨状は修羅道《しゅらどう》を見る思いであった。壇の浦の合戦で敗色が濃くなったさい、母の二位の尼は自分に、「男は命が助かることなどありえないが、女は助命されるのが習いである。なんとしてでも生き長らえ、安徳帝の後世、一族の後世を弔ってほしい」と言い置いて海に入った。わが子安徳帝の最期《さいご》のありさまは忘れることができないし、そのときの周囲のありさまは、さながら大叫喚地獄《だいきょうかんじごく》であった。私はまさに六道を見たのである。建礼門院の答えは以上のようであった。後白河院は、過去に六道を見たという人物がいずれも高僧であることを想起して、建礼門院の体験を希有《けう》なことであると称《たた》えた。

以後、建礼門院は信仰の生活を送り、建久二年（一一九一）二月中旬に往生をとげたのであった。

〔建礼門院のモデル・素材〕

建礼門院は、名を徳子といい、平清盛の次女にあたる。『平家物語』の語るところの建礼門院の事跡が、ほぼ現実に生きた建礼門院の姿と重なる。出生は久寿二年（一一五五）と推定され、当時、父の清盛は三十八歳、正四位下安芸《あき》の守《かみ》であった。成長すると、清盛は徳子を後白河院の養女として高倉帝の後宮に入れ、また摂関家（藤原氏）との提携をもくろんで、徳子の妹の盛子を関白基実と結婚させる。基実が死去すると、清盛は盛子を基実の長男基道（母は藤原忠隆の娘）の養母にしている。

徳子の入内《じゅだい》は、天皇家の外戚《がいせき》として平家の勢力を拡大させるための布陣であった。高倉帝が年若なせいもあって、徳子は容易には懐妊せず、それだけに皇子誕生が待ち望まれていた。皇子が誕生すると、清盛はさっそくこの皇子を天皇の位につけ、平家は外戚としての地位をきずいた。その後、平家と後白河院の関係が悪化していたので、高倉院は両者の融和を期待しつつ院政を担当するが病弱だった。高倉院の病気が重くなると、清盛は徳子を後白河院と再婚させせようとするが、この計画は実らずに終わっている。建礼門院には『平家物語』の語る以外にも、さらなる苦しみがあったようである。なお、没年は諸説があり確定しがたい。

〔建礼門院の人物像〕

『平家物語』本編十二巻における建礼門院は、はっきりした人物像を形成しているとはいえない。むしろ、后妃の位に昇ったことで平家の栄華を象徴する人物として、また平家の権勢の根元のひとつであった安徳帝を生んだ国母《こくも》として、そして都落ち以後は、栄光の過去と現在の悲惨さとの対比を端的にあらわす人物として、建礼門院は描かれている。建礼門院は、平家の栄枯《えいこ》盛衰《せいすい》という運命を象徴的にあらわす人物なのである。また都落ち以後は、母の二位の尼時子をはじめ他の女性たちとともに、流浪の生活のなかで辛苦《しんく》し悲嘆する姿が描かれている。西海《さいかい》にさすらった平家一門の女性たちの代表格として、その名が語られているのである。

平家一門の女性のうち、平通盛《みちもり》の妻の小宰相《こざいしょう》は夫を失った悲しみに入水《じゅすい》し、二位の尼時子は一門滅亡にあたって安徳帝を抱いてこれも入水したが、この二人は例外で、多くの女性たちは壇の浦で保護され京都に帰っている。しかし、京都に帰ったとはいっても、彼女たちはいずれも、親兄弟をなくした喪失感、生計の術《すべ》もない貧窮、知る人もない寂寥《せきりょう》のなかで残る人生を生きていかなければならなかった。それは、基本的に建礼門院も同様であった。鹿しか訪れない寂しい荒れ果てた庵室、平家一門最期の日々の悪夢、妹たちの世間をはばかりながらの援助に頼る生活は、后妃であったときには考えられなかった。建礼門院の姿は、平家一門の女性たちの姿を象徴するものであった。

灌頂《かんじょう》の巻は、栄光と悲惨の両極をともに体験した建礼門院の最期の日々を語っている。過去の栄光と現在の凋落《ちょうらく》がくり返し対比され、また目に焼きついてけっして忘れることのできない平家一門の最期、なかでも入水するときのわが子安徳帝のようすがくり返し語られている。建礼門院は訪れた後白河院に、自分は六道《ろくどう》を見たと語っている。六道を見ることは特別に許された高僧にしかありえないことであるが、後白河院は建礼門院の主張に同意している。建礼門院が六道を見た聖者であることがここに認められたわけで、聖者＝建礼門院の手により平家一門の鎮魂《ちんこん》がなされてゆく。その建礼門院も最期には極楽往生をとげ、そのことで平家の鎮魂は完成するのである。物語はさらに、建礼門院に付き従った女性たちの往生でしめくくられている。それは、一門の女性たちと建礼門院の、物語としての一体感を示すものであろう。

〔関連する作品〕

能『大原御幸』(作者不明、金春《こんぱる》流の能か?)は、『平家物語』灌頂巻の後白河院と建礼門院の対面を、そのまま能にした作品である。「軍体の能姿、仮令、源平の名将の人体の本説ならば、殊に殊に、平家の物語のままに書くべし」(世阿弥『能作書』)とあるように、修羅能《しゅらのう》では『平家物語』にそって制作するのがあるべき姿である。『大原御幸』は鬘物《かずらもの》ではあるが、『平家物語』の一場面を能に生かすという方法をとっているので、語句も『平家物語』のことばを生かし、ストーリーも『平家物語』そのままの作品になったのであろう。ただし、建礼門院の眼前を離れないという安徳帝の姿が、その最期の場面ではなく「生前の姿」であると理解される点、建礼門院が六道を見たと主張していることを後白河院が事前に「ある人」から聞いて知っていて、それにたいして説明を求めている点など、『平家物語』よりもやや臨場感の薄い仕上がりになっている。

(XY)

〔現代に生きる建礼門院《けんれいもんいん》〕

建礼門院は、現代風にいえば、幸福(栄華)と不幸(落魄)の両方の人生を生きた女性である。

〝禍福《かふく》はあざなえる縄のごとし〟のコトワザのように、人生は、栄光と悲惨、幸福と不幸など、光と影のコントラストに彩られているといってよい。

もとより、広い世間には、ほぼ幸福な人生あるいはほぼ不幸な人生を歩んでいる人がいないわけではない。が、多くの人は、幸福と不幸が相半《あいなか》ばする人生を歩んでいるのである。

一般的に、女性は、男性よりも、人生の幸福と不幸に一喜一憂する傾向が強いようである。しかし、幸福な人生を歩んでいるときは、次にくるかも知れない不幸な人生のために心の準備を怠らず、次の幸福な人生が早く到来することを期待して、努力することが大切であろう。

(西沢正史)

袈裟御前

けさごぜん

『源平盛衰記』
鎌倉時代

〔袈裟御前の人生〕

文覚上人《もんがくしょうにん》は源頼朝に蜂起《ほうき》をすすめた人物として有名であるが、『源平盛衰記《げんぺいじょうすいき》』には、その文覚の出家の経緯《けいい》が詳細に描かれている。文覚は出家前、遠藤武者盛遠《もりとお》といった。盛遠にはやもめの叔母《おば》がいて、一人の美しい娘をもっていた。娘は本名を「あとま」といったが、母が衣川殿と呼ばれていた縁で「袈裟」とも呼ばれていた。袈裟は容貌がきわめて美しかったうえに心ばえも人に優れており、多くの求婚者のなかから源左衛門尉渡《わたる》と結ばれて三年、夫婦仲も睦《むつ》まじかった。

十七歳の盛遠は、渡辺の橋供養《はしくよう》が終わって自宅に帰ろうとする人びとの群のなかに、めったにないほどの美しい女に目をとめ後をつけた。そして、その女が渡の家に入るのを見て、袈裟であることを知る。

盛遠は春から秋まで、どうしようかと悩み考えぬいたが、九月になって叔母の家に押し入り、いきなり叔母を殺害しようとした。叔母が驚いて見ると、なんと甥《おい》の盛遠であった。「私にたいして恨《うら》みなどないはずなのに、どうして殺そうとするのか」とたずねる叔母に、盛遠は、「袈裟を自分の妻にしたいと内々に伝えていたにもかかわらず、渡の妻とした。そのために自分は恋の思いに死のうとしている。その意味で、あなたは自分を害する敵に等しいものだ。敵を殺して死のうと思うのだ」と答えた。叔母は悲しみつつも娘を呼び寄せ、事情を話して、袈裟の手で自分を殺してほしいと訴えた。

けっきょく、袈裟は嘆きながらも盛遠と一夜を共にし、翌朝になって帰らせてほしいと暇乞《いとまご》いをするが、盛遠は命も惜しまぬ態度で帰宅を許さなかった。袈裟は考えて、「夫の渡との夫婦仲には不本意なこともある。渡を殺してくれれば、たがいに安心だ」といい、洗髪後の濡《ぬ》れた髪を目印に渡を殺害する計略を語った。盛遠は素直に信じて袈裟を帰し、夜《よう》討ちの支度《したく》にかかった。

その後、袈裟は自宅に帰って夫とともに酒を飲み、前後不覚に酔ついぶれた夫を帳台の奥に寝かせ、自分は髪を濡らし束《たば》ねて帳台の手前に伏した。男の寝姿に見えるようにするためである。盛遠は夜中に忍びこみ、濡れた髪を目印に一刀のもとに首を切り落とし、その首を包んで家に持ち帰った。

盛遠が自宅でひとり喜んでいるところに家来が来て、渡の妻（袈裟）の死を伝えた。盛遠はとっさに袈裟が身代わりになったことを悟り、首を取り出してみると、やはり袈裟の首であった。盛遠は悲嘆にくれ、一日嘆きつづけたが、晩におよんで世の中の無常を悟り、道心を起こした。

翌朝、盛遠は渡の家を訪れ、袈裟を殺した罪を告白し、自分は渡の手にかかって死ぬ覚悟であると告げた。渡は、この事件をしかるべき善知識《ぜんちしき》として出家の決意をしたと語り、袈裟は自分に道心を起こさせるための観音《かんのん》の示現《じげん》であるにちがいないとした。かくして、みずから髻《もとどり》を切った渡につづいて、盛遠も髪を切り、また袈裟の母をはじめとして三十人あまりが、あいついで出家したのであった。

袈裟はこのようにして、理不尽《りふじん》な盛遠の求愛に対処して夫の命を守るとともに、盛遠と夫の発心《ほっしん》の機縁となったのである。

袈裟は生前、母あてに別れの手紙を残していた。その手紙には、自分のために多数の命が失われそうな事態になったので、みずからを犠牲《ぎせい》にすることを選んだ、老いた母を一人残していくことを心苦しく思っている、どうか自分の後世《ごせ》を弔《とむら》ってほしい、とあった。

〔袈裟のモデル・素材〕

文覚の出自は遠藤氏で、盛遠という俗名はほぼまちがいなかろうが、その出家の原因となった袈裟殺害については未詳である。文覚の出家の原因として、その生存中からなんらかのエピソードが語られていたらしいが、その内容も不明である。京都市南区上鳥羽にある浄禅寺《じょうぜんじ》は文覚の開基と伝えられ、境内にある五輪塔《ごりんとう》は袈裟の首塚《くびづか》だといわれ「恋塚」と俗称されているが、その確証はない。

〔袈裟のとらえ方〕

『平家物語』・『源平盛衰記』において、文覚は頼朝に蜂起をすすめた人物である。偽物の髑髏《どくろ》を頼朝の父の義朝の髑髏と偽ったり、躊躇《ちゅうちょ》する頼朝のために福原（兵庫県)まで出かけて後白河院の院宣《いんぜん》をもらってきたりなど、その行動力と常軌《じょうき》を逸した考え方に、人びとは目を見張ったにちがいない。文覚は、出家後に尋常ならぬ修行をし、後白河院の前をも恐れず勧進《かんじん》をする強烈な意志をもち、頼朝に挙兵をすすめた慧眼《けいがん》と行動力を有するなど、異様ともいえるほど型破りな荒僧である。そのような文覚の出家の契機として語られる袈裟をめぐる事件は、情念の激しさと行動の異常性において、文覚の出家譚《たん》にふさわしいものとして理解され、伝えられたのであろう。

幸せな結婚生活を襲った、盛遠の理不尽な求愛は、袈裟にとって受けいれがたいものであった。袈裟は、二度にわたって苦しい決断を迫られている。一回目は、自分が夫のある身にもかかわらず、盛遠が母に刀を突きつけて求愛してきたことである。刀を突きつけられた母は、いったんは盛遠に袈裟を会わせる約束をして娘を呼び寄せたが、無理強《じ》いすることはできず、自分を殺してほしいと懇願する。事情を聞いた袈裟は、驚き嘆きながらも、熟考して盛遠と一夜を共にする決心をする。夫のことを考えると涙がこぼれるが、そのような感情を抜きに、その段階ではもっとも犠牲が少なく合理的であると考える道をみずから選択したのである。

しかし、一夜を共にしたあとも、帰りたいという袈裟を盛遠は許さなかった。自分が盛遠を拒否しようものなら周囲をも巻きこんだ騒動に発展しかねないなりゆきに、袈裟はさらなる決断をせざるをえなかった。盛遠に夫を殺す策略をもちかけ、自分が身代わりになって殺されるのである。このような袈裟の決断に迷いはなく、盛遠は念押しするでもなく、言質《げんち》(約束のことば)をとるでもなく、袈裟の策略を素直に信じて準備にかかっている。『源平盛衰記』は、決断にあたっての袈裟の迷いについては語らず、ただ「ちょっと考えて」夫の渡《わたる》殺害の策略を話したとする。思い合う夫婦の最後の酒宴についても、「自分も飲み、夫にも強《し》いた」とするのみである。しかし、その簡素な表現に、夫を守るために決然と殺されることを選んだ袈裟の、夫への情愛があふれている。自分の貞操を犠牲《ぎせい》にして母を守り、自分の命を犠牲にして夫を守った袈裟は、決断力をもち、深い愛情にあふれた人物として形象されている。だからこそ、夫である渡にとっても、また盛遠にとっても、袈裟の死が出家への機縁となりえたのであろう。

〔関連する作品〕

袈裟と盛遠の悲恋の物語は、能《のう》・浄瑠璃《じょうるり》・歌舞伎《かぶき》・御《お》伽草子《とぎぞうし》・小説・映画・オペラなど、さまざまなジャンルに素材を提供している。なかでも著名なものは、芥川龍之介の『袈裟と盛遠』であろう。盛遠が袈裟を殺害する直前の二人の心の動きを、それぞれの独白形式で描いたものである。盛遠は、渡の屋敷の築地《ついじ》の外で、はたしてほんとうに自分が袈裟を愛しているか、自分の袈裟への愛はどのようなものであるかについて疑問を呈している。関係をもとうとしたとたん、盛遠は、袈裟が過去にあこがれた美しい袈裟ではないことに気づくが、なお袈裟に関係を強いたのである。盛遠は、自分にたいする嫌悪感の裏返しとして生じた袈裟にたいする憎悪から、袈裟に夫の渡《わたる》殺害の計画をもちかけたのだと、そのときの自分の心理を分析してみる(この作品中では、盛遠のほうから渡の殺害を提案している)。熱心に誘いながら、いったんそれが承知されると、逆に袈裟を憎み恐れ、しかし約束を反故《ほご》にすることもできないでいる自分の心情を、盛遠は自分で自分自身を理解するためであるかのように独白する。一方の袈裟の独白もまた、夫の身代わりになって死ぬ決意をしながら、それが夫を守るための自己犠牲ではないことを告白している。盛遠の前に出ることで気づいた自分の醜《みにく》さ、以前から愛していた盛遠にさげすまれる苦しさ、凌辱《りょうじょく》からの世間的な名誉回復、盛遠にたいする復讐心《ふくしゅうしん》など、自分の決心にはさまざまな要素がからみあっていたのだと、袈裟はふり返って述べている。芥川の作品は、袈裟・盛遠それぞれに近代人の自己分析的な精神を投影させたものといわれている。(XY)

塩冶判官の妻

えんやはんがんのつま

『太平記』
南北朝時代

〈塩冶判官の妻の人生〉

塩冶判官の妻は、その美貌ゆえに不幸な人生を送ることになった女性である。この女性は鎌倉六代将軍宗尊《むねたか》親王の王子早田《さわだ》の宮真覚《みやしんかく》の娘、弘徽殿《こきでん》の西の台《たい》と呼ばれた女官であったが、後醍醐帝から下賜《かし》されて塩冶判官の妻となった。塩冶判官は佐々木塩冶判官高貞《たかさだ》で、出雲《いずも》の国(島根県)守護の任にあった、いわゆる守護大名である。

塩冶判官の妻をめぐる物語は、『太平記』の第二部の終盤、巻二一「塩冶判官讒死《ざんし》の事」および「覚一真性連平家の事」に収められている。暦応《りゃくおう》三年(一三四〇)、越《えち》前《ぜん》(福井県)派兵をまえにして、塩冶判官高貞は軍勢の手配のために本国へ下ろうとしたさい、不慮の事件が起こって高師直《こうのもろなお》に討たれてしまった。その原因は、彼の美しい妻にあったという。

足利尊氏《あしかがたかうじ》の側近として地位と権力を手にしている師直は、病気を患っていた。家来たちは、療養中の気晴らしに、日々ご馳走を調《ととの》え、芸能者を招いては師直の前で披露させていた。

ある日、琵琶《びわ》法師《ほうし》が平家語りを披露し、源三位頼政《よりまさ》が鵺《ぬえ》(怪鳥)を射《い》た褒美《ほうび》に絶世の美女を下賜されたというくだりを語った。一座は平家語りに聞きほれるが、ある者が、同じ賞なら所領か引出物《ひきでもの》がよいと発言すると、物語のなかの美女に惚《ほ》れこんでしまった師直は、それほどの美女ならば、所領どころか国と替えても惜しくはないと放言する。

ここに、師直に仕えるいささか品格に欠けた侍従《じじゅう》の局《つぼね》という女房が、この話題に入りこんできて、弘徽殿の西の台の美しさについて喧伝《けんでん》する。宮中の美女をつぎつぎに花にたとえて紹介したあげく、この西の台は美しすぎて花にもたとえられないというのである。好色な師直は強く関心をよせ、その女性の現況を聞くと、宮中を出てから田舎武士塩冶判官の妻となって年久しく、容貌もさぞ衰えたろうと思いきや、先日見かけたさいには美しさはそのまま、いやいっそう艶《つや》やかになっていると、侍従の局はこれもまたことばを尽くしてその美しさを褒《ほ》めちぎった。

師直は侍従の局に多くの引出物を与え、彼女に塩冶判官の妻との仲介役を依頼した。侍従の局の話を聞き、師直は塩冶判官の妻にすっかり横恋慕《よこれんぼ》してしまったのである。引出物は受けながらも、事のむずかしさに困惑する侍従の局ではあったが、逆らえば命も奪われかねない恐ろしさに、仲介役を引き受ける。

ある晩、侍従の局は塩冶判官の妻のもとを訪れ、あれこれと機嫌をとったあと、本題をきりだした。一度だけでよい、子どもの将来のためにもなろう――。さらに道ならぬ恋の先例をつぎつぎと引用して、師直との仲をとりもとうとする。しかし、塩冶判官の妻は、とりあおうともしなかった。

師直は、一方的な恋心をますますつのらせ、当時の能《のう》書家《しょか》、のちに『徒然草』の作者として知られる兼好《けんこう》法師を呼び寄せて、恋文の代筆をさせた。しかし、その手紙を塩冶判官の妻が開こうともせずうち捨てたことを聞いた師直は機嫌をそこね、兼好法師を出入り禁止にしてしまった。その後、歌人としても知られた薬師寺公義《やくしじきんよし》の助言で歌を贈ったりするものの、塩冶判官の妻は冷たくあしらうばかりであった。

師直は、なおも侍従の局に手引きを頼む。侍従の局はしだいにもてあまし気味になり、師直の情熱を冷ますべく一計を案ずる。「さらば、湯上がりなどの直顔《ただがお》を見せて、思ひ疎《うと》ませ奉らばや」。塩冶判官の妻の、化粧もせず、なにも身にまとわない湯上がり姿を見せれば、たちまち恋も冷めるのではないか、と考えたのである。しかし、この計画はまったくの逆効果となってしまった。師直を女装までさせて塩冶判官の屋敷に忍びこみ、その湯上がり姿をのぞかせると、師直はすっかり心を奪われ、まるで物《もの》の怪《け》がついたようになってしまった。

思いどおりにならない師直は、塩冶判官を讒言《ざんげん》して殺し、その後に妻を手に入れようと考える。塩冶判官に謀《む》反《ほん》の企てありと、将軍足利尊氏や弟の直義《ただよし》に讒言をはじめたのである。このことが世間の噂として広まったある晩、塩冶判官の妻は夫に、師直から言い寄られて久しいことを明かした。塩冶判官はこれを聞き、世間の噂は師直の讒言によるものであることを察し、もはや逃れられない状況であることを理解する。塩冶判官があらためて妻の意思を確認すると、妻は「君と我は、当年思はざりし先世の契りありけるか、新枕せし仮臥《かりぶし》の末の松山こす浪の、かかる長らへとなりはてぬるだに悲しきに、またあらぬ人に相馴れて、長らふべしと思ひきや」（あなたと私は思いもしなかった前世での約束か、かつて夫婦となってそのすえに、このように男に言い寄られる人生となってしまったことさえ悲しいのに、そのうえあなた以外の人と結ばれて、生きつづけられるとお思いですか）と、夫への貞節を誓った。塩冶判官は意を決し、本国出雲の国（島根県）へ下って義兵を起こすべく、みずからは山陽道播磨路《はりまじ》を下り、妻と二人の子どもには選《え》りすぐりの若い家来を警護につけて山陰道丹波路《たんばじ》を下らせた。

塩冶判官の動向はたちまち師直の知るところとなり、謀反の企てが露顕したとして、山名《やまな》・桃井《もものい》がそれぞれ一族を率いて塩冶追撃に向かった。塩冶判官は、家来たちの奮戦により山名の猛追を防ぎ、本国（島根県）まで落ち延《の》びたが、妻子たちの一行は、まもなく桃井一族に追いつかれてしまった。

桃井は、塩冶判官の妻を生《い》け捕《ど》りにしようと、一行が逃げこんだ小家《こいえ》に攻めかかった。塩冶判官の家来たちも防戦を試みるが、多勢《たぜい》に無勢《ぶぜい》であり、家来たちは塩冶判官の妻と子どもを刺し殺してから自害しようと決心する。塩冶判官の妻は、自害の覚悟はついたものの、幼くして命を奪われる幼い二人の子どもを抱き寄せて涙するばかりであった。さすがの家来たちも、これらを刺し殺すことに躊躇《ちゅうちょ》していると、塩冶判官の妻は家来たちに言った。「とてものがれぬものゆゑに、敵《かたき》に見苦しき有様見えて、後にうき名を流さんも心うし。早々我を失ひて、心安く自害せよ。などやこれ程まで、云ひ甲斐なく行跡《ふるま》ふぞ。とくとく」（とうてい逃れられないのですから、敵に見苦しいありさまを見せて、のちに不評判となるのも嫌ですわ。さっさと私を殺して、それから安心して自害なさい。どうしてこれほどまでに頼りないふるまいをするのですか。早く早く）。家来はこのことばに力を得て、塩冶判官の妻を刺し殺した。ついで母の亡骸《なきがら》にしがみついて泣いている七歳になる子どもも取りあげて刺し殺すと、息絶えたと思われていた塩冶判官の妻が、わが子の最期《さいご》の声が聞こえたときに顔を上げたように思われたという。三歳になる子どもは事情もわからず、母の乳房《ちぶさ》を求めて胸元に寄っていく姿があまりにも哀れで、居あわせた遊行《ゆぎょう》の聖《ひじり》に預けられた。こうして家来たちは、小家に火を放って残らず自害した。焼け跡から見出された塩冶判官の妻の亡骸には、新たな命が宿っていたという。

妻の死を知った塩冶判官は、「女性・親子すでにかやうになりぬる上は、誰がためにか命をも惜しむべき」(妻そして親子がすでにこのようになったからには、だれのためにか命を惜しむ必要があろうか)と、切腹して果てた。

〈塩冶判官の妻のモデル・素材〉

『太平記』が記すように、塩冶判官の妻が早田の宮真覚の娘とすると、彼女の兄弟には佐中将従三位源宗治《むねはる》がいるが、『尊卑分脈《そんぴぶんみゃく》』によれば、宗治は「後醍醐院御猶《ゆう》子《し》」とある。また『公卿補任《くぎょうぶにん》』によれば、宗治は南朝方の武将として足利軍追撃に九州へ下り、のちにその地で没している。つまり、塩冶判官の妻は南朝と深い結びつきがあったことが想像されるのである。

塩冶判官自身も、元弘元年(一三三一)後醍醐帝の鎌倉幕府倒幕計画(元弘の変)のさいには後醍醐帝に従っており、天皇との関係も深かったことが想像される。建武二年(一三三五)、足利尊氏の謀反のときに箱根竹下の合戦で足利方に寝返り、以来、足利方の大名として出雲の国守護となっている。

『太平記』では、師直による讒言死ということになるが、塩冶判官高貞の謀反自体は史実であり(『師守記《もろもりき》』によれば暦応《りゃくおう》四年〈一三四一〉三月)、こうした動きには、南朝と関係のある塩冶判官の妻の出自がなんらかのかかわりをもっていたと考えられている。

〈塩冶判官の妻の人物の評価の歴史〉

塩冶判官の妻の人物についての研究はけっして多くはない。そのなかで山下宏明が、彼女を「傾国の美人」と評している。その美しさゆえに、為政者たる男性がその道を踏みはずしてしまうような女性たちである。「傾国の美人」には、褒姒《ほうじ》・西施《せいし》・王昭君《おうしょうくん》・虞美人《ぐびじん》などが挙げられるが、褒姒や西施といった、国を傾けることを目的とする悪女としての存在と、王昭君や虞美人のように、その女性を愛するために男性がみずから手にしていたものを手放そうとする、悪意のない存在とがあるようである。塩冶判官の妻は、いうまでもなく後者であり、結果的に塩冶判官は身を滅ぼし、為政者師直も道を誤りかけたのであった。

『太平記』は、塩冶判官の妻を批判的に描くことはせず、美貌と貞節をそなえた女性として肯定的に描いている。こうしたまっとうな論理が悲劇を生むような時代とその為政者の専横ぶりへの批判として、塩冶判官の妻の生き方は評価されるべきであろう。

〔塩冶判官の妻の人物像をいかに読むべきか〕

塩冶判官の妻は、その美貌ゆえに夫を悲劇に追いやってしまった。権力をかさにきた身勝手な理屈ではあるものの、師直にあるまじきふるまいをさせたのは、やはり彼女の美貌であった。出雲の国の有力な大名であった塩冶判官の出奔《しゅっぽん》とその死は、足利政権にとって大事なときに味方に分裂と損失をもたらすものであり、幕府の存立をも危うくするものであった。その意味で、この塩冶判官の妻は、夫にとっても師直にとっても、「傾国の美人」となったのである。

しかしそれと同時に、塩冶判官の妻は、夫への貞節をいちずにつらぬく女性でもあった。仲介役の侍従の局が、塩冶判官の妻と師直をとりもとうとするそのことばのなかに、「露《つゆ》ばかりの御情けに人の心をも慰めらるれば、公達《きんだち》の御ためも行く末頼《たの》もしく……」(ほんの少しのお情けで、その方の心が慰められるようでしたら、お子様の御ためにも将来頼もしく……)といういやらしい打算が示されるが、塩冶の妻はそれもあっさりと退け、讒言に陥れられた夫に従い、そして夫と別れ自刃を決意したさいにも、「判官、都を出でし時、さまざま聞えしその中に、恥かかすなと仰せられしこと、耳そこに留まってかはゆくも哀れにも、思ひの涙にむせびにき」(判官殿が都を出たときにいろいろ言われたそのなかで、自分に恥をかかすなと仰《おお》せになったことが耳の底に残っていて、思い出すと気の毒にも哀れにもなり、涙にむせぶことでした)と述懐する。妻の死を知った夫の塩冶判官も、挙兵の理由がなくなったとして自害して果てたのであり、塩冶判官の謀反は、美しく誠実な妻を守るためであったかのように、物語のなかにロマンとして位置づけられる。

美女であることと貞女であることは、相容《あいい》れないものではない。いわば理想的なこの二つの徳を兼ねそなえたばかりに、塩冶判官の妻は、夫を、そしてわが身をも滅ぼした。しかもその不幸は、打算的で軽率な女性（侍従の局）の一言によっておとずれた。こうした、ひとつの理想を具現化した女性、あるいは夫婦さえも、不運にまきこまれて悲劇的な結末を迎えるという世界観を提示しているのが『太平記』である。

〔塩冶判官の妻が影響を与えた人物・作品〕

江戸時代の歌舞伎『仮名手本忠臣蔵《かなでほんちゅうしんぐら》』は、元禄《げんろく》時代にあった赤穂《あこう》事件を、この『太平記』「塩冶判官讒死《ざんし》の事」の設定に仮託したものである。浅野《あさの》内匠頭長矩《たくみのかみながのり》を塩冶判官高貞、吉良《きら》上野介義央《こうずけのすけよしなお》を高師直とし、塩冶判官の妻への横恋慕がかなわない恨みをはらすために、師直が讒言といびりにより塩冶判官を死へ追いこむというドラマである。塩冶判官の妻は「顔世御前《かおよごぜん》」と呼ばれ、やはり美人の誉れ高い人妻で、師直に言い寄られ、困りはてるものの、きっぱりと断わるところは『太平記』における塩冶判官の妻と同様であるが、『仮名手本忠臣蔵』では、塩冶判官切腹ののち出家したとする。

（小井土守敏）

一の宮御息所

いちのみやみやすどころ

『太平記』
南北朝時代

〔一の宮御息所の人生〕

一の宮御息所は、後醍醐《ごだいご》帝の第一皇子尊良《たかよし》親王（一の宮）の妃であり、南北朝の動乱期にあって数奇な運命に翻弄された女性の一人である。御息所の物語は、『太平記』の第二部、巻一八「一宮御息所の事」から、自害して果てた尊良親王の首の入京をうけて語られる。

尊良親王は、父の後醍醐帝の鎌倉幕府倒幕（元弘《げんこう》の変）に従うが計画は失敗してしまい、楠木正成《くすのきまさしげ》の河内《かわち》（大阪府）の居城に移っていたところを元弘元年（一三三一）十月に拘束され、京都へ護送。十二月に土佐（高知県）流罪が決定し、翌二年三月、土佐へ赴いた。そののち尊良親王は、建武《けんむ》の新政により京都にもどるが、建武二年（一三三五）十一月、足利尊氏《あしかがたかうじ》が鎌倉で帝に反旗を翻《ひるがえ》すや、勅命《ちょくめい》によって上将軍に任ぜられ、新田義貞《にったよしさだ》等を従えて討《とう》伐《ばつ》に臨んだが、戦果はあげられなかった。足利方の勢力がしだいに強まるなか、後醍醐帝はいったん和睦《わぼく》を結ぶが、万一にそなえて尊良親王は北国に下向し、建武四年（一三三七）三月、足利軍に攻められ、越前の国金ヶ崎《かねがさき》城（福井県敦賀市）で自害して果てた。

こうして転戦と配流をくり返した尊良親王であるが、その妃の一の宮御息所との恋物語を、『太平記』は以下のように語る。

元弘の変以前（嘉暦《かりゃく》元年〈一三二六〉のことか）、関白左大臣家で行なわれた絵合《えあわせ》のおりに、尊良親王は『源氏物語』の宇治の八の宮の娘が真木《まき》の柱の陰で琵琶《びわ》を弾《だん》じているさまを描いた絵を見て、すっかり心を奪われてしまう。以後、その絵をつねに手もとにおき、物思いに沈むばかりで、現実の女性に関心すら示さないほどになってしまった。

尊良親王はある日、気晴らしに下鴨《しもがも》神社へ参拝した帰り道、一条通りの西のあたりで琵琶の音に車を止めた。その屋敷を垣間見《かいまみ》てみると、そこには例の絵さながらの美しい女性がいた。この女性がのちの一の宮御息所、今《いま》出川《でがわ》右大臣公顕《きんあき》の娘、後醍醐帝の中宮禧子《きし》の御匣殿《みくしげどの》であった。それ以来、尊良親王はこの女性に恋い焦がれるようになるが、すでに彼女はそのとき、徳大寺左大将公清《とくだいじ》《きみきよ》と婚約していた。尊良親王は、かなわぬ恋とは知りながら、彼女と手紙のやりとりを重ねるのであった。

道ならぬ恋に自分を責め、あきらめようとする尊良親王であったが、その密かな恋も人の知るところとなり、そして婚約者の徳大寺左大将の知るところとなった。徳大寺左大将は親王の深い思いを知り、静かに身を引いたことで、晴れて尊良親王と一の宮御息所は結ばれることとなった。このあたりのいきさつは、優雅な王朝恋物語を思わせるものである。

しかし、二人の幸せは長くはつづかなかった。十年あまりのち、元弘《げんこう》の乱で尊良親王が土佐へ流されてしまうのである(巻四「一宮ならびに妙法院流し奉る事」)。

離ればなれとなった夫婦はたがいに嘆きながら日を送るが、尊良親王の傷心ぶりをみかねた警護役の者が、御息所を密かに迎えいれることを許してくれた。尊良親王はさっそく、秦武文《はたのたけぶん》という随身《ずいじん》を使者として、京都の御息所を迎えに遣わした。喜ぶ御息所は即刻出発し、尼崎《あまがさき》(兵庫県)の港に至って出帆の順風を待っていた。

ちょうどそのころ、九州の豪族で松浦五郎《まつらごろう》という者が、やはりこの港で順風を待っていた。松浦五郎は御息所の姿を垣間見《かいまみ》て、あろうことかすっかり心を奪われてしまった。調べてみると親王の妃、しかし親王とはいえ流罪の身、その妃を奪い取ったところで問題はあるまいと誘拐《ゆうかい》を計画する。その夜、松浦五郎は御息所の宿所を襲撃したが、武文は無勢《ぶぜい》ながらも奮戦し、かろうじて御息所を背負って連れ出し、港に停泊していた船に移してから、身のまわりの道具類を取りにもどった。ところが、ひとまず御息所を隠したその船は松浦五郎の一族の者の船であった。港へもどってきた武文はその船を懸命に呼びもどそうとするが止まるはずもなく、小船に乗って後を追うが追いつけず、「ただ今のほどに海底の竜神となって、その船をば遣《や》るまじきものを」と祈りながら、切腹して海に飛びこんだ。

一夜明け、松浦五郎の一行は九州へ向けて出帆した。御息所は不安と嘆きの底でただ神仏に祈りをささげるばかりであったが、その日の夕方、阿波《あわ》の国(徳島県)鳴門《なると》を通過するころ、急に風が起こり潮流も乱れ、船はまったく進まなくなった。海面には底も見えない大きな穴があらわれ、船を海底に沈めようとする。これは竜神の怒りであるということで、船に積んでいた弓矢・太刀・鎧《よろい》などの財宝を投げこんだが、海はいっこうに静まらなかった。竜神が御息所の美しい衣装に目をつけたのかと考えて、彼女の着物まで引きはがして海に沈めてみるが、まったく効果がない。こうして三日三晩、船は同じところをめぐるばかりで、船中の人びとも起きあがってもいられないような状態であった。

そこへある水夫《すいふ》が、この鳴門は竜宮城の東門にあたり、竜神のほしがるものはどんなものでもさし出さないと海はおさまることはありますまい、このたび、竜神はあの貴婦人をお気に召したのでしょう、と進言したことによって、御息所は海に沈められることになってしまう。そうしているうちにも、荒れる海上には、薄紅色の狩衣《かりぎぬ》を着た雑役夫や馬を引く舎人《とねり》、海に沈んだ武文《たけふん》など、不思議な者どもが現われては消えた。やはり竜神の怒りであるということで、御息所は一艘《そう》の小船に移され、荒れ狂う海上に放たれてしまった。

御息所は生きた心地もしなかったが、まもなく波も静まり、添えられた一人の舵取《かんど》りのおかげで、彼女の乗った小船は淡路の六島《むしま》という島に漕ぎ着いた。島人たちの介抱によって御息所は回復するが、土佐まで送り届けてほしいという彼女の願いはかなわなかった。このような貴婦人を自分たちの船に乗せてお送りしたら、またどのような人が奪いに来るか知れないという島人たちの心配からであった。

一方の尊良親王は、京都に遣わした武文がもどらないことを心配していたが、京都から下ってきた人びとの話から、御息所も武文も、土佐へ下る途中で遭難して命を落としたのだろうと考え、嘆き悲しんだ。

元弘三年(一三三三)鎌倉幕府が滅亡し、尊良親王は京都へ帰還し、天下は父の後醍醐帝の治世となり喜ばしいことであったが、御息所がこの世にいないことだけを深く悲しんでいた。そこへ御息所が淡路の六島に生きているという知らせが入ったので、尊良親王は急ぎ迎えを遣わし、二人はようやく再会がかなった。

こんどこそ穏やかな日々がつづくかと思われたが、それも束《つか》の間《ま》、建武二年(一三三五)新田義貞と足利尊氏の確執《かくしつ》により、尊良親王は関東へ下向し、その翌年には北陸へと転戦しなければならなかった。そしてこれが二人の最後の別れとなった。建武四年(一三三七)尊良親王が金ヶ崎城で自害し、御息所は夫の首の入京の悲報に接するのである。京都の東山の双林寺《そうりんじ》で尊良親王の葬儀が行なわれることを知って出かけてはみるものの、その悲しみの深さはたとえようもないものであった。以来、嘆きが積もって病気となり、中陰《ちゅういん》（四十九日）も過ぎないうちに、ついに嘆き死にしてしまったのであった。

〔一の宮御息所のモデル・素材〕

御息所は今出川右大臣公顕《きんあき》の娘で、『尊卑分脈《そんぴぶんみゃく》』に、「後京極院中宮御匣、中務卿尊良親王妾（あるいは妻）」とみえる。「御匣《みくしげ》（殿）」とは、宮中の貞観殿《じょうがんでん》の中にあった女蔵人《にょくろうど》の詰め所で、内蔵寮《くらりょう》で作る以外の御服を裁縫したり調《ととの》えたりするところであり、その別当をも御匣殿と称した。「中宮御匣」とは、御匣殿の別当で、かつ中宮に仕えている女房のことをいう。御息所の叔母にあたる公顕の妹の禧子が後醍醐帝の中宮（礼成門院）であり、御息所は中宮に仕えたのである。

『増鏡』第一五「むら時雨《しぐれ》」に、「中宮の御匣殿は、宮（禧子）の御兄《せうと》の右の大臣公顕ときこえし御娘也」と紹介される女房がいる。彼女は尊良親王とのあいだに「男御子などもおはします」とされ、尊良親王が土佐配流となるまえに没しているとされる。『増鏡』の記述にあるこの「中宮の御匣殿」が一の宮御息所と同一人物であるならば、『太平記』の土佐への出帆や松浦五郎の記事などは虚構ということになる。

〔一の宮御息所の人物の評価の歴史〕

御息所の生き方が『太平記』に取りあげられた――彼女の流浪が虚構だとしても――のは、たとえ一の宮（皇太子の第一候補）の正妻であっても、悲惨な運命に翻弄されるような「乱世」であることを語るためである。御息所の、ありきたりともいえる人生に光をあて、それを王朝物語風に仕立てあげて『太平記』という作品に取り入れたところに、『太平記』作者の時代批評の確かな目をうかがうことができよう。

御息所の人物についての研究は多くないが、山下宏明は『太平記』に登場する女性をタイプ別に分類し、御息所を「惜別型」とした。御息所の生涯は、翻弄される運命をただ受け入れていくというものであった。こうした女性の生き方は、他の作品にそれほど容易に見出せるものではない。運命に翻弄されながらも、したたかに力強く生きた女性の物語は語り継がれていくが、御息所のように、ただ受容して生きた女性を、物語として特筆することは少ないようである。このことはつまり、こうした生き方を強いられた女性が古典の世界にはたくさんいたということをものがたっているのであろう。ありきたりであるがゆえに物語にもならないのである。

ただ、『太平記』における御息所の物語は、後述するように御伽草子《おとぎぞうし》となって後代に知られていくが、西海《さいかい》に流浪した上臈女房《じょうろうにょうぼう》たちの伝承は、遊女たちの世界と結びついていったようである。江戸時代、喜田川守貞《きたがわもりさだ》によって編まれた『守貞謾稿《もりさだまんこう》』に、下級娼妓《しょうぎ》の呼称である「局《つぼね》女郎《じょろう》」の由来として御息所の物語が引用されている。

〔一の宮御息所の人物像をいかに読むべきか〕

『太平記』における御息所の記事が虚構であるならば、この記事はいったいなんのために記されたのだろうか。

尊良親王と御息所の恋物語のはじまりは垣間見《かいまみ》である。それにさきだって、尊良親王が「絵」に恋心を動かされているのは異例であるものの、垣間見からはじまる恋物語は王朝物語の常套《じょうとう》的方法であり、歌会にこと寄せての仲立ちや恋文のやりとりなど、その恋のプロセスは『太平記』という、いわば殺伐《さつばつ》とした軍記文学に叙情の色を添えることとなる。ただしこうした記事は、ある人物――ここでは尊良親王――が没した記事をうけて、故人のエピソードとして語られるわけで、どんなに優雅な恋物語が展開されても、その結末は悲劇的である。

御息所と尊良親王は、秘めた恋、思いどおりにならない恋を経て結ばれた。いつまでもつづくかと思われた幸せは、一度ならず二度までも断ち切られ、そのたびに惜別の涙に沈むことになる。夫（尊良親王）からの使いに心を躍らせて慣れぬ旅路に出るものの、待っていたのは数奇な運命に翻弄される人生だった。御息所のままにならなかったであろう島での暮らしを『太平記』は描いていないが、島で受けた夫からの二度目の使いには、一《いち》も二《に》もなく喜んで従ったことであろう。しかし、さらに二度目の別れ（死別）が待っていた。御息所はこのように、待ち、嘆き、怯《おび》えるばかりの女性であった。主体的に生きる姿は描かれず、ただ運命に翻弄され、京都の貴人がしなくてもよい過酷な経験をし、嘆きの積もりに命までも落とすことになる、そんな女性であった。そうした王朝風のはかない女性の人生が乱世に翻弄されてゆくさまを、女性の生き方のひとつのケースとして『太平記』は描いているのである。

〔一の宮御息所が影響を与えた人物・作品〕

『太平記』巻一八「一宮御息所の事」にもとづく物語として、幸若舞《こうわかまい》『新曲《しんきょく》』と御伽草子『中書王《ちゅうしょおう》物語』がある。幸若舞『新曲』は、後醍醐帝の第一親王尊良親王と御息所の恋、元弘の乱にまきこまれた二人の悲運、御息所を守る秦武文《はたのたけふん》の武勇、やがて訪れた幸福な再会までを描いた内容で、全体として祝言性《しゅうげんせい》を前面に出した物語となっている。また、一条兼良《いちじょうかねら》の作とされる『中書王物語』は、『太平記』の記事によって、尊良親王と御息所再会後の死別までを描く悲劇的結末をとる物語である。

（小井土守敏）

〔現代に生きる一の宮御息所《みやすどころ》〕

御息所は、現代風にいえば、遠距離恋愛（単身赴任）の末に再会した女性である。

現代における遠距離恋愛は、進学や転勤によって遠く離ればなれになってしまった恋人が、さまざまな苦難を乗り越えて再会・結婚するものである。

しかし、遠距離恋愛は、経済的負担が大きいことに加えて、精神的にも肉体的にも常に接触し合いたいという愛する者同士の願望によって、次第にスキマ風が吹き、疎遠になりがちで、結局破局に至ることも少なくない。単身赴任の夫婦の場合も同じことがいえる。

もとより、遠距離恋愛は、一種の愛の試練であり、その苦難を乗りこえることこそ本当の愛の確認といえるかも知れない。しかし、男性は、本能的に（？・）に浮気性であるから、遠距離恋愛の女性は、ひんぱんに通って愛を確認しないと逃げられてしまう場合が少なくないだろう。

（西沢正史）

虎御前
とらごぜん

『曾我物語』
室町時代

〈虎御前の人生〉

東海道の宿場町大磯宿《おおいそしゅく》の遊女の虎御前は、曾我《そが》兄弟の兄十郎祐成《すけなり》の愛妾《あいしょう》で、「黄瀬川《きせがわ》に亀鶴《かめつる》、手越《たごし》に少将、大磯に虎とて、海道一の遊君《ゆうくん》ぞかし」と記されるほどの美女である。真名本《まなぼん》（漢字本）『曾我物語』によれば、虎御前は父が藤原基成《もとなり》の乳母子《めのとご》の宮内判官家長《くないほうがんいえなが》とあり、五歳にして父を失い孤児であったのを、容貌が美しいということで大磯宿の長者菊鶴《きくつる》が養女として育てたという。寅《とら》の年・寅《とら》の日・寅《とら》の刻に生まれたので、「三虎御前」と呼ばれた。以下、後世に広く流布した仮名本《かなぼん》『曾我物語』によって作品における虎御前の人生をまとめてみよう。

　虎御前が『曾我物語』に登場するのは、巻四の後半、「大磯の虎、思ひそむる事」から、つまり物語が三分の一ほど進んだあとである。そこから巻六まで登場したあとは、しばらく物語から去り、建久四年（一一九三）五月二十八日の夜、富士の裾野《すその》で兄弟が敵討《かたきう》ちをとげ、兄が討ち死に、弟が刑死したあと、巻十一からふたたび登場し、物語の終末まで、その残りの人生を兄弟の供養と廻《かい》国修行《こくしゅぎょう》に費やしていく。曾我兄弟の敵討ち事件の後日譚《たん》を形成していく中心的人物として、重要な役割をになうことになる。

　安元《あんげん》二年（一一七六）十月、五歳と三歳にして父（伊東祐通《すけみち》）を討たれた曾我兄弟は、母の再嫁先である曾我の里（神奈川県小田原市）で成長していくが、年を追って父の敵を討つことを強く願うようになっていた。兄弟が父の敵討ちを企てていることを知った兄弟の母は、それを戒《いまし》め、その思いを断念させるために兄の十郎祐成《すけなり》に妻帯をすすめる。敵討ちという目標をもつ祐成は迷うが、弟の五郎時致《ときむね》は、正妻を迎えたならばわれら敵討ちをとげたのち妻子に罪が及ぶこともあろうが、愛妾ならばそのようなこともないだろう、また、心にかなう女性がいるとなれば母の心配も和《やわ》らぐだろうし、宿場の遊女のもとへ通っていれば、その往来にさいし敵に出会う機会もえられよう、と兄を説得した。宿場をめぐり歩いたすえ、大磯宿にて祐成と虎御前は出会うのである。真名本によれば、建久二年(一一九一)十一月上旬のころ、祐成二十歳、虎御前十七歳のことであったという。

はじめは敵討ちの機をうかがうために大磯の宿を訪れていた兄弟であったが、虎御前と祐成は、しだいにたがいへの思いを深め、祐成が虎御前を曾我の自邸へ留めおくようなこともあった。またあるときは、海道を往来する近国の大名・小名を眺めていた虎御前が、彼らの「武具や馬具を私に与えてくれたなら、恋しい祐成さまにさしあげるのに」とつぶやいたのを、おりしも大磯宿を訪れた祐成が立ち聞きし、ますます虎御前への愛を深めたという。虎御前はこのように、経済的にけっして豊かではなかったはずの祐成によく尽くしたようである。

ある日、鎌倉幕府の御家人《ごけにん》和田義盛《よしもり》の一行が大磯宿に立ち寄り、美人で名高い虎御前を座敷に招いたが、おりしも祐成が訪れていて、虎御前は祐成のもとから離れがたかった。宿場の長である母に義盛の座敷へ出るように命じられるが、母の命に従えば祐成を裏切ることとなり、祐成と過ごすことを選べば母に背《そむ》くこととなる。虎御前は母と恋人との板挟《いたばさ》みに迷って時を移すが、待たされた義盛の座敷の雰囲気も険悪《けんあく》になってきたころ、祐成とともに座敷に出よということで、二人そろって義盛の座敷に出てゆく。

その座敷で義盛は虎御前に、自分と祐成と、どちらか思いをよせるほうへ盃をさせという難題を突きつけた。こんどは座の年長者であり時の有力者と恋人とのあいだで、虎御前はふたたび迷いためらう。緊張のはしる座敷で虎御前は、自刃をも覚悟して愛する祐成に盃をさし、その愛情の深さを示したのである。

建久四年(一一九三)五月、祐成は富士の裾野《すその》への出立《しゅったつ》にさきだち、虎御前を曾我の里へ迎え、最後の時を過ごす。敵討ちのことを母にさえ秘密にしている祐成は、かいがいしく身のまわりの世話をしてくれる虎御前を見て、自分は出家をすると偽《いつわ》って別れを告げる。難詰《なんきつ》する虎御前の涙と、彼女の自分への愛の深さに心うたれ、ついに祐成は真実を語ったのであった。虎御前は祐成の覚悟のほどを知り、とどめるすべもなく悲しみにうちひしがれる。夜明けとともに山彦山《やまびこやま》にて涙の別れをし、大磯宿に帰ったあとも、虎御前は泣き伏すばかりであった。

建久四年五月二十八日、兄弟は父の敵工藤祐経を討ち果たした。祐成は当夜に討ち死に、時致は捕らえられ、後日処刑された。

兄弟の死後、虎御前は箱根で出家して（真名本《まなぼん》によれば十九歳）、曾我の里、富士の裾野井出《いで》の館跡《やかたあと》と兄弟の足跡をたどり、そこから廻国修行《かいこくしゅぎょう》に出て、熊野《くまの》をはじめ各地の霊場を廻《めぐ》り、兄弟の菩提《ぼだい》を弔《とむら》った。一周忌を営むために曾我の里に帰り、そののち兄弟二人の遺骨を首にかけて信濃《しなの》の国（長野県）の善光寺《ぜんこうじ》に詣で、そこに納めたとされる。また、この地で浄土宗の開祖法然《ほうねん》に出会ったともいう。

虎御前は、のちに大磯にもどり草庵を結んで兄弟の追善供養をつづけ、七十歳をすぎた年の五月下旬、祐成を夢に見ながら往生《おうじょう》をとげたという。真名本によれば、桜の木のもとに祐成の幻を見て走り寄り、転倒したことから病に臥《ふ》し、六十四歳で没したという。

〔虎御前のモデル・素材〕

『吾妻鏡《あずまかがみ》』建久四年（一一九三）六月一日条および十八日条に虎御前の名がみられるが、その実在性は疑わしい。むしろ『曾我物語』の唱導者《しょうどうしゃ》たちによって創作された偶像的人物とみられている。

虎御前を祭ったとする虎ヶ石・虎ヶ塚・虎石塚が、全国に数多く分布している。これは、『本朝神仙伝《ほんちょうしんせんでん》』・『元《げん》亨釈書《こうしゃくしょ》』にみえる、聖山の禁制を犯して吉野山に登ろうとした都藍尼《とらんに》の伝説に基づいた、トラ・トラン・トウロなどと称された廻国の巫女《みこ》の足跡とされる。虎の名は、中世には箱根山を根拠地としてその信仰や物語を唱導する熊野比丘尼《くまのびくに》系の盲御前《めくらごぜん》の一般的な名称となり、彼女たちは悪霊《あくりょう》鎮圧の物語を語りつつ廻国をつづけたものと考えられる。こうした民間の信仰を背景として、『曾我物語』でも登場人物の一人の名として用いられ、その廻国修行者・唱導者としての生態が物語にも投影されているものと思われる。

〔虎御前の人物の評価の歴史〕

宿駅の遊女というのは、旅泊の人びとの座敷に出て、歌舞により人を楽しませ、また寝室で奉仕した女性のことである。同じく遊女で虎御前の妹分とされる手越《たごし》の少将が、つぎのように語っている。「人は五障《しやう》三従《しやう》の罪深しと申すに、おなじ女人《によにん》といひながら、我らは罪深き身なり。その故《ゆゑ》は、ただ一生、人をたぶらかさんと思ふばかりなれば、心を往き来の人にかけ、身を上下の輩《ともがら》に任す。日も西山《せいざん》に傾けば、夢のうちの仮なる姿をかざり、月東嶺《とうれい》に出でぬれば、誰とも知らぬ人を待つ。夜ごとに変はる移り香《が》、身にとどめて心を悩まし、朝な〳〵の手枕《たまくら》の露に、名残を惜しみつつ胸をのみ焦《こ》がす事、返すがへすも口惜《くちを》しきうき身なり」(巻十二)。女性はただでさえ罪深い存在なのに、遊女の身はどれほど悪業《あくごう》を積み重ねているだろうか、というのである。もちろん、このことばは虎御前の口から発せられたものではないが、彼女をはじめ遊女たちにとっては、わが身の上として広く共有された考え方であったはずである。そうした遊女という身であるがゆえに、虎御前は義盛の盃《さかずき》事件にもまきこまれるのである。愛する祐成の眼前でそのような目にあったのは、さぞ悔しかったことであろう。また、曾我の里で過ごす最後の晩にいたっても、なかなか真意を明かしてくれない祐成に、自身の誠心を切々と訴えながら、遊女の身であるみずからを責める。虎御前は、遊女というわが身を恨みながらも、金や名誉のためではなく、祐成への純愛をつらぬこうとするのである。

祐成は、虎御前への感謝をつぎのように語る。「さてしも何となく申し契りて、時の間と思へども三年になりぬ。思ひ出もなくて果てん事こそ無念なれ。御心ざしのほどこそありがたく思ひ奉れ。面々ごときの人は、祐成ほど風情《ふぜい》の貧者、たのむ所なし。何によりてか露の情もあるべきに、三年の間の顔ばせの変はらぬ色は常磐山《ときはやま》……」(巻六)。遊女というのは、祐成のような地位も金もない者など相手にもしないものなのである。しかし虎御前は、出会ってからの三年間、純愛をつらぬいた。そうした虎御前の姿に、祐成は感謝し、詫《わ》び、胸に秘めた敵討ちの本意《ほんい》を明かして旅立つのである。

敵討ちを決意した祐成を、なんとしても引き止めるという選択もあったはずである。兄弟の母は、そちらを選んだのである。幼い彼らに敵討ちを吹きこんでおきながら、みずからの新しい家庭がかたちづくられていくうちに、それを守ることに努めた女性——あるいはこちらのほうが普遍《ふへん》的かと思われる女性——であった。しかし虎御前は、そうはしなかった。本心をうち明けてくれたことを感謝し、さらに他言しないことを約束して、別れを受けいれるのである。

はたして虎御前は、兄弟が敵討ちをとげるまで他言することはなかった。富士の裾野から敵討ちの成功、兄弟の死の報せを大磯宿で受け取ったときには、悲しみのうちにも取り乱すことはなかっただろう。そして百か日の仏事供養のころ、曾我の里を訪れ、箱根へ登って十九歳の若さで出家し、残りの人生を兄弟の追善供養にささげるのである。

『曾我物語』は、すべての系統諸本が虎御前の往生で物語の幕を閉じる。真名本・真名本訓読本《くんどくぼん》では、彼女の生き方を「手本」・「亀鑑《きかん》」と評し、仮名本では浄土《じょうど》思想とあいまって、仏道のすすめにまでなっている。以来、虎御前は賢女・貞女として高く評価されることとなった。そして、中世における女性の自立のあり方としても、虎御前の生き方は注目される。

〈虎御前の人物像をいかに読むべきか〉

曾我兄弟の敵討ちを陰で支えていたのが、この虎御前である。死を覚悟して敵討ちへ出発する祐成を見送り、しかもそのことを他言しなかった彼女の愛の深さ、強さが哀れを誘う。祐成との出会いから別れまで、わずか三年たらずの交情ではあったが、虎御前の祐成への思慕の強さは、兄弟の死後、彼女がその供養に費やした長い時間に現われているといえる。

〈虎御前が影響を与えた人物・作品〉

『曾我物語』が後代の文芸、とくに芸能に与えた影響は計り知れず、その題材を『曾我物語』もしくは曾我兄弟の事跡にとる戯曲作品を「曾我物《そがもの》」と称し、一つの作品群として扱えるほどである。とくに歌舞伎の世界ではたいへんな好評を得ておびただしい数の狂言が作られ、江戸では初春の吉例として「曾我物」が上演され、その慣例はいまなお息づいている。

その多くは兄弟の敵討ちまでの艱難《かんなん》を描くが、兄弟（とくに兄の十郎）を支えた虎御前も、「曾我物」には登場する。『寿曾我対面《ことぶきそがのたいめん》』では、豪華絢爛《ごうかけんらん》な衣裳をまとい手越《たごし》の少将《しょうしょう》とともに工藤祐経の栄華ぶりを誇示するように登場する。「曾我物」の代表ともいえる『助六由縁江戸桜《すけろくゆかりのえどざくら》』で、兄弟（主に弟の五郎）の庇護者《ひごしゃ》として登場する吉原の遊女揚巻《あげまき》は、虎御前という設定ではないものの、『曾我物語』における虎御前のイメージに重ねてみることができよう。そのうえで揚巻は、痛快な啖呵《たんか》を切る、精神的にも強い女性として描かれているのである。

（小井土守敏）

〔現代に生きる虎御前〕

虎御前は、現代風にいえば、愛する男性のために献身した女性である。

現代は、男女平等主義、というより女性上位の時代であるから、女性だけが男性のために自己犠牲によって尽くさなければならない必要はないかもしれない。虎御前のように、〝尽くす女〟はほとんどみられなくなってしまったかのようである。

しかし、多くの女性の中には、愛する男性（恋人・夫）が社会的・経済的成功を収めるために、内助の功として、自己犠牲を払って献身する〝尽くす女〟も、少数だが存在する。

とりわけ、男性が芸術家・学者・政治家・医者を志す場合、女性の献身的な内助の功は、大きな貢献を果たすことになる。しかし、成功した男性は、内助の功で尽くした女性をうとましくなって捨てたりすることが多いから、欺かれないようにしなければならない。

（西沢正史）

静御前

しずかごぜん

『義経記』室町時代

〔静御前の人生〕

静御前は、悲劇の英雄源義経《みなもとのよしつね》の愛妾《あいしょう》として知られる白拍子《しらびょうし》で、容姿は美しく、歌舞をよくした。母は磯《いそ》の禅師《ぜんじ》という。

判官《ほうがん》義経の生涯を描いた一代記的作品『義経記《ぎけいき》』は、前半で義経の雌伏《しふく》の時代を描き、華々しく活躍した源平の合戦についてはそっくり『平家物語』に譲ってしまって、後半では一転、頼朝に疎《うと》まれ、没落していくさまを語るものである。その『義経記』において、静御前は巻四「土佐坊《とさのぼう》義経の討手に上《のぼ》る事」に、「その頃判官は静といふ遊者《あそびもの》を置かれたり」と、初めて登場する。つまり、義経の運命が傾きはじめた物語の後半から登場するのである。

登場のさいに紹介されることはないが、義経との馴《な》れ初《そ》めについて、のちに鎌倉へ召喚《しょうかん》されたさいの母のことばによれば、静御前が十五歳を過ぎたころ、神泉苑《しんせんえん》で雨《あま》乞《ご》いの舞を舞ったときに義経に見出されたという。

さて、かの腰越状《こしごえじょう》（兄の頼朝への詫状《わびじょう》）によっても兄頼朝との仲を回復できなかった義経は、悄然《しょうぜん》として京都へ帰る。頼朝はさらに、義経の命を狙《ねら》うべく土佐坊昌俊《とさのぼうしょうしゅん》を刺客《しかく》として京都へ遣わした。文治《ぶんじ》元年（一一八五）十月のことである。

土佐坊は熊野《くまの》参詣《さんけい》を装って入京したが、暗殺の本意が義経側に見破られ、六条堀河《ろくじょうほりかわ》の義経邸に呼び出されて糾《きゅう》問《もん》される。しかし、今回の上洛《じょうらく》が物詣《ものもう》で以外に他意はないことを起請文《きしょうもん》に書いて釈放される。「賢《さか》々《さか》しき者」と物語のなかで評される静御前は、このとき土佐坊をいかにも怪《あや》しいとにらんでいた。起請文を書かせたことで安心し、酒宴して眠りこんでいる義経のそばで、「これ程の大事を聞きながら、かやうに打ち臥《ふ》し給ふもただ事ならぬ事ぞ」と、その夜、召使いに土佐坊の宿舎のようすを探らせた。静御前の危惧《きぐ》は的中し、土佐坊の一行は武装姿でひしめいていたのであった。しかし、使いの者は土佐坊の家来に見咎《とが》められ殺されてしまう（『平家物語』によれば、使者がもどらないのでふたたび偵察を出し、さきの使者は殺害、土佐坊は武装の報を受け、静御前はただちに義経に注進したとする）。

土佐坊は、百五十騎《き》を率いて義経の館を襲撃した。酔い臥している義経に、着背長《きせなが》（大鎧《よろい》）を投げかけてめざめさせたのが静御前であった。手薄になっていた義経邸であったが、下部《しもべ》の喜三太《きさんだ》が奮戦、しだいに家来たちが馳《は》せ集まり、土佐坊の軍勢を蹴散《けち》らすことができた。土佐坊は後日、捕縛・処刑された。こうして静御前は、義経の危ういところを救ったのである。

この事件を機に、鎌倉方と決定的に決別した義経は、後白河院《ごしらかわいん》より鎮西《ちんぜい》（九州）を拝領して京都を出る。文治元年（一一八五）十一月のことである。その軍勢には、静御前をはじめとして義経の愛妾たち十一人が同行していた。大物《だいもつ》の浦《うら》（兵庫県）から船出した義経一行は、不運にも暴風雨にみまわれ遭難し、もとの浦に吹きもどされてしまう。義経追討軍との住吉《すみよし》・大物の浦の合戦にはかろうじて勝利をおさめるものの、西国《さいごく》落ちは失敗してしまった。ここで義経は一時軍勢を解散し、同伴した愛妾たちをそれぞれ京都に送りとどけ、大和《やまと》の国（奈良県）吉野《よしの》に潜伏することにしたが、ことに愛情の深い静御前だけは、義経に随行することとなった。

十一月十二日、義経追討の院宣《いんぜん》が下り、その探索はますます厳しくなっていった。苦しい逃避行に女性をともなうことに家来たちの不満がつのり、ついに義経は静御前と別れることを決意する。静御前はなおも同行することを望み、義経の子を宿していることも告げるが、その願いはかなわなかった。別れにさいし義経は、静御前に自分の鏡と枕、秘蔵の鼓《つづみ》などを贈った。

家来をつけて京都まで送られるはずであったが、静御前は吉野の山中で家来の者どもにうち捨てられ、ひとり雪のなかをさまよう。そしてようやくたどり着いたところは縁日の蔵王権現《ざおうごんげん》であった。人びとにまぎれて静御前も参籠《さんろう》するが、彼女の美しさが僧兵の目にとまり、奉納の謡《うたい》をすすめられて歌う。その見事な歌いぶりから静御前であることが知れて捕らえられ、僧兵たちに尋問《じんもん》された静御前は、義経主従の動向を明かさざるをえなかった。

静御前は京都の北条時政《ときまさ》のもとに送られ、ついで母の磯の禅師とともに鎌倉に護送された。文治二年（一一八六）三月一日、静御前は鎌倉に到着し、義経のゆくえを厳しく尋問された。静御前が義経の子を宿していることがわかり、その子が男児ならば殺害、女児ならば放免と定められ、出産まで鎌倉に止め置かれることとなった。

女児誕生の願いもむなしく、生まれたのは健やかな男児であった。即刻その男児は取りあげられ、由比ヶ浜で殺されてしまった。由比ヶ浜にその亡骸《なきがら》を探す磯の禅師と、変わり果てた姿のわが子を懐《ふところ》に抱きしめる静御前の姿は、悲しみにあまりある。

静御前の深い悲しみをよそに、頼朝・政子夫妻は彼女に舞を所望した。静御前の舞の評判は、鎌倉まで伝わっていたのである。あるとき鎌倉武士たちが静御前の舞を談じていると、梶原景時《かげとき》がこんなエピソードを紹介する。神泉苑《しんせんえん》の池で百人の白拍子を集め、雨乞《あまご》いの舞を奉納したさい、九十九人まで舞ってなんの効験もなかったが、百人目として静御前が舞ったところ、たちまち風雨起こり、三日間も雨が降りつづいた。これを賞して「日本一」との宣旨《せんじ》を拝領したのだという。そこで頼朝は静御前の舞を所望したのである。静御前は固辞したものの、工藤祐経《くどうすけつね》とその妻に謀《はか》られ、鶴岡八幡宮への奉納舞として舞うこととなる。当日、静御前は、頼朝夫妻の前で舞わせられる計略にはまったことをさとるが、意を決して得意の白拍子を一曲歌いすまし、満座を感動させる。しかし、「詮《せん》ずるところ敵《かたき》の前の舞ぞかし。思ふ事を歌はばや」（しょせんは敵の前での舞であることよ。思っていることを歌ってやろう）と、「しづやしづ賤のをだまき繰り返し昔を今になすよしもがな」（静よ静よとくり返し私の名を呼んでくださったあの昔のように、懐かしい判官様の時めく世に今一度したいものよ）、「吉野山峰の白雪踏み分けて入りにし人の跡ぞ恋しき」（吉野山の峰の白雪を踏み分けながら山中深く入って行ってしまわれた、あのお方の跡が恋しく思われるよ）と吟じた。それは、大胆にも義経を思慕する歌であったので、人びとはしばし声もないほどであった。頼朝は激怒したが、かたわらの政子が取りなし、その場は事なきをえた。

鎌倉の御家人たちは、静御前に多くの褒美《ほうび》を贈った。しかし、静御前はそれを見て、自分は恩賞のために舞ったのではないと、義経への祈りのために、鶴岡八幡宮や勝長寿院に褒美の品々を残らず奉献してしまった。

翌日、静御前は母とともに傷心のうちに鎌倉を発《た》ち京都に向かった。その後、持仏堂《じぶつどう》に籠《こ》もり読経《どきょう》の日々を送っていたが、十九歳のころ出家、四天王寺の麓《ふもと》の草庵で仏道に励み、翌年の秋の暮れに極楽往生をとげたという。

〔静御前のモデル・素材〕

『吾妻鏡《あずまかがみ》』には、義経一行が大物《だいもつ》の浦《うら》で遭難した記事（文治元年〈一一八五〉十一月六日条）に静御前の名がみえ、吉野山の蔵王権現で捕らえられた記事（同十七日条）もみえる。また、文治二年（一一八六）三月一日条から九月十六日条まで、つまり静御前と母の磯の禅師が鎌倉に抑留されていた期間について、『吾妻鏡』はその状況を比較的詳しく記している。『義経記』の叙述の順序とは異なるものの、義経についての尋問、鶴岡八幡宮での舞、男児出産とその殺害といった記事がみえる。『義経記』には二十歳で往生をとげたと記されるが、『吾妻鏡』には鎌倉を発ったのちの静御前に関する記事はなく、信用する根拠はない。なお、『義経記』にみられない記事としては、御家人の酒宴に呼ばれたこと（五月十四日条）や、頼朝の長女で病弱な大姫《おおひめ》のために舞を奉納したこと（同二十七日条）などがあげられる。酒宴に召し出されたさいには、御家人の一人梶原景茂《かげもち》に言い寄られたが、静御前は、自分は頼朝の兄弟である義経の寵《ちょう》を受けた者であって、もし義経がいまの境遇でなかったら、御家人ごとき者と同席することさえ許されないものをと嘆いたという。『義経記』において数々の苦難を強いられる静御前であるが、それらはまったくの虚構ではないと考えてよいだろう。

なお、白拍子とは、平安末期から鎌倉時代にかけて流行した歌舞であるが、それを歌い舞う女性の称ともなった。当初は水干《すいかん》、立烏帽子《たてえぼし》に白鞘巻《しろさやまき》の太刀《たち》をさし、今様《いまよう》を歌いながら舞ったので男舞《おとこまい》と呼ばれた。のちには水干と袴《はかま》だけで、鼓《つづみ》や笛《ふえ》・銅拍子《どびょうし》などの伴奏によって舞うようになった。また、『義経記』に「静といふ遊者《あそびもの》」とあるように、当時の白拍子は舞姫であるとともに遊女を兼ねていた。なお、静御前の母の磯の禅師も白拍子であったが、彼女については『徒然草《つれづれぐさ》』の第二二五段に、信西《しんぜい》（藤原通憲《みちのり》）が舞の名手を集め、そのなかから磯の禅師という女性に男舞を教えたという記述がある。

静御前の白拍子としての技量は確かなものであった。鶴岡八幡宮での舞についても、『吾妻鏡』は「誠にこれ社頭《しゃとう》の壮観、梁塵《りょうじん》ほとんど動くべし、上下みな共感を催す」（文治二年四月八日条）と、そのようすを記している。

〔静御前の人物の評価の歴史〕

悲劇の英雄源義経を、陰に日なたに支えつづけた静御前の評価は、判官贔屓《ほうがんびいき》の気運の高まりとともに高まっていった。それは、三木紀人が指摘するように、静御前を見舞う数々の悲劇にたいして彼女がみせる強さと弱さの対比による。人びとは、そこに女性のはかなさや健気《けなげ》さを見いだすのであろう。

静御前の評価の高さは、義経を慕って廻国《かいこく》をしたという静御前の伝承がいたるところに見いだせることからもうかがえる。また、幸若舞曲《こうわかぶきょく》『堀河夜討《ほりかわようち》』は、襲撃する土佐坊の軍勢に、静御前は武装して義経とともに戦ったとするが、『義経記』には見られないこうした設定も、のちの人びとが静御前に寄せた期待のひとつの現われである。静御前の廻国伝説や幸若舞曲や、御伽草子《おとぎぞうし》などによる静御前にかんする説話の再構築の様相、謡曲の世界における静御前の神秘性から、静御前はたんなる白拍子としてではなく、唱道者としての比丘尼《びくに》や巫女《みこ》としての役割をになわされているということも指摘されている。

〔静御前の人物像をいかに読むべきか〕

静御前は、強さと弱さをあわせもった人物である。その強さは、有能な芸能者として、また名ある武将義経の愛妾としての自負に裏打ちされたものであった。恋人の敵《かたき》の前で舞うことを毅然《きぜん》として断わる姿勢や、義経思慕の歌を堂々と歌いあげるさまは、愛妾としての意地であり、舞うことを決意するや、楽人《がくにん》にも高い水準を求め、自己の技量を存分に発揮するさまは、芸能者としての誇りにみちている。

静御前の弱さは、恋人・子・母、そして自身とのかかわりのなかで現われる。義経に別れを告げられたさいの追いすがるさまからは、彼女の弱さを痛いほど感じる。蔵王権現で捕らえられると拷問《ごうもん》への恐怖から義経の動向を明かしてしまうし、生まれた子が男児であることを知ると嘆き悲しむ。当初は固辞していた鶴岡八幡宮での舞を、母のすすめによって甘受《かんじゅ》してしまう。こうした、いわば内なるものにことごとく弱さをみせるのが静御前なのである。

さらにその強さと弱さの対照は、静御前につぎつぎと降りかかる劇的なまでに不幸な体験をとおして、いっそう磨《みが》きがかかっていく。あらゆる悲しみを味わい耐え忍びながら、内に向かっては脆《もろ》くくずれ、外に向かっては強く気丈にふるまうのである。そんな静御前の人物像が、義経に、そして後代の人びとに愛されたのであろう。

『義経記』では、静御前は二十歳で死を迎えたとする。義経と出会ってからの数年間にこれだけ濃密な時間を生きることとなったのである。のちに、十九歳にして静御前は「母にも告げず」出家したというが、この決断は、恋人と別れ、子と別れ、そして母からも離れて自己と向かいあおうとする毅然とした心情の現われであろう。

若く盛んなころのほとんどを、没落していく義経の同伴者として費やし生きた静御前の人生は、忍耐と苦難にみちていた。それでも慕いとおした義経からは、それまでにいったいどれほどの愛を与えられていたのか、『義経記』はまったく黙して語らない。そこに相応の愛があったのか、あるいは無償の愛だったのか、その想像は、静御前の捉え方として読者にゆだねられている。

〔静御前が影響を与えた人物・作品〕

『義経記』が作品として成立し、語り物として語りひろげられるようになるにつれて、巷間《こうかん》にいわゆる「判官《ほうがん》贔屓《びいき》」の気運がうまれた。そうした義経人気を背景に、中世末から近世にかけて、『義経記』の影響を受けた多くの作品がつくりだされ、とくに謡曲《ようきょく》・幸若《こうわか》・浄瑠璃《じょうるり》などの語り物的な文芸には「判官物《ほうがんもの》」といわれる一類が形成されている。当然、義経を慕い支えた静御前も、こうした作品の中で重要な役割をになうこととなる。謡曲『二人静《ふたりしずか》』では舞の名手として登場し、謡曲『吉野静《よしのしずか》』では吉野山中に留まった静御前と佐藤忠信が義経追捕の妨害に策をめぐらすといった趣向がみられ、浄瑠璃『義《よし》経千本桜《つねせんぼんざくら》』（四段目）では、狐忠信の伝奇をもりこみながら義経を慕う静御前が描かれる。幸若《こうわか》『しづか』は、『義経記』から静御前の悲劇を抽出してものがたる作品となっている。

（小井土守敏）

〔現代に生きる静御前〕

静御前は、現代風にいえば、子供を失なった（殺された）悲しい母である。

いつの時代でも、母親にとって、幼い子供を失なう（殺される）ことは、本当につらくて悲しいことである。現代においても、病気・事故・虐待・殺人などによって、子供が次々と死んで（殺されて）ゆくが、腹を痛めた母親にとって子供を失なうことは、深い悲傷と哀惜の中で、言い知れぬ人生の闇に陥れられる。

とりわけ、誘拐・殺人などによって子供を奪われた母親は、人生の不可抗力の前になすすべもない。国家（裁判所）は、犯人に対して一生償わせるような厳罰で臨むべきであろう。母親は、わが子を守るために、殺人事件や交通事故に巻きこまれないように、あるいは病気にならないように、日ごろから注意を怠らないようにしなければならない。

（西沢正史）

鳴門中将の妻

なるとちゅうじょうのつま

『古今著聞集』
鎌倉時代

〔鳴門中将の妻の人生〕

鳴門中将の妻は、後嵯峨《ごさが》帝の時代に夫と帝《みかど》の二人の男に同時に愛された女性である。もともと立身出世もはかばかしくなく、めだたない存在の少将の妻であった彼女は、春爛漫《はるらんまん》の桜の季節、内裏《だいり》の和徳門の中庭で行なわれた蹴鞠《けまり》の見物の席で後嵯峨帝に見初《みそ》められる。帝は蹴鞠も上《うわ》の空で彼女のほうをちらちらとご覧になるので、いとわしく思った彼女は群衆のなかにまぎれこんでしまう。彼女のことが気になる帝は、六位の蔵人《くろうど》を召して、その住むところを見とどけて知らせるようにと命ずる。蔵人が追いつくと、彼女は笑《え》みをたたえて蔵人をまねきよせ、「なよ竹の」と帝に申しあげてほしいと伝言した。これは、彼女のどうにかして騙《だま》してまいてしまいたいという気持ちのなせるわざであったが、蔵人はてっきり女は帝との風流な艶《つや》っぽい和歌のやりとりを望んでいるのだと勘違《かんちが》いをして、それ以上女を追わず、帝のもとへ帰った。「なよ竹の」の歌の意味は、その場にいた人びとにはすぐに理解できなかったが、当時の歌壇の権威者、藤原為家《ためいえ》によって『大和物語《やまとものがたり》』に載《の》る古歌の一句であることが明かされる。歌の意味は、身分が高くともなんになりましょう、なよ竹の節《よ》のような一夜二夜のかりそめの契りではしたがえません、というものであった。帝はますます彼女に心ひかれ、彼女への返事もせずに、すぐに蔵人に女の帰るところを報告するように命じた。蔵人がさきの場所にもどってみたが、もともと女は蔵人をまくのが目的だったのだからいるはずもない。帝は不機嫌《ふきげん》このうえなく、女を見つけなければおまえを罰《ばっ》すると蔵人に仰せられた。蔵人は思いつめて、あちこち探すが見つからず、思いあぐねて文平《ふみひら》という陰陽師《おんようじ》に占ってもらった。彼の占いでは、火の星の相がでているといい、夏によいことがある徴《しるし》であるという。そして、最初に会った場所で待つようにと付け加えた。すると、五月十三日、最勝講《さいしょうこう》(宮中で行なわれる法会《ほうえ》)の日に、この女が前とは装《よそお》いを変えて五人連れでやってきたのに出くわした。蔵人はあまりのうれしさに、こんどは見失わないように、賢くしっかりした女にあとをつけさせてみると、そこは少将の家であった。報告をうけた帝はさっそく、少将の妻に手紙を遣《つか》わした。それは、「はかなく見た夢なのかうつつなのか、寝ても覚《さ》めてもあなたのことを思って苦しい、今宵《こよい》かならず」という内容であった。妻は受け取ったものの、夫にもいいにくく困って嘆いていたが、帝の使いがせかすので隠しきれまいと判断し、夫の少将にありのままを話した。少将も困ってしまったが、ひとつには名誉なことだからと妻の参内《さんだい》をうながした。妻は三年前より思い交わした夫との別れに涙ぐみながら手紙に「を」と書き、使いに渡した。帝はその意がわからず女房に尋ねた。女房は小式部内侍《こしきぶのないし》のエピソードから、「を」は高貴な人へのご返事であるといい、彼女は今夜まいりますでしょう、と申しあげた。妻は参内するが、帝の寵愛《ちょうあい》の移り変わりに一喜一憂するような立場にはなりたくないと訴え、夫の家から忍んで帝のもとへ通うこととなった。夫の少将は出世し中将となるが、世の人は意地悪く「鳴門の中将」とあだ名した。

〔鳴門中将の妻のモデル・素材〕

鳴門中将の妻の話は、実録風の読み物で、作り物語ではない。『古今著聞集《ここんちょもんじゅう》』には仁和寺《にんなじ》にかかわる人びとのあいだで見聞きされた説話が多く収録されており、この話も当時、貴族のあいだで噂《うわさ》となっていた話の一つと考えられる。話の登場人物として官位が載《の》る貴族たちは、同時代の実在の人物に比定できる。そう考えると、鳴門中将とその妻も実在した人物ということになるが、それがだれであるかは不明である。おそらく公卿《くぎょう》に列することなくおわったため、記録に載ることがなかったのであろう。藤原氏北家頼宗流の白河家の中将正四位下におわった伊長《これなが》と推測する説もあるが、憶測の域を出ない。ましてやその妻となると、女性の名前が夫や親以外に明かされることのなかった当時にあっては、これ以外の記録をたどることができない。ただ知的な王朝風の教養をもつ女性のモデルとして、『伊勢物語』や『源氏物語』があったといえよう。

〔鳴門中将の妻の人物の評価の歴史〕

(1) 女の美貌や姿がまったく描かれていないことから、

彼女の魅力は精神的なものに根源があると考えてよい。

(2) 身についた教養をもっている女性である。最初に女の答えた「なよ竹の」という一句は、古歌の引用であろうとは思ったものの、だれも正解をえなかった。歌壇の大御所《おおごしょ》であり権威者であった藤原為家のみが、かろうじてわかったというところに、ひとつの讃仰心《さんごうしん》をあおりたてているわけである。また再度の答えに「を」とのみ記した、その作法と意味を、宮廷内の女房は忘れていて、わずかに前代からの古女房で歌道家の出身である承明門院《しょうめいもんいん》の小宰相《こざいしょう》のみが、平安朝以来の故事《こじ》を知っていた。出世もおぼつかない少将ふぜいの妻とは考えられない。この教養こそ、社会をささえていた慣習のくずれゆくことを、いやがうえにも認識していた作者にとって、なにものにもかえがたいものであった。

(3) 和歌の道、故実《こじつ》の道にすぐれている女性である。現代の感覚からすれば、きわめて乱倫背徳《らんりんはいとく》の物語であるが、作者は主として、それによっていよいよ帝《みかど》の恋心がそそられる女主人公の巧《たく》みな応答のしかた、それを歌道の長老である藤原為家《ためいえ》や古御《ふるご》(古参の女房)である藤原家隆《いえたか》の娘の承明門院の小宰相がいとも明快に解説すること、陰陽師文平《ふみひら》の占卜《せんぼく》の適中したこと、女の捜《そう》索《さく》を命じられた六位蔵人の涙ぐましい苦心など、それぞれの道の者のすぐれている点に興をおぼえて語っているようである。

(4) 王朝の風流人、色好みらしく行動している。この話は、承久《じょうきゅう》の乱以後の、関東の監視下におかれていた宮廷においてもなお、王朝が色香をとどめていたことをものがたっているのである。帝が市井《しせい》の女を宮廷に召《め》す話は、『今物語《いまものがたり》』第二十四や、後深草院二条(久我雅《こがまさ》忠《ただ》の娘)の『とはずがたり』にも語られているが、この話中での御門《みかど》や女は、それらに比してきわめて王朝の風流人、色好みらしく行動しているのである。このあと、嵯峨院の后《きさき》大宮院の命により、物語歌集たる『風葉《ふうよう》和歌集』が撰ばれたのは、ゆえなしとしないであろう。

(5) 日常の現実生活のなかで一人、物語の主人公化される女性。後嵯峨院が「王朝の風流」の主人公たりうるとすれば、女房の「なよ竹の」という謎《なぞ》かけに即座に応じているべきで、また王朝の常識として和歌をもって返事をしなければならない。少将も妻に参内をうながす場面で、参内しなければみずからの身の置きどころがなくなるという保身的な説得をしており、和歌を介した情趣的な会話はなされず、現実的である。そこには、『今鏡《いまかがみ》』の「みこたち第八」の「伏し柴」にある花園左大臣有仁《ありひと》の妻と鳥羽帝の関係にみられるような和歌の情緒の香りは感じられない。男二人の存在は、王朝物語と同化することの困難さを示しており、その意味でこの話は物語と現実生活との接点にあり、むしろ『とはずがたり』に露見する退廃《たいはい》に危うく近似しつつある。

〈鳴門中将の妻の人物像をいかに読むべきか〉

鳴門中将妻の話は、たんに夫ある女性をめぐって権力ある男がそれを奪おうとする話ではない。『源氏物語』風の世界を現実のものとすることで王権の復活を試みた白河院の時代を憧憬《しょうけい》した後嵯峨帝の時代が背景にあることはいうまでもないことだが、一方で、それを批判的に受けとめる貴族のグループが、このように知的で教養のある女性が『源氏物語』風の世界を帝にも夫にもつくらせない態度をとった話として虚構化したと考えられるのではないかと思うのである。従来、この話は女性より、後嵯峨帝の夫ある女性をむりに参内させる行為について議論が集中してきた。しかし、前のように考えると、この話で女性がいかに重要な役割をになっているかがわかるのである。その証拠に、『古今著聞集』では、女の気持ちやことばが詳細に描きこまれている。そもそも後嵯峨帝の好色な視線にさらされた彼女は、それをいとわしく思っている。さらに、帝の手から逃れるために、計略として古歌を用いる。どうにかして追手を騙《だま》してまいてしまいたいという気持ちが描かれる場面である。最初から帝に見初《みそ》められてうれしいという気持ちはまったくないのである。和歌の教養をもちながら、蔵人の勘違《かんちが》いするような艶《つや》っぽいやりとりも望んでいない。その理由は、二回くり返されるように明白である。帝の寵愛《ちょうあい》の移り変わりに一喜一憂するような立場はいやだというもので、帝も光源氏も拒絶する態度にほかならない。女は王朝風の教養をもちながら、けっして物語の女になることを望んではいないし、たんに頭のよい女というだけではない。女は夫と三年前から暮らしはじめたと書かれるが、ともに思いを交わした夫との別れに涙するのである。いちずに思われることを望み、夫からも帝からも愛された女の形象は、『唐《から》物語』の女性像にも通じ、当時の一文化圏の理想像として、帝への批判的あり方として虚構化されたのではないかと考える。

〔鳴門中将の妻が影響を与えた人物・作品〕

『古今著聞集』所載の鳴門中将の物語の単行異本である『鳴門中将物語』の前半部分の構想は、御伽草子《おとぎぞうし》『ささやき竹』の導入部に影響を与えたという指摘がある（沢井耐三）。広本系『ささやき竹』の女性は、二条の関白殿で催された蹴鞠《けまり》を見物に出かけ、関白殿の目にとまる。関白殿はその美しさに心乱れ、左近将監《さこんのしょうげん》にその姫君の身もとを調べさせるが、姫君は「高間の山」とだけ答えて姿を消す。関白殿は彼女を恋しく思い、病《やまい》の床《とこ》に臥《ふ》しているところを、勾当内侍《こうとうのないし》と周防内侍《すおうのないし》が訪れ、古歌であることを教える。関白殿はみずから京都の町をしのび歩き、姫君を探すが見つけられず、安倍なかのりという陰陽師に占ってもらうと、二十日のうちに再会できようという。一見してわかるように、高貴な身分の男との出会い、男の誘いを拒絶する歌など『ささやき竹』の姫の行動は、鳴門中将の妻から影響を受けている。

（中根千絵）

敦兼の妻

あつかねのつま

『古今著聞集』
鎌倉時代

〔敦兼の妻の人生〕

刑部省《ぎょうぶしょう》の長官の藤原敦兼《あつかね》という人は、容貌《ようぼう》のいかにも醜《みにく》い人であった。その夫人はきわだって美しい人であったが、十一月の新嘗祭大嘗祭《にいなめさいだいじょうさい》に行なわれる五節《ごせち》の舞《まい》を見物に行ったおり、同じく宮中に来ていた貴公子《きこうし》たちのそれぞれに美しい姿を見て、わが夫のひどい容貌を想いおこし、がっかりした気分になった。あんなに美しい男たちが世の中にたくさんいるのに、どうして自分の夫はあんなに格好悪いのだろうと、つらくてみじめな気持ちになったのだ。

夫人は家に帰ってもその気持ちはおさまらず、まるでそれが夫のせいであるかのように、口もきかず、目もあわせず、そっぽをむいていた。敦兼にしてみれば、なんのことだかわからない。妻は宮中の行事の見物から帰ってきて、急に自分を無視しだしたのだから。最初のうちこそ、なにがあってこうなったのだろうと考えてみもしたが、皆目見当《かいもく》がつかない。つくはずもないのだ。ともかく、そんな状態でいて楽しいはずもなく、険悪な雰囲気がつのるばかりで、しだいにいとわしさがまさって、妻の態度も目にあまるようになり、それまでのように同じ部屋にいることもなくなった。口もまったくきかず、目をあわせようともしない妻と同じ空間にいることに耐えられなくなって、別の部屋に移り、ほとんど家庭内別居状態である。

そんなある日のこと、敦兼が仕事のために宮中に行き、夜になって家に帰ってみると、ともしておくはずの部屋の灯《あかり》がともっていない。明らかに妻のいやがらせである。装束《しょうぞく》はぬいだけれども、たたんでくれる者もいない。女房たちはみな夫人の目くばせに従って、だれも敦兼のめんどうをみようとはせず、だれも敦兼のところに顔をださない。まるで、敦兼は存在しないかのごとく無視した扱いである。

その後、敦兼はしかたなく、ふだん牛車《ぎっしゃ》を寄せて乗降する戸を向こう側へおし開《あ》けて、ひとりぼーっと物思いにふけって外を眺めていたが、夜もふけてきて、あたりが深閑《しんかん》とするにつけ、月の光、風の音の一つひとつが身にしみわたって感じられるようになった。家にいながら、すべての者が自分のことを無視するので、その孤独感や寂しさといったらこのうえなかった。理由もなく突然、自分のことを無視しだした妻への恨《うら》めしさもあわせて思いおこされる。自分がいったい、なにをしたというのだ。

篳篥《ひちりき》の名手である敦兼は、じっと心をしずめて、篳篥をとりだした。その調べは、敦兼の現今《いま》の心情そのままに寂寥《せきりょう》感あふれるもの悲しい調子であった。

「ませのうちなる白菊も　うつろふみるこそあはれなれ　我らがかよひて見し人も　かくしつつこそ枯れにしか」（まがきのなかの白菊さえ、その色がうつろっていくのを見るのは悲しい。まして私の通いつめて結婚した人がこのように変わってしまうのはもっと悲しい）、このようにくり返し歌った。妻はこれを聞いて、しだいに気持ちもおさまっていった。こののち、夫婦のあいだは円満になったということである。

〔敦兼の妻のモデル・素材〕

敦兼の妻の話は、ほかに類話をみず、出典をたどることもできないが、敦兼もその妻も記録上にみることができ、まったくの創作話というわけではない。『古今著聞《ここんちょもん》集《じゅう》』には、仁和寺《にんなじ》にかかわる人びとのあいだで見聞された説話が多く収録されており、この話も当時の貴族のあいだで噂《うわさ》となっていた話の一つと考えられる。藤原敦兼は堀河帝の乳母子《めのとご》であり、受領《ずりょう》を歴任していた人物である。天永三年（一一一二）三月の白河法皇六十の賀の後宴の御遊に篳篥《ひちりき》を受けもっており、そうとうな名手であったことがわかる。『篳篥師伝相承《ひちりきしでんそうじょう》』によれば、篳篥の師は父の伊予《いよ》の守《かみ》敦家であり、みずからの技《わざ》を息子の季兼・季行などに伝えている。敦兼の妻は、その季兼・季行の母であり、末茂流の藤原顕季《あきすえ》の娘である。末茂流は摂関時代まで中・下級の貴族でありながら、院に抜擢《ばってき》されて急速に高い政治的地位を得た家柄であり、顕季の孫に美福門院がいる。その婚姻《こんいん》関係は当時の政界にかかわって重要な意味をもっており、権力者の娘というのが実在の彼女の姿である。

〔敦兼の妻の人物の評価の歴史〕

(1)　篳篥《ひちりき》の名手である敦兼の篳篥と吟詠《ぎんえい》を聞いて、夫の醜い容貌を情けないと思い、夫をうとましく思っていた気持ちがおさまり、夫婦仲をとりもどした敦兼の妻は、風雅な夫人の心ばえをもつ女性というべきである。

(2)　敦兼と北の方とのいきさつは、この一組の夫婦にとっては、まったく切ないほどのまじめな話なのである。容貌醜怪《しゅうかい》な夫のかたわらに、世にもまれな美人の妻が寄り添っている光景は現代でもみかけるが、結婚前の理解もあり、夫の人物その他にかえがたいよさを見出してのことだろうなどと考えてしまう。むかしの夫婦は、はじめはろくにおたがいの容姿さえも確かめ合ってはいなかった。ある時点で、わが夫の醜さをいやだと思いはじめたら、どうにもたまらなくなってしまった、というのはよくわかる。問題は容貌などではなくて、夫たる敦兼の人物そのものにあり、そこが大切なことだなどといっても、いやだと思うようになってしまえば、「かたはらいたきほど」つまり感覚的な嫌悪感におそわれ、ついに別居状況にならざるをえない。妻にきらわれ、わびしい独り屋のなかで、月明かりの夜、妻を思って、「ませのうちなる白菊も」の今様《いまよう》をくり返し歌うのを、北の方が聞いて心がなおり、夫婦仲がよくなったという。『古今著聞集』編者の成季は「優なる北の方の心なるべし」と評しており、まずはめでたい大まじめな好色談であるが、しかしまた考えてみれば、なんのことはない、ふざけた話だと腹も立ってこよう。

(3)　好色は、一面においてふざけた事柄、けしからぬ行為ではあるが、その反面、どうにもしようのない、まじめな、細工のない人間と人間との結びつきであることを、『古今著聞集』好色篇の本話は、私たちにものがたってくれている。この話をはじめ、『伊勢物語』や『源氏物語』の一節とも対比できそうな好短篇といえるであろう。

(4)　上巻所収の巻第八好色篇における宮廷人たちの恋愛と好色の物語と、下巻所収の巻第一六興言利口篇の多数の雑多な人間の露骨な性描写との対照は、『古今著聞集』編者の成季の心情の表層と底層を示すものとみなすべきか、成季ならざる人物の増補によるものとすべきか、本書の百科全書的な構成のなかでの興味ある問題点である。

(5)　好色篇の話に入ると、編者の成季は固苦しさを脱して、自由にかつ雄弁になる。男女の恋愛や好色の機微《きび》をおもしろく、あるいは的確に描きだしている。巻第一六の興言利口篇七二話の秀逸とあわせて読むとき、成季の表現の力倆《りきりょう》と関心の向け方に、ある共通性が認められ、『古今著聞集』の文学としての特色やおもしろさを示している。

(6)　多彩な好色談をみてきて思うことは、好色は一面においてふざけた事柄、けしからぬ行為ではあるが、その反面、どうにもしようのない稚愚《ちぐ》とでもいうべき細工のない人間と人間との結びつきでもあるのである。

〔敦兼の妻の人物像をいかに読むべきか〕

敦兼の妻の話は、結婚してしばらくたった倦怠期《けんたいき》の妻が夫の容貌の醜さを嫌悪し、しまいには家庭内別居にいたったという現代風の話とは異なる。なにより敦兼の妻が権勢うずまく政界の権力者の娘であり、ほかの兄弟姉妹が院側、摂関家側につく有力貴族と婚姻関係を結んでいることなどから考えても、敦兼が堀河帝の乳母子《めのとご》であることから、父の顕季《あきすえ》が選んだ人物であることは想像にかたくない。敦兼の妻は描写されているように、自身がきわだって美しい人であった。敦兼にとっては、高嶺《たかね》の花の女性であったろう。その女性を、敦兼は毎日毎日通いつめて結婚したのである。そんなお嬢さま育ちの彼女が、宮中でほかの美しい男性たちを見て、むくれるのもむりはない。女房たちが妻にしたがって敦兼のことを無視したというのも、敦兼についているのではなく、もともと妻につきしたがっている従者だからである。妻は、夫のことを感覚的に嫌いになったわけではない。そうであるなら、風流な吟詠《ぎんえい》や篳篥《ひちりき》の音を聞いたところで、気分のおさまることはなかったろう。妻は、自分の夫より美しい男性がたくさんいることが許せなかっただけなのだ。

この話には、もうひとつ重要な点がある。平安末期に書かれた『唐《から》物語』には、醜男であっても醜女であっても、一芸を有する人を称賛する話が書かれる。そもそも醜男は、『落窪物語』には「面白《おもしろ》の駒《こま》」として美しい男性主人公の対極に存するものとして描かれるし、『源氏物語』においても、玉鬘《たまかずら》を光源氏から奪いさる髭黒《ひげくろ》の大将が色男や風流とはほど遠い存在に描かれている。しかし、『唐物語』第三では、醜男であっても、弓の技をもつ男が、美しい女に愛されるという結末をむかえる。

そうした芸と醜男を結びつける話の一つとして、敦兼の妻の話も当時、語られていたと考えられるのである。そうしたことは、『古今著聞集』編者の橘成季も理解していたのであろう、風雅な心をもつ妻のほうを賛嘆している。

〔敦兼の妻が影響を与えた人物・作品〕

直接、影響を与えたという文献はみあたらないが、類似の話は御伽草子にみられる。『小男の草子』では、小男が貴家の姫君とおぼしい美女を見出し、なんとしてもわが嫁にと考える。奉公先の女主人がその仲をとりもってくれることになり、小男は姫君に恋文を送る。機知をきかした大和《やまと》ことば（謎なぞ）に思いをたくすと、姫君はこれをみごとに解き、返事にも大和ことばがある。小男はそれを解き、その意が訪ねてこいという意味であると知る。勇んで姫君のもとへ出かけるが、姫君は男の姿を見て驚き、部屋に籠《こ》もってしまう。そこで小男は、生来の和歌の技芸をもって姫君をかきくどくと、姫君はその和歌に心うたれ、ついに心を許し、やがて二人は結ばれる。敦兼の妻のばあいと同様、姫は貴家の美女であり、最初は男の恋文の才に心ときめくが、姿形を見て落胆する。しかし、和歌の力により結ばれることとなるのである。

（中根千絵）

〔現代に生きる敦兼《あつかね》の妻〕

敦兼の妻は、現代風にいえば、男性（夫）の価値が容貌（外形的なもの）ではなく、優しさ・真心（内面的なもの）であることを知った女性である。

人間の容姿は、加齢とともに大きく変化してしまう。イケメンの男性でも、中年になると、ハゲたり、肥満などでくたびれたオジサンになってしまう。

だから女性にとって、夫とすべき男性は、容貌だけでなく経済力や人間性（性格・習慣）を重視して選択すべきだ。

（西沢正史）

鬼になった女

おにになったおんな

『閑居の友』
鎌倉時代

〈〝鬼になった女〞の人生〉

鬼になった女は、遠距離恋愛ゆえに男とのあいだがうまくいかなくなり、みずから鬼となって男をとり殺した者である。はたして、その人生とはどのようなものであったのか。ほんのすこしむかしのこと、美濃《みの》の国（岐阜県）にその女性は住んでいた。そこに、一人の男が通うようになった。男は愛情のない冷たい男ではなかったが、美濃の国にはなにかのついでに来ているうちにその女と知りあったので、なかなか女に会いに行くことができなかった。住居が離れすぎていたせいで、男は女に会いたいと思いながらも、ついつい女を訪れるのが間遠《まどお》になっていたのだ。しかし、女のほうは、男女の関係に長《た》けていない夢見る年ごろの娘である。会いたいなら、なにをさておいても会いに来てくれるはず、会いに来てくれないのは、自分のことを嫌いになったからだと思いこんだ。そんなふうだから、女はたまの逢瀬《おうせ》にも男にうちとけることができず、どうしても恨《うら》みがましい態度をとってしまう。男のほうも、女と会うたびに「あたしのこと嫌いになったのね」といわんばかりの暗い目で見あげられることにぞっとし、ついには女のことを恐ろしいと思うようになってしまった。こうして、男はまったく女のところに通わなくなったのである。

　さて、男が訪れることのなくなった女は、思いつめてまったくなにも食べなくなってしまうが、まわりにはそれと気づく人もいない。つねに障子《しょうじ》をたてて、布団《ふとん》をひきかぶって臥《ふ》せってばかりいたが、心配して寄ってくる人もいない。そうこうしているうちに、女は突然、起きだし、そのあたりにあった水飴《みずあめ》の入った桶《おけ》を取り寄せ、自分の髪を五つに分け、それぞれを髻《もとどり》に結《ゆ》いあげて、水飴でかためて、角《つの》のようにした。しかし周囲の人は、この女の行動をまったく知ることがなかった。女は、それに紅《くれない》の袴《はかま》をつけて、夜、こっそり家を出て走り失《う》せた。それさえ、家の人はまったく知らなかったのである。女が家からいなくなってのち、家の人たちは「つまらない男のために正気《しょうき》を失って川に身投げをしたのだろうか」

と遺体を探し求めたが、みつからなかった。

さて、年月が流れて三十年ほどたったころ、美濃の国の人里はなれた野原に壊れた御堂があり、鬼がでるというので噂《うわさ》になっていた。牛馬や子どもなどを取って食うので、里の人たちは御堂に火をつけ、鬼を弓で討とうとした。そのとき鬼は、「私は某《なにがし》の娘ですが、無念の心をはらそうと家を出奔《しゅっぽん》しました。男はすぐにとり殺しましたが、その後、もとの姿にもどることができず、居場所もなくて、この堂に隠れ住んでおりました。けれども、生きる身の悲しさ、ひもじさには耐えきれず、つらいことばかりです。昼夜、この身の内は燃えこがれるように熱くて、無念でやるせない思いです。どうか供養《くよう》してください。そして、妻子ある人は、どうかこのことを言い広めて、そのような心をおこすなと戒《いまし》めてやってくださいませ」と言いおくと、さめざめ泣きながら火の中にとびこんだのであった。

〔〝鬼になった女〟のモデル・素材〕

『閑居《かんきょ》の友《とも》』に載る鬼になった女の話は、出典未詳とされていて、ほかに類話をみない。そもそも『閑居の友』の編纂《へんさん》方針として、すでに伝に載る話については載せることをしないと編者慶政《よしまさ》は記している。古人が巧《たく》みに表現を整えて記したものを、自分が歪《ゆが》めてみっともなくするのはしのびないというのである。とはいえ、本話は創作ではない。慶政は筆を執《と》って物を書く者の動機は、自分がこのことを書きとめなければ、後世の人はどうしてこれを知りえようか、という使命感から出発するとしている。慶政はどこかで本話を聞き知り、『閑居の友』に書きとめたのである。恋する男を自分のものとしたいがために鬼となってとり殺す女の話は謡曲『鉄輪《かなわ》』にもあり、その構成は劇能的である。赤い袴をつけ、髪を捌《さば》くという形象は謡曲『娘道成寺《むすめどうじょうじ》』などにみられ、それは水神を斎《いつ》く巫女《みこ》的性格を有するという。女の原型は水の女ということになろうか。

〔〝鬼になった女〟の人物の評価の歴史〕

(1) おそろしいとはいうものの、事情を知ってみると、やはりかわいそうである。じつに心のせかすままに、ただ一念の妄念に迷わされて、長い苦しみを受けたのは、さぞや悔《く》いもし、悲しくもあったであろう。

(2) 中世小説の『磯崎《いそざき》』も妬婦《とふ》が鬼面《きめん》をかぶって後妻を打ち殺し、そのために一度は生きながら鬼になって苦しむが、日光山の稚児学生《ちごがくしょう》となったわが子の説法によって、もとの人間にもどったという話である。ここでの妬婦の苦しみは、ふつりあいきわまる古歌を利用した一種の美文にもわざわいされて、うわすべりしているし、懺悔《さんげ》によって救われるのは、御都合主義というべきである。それにたいし『閑居の友』の話は、妄執の孤独な苦しみをものがたって、あまりにも暗く悲しい。

(3) 彼女が薄情な男をとり殺すときに神の助けを借りた形跡のないこと、そしてまた、ついにはみずから死を選ぶほどの良心の呵責《かしゃく》を感ぜざるをえなかったのは肯《うなず》けないでもない。神の名をかりて呪《のろ》う者には、同じ神からの罰が下る。しかし、すべての話において神をことさらもちださない『閑居の友』作者の慶政にとっては、その結末を彼女自身がみずからを罰するというかたちでつけるしかなかったのではないか。

(4) 一瞥《いちべつ》して明らかなことは、これが懺悔物語としての条件を完備しているということである。すなわち、鬼はその出自《しゅつじ》を告白し、法華経書写《ほけきょうしょしゃ》の供養《くよう》を請い、自分の苦難の生涯を説き広めて、子女教訓の一助にしてほしいと願っている。語り終えてさめざめと火炎の中に消えるという段にいたれば、聞く者はことごとくその袖《そで》をしぼったことであろう。かかる共感同情の涙こそ、民衆の救いであり、懺悔供養の本領であったのである。

(5) 女性の「くれなゐのはかまをきて」という行為は、神に仕える者の資格をもつことを示す。古い作法を踏襲している芸能によってそれをみると、『京鹿子娘道成寺《きょうがのこむすめどうじょうじ》』の白拍子《しらびょうし》は、緋《ひ》の袴《はかま》を着け鉄杖《てつじょう》を手に出現する。謡曲の『道成寺』も、観世《かんぜ》流では白綾《はくりょう》の着付に緋の長袴《ながばかま》をはくのが正式とされている。あるいは、宝生《ほっしょう》流の『草子洗小町《そうしあらいこまち》』のシテすらもまた、緋の長袴を着用するのは周知の事実である。さて、能の『道成寺』の清姫《きよひめ》が水神を斎《いつ》く巫女《みこ》的性格を有することは、いまさらいうまでもないだろう。後者もまた、その乱拍子を踏み草子を洗う動作のうちに、水の女の性格が躍如《やくじょ》としている。

(6) 「わが髪を玉にもとどりに結ひあげて」の行為も水

の女にかかわる。髪を問題にするものは、多くは水界に関係を有するようであるが、それを分けることは鎮《ちん》魂《こん》が終わり、いよいよその本体を発顕する時期を示す。生きながら鬼になる女のばあいも、その生命力を発動させるためであったことになる。

(7)　物も食べず布団《ふとん》をかぶっていた女は、そのような忌《い》み籠《ご》もりの期間を経て、水神を斎《いっ》く巫女《みこ》としての資格を獲得し、さらに水神の威力を有するものに変貌し、火祭りとされるという農耕儀礼を反映した性格づけがなされている。

〈〝鬼になった女〟の人物像をいかに読むべきか〉

生きながら鬼になった女の話は、男を思う心がいちずで純粋なあまり、男とのあいだがうまくいかなくなってしまったという内容である。男の性格も愛情のない冷たい男ではないとわざわざことわっているから、ごくふつうの男女の話として設定されていることがわかる。失恋にいたる過程も、女のまっすぐな愛情をしだいに重く感じはじめる男が彼女を遠ざけるようになると書かれている点で、どこにでもありそうな話として設定されている。失恋後、なにも食べる気がおきず、布団をかぶってひきこもってしまうという描写は、現在でも失恋した十代の女の子に通じる行為として時代を越えて普遍的であろう。それゆえ、中世においても聴衆に訴えかける力の強い話として、人びとの心を惹《ひ》きつけたにちがいない。評価の歴史において懺悔物語と称されたのも、そこに起因するのであろう。

しかし、私が注目するのは、なにも食べずひきこもる女のことを気づく、まわりの人間がいないという記述である。『閑居の友』では、そのことが執拗《しつよう》にくり返し書かれる。布団をひきかぶって臥せっていても、心配して寄ってくる人もいない。また、女が突如、起きだして角のように髪を五つに結いあげても、周囲の人はこの女の行動をまったく知ることがなかった。さらに、紅の袴をつけて出奔しても、家の人はまったく知らなかったというのである。そして、「つまらない男のために正気を失って川に身投げをしたのだろうか」と遺体を探すがみつからない。『閑居の友』には、その後のところに「みつかろうか、みつかるはずもない」と、強い調子で文が添えられている。失恋の苦《にが》い思い、彼を自分のものにしたいといういちずな気持ちが彼女を鬼に変化させるのだが、『閑居の友』では、その気持ちを肥大させ鬼にまで成長させたのは、彼女にまったく無関心な周囲の人間であったといわんばかりの記述がなされているのである。これもまた、いまの世に通じる。失恋後、女が鬼になるかどうかは、まわりの人間しだいということである。

〔〝鬼になった女〟が影響を与えた人物・作品〕

『閑居の友』収録の本話の女性が直接、影響を与えた人物というのは残念ながら未詳であるが、嫉妬《しっと》に狂って鬼と化した女が、緋の長袴をはいて登場する例は、のちの謡曲の場面にしばしばみられる。『葵上《あおいのうえ》』や『道成寺』、『鉄輪《かなわ》』はその例で、鬼と化した女は、般若《はんにゃ》の面を掛け、緋の長袴をはいた「般若出立《はんにゃしゅったつ》」で登場する。『道成寺』の話は、古く『今昔《こんじゃく》物語集』にもみられるが、『今昔物語集』では夫を失った女が積極的に若い僧の寝所にもぐりこみ、逃げた男を追いかけるといった熟女パワーを発揮するのにたいし、謡曲の道成寺は『閑居の友』の鬼となった女と同じく、男女関係に長《た》けていない初々《ういうい》しい娘が男をいちずに恋慕《れんぼ》する話となっている。中世では、若い娘のいちずな恋の情念が、鬼と化す源《みなもと》となる。『閑居の友』の女の「夜、昼は、身のうちの燃えこがるるやうにおぼえて」という情念は、鬼の身に宿るのである。

（中根千絵）

〔現代に生きる〝鬼になった女〟〕

鬼になった女は、現代風にいえば、愛欲の嫉妬に焼かれて自滅した女性である。

人間の嫉妬心は、〝心の鬼〟と言われて、異常な心情へと駆り立てるが、特に愛欲の嫉妬心は女性に強いといわれる。それは、女性が独占欲の強い存在であるからであるという。

女性における愛欲の嫉妬心は、他の女性に勝って男を独占したいという、いわば愛の純粋さ、愛の激しさに由来する人間本来の本能といえるが、そこから自己を解放しない限り、自滅への道を歩むことになる。女性の愛欲の嫉妬心からの脱出は、相手の男性のアラを探し、男性の愚劣さを知ることであろう。

（西沢正史）

右京大夫《うきょうのだいぶ》

『建礼門院右京大夫集』
鎌倉時代・私家集(歌日記)

〔右京大夫の人生〕

『建礼門院右京大夫集《けんれいもんいんうきょうのだいぶしゅう》』は、右京大夫という女房名で高倉帝の中宮《ちゅうぐう》である平徳子《たいらのとくこ》に仕えた女性の自《じ》撰歌集《せんかしゅう》である。所収歌は約三六〇首に及ぶが、各歌に付された詞書《ことばがき》は総じて長く、自伝的回想記ともみなしうるような作品となっている。しかしながら、作品の形態はあくまでも歌集であって、人生史を記すことを意図してまとめられた日記文学と同じではない。年時不明の記事が多いうえに、和歌の配列はかならずしも時間的展開に沿ったものとはなっておらず、右京大夫の生涯は、残念ながら断片的にしかわからないのである。

　序文ともいうべき一番歌につづく、作品の実質的冒頭に位置している二番歌が、承安四年(一一七四)正月一日の、礼装した高倉帝と中宮徳子とを作者が間近に仰ぎ見た初々しい感動の詠歌《えいか》であることから考えて、おそらく右京大夫はその前年に中宮のもとへ出仕したのだろうと推定される。平清盛《きよもり》の娘徳子は、十七歳となった承安元年(一一七一)の十二月、六歳年下の従姉弟《いとこ》である高倉帝のもとに入内《じゅだい》した。徳子は入内にさきだち、高倉帝の父である後白河院の養女ともなっており、このころの平家と院との関係はきわめて円満であった。武門の出の娘でありながら、中宮の位を得るという前例のない栄華を手に入れ、つぎは徳子の腹に一日も早く皇子が誕生するようにと、平家一門がこいねがっていた時期に、右京大夫は宮仕えを始めたことになる。右京大夫は、中宮御所を頻繁に訪れる平家の公達《きんだち》と親しく付き合い、また平家と姻戚《いんせき》関係にある藤原隆房《たかふさ》のような公卿《くぎょう》たちとも交流を深めていった。

　そうしたなか、やがて右京大夫は、平重盛《しげもり》の二男であり徳子の甥《おい》にあたる資盛《すけもり》と男女の契《ちぎ》りを結ぶことになる。いまをときめく平家の若公達と特別な関係をもつことが、悩み多きものとなるにちがいないことを、右京大夫は同僚女房の恋愛沙汰《ざた》を見てよくわかっていたから、初めは恋愛関係にふみこむのをためらった。しかし、資盛への恋情は押さえがたく、ついには「契りとかやは逃れがたくて」（宿命とかいうものは逃れることができず）〈六一番歌詞書、新編日本古典文学全集による〉と覚悟し、運命に身を任せたのだった。右京大夫と資盛との恋愛関係が、いつから始まったのか、はっきりとはわからない。①恋愛当初の不安な心境を詠んだ六一番歌に、「梢《こずえ》の色のしぐるるに」とあるので、ある年の晩秋から初冬のころに二人の深い関係が生じたと見られること、②右京大夫と隆房・資盛とのあいだで交わされた桜の花をめぐる歌の贈答〈九～一一番歌〉が、治承元年（一一七七）春のことと推測されるのに、その歌からは二人が深い関係にあるとは感じられないこと、③治承二年の秋には、すでに右京大夫は宮仕えを退《しりぞ》いたと推定されることなどの条件を考え合わせて、治承元年の秋ごろに二人の恋愛は始まったのだと考えるのが、いちおう通説となっている。

資盛が右京大夫を見初《みそ》めて結ばれた仲だったが、身分差のせいだろうか、右京大夫の恋心に資盛は十分には応《こた》えてくれなかった。資盛は彼女との関係をつづけながら、一方で藤原基家《もといえ》の娘を正妻に迎えたようである〈一四六番詞書〉。右京大夫は、資盛の心を疑わずにはいられなかった。そんな懊悩《おうのう》につけいるかのように、一人の男が彼女に熱心に言い寄ってくる。『右京大夫集』では「世人《よひと》よりも色好むと聞く人」（世間一般の人よりも色好みだという噂《うわさ》の人）〈一三六番詞書〉とだけ記され、実名が伏せられているが、その男と右京大夫とのあいだで詠まれた恋の贈答歌が、『藤原隆信朝臣集《ふじわらたかのぶあそんしゅう》』にも同様のかたちで収められていることが知られ、その男が似絵《にせえ》（肖像画）の大家として著名な藤原隆信（定家の異父兄）であることが、すでに明らかになっている。資盛を信じきれなくなった右京大夫は、隆信にも身を委《ゆだ》ねてしまう。二人の男のあいだで悩み苦しむこととなった右京大夫は、そのつらさに耐えられなくなったのだろう、治承二年の秋ごろに宮中を退出したようである。同年十一月十二日に徳子が言仁親王《ときひとしんのう》（のちの安徳帝）を出産したという慶事を、遠く噂に聞いたと記している〈一二六番歌〉。けっきょくのところ、彼女は丸五年ほどで宮仕えを終えたことになる。やがて隆信とは疎遠《そえん》になるが、資盛のほうは以後もときどき訪ねてくることがあったらしい。

治承四年（一一八〇）の二月に高倉帝が譲位し、四月に安徳帝が即位したころから、平家一門の繁栄は暗転してゆく。平家を疎《うと》むようになった後白河院との関係が悪化し、平家打倒を呼びかけた以仁王《もちひとおう》（後白河院第二皇子）の令旨《りょうじ》を受けた源　頼朝《みなもとのよりとも》・木曾義仲《きそよしなか》らの源氏軍が蜂起《ほうき》するに及んで、とうとう寿永二年（一一八三）七月に平家一門は安徳帝を奉じて西海《さいかい》へ都落ちすることとなった。都を離れる直前、死を覚悟した資盛は、騒然とした世情のなかで右京大夫のもとを訪れ、彼女に後世《ごせ》を弔《とむら》ってほしいと告げて落ちてゆく〈二〇五番詞書〉。右京大夫は資盛の身を案じつづけるが、元暦二年（一一八五）の三月、平家は長門《ながと》の国（山口県）壇《だん》の浦《うら》で滅亡し、資盛も入水《じゅすい》して果てた。その報に接した右京大夫は深い悲嘆に沈み、自分が生きていることまでが厭《いと》わしく思われたが、資盛の別れのことばを支えに、菩提《ぼだい》を弔うことをわが務めと思い定める心境になる。壇の浦で海に身を投げながら救助されて京都へともどされた建礼門院（徳子）は、文治元年（一一八五）五月一日に出家し、晩秋のころに洛北《らくほく》の大原《おおはら》の寂光院《じゃっこういん》へ入った。右京大夫は大原まで女院を見舞っているが、「秋深き」ころ〈二四〇詞書〉とあるから、おそらく徳子が出家した翌年の文治二年のことだろう。境遇のすっかり変わりはてた女院を目の前にし、出家してお側《そば》に仕えたいとも願ったが、それはかなわなかったようで、右京大夫は京都にもどっている。

それから十年ほどたった建久六、七年（一一九五、六）ごろ、右京大夫は人のすすめで後鳥羽帝の宮廷にふたたび出仕することになる。なにかにつけ蘇《よみがえ》るのは、中宮徳子に仕えていたころの宮廷の思い出ばかりであった。建久九年（一一九八）に後鳥羽帝は譲位して院政を執《と》り始めるが、以後も右京大夫は後鳥羽院にしばらく仕えていたと考えられる。しかし、けっして心満たされた宮仕えではなかったらしい。その後、後鳥羽院の生母七条院殖子（しょくし たねこ）に仕えることになったのではないかと推測されているが、詳しい動向はわからない。『右京大夫集』の巻末には、貞永元年（一二三二）ごろ、『新勅撰和歌集《しんちょくせんわかしゅう》』の撰集をしていた定家から歌集の提出を求められたことが記されているから、資盛を失ってから五十年近くも存命だったと知られる。

〔右京大夫のモデル・素材〕

右京大夫の父は世尊寺《せそんじ》（藤原）伊行《これゆき》、母は笛《ふえ》の師《し》大神基《おおみわもと》政《まさ》の娘夕霧《ゆうぎり》である。伊行は、三蹟《さんぜき》の一人として有名な行成の六代後の子孫にあたる。世尊寺家は代々能書をもって知られた家系で、伊行自身もまた、大嘗会《だいじょうえ》の悠紀主基《ゆきすき》屏風《びょうぶ》の色紙形《しきしがた》を、二条帝と六条帝の二度にわたって揮毫《きごう》するなどした能筆の人であった。書道の伝書『夜鶴庭訓抄《やかくていきんしょう》』を書き残したほか、『源氏物語』の現存最古の注釈書である『源氏釈《げんじしゃく》』も著わした教養人である。『右京大夫集』には、九十歳を迎えた藤原俊成の長寿を祝って後鳥羽院が法服を贈ったおりに、右京大夫が宮内卿《くないきょう》の詠んだ賀歌をその法服に刺繡《ししゅう》した旨の記事がみえるが、刺繡の技術はむろんのこと、右京大夫の書芸の才能が評価されていたからこそ、こうした大役が命じられたのだと理解してよかろう。また『夜鶴庭訓抄』の識語《しきご》には、この伝書は娘に書き与えたものであると明記されているのだが、あるいはその娘こそが、右京大夫だったのではないかと想像される。『右京大夫集』には、『源氏物語』を彷彿《ほうふつ》とさせるような叙述が散見し、右京大夫の『源氏物語』にたいする造詣《ぞうけい》の深さがうかがわれるが、それなども父譲りのものであったかもしれない。

母夕霧の家系大神氏は、笛をもって楽所《がくそ》（雅楽寮）に仕えた家柄であった。基政は『龍鳴抄《りゅうめいしょう》』という雅楽の伝書も残した名人で、その娘である夕霧もかなりの技量をもっていたようである。『古今著聞集《ここんちょもんじゅう》』には、「女房ながら、基政におとらぬ者なり」と評されている。夕霧は笛だけではなく箏《そう》の名手としても名高く、『秦箏相承血脈《しんそうそうじょうけつみゃく》』によれば、伊行にも箏の手ほどきをしていたことが知られる。弾琴の教授が、伊行と夕霧との馴《な》れ初《そ》めであったということらしい。右京大夫もまた、両親から音楽の才能を受けついだとみえて、『右京大夫集』には楽器演奏にまつわる記事が多い。

『尊卑分脈《そんぴぶんみゃく》』（南北朝時代にまとめられた系図集成）には、伊行の子として伊経・行家・尊円の男子三人と、右京大夫をふくめ四人の女子（四人とも実名は明らかでない）が記載されている。しかし、そのなかで生母を夕霧と明記しているのは右京大夫だけなので、ほかの兄弟たちが母を同じくするのかどうかは明らかでない。『右京大夫集』には、「兄人《せうと》なりし法師の、ことに頼みたりしが、山深く行ひて、都へも出でざりしころ」〈一一八番詞書〉とあり、出家した兄ととくに親しかったとわかるが、慈円《じえん》の家集『拾玉集《しゅうぎょくしゅう》』によって、文治五年（一一八九）の十一月ごろ、尊円と右京大夫が慈円の僧坊に同宿していたことが判明するので、右京大夫が頼みとした法師というのも、おそらくは尊円のことだと考えられる。

〔右京大夫の人物の評価の歴史〕

(1)　右京大夫の生年は未詳である。しかしながら、中宮徳子のもとに出仕した当初の承安四年（一一七四）正月の記事に、幼い驚きが認められるという感触をよりどころとして、承安四年の時点で十九歳ぐらい、生年は保元元年（一一五六）ごろとする推定が、おおむね妥当なものとして長く支持されてきた。その一方でかなり以前から、仁安元年（一一六六）に催された「中宮亮《ちゅうぐうのすけ》重家朝臣家《しげいえあそんけ》歌合《うたあわせ》」に、「右京大夫　殿下女房」という女性歌人が参加していることが知られてはいたのだが、「重家朝臣家歌合」の伝本のなかに「左京大夫」と記すものがあり、また歌合中の一首の作者を『夫木《ふぼく》和歌抄《わかしょう》』が「法性寺入道関白家左京大夫」としていることによって、左京大夫六条顕輔《あきすけ》の娘で「法性寺殿女房　関白基実妾　忠良母」（『尊卑分脈』）のこととみなす見解が大勢であった。そうして長いあいだ、建礼門院右京大夫とは別人として扱われていたのだが、「重家朝臣家歌合」の右京大夫の歌と『右京大夫集』中の歌とのあいだに表現の類似性がみられることや、顕輔の娘の女房名が仁安元年（一一六六）の時点で「六条殿」であったことが指摘されるなどして、近年は同一人説が補強されつつある。「重家朝臣家歌合」の右京大夫と建礼門院右京大夫とが同一人であるならば、彼女は中宮徳子のもとへ出仕する以前に六条摂政《せっしょう》基実《もとざね》のところへ女房仕えをしていたことになる。仁安元年に歌合への出詠が許されていることからみて、歌合のときには十五、六歳ぐらいにはなっていたはずで、生年はおよそ仁平元年（一一五一）ごろと考えねばならない。徳子に仕えるようになったのは二十三歳ごろであろうから、資盛と恋仲になった治承元年（一一七七）には二十七歳ほどになっていたことになろう。保元三年（一一五八）ごろの生まれと推定される資盛より七歳年長であったことになるので、恋の苦悩もひとしお深かったにちがいない。

(2)　右京大夫という彼女の女房名がなにに由来するのかについては、中宮徳子のもとへ出仕した承安三年ごろに、右京大夫の職にあったのが藤原俊成であることから、俊成を後見人としたことにちなむとする説が有力視されてきた。『新勅撰和歌集』に採られた尊円の歌の詞書《ことばがき》に、「文治の頃ほひ、父の千載集撰び侍りし時、定家がもとに歌つかはすとてよみ侍りける」とあることを根拠に、夕霧がかつて俊成とのあいだに尊円を生み、連れ子して伊行に再嫁したものと推測して、その縁から右京大夫も俊成を後見として宮仕えに出たのだろうとする理解である。しかし、右京大夫が徳子のもとに出仕する以前に、摂政基実にもすでに右京大夫の名で仕えていたのであれば、俊成が右京大夫に任じられたのは仁安三年であるから、俊成の官職名にちなむものとはいえなくなる。最近は、彼女の曾祖父《そうそふ》である世尊寺定実《さだざね》に右京大夫の職歴があるので、それにちなんだとみる説が支持される傾向にある。

(3)『右京大夫集』における『隆信朝臣集』との一致歌は、一三六・一三七、一四〇、一四九〜一五二の七首であるが、その途中に挟まれている十首および一五三〜一五五もふくめて、隆信とのあいだで交わされた贈答歌だと長らく考えられてきた。そうすると、集中において資盛と彼女とでやりとりした歌数を越えることになる。そのため、右京大夫は隆信にも惹《ひ》かれていたのだとか、右京大夫も「色好む女」であったのだとか、隆信の歌そのものに魅力を感じ歌集編纂《へんさん》意識のうえから削除することができなかったのだとか、さまざまに論じられてきた。しかしながら、贈答相手の表記のしかたに注意すれば、一四七・一四八と一五三〜一五五はそれぞれその前歌を受けるような書き方がなされておらず、隆信とは別人、つまりは資盛との贈答歌とみるのが正しいとの指摘が近時提出された。一三三〜一三五が資盛を愛しはじめた悩みを詠んだ歌であることをも考え合わせれば、資盛関係歌のあいだに隆信関係歌が配置されていることが明らかになる。隆信との交渉が、資盛との関係を背景にしながら成立した添え物であることが表現されているとする見解は、十分に説得力をもっている。

〔右京大夫の人物像をいかに読むべきか〕

『右京大夫集』からうかがえる右京大夫の姿は、いちずに資盛との恋に自分の人生をつくした女ということに集約される。しかしそれは、それ以外の彼女の人生の実像が作品から削《そ》ぎ落とされている結果だといえる。中宮徳子に仕える以前や、宮仕えを退いた以後の暮らしがいかなるものであったのかが、最近の研究で少しずつ明らかになってきているが、その点がはっきりすればするほど、資盛との恋に生きた女という右京大夫像は大きく変貌しかねない。資盛の死後も出家することがなかったのだから、もしかすると夫をもつ身となった可能性も否定できないわけなのだが、実際の右京大夫の生きざまがどのようなものであれ、資盛にたいする深い愛情を歌集にまとめようとした晩年の右京大夫の姿勢そのものが、まず評価されるべきなのだということを、けっして忘れてはならないだろう。

〔右京大夫が影響を与えた人物・作品〕

江戸時代後期の女流文学者荒木田麗女《あらきだれいじょ》が記した歴史物語『月の行方《ゆくえ》』(一七七一年成立)は、『右京大夫集』を主要な叙述資料として用いている。この作品は、『今鏡《いまかがみ》』(後一条帝から高倉帝までの時代を記した歴史物語)と『増鏡《ますかがみ》』(後鳥羽《ごとば》帝から後醍醐《ごだいご》帝までの時代を記した歴史物語)とのあいだの欠を補う意図をもって、高倉・安徳二代の事跡を物語にまとめたもので(自序に明記)、その記事の多くは『平家物語』や『源平盛衰記』に取材している。しかし、殺伐《さつばつ》とした戦記に傾くことを麗女は不満としたらしく、承安四年(一一七四)正月の高倉帝と中宮徳子の晴れ姿や、高倉帝の笛《ふえ》の技量をめぐる逸話《いつわ》や、捕らわれの身となって京都へもどった平重衡《しげひら》への憐憫《れんびん》など、『右京大夫集』からも情味あふれる小話をいくつも採録し、高倉・安徳時代の宮廷文化の彩《いろど》りをゆたかに描きだしている。

(藤田一尊)

阿仏尼

あぶつに

『十六夜日記』
鎌倉時代

〈阿仏尼の人生〉

阿仏尼の夫である藤原為家《ためいえ》が建治元年(一二七五)に亡くなったあと、御子左宗家《みこひだりそうけ》を継いだ長男の為氏《ためうじ》(母は宇都宮頼綱の娘)と、阿仏尼の生んだ為相《ためすけ》とのあいだで、播磨《はりま》の国(兵庫県)にあった荘園《しょうえん》「細川庄《ほそかわのしょう》」の相続をめぐって争いが起こった。その争いは訴訟《そしょう》問題にまで発展し、鎌倉幕府の西国《さいごく》統治機関である六波羅探題《ろくはらたんだい》へ訴え出たが、六波羅が為氏勝訴の判決を下したため、これを不服とした阿仏尼は、幕府に上訴《じょうそ》する目的で、弘安二年(一二七九)の十月に鎌倉に向けて京都を旅立つことになる。それが『十六夜《いざよい》日記』の記事の発端《ほったん》なのだが、そもそもこの騒動には、少々こみいった事情があった。為家は、康元元年(一二五六)に病気になり五十九歳で出家した。そしてそれを機に、所有する荘園のほとんどを、ほどなく嫡子《ちゃくし》の為氏に譲渡してしまう。しかしその後、弘長三年(一二六三)に為相、文永二年(一二六五)に為守《ためもり》を、阿仏尼とのあいだにあいついでもうけることになると、幼い子どもたちの将来が心配になったものらしく、一度与えた所領の一部を、為氏が不孝のふるまいをくり返したという理由で取りもどし、あらためて為相に譲り渡したのであった。その処置を為氏が納得しなかったために、為家没後に問題化したというわけなのである。

阿仏尼の生年は明らかでないが、通説では、弘安四年(一二八一)に鎌倉亀《かめ》ヶ谷《やつ》の新日吉社に奉納した歌に「むそぢ」と詠まれていて、弘安四年に六十歳前後になっていたとみられること(当時は五十歳代半ばから「むそぢ」ということが慣習化していた)、文永二年生まれの為守を、四十歳を大きく越えるような高齢で出産したとは考えにくいこと、それら二点を考え合わせて、嘉禄二年(一二二六)ごろの生まれと推定されている。この説に従えば、鎌倉へ旅立った弘安二年には、阿仏尼は五十二歳になっていたことになる。老齢ともいえる阿仏尼が、鎌倉へ下ることをあえて決意したのは、なんとしても生計の基盤を手に入れて、俊成以来の歌道家の正当性をわが子為相に守らせることを悲願としたからにほかならない。阿仏尼は、為相（当時十七歳）・為守（十五歳）の兄弟を京都に残したままで、二人の兄にあたるわが子定覚《じょうかく》律師《りっし》を道案内に同道させて、涙ながらに旅立ったのだった。

十月十六日の早朝に出立し、十四日間の日数をかけて東海道を下り、二十九日に鎌倉に到着している。その道中のありさまは、一日ずつ日を追う形式で書き記されているものの、全体的に散文部分は簡素であり、旅の途中で五十六首も詠まれている和歌の詞書《ことばがき》のような体裁《ていさい》となっている。『十六夜日記』は、さながら歌集といった体裁だが、歌を書き留めたメモのようなものをもとにして、鎌倉到着後ただちに執筆したものとみられる。そしてこの道中記たる『十六夜日記』は、この部分だけが、すぐさま京都の為相のもとへと送り届けられているのだが、阿仏尼は歌枕《うたまくら》（古歌に詠まれた諸国の名所）ではかならず歌を詠んでおり、旅程の心情を報告するという意味のほかに、為相らに歌作りの手本として与えるためにまとめられたものだと理解されている。しかし最近になって、為家が建長五年（一二五三）に鎌倉に下っていることとの関連が注目されはじめている。おそらくは所領問題を解決するための為家の下向であったと想像されるが、当時五十六歳になっていた為家は、生涯にただ一度の経験となる鎌倉往還の旅におおいに刺激を受けたようで、かなりの数の歌を詠み残している。阿仏尼は、亡夫の為家がかつて多くの歌を詠んだ土地土地をたどりながら、同じように歌を詠じることで、亡き夫の魂とふれあおうとしたという側面もあったのではなかったかというのが、新しい視点からの理解である。

阿仏尼は、鎌倉の極楽寺に近い「月影の谷《やつ》」に身を落ちつけると、大宮院権中納言為子（為教の娘）、その兄の為兼、式乾門院御匣《みくしげ》（源通光の娘）、和徳門院新中納言（定家の娘）といった知人や、身内である姉と妹、息子の為相・為守らと、手紙の贈答をくり返している。そのなかで阿仏尼は、京都への恋しさを切々と吐露《とろ》し、京都から寄せられた憐憫《れんびん》の便りに心を慰められてゆくのであった。鎌倉に着いてから翌三年八月半ばころまでの、そうしたやりとりが記されて、『十六夜日記』の「鎌倉滞在記」とも呼ぶべき記事は終わる。

『十六夜日記』の流布本では、このあとに七十五句よりなる長歌と、左註《さちゅう》めいた反歌一首が収められているのだが、長歌の歌い収めの歌句が、「野中の清水　淀むとも　もとの心に　まかせつつ　滞りなき　水茎の　跡さへあらば　いとどしく　鶴が岡辺の　朝日影　八千代《やちよ》の光　さしそへて　明《あき》らけき世の　なほも栄えん」（野中の清水が淀《よど》んでももとの心を失わぬように、根本の精神に立ちもどって、滞《とどこお》りなく文書をもって正義の判決を下されるならば、いよいよ鶴岡八幡《つるがおかはちまん》にさしのぼる朝日影は、八千代までの光を添えて、鎌倉幕府の明らかに統治する世は、なおも栄えることであろう）〈新編日本古典文学全集による〉となっていることから、この長歌は、鶴岡八幡宮に勝訴を祈願して奉納された歌だとも、訴訟を申請中の幕府の要人に献上されたものだとも推測されている。しかし、けっきょく、この訴訟が為相の逆転勝訴という形で決着をみるのは、約半世紀もの時を経た正和二年（一三一三）になってからのことであった。阿仏尼はそうした結果を知ることなく、弘安六年（一二八三）四月八日に没している。鎌倉で亡くなったのか、京都で亡くなったのか定かではないが、鎌倉で客死《かくし》した可能性が高いといわれる。

〔阿仏尼のモデル・素材〕

『尊卑分脈《そんぴぶんみゃく》』（南北朝時代にまとめられた系図集成）と、『続古今和《しょくこきんわ》歌集《かしゅう》』所収の阿仏尼歌の詞書によって、平度《のり》繁《しげ》が阿仏尼の父であることが知られる。しかし、阿仏尼自身が若かりし日の失恋事件を記した作品と考えられている『うたたね』には、「後《のち》の親」と記されているので、それを信じるならば、度繁は養父ということになろう。つまりは、阿仏尼の母の再婚相手という関係になるわけだが、実の父がだれであったのかは、いまのところまったく手がかりがない。母の素姓《すじょう》についてもまた、いまだ明らかになってはいない。

度繁の父である繁雅には、妻妾の一人に北白河院陳子（後高倉院の妃）の乳母《めのと》となっていた妻がいたが、阿仏尼はその縁により、陳子の娘の安嘉門院邦子内親王に十代のころから出仕をし、女房としての階級が上昇するにつれて、女房名を越前《えちぜん》、右衛門佐《うえもんのすけ》、四条《しじょう》と改めていったようである。

為家の次男の源承《げんしょう》（為氏の実弟）が書き残した『源承和《げんしょうわ》歌口伝《かくでん》』などによって知りうるところでは、安嘉門院に仕えていた阿仏尼は、失恋をきっかけに若くして一度出家をとげたのだという。そして、奈良の法華寺に身を寄せたが、そこである男に愛されるようになり、女子を出産する。そのことから法華寺にいづらくなった阿仏尼は、慶政上人《けいせいしょうにん》を頼って西山松尾の法華山寺《ほっけさんじ》のほとりに居を移し、還俗《げんぞく》して庇護《ひご》を受けたが、そこでまたもう一人男の子を生むこととなったようだ。建長四年(一二五二)ごろ、人の紹介で、阿仏尼は為家の娘の後嵯峨院大納言《だいなごんの》典侍《すけ》のもとへ招かれ、為家に命じられて『源氏物語』の書写を手伝いはじめるのだが、やがて為家と男女の関係を結んで側室となった(年齢差二十五歳ほど)。そうして生まれたのが定覚である。だが、そのころ阿仏尼にはまだほかにも懇《ねんご》ろな関係にある別の男がいたのであろう、周囲からだれの子だかわからないといった中傷《ちゅうしょう》を受けたようで、定覚を幼くして出家させている。その後に、為相と為氏を生み、嵯峨中院の山荘に移り住んだ為家と公然と同棲《どうせい》するようになって、女主人としての地位を手に入れるにいたったのである。

〈阿仏尼の人物の評価の歴史〉

(1) 近世から明治初年にかけては、阿仏尼が娘の紀《き》の内《ない》侍《し》に、女房勤めの心構えを書き与えた『乳母《めのと》のふみ』(『庭《にわ》の訓《おしえ》』とも)が、女性用の往来物《おうらいもの》(寺子屋で用いた教科書)として広く読まれ、さらに明治時代になり教育制度が整ってからも、女学校の教科書に『十六夜日記』が載ったり、国定の女子修身《しゅうしん》の教科書に「阿仏尼」がとりあげられたりするなどして、もっぱら阿仏尼は賢母として道徳的に高く評価されたといえる。

(2) しかし明治末年に、為氏派の立場から阿仏尼にたいして批判的に書かれた『源承和歌口伝』が発見されると、為相のために御子《みこ》左家《ひだりけ》に代々伝わる歌書類を持明院北林の自邸へ運び出した阿仏尼の行動や、細川庄の訴訟のために鎌倉へ下向したりした彼女の積極性は、いくぶんかの嫌悪感をふくみつつ、烈女《れつじょ》と評されるように変化していった。

(3) だが平成の時代になると、鎌倉という時代そのものが、相続をめぐって家系の分裂と対立がくり返された時代であることが、あらためて顧みられるようになる。為家の書き残した多くの譲り状(財産相続にかんする遺書)もぞくぞくと発見されるにおよび、阿仏尼の訴訟行動がけっして特異なものでなく、また亡き夫の為家の意志に従ったものであることが理解されてきた。流布本《るふぼん》『十六夜日記』とのあいだに語句の細部で異同の多い天理図書館蔵九条家旧蔵本のほうが正統的な本文であることや、『うたたね』の虚構性なども指摘されてきており、今後は、古い阿仏尼像を解体したうえで、虚心に評価しなおすことが求められよう。

〔阿仏尼の人物像をいかに読むべきか〕

冷泉家《れいぜいけ》時雨亭叢書《しぐれていそうしょ》の一冊として『冷泉家古文書』が公刊されたことにより、為家が書き残した数々の譲り状の全貌を、容易に見ることができるようになった。とりわけ文永十年(一二七三)七月二十四日付けの「阿仏尼宛融覚(為家)譲り状」の内容は興味深く、細川庄を為氏から取り返した経緯や、その細川庄を阿仏尼と為相《ためすけ》に改めて与えた旨を証明する記事のみならず、為家没後に為氏から異議申し立てが出されるかもしれないとする懸念《けねん》や、そのときにはこの譲り状を証拠に朝廷や鎌倉幕府に訴え出るようにとの助言まで記されていることが知られるのである。こうした為家の生前の意志にそのまま従うことで、阿仏尼は鎌倉へと下向していたことが明らかになった。

また近年、天理図書館蔵九条家旧蔵本『十六夜日記』の正統性が認められたことも、阿仏尼を理解するうえで大きな意味をもった。たとえば、流布本『十六夜日記』には「わが子ども君に仕へんためならで渡らましやは関の藤川」と記されていることから、「わが子たちが歌道をもって帝《みかど》にお仕えするためでなくては、なんで私が関の藤川を渡って東国へ行くことがあろうか」という、「母」としての決意が表明されているものと長いあいだ理解されてきた歌が、天理本では「わが子ども君に仕へんためならば渡らましやは関の藤川」となっており、「子どもたちの廷臣としての前途のためだけならば、関の藤川など渡りはしなかっただろうに。夫の意志をつぐために、御子左家《みこひだりけ》に縁深いこの土地まで来たことだ」という、まったく逆の意味の歌になっていて注目されるのである。子どもたちのためというよりは、為家の付託《ふたく》に応《こた》えるために鎌倉へ下るのだとする歌の内容は、賢母・烈女という従来の阿仏尼のイメージからは、大きくかけ離れることになる。固定化されてしまった先入観に引きずられることなく、阿仏尼の姿を真摯《しんし》に読みなおしてゆかねばならない。

〔阿仏尼が影響を与えた人物・作品〕

『如法寺殿紀行』（別名『関東紀行』、『われもから日記』とも）が、『十六夜日記』の影響を色濃く受けていることが知られている。如法寺という女性（出自未詳）が、某年の九月八日に京都を発ち、九月二十日に武蔵野に着くまでを記した旅行記であるが、九月十六日の記事に「『涙に袖の色ぞこがるる』など詠みし人のあはれも思ひ知らる」とあるのが、『十六夜日記』弘安二年（一二七九）十月二十五日条の「蔦楓《つたかへで》時雨《しぐ》れぬひまも宇津の山涙に袖の色ぞこがるる」という歌を引用しているのが明白であるほか、それ以外にも、約四千字ほどの小作品ながら、『十六夜日記』の語句をふまえたとみられる表現が十六か所も見出されるのである。『如法寺殿紀行』の成立時期はいまだ明らかでない。以前は鎌倉時代後期の嘉元四年（一三〇六）ごろかと推定されていたのだが、最近では江戸時代初期の元和三年（一六一七）ごろという推定が妥当視されてきている。

（藤田一尊）

〔現代に生きる阿仏尼《あぶつに》〕

阿仏尼は、現代風にいえば、息子に対して過剰な母性愛を捧げた女性である。

いつの時代でも、一般的に、父親は娘に対して、母親は息子に対して、過剰な盲目的な愛を捧げるといわれる。

特に母親は、もはや期待はずれになった夫の身代わりとして、幼い時から息子に過剰な期待をかけ、盲目的に溺愛してしまう傾向がある。

しかし、母親の息子に対する過保護の溺愛は、息子の男としての独立心をスポイルし、息子をマザコン風の軟弱な男にしてしまい、結果として息子の人生を不幸にしてしまいがちである。

特に気性の激しい母親に育てられた息子は、従順でおとなしい男性になりやすいようで、仕事も長続きせず、結婚もできずに、結局不幸な人生を送らざるをえないことになる。

（西沢正史）

後深草院二条
ごふかくさいんにじょう

『とはずがたり』
鎌倉時代

〈後深草院二条の人生〉

『とはずがたり』は、二条という女房名で後深草院に仕えた女性が、晩年になって自己の生涯をふり返り、「問われずとも語らずにはいられない」という衝動から書きまとめた回想記である。二条の父は久我《こが》太政大臣《だじょうだいじん》通《みち》光《てる》の子である中院大納言久我雅忠《まさただ》、母は大納言四条隆親《たかちか》の娘で、後深草帝に近侍し大納言典侍《だいなごんのすけ》とよばれた女性であった。母方の四条家は、中流貴族の家柄ながら、皇室に代々乳母《めのと》を出すことで威勢を拡大していった家である。隆親もまた、妻が後嵯峨帝の乳母であったために、後嵯峨帝の側近として隠然《いんぜん》たる力をもつようになった。大納言典侍もそうした関係で、後嵯峨帝の息子である後深草帝に早くから仕え、まだ幼ない帝から特別に慕われたのだった。

二条は、正嘉二年（一二五八）に生まれている。じつは、その二年前の康元元年（一二五六）の十一月に、後深草帝は、母后姞子の同母妹であり十一歳年上の叔母という関係にあった公子（東二条院）を女御として迎えている。姞子と公子の姉妹は、四条隆親の姉貞子が西園寺《さいおんじ》実《さね》氏《うじ》に嫁《か》して生んだ娘たちであるから、隆親からすれば姪《めい》ということになる。公子は翌年の正月に中宮に立てられるが、そのおりに雅忠は中宮権大夫《ちゅうぐうごんのだいぶ》に任じられているから、あるいは後深草帝と公子との夫婦仲が齟齬《そご》をきたさぬようにとの周辺の配慮があって、後深草帝に慕われていた大納言典侍は、中宮に仕える雅忠と縁づけられるかたちで、帝の側から意図的に遠ざけられたのかもしれない。だが、大納言典侍は二条を生むと、その翌年の正元元年（一二五九）に没してしまう。同年、後深草帝は父の後嵯峨院の意向で実弟の亀山帝に譲位させられるのだが、政治の実権を父の後嵯峨上皇に握られ、十七歳の若さで帝位まで失った後深草院は、つれづれの慰めとするかのように、二年後の弘長元年（一二六一）に四歳となった二条を御所へ召し出し、手もとへおいて自分の娘のごとく愛育した。しかし、後深草院の血縁者でもない少女が、院の御所で暮らすためには、女房として出仕するという形式をふまなければならなかったのだろう。雅忠は当初、久我家が娘を宮仕えに出すような劣った家柄ではないことをあげて難色を示すが、後深草院の要請におしきられるかたちとなった。

それから十年の月日が流れ、二条が十四歳となった文永八年（一二七一）、後深草院は正月の酒宴の席で、雅忠に向かって二条を妻妾の一人に加えたいとする内意を告げた。それを承知した雅忠は、二条に詳しい事情を説明することなく、彼女を自邸に里下がりさせると、方違《かたたが》えにかこつけて訪れるてはずの院と、契りを結ばせるだんどりを仕組んだのだった。じつをいえば、後深草院が青年期に達したおりに、初めて性のいとなみを手ほどきしたのは二条の亡き母大納言典侍だった。後深草院はそれいらい、大納言典侍にたいして特別の感情をいだき、彼女が亡くなってからは、その娘である二条に恋情をふり向けていたのである。昨日まで父のように身近な存在として接してきた後深草院に、突然に性的関係を迫られた二条は激しく抵抗したが、むりやり体を奪われてしまう。

後深草院の愛を受ける身となっても、すでに十年間も御所で女房勤めをしてきている二条は后妃《こうひ》にはなれず、周囲からはお手付きの女房としかみられない。久我家は帝の后妃を出すことができる家柄であったが、家格にふさわしいふるまいをすれば、同僚女房からは非難をあびるしまつであった。なかでも東二条院公子からの憎悪は、とりわけ深かった。おそらく東二条院は、結婚後も後深草院が大納言典侍を慕いつづけていたことを察知していたのではなかったろうか。亡き大納言典侍にたいする嫉妬も加わって、二条のことを敵視したのだと考えられる。後深草院と性的関係をもつようになった二条は、翌年に妊娠するが、そのころ父の雅忠が病気に倒れ、あえなく他界してしまった。久我家の実権は、雅忠の義母が握っていたらしく、二条との関係もさほど親密ではなかったので、二条は心細さをぬぐえなかった。そんな二条を、一人の男が親身になって世話をやいてくれる。『とはずがたり』はその男の実名を隠し、「雪の曙《あけぼの》」という雅語でよんでいるが、西園寺《さいおんじ》実兼《さねかね》であることは疑いをいれない。二条は、父を失った寂しさと、御所生活の息苦しさを癒《いや》してくれる雪の曙のやさしさに惹《ひ》かれて身を許してしまい、後深草院の皇子を出産したあとも密会を重ね、こんどは雪の曙の子を身ごもることになる。雪の曙は、二条に妊娠月数を偽って後深草院へ報告させると、月満ちて無事に生まれた子を、表向き流産したということにして、極秘裡《ごくひり》に引き取り育てたという。事実を隠蔽《いんぺい》することで密事《みつじ》の露見《ろけん》はまぬがれ、その後も雪の曙との関係はつづいてゆくが、前年に生まれた皇子の早逝《そうせい》という悲劇がほどなく二条をおそったのであった。

さらに、数奇《すうき》な運命は二条を翻弄《ほんろう》する。二条は、後深草院の目を盗んでは雪の曙との関係をつづけていたのだが、後深草院の病気平癒《へいゆ》を願う修法《ずほう》のために御所を訪れた仁和寺《にんなじ》の高僧から激しく言い寄られ、強引に契りを結ばされてしまうのである。社会的身分もある僧侶《そうりょ》との破《は》戒《かい》行為に、二条は恐れをいだいて以後の交渉を拒絶するものの、高僧の恋情はいっこうにやむことはなかった。「有明の月」という仮名で記されているこの高僧は、後深草院の異母弟である性助法親王《しょうじょほっしんのう》であろうと考えられる。やがて、有明の月の恋慕は後深草院の知るところとなるが、驚いたことに後深草院は二人の関係を許可し、二条と有明の月を積極的に近づけようとさえするのである。自分の知らないところで始まった二人の関係を、憤《いきどお》りながらも余裕をみせつつあえて許し、二条を操《あやつ》り有明の月を支配することで、倒錯《とうさく》した優越感にひたっていたのであろうか。また、有明の月は宗教界の大物であるだけでなく、後深草院と対立する弟の亀山院に近い人物であったから、二条を提供することで有明の月を味方に引き入れたかったという政治的配慮があったのかもしれない。後深草院は、やがて生まれた有明の月の子をわが子として育てるのだが、有明の月は、つづけて二人目の子を二条の腹に宿らせながら、流行病《はやりやまい》にかかって急死する。二条は、有明の月の菩提《ぼだい》を弔《とむら》って実家に滞在しつづけた。すると、後深草院は嫉妬心にかられたらしく、不興《ふきょう》をあらわにしはじめる。あげくのはてに、以前亀山院の求めに応じて二条を一夜の夜伽《よとぎ》に提供しておきながら、二条が亀山院に心を寄せているという根も葉もない醜聞《しゅうぶん》までをも信じこみ、とうとう二条を御所から追放してしまったのだった。

かくして弘安六年(一二八三)ごろに、二条は二十年以上にわたって住み慣れた院御所を追われた。その後の暮らしがどのようなものであったのか、『とはずがたり』には記事が欠けているので詳しくはわからない。しかし、二条は正応元年（一二八八）の終わりごろに出家をとげたようで、尼姿となって諸国行脚《あんぎゃ》の旅に出立している。京都で暮らすかぎり、他家の繁昌や元同僚の昇進を聞いて心を乱さずにはいられない。それがいやで、妄念を静めたい一心で京都を離れたのだと、その心情が記されている。東海道を下って鎌倉にしばらく滞在したあと、東は浅草寺《せんそうじ》から信濃《しなの》（長野県）の善光寺まで足を延ばし、熱田神宮や伊勢神宮、奈良や河内《かわち》（大阪府）の諸寺を訪ねたり、西は厳島神社《いつくしまじんじゃ》や四国松山の崇徳院御陵《すとくいんごりょう》まで参詣を果たしている。そのように諸国を巡《めぐ》りながら、二条は己《おの》が身の滅罪《めつざい》と、亡き父母の供養《くよう》を願い、父母の遺品をも処分しながら経典を書写して方々の社寺へ奉納していった。そうした日々を送るなか、後深草院が嘉元二年（一三〇四）に崩御《ほうぎょ》する。その前後には東二条院と亀山院があいついで亡くなり、二条は人の世の無常を思い知るとともに、後深草院のために生きたわが人生であったことを、あらためて痛感したのであった。二条が四十九歳となった嘉元四年の後深草院三回忌の記事が記されて、『とはずがたり』は終わっている。

〔後深草院二条のモデル・素材〕

『とはずがたり』以外に、二条の実像をうかがう手がかりはほとんどない。記録類はもとより和歌資料にも二条の名をみることができないし、諸系図類にもまったく記載されていないのである。唯一の参考資料が、中世の歴史物語『増鏡《ますかがみ》』（「さしぐし」巻）に記された記事ということになる。正応元年（一二八八）六月二日に、伏見帝のもとへ西園寺実兼（雪の曙）の娘鏱子が入内《じゅだい》したおり、この入内式に「久我《こが》大納言雅忠の女《むすめ》」が「三条」という女房名で奉仕した旨の記載がみえるのである。その女房は、自分に三条という名が与えられたことを悔しがるのだが、すでに一条の名は三条坊門通成の娘に、二条の名は西園寺実顕の娘につけられてしまっており、三条の名しか残っていないという理由で言い含められたのだという。この雅忠の娘が二条その人であることは、まずまちがいない。西園寺実兼（雪の曙）との人間関係の濃さからみて、ぜひにと請われて短期間出仕したものと考えられる。これは『とはずがたり』の巻三と巻四とのあいだの空白期間に相当し、記事の欠けている部分の二条の動向を知る貴重な資料であるが、翌年の二月には出家姿で東国をめざして旅に出ていることが『とはずがたり』に記されているから、三条の名での再出仕もおそらくは不本意なものだったのだろう。御所を退いて、ほどなく出家したのだと想像されるのである。

〔後深草院二条の人物の評価の歴史〕

(1)　『とはずがたり』の伝本は、現在のところ、宮内庁《くないちょう》書陵部《しょりょうぶ》に江戸中期の書写と考えられる写本がただ一本存在することが確認されているだけである。その書陵部本の発見も比較的新しく、昭和十五年九月号の『国語と国文学』誌上に、初めてその存在が報告されたのであった。それまで、『とはずがたり』という作品はまったく世に知られていなかったのである。昭和十五年九月といえば、日独伊三国同盟が成立し、日本が太平洋戦争に突入していこうとしていた時期である。この雑誌論文では、そうした時局が考慮されてか、『とはずがたり』が『増鏡』の重要な取材資料であることなどが主に指摘されただけで、二条をめぐる人間関係の詳細は紹介されることがなかった。

(2)　戦後の昭和二十五年に、『とはずがたり』は宮内庁書陵部編の「図書寮所蔵桂宮本叢書」の一冊に加えられて、全文の翻刻《ほんこく》が公《おおやけ》にされ、ようやく研究の環境が整うようになった。そして昭和四十一年から四十三年にかけて、『とはずがたり』の注釈書があいついで出版されるにおよび、広く一般にも知られるようになってゆく。その結果、上皇・天皇・法親王《ほっしんのう》といった皇室関係者の性愛までがあらわに記されていることが、『とはずがたり』の特徴としてとりわけ注目されてしまうことになった。戦前であれば禁忌《きんき》にふれるような内容に好奇の目が向けられたのは、時代の反動としてやむをえなかったのかもしれない。二条が、複数の男たちとの性的関係を憚《はばか》ることなく書き記している点を、「懺悔録《ざんげろく》」と解するのか、それとも罪の意識などない「自己顕示の書」とみるのかで、研究者の理解は大きく対立することになったが、いずれにしても二条の愛欲とか愛憎といった面が、ことさらに意識される結果になった。それはやがて、「愛に生きずにはいられない女の性《さが》」を二条に読みとって共感を覚える読者と、「愛欲に溺《おぼ》れる女」をみて彼女にたいし反発を強める読者という、異なる読者感情を導き出し、評価を二分してゆくことになる。二条ほど、読者の好き嫌いが分かれてしまった日記文学作者もめずらしいのではないか。おりしも昭和四十年代半ばは、アメリカで起こった女性開放運動の思想的影響が日本に波及した時期である。そうしたときに、「宮廷における情交関係の赤裸々な告白」といったような一面的な作品観が成立し、性の部分ばかりが批評されてしまったのは、ある意味で『とはずがたり』にとっては不幸だったといえよう。

(3)

昭和五十年代からは、さすがに「宮廷秘事の暴露本」的な見方は影をひそめるようになり、『とはずがたり』の後半部に描かれた諸国行脚《しょこくあんぎゃ》の意味が問われるようになった。西行《さいぎょう》の思想的影響や、一遍《いっぺん》および時衆《じしゅ》との関係などが指摘され、信仰に生きた二条の姿がクローズアップされてゆく。また『とはずがたり』の物語的な手法や、虚構の問題も深く検討されはじめ、「赤裸々な告白」という作品観の陳腐《ちんぷ》さが見なおされることになる。そして昭和六十年代から平成の時代にかけて盛んになったフェミニズム（男女同権主義）の洗礼を受けると、『とはずがたり』においては、一人の男性貴族が複数の女性と性関係をもつのはあたりまえでありながら、複数の男性と性関係をもつことになった二条が、ことさらにふしだらな女のように批評されがちであることが反省されるようになった。『とはずがたり』が、作品の執筆当時に流行していた中世の擬古物語群の表現や構想の影響を濃厚に受けていたことも明らかになって、二条にたいする蔑視《べっし》は薄められていったといえる。

〔後深草院二条の人物像をいかに読むべきか〕

中世という時代に生きた二条を、現代の価値観や人生観に照らして批評することは、ほとんど意味がない。あくまでも、二条の生きた時代が後深草院の皇統と亀山院の皇統とに分裂して皇位継承権が激しく争われ、鎌倉幕府もそれと複雑にかかわりあった激動の時代であったということを忘れてはならないのである。『とはずがたり』には、政治的な記事がほとんどない。そうした点が長いあいだ、二条を政治音痴《おんち》として見下すような批判を生んできたわけなのだが、作品を丁寧に読めば、政治的な問題に気づきながら、二条があえてそしらぬふうを装っていることがみえてくる部分が多い。今後は、政治的な背景を『とはずがたり』のなかに重ね合わせ、二条をめぐる人びとの言動の意味を問いなおすような読み方が必要であろう。男たちに翻弄されつづけた犠牲者といったような単純な把握ではなく、政治の熾烈《しれつ》な人間模様のなかで、二条もまたその当事者の一人として懸命に生きたのだということを強く意識しておかなければなるまい。

〔後深草院二条が影響を与えた人物・作品〕

『とはずがたり』の発見が昭和十五年と新しいため、その影響を受けた作品となると、現代作家のものをあげることになる。瀬戸内晴美（寂聴）は『とはずがたり』からかなり強い影響を受けたようで、三度も現代語訳を試みているほか、『とはずがたり』に取材して『中世炎上』という歴史小説も書き著している。ただし瀬戸内の『とはずがたり』の受容には顕著な特徴があり、いずれのばあいも『とはずがたり』の第四・五巻「出家・紀行編」を、大胆に省略してしまうのである。二条の人生を「愛欲」の面のみによって理解しようとした、瀬戸内の作品観があらわれたものだといえるだろう。また杉本苑子にも、『新とはずがたり』という歴史小説がある。これは二条ではなく西園寺実兼（雪の曙）を主人公にすえなおした創作だが、『とはずがたり』には欠けてしまっている政治的状況への幅広い視野を獲得しようとした、杉本なりの工夫であったということができる。

（藤田一尊）

〔現代に生きる二条〕

二条は、現代風にいえば、本能的に生きた女性である。

いつの時代でも、どちらかというと、女性の方が情にほだされやすい傾向があり、本能的で、性にのめりこみやすいといえるのではないだろうか。

二条のように本能が過剰な女性は、どうしても好色な男性の餌食《えじき》になりやすく、悲劇的で不幸な人生を送らざるをえないようである。そうした女性は、常に宗教や道徳によって理性のブレーキをかけることが大切である。

（西沢正史）

秋道の北の方

あきみちのきたのかた

『あきみち』
室町時代

〈秋道の北の方の人生〉

北の方はわが耳を疑った。夫の秋道は自分に、ほかの男の愛人《あいじん》になれ、といったのだ。義父《ぎふ》、つまり夫の秋道の父が夜盗《やとう》金山八郎左衛門《かなやまはちろうざえもん》の手にかかり、殺害された。そのために自分の妻を都《みやこ》の遊女《ゆうじょ》に仕立てて金山に近づけさせ、好機《こうき》をうかがって仇討《あだう》ちするという。秋道の北の方は貞女《ていじょ》の誉《ほま》れが高く、教養もあって、絶世《ぜっせい》の美女とうたわれている女性である。「うつつなの殿《との》の仰《おほ》せかな。後生《ごしやう》は蛇体《じゃたい》の報《ほふ》を受け、二人の肌を触るれば、必ずとして、丈尺の鉄《くろがね》の釘《くぎ》をもつて、その数を口のうちより五体《ごたい》へ打ち通さるるとこそ承《うけたまは》りて候《さふら》へ。この事において思ひも寄らぬ」(正気とは思われぬおことば。女はただでさえ五障三従《ごしょうさんじゅう》の罪深き身であり、二人にまみえれば蛇体の報によって罪に問われましょう。このことにおいて思いもよらぬこと)と、北の方は女性として二夫《にふ》にまみえる罪深さを説いて拒んだが、武家の妻として夫の秋道に従わざるをえなかった。

こうして、北の方は夫の計画どおりに金山に近づく。ところが、金山はたいそう用心深い男で、酒を飲んでもうちとけず、夜を語り明かすこともせず、短い時間でさえも帯刀しながら寝《やす》むという、きわめて用心深いありさまであった。北の方が、夫の秋道にチャンスを報告するすきをあたえなかった。一年が過ぎ、北の方はついに金山の子を身ごもり、出産という事態に追いこまれる。北の方は、積もる年月《としつき》を、夫の秋道に自分の心変わりと思われはしないかと、悔しい思いにかられながら嘆き悲しむのであった。そこで夫の秋道に仇討ちの本望をとげさせようと、北の方は仮病《けびょう》をよそおうという一計を案ずる。食物を受けつけなくなった北の方を、金山はいつになく気づかう態度をみせて気を許すようになる。それに乗じた北の方は、自分にうちとけようとしない金山への心労《しんろう》から病気になったととりつくろった。かくして、金山の心をとらえた北の方は、彼の真の住処《すみか》を教わることに成功した。そこは、さまざまな仕掛けのある館を通り過ぎ、さらに川を舟で渡った果てにたどり着くような岩穴であった。

その後、金山は盗賊をはたらくために信濃《しなの》の国（長野県）へ出かけていった。その留守に北の方は、夫の秋道に金山の隠《かく》れ家《が》を知らせる使いを送り、やってきた秋道を女に変装させ、旧知《きゅうち》として金山の館《やかた》に入れた。そして金山の帰宅前日、岩穴の中に秋道を隠し入れ、金山の帰りを待ち受ける。帰宅した金山は、岩屋へ渡る舟の結び目の不審《ふしん》に気づくのだが、北の方は、あまりの寂しさに子どもを連れていったためと言い逃れた。さらに用心深い金山は、その後も先払《さきばら》いをさせたりするなど、北の方を窮地《きゅうち》に追いこむのだが、そのたびに北の方は機転をきかせて難を逃れる。そしてついに夫の秋道に金山を討たせ、仇討ちの本懐《ほんかい》をとげさせたのであった。

北の方の志に感動した夫の秋道は、もとの生活にもどろうとするが、北の方は夫の秋道を悲しい気持ちで振り切ったのだった。「仇敵《きゅうてき》とはいえわが子の父（金山）を殺した罪深い行為を懺悔《さんげ》し、そしてなにより金山の後生《ごしょう》を弔《とむら》わなければ」と考えて、北の方は出家《しゅっけ》という道を選んだ。

〔秋道の北の方のモデル・素材〕

男の復讐《ふくしゅう》に協力するために、みずからの容色《ようしょく》を犠牲《ぎせい》に敵に近づき、手引きさせられるという人物に、中国の『史記《しき》』の呉越《ごえつ》の合戦物語の一篇に登場する女性、西施《せいし》がいる。西施は、日本においては『平治物語《へいじものがたり》』、『太平記《たいへいき》』、『三国伝記《さんごくでんき》』などで広く知られており、越王勾践《こうせん》によって敵である呉王夫差《ふさ》のもとに送られ、呉を滅ぼす役目を負わせられた越王の愛妃《あいひ》である。また先行文学ではないが、『あきみち』と同様に室町物語に分類される『てごくま』は、敵《かたき》を討つために女性が犠牲になる物語である。

〔秋道の北の方の人物の評価の歴史〕

仇討ちにともなう、秋道の北の方の苦難と悲劇の物語が、『あきみち』の物語的構想の中心である。『あきみち』なる題名が付されるものの、秋道の北の方こそが、夫の仇を討つために、女性としての全存在をかけて思案し行動する主人公とされている。冒頭《ぼうとう》で、秋道の北の方は、ほかの中世の多数の物語と同様に、絶世の美人であることに加えて、公家的な教養を兼ねそなえた理想的な女性として登場する。そして、わが妻の貞操を犠牲にするという夫の仇討ちの計画には、「正気とは思われぬおことば。女はただでさえ五障三従の罪深き身であり、二人にまみえれば蛇体の報によって罪に問われましょう」と抗弁《こうべん》するのである。この夫の強制の論理を拒んで仏教的罪悪感から逃れようとする拒絶《きょぜつ》の論理は、束縛《そくばく》の多かった中世社会における女性としての最小限の抵抗でもある。しかし北の方は、家門《かもん》の名誉を守ろうとする夫の秋道の武家の論理には、従わざるをえなかったのである。そして敵である金山のもとに送られた北の方は、仇討ちの機会をつかめないまま焦燥の一年を送り、ついに金山の子まで生むという事態に直面したのち、夫の仇討ちを成就《じょうじゅ》させ、最後には出家という道を選択するのである。『あきみち』の影響作とされる仮名草子《かなぞうし》『大倭二十四孝《やまとにじゅうしこう》』の「山口秋道《やまぐちあきみち》」においては、北の方が仇である男とのあいだに子をもうけるという設定がみられず、その出家の理由は儒教的・仏教的な貞操観《ていそうかん》を中心としたことに限られる。一方『あきみち』における北の方が出家にいたる理由の最たるものが、真実の夫婦ではない男である金山とのあいだの子どもである。その子どもは、思わざる結果として生まれてきた、女性の人生を束縛せずにはおかない存在である。出家の理由という観点で両者を比較すれば、出産という設定をとる『あきみち』のほうが、女性としての苦悩《くのう》がより深まるといえよう。しかしながら、このような悲劇的な設定にもかかわらず、『あきみち』には、北の方の出産から出家にいたるまでに当然生じているはずの苦悩の心理がまったく書かれていないという事実がある。すなわち、「少なくとも愛児《あいじ》の父である男に対する親しみと、夫の父の敵である男に対する憎しみといふ背反する愛憎《あいぞう》二つの感情が、絡《から》み合《あ》つて、妻を苦しめたに相違ない。それこそは、時代の生んだ最も深刻な人生悲劇なのであるが、残念ながらこの小説は、さうした心理的な苦悶《くもん》を括《くく》るどころか、ほとんど触れようとさへしてゐない」(市古貞次)と評される。それを甘《かん》受《じゅ》しても、仇討ちという封建的慣習《ほうけんてきかんしゅう》のなかで悲劇的な運命を受け入れなければならなかった女性の悲哀《ひあい》、なかでも仇の子を出産し、出家にいたらせているという人物設定は、『あきみち』を女性文学的な作品へと昇華《しょうか》させることに成功している。

〔秋道の北の方の人物像をいかに読むべきか〕

秋道の北の方は、信頼する自分の夫から夫の父親の仇討ちのために、ほかの男の愛人になれ、といわれる。自分の貞操を犠牲にするという夫の仇討ちの計画に、「おろかな殿の仰せ。たとえ都の上臈《じょうろう》であっても一夜ならず二夜までも召されることがあろうか」と妻は必死に抵抗する。秋道は「金山があなたを見て捨ておくことがあろうか」と答える。そのとき、「忽《たち》ち海へも川へも沈まばや」という思いが瞬時によぎる。それはまさに、夫への失望と不信感を否応《いやおう》なく認識させられた瞬間のことばであろう。しかしその直後、「たとひ百夜《ももよ》を重ぬることありとも、とけまじものをと深くたくみて、よきひまあらば男の手にもかけまじ、我が手にかけて失ふべき、金山を」（たとえ逢《お》う瀬《せ》を重ねようとも、けっして心を許すまい。好機あらば、夫秋道の手を借りずとも、みずからの手で金山を殺そうぞ）と、その思いを打ち消し、「この春の花の盛りと思ひしに明日散り行かんことぞ悲しき」と、悲壮《ひそう》な覚悟で北の方は金山のもとへ向かうのである。秋道は「おろかなりまたも逢ふべき春ごとの枝は折るとも心変らじ」と、北の方の心を推し量ることができないのである。金山のもとにもぐりこむことに成功した北の方は、一年ののち、夫の仇の子どもとなる男子を出産するという事態にいたるが、ようやく妻である自分の犠牲によって夫は仇討ちに成功した。そしてその後、北の方は出家という道を選び、夫のあきみちを退《しりぞ》けるのである。それは、「一方ならぬ思ひのうちは、やる方もさふらはず」（なみひととおりでない悲しみは、どうにもしようがないのです）ということばに結実されている。夫への不信感を認識してから北の方の思いは秋道にはない。妻は「出家」という方法で秋道に復讐《ふくしゅう》した。秋道はそこにいたって初めて北の方の苦悩に気づくのである。秋道にできることは、仇の子どもを養子として跡目《あとめ》を継《つ》がせることだけである。秋道の仇の子である愛《いと》しいわが子を跡継ぎにさせることで、北の方は秋道に静かなる復讐を果たしたのである。かくして秋道は、最後にどんでん返しにあう。このような観点からは、妻から夫への復讐譚《たん》として作品を読むことも可能であろう。終盤の心理描写の乏しさが、女の行動を際《きわ》だたせ、決意の強さをものがたるという効果を生んだものと考えられる。

〔秋道の北の方が影響を与えた人物・作品〕

『あきみち』の影響下に書かれたとされる作品に仮名草子『大倭二十四孝』の「山口秋道」がある。『あきみち』の北の方と同じように「山口秋道」の北の方も、最終的に出家という道を選択する。前者では、出家の決意にいたる重要な動機の一つに、仇の子を生み、わが子の父の菩提《ぼだい》を弔うため、ということがあった。一方、後者では仇の子の出産という点がみられない。出家の理由は儒教的・仏教的な貞操観を中心としたものにすぎず、女性の悲劇の描かれ方という観点では、『あきみち』の北の方のばあいにくらべて乏しいものといわざるをえない。両作品の影響作とされる浮世草子『武道伝来記』の「野机の煙くらべ」は、女主人公「夢楽」が恋人のために仇のところに奉公《ほうこう》に出て仇の子を生み、心はゆれながらも恋人への義理をつらぬいたという物語である。仇の子を出産するという点は『あきみち』にならっているが、二人の男のあいだで揺れ動く女心が明確に描写される点が異なっており、最後には出家ではなく、子どもとともに自決（心中）するという設定である。

（渡邊亜紀）

〔秋道の北の方〕

北の方は、現代風にいえば、夫（男性）への従属から脱して、女性として覚醒し、自立した女性である。

男女平等社会である現代においてさえ、女性は、家・親・夫・子供といった社会的な制約に束縛され、自己犠牲的な人生を歩まざるをえない場合も少なくない。

しかし、自我意識のめざめ、自由意志の主張の強い女性は、そうした社会的束縛から脱し、別居・離婚という人生を選択する場合も増加しつつあるようだ。だが、女性が獲得した自由な人生の代償として、別の意味で経済的困難や社会的制約がその人生を束縛することも少なくない。

一つの現実的な方法として、女性は、親・夫・子供などの家族に対して、女性としての自由・自立を宣言し、何パーセントかの自己の自立的な時間を確保したらどうであろうか。

（西沢正史）

御用の尼

およようのあま

『およふの尼』
室町時代・室町物語

〈御用の尼の人生〉

ある法師《ほうし》が京都の白河のあたりに粗末な庵《いおり》を結《むす》んで住んでいた。そこにふらりと、袋を頭にのせた年寄った尼が訪れる。尼は、「ああ苦しい」と袋を側に置いて縁側に腰かけ、「感心なお方でいらっしゃること」と念仏中の法師に話しかけた。法師は茶をすすめた。すると尼は、自分はなにか御用《ごよう》はないかといって、身分の貴賤《きせん》を問わず家々をまわり、衣類などの日用必需品の中古品を安く御用立てるという職業であり、人目《ひとめ》を忍ぶ仲介の労をもとることとから「御用《およう》の尼」と呼ばれている、と名のる。念仏もそぞろとなった法師は、だれかいい人があったら私にもお会わせくださいと、つい口走ってしまった。尼は、寄る辺《べ》ない一人暮らしの法師のために、「適当な女を田舎までまわって探してみせましょう」と約束する。法師は喜んでふところから扇《おうぎ》を取り出し、男女が「逢《あ》ふ儀《ぎ》」をかけた扇を尼に手渡して、吉報を待つことにした。四、五日ののち、尼は法師のもとを訪れて、「器量《きりょう》が悪いか、年をとっているような女以外はみつからない」と告げた。法師は、「こうなっては容貌も年齢もどうでもよい」と熱心に頼みこむ。そこで尼は、山崎のあたりに住む高貴《こうき》な血筋の尼君の話をもちかけたところ、ひどく喜んだ法師に、けっして心変わりのしないことを誓わせた。法師が高貴の尼君の年を尋ねたところ、尼は「詳しくは答えられませんが、ご住職《じゅうしょく》はいくつにおなりでしょう」と逆に尋ねる。法師は、「自分は四十にも満たないが、苦労しているから外見は五、六十以上に見えるでしょう」と答えた。すると尼は、「苦労しているので年よりも少しふけて見えますが、私も三十少し過ぎなので、十くらいのちがいで相性《あいしょう》もよいようです。それでは、山崎の方にせいぜいおすすめしてみましょう」といって庵を立ち去る。五、六十日たってから、御用の尼は法師のもとにやってきて、待ちこがれていたという法師に、「山崎の女性が、末までも添《そ》いとげて心変わりはないとお誓いになるなら、とにかく仰《おお》せにしたがいましょうということなのでまいりました」と告げる。法師は、「誓って添いとげる覚悟である」と答える。それを聞いた尼は、「それでは二、三日後に山崎の尼を連れてまいりましょう」と庵をあとにした。さて当日の夜、忍ぶような足音で尼が法師のもとへ現われた。尼は、「山崎の女性が恥ずかしがっているから、灯《あか》りを消して待っていてください」という。法師は承知し、すぐ帰るという尼に酒を一献《いっこん》すすめると、尼は「ただ一人お待ちになるのもお気の毒だが、少しお祝いしましょう」と受け、法師に何杯も重ねて酒を注《つ》いだ。尼はたいそう酔った法師に、「それでは、おっつけお入れしましょう。灯りを暗くしてください」といって退出した。しばらくして入ってきた女性は、布を深々と被《かぶ》り、恥ずかしそうに横を向いている。法師は灯りを暗くして、杯《さかずき》をかわし、小歌を口ずさむ。女性が、「行く末までもという約束事が頼もしく思えたので、恥ずかしながらまいりました」と細々というと、「末永くいつまでも」と法師は答えて、長旅の女の足をさすってやるのだった。夜が明けたので、法師はすこし戸を開けて相手の女性の顔を見ると、それは七十ほどの老尼で、顔には皺《しわ》がいっぱいで口には歯が一本もないといったようすであった。老尼は、「ふぬけしたようすで見つめておられるのですね。お恥ずかしい」と着物をつくろい、顔をそむけて包みを引き寄せて寄りかかり、つつましそうなようすで座っていた。それは、まぎれもなく御用の尼であった。呆然としている住職に、御用の尼は言う。「山崎の女性はうまくゆかなくて、ほかにあなたに似つかわしい人もぜんぜんいらっしゃいません。でも、やはり仰せにそむくこともできません。それでは私のような者でもと思いまして。だが、もし古尼《ふるあま》が捨てられでもしたらとも思いましたが、お誓いのことばがありましたので、年のうえでもふさわしい私がまいりました。また、ここにある私の袋のなかのものと、あなたが持っている古道具を取り出し使って、気持ちのよいように暮らしたら、なんの不足がございましょう。たとえばこの帯の切れはしと、あなたのちぎれた帯などはぴったりですよ」と。

〈御用の尼のモデル・素材〉

『およふの尼』の主要な構想のひとつに、老女が法師である男に取りちがえられる、という趣向《しゅこう》がある。これは男性の側からすれば「替《か》え玉《だま》」をつかまされる、と表現される。これと同じような話は、古くからみられる。たとえば、『堤中納言物語《つつみちゅうなごんものがたり》』の「花桜折る少将《はなさくらおるしょうしょう》」は、零《れい》落《らく》した家に住む老尼が、少将に自分の孫姫とまちがえられて盗み出されるという話である。また、醜女《しこめ》が男に取りちがえられるという話も、よくみられる。狂言の『二九十八』は、ある醜女が、清水観音《きよみずかんのん》に妻を授けてくださいと祈願《きがん》した男にたいして、観音の夢告《むこく》を利用し、さらに巧妙な歌を詠みかけて誘いこみ、結婚を迫るという話である。醜貌《しゅうぼう》であるがゆえに結婚ができずに世にとり残された女性の処世《しょせい》方法は、うらぶれた老尼《ろうに》である「御用の尼」が知恵をめぐらし老法師に結婚を迫るという構想に近似《きんじ》している。狂言《きょうげん》の世界に登場する「わわしい（口やかましい）女」たちと「御用の尼」には共通の要素がある。また、著名なところでは『源氏物語』の「末摘《すえつむ》花《はな》」をあげることができる。主人公の光源氏がやっと口《く》説《ど》きおとした宮家の姫君が、じつは鼻の赤い醜女であったという物語である。明け方の雪の光のなかで格子《こうし》を上げた光源氏に末摘花の姫君の実態が知られてしまうという場面と、戸を明けた法師に御用の尼が顔を見られる場面はよく似ている。

〔御用の尼の人物の評価の歴史〕

作品『およふの尼』は、坊主《ぼうず》が女犯《にょぼん》という破戒《はかい》のはてに、思惑《おもわく》がはずれ、みじめな状態に落ちこむといった内容から、破戒僧（堕落《だらく》僧）の失敗譚《たん》という読み方がなされてきた。このような、男性の坊主を主人公として考えたばあいの読み方から、そもそも作品名が『およふの尼』と命名されることに注目して、老尼「御用の尼」を主人公として考えるばあいの読み方に移行してきた。御用の尼は『倭名類聚抄《わみょうるいじゅしょう》』などにもあるように、古物・雑貨などを売り歩いた女行商人「販女」（ひさぎめ）として登場する。彼女たちはいつごろからか、男女間の取りもち、すなわち結婚仲介業の役割をもになうようになったと思われる。草庵《そうあん》を訪れた御用の尼が、ついでというような顔で男女の仲介の仕事を宣伝していることは、物語の展開への伏線となっている。御用の尼が最初から法師を欺《あざむ》こうとしたのか、尼の言い分のように行きがかり上からそうなったのかは、やや不鮮明であるものの、尼の言動の脈絡《みゃくらく》をたどってみると、彼女は最初から、自分の結婚相手として法師を欺こうとしたものと考えられる。たとえば、尼は最初に草庵を訪れたさい、都のなかには適当な人がいないので片田舎のほうを探すようなことをいう点、法師から祝い扇をもらい、すっかり祝い気分となる点などから、当初からの計画がうかがえる。つぎの段階にいたっては、そうした尼の策略は、いっそうの巧妙さを増すにいたる。御用の尼は四、五日後に再訪し、法師の焦燥感《しょうそうかん》につけこみ、自分自身と山崎の尼を重ねて売りこむのである。その後、さらに法師の焦燥感を煽《あお》るかのごとく、五、六十日ほど経過してから再訪し、心変わりは絶対にないという誓約《せいやく》をさせ、露見《ろけん》したときの配慮《はいりょ》を怠《おこた》らないのである。かくして御用の尼は、山崎の尼になりすまして法師と婚礼の盃を交わし、一夜を共にすることに成功したのだった。このような老尼「御用の尼」の人物形成によって、「中世小説『およふの尼』は破戒僧の失敗譚としてではなく、落魄《らくはく》した尼の処世物語とも、ユーモラスな結婚詐欺師《さぎし》の物語ともとらえられる。坊主と同様にペーソスを秘めた人間として描かれる。狡猾《こうかつ》な詐術《さじゅつ》によって坊主を欺いたのではあるが、したたかさの背後に、落魄した女性のもつ深いペーソスをにじませている点で多様な中世小説の中でも異色の人間像」と評価されるのである。

〔御用の尼の人物像をいかに読むべきか〕

「取りちがえの趣向」は、先行文学では多くみられるものである。それらは、取りちがえる主体が男性側にあり、女性が取りちがえられている。一方『およふの尼』では、女性である御用が主体となって積極的に取りちがえられているもので、それはいわば「身代わりの趣向」と呼ぶにふさわしいともいわれる。御用の尼は、法師という男性をみずから選択したということである。御用の尼は、行商を生業とする不安定な身分であり、齢《よわい》も重ねてきた。出会ったのはお人好しの、粗末ではあるが一戸建てに住むやもめの老法師であった。彼女にとっては、彼は最低限の生活が保障される相手であったのだろう、たくましい手段を講じて法師を得ることに成功した。御用の尼は高望みすることなく、いまの自分にみあう最高の男を見きわめたのである。一方の法師は、いつまでも若く美しい女性にこだわり、自分にふさわしい程度の女性が目の前にいることに気づくことはない。女性である御用の尼には自分を客観視できる能力がそなわっているが、男である法師にはそれが欠けているようである。御用の尼は、つつましくもたくましい現実を生きる女性と

御用の尼（およふの尼）

して描かれている。

（渡邊亜紀）

〔現代に生きる御用《およう》の尼〕

御用の尼は、現代風にいえば、一種の結婚詐欺師である。

いつの時代でも、女性は、結婚にあこがれ、家庭というぬくもりを求める人も少なくないという。特に、中年を過ぎた女性は、両親も死に、兄弟たちもそれぞれの家庭生活に忙殺されるようになると、人間関係の希薄化の中でいっそうの孤立感を深めてゆく。結婚詐欺師としての御用の尼は、そうした結婚に恵まれなかった老いた女性の一人であったのであろう。

もとより、結婚した女性がすべて幸福になるかというと、必ずしもそうとは限らない。女性の人生を不幸にするダメ男と結婚するよりは、結婚しない方が幸福である場合もあろう。結婚運に恵まれなかった女性は、男性なんてみな同じとは思わないで、自分に合った良き伴侶《はんりょ》をみつけて、人生の後半を楽しく過ごすことも大切である。

（西沢正史）

鬼うば

おにうば

『福富長者物語』
室町時代

〔〝鬼うば〟の人生〕

鬼うばは、『福富長者《ふくとみちょうじゃ》物語』中の登場人物で、京都の町中に住むたいそう貧しい庶民である、乏少《ぼくしょう》の藤太《とうた》の老妻である。彼女は藤太の幼少のころからの仲で、夫よりは十あまり年上で、口の大きいところから、人から「鬼うば」と呼ばれていた。

人は身に添わない果報を羨《うらや》むべきではない。むかし、乏少の藤太の隣家の福富織部《ふくとみのおりべ》なる長者は、いかなる過去の宿縁か、放屁《ほうひ》で妙音《みょうおん》を奏《かな》でるという生まれつきの芸をもっていた。京中の多くの人びとはこの奇妙な芸を喜びかつもてあそんだので、福富は多くの富を得て蔵を建てるほど豊かに暮らしていた。一方、隣家の乏少の藤太の家は、その名のとおりに貧窮《ひんきゅう》をきわめていたので、鬼うばは夫が芸のひとつも身につけていないことを嘆き、福富に弟子入りして芸を身につけ、貧しさからぬけでるようにすすめた。老妻から離縁までちらつかされた藤太はやむをえず、福富の家に行って慇懃《いんぎん》に弟子入りを申し出る。福富は心の中ではいまさらながらの追従《ついしょう》と不快に思いつつも、表面上はやさしく秘伝を伝授し、二粒の丸薬を与えた。家に帰った藤太を待ちかねていた鬼うばはおおいに喜び、さっそくその芸を披露《ひろう》させようと衣服をあらため、今出《いまで》川《がわ》の中将殿の屋敷へと送り出す。中将は若い殿で、このようなことを興ずる方であったので、庭に招き入れて家族中で見物する。藤太は福富の教えのように丸薬を飲んだが、意外にもお腹は雷の鳴るようであり、ついには下痢《げり》をして汚物《おぶつ》をまき散らしてしまう。

藤太は中将の家来にさんざんに打ちすえられて、血を流しながら家路《いえじ》をたどるが、遠くから夫を見ていた鬼うばは、血染めの衣服を褒美《ほうび》の錦《にしき》と勘違《かんちが》いして、家中の古い衣類を焼却してしまった。帰宅した藤太を見ると、錦と見えたのは血と汚物であり、怪我《けが》と下痢で憔悴《しょうすい》しきっている。そのような夫を、鬼うばは困惑しつつも看病に努めた。それにつけても鬼うばの、隣家の福富織部への憤《いきどお》りはひととおりではなく、熊野《くまの》権現《ごんげん》に呪詛《じゅそ》を祈る。その後、福富は夢見が悪いことがつづいたので夢解《ゆめと》きさせたところ、七日間の物忌《ものい》みを告げられたのだが、窮屈さのあまりに一人でこっそりと神社に参詣する。これを察知した鬼うばは、その帰り道に福富に襲いかかった。その嚙《か》みつくさまは人嚙み犬よりもすさまじく、見る人は鬼が人を喰《く》うかと恐れて近づかなかった。

〔〝鬼うば〟のモデル・素材〕

鬼うばが登場するこの物語は、隣の善良爺の思いがけない幸運を、隣家の欲深爺が物真似して手痛い失敗をするという構造の話であり、舌切雀《したきりすずめ》・花咲爺《はなさかじじい》などの「隣の爺」型の昔話に属することは明らかである。またその型の昔話のなかで、本物語と同じく放屁を話の中心におくものに「竹取爺」、「屁ひり爺」、「鳥呑爺」、「雁取り屁」などがある。この物語は出だしが「人は身に応じぬ果報をうらやむまじきことにぞ侍る」と教訓を打ち出し、末文が「昔はまつかう」の慣用語である点なども、昔話との関係をものがたっている。「竹取爺」は、爺が山で竹を取っていたところ、通りかかった殿様に声をかけられて屁の妙技を披露して褒美をもらい、隣の欲深爺がこれを真似たところ、妙音どころか汚物を出してしまって殿様に尻を切られる話だが、欲深爺が尻を切られて血だらけ状態で帰ってくるのを見た老妻は、褒美にもらった赤い馬に乗っているものと早合点し、家中のぼろ着をカマドにくべてしまったのであった。

〔〝鬼うば〟の人物の評価の歴史〕

この物語には、さきに紹介した系統の本(一巻本)とともに、より先行して成立したと思われる二巻本の絵巻『福富草子』(春浦院蔵)がある。

七条あたり(五条とも)に住む貧しい老人の高向秀武《たけむこのひでたけ》は、妻のすすめで道祖神に祈願して会得した放屁の妙技によって豊かになる(上巻)。隣家の保刀禰《ほうとね》(地区の世話役)の福富が、妻のすすめもあって弟子入りしてその芸を貴人のまえで披露するもさんざんに失敗し、恨みに思った老妻が秀武に嚙みつく(下巻)。保刀禰の老妻は、夫に物真似をすすめ、ボロ衣を焼き、隣人に喰らいついているので、鬼うばと基本的に同類と見なされよう。保刀禰が「よしなき女の、物うらやみに、すすめられて」と述懐しているように、隣人の幸運にたいして物羨《ものうらや》みをする人物であった。

〔〝鬼うば〟の人物像をいかに読むべきか〕

右に見てきたように、鬼うばは、基本的には「隣の爺」型昔話の物羨みの婆《ばば》という類型的な人物像に属すると考えてよい。しかし、『福富長者物語』の鬼うばなる存在の描写には、またその類型とはちがうニュアンスの性格も付与されていると見なしうるのである。

まず、この物語が、基本的には昔話をその構想の柱にすえながら、細部において、中世の都における文芸としての変更を受けていることに注目しなければならない。昔話では妻には名前が与えられていないが、この作品ではあだ名・通称ではあっても「鬼うば」なる名が与えられている。たんなる「妻」ではなく、個性化への一歩であろう。また、十余歳の年上で幼なじみ、つねに夫をリードしていた。中将の屋敷でさんざんな目にあって、血と汚物にまみれた夫をねんごろに看病してもいる。また、彼女の夫をしてこのような悲惨な仕儀《しぎ》にいたらせるきっかけをつくった福富織部は、昔話なら、善良爺として徹頭徹尾、善人として描かれるわけであるが、本作では、「織部心の中には、今更の追従やと憎きものから、おかしき念じつつ」と、都会人にありがちな辛辣《しんらつ》な一面をみせている。二巻本の『福富草子』では、一粒でも下痢をおこす朝顔の実を十粒も与えている。善良爺が純粋なる善人でなければ、隣の欲深爺とその妻も、たんなる悪人ではなく、被害者としての一面をもっているともいえよう。また、鬼うば夫婦の情愛、懇切な看病を描いたうえでの、鬼うばの福富への手痛い復讐《ふくしゅう》の描写は、たんなる滑稽《こっけい》・愚行《ぐこう》としてではなく、愛情に裏打ちされた行動ともみえる。これは、昔話が都の物語として再構成されるにさいして、中世の都市の庶民生活の現実が反映された結果と考えられる。

〔〝鬼うば〟が影響を与えた人物・作品〕

『福富長者物語』の成立と同時代の庶民芸能である狂言には、中世の都に住んだたくましい女性が多く登場する。それらは「女狂言」として分類されるが、いずれも中世の庶民の姿を反映してじつに行動的で、「わわしい女」と称されている。たとえば『千切木《ちぎりぎ》』という作品は、連歌の講の当番にあたった太郎が、仲間とのいさかいで袋叩《だた》きにあったが、それを知った彼の妻は、あまり気のすすまない太郎の尻をたたきながら、みずからも同道して仕返しに出向く話である。太郎は一人では仕返しに行くことができないが、妻が同道してくれれば、さきのような不覚をとらなかったものをと言い、妻も自分がまいったならば指一本ささせるものではないと豪語する。相手が留守だったので内心安堵《あんど》した太郎が空《から》元気を出しながら、夫婦仲良く寄り添って家路に着く姿は、中世庶民の夫婦愛をよく示している。昔話の欲深婆から出発した鬼うばという存在は、汚物にまみれて息も絶えだえになっている年下の夫を健気《けなげ》に看病し、なおかつ夫をこのような目にあわせた福富に果敢《かかん》にも喰らいついたその姿に注目すれば、右の狂言の「わわしい女」に典型的にみられるような、中世の都のたくましい庶民の女房像を吸収しながら文芸化された女性といえよう。

（濱中　修）

〔現代に生きる〝鬼うば〟〕

鬼うばは、現代風にいえば、甲斐性《かいしょう》のない男を夫にした不運な女性である。

いつの時代でも、男性（夫・恋人）は、容姿やスタイルだけでなく、男としての甲斐性—つまり経済力・生活力・性格などが、女性にとっては大切である。

若い女性は、外形的なカッコよさ、表面的なやさしさに魅惑されて結婚してしまうことが少なくない。ところが、結婚後、男性の人間性や経済力に失望し、こんなはずでなかったという後悔の中で不本意な人生を歩まざるをえないことも少なくない。

思えば、どんなにステキなイケメンでも、中年になると肥満したり、頭髪が薄くなって、どの男性もあまり変わらなくなる。それよりも、女性は、幸福な人生を歩むために、世の中のさまざまな男性を観察し、生活力・人間力のある男性を見分けなければならない。

（西沢正史）

能〈謡曲〉六条御息所

ろくじょうのみやすどころ

『野宮』
室町時代

〔六条御息所の人生〕

『野宮《ののみや》』は、六条御息所の幽霊が野《の》の宮《みや》（潔斎《けっさい》のための神社）を訪れた僧の前に現われて、光源氏と自分との恋を回想し弔《とむら》いを頼むという話である。亡霊となったあとに生前を懐かしむという構成をとっている。あらすじは以下のとおりとなる。

僧が野の宮の黒木の鳥居《とりい》のもとに来て心を澄《す》ましていると、里の女が現われる。そして、ここは伊勢の斎宮《さいぐう》になる方が仮《かり》にお住まいになる野の宮であり、今日九月七日は、昔をしのぶ日で神事をするのだという。僧は、今日ここで昔をしのぶ神事を行なう理由を尋ねる。里の女は、光源氏がこの野の宮に来られたのが今日九月七日にあたるのだと答え、さらに光源氏が榊《さかき》の枝を神社の垣根に挿《さ》したので、御息所は「神垣《かみがき》はしるしの杉もなきものをいかにまがへて折れる榊ぞ」（この宮の垣《かき》には三輪《みわ》明神のように人を招く印《しるし》もないのに、どうしたまちがいで榊の枝を折られて、ここを訪ねてこられたのですか）と詠《よ》んだ日であると説明する。

僧が里の女に御息所のことを詳しく尋ねると、里の女は以下のように語った。この御息所という方は、桐壺《きりつぼ》の帝《みかど》の弟の前坊《ぜんぼう》（前の皇太子）と申しあげた、花のようにときめいておられた方に入内《じゅだい》され、愛情も深かったのに、まもなく夫に先立たれてしまった。光源氏は、通ってよい筋でもないのにむりやりにお忍びで通うようになったのである。ところがその後、光源氏は心変わりをして通わなくなったが、さすがに厭《いと》わしいものだと思い捨てにはならないで、この野の宮まで行かれたのは、たいそう情け深いことだったと語った。

光源氏との関係に絶望した御息所は、伊勢へと都落ちしたが、そのときに「鈴鹿川《すずかがわ》八十瀬《やそせ》の波に濡《ぬ》れ濡れず伊勢まで誰か思ひおこせん」（鈴鹿川の波と涙に袖が濡れたか濡れないかは知りませんが、伊勢まで行く身をだれが思いやってくださいましょうか。源氏の御心は頼りにならないことです）という歌を詠み、娘の斎宮《さいぐう》に付いて母親が伊勢に下《くだ》る先例はなかったのに下向《げこう》した心のうちは恨《うら》みの多いものであったと語ったのであった。

僧が里の女に名前を尋ねると、その里の女は、御息所は自分であると名のり、弔いを頼んで姿を消してしまった。僧は御息所の菩提《ぼだい》を弔っていると、牛車《ぎっしゃ》に乗った女性が現われたので、どのような車であるのか尋ねると、御息所は、賀茂《かも》の祭りの日の車争いで、葵《あおい》の上《うえ》の車に後ろに押しやられてしまい、不運な身であることを思い知らされてしまったことを語り、さらに何事も前世《ぜんせ》の罪《つみ》の報《むく》いであると述べて、妄執《もうしゅう》を晴らしてほしいと僧に頼んだ。そして、昔を思い、舞《まい》を舞った。訪ねられた自分も、訪ねた源氏もともに昔になってしまったことを思い、源氏の訪れを懐かしむ。そして、輪廻転生《りんねてんしょう》の迷いの世を去って成仏《じょうぶつ》したいからと、牛車に乗って火宅《かたく》の門を出ようと語りながら姿を消してしまった。

〔六条御息所のモデル・素材〕

謡曲『野宮』の六条御息所は『源氏物語』の「賢木《さかき》」巻に描かれた物語に大きく依拠《いきょ》している。葵の上の死去の原因が六条御息所の生霊《いきりょう》によることを知った源氏は、その後は六条御息所のもとを訪れなかった。六条御息所は葵の上の死の原因が自分にあることを源氏が知っていることをさとり、娘が斎宮に選ばれたことを口実にして、ともに伊勢に下向しようと決心する。斎宮が伊勢に下るまえに潔斎を行なう野の宮に、娘とともに籠《こ》もっている六条御息所のもとに、源氏が訪れる。源氏が簀子縁《すのこえん》に座して、折り取った榊の枝をさし出すと、六条御息所は「神垣はしるしの杉もなきものをいかにまがへて折れる榊ぞ」(前掲)と詠んだ。訪ねられたことをうれしく思いつつも、それを「まちがえていらしたのでは」と表現するところに、気品はあるが控え目で不器用な女性として描かれている。

また、御息所がいよいよ伊勢に下向するときに、二条院の前を通ると、源氏は「振り捨てて今日は行くとも鈴鹿川八十瀬《やそせ》の波に袖は濡れじや」(私を捨てて今日は旅立たれたとしても、鈴鹿川の波に袖を濡らし、後悔することはないでしょうか)と引きとどめる歌を詠んだ。それにたいして御息所は、「鈴鹿川八十瀬の波に濡れ濡れず伊勢まで誰か思ひおこせん」(前掲)と詠み、源氏に未練をもちつつも、伊勢に下向したのであった。

〔六条御息所の人物の評価の歴史〕

『野宮』は戦前には、舞台が清浄《しょうじょう》な野の宮、季節が物寂しい秋、主人公が恋を失った貴婦人であるということから、幽玄《ゆうげん》な曲の代表とされていた。『葵上《あおいのうえ》』が六条御息所が鬼と化して葵の上を打つという凄艶《せいぜつ》な曲であるのにたいして、『野宮』は源氏物らしい優美で温雅な気品をそなえているという評価であった。後場《ごば》の葵の上との車争いの恨《うら》みを述べている場面は重視されず、清怨な感じを与えているだけであるとされた。

これにたいして戦後は、この『野宮』が『源氏物語』から直接本文を引用する一方、当時の『源氏物語』の梗《こう》概書《がいしょ》や、和歌・連歌《れんが》の制作の際に手引きとして用いられた『源氏寄合《よりあい》』などから大きく影響を受けていることが指摘されている。後場の車争いをとりあげることについては、直接『源氏物語』によるのではなく、能の『葵上』の詞章《ししょう》をふまえて、『葵上』の世界をも一体化させた意図を読むべきであるという説が出されている。このことによって、『野宮』の世界は、たんに温雅な世界ではなく、高貴な貴婦人の愛憎の果ての憂愁《ゆうしゅう》・寂寥《せきりょう》の世界と理解されるようになった。

〔六条御息所の人物像をいかに読むべきか〕

能の『野宮』は、亡霊の立場で六条御息所が生前を回想するという形をとっている。能の『葵上』において、御息所の生霊は葵の上に源氏の愛情を奪われたと恨み、車争いでつらいめにあわされた恨みを直接、葵の上にぶつける。これにたいして『野宮』の御息所は、亡くなったあとの亡霊で、源氏も亡くなってはるか後という設定であるから、御息所もそれらの愛憎《あいぞう》の出来事を過ぎ去ったこととして客観的に把握している。さらに、その愛憎を忘れることができずに、亡くなった後の世である現在も亡霊として現われており、生死《しょうじ》をくり返す輪廻《りんね》の身を離れたいと僧の弔いを望んでいる。ここには、車争いが書かれていても、葵の上への恨みは書かれていないのは、成仏を妨《さまた》げる「報《むく》ひの罪」であることを自覚しているからである。ただ、僧にむかって源氏の訪れた日を回想して述べる内容には、「野宮の夜すがら　なつかしや」と、源氏の訪れをよい思い出として回想する気持ちがふくまれている。その訪れは、源氏が御息所を「辛《つら》きものにはさすがに思ひ果て給はず」（完全に愛想尽《あいそづ》かしなさったわけではない）ということから行なわれたものである。『野宮』の御息所の亡霊が、成仏の妨げになる「妄執」のひとつとして「源氏の愛情を感じることのできた幸福な思い出」も語っていることに、この曲の描く六条御息所の大きな特徴がある。

〔六条御息所が影響を与えた人物・作品〕

『野宮』において六条御息所は、源氏が野の宮を訪れて伊勢に下ろうとしたことを止めた、ある意味「幸せ」な思い出と、葵の上との車争いのつらかった思い出について語り、みずからの嫉妬《しっと》の心が「生霊《いきりょう》」となって葵の上の死の原因となったことについては語らない。ただ文学作品において、六条御息所のような高貴な女性であっても恋の懊悩《おうのう》の念は捨てることができないこと、恋人に顧《かえり》みられない女性のわだかまる心が「生霊」としてその男の寵愛《ちょうあい》を受ける女性に祟《たた》るということは、形を変えて多くの作品に引き継がれていった。『野宮』には、「辛《つら》きものにはさすがに思ひ果て給はず」（前掲）と、源氏にも御息所に未練があり、たがいに未練を感じながらの別れであると記している。庶民の妻が浮気をした相手の男とその新しい妻を祟り殺そうとする能に『鉄輪《かなわ》』があるが、ここにも本妻の夫への思慕《しぼ》の念が色濃く書かれており、このようなところには六条御息所の造型の投影を見ることも可能であろう。

（飯塚恵理人）

能〈謡曲〉

松風・村雨

まつかぜ・むらさめ

『松風』
室町時代

〔松風・村雨の人生〕

諸国一見の僧が、西国行脚《さいごくあんぎゃ》の途中、須磨《すま》の浦《うら》を訪れたところ、ある一本の松に札《ふだ》を打って短冊《たんざく》がつけられていた。僧が土地の者にこの松の由来を尋ねると、その松は在原行平《ゆきひら》が須磨に流されたときに寵愛《ちょうあい》した松風・村雨という姉妹の墓標《ぼひょう》であると語った。僧は、通りすがりの縁であるからと姉妹を弔《とむら》っているうちに夕方になったので、浜辺の塩屋に泊めてもらおうと思い、潮汲《しおく》みの姉妹が帰ってきたので泊めてほしいと頼むと、姉妹は、最初は断わるのだが僧侶《そうりょ》であるからと泊めてくれる。姉の松風が、粗末な家なので泊まるにはつらいでしょうというと、僧は、須磨では心のある人ならわざとでもつらい生活をするべきですと語る。その理由は、行平が「わくらばに問ふ人あらば須磨の浦に藻塩垂《もしほた》れつつ侘《わ》ぶと答へよ」（ごくまれに私はどうしているかと尋ねる人がいたならば、須磨の浦で藻から塩水が垂れるほど涙を流してわびしく暮らしていると答えてください）と詠んだ土地なのだからと説明すると、二人の海女《あま》はそろって涙を流すのであった。僧がなぜ悲しむのかと理由を尋ねると、姉妹は「わくらばに」の物語があまりになつかしく、この世への執着《しゅうじゃく》が残るゆえの涙によって袖を濡《ぬ》らしてしまったという。僧が名前を問うと、自分たちはさきほど弔っていただいた松風と村雨という二人の海女の幽霊であると語った。そして、行平がこの須磨にいた三年のあいだ、つれづれのままに舟遊びをなさったり、月を眺めて心を澄《す》ましたりなさっていたときに、夜潮を運び、美しい景色をともにながめる海女《あま》乙女《おとめ》として姉妹が選ばれたが、おりから似つかわしい名前として松風・村雨と名づけてお召しになったときから、塩焼き衣《ころも》とはすっかり変わり、薫物《たきもの》をした衣を着せていただいたのだと語った。このように三年を過ごして行平は京の都に帰ったが、それからいくらも時間がたたないうちに亡くなってしまったということで、松風も村雨も行平を恋慕い、いったいいつの世にお目にかかれるだろうかと嘆いていたのだと語った。姉妹は身分不相応の恋をして、心も狂気のようになり、そのまま二人とも死んでしまったのだと語り、僧に弔いを頼んだ。松風は、行平の形見の立烏帽子《たてえぼし》と狩衣《かりぎぬ》を見て、この形見さえなければ行平を忘れることもできるのだが、だからといって捨てておくこともできず、見るといよいよ恋しくなると、つらい心境を述懐した。そして突然、あそこに行平が立って松風と呼んでいるという。妹の村雨が、あれは松であって行平ではないとなだめると、松風は、しばらくは別れたとしても「松」と聞いたならば帰ろうといった和歌があるではないかという。「立ち別れ因幡《いなば》の山の峰に生ふる松とし聞かば今帰り来ん」(ここであなたと別れて去ってゆくならばそこはもう因幡の国で、その因幡の国の因幡山にはえている「松」の「まつ」の名のように、あなたが私を「待つ」と聞いたならば私はすぐに帰ってきましょう)という和歌で、行平は「待つ」と聞いたら帰ってきてくださるはずだというのである。そして松風は、作り物の松を抱く動作をし、行平を慕うのであった。さらに僧に向かい、松風・村雨の妄執があなたに夢を見させたのだといい、自分たちを弔ってほしいと頼んだ。夜が明けると、松風も村雨も姿を消してしまうのだった。

〔松風・村雨のモデル・素材〕

在原行平が須磨に流罪《るざい》となったことは、『古今集』に在原行平の「田村の御時に、事にあたりて津の国(兵庫県)の須磨といふ所にこもり侍りけるに、宮の内に侍りける人につかはしける」という詞書《ことばがき》をもつ「わくらばに問ふ人あらば須磨の浦に藻塩《もしほ》垂れつつ侘《わ》ぶと答へよ」という和歌から知られる。この和歌は『古今集』の詞書によれば行平が須磨に流された悲しみを訴えた和歌であるが、『松風』では、須磨から京の都に帰り、亡くなった行平を恋い慕い、自分たちも世の中を去った亡霊の立場で僧に向かって「たまたま自分のことを訪ねてくれる人がいたならば、須磨の浦で行平の帰りを待って藻塩が袖から垂れるほど涙を流して悲しんでいると伝えてほしい」という形で立場を変えて用いられている。『古今集』の「立ち別れ因幡の山の峰に生ふる松とし聞かばいま帰り来む」の和歌も、『古今集』巻第八離別歌では「題知らず」で作者の実体験とは関係のない題詠歌と考えられるが、本曲では、都に帰る行平が松風・村雨にたいして帰ると述べた約束の歌として用いられている。また、行平の問いに海女《あま》が和歌で答えた説話としては、『撰集抄《せんじゅうしょう》』

巻八第一二話の「行平の事」があげられる。

〈松風・村雨の人物の評価の歴史〉

戦前から『古今集』の和歌二首（前掲）と、『源氏物語』の「須磨」巻の影響が指摘されてきた。戦後には『松風』の行平像は『源氏物語』の光源氏をとおして造型されたものであるが、この海女と貴人との恋物語は『松風』作者の創作であることが明らかになった。とくに後半の「立ち別れ」の和歌を転用して松風・村雨との再会への誓いとした方法や、松風が形見の狩衣《かりぎぬ》を抱きしめる、松を行平と見てとりすがる情熱的な行動は、『源氏物語』にはない中世の情熱的な女性像であり、高く評価されている。

〈松風・村雨の人物像をいかに読むべきか〉

松風・村雨は、世阿弥《ぜあみ》作の夢幻能の類型としては「現世の幸せの記憶」に固執する幽霊の系譜に属する。松風・村雨は、行平が生前の須磨にいた三年間ともに過ごし、薫物《たきもの》をした衣を着せてくれて寵愛《ちょうあい》されたことをよい思い出とし、ともに行平を恋い慕っている。行平とこの年月をさらに長くつづけたかった、さらに現世で行平と再会したかったという思いが姉妹の「妄執」すなわち「わだかまり」の実態であり、このわだかまりが消えないかぎり、姉妹が成仏《じょうぶつ》することはできない。しかしながら、松風・村雨ともに行平の形見の烏帽子《えぼし》・狩衣《かりぎぬ》を見、さらに「待つとし聞かば今帰り来む」という和歌を詠み残して行かれたということが、死後も忘れられないのであった。ただ、世阿弥の作品において、このような「現世の幸せの記憶」に執着する幽霊は、地獄において苦しむようすを訴えることがなく、その場所に亡霊としてとどまるという形をとる（松風の場合、待っても行平が帰ってくることはなく、満たされないということが悲劇の根本である）。松風・村雨は僧に弔いを頼むが、二人が成仏するのは行平に寵愛された幸せな記憶に執着しなくなるときという前提があり、それには長い時間がかかるであろうことを予想させて終わっている。

〈松風・村雨が影響を与えた人物・作品〉

月の下で美しい海女《あま》が潮汲みを行なうという趣向は、御伽草子《おとぎぞうし》『松風村雨』に受け継がれ、さらにジャンルをこえて、浄瑠璃《じょうるり》『松風村雨束帯鑑《そくたいかがみ》』、『行平磯馴松《ゆきひらそなれまつ》』、所《しょ》作事《さごと》『今様須磨《いまようすま》の写絵《うつしえ》』、『七枚続花《しちまいつづきはな》の姿絵《すがたえ》』など、多くの浄瑠璃や舞踊《ぶよう》の作品に影響を与えた。

（飯塚恵理人）

○能楽《のうがく》（能楽の詞章を「謡曲《ようきょく》」という）

能楽は、南北朝期から室町初期に成立した古典悲劇で、歌舞を中心とする仮面劇である。将軍足利義満《あしかがよしみつ》の庇護のもとに、観阿弥《かんあみ》・世阿弥《ぜあみ》父子が芸術的に大成した。能楽には、観世《かんぜ》流・宝生《ほうしょう》流・金春《こんぱる》流・金剛《こんごう》流・喜多《きた》流の五流がある。

○狂言《きょうげん》

狂言は、能楽と併行して南北朝期から室町初期にかけて成立した庶民喜劇で、庶民を中心とする人々の日常生活を笑いを通して表現するせりふ劇である。狂言には、大蔵《おおくら》流・和泉《いずみ》流・鷺《さぎ》流の三流があったが、鷺流は大正期に断絶した。

○説経《せっきょう》

説経は、室町時代後期に成立した語り物で、説経説《と》きが、寺社の門前で簓《ささら》（竹の楽器）を使って語る芸能で、民衆に本地物《ほんじもの》（神仏の物語）を語り聞かせたものである。江戸時代になると、操《あやつ》り人形劇「説経浄瑠璃」として演じられた。

○浄瑠璃《じょうるり》

浄瑠璃は、室町期の語り物から発展した江戸初期の操《あやつ》り人形劇である。特に近松門左衛門は、元禄時代を中心に、世話物《せわもの》において若い男女の愛と死を描き、社会派ドラマとして大成させた。近松の死後、合作《がっさく》浄瑠璃へと展開した。

○歌舞伎《かぶき》

歌舞伎は、歌舞を中心とする物真似狂言《ものまねきょうげん》（人間の言動を再現する劇）である。その黄金時代は、江戸後期の文化文政時代で、庶民の娯楽として大いに隆盛した。特に「仮名手本《かなでほん》忠臣蔵」「東海道四谷怪談」は、今日《こんにち》まで人気を博している。

能〈謡曲〉梅若の母

うめわかのはは

『隅田川』
室町時代

〔梅若の母の人生〕

梅若の母は、京都の吉田の某《なにがし》の妻であったが、夫と死別し、子どもの梅若丸《うめわかまる》と暮らしていた。ところが、その梅若丸を人買いにさらわれてしまい、心が乱れて物狂《ものぐる》いとなり、はるばると東国《とうごく》まで探しに来る。

母は隅田川《すみだがわ》のほとりに来て在原業平《ありわらのなりひら》の東下《あずまくだ》りの故事《こじ》を思い出し、わが身と比べつつ遠い旅路を思い出して感慨にふける。船頭は、梅若の母を旅人たちとともに船に乗せて対岸に向かう。そのとき、旅人が対岸に人が多くいることに気づき、何事かと船頭に尋ねた。船頭は、旅人の質問に答えて哀れな物語をする。

昨年の春、人情を知らない人買いは、京都から少年を買って東国に下ったのだが、その少年が病気になり、この隅田川のあたりで歩けなくなったので、その少年をそのまま捨てて東北に下っていった。土地の人はかわいそうに思ってその少年を看病したのだが、けっきょく助からなかった。死の真際《まぎわ》に人びとが名前を尋ねると、少年は吉田の某の一人息子の梅若丸であると語った。そして、この隅田川のほとりに埋めて墓標《ぼひょう》として柳《やなぎ》を植えてほしいという願いだったので、土地の人びとは少年の墓標を建てた。今日はその一周忌《いっしゅうき》なので、土地の人びとが大念仏《だいねんぶつ》を行なっているというのである。

船が対岸に着いたが、かの女物狂いが船から下りないので、船頭が船が着いたことを告げると、女物狂いはその亡くなった子どもこそ自分の子であると語った。船頭が同情して女物狂いを子どもの墓に連れて行った。女物狂いは子どもの墓の前で世の無常を悲しみ、人びととともに念仏を唱えていると、念仏の声に混じって亡くなった梅若丸の念仏の声が聞こえる。そこで母が一人で念仏を唱えると、梅若丸の亡霊が姿を現わすが、母が近づこうとすると消えてしまった。夜が明けると、わが子と思ったのは塚の上に茂った春草であった。

〔梅若の母のモデル・素材〕

能において、主人公が芸能者となり、生別した親・

子・恋人などを探し求めるという内容をもつ能を「物狂い能」とよぶ。『隅田川』の母親が人買いにさらわれた一人息子を東国へ探しに行くという設定は、「物狂い能」である『桜川《さくらがわ》』の構想と酷似している。『隅田川』の母親の人間像は、先行する物狂い作品の母親像、とくに『桜川』の母親をふまえたと考えてよいであろう。ただ、物狂い能では、『隅田川』を除いて、すべて神仏の助けにより再会する。能の物語としては、その再会を神仏の助けによる奇跡として、神仏の利益《りやく》・利生《りしょう》を語る形になっている。梅若の母は、それらの先行作品によりつつ、再会することなくわが子が亡くなっていることを知るという悲劇の主人公とされており、ほかの作品と大きく異なっている。

また、『隅田川』の母は、「都、北白川」の「吉田の某」という身分のあるものの妻で、『桜川』の母のような、子どもが貧苦を見かねて人買いに身を売るといった低い身分とは異なる。それゆえに和歌の心得もあり、自分の身を『伊勢物語』の業平と重ねて表現する。船頭が「げにげに都の人とて名にし負ひたる優《やさ》しさよ」というが、当時の「優しさ」が古典をふまえた風流な趣味のあることを述べていることを考えると、この母は、「和歌の風雅な世界を知る女性」として造型されているといえる。物狂い能の類型を踏襲《とうしゅう》しながら、神仏の利生の話という枠を破り、人生の無常《むじょう》を語る「悲劇」として構成した名作である。

〔梅若の母の人物の評価の歴史〕

本曲は戦前までは世阿弥《ぜあみ》の作と考えられてきたが、戦後は世阿弥伝書の『五音《ごおん》』の発見によって、長男の観世《かんぜ》元雅《もとまさ》の作であることが明らかになった。

戦前から母と息子の再会が果たされないことには大きな関心が払われてきた。現行曲において母が息子と生別して狂気となり諸国をめぐる曲としては、本曲以外に『柏崎《かしわざき》』、『桜川』、『三井寺《みいでら》』があるが、三曲とも再会を果たしている。『隅田川』における尋ねる子がすでに病死したという構想は、能に例のない純悲劇で、したがって作意が深刻であり、観客の感動をよぶことが多いとされた。全体にしんみりとした寂しさに終始していて、まことにすぐれた作と思われるという評価だった。

戦後は、この『隅田川』が巷間《こうかん》の説話をもとにしたのではなく、『桜川』などの先行する「物狂い能」をもとに作られていることがより強調されている。そして、「物狂い能」でありながら、以下のようなちがいがあることも注目された。『隅田川』は、物狂い（芸能者）がもつ遊狂性を船に乗るまえの問答で示しつつも、他作品と異なって舞《まい》を見せることがない。他曲では子どもとの再会を仲介する、もしくは妨害する人物が出てきて母親と問答をするのがふつうだが、『隅田川』では息子との再会がないため、そのような人物は登場しない。母親が物狂いとして東下りをする原因となる、息子が人買いにさらわれた事件、息子の最期《さいご》などはすべて船頭の語りによって伝えられ、母と息子が語り合うことはないのである。以上のような構想は、母親の悲劇性を高めるうえでひじょうに有効であると評価されるようになった。

〈梅若の母の人物像をいかに読むべきか〉

梅若の母のように、息子に死に別れた母親は中世にも数多くいたであろうが、『隅田川』の母親像は、そのような実在の母親像よりも、『伊勢《いせ》物語』九段の最愛の妻を京の都に残してきた男としての業平《なりひら》像の投影を濃《こ》く見るべきであろう。『伊勢物語』九段の「男」は、都に「唐衣《からごろも》着つつ馴《な》れにし妻」を残して東国に下り、隅田川のほとりで「我が思ふ人はありやなしやと」と自分が残してきた最愛の人が生きているかどうかを「都」という名前をもっている都鳥に尋ねるのである。だから、最愛の人が生きているかどうかを確認することすらできない境遇に「船こぞりて」泣くことになる。そして、『伊勢物語』九段に「男」の「我が思ふ人」が「あり」であったか「なし」であったかは描かれていない。つまり、男の最愛の人の生死については言及されていない。その点から『隅田川』の構想は、『伊勢物語』第九段の「我が思ふ人」が「あり」や「なし」やという和歌の問いかけにたいして「我が思ふ人」は「なし」という場面を作ったものと考えられる。このように、梅若の母はあらゆる面で『伊勢物語』第九段の「男」・「業平」と対比的に作られている。そのことは、隅田川のあたりで船頭に船に乗せてくれるよう頼む場面で、「昔に帰る業平も　ありやなしやと言問ひしも　都の人を思ひ妻　わらはも東に思ひ子の　行方を問ふは同じ心の　妻を偲《しの》び　子を尋ぬるも　思ひは同じ恋路《こひぢ》なれば」（思えばむかし業平が、生きているか死んでいるかと尋ねなさったのも、都に残した妻を恋しく思ってのことだが、私も東国に恋しい子どもがいるので、そのゆくえを尋ねるのは同じ心であって、妻を懐かしく思い、子どもを尋ねるのも、思いは同じ恋しい思いからなのだから）と対比して、みずからの境涯を述べていることからも知ることができよう。

〔梅若の母が影響を与えた人物・作品〕

隅田川のあたりで梅若丸が亡くなり、その跡を母が尋ねたということは、作品を越えて「伝説」となった。『隅田川』を背景にする近世の作品としては、仮名草子《かなぞうし》『角田《すみだ》川《がわ》物語』、浄瑠璃《じょうるり》『隅田川』、近松門左衛門『双生《ふたご》隅田川』などがある。歌舞伎《かぶき》『隅田川花御所染《はなのごしょぞめ》』、『都鳥《みやこどり》廓白浪《くるわのしらなみ》』なども、この伝説をとりいれている。

（飯塚恵理人）

能〈謡曲〉

鉄輪の本妻

かなわのほんさい

『鉄輪』
室町時代

〈鉄輪の本妻の人生〉

　主人公である『鉄輪《かなわ》』の本妻は、自分を捨てて後妻を迎えた夫を呪《のろ》い、夫と後妻を殺してくれるように貴船《きぶね》神社に丑《うし》の刻参《こくまい》りを行なう。貴船明神は、神官を通じて、「ほんとうの鬼になりたいという願いをかなえるためには、赤い着物を着て顔に赤い丹《に》を塗《ぬ》り、鉄輪《かなわ》を頭に載《の》せて、その三本の足に火を灯《とも》して、怒る心をもつならば、生きながら鬼になることができる」というご神託を与えた。本妻は、自分のことではないだろうといちおう否定するが、不思議な神託《しんたく》なので帰ったらそのお告げにしたがおうと言うや否や形相《ぎょうそう》が変わり、自分に冷たかった夫に思い知らせようと語って姿を消す。

　一方の夫は、毎晩夢見が悪いので、陰陽師《おんようじ》の安倍晴明《あべのせいめい》を訪ねて原因を尋ねる。晴明は、夫が深く女の恨《うら》みをこうむっており、その恨んでいる者（本妻）が神に祈ったため、命も今夜かぎりであろうと占った。夫は晴明に、自分が本妻を離別して新しい妻を迎えたことを語り、その災《わざわ》いを他に転じて自分たちの命を助けてくれるように依頼する。

　晴明が夫と新しい妻の形の藁人形《わらにんぎょう》を作り、供物《くもつ》を調《ととの》えて祈っていると、その場に鬼の姿となった本妻が現われ、自分に冷たい人びとに罰が与えられるべきだと呪う。鬼は夫の前に現われ、結婚したときにはけっして心変わりをしないものと思っていたのに捨てられた恨みと、夫への恋しさのない交《ま》ぜになった苦しい胸のうちを語り、嘆き悲しむ。そして鬼（本妻）は、命を取ろうとまず後妻《うわなり》（新しい妻）の髪を手に巻いて打ち、つぎに夫の枕に立ち寄ろうとすると、枕元の御幣《ごへい》に三十番神（一月《ひとつき》三十日、交替で守護する神々）がいて、近づくことができなかった。夫の命を取ることができないどころか、神々の責めを受け、鬼のもつ不思議な神通力《じんずうりき》もなくなってしまって、「時節を待とう、今日はひとまず帰ろう」という声のみが聞こえて、鬼の姿は見えなくなってしまったのだった。

〔鉄輪の本妻のモデル・素材〕

『平家物語』（百二十句本、新潮日本古典集成所収）の巻第一一「剣の巻　下」「宇治の橋姫」に、この典拠と考えられる、女性が鬼となる話がのっている。嵯峨《さが》帝のときに、あまりにも嫉妬《しっと》をする女が、貴船大明神に、鬼となって妬《ねた》ましいと思う者をとり殺したいと祈ったという内容である。その女は、貴船明神のご示現《じげん》に従って、長い髪を五つに分けて松脂《まつやに》で固めて五つの角《つの》を作り、顔に朱《しゅ》を塗り、身に丹《に》（赤い色の顔料）を塗り、頭には鉄輪《かなわ》（火鉢《ひばち》か囲炉裏《いろり》に置き、鍋《なべ》ややかんをかける三本足の鉄製の台。五徳《ごとく》）を載せ、その三本の足に松明《たいまつ》を結《ゆ》いつけて火を燃やし、夜になると宇治川に二十一日間ひたった。その結果、女はそのまま鬼となり、妬ましいと思う女の縁者の命を数多く奪ったという。『鉄輪』の鬼は「鉄輪」の三本の足に火を灯《とも》した角《つの》三本の鬼である。角の三本ある鬼が古典に登場する例としては、男の鬼であるが、『梁塵秘抄《りょうじんひしょう》』に「我を頼めて来ぬ男、角三つ生ひたる鬼になれ」というものがある。

　この『鉄輪』の本妻は庶民の妻で、みずから「丑《うし》の刻《こく》参り」をして夫を呪うという点に、王朝物語にはない、積極的に物事を動かしてゆこうとする、つまり裏切られたならば復讐《ふくしゅう》しようとする中世特有の女性像が描かれているとみられる。

〔鉄輪の本妻の人物の評価の歴史〕

　戦前から、能『鉄輪』において、後場《ごば》で人形を用いて怨霊《おんりょう》を呼び寄せて調伏する構想や、鬼女の怨言《えんげん》が凄怨《せいえん》にして情味のこもったものとして評価は高かった。戦後は、本曲の典拠と謡曲に書かれている内容についての比較検討がより精密になった。本妻が貴船神社に丑《うし》の刻参《こくまい》りをすることについては、『平家物語』によったと考えられるが、「丑の刻参り」そのものは、「多賀社参詣曼荼羅《たがしゃさんけいまんだら》」にも鉄輪を戴《いただ》く白衣の丑の刻参りの女の姿が描かれており、一般的に長くつづいた習俗であったと考えられるようになった。また『葵上《あおいのうえ》』、『黒塚《くろづか》』では山伏《やまぶし》を怨《おん》霊《りょう》・生霊《いきりょう》を調伏《ちょうぶく》するものとして登場させるが、本曲では安倍晴明という陰陽師が鬼女を調伏している。戦後はこの陰陽師についても注目され、「呪詛《じゅそ》を解除する」ことが陰陽師の職能に属していたことについて言及されるようになった。『平家物語』や橋姫説話など、当時すでに古典になりつつあった作品に取材しつつも、その素材処理の方法は世話物《せわもの》的であり、日常的な庶民感情に訴える作品であり、現在でもよく上演される人気曲となっている。

〔鉄輪の本妻の人物像をいかに読むべきか〕

本妻は、自分を捨てた夫を強く恨んでおり、その恨みの念から鬼になってみずから夫を殺そうとするが、この「恨み」の念の裏には同時に強い夫への思慕《しぼ》の念がある。夫を殺そうとするまえの「捨てられて　思ふ思ひの　涙に沈み　人を恨み　夫をかこち　ある時は恋しく　または恨めしく」（捨てられて、夫を恋しく思う思いの涙を流し、夫を恨み、夫をなじり、あるときには恋しく、または恨めしく）という部分などは、相手を恋しく思いながら相手に受けいれられなかった者の感情を、歌語によりながら緊張感のある文体で表現している。この女の夫への思慕の情が夫への恨みに転化しているわけで、外見は恐ろしい鬼であるが、捨てられた者の哀れさは同情をよぶ。外見は恐ろしい鬼の姿であり、夫を殺そうとする恐ろしい行為であるが、その裏に信じ愛した人に受けいれられなかった女性の哀しみが的確に描かれている。『鉄輪』が、捨てられた女性の夫への恨みという卑俗《ひぞく》なテーマを扱いながら、今日まで人気曲として上演されてきた裏には、この本妻の夫への思慕の情が書かれ、本妻が人間の感情をもって描かれていることも影響しているであろう。

〔鉄輪の本妻が影響を与えた人物・作品〕

室町時代成立の御伽草子《おとぎぞうし》『かなわ』の前半に、とくに謡曲『鉄輪』の影響がみられる。これは、夫の浮気を妬む妻が貴船神社に丑の刻参りをし、そのご示現《じげん》によって、宇治川に浸《ひた》って鬼となり、亭主をとり殺そうとしたが、安倍晴明の祈禱《きとう》により果たすことができなかったという内容である。女が川に浸る行為は謡曲『鉄輪』にはみられないが、『平家物語』にみられるので、それに直接よった部分もあると考えられる。御伽草子の後半は、鬼退治の勅命を受けた源頼光《らいこう》が、渡辺綱《わたなべのつな》と坂田金時《さかたのきんとき》に源氏に伝わる髭切《ひげきり》・膝丸《ひざまる》の宝刀を貸与して鬼を退治するように命じ、渡辺綱と坂田金時は宝刀の威力で鬼を宇治川水中に追い払い、のちに勅命で鬼を宇治橋姫と名づけて祭るという内容である。謡曲『鉄輪』の本妻は庶民であるが、御伽草子ではこれを橋姫神社の縁起《えんぎ》に付会《ふかい》している点に特徴をもっている。

（飯塚恵理人）

〔現代に生きる鉄輪の本妻〕

本妻は、浮気夫への嫉妬心に苦しんで自滅した女性である。

人間はだれでも多少の嫉妬心をもっている。軽い嫉妬心は、他人より向上したいという人間の上昇志向の現われである。浮気夫は女性を裏切っているのであるから断罪されるのは当然である。

しかし、女性の過度の嫉妬心は、相手の女を殺してしまいたいほどに憎悪する結果、自らの中に悪魔的な心を呼び起こし、自らを苦しめ、自滅の道を歩むことになる。

女性が自分自身を苦しめてしまう嫉妬心から逃れるためには、浮気男なんかを相手にせず、〝わが道をゆく〟という楽天的な発想の中で、自分を解放してゆく工夫が大切だ。

（西沢正史）

（狂言）川上の妻

かわかみのつま

『川上』
室町時代

〔川上の妻の人生〕

大和《やまと》の国（奈良県）吉野《よしの》の里に住む男は、十年前に目を患《わずら》って盲目となり、いろいろと治療しても治らなかった。そこで、天から降ってきたという霊験《れいげん》あらたかな川上の地蔵《じぞう》に願《がん》をかけて治してもらおうと思い立つ。妻を呼び出し相談して同意を得、留守《るす》を頼んで出かける。

石段につまずいて、川上地蔵に着いたことを知る。その石段を上がり、鰐口《わにぐち》を鳴らして拝《おが》む。「南無地蔵菩薩《なむじぞうぼさつ》」と唱えて通夜《つや》をしながら、同様に参詣する者たちと言葉をかわす。近江《おうみ》の国（滋賀県）や上方《かみがた》など、遠方からの参《さん》詣《けい》があり、祈願成就《きがんじょうじゅ》のお礼参《れいまい》りと知ってうらやましがる。

そのうち夜も更《ふ》け、しばらくうとうと眠っていると霊《れい》夢《む》を見て目が覚めた。起きあがって、「南無地蔵菩薩、南無地蔵菩薩」と拝んでいると、うっすらと光がさす感じで、むずがゆくなったかと思うと、だんだん目が見えるようになり、やがてすっかりあいた。

喜んで帰ろうとするが、うっかり杖《つえ》を使おうとして不要なことに気づき、「けがらわしい」と捨てて帰宅の途につく。ところが、じつは一つ条件があった。川上地蔵の霊夢は、「現在の妻は悪縁《あくえん》だから離別せよ、離別するなら目をあけてやろう」というものであった。それを承知したから目があいたのである。

迎えに来た妻は夫の目を見て「黒い涼しい目になりました」と言い、目があいたことを喜ぶ。ところが、離別が条件だと聞いて腹を立て、「神仏というものは、仲の悪い夫婦でさえも良くするのが務めなのに、別れろとは何事だ。あの川上の焼け地蔵の腐り地蔵めが」と怒る。夫が、「連れ添えばまた目がつぶれる」と言っても、妻は「これまでと同じだと思えばよい、どうしても別れない」と言うので、夫はやむなしとしぶしぶ同意する。

「いったんあいた目を、いまさらつぶすようなこともなさるまい」と言う妻に対して、夫は「いや固い約束だから」と不安がる。二人は連れだって帰ろうとするが、すでに妻がどこにいるかわからない。そのうち目が痛くなってだんだんと見えなくなる。夫の目を見ると、また白くどんよりとしている。二人は泣きくずれる。

「これは夢であろうか。なさけないことだ」と嘆く夫に対して、妻は「まあ、いいじゃないの。これも前世の縁とあきらめましょうよ。そんなに嘆かないで」と励ます。二人は、「物のたとえに宿業《しゅくごう》で目がつぶれるということがあるが、それはこのことだったのかと、いま、自分の身の上に降りかかって思い知った」と心境を述べる。

夫は、先ほど目があいたときに杖を捨てたことを後悔《こうかい》するが、妻はそれを慰《なぐさ》めるように、「ねえ、いとしい人」と、夫の手を引いて、二人は帰っていく。

〔川上の妻のモデル・素材〕

先行文芸に、直接的なモデルや素材は見あたらない。

ただし、盲人を取りあげた狂言には、『丼礑《どぶかっちり》』、『三人《さんにん》片輪《がたわ》』、『清水座頭《きよみずざとう》』、『月見座頭《つきみざとう》』、『不聞座頭《きかずざとう》』、『鞠座《まりざ》頭《とう》』、『伯養《はくよう》』、『茶齅座頭《ちゃかぎざとう》』、『猿座頭《さるざとう》』などがある。

また、『引括《ひっくくり》』、『千切木《ちぎりき》』、『髭櫓《ひげやぐら》』、『吃《ども》り』、『内沙汰《うちざた》』など、狂言に登場する女はしばしば口うるさく気が強い。

これらの両パターンを重ね合わせると、妻が盲目の夫をからかうという狂言になる。『川上』の原型はそういう構想でできあがったのかもしれない。

〔川上の妻の人物の評価の歴史〕

(1) 伝統的価値観においては、まず夫に従順な妻が理想とされた。なにしろ、生家では父に従い、嫁いでからは夫に従い、夫の死後は子に従うという「三従《さんじゅう》」が規《き》範《はん》とされていたのである。また、基本的徳目とされたいわゆる八徳《はっとく》の「仁・義・礼・智・忠・信・孝・悌《てい》」の「悌」は、兄や年長者に素直に従うことである。

そういう価値観でこの狂言の妻を評価するなら、夫の言うことを聞かないという点で、まず従順でない。このような不《ふ》逞《てい》きわまりない妻が好ましいと評価されたはずはない。

(2) 信心深いことも旧来の価値観であった。「苦しいときの神頼み」は常日ごろの不信心を戒めたことわざであり、この狂言の影響で作られたはずの浄瑠璃《じょうるり》『壺坂《つぼさか》霊験記《れいげんき》』の妻はきわめて信心深く、それゆえに夫の目があく。この作品が世間の評判を取ったのも、その信心ぶりが庶民の共感を得たからであろう。

ところが、この狂言の妻は神のご託宣なぞ何するものぞという不信心きわまりない態度である。そのような女が良しと評価されたはずはない。

(3) 近年は、このような女性の現実主義と合理主義に共感を覚える傾向が、観客に見られる。詳しくは次項で述べる。

(4) そういう積極的評価は、この狂言全体の戯曲《ぎきょく》的評価にも反映していると思われる。たとえば、現代を代表する狂言師の野村万作が「悲劇と喜劇の両方の要素のある戯曲は秀作であろうが、この狂言はまさにそれにあたる。最も好きな狂言」と表明する発言の背景にも、その評価が微妙にかかわっているであろう。

〈川上の妻の人物像をいかに読むべきか〉

「悪縁だから別れろ」という地蔵のお告げに対して、「神仏というものは、仲の悪い夫婦でさえも良くするのが務めなのに、別れろとは何事だ」と息巻《いきま》く。まさに神仏をも恐れぬ気丈《きじょう》で強い女である。

近世においては前述のような不信心者、従順ならざる女というマイナス評価だったと思われるが、現代的な目でこれを読むと、いくつかの積極的評価を指摘しうる。

まず、男女の愛情を信仰の上位に置き、神仏のお告げであろうがなんであろうが、自分の意志に反する不合理なものには屈しないという徹底した合理精神である。

明治以降、西洋から学んだ合理精神は、自分の目で確認できたもの以外は認めないという方向のものであった。西洋合理主義は産業革命を招来した精神である。いわゆる黒船ショック以来の文明開化のなかで、そういう合理精神も日本に入ってきた。

それでも太平洋戦争終戦以前は、まだ「心頭滅却《しんとうめっきゃく》すれば火もまた涼し」的な発想があって、精神論が唱えられる傾向もあった。そういう精神論が、敗戦によって極端に排斥《はいせき》される結果となり、合理精神もいっそう徹底されるようになった。

そのような現代人の価値観でこの狂言の妻を見ると、その合理性において共感できるわけで、現代感覚としては、さほど違和感《いわかん》のない人物造形ともいえそうである。

また、一方的な夫の言に簡単には従わないのも、女性の人権伸長を主張する一時期のウーマンリブ（女性解放運動）や近年のジェンダー的価値観に照らし合わせれば、むしろ当然そうあるべき姿と映る。現実に、そういう女性が近年増えてきている。この点でも、プラスの評価を付与して読みとることができるといえよう。

〔川上の妻が影響を与えた人物・作品〕

この狂言は明治十二年（一八七九）初演の浄瑠璃『壺坂霊験記』と、明治期の落語『心眼《しんがん》』に影響を与えたといわれている。

『壺坂霊験記』は原作者不明。大和の国（奈良県）壺坂に住む盲目の座頭沢市《さわいち》は、世をひがみ、妻お里の心も疑うが、お里の愛情にほだされて壺坂観音堂に参籠《さんろう》する。開眼の可能性を信じない沢市は妻の目を盗んで谷間へ身投げし、それを知った妻も後を追う。そのとき、観世音が現われ、お里の貞淑《ていしゅく》な心と信仰心のために二人の命を救い、沢市も開眼させる。

『心眼』は三遊亭円朝《さんゆうていえんちょう》作。盲目の梅喜《ばいき》は茅場《かやば》町の薬師《やくし》様へ開眼の願掛《がんか》けに通い、満願の日に目があいた。たまたま出会った美人の芸者小春に誘われて酒を飲み、女房のお竹と別れていっしょになろうと相談しているところへ、お竹が踏みこんで、梅喜の胸ぐらを締めあげた。「勘弁《かんべん》してくれ、苦し～い」と、うなされている梅喜を揺り起こした。つまり、すべては夢だったのである。

（林　和利）

〔現代に生きる川上の妻〕

川上の妻は、現代風にいえば、身体障害者の妻である。

現代において、夫が人生の途中から身体障害者になったら、妻はどうすべきであろうか。人生の不測の事態は、他人ごとではなくて、誰にでも起きる可能性がある。ドライな現代においては、妻はさっさと離婚し（夫を捨てて）、将来性のある新しい夫と再婚するケースもあろう。しかし、子供がいる場合は、そんな非情なこともできないにちがいない。

日ごろの準備として、貯金・保険・不動産投資などを心がけておく必要があるが、相互扶助的な保険は、身障者になっても、長く生活を支えてくれるはずである。

（西沢正史）

（狂言）因幡堂の妻

いなばどうのつま

『因幡堂』室町時代

〈因幡堂の妻の人生〉

因幡堂の妻は、朝は寝坊する、針仕事もできないという家事仕事失格の妻で、そのうえ大酒飲みときている。ついに夫は愛想《あいそ》をつかした。

夫は、妻が実家に帰ったのをこれ幸いと離縁状を送り届け、霊験《れいげん》あらたかな因幡堂《いなばどう》の薬師如来《やくしにょらい》に祈って新しい妻を得ようと出かける。

夫は因幡堂に着くと、「南無薬師瑠璃光如来《なむやくしるりこうにょらい》」と唱え、「なにとぞ良い妻を授けてください」と祈って通夜《つや》（終夜のおこもり）をする。

一方、妻は、夫が実家へ離縁状をよこしたのに腹を立て、「因幡堂へ妻乞いに行ったと聞いたが、本当かどうか行ってみよう」と因幡堂へやってくる。

妻は眠っている夫を見つけると、その耳もとであたかも薬師如来のお告げのように、「おまえの祈りによって妻を授ける。西門《さいもん》の一つ目の階段に立っている女を、おまえの妻と定めよ」と言い放っておいて西門に立つ。

目を覚ました夫は、薬師如来の夢のお告げがあったと思いこんで西門へ行く。すると、衣をかぶった女が立っている。恥ずかしそうにためらいながら、「夢のお告げの方ですか」と声をかけると、大きくうなずく。喜んで手を取り、「千年も万年も連れ添いましょう」と言いながら、家へ連れて帰る。

祝言《しゅうげん》の盃事《さかずきごと》（結婚の儀式）を始め、まず女から飲ませる。女は一気に飲み干《ほ》し、もう一杯つげと要求する。いっぱいについでやると、これも一息に飲み干し、何度もつがせる。

あきれた夫は、むりやりに盃を取りあげ、自分も飲んで盃事をすませる。

「さあ、かぶっている衣を取れ」というと、女は首を振っていやがる。夫が近寄り力ずくで取ってみると、もとの妻である。驚き仰天《ぎょうてん》する夫に向かって妻は、「よくも離縁状をよこしたな」と怒りを露《あら》わにする。「そのうえ、よくも因幡堂へ妻乞いに行ったな」とたたみかけ、「引き裂《さ》いてやろうか、食い裂いてやろうか」と息巻《いきま》く。

「おまえの無事を祈って参詣した」と言い訳し、「許してくれ」と言って逃げる夫を、妻は「やるまいぞ、やるまいぞ」と追いかける。

〈因幡堂の妻のモデル・素材〉

『今昔物語集《こんじゃくものがたりしゅう》』（巻二八―一）「近衛《このえ》の舎人《とねり》ども稲荷《いなり》に詣《もう》でしに重方《しげかた》、女にあへること」は類似の先行説話である。稲荷参詣のさい、茨田《まんだ》の重方がなまめかしい女に言い寄り、妻の悪口を言いつつ口説《くど》こうとしたら頬《ほお》をひっぱたかれた。よく見ると、それは自分の妻だったという話である。ただし、大酒家という前提や妻乞いの祈りはないので、直接の素材ではないと思われる。

一方、類型の狂言としては、『釣針《つりばり》』、『吹取《ふきとり》』など、妻が授かるようにと神仏に祈る一連の狂言がある。

また、離婚をテーマにした狂言のうち、妻に対する不満が離婚の原因となっていて、妻の実家へ離縁状を送り届けるなど、最も『因幡堂』に近いのは『引括《ひっくくり》』である。

さらに因幡堂を舞台にした狂言には、『鬼瓦《おにがわら》』、『仏師《ぶっし》』『六地蔵《ろくじぞう》』などがある。

それらとの先後関係の問題があるにしても、こういう一連の類型を総合すると、『因幡堂』の構想になるといえよう。

〈因幡堂の妻の人物の評価の歴史〉

(1) 古い時代の評価として具体的に記されたものが確認できるわけではないが、おそらく「男勝《おとこまさ》りの不逞《ふてい》な女」とか、「家事もできない大酒飲みの失格主婦」というような烙印《らくいん》が押されつづけてきたはずである。少なくとも、男尊女卑の封建《ほうけん》時代はそうであったと思われる。

(2) 近年になって、当時の社会的背景を考慮に入れつつ、積極的なプラスの評価に移行しつつあるといえよう。世間の習わしにとらわれていないことと、現実の生活を優先して、神仏を少しも気にしていないことなどが指摘されている。具体的には以下のとおりである。

(3) 社会的背景としては、当時の女性の力が、社会的身分に関係なく大いに伸長したと考えられることである。つまり、農業においても、手工業においても、商業においても、女性の労働力が大きな部分を占めるようになっていた。そのために、女がみずから得た収入が男をしのぐ場合もあったらしい。

因幡堂の妻は、「大酒を飲み、家事仕事はいっさいやらない」と夫に指摘されているが、そのような無頼《ぶらい》な生活ぶりは、収入面で夫をしのぐような、それなりの自信があってのことであろう。

(4) この狂言が背景としている時代においては、離縁状を届けられた場合、どんなに自分の側に言い分があろうと、女は泣く泣く黙って引き下がるというのが、一般的であったと思われる。けれども、この妻は離縁状というものにまつわる世間の慣習法をいっさい無視している。ここに、強い、自立した女の生き方をみることができる。

(5) 薬師如来になりすまして、自分の思いどおりに事を進めようとするのだから、夫の信仰を足蹴《あしげ》にしているようなものである。そもそも、神仏の名を騙《かた》り、あまつさえ神仏を利用するというのは、不信心の最たるものである。要するに、現実の生活が最優先であって、神仏に対する信仰は二の次、三の次、という態度なのである。

この妻に代表されるような自立した女性群が、室町時代後期には実際に存在したことを推測させる。

(6) 狂言のなかには神仏の霊験に頼る内容のものもあるけれど(『清水座頭《きよみずざとう》』など)、多くは神仏に少しも頼らない。

狂言と同じ時代の説経節《せっきょうぶし》『山椒太夫《さんしょうだゆう》』の場合、安寿《あんじゅ》は神仏の守護に見放されたとき、社会制度の抑圧《よくあつ》にうち砕《くだ》かれて滅びてしまう。

因幡堂の妻のように、神仏の守護にこだわらないことを、たんなる楽観主義とみるか、前向きの人間主義とみるかが問題となろう。当時の狂言は、戯曲《ぎきょく》的にはまだ混沌《こんとん》としていて、未成熟であったと思われるが、そういうなかにも人間主義の芽生《めば》えを読みとることが可能であろう。

〔因幡堂の妻の人物像をいかに読むべきか〕

因幡堂の妻の生きざまを、現代の女性と比べてみると、かなりの共通性を見つけることができる。

まず、伝統的慣習に従わない点である。現代女性においては、①習わしを知ってはいるけれど主義としてあえて従わない場合、②まったく無頓着《むとんちゃく》に過ごしている場合、③従いたくても知らないからできない場合などに分けられようが、現象としては同じである。因幡堂の妻に相当するのは、もちろん①であるが、これは知的な女性に多いはずである。とすれば、因幡堂の妻も知的であった可能性が出てこようか。

つぎに、信仰心のない点である。現代女性の場合、仏教・神道《しんとう》・キリスト教・その他の宗教的信仰心にもとづいて定期的に祈りの行為を行なっている人となると、かなり限定された数字になるであろう。神仏に対して敬虔《けいけん》な気持ちをいだいている女性は珍しいというのが現状である。信仰心がないということは、自分の目で確認できないことは信用しない、つまり合理性を重んじる女性であるともいえる。この狂言の妻もそうでないとはいえまい。

この狂言の妻ほどの大酒家は珍しいにしても、酒をたしなむ現代女性は増えており、中には男性顔負けの酒豪もいる。おそらくその割合は年々増え続けているものと推測される。少なくとも、そのことを公言するのが憚《はばか》られた時代に比べて、社会的な公認度は増しているといえよう。

そして、夫よりも強い力関係をもつという点である。「戦後、靴下と女性が強くなった」という言葉が、いまや古くなり、それがあたりまえのようになってしまった。もともと女性の本性は男性より強いという見方もあるが、表面化した社会的現象として、現代女性の強さは顕著《けんちょ》である。

このように、現代女性との共通項を確認することにより、新しい視点の読み方と発見が可能となろう。

〔因幡堂の妻が影響を与えた人物・作品〕

因幡堂の妻が影響を与えた人物・作品は見あたらない。作品自体は、前述の類型曲に影響を与えた可能性がある。

（林　和利）

〔現代に生きる因幡堂の妻〕

因幡堂の妻は、現代風にいえば、大酒飲みであることから、妻の地位を失ないかけた女性である。現代は男女平等社会であるから、男性は酒を飲んでもよいが、女性は酒を飲むべきではないという差別は許されない。

最近、女性の大酒飲みは、〝キッチンドリンカー〟といわれるように、台所で飲むことが多い。泥酔して酒乱状態になる場合、子供への教育上のマイナスになることも懸念され、夫や子供からみるとあまり良い印象を与えないにちがいない。

むかしから、〝酒は百薬《ひゃくやく》の長〟といわれるように適度の飲酒は効用があるが、一方では〝酒は悪魔の水〟といわれるように、過度の飲酒は、知らないうちに身体を蝕《むしば》み、アルコール依存症になるばかりでなく、家庭の平和を崩壊しかねないのである。

（西沢正史）

（狂言）鏡男の妻

かがみおとこのつま

『鏡男』
室町時代

〔鏡男の妻の人生〕

越後《えちご》の国（新潟県）松の山家《やまが》の男は、訴訟《そしょう》のために長らく京都に滞在していたが、勝訴し、領地所有権を獲得して帰国することになった。

急いで帰途につこうとして、妻に土産《みやげ》を買って帰る約束をしたことを思い出し、店先で物色《ぶっしょく》する。丸くて光る物は何かと尋ねると、鏡だと言う。

男が鏡を知らないと言うと、「鏡は宝物で、天照大神《あまてらすおおみかみ》のご真影も鏡であること、女にとってはとても調法《ちょうほう》であること、なぜなら、女は形を大事にするが、自分の姿を見ることができるからだ」と教えられて、男は自分の姿を映してみる。初めて見た自分の顔に驚き、買い求めることにした。

その鏡を五百疋《ぴき》という値段で購入し、妻や在所の者を喜ばせようと言いながら帰っていく。道すがら、「鏡を見て女が化粧すれば、醜《みにく》い顔も美しくなる」とか、「男にとっても調法だ。若い容貌を見て満足したり、年を取った顔が映ったら分別を起こし、老い屈《かが》まった姿が映ったら仏道修行を始めようと思うだろう」などと言いつつ、自分の顔を映してみて悦《えつ》に入《い》る。

家に着いた男（夫）は、妻を呼び出して鏡を渡す。妻は鏡の裏を見て、「中に女がいる」と言う。夫が「おまえの姿が映っているのだ」と説明しても、妻は「そんなことを言って私をだますのか。ああ、腹が立つ」と、たいへんな剣幕《けんまく》である。

そこで夫は、「これは鏡といって、すべて反対方向のものを映すのだ。おまえが鏡に向かうから、おまえの姿が映っているのだ」と説き聞かせ、扇《おうぎ》を映して見せても納得しない。妻は、夫に接近した自分の姿を見て、「鏡の中の女があなたに吸いつこうとしている。もう、身が燃えるように腹が立つ」とか、怒った自分の顔が映ると、「自分に食いつこうというような顔をしている」と言って怒りまくる。

そこで夫は、「しかたがない。それではほかへやるから、こちらへよこせ」と言うと、妻は「私に見つけられて、やむなくほかへやるというのね。それなら、なぜ、はるばる連れてきたのよ。だまされないわよ」と、とりつく島もない。

「とんでもない物を買ってきた」と迷惑がる夫に、妻はつかみかかり、逃げる夫を追いかける。

〔鏡男の妻のモデル・素材〕

類話は中国や朝鮮にもあり、もとは外来系の説話だった可能性がある。

日本で最も古いのは、南北朝時代の説話集『神道集《しんとうしゅう》』(巻八—四五)「鏡宮事」のようである。奥州浅香《おうしゅうあさか》郡山形の里が舞台である。都から持ち帰った鏡をめぐって家中が大騒ぎになるが、来合わせた比丘尼《びくに》に鏡の功徳《くどく》を教えられて、翁夫婦が出家するというものである。

また『法華経直談鈔《ほけきょうじきだんしょう》』(巻八末—三九)「夫婦帷《かたびら》一持事」も、鏡に対する無知から生じた夫婦げんかを内容とする仏教説話で、如来《にょらい》在世時の話になっている。

全国各地の昔話にも類話は多い。

鏡をめぐる夫婦争いというモチーフは、仏教説話から日本の縁起《えんぎ》・本地譚《ほんじたん》へ展開し、昔話へ受け継がれてきたかと思われる。それらの説話が中世の能『松山鏡《まつやまかがみ》』や狂言『鏡男』、室町物語『鏡男絵巻』(『鏡破翁絵詞《かがみわりおきなえことば》』とも)に結実したものと考えられる。

狂言としては、『天正狂言本《てんしょうきょうげんぼん》』所収の『松の山鏡』の形が早い例である。下人《げにん》を求める男が、鏡に映る自分の姿を他人だと思って買って来たが、妻はその鏡を見て夫が女を買ってきたと思い、祖父は老人を買ってきたと思って怒るという筋である。

通常は、狂言が能のパロディであるが、この作品に関してはもともと滑稽味《こっけいみ》のある話なので、狂言のほうが早かった可能性がある。

〔鏡男の妻の人物の評価の歴史〕

鏡はなくても、水面に自分の顔を映すことはできる。したがって、まさかこのような女性の反応が現実にあろうとは思えない。

つまり、この狂言の妻の反応は、極端に誇張した描かれ方をしているわけで、リアリティには欠けるといわざるをえない。そのために、本気で正面から評価する対象にはなりにくいであろう。

おそらく当初からあったその傾向は、現代に及ぶにつれて大きくなっていると思われ、この妻の人物像を論じたものは見あたらない。

ただし、それにもかかわらず、前述のように説話類型としての人気があったのは、そのまさかというような愚かしい展開がおもしろいからであろう。

〔鏡男の妻の人物像をいかに読むべきか〕

いくら鏡を見たことがない人間でも、映っている自分の顔を、実物の他人であると誤解することは、まず考えられない。

たしかに、初めて鏡を見たときに、映っているのが自分の顔であると認識するまでに少し時間がかかることはありうる。しかし、鏡の中に本物の生きた人間がいると思いこむのは、よほど認知レベルの低い人間でないかぎり、ありそうにない。

ただし、それは誇張したカリカチュア（戯画《ぎが》）的表現なのであって、男性に比べて女性は感情的な思いこみが激しいという傾向はありそうである。たとえば、出張から帰宅した夫の持ち物を点検した妻が、店で土産《みやげ》にもらった女性用の小物を見つけ、夫の不倫《ふりん》を疑うなどということは、しばしばあるだろう。

また、いったん疑いだしたら、どんなに説明しても埒《らち》が明かないという傾向も、女性のほうにより多くありそうである。

「嫉妬《しっと》」という漢字が女偏《おんなへん》であるのは象徴的だが、嫉妬深いのも一般的には女性のほうであろう。実際には男性の嫉妬もそうとうな場合があるけれど、その反応を単純に表に出すのは女性のほうである。

そういう目でこの狂言の妻を見ると、極端で単純な腹の立て方ではあるが、女性にありがちな反応をよく描いているといえそうだ。

〔鏡男の妻が影響を与えた人物・作品〕

前述のように、もし狂言『鏡男』のほうが早いとするなら、能『松山鏡』の姫に影響した可能性がある。しかし、この能は、亡き母の形見の鏡に自分の姿が映るのを見て、それを母と思った姫が追慕《ついぼ》するというものであり、『鏡男』の妻の反応とは距離がありすぎる。人物像として影響しているとはいえまい。

（林　和利）

（狂言）引括の妻

ひっくくりのつま

『引括』
室町時代

〈引括の妻の人生〉

妻があまりに口やかましいので、夫は嫌気《いやけ》がさし、いつか離婚しようと考えていた。そんなおりもおり、たまたま妻が実家へ里帰りし、しばらく逗留《とうりゅう》している。これ幸いと、召使いの太郎冠者《たろうかじゃ》に離縁状を届けさせることにした。

しかし、太郎冠者は、「うるさい奥様だから、きっと立腹されるでしょう。かんべんしてください」といやがるので、夫は刀を抜き、「行かないと手討《てう》ちにするぞ」と脅《おど》して、強引に言いつける。

道中も迷惑がりながら、太郎冠者は離縁状を届けた。しかし、それを渡された妻は、文面を見るやいなや、「こんなものを持ってくるやつがあるか。引き裂《さ》いてやろうか、食い裂いてやろうか」とたいへんな剣幕《けんまく》で、太郎冠者に当たり散らす。

「なにも知らず、言われるままに持ってきました」と言い訳する太郎冠者に、妻は「知らないはずはなかろう。本当のことを言え。言わないと、ただではすまさないぞ」と詰め寄ったので、太郎冠者は「私もそう思って、いろいろとお断わりしたけれど、持っていかないとお手討ちにすると脅されたので、やむなく……」と事実を白状する。

そこで妻は、「それならおまえに罪はない」と許し、「自分が直接行って返事をすると伝えよ」と命じて、太郎冠者を先に返す。

もどった太郎冠者がそのことをありのまま主人（夫）に報告し、妻が直接返事をしにやってくると知って、「それは困った。どうしたものか」と案じている矢先に、妻が帰宅する。

「藪《やぶ》を蹴《け》っても五人や七人は蹴り出せるような物の数でない男でも、離縁されたと思ったら腹が立つ」と悪態《あくたい》をつき、さらに「離縁のときは、塵《ちり》を結んででも離縁のしるしを取るものだ。しるしをくれたら出ていこう」と言う。

夫が本当に塵《ちり》を渡そうとするので、妻は「それはもののたとえだ」と、ますます腹を立て、「なにか身に付いた物をよこせ」と迫る。

夫は、「好きな物をやるから、それを持って早く出て行け」と言うと、妻は持ってきた袋を取り出し、「私はこれがほしい」と夫の頭にかぶせる。

袋ごとひっぱって行こうとするのを、夫はあわててはずし、「許してくれ」と逃げるのを、妻が「やるまいぞ」と追いかける。

〔引括の妻のモデル・素材〕

『沙石集《しゃせきしゅう》』〔巻七―一〕「嫉妬の心無き人の事」の中で触れられている説話を、この狂言の源泉とみる説がある。遠江《とおとうみ》の国〔静岡県〕の人の妻が離婚されて出て行くとき、「離縁のしるしに家の中の物をなんでも持って行くように」と言われて、「夫ほど大事な人と別れて行くのに、ほしいものはなにもない」と言った。夫はその様子がいとおしくて、一生連れ添ったというものである。

一方、離婚沙汰《ざた》を取り扱ったいくつかの狂言のうち、妻に対する不満が離婚の原因で妻の実家へ離縁状を送り届ける点で、最も『引括』に近いのは『因幡堂《いなばどう》』である。

また、この狂言の妻は、いわゆるわわしい女〔口やかましい女〕の典型であり、夫は恐妻家《きょうさいか》である。この組み合わせで描かれているのは『花子《はなご》』、『千切木《ちぎりき》』である。それらとの先後関係が明確ではないが、こういう一連の類型を総合すると、『引括』の構想になるともいえよう。

〔引括の妻の人物の評価の歴史〕

(1) 古い時代の評価として具体的に記されたものが確認できるわけではないが、おそらく「男勝《おとこまさ》りの不逞《ふてい》な女」というような烙印《らくいん》が押されつづけてきたはずである。少なくとも、男尊女卑の封建《ほうけん》時代はそうであったと思われる。

(2) 近年になって、当時の社会的背景を考慮に入れつつ、積極的なプラスの評価に移行しつつあるといえよう。現実の生活を優先して、世間の習わしにとらわれていないことが評価される点であろう。

(3) 社会的背景としては、当時の女性の力が、社会的身分に関係なく大いに伸長したと考えられることである。つまり、農業においても、手工業においても、商業においても、女性の労働力が大きな部分を占めるようになっていた。そのために、女がみずから得た収入が男をしのぐばあいもあったらしい。女性のわわしさの背景には、そういう自信めいたものもあったかもしれない。

(4)　この狂言が背景としている時代においては、離縁状を届けられた場合、どんなに自分の側に言い分があろうと、女は泣く泣く黙って引き下がるというのが、一般的であったと思われる。けれども、この妻は離縁状というものにまつわる世間の慣習法をいっさい無視している。ここに、強い、自立した女の生き方を見ることができる。

〔引括の妻の人物像をいかに読むべきか〕

引括の妻の生きざまと、現代女性との共通性を見つけることができる。

まず、伝統的慣習に従わない点である。現代女性においては、①習わしを知ってはいるけれど主義としてあえて従わない場合と、②まったく無頓着《むとんちゃく》に過ごしている場合と、③従いたくても知らないからできない場合に分けられようが、現象としては同じである。引括の妻に相当するのは、もちろん①であるが、これは知的な女性に多いはずである。とすれば、引括の妻も知的であった可能性が出てこよう。

そして、夫よりも強い力関係をもつという点である。「戦後、靴下と女性が強くなった」という言葉が、いまや古くなり、それがあたりまえのようになってしまった。もともと女性の本性は男性より強いという見方もあるが、表面化した社会的現象として、現代女性の強さは顕著である。

このように、現代女性との共通項を確認することにより、新しい視点の読み方と発見が可能となろう。

〔引括の妻が影響を与えた人物・作品〕

江戸時代初期の噺本《はなしぼん》『きのふはけふの物語』（作者未詳、一六二四年ごろ成立）に影響していると考えられる。収録された話のなかに、離縁にあたり、なんでもほしい物をと言われて、夫を馬に抱き乗せるというのがあるからである（岩波古典文学大系『江戸笑話集』所収本の下

22）。その異本（古活字十行本）では、「五、六寸なるもの（男根）をひんにぎり取つて帰らふ」と妻が言っている。つまり、艶笑譚《えんしょうたん》として展開しているわけである。

その他、説話的に関連しそうな作品として、説話『月刈藻集《つきのかるもしゅう》』（編者・成立年未詳）や最古の噺本『醒睡笑《せいすいしょう》』（安楽庵策伝《あんらくあんさくでん》作、一六二三年）所収の話が指摘されている。

（林　和利）

〔現代に生きる引括《ひっくくり》の妻〕

引括りの妻は、現代風にいえば、突然夫から離婚を迫られた女性である。

現代は男女平等社会であるから、離婚する場合は協議または調停（裁判）によるのが一般的である。

しかし、なかにはこの狂言のように、何の落度もない妻が突然夫から離婚を迫られる場合もなきにしもあらずである。そういう場合、妻はどうしたらよいであろうか。

多少の経済力・生活力のある妻は、子供を引き取り、慰謝料・養育費を分取って離婚することもできよう。しかし、経済力のない妻は、すぐに離婚するわけにもゆかず、離婚届に判を押さないままでも実質的な離婚を受け入れざるをえない。

それゆえ、妻は、夫の身勝手な離婚要求に対処するために、日ごろから経済力・生活力を高めておく必要があろう。

（西沢正史）

(狂言)猿座頭の妻

さるざとうのつま

『猿座頭』
室町時代

〔猿座頭の妻の人生〕

四方の山々が花盛りのころ、勾当《こうとう》(夫)は妻を呼び出し、花見に出かけることを提案する。

しかし、夫の勾当が盲目なので「花見もなるまい」と言う妻に、夫は「この春は知るも知らぬも玉ぼこのゆきかふ袖は花の香ぞする」(この春は、私が知っている人も知らない人も、道を行き来する人の袖には桜の花の香りがする)という古歌を引いて、「花の香りを嗅《か》いで鑑賞することができるよ」と言う。妻も納得し、酒の用意を命じていっしょに出かける。

夫婦は、四条・五条の橋を渡る人の音を聞きつつ、清《きよ》水《みず》に着き、人があまりいなくて花の良い場所を探して座を占め、仲良く酒盛りを始める。

「これへついでくれ」

「わかりました」

「おお、いっぱいある」

「おまえにもつごう」

などと言いながら、さしつさされつ夫婦水入らずのくつろいだ時を過ごす。

夫はだんだん上機嫌になり、妻に小歌を謡《うた》ってくれとリクエストする。

「このようなところでは謡えない」という妻に、夫は「あたりに人はいない。遊びなのだから」と頼んで謡わせ、楽しんでいると、猿引き(猿回し)が通りかかる。

「清水なる地主《じしゅ》の桜は、散るか散らぬか、見たか水汲み、散るや散らぬやら嵐こそ知れ」と妻が謡う声を猿引きが聞き、良い声だと感心する。猿引きは、あんな良い女を盲目に添わせておくのは惜しいと、妻を手招きし、「良いところへ世話してやろう」と誘うが、妻はとんでもないと断わる。

夫は妻がどこかへ行ったかといぶかるが、酒の肴《さかな》を取りに行ったと聞いて安心する。

猿引きはあきらめず、再度誘ってくるので、妻もしだいに気が動きはじめるが、夫が呼び立てるので落ちつかない。

夫は、たびたび席を立つ妻をいぶかしがり、袂《たもと》から紐《ひも》を出して妻の腰へ結びつけ、一方の端《はし》を自分の腰に結びつける。

安心してふたたび酒を飲みはじめた夫に、妻は「平家」（平曲）を語ってくれと頼む。

夫が語っている間に、猿引きは妻を呼ぶ。妻が腰の紐を見せると、それを猿につなぎかえる。「うれしや、うれしや」と、妻は猿引きと連れだって逃げていく。

夫はなにも知らず、「平家」を語り終えて紐を引き寄せると、猿が「キャア」と鳴いて引っ掻《か》く。夫は、最初は妻が猿の物真似《ものまね》をしているのかと思うが、毛が生えているので、「妻が猿になった。追っ払ってくれ」と言いながら逃げていく。

〔猿座頭の妻のモデル・素材〕

南北朝時代の説話『十々烈集《じゅうじゅうれっしゅう》』所収の「盲目見物」は内容がそっくりなので、素材になった可能性がある。

一方、座頭が登場するいわゆる座頭狂言には、『伯《は》養《よう》』、『清水座頭《きよみずざとう》』、『月見座頭《つきみざとう》』、『丼礑《どぶかっちり》』、『不聞座頭《きかずざとう》』、『鞠座頭《まりざとう》』などがある。このうち、通りがかりの晴眼者（目あきの者）にいたずらされるという意味で、最も『猿座頭』に近いのは『丼礑』と『鞠座頭』である。

座頭ではないが妻が盲目の夫の手を引くというのは、『川上』に例がある。

また、さしつさされつの酒宴の場面は『木六駄《きろくだ》』などに見られるし、花見の酒宴は『花盗人《はなぬすびと》』にある。

猿引きが登場する狂言としては『靭猿《うつぼざる》』がある。

それらとの先後関係の問題があるが、こういう一連の類型を総合すると、『猿座頭』の構想に近いものができあがるといえよう。

〔猿座頭の妻の人物の評価の歴史〕

(1) 猿座頭の妻の評価に関して具体的に論じたものは見あたらないが、旧来の価値観に照らし合わせて推測するなら、盲目の夫を置いてきぼりにして、ほかの男といっしょに逃げるなどという不貞の女が良しと評価されたはずはない。

(2) 現代でも道徳的には支持できないけれど、女性の自由な生き方という価値観でみれば、次項に説くような選択肢《せんたくし》の一つになりうる状況が生じているかもしれない。

〔猿座頭の妻の人物像をいかに読むべきか〕
少なくとも、離婚を選択する自由が、男性にはあって女性にはないというような時代と比べれば、その読み方は大きく変化しているであろう。
この狂言の場合は、妻が盲目の夫を出し抜いた形なので、倫理的に良しと評価のできるはずもないけれど、夫に尽くすのみが女の生き方ではないという方向が示されていると読むことは可能であろう。

〔猿座頭の妻が影響を与えた人物・作品〕
猿座頭の妻が影響を与えた人物・作品は見あたらない。作品自体は、前述の類型曲に影響を与えた可能性がある。

（林　和利）

〔現代に生きる猿座頭《さるざとう》の妻〕
猿座頭の妻は、現代風にいえば、夫が身障者であるという苦難から脱出して自立した女性である。
女性の人生の幸福ということを考えると、逆境にある妻が苦難から脱出するのは、必ずしも非人間的・反道徳的であるとは非難できず、めざめと自立という意味で、きわめて現代的であるといえる。
一般的に、女性の苦難として、夫の酒乱・暴力・浮気・浪費・不労働などがあるが、それらは多くの場合病癖であるから、どんなに誓約しても治らないことが多い。現代の妻は、男女平等、女性としての権利意識の強い時代に育ったこともあって、必ずしも苦難に忍従しないで、離婚を決断することも少なくない。
不適格な夫をもった女性は、早めに経済的自立を準備し、ある時期にきっぱりと新しい人生を選択することも必要かもしれない。

（西沢正史）

一代女
いちだいおんな

『好色一代女』
江戸時代

〔一代女の人生〕

『好色一代女』は、当時の文学にしばしば用いられた懺悔《さんげ》形式の作品である。物語は、一代女が、十一歳から現在にいたるまでの半世紀におよぶ波乱に富んだ好色の人生を一気に語るという告白形式で書かれている。

語りのきっかけをつくったのは、ともに恋愛の悩みをかかえる二人の若者である。一人は、もっともっと恋愛がしたい、永遠に恋愛エネルギーを維持するにはどうしたらいいのかという思いにとらわれ、もう一人は、もう恋愛などしたくない、女性のいない国へ行って静かに世の中の移り変わりをみつめたいという正反対のことを考えている。二人は、心が乱れて自分をコントロールできないほどに思い悩み、恋の道のベテランである一代女の話を聞きに好色庵にやってきた。

やがて、たくさんの職業を遍歴しながら、多くの男性関係を経て現在にいたった一代女の人生の告白がはじまる。彼女の職歴は三十三種類に及んでいるが、三十三身に変身して衆生を救済するという観音様とはちがって、変身しても変身しても自分自身さえ救うことができず転落の人生をたどっている。

はじめは、若さと美貌ゆえに向こうから請われて大名の養女、大名の側室になってもいる。しかし、行ったさきざきで奔放《ほんぽう》な好色ぶりを発揮してしまい、けっきょくはその地位を追われることになる。自分はだれよりも魅力的であるという自信とプライドに支えられ、どこへいっても主体的な恋愛行為者である一代女は、その後、島原に身売りされる。美貌と知性と技芸を兼ねそなえた最高級の遊女である太夫《たゆう》から、天神《てんじん》、囲女郎《かこいじょろう》、端女郎《はしじょろう》へと一ランクずつ降格していくが、その場その場を可能なかぎり楽しんでいるように見受けられる。

島原での年季奉公が明けたあとは、寺小姓・寺の住職の隠し妻、寺子屋師匠、呉服屋の腰元、大名家の下屋敷の奥女中、歌比丘尼《うたびくに》(私娼《ししょう》)、大名の妻の髪結い奉公、新婦の介添え女、仕立て屋の裁縫師、茶の間女(私娼)、商家の隠居の仲居と、よくもこんなにたくさんというくらい、さまざまな仕事を転々とする。それらは、当時の女性に可能な仕事のほとんどすべてを網羅しているといってもよく、一代女のゆたかな才能と、すばやい変身ぶりをものがたってもいる。そして、行くさきざきでだれかと恋愛関係におちいり、それをこじらせ、その場を離れるというパターンがくり返される。この段階では、かならずしも色を売る仕事ではないかたぎの仕事についていることが多いが、一代女の周囲にはつねに情事がある。

当時の売春婦には、島原・新町・吉原の公認の遊廓に勤める公娼と、あらゆる場所や商売のかたわら色を売る私娼とがあった。やがて、一代女は私娼に身を落とし、茶屋女・風呂屋女・糸繰り女を転々とする。ときには不特定多数の男性に金で色を売ることに嫌気がさして、妾《めかけ》や扇屋の女房に落ちつこうとするが、出入りの業者と深い仲になるなどして、かたぎの生活を破綻《はたん》させてしまう。私娼から以前の島原体験を生かして遣手《やりて》（遊廓で遊女を取りしきる女）になるが、島原の事情に通じているため、つい口うるさく遊女らを指導するので煙たがられ、早々に大坂の玉造に隠棲《いんせい》する。そこで、血だらけになって「かあさん、おんぶをしておくれ」と泣くたくさんの孕女《うぶめ》（胎児の幽霊）を見た彼女は、いよいよ自分の好色生活も終わりか、といったんは観念する。しかし、隣家の女性たちにおだてられてついその気になり、しわに白粉《おしろい》を埋めこみながら、最下層の私娼である夜発《やほつ》となって夜の街角に立つ。老年期にさしかかった一代女は、さすがにだれからも相手にされない。あふれる生命力と才能ゆえになにをやっても成功してきたが、ついに完全に社会から疎外されてしまった。

そして、一代女が最後に出会うのが、大雲寺の五百羅《ら》漢《かん》たちであった。羅漢像の顔が、いままで関係をもった男たちに見えてしまう。一代女は、自分の無軌道な人生を突きつけられた思いがして、呆然自失《ぼうぜんじしつ》の状態となって失神したのち、嵯峨野《さがの》の奥に隠棲して仏道一筋に生きることになる。そこへ訪れたのが、かつての好色生活を思い出させる若者二人だったというわけである。

現在の時間をさかのぼり、ふたたび現在へもどってくるという語りの枠のなかで、自分の人生をふり返ったことで、一代女は語るまえと語り終わったあととで、まちがいなくその心境を変化させている。はじめは、自分の人生を濁った水のようだと卑下《ひげ》していたにもかかわらず、語り終わったときには、心には一点の濁《にご》りもない、と言い切っている。すなわち、自分のしてきたことはまちがっているし卑《いや》しいことだという否定的な認識を脱し、語ることによって自己認識を深め、そのときそのとき精いっぱい生きてきた自分を、良くも悪くも認めて受け入れる態度を獲得するにいたったといえよう。

〔一代女のモデル・素材〕

日本古典文学の世界で美人の代表格としてまず一番に思い起こされるのは、小野小町である。実際の小町像は多くの謎につつまれており、その詳細は現在もなお明らかではない。しかし、早くも平安時代には流布していたといわれる小町伝説における小町像は、一貫したイメージをもって広く人びとに知られていた。それは、第一に美人であること、第二に男性遍歴が激しい恋多き女性であること、しかも主体的に男性を選ぶ女性であること、第三に年老いて落ちぶれ孤独な死を迎えるというものである。これらの要素は、すべて一代女にもあてはまる。

ところで、漢文の序と詩からなる平安時代成立の『玉《たま》造小町子壮衰書《つくりこまちしそうすいしょ》』は、徘徊《はいかい》する老女に出会った作者が、かつては美人の誉れ高かった老女からその華やかだった半生と、現在の身の上への嘆きとを聞くという内容である。「小町」という名前がついていること、美人の栄華と衰微を描いていることから、玉造小町＝小野小町であるという思いこみが人びとのあいだに広まっていった。現在では、仮構された玉造小町と実在の小野小町とはまったく別人であるというのがおおかたの見方である。そうはいっても、二人のイメージはあまりにもぴったりと重なり合う。そして、『好色一代女』のクライマックスとでもいうべき、うぶめの幽霊に一代女がさいなまれる事件は、彼女が、玉造の小さな家でひっそりと暮らすなかで起こっている。このことから、一代女の人生には、小野小町、さらには玉造小町の姿が投影されているといわれている。

〔一代女の人物の評価の歴史〕

(1) 道義的社会的良識に反してまでも、自分の性欲を満たすために奔放に生きる女性

美貌の女が、良心や道徳をぬきにしてモラルを蹂躙《じゅうりん》し、淫婦《いんぷ》に徹する。義理人情をもふみにじって、なんの

不安もなく本能のままに邁進《まいしん》する。はげしい気性と強烈な自我、そしてなによりも卓越した肉体によって、軽蔑されようとののしられようと、命あるかぎり、たび重なる転落にも平然と、ただひらすら愛欲のために生きる。肉体的には衰えていっても、精神的に変化はみられず、成長もない。社会的に反倫理であっても、それが、ひとつの真実の姿である。

(2) 封建制度の犠牲者として、運命に翻弄《ほんろう》された女性

封建社会において女性が一人で生きていくためには、自分の肉体を資本として、強《し》いられる仕事をするしかなかった。一代女は、そうした当時の女性たちの運命を象徴する存在である。大名の奥方であろうと私娼であろうと、彼女たちはすべて経済的社会的に日陰の存在であるが、そのことを自覚さえしていない。また、当時の女性の職業が、美しい女性、選ばれた女性にだけ許されるという側面が強く、女性としての自立が困難で、誘惑が多かったことを伝える存在となっている。そして、どこまでも堕《お》ちていく自分の姿に絶望し、悔恨の情にみたされて、仏教的な救済を求め、最後の最後で、女性としてのとらわれから解放されようとする。

(3) 普遍的な女性のさまざまな生態の体現者

一代女の職業遍歴は、現実問題として、一人の人間が可能な仕事の量を越えている。その結果、環境のもつ色合いがそのときどきのキャラクターに投影されることになる。おごり高ぶっていたり、狭い視野しかもちえなかったり、嫉妬心や充たされぬ思いにさいなまれたり、ときには気が弱くなったり後悔したりといった消極的自省的な側面をもみせたりする。母性愛をあわせもっていたりもする。実在の女性よりも強烈な内容が、実在の女性を越えて、かえって現実の女性を描いているともいえる。

(4) 自信にみちあふれて、男たちを見下し、はつらつと生きる女性

美しい一代女は、自分の前をつぎつぎと通り過ぎていく愚かな男たちをたくさん経験することで、あらゆる色恋の事情に通じている。したがって、一代女の愚かな若者への語りは説教に近い。早熟であった過去を誇らしげに語る。いまどきの世相風俗のなかで、したたかにたくましく世を渡っていく女たちと同じく、明るく楽天的でおおらかな性格をもっている。奔放にさまざまな性風俗

を体験する一代女の人生は、猥雑《わいざつ》で哄笑性《こうしょうせい》にみちあふれたポルノグラフィーさながらである。

(5) 美貌と教養を身につけ、自信をもって好色に生きる女性

本来、悲劇的なものであるはずの好色な性癖を、一代女自身は悲劇的なものと考えていない。最後までみずからの好色性を否定せず、一代かぎりの女としての人生を謳歌《おうか》する。孕女《うぶめ》の幽霊が登場する場面では、一代女に妊娠という体験が何度もあったことがわかるし、五百羅漢を前にしたときには一代女が結婚していたことが明かされるが、彼女の語りのなかでは、妊娠や結婚についてはいっさいふれられない。一代かぎりの女の好色生活である以上、子どもとか夫婦といった子孫繁栄に結びつくような安定した夫婦生活や、子をもった母親としてのイメージは不要なものだからである。

〔一代女の人物像をいかに読むべきか〕

主人公の一代女が老女であり、彼女が懺悔する物語であるということから、老いの文学といってもよい。不慮の事故や病気で夭折《ようせつ》するばあいをのぞき、人にはだれしも老いをむかえるときがくる。数十年、自分の人生を生きてきた人間が、死をまえにしてどのような心境にいたり、また自分の人生をどういうふうに捉えるかということは、たいへん重要な人生のテーマである。

たくさんの職業と大勢の男たちとかかわった一代女が、したたかでしなやかな強い精神と肉体をもつ女性であったことはまちがいない。変化を厭《いと》わない人生態度が私たちに示唆するものは大きい。何度も何度も人生をリセットし、絶望の淵《ふち》に立ってもけっして人生をあきらめることがない。そのような一代女は、周囲を省みない奔放な人物であるとか、自省することない無節操《むせっそう》な人物であるかのようにもみえる。しかしそれは、社会的モラルや一般常識といった他者の視点から判断したときの評価であり、彼女自身の尺度ではない。一代女はつねに、自分がいまなにをしたいか、自分にいまなにができるかを考えている。一瞬、こんなことではいけない、と軌道修正を試みることもあるが、つぎの瞬間、目の前にいる男性に心を動かしてしまったり、目の前にぶら下げられたおいしい仕事に飛びついてしまったりして、旧《もと》の木阿弥《もくあみ》になる。なんどもなんども、それがくり返される。

しかし、ただ同じことがくり返されるだけではなく、くり返されるなかで、たとえ一代女の社会的地位がどんどん低下するばかりとなっても、まちがいなく彼女の精神は上向きになっている。作品のうえでは、そのことはあからさまな表現をとって示されることはあまりないが、積み重ねられた人生の経験があって、それを語るという行為によって再確認したときに、一代女の胸の蓮華《れんげ》は開いたのである。時が熟すということばがあるが、それは、ただたんにたくさんの時間が経過して実が結ぶときがきたということではなく、長い時間の経過に重なっていく思いや経験が、最後にぐっとひとつの実を結ぼうとする収束的な瞬間をさす。観念的な思考だけでは、時熟ということはありえない。そこには、五感を使ったきっかけとなる行動が必要である。一代女にとっては、それが夜を徹して若者に語ることだったのである。

以上のように考えるならば、道徳性や倫理性といった社会的行動の中身そのものの是非《ぜひ》にたいしてではなく、行動につぐ行動、つぎつぎと生きるために行動するというその姿勢にたいして、一代女への評価は行なわれるべきであるといえる。善悪というものさしを当てるならば、周囲をふりまわし、傷つけながら生きてきた彼女の人生は、とても罪深いものということになる。そして、そのことにたいして、自己卑下的ではあっても、謝罪するという姿勢はみられない。過去は過去として過ぎ去ったものとして突き放しており、現在の思いにつねにスポットを当てている。一代女にとって語るということは、過去をふり返ることではなく、その時点に立ちもどって、そのときの思いを再現することだったのである。「たとえ、汚れた売春婦となっても心は濁ってはない」という最後のことばは、自分の人生の「いま」をつぎからつぎへと再現した結果、そこには曇《くも》りがなかった、という矜持《きょうじ》を伝えている。

人はしばしば、過去を悔い、未来を案じて、いまを見失う。一代女は、いまのたいせつさを語っているのである。

〔一代女が影響を与えた人物・作品〕

いくつかの近代小説が『好色一代女』の影響のもとに成立しているが、一代女の人生の影響をもっとも強く受けたのは、尾崎紅葉《おざきこうよう》『伽羅枕《きゃらまくら》』（明治二十四年〈一八九一〉の女主人公であろう。

島原の遊女小鶴の娘お仙は西岡夫婦に育てられるが、西岡家が窮乏したので身売り同然に養女に出される。しかし、養父母になかなかなじめないまま、お仙は十二歳で島原の雛鬟《かむろ》となり、十四歳で里花太夫となり、十六歳の若さで六十余歳の取水の隠居の妾として身請けされるが、本家より暇を出され、新町の遊廓へ行く。その後、武家の妻となって江戸へ下るが、夫は事業に失敗し、困窮のなかで男子を産むものの、夫に死なれ、吉原でふたたび遊女佐太夫となる。さらにその後、豪商の息子の妻、遊女、召使いなどを転々とし、二十八歳で出家し、六十二歳の現在まで、三十四人の遊客を弔いながら団子坂で一人暮らしをしている。遊女を中心としてさまざまな職業を遍歴し、交際相手がつぎからつぎへと移っていくという人生のプロセスは、まさに一代女と類似している。みずからの人生を「泥水」にたとえ、加齢とともに悪条件で雇われながら、したたかに色を売って渡世していくお仙の姿、最終的に出家するありようも一代女さながらである。

樋口一葉《ひぐちいちよう》も西鶴《さいかく》の影響を強く受けた作家の一人であるが、一代女の影響を最も強く受けているのは『にごりえ』の「お力」であろう。「にごりえ」ということばじたい、一代女が自分の告白の語り初めに「にごりにみちた人生」だと自己卑下していたのにたいして、語り終わりの部分で、「たとえ遊女に身を落としても心はにごってはいない」と言い切ったことを連想させる。お力は、飲み屋の酌婦《しゃくふ》として源七という馴染《なじ》み客をもつ一方で、結城朝之助《ゆうきとものすけ》という人物とも関係をもっている。お力が結城にみずからの半生を告白するくだりは、一代女の語りのスタイルとほぼ同じである。源七に切られてその生涯を終えてしまうというお力の人生は、最下層で生きる社会的弱者の悲しさと切なさを伝えてあまりあるものがある。

（平林香織）

おさん

おさん

『好色五人女』
江戸時代

『好色五人女』巻三中段にみる「暦屋物語」の女主人公おさんは、「今小町」と呼ばれる評判の美人で、容姿から着物の趣味にいたるまで非の打ちどころがなかった。

〔おさんの人生〕

そんなおさんが大経師屋《だいきょうじや》に嫁いでから三年、夫婦仲もよく、夫に尽くし、倹約第一に家を切り盛りし、しだいに家は繁昌していった。あるとき、夫が所用のため東国へ出かけることになった。おさんの実家では留守宅への気づかいから、実家の使用人の茂右衛門を手伝いにやることにする。

腰元のりんが茂右衛門に恋慕したため、おさんはりんのために茂右衛門宛の恋文を代筆する。ところが、もともと金のことばかり考えているさもしい茂右衛門は、手紙の返事に、りんと関係をもつのはよいが、妊娠、さらには結婚ということになったら費用をいっさい出してほしいと失礼なことを書いてきた。怒ったおさんは、茂右衛門の鼻を明かしてやる計画を立てる。呼び出した茂右衛門が現われるのを、りんの身代わりになって待っているあいだに、うっかり眠ってしまい、気づくと、茂右衛門と契りを結んでしまっていた。人妻たる自分が使用人と関係をもってしまったことを悔いるが、乗りかかった船だからと開きなおり、まわりが止めるのもきかずに二人は恋仲となり、人目《ひとめ》もはばからず頻繁に逢瀬《おうせ》を重ねる。

石山寺開帳《かいちょう》の見物客の人混みに紛れたおさんと茂右衛門は、駆け落ちを決行すべく、身代わりの泳ぎ手を雇い、遺書を残し偽装心中を図る。しかし、逃走する二人は丹波《たんば》越えに難渋する。息も絶えだえになったおさんに茂右衛門が「もうすこしがんばれば、つらいことを忘れて二人で枕を並べられる」というと、おさんが「うれしい」と気をとりなおす。二人は、ようやく山奥の茂右衛門の叔母の家にたどり着き、おさんを妹だと偽り、一夜の宿を借りる。そして、妹(おさん)は御所《ごしょ》に仕えていたが体をこわしたので持参金をつけて山家《やまが》にでも嫁がせようと思う、とでたらめをいう。持参金に目をつけた叔母が、それでは今夜にでも息子の是太郎《ぜたろう》と結婚させよう、と言い出す。猟師の是太郎は、巨大な体軀《たいく》、獅子《しし》のような頭、ひげだらけの顔、ぎらぎらと赤く光る眼、松の木そのものの手足という、見るも恐ろしげな容姿だった。叔母が善は急げというから、今夜のうちに祝言《しゅうげん》をあげてしまおうと支度をはじめたので、いいかげんなことをいったばかりに取り返しのつかない事態に陥ってしまったと、茂右衛門は脇差《わきざし》を手に自害しようとするが、おさんが私に考えがあるから早まるな、と引きとめる。

　おさんが、自分は人の嫌う丙午《ひのえうま》の生まれだと偽りをいって是太郎に結婚をあきらめさせようとするが、是太郎は、丙猫でも丙狼でもまったくかまわないと一蹴《いっしゅう》する。それどころか、おさんのことは、都風のもの柔らかな点が気に入らないのだが、親類の茂右衛門の申し出だからしかたなく嫁にもらってやるのだといって、おさんの膝枕で高いびきをかいて寝てしまうしまつであった。

　二人は、是太郎が寝入ったすきに叔母の家を立ち退《の》くことに成功し、さらに山奥へと逃走する。丹後路《たんごじ》に入り文殊堂《もんじゅどう》で夜を徹して祈願をしているうちに、おさんはうとうと眠りに落ち霊夢を見る。文殊菩薩が夢に現われて、このようなことをしていても逃げおおせはしない、出家すれば命は助かるはずだとおさんを諭《さと》すが、おさんは、命がけの恋だから行く末はどうなろうとかまわないとつっぱねた。

　二人は、しばらくは用心ぶかく人目を忍んで暮らしていたが、都のことがなつかしくなった茂右衛門は、おさんを里人に預けてのこのこと都に出かけていった。しかし、人びとがあれこれ自分たちの噂をしているのを立ち聞きして恐ろしくなる。つぎの日、茂右衛門はおさんに芝居の話でも聞かせようと、恐る恐る芝居を見ていると、おさんの夫も芝居を見にきていることがわかり、あわてて丹後にもどるが、栗売《くりう》りに目撃されていた。けっきょく追っ手がかかり二人は探し出され処刑されてしまった。

〔おさんのモデル・素材〕

　天和《てんな》三年（一六八三）九月、姦通《かんつう》事件を起こしたおさんと茂兵衛が処刑されている。京都所司代の密通者処罰の判例書留によると、京都烏丸通四条の暦屋大経師屋の女房さんと、手代の茂兵衛、下女玉の三人が、申し合わせて丹波国氷上郡山田村に出奔していたが、捕らえられ、三人とも市中引回しのうえ処刑され、茂兵衛の兄弟も追放されたという。

また、歌祭文《うたざいもん》「大経師おさん茂兵衛」には、その経緯がつぎのように書かれている。大経師屋以春《いしゅん》の妻おさんに恋いこがれる手代の茂兵衛にたいして、下女の玉が恋の仲立ちを買って出る。玉はおさんに、使いの途中、道で手紙を拾ったが字が読めないから、どういう手紙か確認してほしいと偽って、一夜だけの契りを結んでほしいと書かれた茂兵衛の恋文を読ませる。手紙が自分宛の恋文だとわかっておさんは玉を叱責《しっせき》するが、玉は、おさんの返事によっては、茂兵衛は自殺しかねないほど思いつめていると説得する。茂兵衛が死ぬかもしれないといわれたおさんは、夫が江戸に滞在中だということもあって、一晩だけならと話に応じてしまう。玉の導きでおさんと一夜の契りを結ぶことができた茂兵衛が、これで思い残すことはないから、出家して不義の罪を逃れたいという。しかし、おさんが、すっかり茂兵衛との関係に夢中になってしまい、二人は人目もはばからず関係をつづけ、ついにおさんは妊娠してしまう。愛宕《あたご》参りにかこつけて、おさんと茂兵衛、玉の三人は出奔して丹波へ逃れる。もはや主人に隠しておけず、江戸へ知らせをやると、以春は急ぎ江戸からもどって、おさんと茂兵衛を探し出す。不義密通のかどで二人は粟田口《あわたぐち》(京都市東山区)で処刑された。

『源氏物語』の「若菜」巻に描かれる女三の宮像が、薄幸の美女、夫にうちすてられた若き人妻、人間としての未熟さという点で、おさんに投影されているともいわれている。

〔おさんの人物の評価の歴史〕

(1) 貞淑な妻から不倫にのめりこむ人妻へと百八十度転換する

おさんは、やさしくつつましやかな世話女房から、一転、図太くわき目もふらず不倫の恋に没入する。しっかりもののおさんの生活の倦怠《けんたい》の底には、意識されない性的な渇望も潜んでいたのではないか。愛されるままに愛されてきた人形妻の意識の底に潜む倦怠の発露によって、洗練された都会的性情と表裏一体のいちずならざる性のせめぎあいに苦しむ。茂右衛門の前に一個の女性として の自分を見出し、命がけの不義に突き進んでいく。そこに女の性《さが》のあわれさと恐ろしさとがある。

(2) 驕慢《きょうまん》で無慈悲な女性

おさんは、流行を追って暮らす享楽的な都会娘として、他人の情事を興味本位でもてあそんでいる。少女時代からかなりちやほやされて育ったと想像されるおさんの、人を見くだす行動の現われとして、りんとの入れ替わり作戦をあげることができる。奉公人の気持ちなど平気でもてあそぶことのできるおさんには、人の心情をおもいやるという気持ちはもうとうない。りんの恋の成果をさらってしまう不条理と無慈悲に生きている。自主性のない脆弱《ぜいじゃく》な愛に生きる。錯誤からきたものとはいいながら、不義が死罪に値する行為であることを直感したおさんは、それへのおびえに圧《お》されたとはいえ、そこでなんの悔恨をも示すことなく、いきなり毒を食らわば皿までといった自棄《じき》的な態度にでる。『好色五人女』のなかでは、道徳的にも当時の刑法上も一番の悪人である。何人《なんぴと》もおさんに変貌する可能性をみる。

(3) 情熱的、衝動的で大胆不敵な性格

おさんは、神仏を畏《おそ》れることを知らぬ人間の不敵さと、盲目的な情熱の激しさ、加えて本能の命ずるままに行動して反省することはおろか後悔することもしない、人間の浅はかさと愚かさをあらわにしている。腰元りんの恋が、おさんに無意識的に感染していったものとも解せられる。おさんは疑うことを知らぬ上層町人出身の美女であったが、その無知と無垢《むく》との未分化なあり方が、りんの身代わりに寝所に待ち伏せるという大胆な行為となったのではないか。貞潔なるがゆえに自分を疑うことを知らない。この原生的な生の意識こそ、茂右衛門との関係が成立すると、不逞《ふてい》ともみられる大胆な行為にでることを可能にした。

(4) 抑圧され、屈折し、激情的に突出する恋心の体現者

おさんは、万人がおのれの美しさの前にひれ伏すことをいまだかつて疑わず、ほかならぬこの自分が書いた手紙への返事だから、茂右衛門も当然りんの前にひれ伏すものと期待していた返事がとても厚かましいもので、自分に直接いわれたわけではなくても経験したことのないぶしつけさに逆上しつつ、ことのあまりに意外な展開に清新な驚きを感じた。無意識に茂右衛門と寝たいという

欲求をもっており、目を覚ましかけたが、あまりに不意打ちだったので、理性による自制心が発動する暇もないうちに抱擁され、茂右衛門とわかって夢中でそれに応じてしまった。目がはっきりと覚めて、いましがたの半ば夢のなかの甘美な出来事が、現実にはなにを意味するかを知って愕然《がくぜん》とする。罪悪感と同時に、これこそ自分が長いあいだ待ち望んできたことだったのだという自覚と、それにともなう深い歓喜を示す。

〔おさんの人物像をいかに読むべきか〕

おせんは、すばやく断固として選びを行なう女性だが、おさんは、選ぶことが苦手で、選んだあともその選択がはたして良かったのか悪かったのかと揺れ動いてしまうタイプの女性である。

茂右衛門との不義のはじまりは、おさんが代筆した腰元りんの手紙への返事で、茂右衛門にりんが侮辱されたことに腹を立てて、茂右衛門を懲らしめるためにりんになり代わって茂右衛門がやってくるのを待つうちに寝入ってしまい、気がついたら茂右衛門と肉体関係をもってしまっていたという、ひじょうにまわりくどいものである。積極的な行為者ではないけれども、ことに首をつっこんでいるうちに当事者になってしまうという展開である。おさんは茂右衛門との不義を主体的に選択してはいなかったが、結果的に不義を犯してしまったことで恋となり、そこではじめておさんと茂右衛門の関係が成立する。

石山寺の開帳に出かけるさいも、おさんは駆け落ちするかどうかという決断を即座にうちだしてはいない。いったんは茂右衛門にたいして、このまま琵琶湖に身を投げてしまおうと誘いかける。ところが、茂右衛門に駆け落ちしようといわれると、じつは自分もそのつもりで金子《きんす》五百両を家から持ち出してきたことをうち明ける。

また、丹波越えの道中で力尽き生きる気力を失ってしまったときには、茂右衛門に「もう少しさきへ行けば、知り合いのいる村があるから、思いのままに寝物語ができる」といって励まされると気をとりなおし、息をふき返す。さらに、茂右衛門の叔母の家で一人息子是太郎の嫁にされそうになると、こんどは茂右衛門が気弱になって、やはり琵琶湖に入水《じゅすい》していればよかったのだ、と脇差《わきざし》に手をかけ自害しようとする。おさんはそれをおしとどめ、よい方法を探して自分がなんとかしてみせると励ましている。文殊堂の霊夢で出家をすすめられ、いったんは無常観におそわれるが、はかない浮世だからしたいことをするのだ、と開きなおる。

　生と死のあいだで揺れ動く二人の不安定な心情は、最終章で茂右衛門が不安にかられて都へようすをさぐりに出て行ってしまう行動にも現われている。

　ひとつの選択や決断を行なって有無をいわさずそれをつらぬきとおすのではなく、なにか不慮のできごとや障害にぶつかるたびごとに、それを受け入れつつどうにかこうにか乗り越えていくという方法で運命の流れに身を任せるのが、おさんの生き方である。そのように生きて、けっきょくは自分の欲求を満たしていくおさんの人生は、受動的消極的なようでいて、意外としぶといものにも思えてくる。

〔おさんが影響を与えた人物・作品〕

　近松門左衛門は、おさん・茂兵衛の三十三回忌追善のため『大経師昔暦《だいきょうじむかしごよみ》』を書き、正徳五年（一七一五）に初演した。おさんの母親が茂兵衛を通じて、大経師以春《いしゅん》に金の融通を頼む。茂兵衛が、以春の判を盗用しようとするところをみつかり、主人に折檻《せっかん》される。茂兵衛に思いをよせる玉が茂兵衛をかばうので、玉に思いをよせる以春が茂兵衛に嫉妬する。さらにおさんは、以春が玉に気があることを知って玉に嫉妬する。おさんは、夫の鼻を明かすために夫が忍んでくるのをみこして玉の布団に入る。そこへ、自分をかばってくれたお礼として玉の好意に応えようとした茂兵衛が忍んでくる。おさんと茂兵衛の不義の発端が、以上のように書き換えられている。不義を犯した二人は出奔するが、偶然おさんの両親とめぐりあい、情けをかけられる。けっきょく探し出されて捕らえられ、処刑されようとするところを、おさんの実家の旦那《だんな》寺《でら》の住職東岸和尚が飛んできて、自分の衣をおさんと茂兵衛にかける。その威光におされて、処刑は中止され二人は命びろいする。

（平林香織）

〔現代に生きるおさん〕

おさんは、現代風にいえば、過失によって不幸な結末を迎えた女性である。

いつの時代でも、人間のさまざまな過ちの中で特に性的な過失は、その人の人生を狂わせ、人間関係・家族関係を崩壊させてしまうほどの取りかえしのつかない重大な結果を招来させることもある。

現代の若い女性は、恋愛の自由化・性愛の自由化の中に生きているが、その性愛の自由化の結果、別の意味で女性の人生を束縛してしまう。

女性における性的な過失は、結婚していない場合はシングルマザーとなって経済的困窮という人生的束縛を招来させる。また結婚していない場合は、不倫として非難され、離婚や家庭内別居という深刻な事態に陥り、ついには家庭崩壊の悲劇になってしまう。特に女性は、性愛の被害者となりやすいことに注意する必要があろう。

（西沢正史）

お七《おしち》

『好色五人女』
江戸時代

〔お七の人生〕

江戸は本郷(文京区)の八百屋《やおや》八兵衛の一人娘、十六歳のお七は、年末二十八日の火災で両親といっしょに駒込の吉祥寺に避難する。世にまたとないほどの美人ということもあり、寺の坊主に目をつけられても困ると、母親がしっかりとお七を監視していた。

ある夕方、上品な若衆《わかしゅ》(美少年)が手に刺さったトゲを抜くのに苦労していた。松前(北海道)へ行った兄分《あにぶん》が寺に預けおいていった吉三郎《きちさぶろう》である。ようすをみかねたお七の母親がトゲを抜いてあげようとするが、老眼のためにうまくゆかなかったので、お七は自分ならかんたんに抜いてあげられるのにと思いながら、言いだせないでいた。すると母親が、お七に抜いてあげるようにという。トゲを抜きおわったとき若衆はお七の手をぎゅっと握るが、母親が見ているのでお七はなにもすることができなかった。そこで、わざと毛抜きを返すのを忘れたふりをして、あとから吉三郎を追いかけていったお七は、毛抜きを返しながら吉三郎の手をぎゅっと握り返し、二人は急速に恋に落ちる。しかし母親の監視がきびしく、お七は吉三郎に会えないまま年を越す。

ところが、一月十五日の夜中に住職たちが葬式に出て、年老いた庫裏姥《くりうば》と十二、三歳の新米僧侶だけが留守番に残った。雷が鳴り響くものものしい晩であったが、お七は今夜以外に吉三郎に会う機会はないと考え、彼の寝所へ忍んでいくことにする。うっかり腰骨を踏んで起こしてしまった飯炊《めした》き娘が黙って鼻紙を手渡してくれ、台所に迷いこむと、庫裏姥が吉三郎の寝所を教えてくれる。新米僧侶にみつかり、口止め料として銭八十文とカルタとマンジュウを要求され、やっとの思いで吉三郎の寝所にたどりつく。雷鳴のなかで二人はようやく契りを結ぶが、夜明け近く、母親がお七を探しに来て、引き立てていく。母親は、新米僧侶に口止め料を用意し、以後いっそうきびしくお七を監視するようになる。

寺から自宅にもどってからは、下女の仲立ちで、二人は文通しながら思いを伝え合っていた。ある日、お七の家に板橋近在の里の子がキノコやツクシを売りに来たが、おりしも雪が激しく降りつづいており、里の子が家まで帰れそうもないと嘆くので、八兵衛が、土間の片隅で夜を過ごして朝になったら帰るようにという。夜半に、親戚で出産があり、お祝いをするためにお七の両親は出かけてしまう。両親を見送った帰りにお七が、里の子はどうしただろうかと土間に立ち寄る。近づくと、そこにいるのはなんと吉三郎である。驚いたお七は、下女に手伝わせて、寒さのために衰弱している吉三郎を自分の寝所に運び、マッサージをしたり薬を飲ませたりして介抱した。吉三郎がようやく元気になって喜んでいるところへ両親が帰宅し、二人は声を出すこともかなわず、一晩中、筆談をしたり無言でかきくどいたりして、明け方に切なく別れた。

お七は吉三郎への思いをつのらせ、また火事があれば吉祥寺に避難して吉三郎に会えるのではないかと、思いあまってわが家に放火してしまった。幸い小火《ぼや》で消しとめられるが、捕らえられたお七は、覚悟ができていたようすで、美しくも心静かに火あぶりの刑に処せられた。

一方、お七への恋わずらいのために寝こんでいた吉三郎には、お七の死は知らされていなかった。ようやく床上げした吉三郎は、寺の敷地内でお七の卒塔婆《そとば》をみつけてしまい、悲嘆のあまりその場で自害しようとした。寺の法師が止めても、長老が止めても、吉三郎は、面目が立たないと、いうことをきかない。お七の母親がかけつけて、生きながらえてお七の菩提を弔ってほしいというお七の遺言を伝えても聞き分けず、舌を食い切ろうとするばかりであった。そのとき、お七の母親が吉三郎の耳もとでなにかささやいたところ、ようやく吉三郎は死ぬのを思いとどまる。やがて、吉三郎を寺に預けていた兄分が帰ってきて、吉三郎は出家し、兄分もふるさとにもどって出家した。

〔お七のモデル・素材〕

この物語は、実在の人物と事件によっているとされる。

お七の放火事件が江戸で起きたのは、天和三年（一六八三）三月のことである。貞享年間（一六八四〜八八）に成立したといわれる『天和笑委集《てんなしょういしゅう》』は、お七の放火事件とその処刑の顚末《てんまつ》を詳しく伝えている。お七の父の市左衛門は本郷で手広く八百屋を営んでおり、男子二人と女子一人（お七）の子どもがいた。天和二年十二月二十八日、家事で焼け出されたお七一家は正仙院に避難したが、そこには生田庄之介という十七歳の美少年がいて、住職に寵愛されていた。その庄之介がお七に恋慕し、お七も同じく彼を愛していたので、年が明けた一月十日の夜、二人は下女ゆきの手引きで密会し、人目を忍んで逢《おう》瀬《せ》を重ねるが、一月中旬、お七は新しく立てなおした家へもどることになった。その後は手紙をやりとりしたり、庄之介がこっそりお七のもとへ通っていったりしていた。お七は重い恋わずらいに陥り、火事になればふたたび焼け出されて正仙院で庄之介に逢えるのではないかと思い、近所の商店の軒先に火をつけてしまう。

捕らえられたお七は、放火の理由を問われるが、庄之介をかばって狂気の態《てい》を装い、荒くれ男たちが夜半に忍びこんできて火をつけろと脅《おど》したのでいいなりになったと偽りを告げた。お七の陳述内容は要領をえず、温情をかけることもできないまま、お七は市中引回しのうえ火刑に処せられた。その後、下女ゆきに事の顚末を聞いた庄之介は衝撃を受け、お七のあとを追おうとするが、死ぬのはかんたんだが生きるのはむずかしい、出家してお七の菩提《ぼだい》を弔《とむら》おうと高野山に登り、生涯ふたたび俗世に立ちもどることはなかったという。

〔お七の人物の評価の歴史〕

(1)　清純な少女が思いつめた恋ゆえに大罪を犯す

本質的に幼い少女のお七は、猛烈果敢に恋にのめりこんでゆく。まだ男を知らない小娘が、恋ゆえに大胆にも不敵にもなり、人をだます手管《てくだ》もとるようになる。やっとの思いで吉三郎の寝所にたどりついたお七は、恋しい人と向かい合ったときには初心《うぶ》であどけないようすをみせる。そのときのとぎれがちな意味のないことばのやりとりには、若い二人の男女の切なさ、もどかしさ、苦しい息づかいが表現されており、可憐で初々《ういうい》しいお七像が形象化されている。お七は美人であったが、おごりはなく、清らかでひたむきな心で吉三郎を深く愛している。吉三郎も幼く頼りない少年であったその分だけ、お七はみずからの情熱に殉《じゅん》じなければならないという負担を負った。そしてお七は、ひとすじに吉三郎を思いすぎて心狂ってしまうのであった。自分は清純な美をつらぬくという意識があり、罪の意識をいだいていないから、火刑という残酷な刑に処せられるにあたって少しの動揺もなかった。お七の身そのものが「無常《むじょう》」を凝固《ぎょうこ》させているのである。

(2) 霊肉のめざめを迎えた青春の姿

霊と肉とがそれぞれにめざめて、それぞれの存在を主張しはじめる。火事という外的刺激によってひきおこされた心の揺らぎと驚きが、霊肉の分裂の誘因となる。恋と無常のせめぎあいのなかで混乱したまま、お七は放火する。恋人に会うための手段というのは現実的な話ではないから、ほんとうのところは厭世観《えんせいかん》に陥ってのものか、自暴自棄《じぼうじき》になってのものか、あるいは恋の邪魔だてをする親にたいする抗議の面当《つらあ》てとしてではないか。そこには愚直なほどの幼さがみてとれるが、お七はそれとひきかえに世人の同情をあつめ、悲劇のヒロインとなりえた。

(3) 大胆不敵で好色ないたずら娘

表面可憐《かれん》なところをみせながらも、毛抜きを返し忘れたふりをして返しに行きながら手を握り返したり、すすんで恋文をおくり、はては春雷のとどろく夜中、彼女のほうから相手の部屋へ忍んでいくという、大胆な行動をとっている

十六歳の寺若衆と十六歳のいたずら娘の恋初めがもどかしいのは、両人ともに性的経験がないからではない。吉三郎は寺若衆であり、男性との性経験はあったが、女性との性体験がなかった。お七は実際には年が明けて十七歳になっていたが、吉三郎に合わせて見栄《みえ》を張って自分の年を一歳若く言っている。当時の十六、七の女性というのは、けっして幼い年齢ではなく、むしろ多少婚期をすぎた女性である。したがって、吉三郎の寝所でのお七と吉三郎とのやりとりは、恋愛経験豊富な、適齢期を越えたいたずら女が、衆道《しゅどう》(男色)盛りの十六歳の美少年を積極果敢に誘惑するというようすを描いたものである。

(4) 男色物語を補佐する女性

吉三郎の若衆としての立場が終始一貫して強調されており、お七は女色から男色へという話の軸の移動を促すための存在である。『好色一代女』全五巻を、円環的な構造をもつ作品として統合的に理解するならば、男色家としての吉三郎のありようが、つづく巻五の冒頭二章の

源五兵衛の男色物語へとひきつがれているといえる。

〔お七の人物像をいかに読むべきか〕

恋愛経験の乏しい初心《うぶ》で純粋な少女か、恋愛経験ゆたかなしたたかで好色な女性か――『好色五人女』の研究史のなかで、お七はその人物像が両極端に分析されている女性である。

お七が吉三郎の寝所に忍んでいくプロセスと二人が初めて契りを結ぶ場面におけるやりとりとを、物慣れぬ初々《うい》しいものと捉える見方がある。それゆえ、お七は清純な少女であるとする立場からは、だからこそ短絡的で幼稚な発想から放火をしたという行動の一貫性が指摘される。また同じ場面から、お七の男性経験をものがたる要素を指摘して、お七の大胆かつ周到な吉三郎への迫り方を、放火という大胆な行動と結びつける立場もある。それぞれに説得力をもち、そのように評価の分かれることじたいが、お七の複雑な人物像をものがたっているようにも思われる。

お七の行動における最大の謎は、なぜ放火をしたかということである。おそらく当時この事件を身近で経験した人びとも、また西鶴《さいかく》も、そのことにひっかかりをおぼえたはずである。演劇を中心とする一連のお七物は広く人びとに親しまれたが、お七放火の動機をさまざまに脚色している点からも、お七の放火にたいする人びとの胸のつかえがいかに大きなものであったかを暗示している。

いまもむかしも、想像を絶するような奇妙な事件が起きるたびに、人は「なぜ?」と問う。わからないことは不安なことであり、人間は知りたいという欲求を強くもつのである。しかし西鶴のお七像は、人間とはそんなにかんたんに理解できるものではないということ、他人の理解を越えた行為によって事件は起きるということを強調しているとみられる。

最終章は、お七亡きあとの吉三郎の動静を描く。お七の死後しばらくたってその事実を知った吉三郎は、死に遅れる恥を思って自害しようとする。寺の僧侶や長老がさまざまに言って聞かせても、思いとどまろうとはしない。お七の母親が、出家して自分の菩提を弔ってほしいといっていたというお七の遺言を伝えてもなお、吉三郎は頑《がん》として死のうという意志を曲げない。最後に、お七の母がなにごとかささやいたときに、すっと自害を思いとどまる。お七の母は、いったいなんといったのか、いっさい書かれていない。書かれていない以上、答えは永遠にわからないのである。この最終章からさかのぼって、お七の人物像や放火について考えると、「わからない」というのが最も適切な答えのように思えてくる。

私たちにできることは、どうしても理解できないことがある、自分の理解を越えた人間が存在するということを謙虚に認めたうえで、お七を理解しようとする努力をしつづけることだけなのかもしれない。

〔お七が影響を与えた人物・作品〕

西鶴の形象したお七像の影響があったかどうかという点は明らかではないが、八百屋お七の事件は、当時の人びとにとってあまりにも衝撃的であったらしく、八百屋お七物といわれる小説・実録・謡曲・歌舞伎・浄瑠璃などの多くの作品が出現している。

たとえば、正徳五年（一七一五）以降に初演されたといわれる紀海音《きのかいおん》作の浄瑠璃『八百屋お七』は、お七の相手を吉三郎とし、お七一家が避難した寺を吉祥寺としているという点で、「恋草からげし八百屋物語」を下敷きにしているとみられる。もっとも、吉三郎を旗本《はたもと》の一子で勘当《かんどう》の身の上としている点が、西鶴のばあいと異なっている。そして、お七の縁談の相手として貪欲《どんよく》な武兵衛が登場し、父が武兵衛に二百両の金を借りているために、お七が武兵衛に嫁がなければならないという設定になっている。新たに家や金という浮世の義理をからませることで、お七にたいする抑圧を強めていることがわかる。母親に義理と孝行の説教をされたりもするが、厳しい抑圧があってもお七はゆるぎない信念で吉三郎を愛し、その思いを燃えあがらせるべく放火をする女性として形象されている。さらに、安永二年（一七七三）初演の『伊達《だて》娘恋緋鹿子《むすめこいのひがのこ》』（菅専助・松田和吉・若竹笛躬《ふえみ》作）では、海音の『八百屋お七』を発展させて、吉三郎を近江の国（滋賀県）高島家の息子という設定にしており、宮廷へ献上する高島家の天国の剣を武兵衛が盗むという事件がストーリーに加わる。お七は、吉三郎の窮地を救うべく町木戸を開けさせようとして、火事でもないのに半鐘《はんしょう》を打つのである。お七に正義を守る女性という色合いが加味される。そして、実際に放火してはおらず愛する人を守るために半鐘を打っただけで火刑になったという点で、お七最期《さいご》の哀れさがいっそう強調されることになる。

(平林香織)

〔現代に生きるお七〕

この物語のヒロインお七は、若くて美しい商家の娘であるが、愛する吉三郎との性的関係にきわめて積極的であるという点で、現代の若い女性に近い存在であるといえよう。いとしく思う男性のためなら、みずからすすんでセックスを求め、あげくのはてに放火までして性的関係をつづけようとするお七の行為は、現代の性愛のからんだ事件を髣髴《ほうふつ》させるものがある。

かくして、若々しく激しい恋に殉《じゅん》じ、ほとばしる性愛に自滅していったお七は、ほとんど後悔することもなく、おそらく幸福感のなかで死んでいったのであろう。お七が奔放な恋に自滅していった激しい行為は、分別のない若気《わかげ》のいたりであるといってしまえばそれまでだが、なにか青春だけが内在させている切ない歓喜にも似ているように思える。

(西沢正史)

おせん

おせん

『好色五人女』
江戸時代

〔おせんの人生〕

十六歳のおせんは、貧しい親を助けるために、十四歳のときから大坂は天満《てんま》の裕福な町家の腰元奉公をしている。利発で仕事熱心なため信用が厚く、垢《あか》抜けした風情《ふぜい》で言い寄る男が多かったが、おせん自身は恋愛にはまったく理解がなく、いっさい男を寄せつけなかった。男が少しでも彼女にちょっかいを出そうとすると、大声をあげて騒ぎ立てるので、しまいには彼女に話しかける男もいなくなってしまった。唯一の例外の樽屋《たるや》は、おせんに熱烈に恋心をいだいていて、おせんの勤め先の家の井戸の水換えにやってきて、そこに居合わせた男女の道に詳しい老女こさんに、なんとかおせんに引き合わせてくれるよう頼みこむ。

そこでこさんは、おせんの奉公先に駆けこみ、樽屋がおせんへの恋情をつのらせており、おせんがつれなくするのを恨《うら》みに思って、七日以内にこの一家を呪《のろ》い殺すと私にかじりついてきたので、魂《たましい》を奪われてしまったという偽りの訴えをする。こさんの迫真の演技によって、奉公先の隠居は樽屋に深く同情し、おせんを嫁がせてもよいとまでいう。つぎの日、見舞いにやってきたおせんに、こさんが、おせんのせいで自分は命を捨てることになった、亡きあとを弔《とむら》ってほしいと訴えると、おせんは、それまでの男性にたいするかたくなな態度を一転、こさんが仲立ちしてくれれば相手の思いに応えてもよいといい、こさんのすすめで樽屋といっしょに伊勢《いせ》へ抜け参りすることにする。

八月十一日に二人は伊勢参詣《さんけい》に出発することとなった。こさんが、道中をみとどけるために自分もついていこうというと、おせんは、老体で伊勢までの長道中はたいへんだろうから、樽屋を自分に引き合わせてくれたら伏見《ふしみ》から船で帰ればいいと言って、こさんを邪魔者扱いするほど樽屋に夢中になりはじめている。二人が出発してほどなく同じ使用人の久七にみつかり、かねてからおせんに気があった久七は、自分も伊勢参りをしようと思っていたところだという。こさんが、女の二人旅に男の同道はまずいからと制するのもきかず、久七はちゃっかり同道してしまう。待ち合わせ場所で樽屋に目くばせして不首尾《ふしゅび》を知らせ、樽屋とおせん一行が、あとになりさきになりしながら行く途中、こさんが樽屋に、旅は道連れ世は情けというからいっしょに伊勢へ行こうと誘いかける。おせんをめぐって、夜は樽屋と久七の攻防が展開し、昼は一頭の馬に女一人男二人が乗り合わせるという珍道中がつづく。伊勢神宮へ着いてからは、おせん一行は内宮《ないぐう》や二見《ふたみ》が浦《うら》には寄らず、外宮《げぐう》にだけかたちばかりお参りして、さっさと京都までもどってくる。その後、樽屋が別れたので、久七はすっかりおせんをわがものにした気分でいたが、おせんとこさんは久七を出し抜いて、清水《きよみず》参りをすると偽《いつわ》って宿を出て、弁当屋のすだれにキリとノコギリを描いた紙が貼ってあるのを目印に中へ入り、樽屋と再会、ようやく二人は結ばれたのであった。

奉公先では、久七がおせんをむりやり伊勢参りに連れ出したということで、奥様はひどく立腹し、久七の弁解も聞き入れなかった。久七は出替わりを待たず暇《ひま》を願い出て、別の女を女房にして鮨屋《すしや》に落ちつく。おせんはふだんどおり奉公をつづけるが、樽屋を思って上《うわ》の空《そら》の状態がつづき、身なりもかまわず、身だしなみも整えなくなり、だんだんとやつれていった。そうこうするうちに、鶏《にわとり》が夜中なのに鳴きだしたり、大釜の底が抜けたり、味噌《みそ》の味が急に変わったり、雷が内蔵《うちくら》の軒先に落ちたりといった不吉なことがつづいて、だれがいうともなく、おせんを恋いこがれている男の執念のなせるわざではないか、という噂がたった。主人がそのことを耳にして、なんとしてもおせんを樽屋に嫁がせようということになり、おせんはめでたく樽屋と所帯をもつことができた。

二人には子どもが二人生まれ、夫婦仲もよく幸せに暮らしていた。ある日、おせんが隣家麴屋《こうじや》の法要の手伝いをしているさいちゅう、麴屋の女房に夫の長左衛門との不義を疑われる。立腹したおせんは、濡《ぬ》れ衣《ぎぬ》を着せられた腹いせに、長左衛門を誘惑してしまう。たがいに申し合わせて長左衛門がおせんの寝床へ忍んできたところを夫の樽屋にみつかり、おせんはその場で鑓鉋《やりがんな》で胸元を刺し通して自害し、いったんは逃げのびた長左衛門も捕らえられて処刑されたのであった。

〔おせんのモデル・素材〕

おせんは実在の人物である。『好色五人女』は貞享三年二月に出版されたが、その一年前の貞享二年(一六八五)一月、大坂で麹屋長右衛門と樽屋忠兵衛の妻おせんとの密通事件が起こった。貞享三年正月刊行の『好色三代男』には、天満の樽屋おせんの話は涙なしには聞けないという歌がはやったと記されているので、おせんの密通事件は歌祭文《うたざいもん》によって広く人びとのあいだに伝わっていたと考えられる。

『樽屋おせん歌祭文』には、樽屋忠兵衛とおせんとは同じ主人につかえる同僚で、主人のすすめで忠兵衛とおせんは夫婦となり、仲むつまじく暮らしていて、松の介という五歳になる男の子があったとある。ある晩、忠兵衛が念仏講に出かけているさいちゅうに、以前からおせんに気があった隣家の麹屋長右衛門が家に入りこんできて、何度も手紙を出しているのに返事もよこさないとはなにごとか、とおせんにつめよった。長右衛門がつね日ごろからたちの悪い男として知られていたので、おせんはなんとかなだめて帰ってもらおうとする。ところが、長右衛門はますます興奮して、寝ている松の介に合口《あいくち》を突きつけて、おせんの返事しだいでは、この子を刺し殺すと脅《おど》かした。そこでおせんは、松の介を助けるべく表面的には長右衛門のいいなりになることにして、奥の寝室に長右衛門を招き入れて帯を解いた。そこへ忠兵衛が念仏講から帰宅し、長右衛門とおせんが同衾《どうきん》しているところを目撃してしまった。長右衛門は逃走するが、捕まって処刑され、おせんは、いいわけしてもしかたがないと自害してしまう。おせん二十三歳のことであったという。

〔おせんの人物の評価の歴史〕

(1)　貞淑で堅気《かたぎ》で清いプライドをもつ女性

おせんは、当代まれにみる物堅いしっかりもので、素直な人のよさ、親切といった美徳もそなえている。したがって、性にたいしてきわめて潔癖であるおせんにとっては、不義の疑いをかけられることじたい、死ぬほどに耐えがたいものであったろう。つまり、おせんの不義密通の動機は好色ではなく、相手の女房の嫉妬にたいする意地と反発と敵愾心《てきがいしん》からくるものであった。また、おせんは夫の樽屋ともども地道に貧しくつましい生活を送っていて、華美を好まず、性格的にも地味で控え目だったからこそ実直な樽屋を夫とし、かなりの年長者であまりぱっとしない長左衛門を不倫相手にもったともいえる。そして、樽屋の貧しさと盛大に亡父の五十年忌を営む麴屋の豊かさという貧富の差が、おせんの自己破滅的な行動の遠因となっている。すなわち、経済的社会的強者である麴屋の女房が、おせんの不義を主張しつづけるかぎり、たとえそれがまったくの虚偽であっても、それはそれであるていどの真実味をもってしまうことを暗示する。経済的社会的弱者であるおせんにとっては、いったん不義の汚名をきせられてしまうと、完全に無実を証明することは絶望的であった。そのためおせんは、一般の人の想像できないような異常で不条理な行動に走らざるをえなかったのである。そこに、目的のためには自己の破滅を顧みないいさぎよさをみることもできよう。

(2)　意地っぱりで我が強く強情な女性

おせんの愛には必然性がなく、積極的に他者へ愛をそそぐという姿勢がみられない。恋愛において、恋の相手にたいして主体的に情緒的にかかわろうとはせず、こさんへの憐憫《れんびん》や麴屋の女房への意地という二次的な理由から相手を受け入れる。おせんは、いわば受身のまま流されるままに中途半端な恋愛をして結婚し、あげくのはてに不義を犯してしまうが、自己中心的で、わがまま勝気な側面をもっていて、どこまでもみずからが支配しコントロールしようとしてしまうところもある。そうかといって、おせんは自分自身を信じて生きる強さをもたず、冷静な思考によってではなく、感情の論理によって行動するので、周囲はふりまわされるという、じつにややこしい人物である。

(3)　才気煥発《かんぱつ》だが情けの道に疎《うと》い女性

おせんは少女時代から奉公先でその才覚ゆえに重用され、信頼も厚かった。その点にかんしては、多少なりとも自負するところがあったであろう。しかし柔軟性に欠けるところがあり、他人の感情を理解したり、相手の言動を知的に分析したりするということができない。したがって、男嫌いに徹したり、樽屋との恋に意地になったり、不義の疑いをかけられた腹いせに麴屋に不義をしかけたり、不義が発覚するといいわけひとつせず鉋《かんな》で胸を刺し通したりといった、極端で短絡的な行動に出てしまう。まじめでありながら、意地っぱりなので、他人との距離感が取れないおせんの壮絶な死に方は、ある意味でいさぎよくもあり、すべてを承知したうえでの絶望と自己否定を体現したものでもある。

〔おせんの人物像をいかに読むべきか〕

おせんは、『好色五人女』の五人の女性のなかで、最もつかみどころがなく、支離滅裂な行動をとる人物だといわれている。たしかに、徹底した男嫌いから樽屋に夢中になったかと思うと、女の意地から長左衛門に不義をしかけるといった彼女の行動には、一見したところ一貫性がないようにも思われる。

ただひとつはっきりしているのは、おせんはいったんこうと決めたら、いちずに意志的にその道を突き進むということである。彼女の人生の決断はとても早く、ときにその決断がそれまでの生き方と正反対の路線であったりするのだが、なぜそのような決断をしたのかという理由についてははっきりと書かれていないため、読者はとまどいを隠しきれないのである。

たとえば、それまでは男性が話をしようとしただけで大声をあげて騒ぎたてるような男嫌いだったおせんが、樽屋との伊勢参りをしようと決断しようとしたのはなぜか。人生経験ゆたかなこさんが抜群の演技力を発揮して、おせんの主家の思いまでも巧みにコントロールしながら樽屋の思いを伝えたからといって、おせんはまだ会ったこともない樽屋と伊勢参りに出かけるためにいそいそと仕度《したく》を整えるほど、彼女の気持ちが樽屋にたいして盛りあがったのはなぜなのか。こさんの家に伊勢参りの荷物を運びこみながら、うれしそうに樽屋と旅に出ることを夢想しているおせんは、樽屋と二人きりになりたくて、こさんを邪魔者扱いにするというほど樽屋に入れこんでいる。それは、ゆきあたりばったりの人生態度によって、おせんと樽屋の恋路《こいじ》を邪魔する久七とは対照的なものである。おせんは、樽屋との恋という状況にたいして真剣になっているのである。

そして、奉公先にもどって樽屋と逢えない日々がかさなると、それまでは几帳面で仕事を完璧にこなすしっかりものだったおせんが、身なりもかまわず、仕事もおざなり、気もそぞろな状態になって、樽屋のこと以外は考えられなくなっているのである。

さらに、おせんは樽屋と夫婦円満に仲むつまじく暮らしていたにもかかわらず、不義の濡《ぬ》れ衣《ぎぬ》を着せられたとたんに、長左衛門を寝床に招き入れてしまう。しかも、そのことが露見したとなると、即自害する。それも、手近にあったと思われるおよそ自殺の道具として似つかわしくない鉋《かんな》で強引に死に急ぐのであった。このような性急かつ激しいおせんの変化は、傍目《はため》には唐突で整合性のないものに思えるが、変わり身の早さ、いったん決めたら迷わず突き進むという点で、その行動はたしかに一貫性をもっている。おせん自身のなかには、まちがいなく彼女なりの理屈と筋道があるからこそ、自信をもって選んだ道に身をゆだねることができたのだろう。そのような彼女の選択と決断のありようにこそ、おせんのおせんたるゆえんがある。

〔おせんが影響を与えた人物・作品〕

おせんがわかりにくいというのは、いまもむかしも変わらなかったようで、『好色五人女』のヒロインのなかで、おせんだけが後代顧みられることがなかった。近松門左衛門は、お夏、おさん、おまんを取りあげて浄瑠璃《じょうるり》を製作しているし、その続作も多い。八百屋お七については、じつにたくさんの演劇が上演されている。おせんの不義密通事件は、西鶴《さいかく》にとって時間的にも空間的にも一番身近な事件だったはずであるのに、なぜか不倫事件とは直接関係のないおせんと樽屋が結ばれるプロセスの叙述に四章を費やし、おせん・長左衛門の不義密通事件については、最終章でしか扱っていない。そういうことも、おせんが他に影響を与えることがなかった理由のひとつなのではないだろうか。

（平林香織）

お夏《おなつ》

『好色五人女』江戸時代

〔お夏の人生〕

お夏と清十郎の恋を描く『好色五人女』巻一は、「姿姫路清十郎物語」というタイトルをもつ物語である。物語は五章からなるが、第一章は、室津の酒屋の放蕩《ほうとう》息子和泉清十郎が、遊廓で放蕩のかぎりをつくし勘当《かんどう》され、なじみの遊女皆川と心中しようとして周囲に制止され、身柄を保護されるまでを描く。ここには、お夏はまったく登場しない。つづく第二章の冒頭では、皆川が自害してしまい、十日後にそのことを知らされた清十郎は、やむをえず但馬屋《たじまや》の手代となる。ここで初めてお夏が登場する。お夏は姫路の富裕な町人但馬屋九右衛門の妹で、京の島原の太夫《たゆう》よりも美しいと評判の十六歳の娘であるが、男性のえり好みをする女性で、十六歳にもなるというのに決まった相手もいない。お夏はあるとき、まじめで無粋《ぶすい》に見える清十郎の帯に、遊女からの手紙がたくさん縫いこまれていたことを知る。しかも、すべて遊女のほうから清十郎に真剣に恋心をうち明けたものだったので、まじめで無粋に見える清十郎には、外見からは想像もつかないような特別な魅力があるのだろうと、お夏は清十郎を恋い慕うようになる。一日中夢見心地になって清十郎に心を寄せるお夏の姿を、周囲の女奉公人たちが痛ましいものに思っているうちに、彼女たちもことごとく清十郎に好意を寄せるようになる。裁縫女や仲居《なかい》や腰元、抱《だ》き乳母《うば》までもがこぞって清十郎に言い寄り、お夏ともども怒濤《どとう》のように恋文を送りつける。初めはとまどいながら適当にあしらっていた清十郎であるが、しだいに心を動かされ、お夏の恋のエネルギーに取りこまれていく。

遊廓での自堕落な清十郎と恋に死んだ皆川という組み合わせが、手代としてまじめに生活する清十郎と彼に恋をしなんとか二人で生きぬこうとする町家の娘お夏という組み合わせに引き継がれている。このような登場人物のもつ生のエネルギーの落差は、死というかたちで恋を終わらせた皆川の生き方とはちがう、どこまでも清十郎とともに生きぬく道を選んだお夏の生き方を印象づけることになる。

但馬屋の女たちが花見に出かけ、世話役として清十郎がついていった春の一日、宴席近くに獅子舞《ししまい》がやってくる。皆そのおもしろさに夢中になって幔幕《まんまく》の外へ飛び出すが、お夏は歯が痛むふりをしてひとり幔幕のなかに残る。そこへ清十郎が忍びこんできて、きこりが興奮しながらのぞいているとも知らずに、二人はあわただしく契りを結ぶ。獅子舞は人びとを幔幕から追い出すために、金を払って清十郎が依頼したものだった。

ついに二人は、上方(京都・大坂)で暮らそうと駆け落ちを決行し、人目《ひとめ》を忍んで乗合船に乗りこむが、同船した飛脚《ひきゃく》が宿へ状箱《じょうばこ》を置き忘れたと騒ぎだす。調子のいい船頭をはじめとして、船中乗り合わせた人びとは、大声で笑いながら飛脚をからかい、突然のハプニングを楽しんでいるが、駆け落ち道中のお夏と清十郎は息をひそめて気が気ではない。二人の思惑《おもわく》をよそに船は港に引き返し、そこで待ち受けていた但馬屋の追っ手に二人は捕り押さえられてしまった。

清十郎は、但馬屋の七百両を盗んだという濡《ぬ》れ衣《ぎぬ》を着せられ、処刑される。一方、清十郎が亡くなったことを知らされていなかったお夏は、子どもの歌から清十郎の処刑を知り、衝撃のあまり発狂する。清十郎塚を毎日訪れているうちに正気にもどり、墓前で自害しようとするのを人びとにひきとめられ、出家し、りっぱな比丘尼《びくに》となって清十郎を供養しつづけた。

生き残ったお夏は、清十郎の菩提《ぼだい》を弔《とむら》いつづけることで、余生を清十郎にささげたといえる。このように、清十郎にたいする皆川とお夏の命のかけ方は対照的であるが、二人とも清十郎にたいして恋愛の主導権を握り、主体的積極的に行動しているという共通点をもつ。お夏は皆川の命を引き継いで、物語の推進力をになっている。

〔お夏のモデル・素材〕

お夏は実在の人物である。伝記的に詳しいことは不明だが、寛文二年(一六六二)のお夏と清十郎の心中事件については、いくつかの記事が残されている。

お夏は播州《ばんしゅう》(兵庫県)姫路の但馬屋の娘で、手代の清十郎と恋に落ちる。当時、主人の娘と使用人との恋は不義であったので、二人は人目《ひとめ》をしのんでいたが発覚してしまい、清十郎は処刑される。その後の経緯について諸説あり、宝暦十年（一七六〇）刊行の『玉滴隠見《ぎょくてきいんけん》』は、清十郎は追放され、お夏は発狂しながらも、清十郎のあとを追ってあちこちをさまようようになったと記す。実説にもとづいて創作されたといわれる享保三年（一七一八）刊行の西沢一風『乱脛三本槍《みだれはぎさんぼんやり》』では、清十郎がお夏を連れ出して大坂へ逃げたが、二人は連れもどされ、清十郎は死刑、お夏はいたずら者という評判がたって嫁入りの口もなく、備前《びぜん》（岡山県）の片上に移り茶店を出した。しばらくはお夏の茶屋ということで繁盛したが、だんだんと客足が減り、老残をさらしたとする。

　事件直後から、二人のことは歌祭文《うたざいもん》に歌われ、多くの人の口から口へと伝えられていったらしい。『松平大和守日記』の寛文四年（一六六四）四月十一日の条には、勘三郎が歌舞伎でお夏・清十郎事件を演じて以来、「清十郎節」が江戸ではやっていると書かれている。

〔お夏の人物の評価の歴史〕

(1)　恋の情熱に生きる夢見がちな女性

　お夏は清十郎の過去に惚《ほ》れ、遊女に惚れられる男に素直にあこがれる明朗さをもち、性にたいする健全な意識をもつ少女でもある。男性に言い寄られるままに身を任せてしまうのではなく、自分にとって理想的な相手をじっと待つ自主的態度をもち、清十郎にたくさんの遊女からの手紙がきているということ、そしてその手紙の内実をしっかりと確認し、すべてが遊女の側から清十郎にたいして書かれた本気の手紙であることを分析判断するという知的な態度を有している。そして、精神的にも肉体的にも女性として成熟したときに、純粋かつ積極的に愛情に命をかけていく。

(2)　みずからの美貌を誇る驕慢《きょうまん》で好色な女性

　島原の太夫もとうていかなわないような美しさゆえに周囲からちやほやされてきたであろうお夏は、自分の思いどおりに人生を展開させようとする強い意志力と、自分の思いを周囲の人間に浸透させる強い影響力をもっている。遊女と見まがう美貌といわれて、遊女を強く意識していると思われるお夏は、恋愛にたいして素人女らしからぬ大胆な夢想さえしてしまう。奉公人の女性たちもそのようなお夏の恋のエネルギーに取りこまれて、お夏ともども清十郎に夢中になっていく。また、清十郎はお夏からの、さらには奉公人の女たち総出の強力な恋情の波状攻撃を受けて、かつて夜を徹して展開した遊里での放蕩三昧《ほうとうざんまい》の好色性が刺激され、いつのまにかお夏に夢中になっていく。お夏は清十郎亡きあと、狂乱して各地をさまよい、その影響で周囲の女性たちも共狂いの状態になる。そして、正気にもどって比丘尼《びくに》となって清十郎の菩提《ぼだい》を弔《とむら》うために生涯をささげるというお夏の思いは、但馬屋までも発心《ほっしん》させてしまうほど強いものだった。このような、いわば狂乱体質ともいうべきお夏のあり方が、遊蕩児《ゆうとうじ》を内在させた手代清十郎の仮構を破り、さらには封建道徳や家意識にしばられる但馬屋の思惑をもうちくだいていった。きわめて危険度の高い恋の情熱に生きた女性である。

(3) 楽天的で奔放な恋に生きる女性

皆川の恋がお夏に感染し、お夏の恋が奉公人の女性たちに感染する。皆川の恋は命をかけた情熱的で悲劇的なものであったが、お夏の恋は楽天的な要素をもっており、それが奉公人の女性たちに及ぶと、笑いをともなう喜劇的なものになっていく。つまり、恋は感染がすすむにつれて、悲劇的な要素は払拭《ふっしょく》されて、喜劇的なものに転化していく。お夏とて命をかけているわけだが、皆川のように切羽詰《せっぱつ》まった緊張感のなかで激情をコントロールしようとするのではなく、開放的な明るい談笑のなかで、奔放な恋を周囲の人びととといっしょになって展開させていく。結末はあくまでも悲劇的なものであるが、そこに向かう時間のなかで、女奉公人や幔幕《まんまく》をのぞききり、逃避行でいっしょになった船頭や飛脚たちが、そのような時間とは異質の喜劇的な場面を創出し、悲劇の要因を談笑性のなかにやりすごしていく。

〔お夏の人物像をいかに読むべきか〕

最初に登場する清十郎のなじみの遊女皆川は、清十郎が勘当された時点で清十郎と心中しようとして、周囲に引き止められて失敗するが、その後、身を寄せた先で自害してしまう。当代随一の遊女といわれた吉野太夫以上の美貌の娘であるお夏が、遊女皆川の命を引き継いだことを示している。このような時間的人的連続性が、巻一の最大の特色である。

遊女からの多数の恋文を見て、まじめで実直な清十郎の人知れぬ過去にふれ、清十郎にたいして恋心をいだくという恋の始まりのエピソードも、お夏の恋愛人生が皆川の時間の継承によって始まっていることを示すものにほかならない。清十郎を意識しはじめたとき、裁縫女・仲居・腰元・抱き乳母といった奉公人の女性たちもいっせいに清十郎に夢中になってしまうのは、お夏の意識が周囲の人びとの意識とつながっていることを暗示する。お夏の周囲がいつも涙と笑いに満ちているのも、但馬屋という空間において、人と人とのつながりが連続性と同調性をもっているからだといえる。

逆に、花見におけるきこりののぞきの場面や逃避行の船中の場面では、お夏の意識と周囲とのずれがもたらす笑いも描かれている。まっすぐに情熱をかけて恋に生きる本人は真剣そのものであるが、彼女が一生懸命になればなるほど、そのような彼女のスタンスと周囲とのずれが生じる。その結果、笑いによる喜劇的な弛緩《しかん》が彼女の周囲に展開する。

そして、周囲を巻きこむことに失敗したエネルギーの渦《うず》は、行き先を失い怒濤《どとう》となって、すべてを押し流してしまう。お夏は、奉公人の女たちといっしょに狂気の世界にさまよい出てしまい、あちらこちらを歌いながら狂い歩くのである。

お夏一人の行動をみると、それは驕慢《きょうまん》でもあり、主体的でもあり、好色でもあり、いちずでもあるわけだが、それだけを取り出すのではなく、環境や関係性のなかでお夏の行動を理解することによって、彼女の両義的側面が見えてくる。強さは弱さでもあり、突き進むエネルギーは崩れ落ちる破壊力にもなる。清十郎亡きあと、比丘《びく》尼《に》となって世間の片隅でひとり生きるお夏は、弱々しい存在になりさがってしまうが、逆にまた、弱さは強さでもある。

『好色五人女』の五人の女性たちのなかで、お夏だけが、その結末において恋人が死んで生き残った女性である(巻五のおまんも生き残っているが、彼女のばあいは恋人も生き残っている)。清十郎と引き離されていったんは狂気の世界のとらわれ人となったお夏であるが、そこから生還して正気をとりもどしてもいる。生き残ったお夏の息吹が作品全体に吹きかかり、恋に死んでいった女たちの残り香をくゆらせるのである。

〔お夏が影響を与えた人物・作品〕

『好色五人女』成立後、お夏自身がさまざまな姿となって文学作品、とくに演劇に登場している。宝永四年（一七〇七）上演の近松門左衛門作『五十年忌歌念仏』は、その代表的なものである。清十郎は百姓佐治右衛門の息子という設定になっている。佐治右衛門は清十郎を訪ねていく途中、清十郎の同僚で同じく但馬屋で手代を勤める勘十郎の策略にはまり、お夏の嫁入り道具購入の邪魔立てをしてしまう。清十郎は、お夏の祝言《しゅうげん》用の蚊帳《かや》のなかでお夏といっしょにいるところを家人に見つかり、また七十両の金を盗んだという濡《ぬ》れ衣《ぎぬ》も着せられて但馬屋を追われる。父のことも但馬屋内のことも、すべて勘十郎のたくらみであるとわかった清十郎は、但馬屋へ引き返して、勘十郎とまちがえて、やはり手代の源十郎を殺してしまう。清十郎は捕らえられ処刑される。狂乱してあちこちをさ迷い歩くお夏に、清十郎の妹お俊《とし》や許婚《いいなずけ》お三《さん》も合流し、三人で共狂いの浮かれ歩きをしながら刑場にたどりつく。お夏に気づいた清十郎は、お夏に煙草《たばこ》を所望し、お夏がさし出したキセルで咽《のど》を突いて自害する。正気に返ったお夏は、尼となって清十郎の菩提《ぼだい》を弔《とむら》う。お夏が生き残って清十郎が処刑されるというプロットは共通であるが、二人の恋路を邪魔立てする勘十郎を悪役として登場させることで、お夏・清十郎の悲恋の叙情性が高められている。お夏からは色好みに主体性をもって生きる娘という要素が払拭《ふっしょく》されて、運命に翻弄される女性の弱々しさが強調されている。

（平林香織）

〔現代に生きるお夏〕

お夏は、現代風にいうなら、イケメン男性との性愛におぼれて悲劇の人生を送った女性である。若い女性は、イケメン風の容姿の良い男性にあこがれて、身も心も奪われ、惑溺し、翻弄されてしまうことも少なくないが、そうなると悲劇的で不幸な人生を歩まざるをえないようだ。

本当に賢い女性は、女たらしのイケメン男性には注意し、いたずらに競争心にあおられてはならない。浮気を許せない女性は、ふつうの男性と夫にした方が、平穏で安定した結婚生活を送れるのではないだろうか。

（西沢正史）

おまん

おまん

『好色五人女』
江戸時代

〔おまんの人生〕

『好色五人女』巻五「恋の山源五兵衛物語」の女主人公おまんは、薩摩《さつま》の国(鹿児島県)の琉球屋《りゅうきゅうや》の十六歳になる娘で、器量もよく気立てもやさしく、彼女を見て恋焦《こ》がれない人はいないほどであった。一年前の春から源五兵衛に心をうばわれ、だれからの求愛も受けつけず、せっせと恋文をおくっていた。しかし、皮肉にも源五兵衛は男色家《なんしょくか》(ホモセクシュアル)で、女性にはまったく興味がなかった。なじみの若衆(美少年)八十郎との死別後に出家して半年後、高野山へ参詣する途中、八十郎を彷彿《ほうふつ》とさせる美童と知り合って相愛の仲となるが、直後にその美童も死んでしまうという悲しみに沈んでいた。そのため、源五兵衛はおまんの手紙など気にもとめず、自分と関係をもった二人の若衆《わかしゅ》がたてつづけに死んでしまったということに衝撃を受けて、仏道に専念すべく山奥に草庵を結んでひきこもっていた。

明けても暮れても源五兵衛のことばかり考えているおまんは、源五兵衛が出家してしまったと聞いて、いつかはかならず源五兵衛と契りを結ぼうと思っていたのに恨《うら》めしいことだと憤慨する。そして源五兵衛に恨みをいわずにはおれないと、黒髪を若衆頭に変えて衣装を整え、若衆になりかわって源五兵衛の草庵を尋ねる。

おまんが笹《ささ》の葉をかき分けながら進んでいくと、恐ろしげな岩組や深い洞穴があって心細いことかぎりない。早瀬にかかった丸木橋を魂が消えそうになりながらようやく渡ったところに、源五兵衛の草庵はあった。明かり窓からのぞくと、あいにく源五兵衛は留守である。書見《しょけん》台《だい》を見てみると、そこには男色《なんしょく》の道の根元について解説した『待宵《まつよい》の諸袖《もろそで》』という本が置いてある。おまんは、まだ色の道を完全に捨てたわけではないらしいと期待しながら、源五兵衛の帰りを待った。

真夜中になって源五兵衛がやっともどってくると、草むらから二人の美しい若衆が両側から源五兵衛の手をとる。一人は源五兵衛に恨み言をいい、もう一人はなにごとかを嘆き、あいだに入った源五兵衛はどうしようもないくらい情けないありさまであった。なんとも気の多い人だと、おまんは少し嫌気がさしているが、思いこんだ恋である以上、ひととおり思いを伝えないわけにはいかない、と草むらから飛び出した。二人の若衆はびっくりして消えてしまう。源五兵衛が若衆姿のおまんに興味を示したので、おまんは、かねてから思いを寄せていたあなたのところへやってきたが、二人の若衆に囲まれていたのを見てがっかりしたと告げた。源五兵衛は、かの若衆たちはすでに死んだ人間であるといって、それまでのいきさつを話した。おまんが、私をその若衆の代わりにかわいがってほしいというと、源五兵衛は相手が女だとも知らずにすっかりその気になった。

源五兵衛がおまんに戯れかかるので、おまんは、すべて自分のいいなりになること、ほかの若衆とは関係をもたないことを誓紙《せいし》に書いてほしいと頼む。源五兵衛はいうとおりに誓紙を書いて、おまんの肌に手を触れた。やがて相手が女だと気づいた源五兵衛が、びっくりして夜《よ》着《ぎ》(布団代わりに掛ける着物)の外へ出ようとするが、おまんは、誓紙がある以上いいなりになってもらうと、いままでの恨みつらみを述べたてる。源五兵衛は突然正体を失ったようになり、女色《にょしょく》にも男色《なんしょく》にも区別はないのだといって、おまんと契りを結ぶ。

その後、還俗《げんぞく》した源五兵衛は、おまんと二人で鹿児島の町はずれに人目を忍んで所帯をもった。しかし生活は困窮を極め、二人はすっかりやつれはて、もう明日からは生きていけないというところまで追いつめられたときに、おまんのゆくえを探していた両親にみつけだされる。両親は、娘が好きになった男なのだから財産を譲ることにしようと、三百八十三におよぶ大量の蔵の鍵を源五兵衛に渡してくれた。蔵を開き、いままでとは一転、ないものはないというくらいの宝物に囲まれたおまん夫婦は、ゆたかに幸せに暮らした。

〔おまんのモデル・素材〕

おまんは実在の人物である。寛文年間(一六六一~七三)、薩摩の国でおまん・源五兵衛なる人物の心中事件があった。『中興世話早見年代記』に「寛文卯、おまん源五兵衛心中」と書かれている以外のことはわかっていない。

本文冒頭に「世に時花歌《はやりうた》、源五兵衛」とあるように、その事件のことを歌う歌謡が大流行していたことを記す記述は、寛文十二年(一六七二)刊行の芭蕉『貝おほひ』、天和四年(一六八四)の序をもつ『古今犬著聞集』をはじめとして、さまざまな文献に散見するから、薩摩の国でおまん・源五兵衛の心中事件があって、それが遠く上方《かみがた》(京都・大坂)や江戸でも流行歌に歌われるほどの衝撃的印象的な事件であったらしいと想像できる。

〔おまんの人物の評価の歴史〕

(1) 十分に人物像が描かれておらず中途半端

物語は、本来心中事件であったものを、祝言《しゅうげん》形式で終わらせるために遺産相続を受けるという結末を取って付けている。おまんが男装して源五兵衛に忍び寄る一段などは、戯画《ぎが》めいていて不自然で、不完全な形象しかなしえておらず、『好色五人女』のなかのよけいな一巻である。

(2) 自主的積極的にひとすじの愛情に生きぬく女性

おまんは、恋なればこそ、あらぬ若衆姿に身を変えてでも男を訪ねる行動力をもち、男色ひとすじだった源五兵衛を女色に転向させ、還俗《げんぞく》までさせてしまうほどに早熟で、大胆なエネルギーで男を調伏《ちょうぶく》する女性である。

さらにおまんは、相手の源五兵衛にかずかずの恋文をおくったが、その返事もなく、それも彼が衆道《しゅどう》(男色)好きのためと知るや、みずから男装して先方の庵室に忍んでゆき、はじめに二世までも変わらぬとの誓紙をとっておき、やがて女の正体があらわれるにおよんでも、さきの誓紙を楯《たて》に否応いわせず相手をなびかせるなど、色道鍛錬の遊女も及ばぬほどの行動にでている。積極的に頭と体を駆使して男をものにする強い意志をもつ女性である。

(3) がむしゃらに生きることに執着する女性

源五兵衛は、あいつぐ恋人の死を経験し恋の道に嫌気がさして仏道修行に専念するといいながら、若衆姿のおまんを見るとあっさりとなびいてしまったり、一見男色《なんしょく》ひとすじのようにみえながら、おまんが女性であるとわかると、あっというまに女色《にょしょく》に転向したりするようないいかげんなところのある、なりふりかまわず生きようとしている男性である。おまんは、そんな源五兵衛に魅力を感じ、幸せをもたらす女性である。ちぐはぐな描写や筋の通らない物語の展開は滑稽《こっけい》であるが、一生懸命ひたむきに恋に生きるのではない若者が努力せずして富を得るというアイロニーが描かれている。

おまんと源五兵衛の前に出現した巨万の富は、密貿易さえ暗示させるが、どのようなかたちであれ、その豊饒《ほうじょう》のエネルギーが巻一冒頭の「宝船」ということばに循環していき、『好色五人女』全体を覆《おお》いつくしてゆく。それは、死んでいったものたちへの鎮魂《ちんこん》を超えて、その再生を予感させるほどの生命力にあふれるものである。

〔おまんの人物像をいかに評価すべきか〕

第一章は源五兵衛と八十郎の契り、第二章は源五兵衛と鳥さしの契り、第三章は源五兵衛と八十郎・鳥さしの幽霊との交情、第四章は源五兵衛とおまんの契り、第五章はおまん・源五兵衛の貧しい暮らしから蔵開きによる大団円へ、というふうに場面が移っている。それぞれの場面の緊張感は高く、男色《なんしょく》から女色《にょしょく》へという動きのなかで、タナトスとエロスとがせめぎ合っている。各章は時間的連続性のもとに書かれているが、源五兵衛を中心として彼にかかわる八十郎・鳥さし・おまんの三人は、たがいにかかわりあいのない人物である。プロットのうえで、鳥さしの若衆は登場の必然性が見出しがたく、死のイメージを強調するための存在であるかのごとくである。

横笛の連れ吹きをする八十郎と源五兵衛、そして八十郎の急死。出家して出俗世間を企画し高野山へと向かう源五兵衛の前に出現する鳥さしの若衆。八十郎の死に重なっていく鳥さしの若衆の突然死。このような不条理な死の匂いが充満するなかで、源五兵衛は死んだはずの鳥さしと契りを結ぶのである。横笛、鳥さし、死……、モーツァルトの『魔笛《まてき》』の世界を髣髴《ほうふつ》とさせる濃厚で混沌《こんとん》とした幻影の世界には、男、死、闇のメロディーが流れ、そこへ夜の女王ならぬ、太陽神さながらに明るく生き生きとしたおまんが登場する。源五兵衛は、おまんによって昼間のエネルギー、生きるための生命力を注入されるのである。

山奥に住む源五兵衛を男装してまでひとり訪ねていくおまんの積極果敢さ、かつ勇気あふれる行動力が印象的である。男色家でしかも色の道を捨てたという源五兵衛を、自分のほうにふり返らせる自信たっぷりな言動が、おまんをいっそうはつらつと元気のよい女性にみせている。

　そんなおまんでさえ生きる気力を失うほどに困窮した暮らしのなかで、聞こえてくる源五兵衛節や布ざらし狂言の哀愁にみちた響きは、蔵開きによる宝尽くしのファンファーレにとって代わる。やはり、モーツァルトのオペラがもつ急転直下の大団円を連想させる。フリーメイソンの思想をオペラ化したともいわれる闇と光、女性性と男性性の対立を描く難解な『魔笛《まてき》』のフィナーレは、混沌とした世界に一挙に明るい光をあびせかけて、夜の女王の敗北、囚われのパミーナの解放、イシスとオシリスの栄光を歌いあげる。ここでは、三百八十三の蔵の鍵の譲渡によって、おまん・源五兵衛は貧困と生命の危機から脱し、すべてが解き放たれる。蔵開きによって出現した数えきれないほどの量と種類の財宝が、物心両面のゆたかさをもたらす。

　ことばの字義やストーリーの整合性をはなれて、イメージで作品を俯瞰《ふかん》するという読みによって、神話的な力強さで源五兵衛の死と闇の匂いを払拭《ふっしょく》し、彼を光のふりそそぐ生動感あふれる明るい世界にひきずりだしていくおまん像が浮かびあがってくる。

〔おまんが影響を与えた人物・作品〕

　近松門左衛門作、宝永元年（一七〇四）初演の浄瑠璃に「源五兵衛おまん」という角書《つのが》きをもつ『薩摩歌』があるが、武家方の話に転換され、敵討《かたきう》ちのプロットがからめられ、身代わりや変装・変名、どんでん返しといった演劇的な趣向がふんだんに使われた、まったくの別物になっている。おまん・源五兵衛という登場人物と薩摩の国という場所は共通するが、おまんは封建的な家制度や継子《ままこ》いじめの問題、身勝手な男性の動向に翻弄《ほんろう》され、運命に押し流される悲劇的な女性となっている。

（平林香織）

宮　木
みやぎ

『雨月物語』
江戸時代

〈宮木の人生〉

宮木は、上田秋成《あきなり》(一七三四〜一八〇九)の『雨月物《うげつ》語』(一七七六年刊行)の「浅茅《あさじ》が宿《やど》」に登場する魅力あふれる女性である。『雨月物語』は怪談小説として有名で、近世前期読本《よみほん》の代表作である。

宮木は下総《しもうさ》の国真間《まま》(千葉県市川市真間)に住み、美貌のうえ賢明で純情な女性であった。夫の勝四郎が無頓着《むとんじゃく》な性格から百姓仕事を嫌がり、なまけているうちに、先祖伝来の多くの田畑をなくして貧しくなった。そうなってみると、親族からも相手にされなくなったので、勝四郎はなんとかして家を再興したいものと考え、知人の商人とともに特産の絹《きぬ》を持って京都へ行き、商売することを決意する。それを知った宮木は、行かないように説得したが、勝四郎は聞き入れない。賢明な宮木は、夫の旅《たび》支度《じたく》を整えてやり、一人残されてさびしいから早く帰ってくるようにと哀願した。それにたいして勝四郎は、この秋にはかならず帰ってくると固く約束し、夜が明けるといさんで上京する。

ところが、その一四五五年(室町時代)の夏に戦乱がおこり、真間の里も戦場となってしまう。若者は侍《さむらい》に狩り出され、残された老人・女・子どもは逃げ出す。宮木も逃げたかったが、夫がもどってきたときのことを考えて、そうするわけにもいかず、自宅に閉じこもっていた。帰ると約束した秋になっても、夫は帰ってこなかった。

戦乱のなかにとり残された宮木は、その美貌ゆえにさまざまな誘惑をうけるが、それをきっぱりと断わりつづけ、とうとう人に会おうとさえしない。新年になっても、戦いはますます激しくなるばかりであった。そのようななかで、宮木は勝四郎の帰りを待ちわびながら、一人さびしく過ごしている。

上京した勝四郎は、京都が華美を好むという時運にも恵まれ、持参した絹を売りつくし、大儲《おおもう》けをして帰宅しようとするとき、故郷での戦乱の話を聞く。しかし、自分の目で確かめないことには信じるわけにはいかないと帰郷する。ところが、途中の馬籠峠《まごめとうげ》(岐阜県中津川市馬籠)で山賊《さんぞく》にあい、すべてが奪われてしまう。話によると、そこからさきには新しい関所《せきしょ》がつくられ、人びととの往来ができないとのことであった。そういうことなら、宮木へ便りする方法もなく、もはや妻は生きてはいないにちがいないと、無頓着な勝四郎は速断して京都へひき返す。その道中、近江《おうみ》の国武佐《むさ》(滋賀県近江八幡市武佐)で熱病にかかってしまう。幸い知人の妻の実家があったので、そこに世話になり、手厚い看病を受け、その年はそこで過ごす。快復してからは、勝四郎の正直な人柄が人びとに信頼され、武佐で生活する。そうしているうちに、七年が夢のように過ぎてしまう。ふたたび戦乱がおき死体があふれるのを見て、勝四郎はにわかに宮木のことを思い出し、墓でもつくってあげようと考えて、あわただしく真間へ帰る。

勝四郎がふるさとに着いたのは、梅雨《つゆ》の宵闇《よいやみ》の時刻であった。七年ぶりに帰ってきた真間の里は、戦場になったこともあって荒れほうだいになっていた。住み慣れた勝四郎も、どれが自分の家であるかがわからなかった。ようやく探しあてると、そこにはともしびがついている。家にいるのは「宮木か」と、勝四郎は心おどらせながら合図の咳払《せきばら》いをすると、「だれか」と問い返す。その声はふけてはいるものの、聞きおぼえのある宮木の声であった。勝四郎は喜び、「自分が帰ってきたのだ」と叫ぶ。すぐに戸が開けられ、あかまみれの体に、目がくぼみ、髪も伸びほうだいの変わりはてた宮木が姿を現わし、勝四郎を見てさめざめと泣く。

勝四郎は夢ではないかと驚喜し、「このように自分を待っていると知っていたら、早く帰ってくるのだった」と後悔する。宮木は「一人暮らしのつらさから、あるときは上京しようと思ったが、男さえ自由に往来できない道中のことだからとあきらめ、これまでキツネやフクロウを友としてさびしく過ごしてきた」と語る。そして、「待っていたかいがあって、こうして会うことができて、ほんとうにうれしい」と心から喜ぶ。

旅の疲れでぐっすり眠った勝四郎は、なにやら音がするのにめざめると、屋根はなく、戸もあるかなしかで、草が伸びほうだいとなっている野原同然のあばら家に寝ている自分に気づく。「いっしょに寝た宮木は」と見ると、姿がない。不思議に思って家のなかを見まわると、自分の家であることは確かであった。宮木はどうしたのかと探し求めると、彼女の墓がみつかり、そこに辞世の和歌さえ添えられていた。それを見て勝四郎は、昨夜歓談したのは、自分の帰りを待ちわびていた宮木の亡霊であったことにはじめて気づく。勝四郎は、宮木のその気持ちを思いやって泣き倒れる。

　時がたち、われに返った勝四郎は、宮木の最期《さいご》を知っている人はいないかと探し求める。ようやく宮木の墓を世話している、旧知の漆間《うるま》の翁《おきな》と会うことができる。翁は、宮木が戦乱のすさんだなかで、どのように、けなげに勝四郎の帰りを待ちわびていたか、また、その猛《たけ》だけしい純情さは、七十年も生きてきた年寄りの自分も、これまで見たことがなかったと絶賛する。さらに、宮木が亡くなったのは、別れた翌年の秋であったと、宮木の最期のようすを詳しく語って聞かせる。そして、翁は勝四郎とともに、その夜を宮木の墓前で念仏して明かす。そのとき、翁は真間の里に伝えられている、あまりにも美貌で、みんなから思いをかけられ、そのみんなの思いに報いるためにと、海へ身を投じた純情な「真間の手児《てご》奈《な》」の話をする。翁は、戦乱のなかで勝四郎を待ちわびていた宮木は、その手児奈よりも純情だったとほめたたえる。勝四郎もまた一首の和歌をたむけて、宮木の純情さを賛美する。

　このように、宮木は亡霊になってまで夫の帰りをひたすら待ちつづけ、その夫と再会したときには心から喜ぶ純情な女であった。

〔宮木のモデル・素材〕

(1)　宮木の素材となった先行文学の第一は、中国文言《ぶんげん》小説『剪灯《せんとう》新話』(瞿佑《くゆう》、一三七八年ごろ刊行)第一四話「愛卿《あいけい》伝」の愛卿である。戦乱で帰れなかった夫の前に亡霊となって現われるところが素材になっている。愛卿はもと遊女で母と夫に忠節をつくす女性に描かれていたが、宮木は純情さが強調されている。上田秋成は、愛卿の忠節さを素材にしながら、純情さを主眼にして、愛卿にはみられなかった魅力あふれる宮木像をつくりだした。「愛卿伝」を素材にしながら、たんなる翻案ではない独自の世界をつくりあげたのである。要するに、愛卿を素材にして宮木をそれよりも純情に生きた、すぐれた女として描いている。

(2) 素材の第二は、「愛卿伝」を翻案した仮名草子『伽婢子《おとぎぼうこ》』（浅井了意、一六六六年刊行）六―三「藤井清六遊女宮城野《みやぎの》を娶事《めとる》」である。それは題名からも想像できるように、女を宮木野（本文の表記）、男を藤井清六、場所を駿府《すんぷ》（静岡県静岡市）、漢詩を和歌に変えたりなどし、きわめて忠実に日本風に翻案した作品である。秋成が宮木を書くとき、それをも素材にしたことは、そこでの宮木野を宮木としていることからわかる。しかし、「藤井清六遊女宮城野を娶事」には翻案の妙味はみられるにしても、宮木野は宮木のような純情で魅力ある女として描かれてはいない。

(3) 第三は、『万葉集』（大伴家持《おおとものやかもち》編か、七五九年ごろ成立）である。なかでも、手児奈関連の和歌である。その手児奈を出すためもあって、上田秋成は宮木の家を下総の国真間に設定した。また、それを漆間の翁が、手児奈と宮木との純情さを比較することにも用いている。そして、日本の古典文学の純情な女性の代表である手児奈よりも、宮木のほうが純情であったと強調し称賛している。さらに、随所に『万葉集』で用いる語句を出して、「浅茅が宿」をつとめて万葉風に描き、そこに古代の人びとの素直さを暗示している。

このように、宮木は素材の愛卿よりもすぐれた者と強調し賛美して書かれている。

なお、宮木という女性が日本文学にはじめて登場するのは『後拾遺《ごしゅうい》和歌集』（一〇八六年撰集）で、その一一九七番の和歌の作者が「遊女宮木」である。

〔宮木の人物の評価の歴史〕

(1) 宮木は一九一六年から評価されはじめ、「希にみるやさしい悲哀の女性」とされ、「さびしいコスモスの花の女」とたとえられた。

(2) それから十五年ほどたった昭和のはじめには、「宮木は貞節可憐な女性」とされた。

(3) さらに二十年ほど過ぎた第二次世界大戦後になると、「宮木は純情いちずの女性」と評価された。

(4) 近年になると、宮木は男が女の家へ通う招婿婚《しょうせいこん》時代の風習で、夫を待ちに待って報われない「待つ女」であるとも評価される。

〔宮木の人物像をいかに読むべきか〕

【勝四郎の上京と宮木】　宮木は、①美貌のうえ純情で賢明な女性であった。②夫が絹商人として京都へ行くことをいさめる。③自分のいうことを夫が聞き入れないと知ると、すすんで旅支度を整える。④さびしいから早く帰るよう懇願して、夫に秋にはもどると約束させる。ふつうの女性なら、③において、自分のいうことが聞き入れられなかったら、そっぽを向いて夫が出かけるのを黙って見ているだけである。しかし、宮木はそうではなく、夫が道中で困らないようにと、旅支度を整えたうえで、秋にはかならず帰宅するという約束をとりつける。このように、宮木は賢明なうえ純情で夫をひたむきに愛する妻であった。

【戦乱と宮木】　戦乱がおきて真間の里が戦場となると、残された人びとは逃げ出すが、宮木は夫がもどってきたときのことを思い、ひとり家に閉じこもっている。ふつうの女性なら、前後のみさかいもなく、みんなといっしょになって逃げ出すだろうが、宮木は夫がもどってきたときのことを思うと、そうすることもできない、考え深い賢明な女性であった。約束した秋になったが夫は帰ってこなかった。戦乱はますます激しくなっていく。そうなると、男の心もすさび、宮木の美貌を見てはさまざまに誘惑するが、宮木は戸を閉ざしたまま、一人さびしく勝四郎の帰りを待ちわびている。このように、宮木は戦乱を恐れないほど夫を愛する女性であった。

【夫を待ちわびていた宮木】　勝四郎はにわかに宮木のことを思い出し、七年ぶりに真間へ帰ってくる。着いたのは入梅《にゅうばい》の宵闇であった。荒れほうだいの野原に残された自分の家に、意外にも変わりはてた宮木が勝四郎の帰りを待っていた。ここでの①入梅の宵闇という時、②戦乱後の荒れほうだいの七年ぶりの真間の里、③変わりはてた宮木という、時・所・人が三位一体となった表現は絶妙なものになっている。

【宮木の喜び】　勝四郎は喜び、なぜ自分が帰ることができなかったかを語る。それにたいして、宮木はいかに待ちわびていたかを説き、待ったかいがあって再会できたことを心から喜ぶ。七年ぶりに帰ってきた勝四郎に、宮木は自分の再会できた喜びの感激を訴える。そこに夫を愛する宮木の純情さが発揮されている。ただしこの箇《か》所《しょ》について、宮木は勝四郎に恨《うら》み言《ごと》を述べたという考えがある。しかし、①ここで宮木は心から喜んでいること、②勝四郎もそれを素直に受けとめていること、③作者がその前後に宮木の純情さを強調し賛美していることから、その説には賛同できない。

【亡霊であった宮木】　翌朝、野原同然の家でめざめた勝四郎は、いっしょに寝た宮木の姿が見えないので探しまわって宮木の墓をみつける。そのことから、勝四郎は昨夜自分を喜んで迎えてくれたのは、亡霊となって自分を待っていた宮木であったことに気づき、その真情を思い泣き倒れる。ここで、宮木が亡霊になって勝四郎を待っていたことが、はじめて明らかになる。再会のときに亡霊であることに気づかせず、勝四郎が探しまわったすえにようやくわからせるこの表現の方法は、じつに巧みである。ふり返ってみると、勝四郎と再会したとき、宮木は声はふけ、体はあかだらけで、目はくぼみ、髪は乱れにみだれていて、美貌であったかつての宮木とは思われないほどだと描かれていた。それも、戦乱後の荒れほうだいの野中の家で七年も暮らしてきたのだからと思っていた。ところが、それは亡霊だからであった。そこが前述のように、時・所・人が三位一体に描写され、感動的な場面になっている。宮木は亡霊になってまで夫の帰りを待ちわびていた、ひたすら夫を思う純情な女性であった。ふつうの女性なら、七年も待たせた勝四郎に恨み言をあびせかけるにちがいないが、宮木はそのようなことをしない、夫を愛する賢明な女性であった。

【宮木を絶賛する漆間の翁】　勝四郎は宮木の墓の世話をしている旧知の漆間の翁を探しだし、宮木の最期のようすを聞く。翁は、宮木がいかに殊勝に勝四郎を待ちわびていたかを語り、その純情さは老人の自分さえこれまでに見たことがなかったと、こよなく賛美する。さらに、夜語りに『万葉集』で純情な乙女と歌われている〈真間の手児奈〉の話を聞かせ、宮木はその手児奈よりも純情だったと絶賛する。宮木は、そのような純情な女性であった。

【まとめ】　これまでみてきたように、宮木は亡霊になってまで夫の帰りを待ちわびていた純情な女であった。それを、①勝四郎の上京のとき、②戦乱中の生活、③亡霊になって待ちわびていたこと、という宮木自身の生き方をとおして描いているだけでなく、④漆間の翁が「真間の手児奈」と比較することによって、それをさらに強調し賛美している。彼女は手児奈よりも純情だったというのが、『雨月物語』の「浅茅が宿」に描かれた宮木である。多方面において文化の進歩した現代においては、宮木のような純情な生き方はそのまま実践できないが、純情に生きるということでは、私たちが生きていくうえで指針になるものと思われる。（森田喜郎）

〔現代に生きる宮木〕

宮木は、現代風にいえば、信義を守ったすばらしい女性である。

人間にとって大切なものはいくつかあるが、いつの時代においても、人間同士の信義は重要なものである。そもそも信義とは、相手の信頼や約束を裏切らないような誠実さによって行動することである。

現代の男女関係―夫婦・恋人―において信義は、家庭生活や恋愛関係を維持・発展させてゆくためには、最も大切なものである。男性（夫・恋人）がしばしば浮気などによって信義を破る場合が少なくないのに対して、女性は信義を守る場合が多いといわれるが、最近では女性の方が信義を守らないで、浮気に走る傾向があるのは、女性だけの責任ではないが、注意しなければならないであろう。（西沢正史）

磯良《いそら》

『雨月物語』
江戸時代

〔磯良の人生〕

磯良は、上田秋成《あきなり》（一七三四〜一八〇九）の『雨月《うげつ》物語』（一七七六年刊行）の「吉備津《きびつ》の釜《かま》」に登場する魅力ある女性である。『雨月物語』は怪談小説として有名で、近世前期読本《よみほん》の代表作である。

磯良は、吉備《きび》の国吉備津《きびつ》（岡山県岡山市吉備津）にある吉備津神社の神主の娘で、美貌なうえ聡明《そうめい》で親孝行であった。ただ、残念ながら婚期をのがしていた。仲人がいて、その磯良は、大百姓の一人息子である、怠け者で酒色におぼれている井沢正太郎《いざわしょうたろう》と結婚することになる。それは、正太郎の両親が良家で育った美貌の嫁を迎えたなら、息子の素行《そこう》がなおるだろうという思惑《おもわく》からの結婚であった。

二人の結婚を吉備津神社が自慢にしている「鳴釜《なるかま》神事」（吉備津の釜。釜の鳴る音の大小長短によって吉凶《きっきょう》を占う神事）で占ったところ、どういうわけか凶と出る。神主をつとめる磯良の父が母にそのことを相談したところ、母は「凶と出たのは占った神官の体が不浄だったからだ」と主張し、「いったん結納《ゆいのう》を交わしたからには、たとえ相手が敵であったとしても変えることができないということだ。また、娘にいまさらそんなことをいったなら、どんなことをひき起こすかわからない」と強く主張する。父も、もともとその結婚に乗り気だったので、その占いの結果を無視して二人を結婚させる。

嫁入りした磯良は評判どおり、朝は早く起き夜は遅く寝て、正太郎はもちろん両親にも心をつくして仕えたので、夫婦仲がよかった。しかし、浮気者の正太郎は、いつのまにか、鞆《とも》（広島県福山市鞆）の港町で遊女をしている袖《そで》という女を身請《みう》けし、家に寄りつかなくなる。磯良が戒めるが、正太郎はうわの空で聞き流すだけだった。磯良が悲嘆するのを見かねた父は、正太郎をひと部屋へ軟禁《なんきん》してしまう。不自由な身となった正太郎に、聡明な磯良はことさら誠実に仕える。そればかりか、正太郎が行けなくなって生活に困るだろうと、袖にもこっそり必需品を届けるという、ふつうではできない誠意を示す。

父が家にいないある日、正太郎は磯良に、「おまえの誠実さをみて、これまでの自分を反省した。そのあかしとして袖と別れるが、袖は孤児で、じつは自分が彼女を身請けしたのも、それに同情したからだ。自分と別れたら、袖はまたもとの遊女に転落するにちがいない。そうさせないため、京都の名家に奉公させたいが、それには旅費が必要だ。自分は軟禁されていて、どうすることもできない。なんとか、その費用を工面《くめん》してくれないか」と懇願する。磯良は喜んでそれを引き受け、嫁入りするときに実家からもってきた自分の着物と道具をこっそり売り払い、足りない分は実母にうそをいって金を調達し、正太郎へ渡す。

その金を手にした正太郎は、袖と別れるどころか、その磯良の誠実さをあざわらうかのように、袖の手をとって京都へと逃げ出す。このように正太郎に裏切られた磯良は、重い病気になってしまい、手厚く養生《ようじょう》するが、命はかないものとなる。

京都へ出奔《しゅっぽん》する途中、正太郎と袖の二人は、播磨《はりま》の国荒井（兵庫県高砂市荒井）に袖のいとこがいるので、そこに立ち寄る。いとこの彦六のすすめで、二人は上京を思いとどまり、その隣で生活することにする。ところが、ほどなく袖は奇妙な病気にとりつかれ、看病の効なく七日にして亡くなってしまう。正太郎は泣き悲しむが、野辺送りをして、その墓参で気をまぎらわせている。

ある夕方、正太郎は袖の墓の隣の新しい墓で、いかにも悲しそうにお参りしている若い女を見て声をかける。女は、「夫を亡くした奥方が、悲嘆のあまり墓参りもできないほど重症なので、その代わりの墓参です。その奥方は隣の国までも聞こえた美人で、そのことで主人が讒《ざん》言《げん》にあって、家が没落してしまったほどです」と語る。美貌の奥方の話を聞いた正太郎は、心をときめかせ、「同じ悲しみを語りあいたい」と頼むと、女は喜んで案内する。

正太郎は三百メートルほど歩いて着いてみると、おくゆかしい家であった。どんな美人に会えるものかと心おどらせるが、相手の女が作法どおり屏風《びょうぶ》越しに会うというので、その陰にいる美貌の奥方へ向かって、正太郎は「自分は愛妻を亡くし、同じ悲しみを慰めあいたいと、あつかましくも参上しました」と挨拶《あいさつ》する。すると突然、屏風を押しのけ、「めずらしくもお会いできましたね。これまでのつらい仕打ちの復讐《ふくしゅう》を、思い存分にしますよ」と叫んで現われたのは、美女ならぬ復讐の鬼と変わりはてた磯良であった。正太郎は、その恐ろしさに気絶してしまう。

正太郎が気がついてみると、そこはもとの墓場であったので、飛んで家へ帰り、彦六にその話をすると、「そのようなときには陰陽師《おんようじ》に占ってもらうほうがよい」とすすめ、陰陽師へ同行する。陰陽師は、「磯良の怨霊《おんりょう》が、さきに袖の命を奪った。おまえも、すこしでも油断すると命はない。磯良が死んだのは七日前なので、これから四十二日間、厳重な物忌《ものい》みをしないと死から逃れられない」と告げる。そして、正太郎の体にまじないの文句を書いたうえ、全部の戸に貼るようにと護符《ごふ》をくれる。

正太郎は、さっそく陰陽師のいうとおりにした。その日の真夜中に、早くも磯良の怨霊が現われ、恨《うら》み言《ごと》をつぶやく。彼はその恐ろしさに震えあがる。朝になり、壁越しに彦六にそのことを話すと、彦六も陰陽師の占いどおりであったことに驚き、自分もその夜を待つことにする。真夜中になると、強風・豪雨・稲光をともなって現われ、恨み言を絶叫する。正太郎は、その恐怖から気を失ってしまう。それからは磯良の怨霊が毎夜現われ、悲鳴をあげながら家のまわりや屋根の上を荒れ狂い、それが日ごとに激しさをましていく。しかし正太郎には、物忌みと護符のおかげでなにごともなかった。

そのようにして、どうやら正太郎は、陰陽師のいう最後の夜を迎えることができた。夜が明けたかにみえたので、正太郎は、「これまでのつらさを語って慰めあいたい」と彦六に声をかける。思慮の足りない彦六が戸を開けたとたんに正太郎は悲鳴をあげるが、そのすごさに彦六が思わず尻餅《しりもち》をついてしまう。彼が外へ出てみると、夜はまだ明けず空には有明の月さえ浮かんでいる。「正太郎は」と探しまわるが、その影さえ見えない。「どうなっただろう」と不思議に思い、かがり火をかかげてあちらこちらを探すと、開いていた戸のわきに血がべっとりと流れ、その軒端《のきば》に正太郎のたぶさ(髻《もとどり》)だけが掛かっていた。その恐ろしさは、口ではとうてい言い表わすことができなかった。夜が明け、近くの野山を探しても、なんにも残っていなかった。

このように、磯良は誠実のかぎりをつくして正太郎に仕えるが、それが裏切られると「たぶさ」だけを残すという、残酷《ざんこく》きわまりない復讐《ふくしゅう》をする。それが、美貌で聡明な磯良であった。正太郎は、そのような復讐を受けてもやむえない裏切りをしたのだった。

〔磯良のモデル・素材〕

(1) 磯良の素材となった先行文学の第一は、中国文言《ぶんげん》小説『剪灯新話《せんとうしんわ》』（瞿佑《くゆう》、一三七八年ごろ刊行）第九話「牡丹灯記《ぼたんとうき》」の麗卿《れいけい》である。男が麗卿の復讐を受けることなどを素材にしている。そして上田秋成は、この素材よりもすぐれた磯良をつくりだしている。

(2) 第二は、「牡丹灯記」を翻案した仮名草子『伽婢子《おとぎぼうこ》』（浅井了意、一六六六年刊行）三―三「牡丹灯籠《ぼたんどうろう》」である。これは、きわめて日本風に翻案した作品である。

(3) 第三は、『源氏物語』（紫式部、一〇〇八年ごろ成立）の「夕顔」・「葵《あおい》」も素材にしている。両巻とも、物《もの》の怪《け》によって巻名の女主人公が取り殺されたことを描いている。それが、主に磯良の復讐の素材になっている。

なお、磯良が日本文学にはじめて登場するのは『太平記』（作者未詳、一三七五年ごろ成立）三九―一〇「神功《じんぐう》皇后、新羅《しらぎ》を攻めたまふ事」である。そこでは磯良は醜《みにく》いが、神功皇后を勝利に導く重要な役目を果たす神様として記述されている。

〔磯良の人物の評価の歴史〕

(1) 磯良は一九一六年から評価されはじめ、「愛から嫉《しっ》妬《と》に転じ、復仇《ふっきゅう》に到達した女性」とされ、「才はじけた艶《えん》な女で、アジサイの花」にたとえられた。

(2) それから十五年ほどたった昭和のはじめには、磯良は「恋の怨霊になった女で、『雨月物語』で最も陰惨な怨霊物語を演出する女性」とされた。

(3) さらに、二十年ほど過ぎた第二次世界大戦後になると、「古今東西の怪談小説を通じて見ることのできない復讐を遂《と》げる女性」とされた。

〔磯良の人物像をいかに読むべきか〕

【磯良の誠実さ】　聡明な磯良は、正太郎の家に嫁ぐと、彼とその両親に懸命に仕え、嫁として全力をささげる。その磯良の誠実さを両親は喜び、浮気者の正太郎も感心するほどであった。このように、磯良は正太郎に愛情のかぎりをつくして仕えるが、その平和な生活も長くはつづかなかった。両親の「良家の美女を嫁に迎えたなら、その素行もおさまるだろう」という期待に反して、正太郎は袖という女を身請けして同棲《どうせい》する。磯良の誠実な行ないを見かねた正太郎の父は、彼を座敷牢《ざしきろう》に閉じこめてしまう。その正太郎に磯良は、部屋に閉じこめられていても困らないようにと、まえにもまして誠実に仕える。ふつうの女なら、「いい気味だ。このさい、自分のしたことがどんなに悪いことか思い知らせてやれ」と傍観しているだろうが、磯良はそうではなかった。正太郎のことを思いやって、心のかぎりをつくす女であった。そればかりか、ライバルである袖にも、生活に困らないようにと必要な品を、他の人に話すととめられるので、こっそりと送り届けるという誠実さであった。ふつうの女なら、男が行かなくなって困窮するのを「それ見たことか。しめしめ」と喜ぶはずなのに、磯良はそうではなく、ライバルの袖にも、生活に困らないようにと、考えられるかぎりの誠実をつくす。それは磯良が判断したように、他言すると、人にとめられるほどの誠実さであった。

【磯良の完璧《かんぺき》さ】 その磯良の誠実さにつけこんで、正太郎は磯良に袖と別れる費用の工面を頼む。磯良は喜び、ほかに方法がなく、他人にいうととめられるにきまっているので、ないしょで自分の着物や道具を処分し、それでも足りない分は、実母にうそをついて金を調達する。誠実な磯良は、考えられる手段をつくして金を工面する。ここでも磯良が判断したように、実母や他人に正直に話すととめられるにきまっているので、独断で金を用意せざるをえなかった。これは、ふつうの女にはとうていできない、聡明な磯良だからこそできたことであった。このように、磯良の愛情あふれる誠実さは、①嫁入りしたとき、②正太郎が座敷牢に閉じこめられたとき、③正太郎に囲われた袖にこっそり贈り物をするとき、④正太郎に金を工面するときに、それぞれ発揮される。それは嫁の磯良にとって、それ以上考えられない完璧と思われる誠実さであった。

【正太郎の裏切り】 その磯良の誠実の結晶である金を渡された正太郎は、その誠意をあざわらうかのように袖の手を取り逃亡する。このように、正太郎はふつうの人では考えもつかないような裏切りをする。磯良の恩を受けていた袖は、それをとめもしないで、いっしょに逃げて裏切った。

【磯良の重病】　このように全力をつくし、ほとんど完璧ともいえる誠実さを裏切られた磯良は、重病になり、命はかないものとなった。彼女がそのようになるのも、ふつうではできない完璧と思われる誠実さが裏切られたのであるから、もっともなことである。これがのちにみられるように、想像もできないような結果をまねくことになる。

【袖の奇妙な死】　正太郎と袖の二人は、荒井の里の袖のいとこである彦六の隣で生活するが、袖は奇妙な病気にとりつかれて死んでしまう。正太郎は悲しみ、墓参りすることで気をまぎらわせている。その墓場で知りあった女の案内で、正太郎は美貌の奥方に会いに行く。

【磯良との再会】　美人の奥方に会えるものと、正太郎が心をときめかしているときに、磯良が変わりはてた復讐の鬼となって姿を現わし、正太郎に復讐を宣告する。彼は気絶し、気がついてみると、そこはもとの墓場であった。そのことから、彼が墓で女と知りあったときから磯良と再会するまでのことは、すべて彼女の怨霊に化《ば》かされていたことがわかる。磯良の怨霊は、袖の墓参をする場にうら若い女を使って近づき、正太郎の浮気な本心を見ぬいて、ことば巧みに正太郎を誘いだす。また、彼が自分の妻の磯良を前にして、「自分は愛妻を亡くして……」と、ぬけぬけということにもなっている。これらの緻密《ちみつ》な表現は、聡明な磯良の誠実さがほぼ完璧なものであった反面、その復讐もまた、ただならぬものであることを暗示している。

【磯良の怨霊】　正太郎は、陰陽師の厳命のとおり護符を貼り、厳重な物忌みにこもる。磯良の怨霊は夜な夜な荒れ狂うが、物忌みと護符のおかげで正太郎にはなにごともなかった。陰陽師のいう最後の夜を迎え、正太郎がほっとした一瞬のすきをついて、磯良の怨霊は彼をおびき出して「たぶさ」だけを残すという、残酷きわまりない復讐をとげる。翌日、野山を探しまわっても、正太郎にかんして残されているものはなにもなかった。それまでこの世とあの世のあいだをさまよいながら、正太郎を襲《おそ》っていた磯良の怨霊が、四十九日目にあの世へ行くついでに、「たぶさ」以外の正太郎のすべてを連れ去るという、みごとな復讐をとげる。

このように、磯良の怨霊は、①袖の墓で正太郎を化かしたうえでの復讐の宣告、②陰陽師の占い、③毎夜の展開、④最後の夜に男の象徴である「たぶさ」だけを残した復讐というように、ふつうでは考えられない完璧と思われる復讐をとげる。それが、誠実に生きた磯良の誠実な復讐であった。

【まとめ】　これまでみてきたように、磯良はふつうでは考えられない完璧にちかい誠実さをつくしたうえ、それが裏切られると、このうえない残酷な復讐をとげる。磯良は誠実さ（愛情）と復讐の二面を兼ねそなえた、完璧と思われる女性であった。正太郎と袖に誠実をつくしたときには「自分を守る女」であったが、正太郎と袖に復讐するときには「追いかける女」へと変身している。その変身の結果が、それまでにない復讐をとげることになる。

磯良は吉備鴨別命《きびのかもわけのみこと》という神様の子孫らしく、完璧に生きた女性であった。私たちがその磯良から学ぶことのできるのは、「自分のすることは完璧に仕上げる聡明さ」である。私たちは、磯良のように可能なかぎり賢く生きていかなければならないものと思う。

なお、「磯良」を「儀良」とも表記する。

（森田喜郎）

〈現代に生きる磯良〉

磯良は、現代にいえば、放蕩息子と結婚したばかりに悲劇の人生を送った女性である。

現代にあっても、家族を悩ませる放蕩無頼の息子は少なくないようである。きちんとした職につかず、酒・オンナ・バクチに溺れ、警察沙汰になるような男性である。

そうした放蕩息子と結婚した女性は、不幸で悲惨な人生を歩まざるをえない。ところが、女性の中には、母性本能をくすぐられて、この男は私がいないとダメになってしまう、この男を立ち直らせるのは私だけだという錯覚にとらわれて、ずるずると深みにはまりこんでしまう。

女性は、放蕩息子・ダメ男をきちんと見抜く眼力を養い、引きずられないことが大切だ。

（西沢正史）

伏　姫

ふせひめ

『南総里見八犬伝』
江戸時代

〔伏姫の人生〕

伏姫は、曲亭馬琴《きょくていばきん》（滝沢馬琴。一七六七〜一八四八）の『南総里見八犬伝《なんそうさとみはっけんでん》』（一八一四〜四二年刊行）の主に第八回から第一三回までに登場する魅力あふれる女性である。『南総里見八犬伝』は、勧善懲悪《かんぜんちょうあく》を主眼とし、伏姫が産み出した子種《こだね》が八犬士に生まれ変わり大活躍する雄大な小説として有名で、近世後期読本《よみほん》の代表作である。

伏姫は、滝田《たきた》（千葉県南房総市上滝田）城主の里見義実《よしざね》と、上総《かずさ》の国椎津《しいつ》（千葉県市原市椎津）城主の真里谷《まりや》入道静蓮《じょうれん》から嫁に迎えた五十子《いさらご》とのあいだに生まれた一人娘である。五十子は賢明で美貌であった。伏姫は嘉吉《かきつ》二年（一四四二）六月（旧暦）、つまり三伏《さんぷく》（夏の極暑の期間）に生まれたので、その名がつけられた。生まれたとき、伏姫は「かぐや姫」を思わせるような光り輝くかわいい子どもであった。だが、伏姫は三歳になっても夜泣きするばかりで、ものも言わず、笑いもしなかった。両親は心配し、あらゆる治療をつくしたが治らなかった。

安房に洲崎《すさき》明神（千葉県館山市洲崎）があって、役《えん》の行《ぎょう》者《じゃ》を祭り、祈願したことはかならず成就《じょうじゅ》する霊験《れいげん》あらたかな神であるとの評判が高かった。奥方のぜひとの願いで伏姫は祈願に行くが、その道中の乗り物のなかで泣いているばかりであった。七日間の祈願を無事終えて帰る途中、伏姫はとくにむずかるがどうすることもできず、侍女《じじょ》が乗り物の外へ出してあやしながら歩いていると、八十歳過ぎの老人が待ち受けていて、伏姫をみつめ、「里見の姫君ではございませんか。祈願のことは、このわしが成就してあげよう」という。侍女がこれまでのことを詳しく話すと、老人はうなずき、「この姫君には祟《たた》りがついている。一人の子を失うが、その後、多くの幸いを得るので不幸ではない。城へ帰ったら、このことを義実夫婦に伝えなさい。思いあたることがあるはずだ」といって、〝仁義礼智忠信孝悌《じんぎれいちちゅうしんこうてい》〟（人が生きていくうえで最も重要なことを示す八つの徳目）という八字を彫《ほ》った水晶の八つの大玉と百玉でできている数珠《じゅず》をお守りとして伏姫に授ける。侍女が「祟りとはなんですか」と尋ねると、老人は、「祟られても里見は栄える。詳しく話すと神様の機密をもらすことになるのでいえないが、伏姫という名から思いつくようになる。この子の泣くのはすぐやみます」ということばを残して消えてしまう。同行の人びとは、その老人を役の行者が姿を現わしたのだとありがたがった。

それから伏姫の異常が治り、父の義実の仁義(愛と正義)にもとづいて領民を支配する善政のもとで、ますます美しく賢く成長する。

伏姫が十七歳のとき、里見義実は隣の館山《たてやま》(千葉県館山市)城主の安西景連《あんざいかげつら》に、凶作でまえに貸した米の返却を催促したところ、狡猾《こうかつ》な景連は逆に義実の滝田城を襲《おそ》う。滝田城には勇士が多く、よく防戦につとめたが、食料が尽き、落城寸前となる。そのとき、日ごろ伏姫がとくにかわいがっていた八つのまだらのある八房《やつふさ》という犬が、痩《や》せ衰えながらも義実のもとへ寄ってくる。義実は八房に、戯《たわむ》れに「敵将の安西景連をおまえが食い殺すなら、おまえを伏姫の婿《むこ》にしよう」というと、八房はうれしそうに尾を振る。

その夜、義実は、滝田城でこのままで落城するよりはと死を覚悟し、最後の決戦に打って出ようとしたとき、八房が生首《なまくび》をくわえてやってくる。よくよく見ると、それは安西景連の首であった。景連を失った敵軍は離散して敗北し、里見義実は八房のおかげで勝利する。八房は落城寸前の滝田城を救ったのだった。

その後、仁義を重んじる里見義実は、大恩を立てた八房にさまざまな恩賞を与えて厚遇するが、八房は満足するようすがなく、伏姫から離れようとしなかった。約束したといっても、いくらなんでも犬にかわいい一人娘を与えるわけにはいかず、思いあまった義実は、槍《やり》で八房を突き殺そうとする。伏姫は父の行為を身を盾《たて》にしてとめ、「国を救った功者を殺すという道理があるか。それでは、領主として領民に示しがつかない。戯れに約束したとしても、それを守るのが正義である。自分は相手が犬であっても、八房に嫁入りするのが前世からの定めと思い、その正義を実現し、父と国のために嫁にいくから許してほしい」と、涙ながらに義実に訴える。それを聞いた父の義実は槍を捨て、「もっともなことだ。自分はまちがっていた。かつておまえは洲崎明神の祈願からの帰りに役の行者から、『祟《たた》りがあって一人の子を失うであろう。それは伏姫という名から思いつくようになる』といわれた。いまにして思えば、伏姫の伏の字は、〃人(にんべんになっていること)にして犬に従う〃ということだった。祟りというのは、政道に口を出し、ほしいままのことを行ない、自分を呪《のろ》いながら死んだ妖婦《ようふ》玉梓《たまずさ》の祟りか。こうなるのもすべて前世からの定めであったか」と嘆く。伏姫は「親の思いどおりにならない不孝を許してほしい。私は八房に嫁入りしても、親からいただいたたいせつな体をけがすことは絶対にしない」と誓う。かくして義実は、女が犬や馬と結婚した中国の故事を思い、伏姫の結婚を認めざるをえなかった。さらに嘆き悲しむ奥方を、これも前世からの定めだからと説得する。役の行者から授かり、伏姫を守っていた数珠の大玉の文字も、いつしか「如是畜生《にょぜちくしょう》、発菩提心《ほつぼだいしん》(このような畜生であっても悟りの心をおこす)」と変わっていた。

伏姫は、その数珠・筆・『法華経《ほけきょう》』(人間のみならずあらゆる生き物が成仏《じょうぶつ》できるという教えを主に説いたお経)だけを持参して城を出ようとするとき、八房に向かって「分《ぶん》をわきまえず情欲をとげようとするなら、この懐剣でおまえを殺し、自分も切腹する覚悟だ。それでよいか」と問いただすと、八房は賛意を示す。そこで、伏姫と八房はみんなに見送られ、富山《とやま》(千葉県南房総市富山)の奥へと入る。

そこは、人を寄せつけな険しいところであった。八房は、そこの祠《ほこら》に伏姫を連れて行き、いっしょに生活する。義実は、富山へどんな人であっても入ることを厳禁する。以後、伏姫の消息はわからず、奥方はとくに心配して何回も伏姫のようすをさぐらせるものの、ことごとく失敗する。

伏姫は、富山の祠で経文《きょうもん》を読み、写経の毎日を過ごし、八房がとってきてくれる食べ物を食べていた。いつしか、八房も伏姫の読経《どきょう》に聞き耳を立てるようになる。伏姫は、小野小町《おののこまち》のように美貌になっていく。そのようにして一年が過ぎた春、伏姫は水に映る「体は人、頭は犬の姿」をしている自分の姿を見て驚愕《きょうがく》し、そのころから生理《せいり》も止まり、腹が張るようになる。

伏姫は、身が潔白なのにこんなはずはないと悩みながら、いつしか秋を迎えた。外へ出ているとき、笛《ふえ》の音《ね》が聞こえ近づいてきたので、見ると十二、三歳の童《わらべ》であった。その童は洲崎明神の関係者で、薬草をとりにきたというので、伏姫が自分の悩みを訴えると、「懐妊《かいにん》し、五、六か月になっている」と答える。伏姫が「身が潔白なのに懐妊とはどうことか」と聞くと、童は「それはおたがいが思いあうことで懐妊する〝物類相感〟の結果である」と断定し、そのようなことで懐妊した例を列挙する。そして、「胎内の子どもは八子《やつご》であり、そのような生まれゆえ、体作らずして生まれ、生まれてのち、また生まれる」と予言する。そして「じつは八房は妖婦玉梓が転生した犬で、それが伏姫に祟って嫁にした。その結果、伏姫の『法華経』読誦の功徳により、八子を産むことで玉梓の恨みをはらすことになるのだ」と、その因果関係を明らかにし、さらに「八子は〝八房の八〟であり、〝『法華経』八巻の八〟であり、生まれる八子は知勇にすぐれ、里見家を発展させ、その威力を関東八州にとどろかすことになる。伏姫はその月に八子を産むが、そのとき伏姫は親と男(夫)に会うことになる」と予言して、童は霧のなかへ消えてしまう。

その童は役の行者が変身して現われたものと伏姫は思い、犬の妻といわれるおのれの運命を嘆く。そのようなとき、伏姫が数珠を擦《す》り合わせようとすると、数珠の文字が〝仁義礼智忠信孝悌〟に変わっていることに気づく。それは、八房が悟りを開いたことを示すものだった。そこで伏姫は、身の潔白を遺書に残して八房と心中することを決心し、八房を説得すると、八房は尾を振って喜ぶ。伏姫は遺書を書き終えて最後の読経をはじめ、八房が心中するため小川のほうへ歩いて行くと、鉄砲《てっぽう》の音がして八房は即死し、もう一発が伏姫に当たり息絶えてしまう。

その鉄砲は、伏姫の嫁入りの実情を知らない金碗大輔《かなまりだいすけ》が、八房を殺して伏姫を救出しようとして撃《う》ったものだった。彼は、義実が伏姫の婿《むこ》にと思い定めた男であった。それなのに、救うことができないどころか、伏姫を死なせて失敗したことを知り切腹しようとする。そのとき、早まるなと止めたのは、里見義実であった。彼は、消息不明の伏姫を心配のあまり重病になっている奥方の哀願にこたえ、夢のお告げでやってきたのだった。義実に同行した堀内貞行との三人で、伏姫を懸命に介抱《かいほう》し祈願したので、彼女は息を吹き返す。そこで、伏姫は身の潔白を証明するため、三人の前で腹を掻《か》き切る。すると、その傷口から白気《はっき》が立ちのぼり、襟《えり》に掛けていた大玉の水晶の数珠〝仁義礼智忠信孝悌〟の八つの玉が、光をあげながら流星のように美しく輝いて八方に散っていく。こうして、伏姫は往生《おうじょう》する。以後、その八つの玉が子種となってそれぞれの女に宿り、八犬士に生まれ変わって大活躍する。そして、伏姫は神女となって八犬士の窮地を助けることになる。

　このように、伏姫は八房に嫁入りし、身は潔白ながら物類相感で八犬士の子種を産む。それから、その八犬士が大活躍する雄大な物語が展開していくことになる。それを産み出したのが、ほかならぬ伏姫であった。

〔伏姫のモデル・素材〕

(1)　その第一は、中国の『事文類聚《じぶんるいじゅう》』（祝穆《しゅくぼく》編、一二四六年成立）後集四〇などに載っている「槃瓠《ばんこ》説話」で、犬と結婚した高辛氏《こうしんし》の娘が、伏姫の嫁入りの素材になっている。馬琴は、その説話を素材にしたことを明記している。

　なおその説話は、ほかに『後漢書』（范曄《はんよう》撰、四三二年成立）の「南蛮西南夷列伝《なんばんせいなんいれつでん》」、『捜神記《そうじんき》』（干宝《かんぽう》、三〇〇年ごろ成立）一四―二、『太平記』（作者未詳、一三七五年ごろ成立）二二―一などにも掲載されている。

(2)　第二は、中国の『水滸伝《すいこでん》』（施耐庵《したいあん》、一三六八年ごろ成立）である。伏姫が切腹し、八つの霊玉が大空へ散っていくところが素材になっている。ほかに『西遊《さいゆう》記《き》』も素材にしている。

〔伏姫の人物の評価の歴史〕

(1)　一八八五年に、文学としては認めながらも、伏姫をふくむ八犬士のような者は、〝仁義礼智忠信孝悌〟を実践する化物であって、けっして人間とはいえない、と否定的に評される。

(2)　それから七年後の一八九二年に、以下のように高く評価される。①伏姫は『南総里見八犬伝』という大作の大発端《ほったん》であり、伏姫のなかに『八犬伝』のすべてがふくまれており、その作品の核をなしている。伏姫以後の物語は武勇談だけである。②伏姫は、因果の運命にその生涯をささげたものである。なかでも重要なことは、伏姫が純潔だったことである。それは古今東西の小説にみられないことである。

(3)　近年、伏姫は、親にたいしては孝の人であり、八房にたいしては約束を守った義の人であり、〃仁義礼智忠信孝悌〃のすべてを具備した完全無欠な女性である、と評されるようになる。

〔伏姫をいかに読むべきか〕

【伏姫の偉大さ】 ①伏姫は『法華経』の功徳で八房と関係もせず純潔なのに、世間の悪と戦いながら、〃仁義礼智忠信孝悌〃を実践する八犬士の子種を産み出して、里見家をさらに発展させる聖女であった。伏姫は聖女でなければならなかった。槃瓠《ばんこ》説話のように犬と交わって八犬士を産んだなら、伏姫が呪う玉梓の転生である八房と交わったことになってしまい、両者が夫婦になったことになる。そのようなことから、伏姫が八犬士を直接産むのではなく、作者は苦心のすえ物類相感で八犬士の子種を産むことにした。②伏姫は犬の八房に仏道の悟りを開かせた賢女である。玉梓の生まれ変わりである八房を悟らせたということは、玉梓の怨霊を成仏させたということになり、伏姫は玉梓の呪いにとどめをさす。③仁義を基本とした善政を行なっている里見義実が、一人娘の伏姫を、国を救った大恩のある八房へ嫁入りさせることをためらっていたのを、伏姫は説得して、正義と親と国のため自己犠牲になって嫁入りする。伏姫は自分の運命のなかで、おのれの理(正義)をとおして生き、八房との結婚という苦境(運命)を切り開いて、それを乗り越えた才女であり、物語全体を生み出す重要な役割をになっている。④伏姫の役目は、八犬士の子種を残して自害したことで終わったのではなかった。それ以後は、正義の世を実現するため悪と戦う八犬士を神女として背後で助け、勝利に導く重大な役割を果たしている。⑤このように、伏姫は人間としてまことに魅力あふれる女性である。

【玉梓の呪い】 伏姫は玉梓の祟りを受けているが、その祟りというのは以下のようなものであった。玉梓は滝田城主神余光弘《じんよみつひろ》の側室で、彼に寵愛され、政道に口を出して彼女をとおさなければなにもできないという妖婦であった。彼女は光弘の重臣の山下定包《さだかね》と密通し、定包と謀って神余光弘の暗殺を企てるが、おりよく光弘はほかの者に殺されてしまう。城主になった定包は玉梓と歓楽をきわめ、領内はますます乱れる。それを憂えた、かつて定包の家来であった金碗孝吉《かなまりたかよし》の手引きで、結城《ゆうき》城の落武者であった里見義実が土地の人びとの願望により滝田城を攻めて滅ぼす。そのとき義実は玉梓を捕らえるが、彼女の美しさと助命の願いを聞いてその罪を許そうとする。だが、金碗孝吉の反対にあい考えを変えて処刑する。そのとき、玉梓は「恨めしいぞ、金碗! おまえも遠からず刃《やいば》で死ぬことになる。義実のふがいなさよ。子孫まで呪って煩悩の犬とするぞ」と恨んで死んだ。それが祟り、①伏姫が幼いころ異常児になる、②玉梓が八房に転生し伏姫を嫁にする、③伏姫の子種が八犬士に生まれ変わり、里見の子孫が犬になる、④その八犬士が悪と戦う煩悩の犬となって大活躍する、⑤金碗孝吉はほどなく切腹し、その子の大輔に伏姫と八房が鉄砲で撃たれるというように、玉梓が呪ったとおりになる。その呪いが『南総里見八犬伝』を展開させる基因になっている。

【役の行者】 伏姫とその周辺に役の行者がしばしば登場して、予言をしたり、人知に及ばない助けをしたりして、里見側を成功に導いている。里見を呪う玉梓にたいし、里見を救う役の行者であった。

【まとめ】 伏姫は苦境(運命)に立たされながらも、それを才能と努力で乗り越えて里見家の発展につくした聖女であった。私たちは運命を切り開いて生きた伏姫の、その英知と強さに学んで生きていかなければならないものと思う。

(森田喜郎)

〔現代に生きる伏姫《ふせひめ》〕

伏姫は、現代風にいえば、人生の波乱と苦難の中で人間的に成長した女性である。

現代の社会に生きる女性も、さまざまな苦難の人生を歩み、厳しい試練にさらされている。夫の浮気・酒乱・バクチ・借金・勤労意欲欠如、また子供の非行・成績不良・病気などによって、苦難の人生を歩まざるをえない女性も少なくないだろう。

しかし、女性が厳しい試練の中にあるからといって、そんなに嘆く必要もない。もとより人生の試練を乗りこえることはたやすいことではないが、さまざまな試練を乗り越えたとき、その女性は、たくましく成長し、幸福な人生を歩むことができるはずだ。試練をおそれない勇気が大切である。

(西沢正史)

（浄瑠璃）お　初　おはつ

『曾根崎心中』
江戸時代

〔お初の人生〕

お初は年は十九歳。大坂曾根崎《そねざき》新地の遊女だった。つらい勤めの毎日だったが、唯一の救いは、平野屋という醬油屋《しょうゆや》の手代で徳兵衛という青年が、金を工面《くめん》しては熱心にお初のところに通ってきてくれることだった。お初は遊女勤めのなかでさまざまな遊客《ゆうかく》の相手をしなければならなかったが、徳兵衛だけはほかの客とはちがって真実の愛情をもってくれていると信じていた。

その徳兵衛がぷっつりと尋ねてこなくなったので、お初は不安でたまらなかった。遊廓に出入りする座頭《ざとう》に頼み、ようすを探ってもらったけれども、事情は何もわからなかった。そんなおりの四月六日、地方から大坂へ仕事で出てきた客がお初を指名し、大坂の三十三所観音廻《かんのんめぐ》りをすることとなった。お初は駕籠《かご》にのせられて、客とともに大坂の市中をめぐってゆく。

お初一行は、途中の生玉《いくたま》神社のところで休むことになり、客は境内でやっている物まねを聞きにいったので、お初は茶屋で一休みしていた。

すると、そこへ徳兵衛が通りがかった。商売の途中らしく、笠《かさ》を被《かぶ》り、醬油樽《しょうゆだる》を担《にな》った丁稚《でっち》を連れている。お初は思わず「徳様」と声をかけたところ、徳兵衛もすぐにお初と気づき、丁稚をさきに帰すと、急いでこちらに駆《か》け寄ってきた。

徳兵衛は、お初のところに行けなかった理由をすべて語った。日々まじめに仕事に励んでいたが、それを見た店の主人が徳兵衛を自分の店の跡継ぎにしようと考えたのだった。この主人というのは実の叔父《おじ》でもあり、徳兵衛にとっては一人前に育ててくれた恩義のある人だった。その叔父が自分の妻の姪《めい》と徳兵衛を夫婦にし、跡を継がせようと考えたのである。しかし、徳兵衛がその話を受けたくなかったのは、夫婦になるならお初だけと心に決めていたからである。

その話は去年から出ていたが、徳兵衛が取り合わないでいたところ、叔父は徳兵衛に断わりなく、彼の実家の継母のところに話をもちこみ、二人のあいだで結婚話を勝手にすすめてしまったあげくに、結婚のための姪の持参金を徳兵衛の継母に渡してしまった。このことを知った徳兵衛は、怒って叔父に強く抗議したのであった。

するとと叔父は激しく怒って、自分の妻の姪と結婚するのをいやがるのは、曾根崎新地の遊女お初と深い仲になっているからだろう、それならば、もう姪を嫁にはやらないから持参金を返し、四月七日までに商売の売上金もすべて集金して納めるようにしろ、そのうえでこの大坂から追放してやるといわれてしまった。

徳兵衛は覚悟を決め、そのすべてをやりとげた。そのために忙殺され、お初のところへ行く時間がとてもつくれなかったのである。お初はその話を聞いて、徳兵衛が恩ある叔父からの結婚話を断わり、仕事を失うことになってまで自分を選んでくれたことに、心より感謝し感動した。このうえは、たとえ自分がいまよりももっと落ちぶれるような状況になろうとも、徳兵衛とともに生きていきたいと強く思うのであった。

しかし、徳兵衛はせっかく苦労して取り返した持参金を、叔父に返すまえに友人の九平次《くへいじ》に泣きつかれて、つい貸してしまった。その話をしているちょうどそのとき、その九平次がやってきたので、徳兵衛は金の返済を迫るが、九平次はそんな金を借りたおぼえはないと白《しら》をきり、しかも徳兵衛が自分が落とした印鑑を拾って偽証文《にせしょうもん》をつくって金を奪おうとしていると、公衆の面前で吹聴《ふいちょう》した。じつは、すべては九平次の計画的な犯行であり、徳兵衛は町人としては致命的な謀判《ぼうはん》の罪に陥《おとし》いれられてしまった。いまや徳兵衛は冤罪《えんざい》を晴らす証拠もないいま、犯罪者として逃亡するしかない身となっていた。

お初はそのことを知り、徳兵衛とともに死ぬことを決意する。お初は人目《ひとめ》を忍んで自分の勤める店を密《ひそ》かに訪ねてきた徳兵衛をかばい、夜が更《ふ》けるとお初は店を抜け出して徳兵衛と逃亡する。二人は、追っ手が来るのを心配しながら曾根崎の森をめざして逃げ、やがて夜明けまえに心中したのであった。

〔お初のモデル・素材〕

元禄十六年（一七〇三）四月七日（二十三日の説もある）の未明に、曾根崎天神の森で心中したお初という実在の女性がモデルとなっている。宝永元年（一七〇四）に刊行された浮世草子『心中大鑑《しんじゅうおおかがみ》』第三巻第三話「曾根崎の曙平野屋徳兵衛天満屋はつ、附平野屋が醬油しつこい中、天満屋が死出立ぱつとした是沙汰」の記載が最も実説に近いといわれている。これによれば、お初は京の島原、中道寺の藤屋に初めて出て、それより十年あまり評判のよい女郎《じょろう》として勤め、やがて大坂の天満屋の遊女となった。この書では、お初の年齢は二十一歳となっており、『曾根崎心中』の十九歳よりは年長となっている。お初は、客にたいへん人気がある遊女であったという。また、大坂第一の醬油屋であった平野屋の手代で、主人忠右衛門の甥《おい》の徳兵衛は、あかぬけしたよい男であった。お初は徳兵衛にほれこんで、みずから彼に自分のゆくえを頼みたいと願い、徳兵衛も承知する。徳兵衛はその後、しきりにお初のところに通うようになるが、やがて平野屋の江戸店で不祥事がもちあがり、忠右衛門は徳兵衛に嫁を取らせて江戸店の差配《さはい》を任せようとした。しかし、徳兵衛はお初のことを思い、その話を承諾する気持ちにはなれなかった。お初のほうでも、地方の客が身請《みう》け話をもちこみ、主人が話をまとめてしまう。お初と徳兵衛は、このままでは別れ別れになると考えるにいたり、曾根崎の森で心中したという事件であった。

〔お初の人物の評価の歴史〕

同時代の人物を題材として取りあげることは、江戸時代の人形浄瑠璃《にんぎょうじょうるり》ではこの作品が初めてであり、人形浄瑠璃の歴史のうえでも画期的なことであった。歌舞伎《かぶき》ではこうしたホットニュースを取りあげることはよく行なわれており、この事件についても大坂竹島幸左衛門が丁稚《でっち》長蔵を演じた『曾根崎心中』、京都都万太夫座で上演された『河原心中』がある。

お初は遊女であり、男性とのかけひきも知る女性であるが、徳兵衛との出会いによって、いちずな恋心をもつ女性となった。作者近松門左衛門の描く女性は、遊女であっても、いちずな誠《まこと》をもつ女性が多い。お初も、その一人ということができよう。

『曾根崎心中』は当時大当たりをとり、その後に影響作品もぞくぞくと作られた。だが『曾根崎心中』をそのまま再演するということはなく、後年になると改作というかたちで上演されてゆくことになる。それは『曾根崎心中』という作品が、時事性に裏打ちされた作品であったため、後年になると、演劇としてその時代に合わせ、また演者に合わせた工夫が必要とされたからであろう。

第二次世界大戦後、昭和二十八年（一九五三）八月に宇野信夫の脚色・演出で歌舞伎化され、二代目中村鴈治郎《がんじろう》の徳兵衛と、四代目坂田藤十郎（当時は中村扇雀《せんじゃく》）のお初で上演され、大きな反響をよんだ。のちに文楽（人形浄瑠璃）でも復活し、人気演目となって現代にいたっている。お初のいちずで、愛する男のためには命をかけるという激しく強い生きざまは、近代にいたりあらためて注目され、共感をよんで評価されたといえよう。その後、映画にもなり、海外公演もさかんに行なわれて、近松門左衛門の代表作としてきわめて高く評価されるようになった。

〔お初の人物像をいかに読むべきか〕

お初が当代の実在の人物であったことに、まず注目すべきであろう。それまでに作者近松門左衛門が脚色《きゃくしょく》してきた人物は歴史上の人物であり、『平家《へいけ》物語』や『曾我《そが》物語』、『太平記《たいへいき》』などに描かれて、長いあいだ語りつがれてきた著名な人物だった。人形浄瑠璃は、過去の死者たちの物語をもう一度語り起こすという考え方を、その背後にもっている。したがって、作品の時代は過去であり、登場人物は歴史上の人物が主人公となったのだった。

それにたいして『曾根崎心中』のお初は、つい一か月まえにはこの世の実在の人であったのであり、身分は貴族でも武士でもなく、当時においては身分の賤しい遊女であった。人形浄瑠璃の観客である大坂の町人たちにとって、身近な存在であったといえよう。

その遊女お初がこの作品では主人公であり、しかも無念な思いをもったまま亡くなったにちがいない人物なのである。作者はそうした無念な思いを、死者にかわって代弁するという意識をもって、この作品を脚色しているのではないだろうか。

『曾根崎心中』には、冒頭のところに観音廻《かんのんめぐ》りがある。これは、大坂にやってきた田舎客が、お初を連れて大坂の三十三所観音廻りをするというものである。ここでは恋するお初の美しさが描かれ、客と同行しながらも、心のなかではつねに恋しい人（徳兵衛）を思いつづけるお初の切なさが表現されている。

この部分の意味については、つぎの三説が唱えられている。一つはお初を鎮魂《ちんこん》するため、二つ目はお初の魂《たましい》をこの世に呼び寄せるため、そして三つ目は人形遣《づか》い辰松八郎兵衛がお初を遣《つか》うところの妙技《みょうぎ》を見せるためというものである。三説目は興行上の成功をねらううえでの重要な戦略という意味合いが強く、一説目と二説目は死んだお初の魂をこの世において慰《なぐさ》めるという、芸能的な鎮魂の発想が背景にある。

この一説目と二説目に注目すれば、つぎのように考えられる。作者近松は、死んだお初の魂をこの世に招き、心中にいたるまでの生前において彼女の身の上にいったいどのような事柄が起こったのか、そのときのお初の悲しみ・苦しみはどのようなものだったのか、それをもう一度再現し、観客に聞いてもらおうとする。そのことにより、お初の苦しみ・悲しみ・恨《うら》みも慰められ、癒《いや》され、成仏《じょうぶつ》していくのである。

『曾根崎心中』では天満屋の場において、お初の怒りと苦しみ、徳兵衛へのなににも代えがたい愛情が描かれている。まじめで誠実な徳兵衛を陥れ、あげくのはてに天満屋までやってきて、徳兵衛の悪口をいいふらし、徳兵衛を悪者にしたてあげようとする九平次にたいして、徳兵衛の代わりに大胆な悪態をつくところがそれである。お初は人目を忍んで訪ねてきた徳兵衛を、自分の打掛《うちかけ》に隠《かく》して店のなかに入れ、縁の下に隠してつぎのようにいう。

初は涙にくれながら、さのみ利根に言はぬもの(そんなに上手な口の利き方はしないもの)。徳様の御こと、行く年馴染《なじ》み、心根を明かし明かせし仲なるが。それはそれはいとしぼげに(お気の毒に)、微塵訳は悪うなし。頼もしだてが(頼もしいところを見せたことが)身のひし(災難)で、騙《だま》されさんしたものなれども。証拠なければ理も立たず。この上は徳様も死なねばならぬしななるが。死ぬる覚悟が聞きたい

そうしてお初は、縁の下にいる徳兵衛に自分の足で徳兵衛の気持ちを問いかける。徳兵衛はお初の覚悟に感動し、彼女の足首を自分の喉笛《のどぶえ》につけて撫《な》で、自害する覚悟であることを知らせる。お初は喜び、「いつまで生きても同じこと。死んで恥を雪《すす》がいでは」と決意する。

これを聞いた九平次はぎょっとして、まさか徳兵衛が死ぬなどということはあるまい、もしまたそのときは自分がお初を懇《ねんご》ろにしてやると誘いかける。これにたいし

てお初は、

こりや忝《かたじけな》かろうわいの。わしと懇ろさあんす（仲良くなさる）と。こなたも殺すが合点か。徳様に離れて片時も生きてゐようか。そこな九平次のどうずり奴（ばかものめ）。阿《あ》呆口《はうぐち》たたいて、人が聞いても不審が立つ。どうで徳様一所に死ぬる、わしも一所に死ぬるぞやいのと。足にて突けば、縁の下には涙を流し。足を取って押し戴《いただ》き。膝《ひざ》に抱き付き焦《こが》れ泣き、女も色に包みかね。互いに物は言わねども。肝と肝とに応へつつ、しめり。泣きにぞ泣きゐたる。

遊女であるお初が、仮にも客である九平次に「どうずり」、「阿呆口」ということばを投げかけるのは、もはやこの世で生きることを捨て、社会とまったく隔絶したところに行こうとする覚悟にほかならないだろう。お初の生きる道は愛する徳兵衛と離れないことであり、そのためには心中という選択肢《せんたくし》しか残されていなかった。

作者はそうしたお初の一番奥の思いを描くことに力をおいており、これは初演当時において画期的なことであったが、同時に時を隔《へだ》てた現代にも十分に伝わる普遍性《ふへんせい》をそなえている。

〔お初が影響を与えた人物・作品〕

『曾根崎心中』が大当たりをとり、その後、近松はひきつづき当代の人物に取材した作品（世話物《せわもの》）を書きつづけてゆく。しかし、それらは『曾根崎心中』を踏襲《とうしゅう》した内容が多かった。たとえば『心中二枚絵草紙《えぞうし》』では、お島という遊女と市郎兵衛が登場するが、お島はお初と同じ天満屋に勤める遊女となっており、文章中にも「君が名も世上に高き天満屋の、お島といひて彼《か》の里に、お初が後継かくれなし」などとあり、明らかに『曾根崎心中』をふまえて脚色されている。

それ以外にも『高野山女人堂心中《しんじゅう》万年草《まんねんそう》』、『二郎兵衛おきさ今宮《いまみや》の心《しん》中《じゅう》』、『心中刃《やいば》は氷《こおり》の朔日《ついたち》』、『忠兵衛梅川冥途《めいど》の飛脚《ひきゃく》』、『嘉平次おさが生玉心中《いくだましんじゅう》』なども同じ『曾根崎心中』の系列にある作品として考えることができるだろう。いずれも、恋するいちずな思いをもつ人間の姿を中心にして描かれている。

（黒石陽子）

〔現代に生きるお初〕

お初は、現代風にいえば、恋人の経済的事由から心中《しんじゅう》した悲しい女性である。

現代においても、さまざまな経済的事由から恋人同士・家族の心中が跡を絶たない。〝死んで花実《はなみ》が咲くものか〟というコトワザがあるように、人間誰しも死んでしまえば楽になると考えがちであるが、死は人間の利己的な敗北である。特に幼い子供などの家族を巻きぞえにすることは、大人の許しがたい身勝手である。

家族を支えるべき女性の場合、一家心中のような悲劇をくいとめるために、少し頭を使って、法的措置を考えれば、借金の軽減や免除の方法が取れる場合がある。「自己破産」という方法は有効である。その場合は弁護士に依頼しなければならないが、まず市町村役場にある無料の法律相談や、弁護士会の電話相談などを利用するという方法もある。

（西沢正史）

(浄瑠璃)梅 川《うめがわ》

『冥途の飛脚』
江戸時代

〔梅川の人生〕

梅川は大坂新町の見世女郎《みせじょろう》である。見世女郎とは、通りに面した格子《こうし》に並んで客に顔を見せ、客がつくのを待つ女郎のことで、官許を受けた格式ある大坂第一の遊《ゆう》廓《かく》、新町の遊女といっても、太夫《たゆう》・天神《てんじん》・囲《かこ》いのさらに下の最下位の女郎であった。

梅川はここ数年来、飛脚問屋《ひきゃくどんや》亀屋の養子忠兵衛と深い仲になっていた。ところがそこへ、田舎《いなか》客の大尽《だいじん》が梅川を身請《みう》けしたいといいだしてきた。忠兵衛は手付け金をかろうじて支払うことができ、なんとか田舎客による梅川の身請けを阻止《そし》していた。しかし、身請け金の後金《あとがね》が支払えなければ、梅川は田舎客に身請けされることになる。忠兵衛の家の事情や立場を考えれば、忠兵衛がそのような大金を準備できるとは考えられず、梅川はつらい思いに沈んでいた。そして、忠兵衛といっしょになれないばあいは、死をも覚悟していたのであった。

ある日、梅川は島屋で田舎客の相手をしていたが、身請け話のことになり、嫌気《いやけ》がさして、途中で座敷を抜け出した。いつも忠兵衛と逢《あ》う越後屋《えちごや》を訪ね、集まっていた同じ女郎仲間につい愚痴《ぐち》をいう。忠兵衛を恋しいという気持ちを、梅川はどうしようもなかったのである。

そんなおり、中の島の八右衛門が越後屋に入ってくる。八右衛門は忠兵衛から、つぎのようなことをうちあけられていた。じつは、忠兵衛は梅川を身請けしたいあまりに、八右衛門のところに送られてきた江戸為替《かわせ》五十両を着服し、手付金として支払ってしまっていた。八右衛門は、それをとりあえずは許したものの、飛脚問屋でありながら商売の金に手を出した忠兵衛のようすに危機感をいだく。そこで八右衛門は、忠兵衛を越後屋に寄せつけないよう、店の者に忠兵衛の状況を話す。しかしその説明のしかたは、結果的に忠兵衛を辱《はずかし》めるものとなってしまう。

一方の忠兵衛は、急いで武士へ届けなければならない三百両の為替金を持ったまま、梅川に一目《ひとめ》会いたいばかりに、新町へ向かってしまっていた。越後屋にやってきた忠兵衛は、八右衛門が自分のことを店の者に声高に話しているところに出くわす。隠れて立ち聞きしていた忠兵衛であったが、八右衛門の言い方にとうとう我慢できなくなり、店のなかに駆け入った。八右衛門は驚いて、いきり立っている忠兵衛をなだめようとするが、むだだった。梅川も二階から駆け下りてきて忠兵衛を静め、屋敷へ届ける金であるならば、早く届けるようにと説得する。しかし、忠兵衛は自分が養子に入るときに持ってきた持参金だと称して、屋敷へ届けなければならない三百両の封印《ふういん》を切ってしまい、五十両を八右衛門へ投げつけると、残りの二百五十両から梅川の身請けにかかる金をすべて支払い、祝儀《しゅうぎ》まではずんで金をばらまいてしまった。

梅川は忠兵衛の「持参金」ということばを素直に信じ、忠兵衛に身請けされたものと喜んだ。しかし、じつは公金《こうきん》の横領であったことを忠兵衛から知らされて驚き、すぐにこの場で心中しようと決意する。だが、忠兵衛から「生きらるるだけ、添はるるだけ、高《たか》は死ぬると覚悟しや」といわれて覚悟をきめる。西の大門が開くと知らされた二人は、新町の遊廓から逃げるように出ていくのであった。

二人は、大坂から忠兵衛の生まれ故郷大和《やまと》（奈良県）の新口村《にのくちむら》をめざして逃れていった。忠兵衛が、死ぬ前に故郷の父の孫右衛門と一目会いたいと思ったからだった。梅川も故郷の母のことが脳裏をかすめるが、晴れて認められることはかなわなくなったものの、忠兵衛の嫁として孫右衛門と会いたいと思う気持ちは、なににもまして強かった。

忠兵衛は、子どものころから仲のよかった忠三郎の家を訪ねる。忠兵衛の追手は変装して、すでに村のあちこちにいた。忠三郎は留守だったので、よそから嫁入りし、二人の顔を知らぬ忠三郎の女房に頼んで、忠三郎を呼びに行ってもらう。

忠兵衛は窓から外を見ると、村人が歩いているのが見える。そのなかに、忠兵衛の父の孫右衛門の姿があった。父が泥田《どろた》に足をとられて転んだようすが見えたが、忠兵衛は村人に顔を知られているので表に出ることができない。梅川が一人急いで側に寄って、転んだ父を介抱《かいほう》した。孫右衛門は話をしているうちに、しだいにこの女が梅川であることに気づき、梅川のようすからその人柄をさとり、嫁として密《ひそ》かに認めるのだった。
孫右衛門は忠三郎の協力もあって、なんとか二人を無事に逃がしてやろうとするが、二人は捕らえられてしまう。

〔梅川のモデル・素材〕

大和（奈良県）新口村の小百姓四兵衛の息子清八が大坂へ養子へ行き、亀屋忠兵衛の名前を継いだが、金銀を盗み取って遊女を身請けし、駆け落ちして、大和の上里村の親類宅に隠れていたところを逮捕されたという事件（『永保記事略』〈『伊賀藩城代家老日誌』〉宝永七年〈一七一〇〉正月二十五日条）があり、梅川のモデルはこの遊女と考えてよいだろう。

一方、浮世草子『御入部伽羅女《ごにゅうぶきゃらおんな》』（宝永七年九月刊）に、新町槌屋梅川が一度勤めをやめたあと、ふたたび京都で二度目の勤めに出て、前以上の評判となったことが記されている。これを劇化したものとして、正徳元年（一七一一）二の替わり、京都都万太夫座《みやこまんだゆうざ》上演の歌舞伎『けいせい九品浄土《くほんじょうど》』があり、梅川（山本かもん）が廓《くるわ》を出るために忠兵衛を利用するが、越前（福井県）三国《みくに》でふたたび遊女の勤めに出たという筋になっている。

また正徳六年（一七一六）刊の浮世草子『好色入子枕《こうしょくいれこまくら》』では、忠兵衛は公金を使って梅川を身請けするが、大和へ逃げる途中で捕らえられ処刑される。梅川は処刑をまぬがれて尼となり、伏見のほとりで忠兵衛の菩提《ぼだい》を弔《とむら》ったとする。

〔梅川の人物の評価の歴史〕

遊廓に勤める遊女を描くばあい、その方向性が大きく二つに分かれる。一つは、自分の役に立つように客を利用する女性として描く。したがって、客を思うように操《あやつ》る手練手管《てれんてくだ》に長《た》けた遊女として登場するのであり、客である男は愚か者として描かれる。もう一つは、自己犠牲《ぎせい》的な精神をもちあわせ、男とともに生きる、あるいはともに死ぬことに自己の人生の喜びを見いだす女性である。

梅川の描かれ方も大きく分ければ、その二つのパターンになる。正徳元年（一七一一）二の替わり、京都都万太夫座上演の歌舞伎『けいせい九品浄土』における梅川は前者のほうであり、『冥途の飛脚《めいどのひきゃく》』の梅川は後者のほうである。

近松門左衛門は遊女を描くばあい、男を利用する計算高い女性として描かないことが多い。とくに、主人公のばあいはそうである。梅川も身請けされることだけを考えれば、忠兵衛でなく田舎客であってもかまわないわけだが、客である忠兵衛に本気で恋してしまい、田舎客に身請けされてしまったばあいは死ぬことを考えている。『冥途の飛脚』では、こうしたいちずな恋心をもつ遊女として梅川は描かれている。

この作品のあと改作がつくられ、紀海音《きのかいおん》作の『傾城三度笠《けいせいさんどがさ》』〈正徳三年〈一七一三〉十月、曾根崎《そねざき》新地芝居初演〉、『けいせい恋飛脚《こいびきゃく》』〈安永二年〈一七七三〉十二月、曾根崎新地芝居〉、歌舞伎『恋飛脚大和往来《やまとおうらい》』〈寛政八年〈一七九六〉一月、大坂角座〉などがある。これらは、基本的には近松の梅川の人物像をひきついでいるものといえるだろう。

したがって、梅川という遊女は事件直後には、したたかな遊女としての一面を取りあげられて描かれた作品もあったが、時間が経過するにつれ、近松の描いた梅川像の影響が色濃く受けつがれていったといえよう。

〈梅川の人物像をいかに読むべきか〉

『冥途の飛脚』に描かれる梅川の人物像をどのように読んだらよいのかという問題は、梅川がなぜ忠兵衛に恋をしたのかという疑問に答えることと同義であろう。なぜならこの作品では、忠兵衛はあまり同情をひくような人物としては描かれていないからである。

上之巻で描かれる忠兵衛は、友人の八右衛門のところにきた江戸為替《かわせ》の五十両を黙って着服し、梅川を身請けする手付金として払ってしまったことを八右衛門に言い訳するところから始まる。八右衛門は親分気質《かたぎ》のところがあり、忠兵衛が窮したあまりの行動であることを聞かされると、いちおうは許す。また忠兵衛は、養母の妙閑《みょうかん》から八右衛門に届いた金をまだ届けていないことを注意され、すぐにこの場で渡すように迫られると、鬢水《びんみず》入れを紙に包んで小判のように見せかけ、その場をしのごうとする。これにも妙閑の手前、八右衛門は忠兵衛の立場を思って、友達としてとっさに合わせてやる。

この上之巻で描かれる忠兵衛と八右衛門のやりとりから、忠兵衛が大坂商人としては失格者であることが明確である。八右衛門は、いくら友達であろうと、「心易いは格別」（友達だからといってなにかと気安いのと商売のこととは別問題だ）といっており、仕事にたいする責任と規律はしっかりとわきまえている。しかし、忠兵衛にはそのわきまえがない。それというのも、遊女梅川に忠兵衛が溺れていることが原因となっている。八右衛門自身は、けっしてそうしたことを起こすことはないが、そうした状況に陥る男がもつ危険性をよく知っている。

中之巻で八右衛門は越後屋へ行き、忠兵衛を店に寄せつけないようにと、さんざんに悪口をいったのも（ややロが滑《すべ》ってことばが過ぎた点はあったにせよ）、忠兵衛がつぎに店を訪れるときには、おそらくさらに大金の公金を横領して梅川を請け出しにくるにちがいないと予想がついたからであった。事実、そのとおりに忠兵衛はまもなくやってきて、八右衛門が店の者たちに忠兵衛の話をしているところを立ち聞きし、そのことで怒《いか》り心頭《しんとう》に発《はっ》し、屋敷に届けようと思って持っていた公金の封印を切り、結果的に横領してしまうことになる。「いすかの嘴《はし》の食い違い」（鳥のいすかのくちばしが食い違っているように行き違ってしまった）という表現に表わされるように、じつに皮肉な結果となってしまうのである。

「短気は損気の忠兵衛」と書かれるように、忠兵衛は深《しん》慮《りょ》というものをもたず、つねに混乱し、動揺し、激高する姿ばかりをみせている。そんな忠兵衛に、梅川はなぜ恋をしたのか。

梅川は、田舎客による身請けの話が出て、忠兵衛と別れ別れにならざるをえないのかと思い、沈鬱《ちんうつ》になって越後屋を尋ねてくるが、ここでほかの遊女たちといっしょに、気晴らしに禿《かぶろ》の語る『夕霧三世相』を聞く。このときのことばのなかに「とかくただ恋路は偽りもなくまこともなし。縁のあるのがまことぞや」とあるのを聞いて、梅川が「いとしいといふこの病、勤めする身の持病か」と言うように、たとえ忠兵衛と縁はなくとも、忠兵衛を愛《いと》しいと思う気持ちはどうしようもないという梅川の切実な恋心が描かれている。

遊女として太夫《たゆう》でも天神《てんじん》でもない、格の低い格子女郎《こうしじょろう》の梅川にとって、忠兵衛はどのような存在であったのか、それを明らかにすることが梅川の恋心を解く鍵《かぎ》となる。忠兵衛は元来、大坂の商家に生まれ育った人間ではなく、大和新口村の大百姓の一人息子として生まれ、実の母が亡くなったのちに継母が入ったことから、家族関係がよくないものになっていた。二十歳になってから大坂の飛脚屋へ養子に出された忠兵衛は、慣れない土地と環境になかなかなじめず、新しい仕事を早く身につけなければならなかったので、彼にとっては大きなストレスをかかえながらの四年間であったろう。そうした境遇にあった忠兵衛と梅川は、新町の遊廓で客と遊女という関係で出会うことになる。忠兵衛は梅川に唯一の安らぎを見いだし、必死に通うようになったのだろう。梅川は、忠兵衛のその必死でいちずなようすに愛しさをつのらせていったのではなかろうか。

大和新口村へ向かった二人は、忠兵衛の父親の孫右衛門と会うが、忠兵衛は最後まで父と面と向かって会うことはかなわなかった。しかし、梅川は孫右衛門が泥田《どろた》に足を踏み入れて転んだところを介抱し、孫右衛門も話すうちに嫁と気づいて、梅川の人となりを認め、嫁として話しかけるのである。孫右衛門は、梅川が自分の息子を騙《だま》して公金を横領させるような心の遊女ではないことを、自然と知るのであった。

梅川の恋は、いちずに求めてくる忠兵衛の恋心を受けとめ、応《こた》えることのなかから生まれてきたものであり、育ってきた愛情であったのである。

〔梅川が影響を与えた人物・作品〕

近松門左衛門が初めて浄瑠璃《じょうるり》作品で世話物として書いた『曾根崎心中』は、さまざまな影響を後代に与えたが、とりわけ主人公お初の存在は、その後の近世演劇の女性像に大きな影響を与えた。だが『冥途の飛脚』の梅川も、お初とは異なる形で影響を与えている。

お初の恋人徳兵衛は、友人九平次《くへいじ》に陥《おとしい》れられ、濡《ぬ》れ衣《ぎぬ》を着せられて町人として大坂で生きてはいかれぬ身とされてしまうが、お初は徳兵衛とともに死ぬことで、自分の人生をまっとうしようとする。お初の恋にたいするいちずさが、直線的に描かれている作品である。しかし梅川は、もうすこし複雑な状況を生きる遊女である。自分のために恋人の忠兵衛は公金横領をしてしまうが、その事実を知った梅川は生きられるあいだは夫婦《めおと》として添《そ》いとげようと逃亡する。そして、忠兵衛の父親の孫右衛門と対面し、その後捕らえられ、忠兵衛は処刑される。忠兵衛を母性的な愛情でつつむ側面や、孫右衛門にたいし万感の思いをこめてやさしく介抱するところなど、お初にはみられなかったふくらみをもたせられている。

また、梅川の影響を受けたものとしては『心中天《てん》の網《あみ》島《じま》』の小春があげられよう。小春は紙屋治兵衛と深い仲になるが、治兵衛の女房の密かな、しかし切実な嘆願によって、身を引くことを決意する。愛する治兵衛にそのことを知らせずに、自分が憎まれても治兵衛とその家族のために自分の思いをあきらめようとする、複雑で悲痛な遊女の姿が描かれている。これは、梅川をさらに複雑化した人物造型といえる。

(黒石陽子)

〔浄瑠璃〕小春《こはる》

『心中天の網島』
江戸時代

〔小春の人生〕

小春は、母一人子一人の貧しい生活ゆえ、湯女《ゆな》（売春婦）となり、そののち曾根崎新地《そねざきしんち》の遊廓《ゆうかく》紀伊《き》の国屋の遊女となった。その小春が客の紙屋治兵衛に初めて出会ったのは、およそ三年ほどまえ、まだ十七歳になるかならぬのころであった。当時治兵衛は二十六歳、大坂天満《てんま》天神宮前町の老舗《しにせ》の紙屋の主人だった。治兵衛にはおさんという妻がおり、二人のあいだには幼い二人の子どもがあった。

客と遊女の関係であった二人だったが、治兵衛は小春の所へたびたび出かけるようになり、そのうちに切っても切れぬほどの深い仲となっていった。一方、魅力ある小春は、ほかの客からも目をつけられていた。その一人が太兵衛である。太兵衛は治兵衛と争って、小春を身請《みう》けしようとしていた。しかし、小春の心は治兵衛に傾いており、太兵衛は嫌われていた。嫉妬した太兵衛は、治兵衛と小春が深い仲であると盛んに世間に言いふらした。その結果、小春の客はしだいに減り、遊廓の主人たちも、小春と治兵衛が心中でもするのではないかと心配して、しだいに治兵衛を小春から遠ざけようとするようになっていた。

小春は治兵衛を客としてではなく、命がけで深く思うようになっていた。しかし治兵衛は妻子ある身の上であり、そのうえ小春を身請けするような経済的な余裕もなかった。一方で太兵衛は、小春を金の力で自分のものにしようとしているのである。こうして、小春と治兵衛は心中することを考えるようになっていた。

一方、治兵衛の妻おさんは、夫を奪われたつらい思いをかかえながら家を守り、夫のようすを見守っていた。しかし、近ごろの夫のようすがあまりにもいつもと変わってきており、小春と心中しようと考えているようすが見えてきたので、とうとう小春に手紙を書いて、夫の命を助けてほしいと頼むことを決心した。

江戸時代、一人の男性の妻の立場にいる女性と、遊女としてその男性を客として迎える立場の女性のあいだには大きな隔たりがあった。妻はあくまでも社会的に認められた存在であるが、遊女は一時の慰みの対象としか見られなかった。したがって、妻と遊女は対等な関係としてはけっして見られることがなかったのである。女性同士でも、その隔たりは意識され、一般的には対等な女性同士という意識をもつことができない時代であった。

おさんは、夫の命を助けたかった。もちろん妻としての誇《ほこ》りはあるが、いまは小春に助けてもらう以外に、だれも治兵衛の命を助けることができないことを、おさんはよくわかっていた。夫にはけっして知られないように、おさんは密《ひそ》かに小春に手紙を書いた。「女は相身互ひ事。切られぬ所を思ひ切り夫の命を頼む頼む(女はたがいに助け合うもの。思い切られぬところを思い切って、夫の命をどうか助けてください)」。小春はこの手紙を受け取って、たいそう心打たれた。愛する夫の心と体を奪った憎い遊女である自分に、「女は相身《あひみ》互《たが》ひ事《ごと》」と心底から対等の立場で頼んできた妻おさんだったからである。この人の気持ちに応《こた》えることが、人としての守るべき道であると、小春は思った。そして「身にも命にもかへぬ大事の殿《との》なれど。引かれぬ義理合ひ思ひ切る(私にとっても命にも代えられない大事な方ですが、断わることができない筋のことです。私はあなたのご主人を思い切ります)」と返事を書いた。しかし、それは小春にとって死ぬよりも苦しいことであった。

小春はその後、あまりのつらさに、精神状態が乱れるようなときがあった。いつ治兵衛が自分を訪ねてくるのかと思うと、会いたい気持ちは抑えられないが、おさんとの約束を思えば、治兵衛が来たときにどのように対したらいいのか、とまどい悩むのである。

こうしているとき、治兵衛のようすを心配した兄の孫右衛門が、侍客《さむらいきゃく》に変装し、小春の客となった。小春は思いのつらさに耐えきれず、「死ぬのに刀でのどをつくのと、首を絞めるのとではどちらが苦しいでしょうか」などと尋ねてしまう。侍客から治兵衛と小春との心中の噂話があると聞くと、小春は「自分はじつは死にたくないのだ」と言う。ちょうどそこへ、治兵衛が小春を思って密かに訪ねて来る。小春のようすを陰からうかがい、「死にたくない」ということばを聞いて、自分は騙《だま》されていたのだと怒る。侍客に変装していた孫右衛門は治兵衛に気づき、正体を現わして治兵衛をしかったので、治兵衛は小春と別れる決意をする。

その後、小春が太兵衛に身請けされることとなったという話が治兵衛とおさんの耳に入る。おさんは、小春が一人で自害することを直観した。そして、自分のために死ぬ覚悟で別れてくれた小春の命をどうしても助けなければならないと、夫の治兵衛に真実を打ち明ける。おさんは、なんとしても小春を治兵衛に身請けさせようと、家にある金目のものをすべて治兵衛に持たせようとするが、ちょうどそのとき、おさんの実父である五左衛門がやって来て、その場を見つける。そして問答のすえ、おさんは実家へ連れもどされてしまう。こうして、治兵衛の家庭は崩壊した。

治兵衛は小春と心中しようとするが、小春はおさんとの女同士の約束を裏切ることはできず、二人でいっしょに死ぬことは許されないと、離れて違う場所で死ぬことを望む。治兵衛は小春の心を思い、二人は離れればなれの場所で命を絶ったのだった。

〔小春のモデル・素材〕

『心中天《しんじゅうてん》の網島《あみじま》』の実説は不明である。浜松歌国《はままつうたくに》が書いた『南水漫遊拾遺《なんすいまんゆうしゅうい》』（五）や『摂陽奇観《せつようきかん》』（二十五ノ上）によれば、享保五年（一七二〇）十月十四日の夜、網島の大長寺で心中した男女を題材にして脚色したとする。ただし『心中天の網島』の下之巻では、「十月十五夜の月に見えぬ」や「はや明けわたる。じんでうに最期《さいご》は今ぞ」とあるので、十月十六日の明け方に、モデルとなった男女が心中したと考えられる。

〔小春の人物の評価の歴史〕

『心中天の網島』は妻子ある男性が、遊女にのめりこみ、家庭を崩壊させた結果、遊女と心中するという話である。常識的な見方で考えれば、まことにけしからぬ、男性の身勝手な行動としかいえない話である。しかし、作者近松《ちかまつ》門左《もんざ》衛門《えもん》は、そのような事件が、なぜ起きなければならなかったのかを深く見つめて描いていく。主人公の心の奥底を深くえぐり、それぞれの人物が、自分でもどうすることもできない心をかかえて生きなければならなかったプロセスを、丹念《たんねん》に描いていく。

主人公の治兵衛は、いとこ同士のおさんと結婚し紙屋を営んでいるが、商売にいまひとつ心が向かない。おさんはしっかり者なので、夫がやらない分は自分が請け負って、少しも商売に穴をあけるようなことはしない。その結果、いっそう治兵衛は、家庭や仕事のなかで、はっきりとした自分の居場所を見出せないようになる。けれども、曾根崎新地で小春と出会ったときから、治兵衛は、それまでの生活では得られなかったものを見出した。小春と会っているときだけは、満たされるものがあったのである。だが治兵衛には、小春を身請けすることはとてもできなかった。金銭の問題もあるが、妻子があり、親戚同士の結婚で、自分だけの希望で勝手な行動することなど許される立場ではなかったからである。

この作品では、その治兵衛をめぐり、妻おさんと遊女小春の「女同士の義理」が重要なテーマとなっている。おさんは夫が心中してしまいそうなようすを気づかい、小春に夫の命を助けてほしいと頼むのである。小春は夫を奪った賤《いや》しい身分の自分にたいし、妻であるおさんが「女同士」と言って、対等な立場で懇願してきたことに深く心打たれる。そうして、深く愛する治兵衛と別れる決心をするのである。

この「女同士の義理」が『心中天の網島』のあと、どのように扱われていくことになるだろうか。改作『天網《てんのあみ》島時雨《じましぐれ》の炬燵《こたつ》』（一七〇〇年代後期以降上演）では、おさんが実父五左衛門に連れてゆかれてしまったあと、小春が遊廓を抜け出して治兵衛の家を訪ねてくる。そこで丁稚《でっち》の三五郎がおさんから言付《ことづ》かったからと言って、二人に結婚の祝言《しゅうげん》の盃《さかずき》を交わさせる。小春は、おさんの志に申しわけなさでいっぱいになる。さらに、五左衛門のところから治兵衛の末の娘が尼姿《あま》でやってくる。その着物に五左衛門とおさんからの手紙が書かれている。五左衛門からは、百五十両の金をさきほど治兵衛の家に行ったおり簞笥《たんす》に入れておいたので、その金で小春を身請けするように、そしておさんからは尼になったので二人で夫婦になってほしいという内容が書かれてあった。それを見た治兵衛と小春は、あまりの申しわけなさに、このまま生きていることはできないと心中へと向かうことになる。

のちの作品になると、おさんと小春、それぞれのせっぱ詰《つ》まった気持ちが、あまり突き詰めては描かれなくなっていく傾向にあった。

〔小春の人物像をいかに読むべきか〕

治兵衛のことを「身にも命にもかへぬ大事の殿」と、小春はおさんからきた手紙の返事に書いている。小春は遊女という職業でありながら、真剣に一人の男性を愛してしまった。このことじたい、遊女の身の上にとっては、あってはならないことであった。遊女は、客をほんとうに好きになってしまっては仕事にならないのである。

しかし、治兵衛の妻おさんが、なぜ夫の命を助けてほしいと小春に手紙を書く気持ちになったのかといえば、小春がほんとうに治兵衛のことを思っているとわかっていたからであろう。真実に夫のことを愛している女性であれば、夫の命を救いたい自分の気持ちを理解してくれるにちがいないと確信できたのである。一方小春もまた治兵衛のことを愛すればこそ、妻おさんの気持を理解することができた。身分と立場の違いを越えて、必死に頼んできたおさんの気持ちを、小春はまっすぐに受けとめようとしたのである。

作者の近松門左衛門は、『心中天の網島』の上の巻で、おさんが小春へ手紙を送ったことを作中の登場人物にも観客にも明かさずに描きはじめる。遊廓の賑《にぎ》わいのなかで、久しぶりに客がついたというので、小春は店に送られてくる。小春は機嫌が悪く、侍客がやってきて、向かいあっても、気持ちが違うところへいってしまっているる。あまり人と会話を交わさないし、話しても陰鬱《いんうつ》なことばかりを客に問いかけたりする。そして、侍客から治兵衛との仲についての話をされると、小春は自分は心中などしたくないので、治兵衛が通ってこられないように、いつも自分の客になって来てほしいと頼む。ここまでの小春のようすからは、治兵衛と心中するのがいやになって悩んでいるようにしか見えない。

しかし、この小春の言動の裏側には、おさんからの頼みを聞いて、治兵衛を殺さないために自分は治兵衛と別れなければならないと決意し、どのようにしたらよいのかと悩みつづけていたという事情がある。

江戸時代の演劇には「愛想《あいそ》づかし」というパターンがある。これは女性が、心ならずも思っている男性と別れなければならないときに、自分の心情を偽って相手の男性にたいし、わざと嫌いになったように見せて、男性の女性にたいする思いを断ち切らせるというものである。

『心中天の網島』の小春のばあい、上の巻の小春の言動には、これに似たところがあるが、「愛想《あいそ》づかし」にはあたらないのである。おさんと約束した小春は、治兵衛と別れ、心中しないようにしなければならない。だが、それは小春にとってとてもつらいことである。たまたま知らない侍客がついて、小春は心にためていた悩みの一端を、ついことばにしてしまったところ、運悪くそれを治兵衛が立ち聞いてしまったのである。こうしたかたちで治兵衛と別れることになるとは、小春自身も予想してはいなかった。それだけに、小春自身にとっても衝撃と悲しみは大きかったのである。

近松が描いてきた遊女は、愛する男とともに死ぬために、あるいは少しでも長く共に生きるために、さまざまな苦難を乗り越えようとする女性であった。しかし小春は、愛する男を死なせずに妻のもとに帰すために、自分一人で苦しむ道を選んだ。自分を女性として対等に扱い、必死に治兵衛の命を助けようとしたおさんの気持ちに、小春は自分のことは脇《わき》において応えようとした。その自己犠牲《ぎせい》的な生き方が、小春という人物の特徴といえるだろう。

〔小春が影響を与えた人物・作品〕

一人の男性をめぐり、二人の女性が嫉妬《しっと》し、たがいを憎み合うという話は古今東西の文学作品に少なくない。しかし、一人の男性を二人の女性がともに真実に愛し、それゆえに自分の苦しみに耐えてその男性の命を救おうとする女性像は、あまり例をみないのではないだろうか。

女同士が身分を越え、たがいの立場を越えて、たいせつに思う存在を守ろうとする思い――近松門左衛門はそれを「女同士の義理」として説明している。小春はおさんの思いを汲み、自分が苦しみを引き受けることが、自分が人として生きる道であると判断した。それが、妻子ある男性を心から愛してしまった遊女小春の宿命でもあったのである。

最後に治兵衛と小春は、すべてを失って死を選ぶこととなる。しかし、小春は治兵衛が共に夫婦として心中しようということばを最後まで拒んだ。なぜなら、小春は「夫の命を助けて」というおさんの頼みをかなえることができなかったからである。せめて治兵衛と別々の場所で死ぬことで、おさんへの「義理」を果たしたかった。

同時にそれは、自分が人としての誠をもつ者であることの証《あかし》でもあった。

近松門左衛門の世話ものとして最高傑作といわれる『心中天の網島』は、江戸時代の、たとえどのように低い身分の人間でも、これほどまでに人間として誇り高い生き方を全《まっと》うしようとしたことを、小春という女性をとおして描いているのである。

（黒石陽子）

（浄瑠璃）小春（心中天の網島）

〔現代に生きる小春《こはる》〕

小春は、現代風にいえば、妻子ある男性を愛してしまったゆえに悲劇の人生を歩まざるをえなかった女性である。

現代においても、妻子ある中年男性を愛してしまう若い女性は少なくないようである。世の中には、若くてイイ男だって大勢いるのに、若い女性は、なぜか危険な不倫関係にのめりこんでしまう。会社の上司（部長・課長）と若いＯＬの不倫は少なくない。

それは、妻子があったとしても、中年男性には、浮薄な若い男性には求むべくもない人間味—やさしさ・寛容さ・安心感などがあるからである。

しかし、若い女性にとって、一時的な不倫愛にすぎず、妻子ある限り報われることはほとんどないであろう。中年男性の魔力に取りつかれないように注意しなければならない。

（西沢正史）

（浄瑠璃）お　吉《おきち》

『女殺油地獄』
江戸時代

〔お吉の人生〕

お吉は二十七歳で、油屋豊島屋《てしまや》七左衛門の妻である。子どもは女の子が三人あり、油屋の女房として、妻として、母として、世間並みの幸福な生活を送っていた。油屋の同業者として近隣に河内屋があり、実直な夫婦のあいだに三人の子どもがあった。長男太兵衛はすでに家を出て、よその店に奉公していた。次男与兵衛《よへえ》はまだ親がかりであるが、あまり素行《そこう》がよくなく、両親の心配の種だった。そうした関係もあり、三人目の長女に婿《むこ》を取るようすであったが、そのころ長女は病気に伏せっているようだった。

そもそも河内屋の家族は、先代徳兵衛が亡くなったため、奉公していた現在の徳兵衛が婿に入って先代の妻と結婚し、店を守ってきたのであった。子どものうち長男と次男は先代徳兵衛の子どもで、長女だけが現在の徳兵衛の子どもであった。徳兵衛は、主人であった先代徳兵衛の子どもたちへの対応にとまどい、つねに複雑な思いをかかえながら接してきた。長男はそうした父徳兵衛の立場を理解しながら成長したが、次男の与兵衛は父徳兵衛の気持ちを理解することができず、父親でありながら、どこか毅然《きぜん》としない徳兵衛に不満の思いをいだきながら成長した。それに反し、母親はいっそう厳しい態度で与兵衛に対していた。与兵衛は、そうした家族への満たされない思いがあるためか、近所のお吉の店におりおりに入り浸《いびた》ってはお吉に甘えていた。

ある日、お吉は家族で野崎参りをしたが、そのおり、与兵衛が悪い仲間と連れだって野崎へやってきていたのに出くわした。与兵衛は自分が通っている遊女の一人、天王寺屋の小菊が自分と野崎参りをするのを断わっておきながら、田舎客といっしょに野崎参りをしているのを知り、嫌がらせをしようと待ちかまえていたのだった。お吉は与兵衛の姿を見て、またよからぬことを考えているにちがいないと思い、両親を泣かせることはしないようにと教訓してその場を立ち去った。

その後与兵衛は小菊を見つけ、田舎客と喧嘩《けんか》となり、あげくのはてには殿《との》の代参《だいさん》で野崎参りをする小栗八弥《おぐりはちや》の行列に喧嘩の勢いで泥をかけてしまい、捕らえられてしまった。捕らえたのは、皮肉にも与兵衛の叔父の森右衛門《もりえもん》であった。与兵衛は、八弥の情けでその場で討たれることを免れたが、泥まみれになり、気も動転しているところへ、お吉が夫を探して子どもを連れて戻ってきた。与兵衛に泣きつかれたお吉は、そのままにもしておけないので近くの茶屋に入って与兵衛の泥をすすいでやっていた。そこへ夫の七左衛門が追いつき、お吉と与兵衛の親しげなようすに驚くが、事情を聞いて誤解を解いたものの、お吉は夫から軽率な行動は慎むようにときつく戒められた。

与兵衛はその後、遊廓《ゆうかく》への支払いのために金策に窮《きゅう》していたが、母を騙《だま》して金をもらったりするばかりでなく、父徳兵衛に黙って父の徳兵衛の名前で高利貸しから金を借りていた。一方両親は、与兵衛の素行の悪さを心配し、与兵衛に目を覚まさせるため妹に入《い》り婿《むこ》を取り、家の財産を彼には渡さない考えのようにみせていた。そこで与兵衛は、病気の妹にむりに演技をさせ、先代の徳兵衛がとりついているようにみせて親たちを脅《おど》し、入り婿の件を阻止《そし》しようとした。あげくのはてには、父親をはじめ妹や母にまで暴力をふるうので、ついに与兵衛は勘当《かんどう》されてしまった。

与兵衛は行くあてもなく、金策もつきて途方に暮れていたが、お吉のことを思い出して訪ねていったところ、そこへ両親がお吉を訪ねてやってくるのが見えた。与兵衛は姿を隠して両親のようすをうかがう。お吉の家は、節季《せっき》の掛け取りのために七左衛門が留守《るす》だった。二人の親は与兵衛のことをどんなに心配しているかを涙ながらに語り、お吉も同じ子をもつ親として、その両親の気持ちに同情し涙するのだった。

両親が帰ったあと、与兵衛はお吉の家に入る。お吉は与兵衛に両親の悲しみを伝えて、まじめに生きるように諭《さと》す。しかし与兵衛はお吉に向かって、自分をかわいいと思ってくれる父親のことをいとしいと思うから、どうしても父徳兵衛の名前で借りた金を今晩中に返済しなければならない、もし返せなければ父徳兵衛にたいへんな苦労をさせることになるから金を貸してほしいと懇願する。しかしお吉は、与兵衛がまた嘘《うそ》をいっているのではないかと疑い、また以前野崎参りのおり、彼の着物が泥で汚れたのをすすいでやって夫に誤解を受けたことを思い出し、夫の留守に金を貸すなどもってのほかと断わった。

　拒絶された与兵衛は態度を一変させ、それならば油を売ってほしいと頼み、お吉の隙《すき》をついて切りかかり、命乞《いのちご》いするお吉を殺害してしまう。

〔お吉のモデル・素材〕

　実話は不明であるが、当時実際に事件があり、ただちに歌舞伎《かぶき》化されたようである。『女殺油地獄《おんなころしあぶらのじごく》』下之巻に、「油のついでに、油屋の女房殺し。酒屋にしかへて、幸左衛門がするげな。殺し手は文蔵、憎いげな」とある。歌舞伎では人形浄瑠璃《にんぎょうじょうるり》よりも早くから、実際に市井《しせい》で起きた事件を舞台化していた。

〔お吉の人物の評価の歴史〕

『女殺油地獄』は初演時の評判がかんばしくなく、その後江戸時代のあいだは再演された記録がほとんどみられない。明治時代になって坪内逍遙《つぼうちしょうよう》が取りあげたことにより、みなおされた作品である。与兵衛という人物が、江戸時代の観客には受けいれにくかったということが関係しているものと思われる。しかし、明治以降は文楽（人形浄瑠璃）・歌舞伎でも盛んに取りあげられるようになり、新派・新劇・映画でも取りあげられるようになった。むしろ、近代になって評価を得ることができるようになった作品である。

　坪内逍遙が与兵衛の人物形象に注目してから、与兵衛が脇差《わきざし》を持ってお吉の家を訪ねるときの考えはどうであったのか、さまざまな解釈も出されてきたが、最終的な解決はみないままである。それにたいし、お吉の解釈は取りあげられることは少なかったようである。

〔お吉の人物像をいかに読むべきか〕

　お吉は与兵衛と四歳ちがいであり、ちょうど姉と弟のような年齢の開きがある女性である。上之巻に、お吉の娘のうち一番上の娘は九歳と書かれているので、お吉が嫁入りしたのはすくなくとも十年以前ということになり、お吉が十六、七歳、与兵衛が十三、四歳のころであったと推定されるから、与兵衛が思春期で多感であったころに、お吉は近隣に嫁にきたということになろう。家庭内の親子関係でどこかしら満たされない思いの与兵衛が、そのお吉をどのような目で見ていたのか。そうした歳月の重みが、この作品を読むときの背景として重要になるだろう。

お吉は七左衛門の妻として、油屋の女房として、また三人の娘の母として坦坦《たんたん》とした日々の暮らしを真面目に生きてきた女である。一方与兵衛は、実父ではない徳兵衛にたいしても、母にたいしても妹にたいしても甘えて生きてきた男であり、さらに自分の不満をお吉に甘えることで解消しようとしてきた。

お吉は、そうした与兵衛の心のあり方に気づくことはなかった、あるいは気づかないようにしていた。そこに、この事件の起きる要因のひとつがあったといえる。

お吉が野崎参りに家族で出かけたとき、不良仲間といっしょに来ている与兵衛を見かける。お吉が「いかさま若いお衆がこのよなをりに。あんな見事な者引連れ。贅《ぜい》のやりたいは道理。こな様も連立ちたい者があろ」と話しかけると、与兵衛はよくぞ聞いてくれたとばかりに、そのとおりだといって事情を話す。自分を振って田舎客についてやってくる遊女の天王寺屋小菊と、その客を待ち伏せして、喧嘩をしかけるつもりだというのである。お吉はそのことばを聞いて、「それが信心の観音参りか」と叱《しか》って説教する。心配している両親を悲しませないように、まじめに商いの道に精を出すようにと諭すのである。

与兵衛は去っていくお吉を見送ったあと、不良仲間とお吉の噂話《うわさばなし》をする。不良仲間の者が「物腰もどこやら恋のある美しい顔で。さてさて堅い女房ぢやな」というように、お吉は三人の子持ちではありながら、まだまだ魅力をもった女性なのである。与兵衛も「年もまだ二十七。色はあれど、数の子ほど産みひろげ。所帯染うて気が公道、よい女房にいかい疵。見かけばかりでうまみのない。飴細工の鳥ぢやと笑ひける」と悪口を言いながらもお吉の魅力を認めている。しかし、お吉自身は自分の女性としての魅力に気づいてはおらず、母親として、妻としての自分の姿しか意識していないのである。

そうしたお吉の意識が現われているのが上之巻で、与兵衛が田舎客と喧嘩をし、勢いあまって泥を小栗八弥の行列に投げつけてしまったときの事件である。与兵衛は気が動転し、このままでは首をはねられるかもしれないと思いながらも、どうしてよいかわからず、うろうろしているところへ、お吉が子どもとともにやってきたのだった。お吉は、与兵衛が泣きついてきたので放《ほ》っておくわけにもゆかず、人のよさから茶屋で彼の着物の泥をすすいでやる。そこへ夫の七左衛門がやってきて、不義をしているのではと誤解する。お吉にはそうした意識はまったくないのだが、周囲からみれば疑いを受けるような状況であるということにたいして、お吉は不注意であり、無防備なのである。

下之巻で、お吉は与兵衛から借銭を頼まれ、それを断わるときの理由として、つぎのようなことをいっている。「夫の留守に一銭でも貸すことはいかないかな。いつぞやの野崎参り、着物洗うて進ぜたさへ、不義したと疑はれ。言訳にいく日かかつたやら、なう、うとましやうとましや」。夫はお吉の軽率さを苦々《にがにが》しく思って口にしたのであろう。お吉は悪気《わるぎ》でしたことではないのに、夫から「不義」としていつまでも咎《とが》められたことから、与兵衛への警戒心をもつにいたったのである。

与兵衛はお吉の心情を嗅《か》ぎとり、そこで「不義になつて貸してくだされ」ということばが与兵衛の口をついて出てくるのである。ここには、与兵衛が心の奥底にもちつづけてきた本根の部分が、ちらと現われる。しかし、お吉は与兵衛からますます距離をおき、即座に「ハテならぬと言ふに、くどいくどい」と、にべもなく拒絶するのであった。

与兵衛は借銭だけでなく、自分の密《ひそ》かな思慕《しぼ》の念も完全に拒絶されたことで、態度を一変させ、殺害へと走ることになる。

お吉はもちろん、それには気づかない。「五十年、六十年の女夫の仲も、ままにならぬは女の習ひ。必ずわしを恨んでばしくださるな」といって、与兵衛も納得《なっとく》してくれるものと思っている。そして与兵衛から切りかけられたとき、お吉は「今死んでは年端《としは》もいかぬ三人の子が流浪する。それがかはいい（かわいそうだ）、死にともない。銀はいるほど持つてござれ。助けてくだされ与兵衛様」と懇願する。彼女にとっては、なによりも夫と子どものことが気にかかるのである。妻であり母であるお吉の意識が、明瞭に現われているところである。

しかし、そのことばを聞くことによって、与兵衛は「お吉が家族をそれほどまでに愛するのであれば、自分も自分をかわいがってくれる父親を愛《いとお》しく思う。だから、その父親に憂《う》き目を見せないためには、いまどうしても金が必要なのだ」という論理のすり替えにつなげてしまうのである。

お吉の与兵衛にたいする意識と、与兵衛のお吉にたいする意識は、終始平行線をたどっている。おそらくお吉は、与兵衛を本心のところでは近隣に住む困りものの青年という目で見ていたろうが、近所づきあいのこともあり、人のよい一面をもっていたために、与兵衛の両親からも頼りにされ、なにかと与兵衛のめんどうをみてきたのであった。一方、与兵衛にとってはそれは大きな心のよりどころとなっていたのであり、密かな思慕の対象にもなっていた。お吉は、与兵衛からの借金の申し出を拒絶するとき、夫から不義の疑いを受けて迷惑したことを理由とするが、それはお吉の与兵衛の存在にたいする拒絶ともなっている。お吉はもとより、それには気づいていない。作者近松門左衛門は、そうした日常生活のなかにひそむ男と女の一面を、この事件を描くことをとおしてあぶりだしている。その意味で、お吉はもっとも日常的な、ありふれた女性として登場させられているといえるのである。

〔お吉が影響を与えた人物・作品〕

お吉という女性は、この作品のなかでは受け身の立場におかれており、自分自身で積極的に事件にかかわってきたわけではなく、むしろ被害者として巻きこまれた人間である。しかし、与兵衛の立場からみれば、お吉とのかかわりは十年近くに及ぶのであり、その間のお吉とのかかわりが、この事件をひき起こす背景として大きく関係している。すなわち、お吉の存在そのものが、この作品では重要な意味をもつということができるだろう。

だが、あくまでも市井に生きる平凡な女性であり、お吉そのものから直接影響を受けた女性像は見出しがたい。

（黒石陽子）

（浄瑠璃・歌舞伎）お軽《おかる》

『仮名手本忠臣蔵』
江戸時代

〔お軽の人生〕

お軽は大山崎（京都府）の小百姓与市兵衛《よいちべえ》の娘であり、小さいときから在所《ざいしょ》の田舎《いなか》暮らしが性《しょう》にあわず、成長すると塩冶《えんや》判官《はんがん》の屋敷に奉公にあがり、判官の妻かほよ御《ご》前《ぜん》付きの腰元となった。そのとき塩冶判官に仕える武士早野《はやの》勘平《かんぺい》と出会い、恋仲となる。しかし屋敷勤めのつねとして、その恋は秘する必要があった。

塩冶判官は桃井《もものい》若狭《わかさ》之《の》助《すけ》とともに鶴岡八幡宮《つるがおかはちまんぐう》造営完成にあたり、足利尊氏《あしかがたかうじ》の代参として鎌倉へ到着した足利直《ただ》義《よし》の御馳走役《ごちそうやく》を申しつけられていた。二人の指導監督にあたっていた執事高師直《こうのもろなお》は、塩冶判官の妻かほよ御前に恋慕しており、歌の指導にこと寄せて口説《くど》いていた。かほよ御前は、拒絶の返事を歌に託して師直に届けようとするが、直義饗応《きょうおう》の日でもあり、取りこみのさいちゅうにまちがいがあってはいけないと躊躇《ちゅうちょ》している。だがお軽は、かほよ御前の短冊《たんざく》を届けに行けば判官に仕えている勘平に逢《あ》えると、そのことばかりを考え、やや強引に短冊を届けることを申し出た。

お軽は短冊を預かって供《とも》の奴《やっこ》を連れて御殿に出かけて行くが、御殿の門に着くと奴を帰し、ようやく勘平とうまく出逢うことができた。勘平はお軽から短冊の文箱《ふばこ》を預かり、塩冶判官に届ける。お軽はその後勘平を誘い、二人は忍び逢いをする。しかしちょうどそのとき、高師直と塩冶判官のあいだでは、かほよ御前から届いた短冊の歌による拒絶のことも一因となって、感情のぶつかり合いが起こり、とうとう塩冶判官は高師直にたいし刃傷《にんじょう》に及んでしまった。

勘平は騒動《そうどう》に気づき、裏御門に駆けつけるが、すでに塩冶判官は閉門《へいもん》を仰《おお》せつけられて、罪人として屋敷へ護送されたあとだった。大事なときに主君のそばにおらず、お軽と忍び逢いをしていた勘平は、もはや屋敷にもどることもできず、武士が廃《すた》ったとして切腹しようとする。しかし、勘平に追いついたお軽はそれを止め、こうしたことになったのも自分のせいであるとして、いまはひとまず自分の実家にいっしょに来てほしいと泣いて頼むのだった。

一方、塩冶判官は切腹を申しつけられ、駆けつけた国家老の大星由良之助《おおぼしゆらのすけ》に敵討《かたきう》ちの思いを託して息絶えた。塩冶判官の家は断絶し屋敷を明け渡すことになり、家臣は浪人《ろうにん》の身となってしまった。

勘平はお軽のことばに従い、大山崎（京都府）のお軽の実家に行き、猟師として山で動物の狩りをしながら、名誉回復の機会を探していた。勘平は山崎街道で狩りのさいちゅう、千崎弥五郎《せんざきやごろう》と偶然に出会い、自分の置かれている状況を説明し、密かに塩冶判官の復讐の企てが行なわれていることを耳にしていることを知らせ、自分も仲間に加えてほしいと頼む。さらに、そのために金銭を用意する必要があるが、お軽の両親も協力してくれるにちがいないといって、勘平は弥五郎に金の届け先を教えてもらう。こうして勘平は、名誉回復の機会を得ることができたと喜ぶのだった。

一方、お軽は勘平がこのようになった原因は自分にあるとして、なんとかして彼を武士にもどしてやりたいと考えていた。そこで両親と相談し、勘平には黙って京都の遊廓《ゆうかく》に身を売って、勘平の必要な金を作ろうと考えた。父と母は娘の堅い決意に促されて、やむなく承知した。父の与市兵衛はさっそく京都を訪ね、お軽の身売りの契約を行ない、百両の半金《はんきん》の五十両を持って夜中の山崎街道を一人で帰る途中、山賊となった斧定九郎《おのさだくろう》に殺されてしまう。定九郎は五十両を手にするが、勘平が猪《いのしし》と思って狙《ねら》った鉄砲の弾に撃ち抜かれ、あっけなく命を落としてしまう。勘平は、猪と思って撃ったのが人間であったことに気づき動転するが、薬を探そうとするうちに、懐《ふところ》にあった五十両の入った財布《さいふ》に気づき、思わず天が自分に与えたものと思って持ち去る。

そうとは知らぬお軽とその母は、与市兵衛の帰りが遅いのを心配していた。すると京都の遊女屋一文字屋《いちもんじや》から迎えが来て、与市兵衛は昨夜、半金の五十両を持って帰っていったが、残りの五十両を渡すのでお軽を連れていくといわれて、二人はとまどっている。そこへ勘平が帰宅したので、お軽と母は心強く思う。勘平は事情を聞き、父の与市兵衛が帰るまではお軽は渡せないという。しかし、与市兵衛が五十両を入れて持っていた財布の柄を聞いて勘平は、びっくりする。自分が昨夜殺した旅人から奪い取った財布と同じ柄だったからである。しかも中身は五十両で同じ金額である。勘平は、昨夜殺したのが、じつは与市兵衛であったと思いこみ、激しい衝撃を受けた。そしてけっきょく、お軽を止めておくことはかなわぬことに気づき、またお軽にたいし与市兵衛を殺したのは自分だと打ち明けることもできず、お軽を京都へやることとなる。お軽は事情がいまひとつ飲みこめぬまま、心を残して京都へ連れていかれる。

お軽は遊女となり、祇園《ぎおん》の一力《いちりき》茶屋に出ていた。ここには塩冶判官の家老であった大星由良之助が、おりおり遊びにきていた。今日も由良之助はすっかり酔っていたが、息子力弥《りきや》の書状が届けられると、それを人に隠れるようにして熱心に読みはじめた。お軽はそのようすを二階からみかけたが、つい手紙の中身に好奇心がわいて、二階から手鏡に映してそれを読みはじめた。お軽の髪から簪《かんざし》が落ちた音に、由良之助は気づいた。その手紙はかほよ御前からのものであり、他者に見られてはならぬ重要なものであった。由良之助はお軽を二階からはしごで下ろし、身請《みう》けすると言い出し、さらに好きな男がいるなら添《そ》わせてやると申し出た。お軽は喜ぶ。由良之助が金を払いに行っているあいだに、お軽の兄の寺岡平右衛門がやってくる。平右衛門は足軽の身の上だったが、由良之助の敵討ちの計画に加えてもらいたいと嘆願に来たのであった。

お軽は遊女になっている自分の姿を兄に見られるのを恥じるが、平右衛門は夫のために身を売ったお軽を誉めるのだった。お軽がいまの一部始終を兄に話すと、平右衛門は、それは秘密が漏れるのを恐れて、大星由良之助がお軽を殺すつもりなのだと話し、それならば命を自分にくれとお軽に頼む。平右衛門は、お軽を手にかけることで、それを手柄に由良之助の一味に加えてもらうことを頼もうと考えたのだった。しかし、お軽は父のその後のようすも知らず、勘平とも別れたまま死ぬことはできないと拒絶する。平右衛門は、父の与市兵衛が切り殺されて死んだこと、勘平もお軽が京都へ連れてこられた日に切腹して死んだことを知らせた。お軽は激しく悲しみ、生きている甲斐《かい》もなくなったと思い、平右衛門の手にかかることを承知する。しかし、そこへ由良之助が現われ、二人の心を察して平右衛門を供にすることを承知し、お軽は生きて勘平の追善《ついぜん》をするようにと申しつけた。

〈お軽のモデル・素材〉

大星由良之助のモデルである大石内蔵之助《くらのすけ》は、妻を離縁したあと、小間使いに雇った女性をのちに側女《そばめ》にしたといわれるが、その女性の名前が「可留《かる》」であったという。しかし、お軽の直接的なモデルとなった実在の人物がいたとは思われない。ただし、その典拠となった人物はある。『仮名手本忠臣蔵《かなでほんちゅうしんぐら》』は、時代を『太平記』の世界に仮託《かたく》している。高師直が塩冶判官の妻に恋慕するという設定は『太平記』にあり、このときその仲立ちをするのが侍従である。お軽はその侍従の役割をふまえて登場しているといえる。高師直はお軽が新参の腰元と知って、かほよとの仲を仲介させようと考えていた。一方、お軽はそれとは知らず、かほよ御前の歌の短冊を師直に届けに行くが、それは勘平に逢いたいためであった。もっとも『太平記』とは異なり、『仮名手本忠臣蔵』では、お軽と高師直との関係は希薄であり、この作品では勘平との恋が中心となっている。

〈お軽の人物の評価の歴史〉

『仮名手本忠臣蔵』は敵討ちの話であるが、金と恋をめぐる話が高師直と勘平をめぐって展開する。このうち、恋に純粋に生きる人物が勘平の恋人お軽である。

『仮名手本忠臣蔵』の最も詳細な劇評ともいうべき、江戸時代に刊行された『古今《ここん》いろは評林《ひょうりん》』〈天明五年〈一七八五〉〉では、お軽の役についてつぎのような説明をしている。三段目で勘平と逢うところはおおいに恋の情をもたせるべきところであり、六段目の京都へ身売りをする場面は「恋とうれい」が意味合いをもつべきところである。そして七段目で、簪《かんざし》を落として由良之助がお軽がいることに気づいたあと、二人がやりとりをするところは、遊女らしさを少し出すが、あまり遊女の雰囲気が強すぎてもよくないといったことが記されている。これは、お軽は遊女となっても心が遊女となりきらぬ演技がたいせつで、つねにお軽の心が勘平に向かっているように演じることを重視した考え方であろう。お軽は、勘平への恋にいちずに生きる女として演じることを求められていたことがうかがわれる。

〈お軽の人物像をいかに読むべきか〉

お軽は、最もわかりやすい女性像として描かれている。それは、恋に生きる女という意味において、まったく迷いも揺れもない人物だからである。お軽は大山崎（京都府）の在所生まれだが、田舎の暮らしが性に合わないと思って、屋敷へ腰元奉公に出るのである。そこで勘平という武士と恋に落ちるが、恋することについては勘平よりもお軽のほうがずっと積極的である。

かほよ御前は、高師直へ拒絶の意味をこめた返歌の短冊を届けなければならなかったとき、足利直義の饗応のさいちゅうでたいせつなときであるから、混乱をきたさないためにも、べつの機会を考えたほうがよいかもしれないと躊躇する。しかし、お軽はそうしたことはいっさい考えようともしない。それは、お軽が新参者の腰元であり、こうしたときの状況について無知であったということとも関係しているだろう。だがそれ以上に、ふだんは屋敷内でうかつに声をかけることもできない勘平と、どうどうと会うことができる絶好の機会であるということしか、お軽の頭にはなかったのである。お軽は強引に、主人の手から文箱を奪うようにして使いに出てしまう。しかも、こうして持っていった文箱の短冊は、おり悪《あ》しく、師直の機嫌《きげん》をそこなう結果となってしまい、これが判官の刃傷事件へとつながっていくことになる。

お軽は恋しい勘平と出会うことができると、仕事中でありながら自分からその場を離れて、二人で逢瀬《おうせ》を楽しもうと勘平を誘うのである。勘平もついついお軽の誘いに乗ってしまう。このことにより、勘平は主人の大事の場に居合わせることができず、武士として大失態を演じることになって深く後悔し、切腹しようとする。そのようすを見たお軽は、自分が恋する最も大事な男を、このような窮地《きゅうち》に追いやってしまった自分を責めるのである。

お軽はその後、自分の実家に勘平を連れてゆき、なんとしても勘平を武士としてふたたび世に出してやりたいと思い、遊女に身を売る決心をするのである。こうした一所懸命なお軽の気持ちは、皮肉なことに、またもや勘平を窮地に追いやってゆく。そして実家の両親も、こうしたお軽のペースに巻きこまれて不幸な目をみることになってゆく。

父親の与市兵衛は、娘を遊廓へ売る手続きをするために京都まで出向き、早く娘を喜ばせてやろうと思って、五十両を持って夜中の山崎街道を急ぐが、定九郎に殺されてしまった。お軽の母親は、夫を殺され、娘も遊女として売られ、婿《むこ》と思った勘平も早まって切腹して果ててしまうという三重の悲劇にみまわれる。

お軽の恋へのいちずさは、そうした大きな嵐《あらし》を巻き起こすエネルギーをもっていた。お軽の生き方は、武士の男性社会の論理とはことごとく異なっている。自分の恋心に正直に生き、激しい情熱と強さとたくましさを合わせもった女性として、お軽を読むことができるだろう。

〔お軽が影響を与えた人物・作品〕

恋するいちずな思いをもつ女性像は、近松門左衛門の作品をはじめとして、さまざまなジャンルや作品で描かれてきた。お軽も恋にいちずであるという点では共通しているが、自分の恋心に純粋で正直であるという点では、群を抜いているといえよう。これに近い女性像は、『仮名手本忠臣蔵』と近い年代の作品では『義経千本桜《よしつねせんぼんざくら》』の静御前《しずかごぜん》ではなかろうか。義経は伏見稲荷《ふしみいなり》まで自分を追いかけてきた静御前にたいし、いっしょに連れていくことはできないので京都にいるようにいった。しかし、静御前はそれを聞き入れようとはせず、義経に抱きついて、どうしてもいっしょに連れていってほしいと懇願する。しかし、その場で静御前は義経と別れることになるが、けっきょく狐《きつね》忠信に守られながら、義経のあとを慕《した》って吉野山中まで追いかけてゆく。そうしたいちずな情熱は、お軽と共通するところであると思われる。

（黒石陽子）

(歌舞伎)政岡

まさおか

『伽羅先代萩』
江戸時代

〔政岡の人生〕

奥州の領主足利義綱は、遊女高尾《たかお》の色香《いろか》におぼれ、不埒《らち》な行ないを重ねたため、隠居を言いわたされた。跡目は幼い鶴喜代《つるきよ》君が継いだが、悪臣貝田勘解由《かいだかげゆ》、錦戸刑部《にしきどぎょうぶ》らが鶴喜代を亡き者にし、お家を乗っ取ろうとたくらんでいた。勘解由は御膳奉行の渡会銀兵衛《わたらいぎんべえ》と組んで、鶴喜代君の食事に毒を入れる。しかし乳母《めのと》の政岡が、膳番《ぜんばん》の者をあやしんで問い詰め、毒殺のことが漏れそうになったため、錦戸刑部は膳番をその場で全員切り殺して、自分たちの名が出るのを防いだ。

毒殺計画は未遂に終わったが、政岡はふたたび鶴喜代君の命が狙《ねら》われる可能性を考え、食事に細心の注意をはらった。周囲には、若君は人に会うのを嫌がる特異な病気であると広めて、男性の面会を謝絶した。さらに、わが子で若君と同年輩の千松を遊び相手に付け、すべての食べ物の毒見役をさせていた。食事も、政岡自身の手で調理したものしか若君には与えていなかった。そして、人前では食事の膳を見たら、どんなに空腹でも「食べたくない」と言い張るよう、鶴喜代君に言いきかせていた。

ある日、御膳奉行の渡会銀兵衛の妻八汐《やしお》が、医師大場道益《どうえき》の妻小巻《こまき》と、信夫《しのぶ》(福島県)の庄司為村《しょうじためむら》の後室《こうしつ》沖《おき》の井《い》を連れ、鶴喜代君の見舞いに訪れる。八汐は夫に従って逆心をいだき、忠義をつくす政岡とは激しく対立している。沖の井が持参の御膳をすすめると、鶴喜代君は食べたそうなそぶりをみせるが、政岡ににらまれて、教えられたとおり食べたくないと嫌がる。医術の心得がある小巻が脈を診《み》ると、いまにも死にそうな状態である。しかし鶴喜代君の顔色はふだんと変わりないので、ためしにほかの場所へ移動して診ると、不思議なことに脈はふだんどおりになる。不審《ふしん》に思った沖の井が、長押《なげし》の長刀《なぎなた》で天井板をこじ開けると、そこにひそんでいた曲者《くせもの》が現われる。問いただすと、政岡に依頼されて若君の命を狙っていたと白状する。八汐は鶴岡八幡宮の神木の下に埋めてあったと、願主に松ヶ枝節之助と政岡の署名がある願書を取り出した。そこには若君を調伏してわが子を出世させたいと書いてあった。否定する政岡の言い分を八汐は聞かず、科人《とがにん》として牢《ろう》へ入れて糾明《きゅうめい》せよと主張する。得意そうな八汐が若君の世話は自分がすると宣言し、申し開きのできない政岡は牢へ連れていかれそうになった。しかしそのとき、鶴喜代君がその場の大人たちに向かっていった。「たとえ科人であってもかまわない。乳母の政岡は絶対どこにも行かせない。政岡が牢へ入るなら自分もついていく」と。八汐はうろたえ、刑部様のご命令だというが、鶴喜代君は、「刑部もおまえたちも、みな自分の家来ではないか。そんなに牢に行かせたいのなら、政岡のかわりにおまえたちが牢へ行け」と命じる。鶴喜代君のことばから、自分にたいする強い信頼と仁心を感じた政岡は、あまりのうれしさに涙するばかりであった。この場のようすを見ていた沖の井は、政岡が鶴喜代君を殺すなら人を雇わずとも機会があること、呪《のろ》いに使う願書に自分の名をはっきりと記すのは、証拠をわざわざ残すようでおかしいことなどを指摘した。そして、ひとまず曲者の詮議《せんぎ》をするべきだといって、八汐・小巻とともに若君の前を退いた。

ほかの者が去ったあと、鶴喜代君は子どもらしく無邪気になって、政岡に空腹を訴える。政岡は鶴喜代君をとがめ、主君に忠義をつくして空腹を我慢しているわが子千松の態度を誉《ほ》める。千松は、武士はひもじい思いをするのが忠義、そして食べるときは毒でもなんでも主君のためには食べるものだ、と母の教えをくり返し、「お腹がすいてもひもじゅうはない」と、けなげに答えるのであった。それを見て鶴喜代も負けじと我慢をするので、政岡は茶道具を使って米を洗い、茶釜《ちゃがま》で飯を炊《た》きはじめる。千松と鶴喜代は飼っている子雀《こすずめ》を見、歌をうたって空腹をまぎらわすが、子雀が親雀に餌《えさ》をもらうのを見て、思わず涙ぐんだ。そこへ飼っている狆《ちん》(犬)が走り寄ってきたので、さきほど沖の井が持参した膳の食べ物を食べさせる。鶴喜代君が「おりゃ、あの狆になりたい」というのを聞いて、あまりのあわれさと自分の無力さに、政岡も涙をこぼすのであった。やがて飯が炊きあがり、政岡がおむすびにすると、まずは千松が毒味をする。やっと政岡の許しが出て、二人はたったひとつの握り飯をうれしげにほおばった。そこへ、梶原景時《かじわらかげとき》の奥方栄御前《さかえごぜん》の来訪が告げられる。政岡は、千松を急いで次の間へ下がらせる。

栄御前が、病気見舞いと称して毒入りの菓子を持参し、源頼朝公よりの下され物であるからと、鶴喜代にむりやりすすめて食べさせようとする。そのとき、次の間に控えていた千松が、いつも母親が教えていたとおり、横から菓子を奪い取って毒味し、苦しみはじめた。悪事の露見を恐れた八汐は、千松を引き据《す》え、懐 刀《ふところがたな》で喉《のど》を刺してなぶり殺しにする。政岡は急いで鶴喜代君を自分の部屋へ移し、主君の身の安全をはかったが、栄御前は、政岡が目前でわが子を殺されても落ちついて鶴喜代君を守った態度から、若君とわが子を取り替えておいたにちがいないと思いこんだ。栄御前は千松を殺した八汐を誉め、皆を遠ざけたのちに政岡を悪事の味方につけようとし、一味の連判状をあずけて去っていった。

一人残った政岡は、悪人一味の連判状が手に入ったこと、若君が命の危機を脱することができたことを喜び、「よう死んでくれた、でかしたな」と、わが子千松の小さな亡骸《なきがら》を抱き上げて語りかけた。お家のために若君を守ってよく死んでくれたと千松を誉めつつ、これまでこらえてきた感情が一気にこみあげた政岡は、激しく嘆き悲しむばかりであった。子どもをかわいがり、毒のはいったものは食べるなと気を使い、たいせつに守るのが母親なのに、自分はその子どもにたいして、主君のためなら毒を食べて死ねと教えてきた。これほどひどい母親が世の中にいるだろうか。自分が武家の人間であり、主君を守り育てる乳母であったばっかりに、千松を死に追いやってしまったと、政岡の嘆きはつきることがなかった。卑しい悪人の八汐になぶり切りにされ、息絶えた息子千松の最期《さいご》のようすを思い出して、政岡の胸に新たな怒りがわきあがってくる。

政岡のようすを密かにのぞいていた八汐が、突然切りかかってくる。そこに小巻と沖の井も現われ、八汐が悪事に加担していることを告発した。政岡は、若君の命を狙い千松を殺した憎い敵《かたき》と、見事八汐を討ち果たす。こうして足利家の乗っ取りをねらう悪人たちの手から、若君の命は守られた。その陰には千松の尊い命の犠牲《ぎせい》と、忠義の乳母政岡のはたらきがあったのである。

〔政岡のモデル・素材〕

仙台藩で実際に起こったお家騒動、いわゆる「伊達《だて》騒動」に取材した作品は数多くある。史実でも、若君の亀千代君は命を狙われ、毒殺の企てもあったらしい。しかし、亀千代君にわが子を犠牲にして忠義をつくした乳母は、実際にはいなかったようである。伊達綱宗《つなむね》の側室で、亀千代君の生母であった三沢初子《みさわはつこ》は、賢夫人の評判が高かった人で、この人が政岡のモデルであるといわれている。現在では政岡と初子が同一視されており、仙台の孝勝寺にある初子の墓と、東京の目黒の正覚寺にある初子の供養塔は、いずれも「政岡の墓」として親しまれている。正覚寺には、初子が飯を炊くための水をくんだと伝えられる「まま焚《た》きの井戸」もある。

〔政岡の人物の評価の歴史〕

(1) 鶴喜代君・政岡・千松に八汐・沖の井・小巻が対面し、政岡に若君呪詛《じゅそ》の疑いがかかる場面を「竹の間」という。政岡が鶴喜代君と千松のために飯を炊く場面が「まま焚き」、毒味をして千松が死に、政岡が愁嘆する場面が「政岡忠義」といわれ、この二つをあわせて「御殿」という。

(2) 封建的な気運が強かった時代、とくに第二次大戦前は、政岡のわが子を犠牲にしても主君に忠義をつくすという自己犠牲の精神がとくに美化して解釈され、理想的な人物とされていた。歌舞伎でも、千松の亡骸《なきがら》に向かって万歳するような手つきをして喜ぶという演出の型があったらしい。

(3) 浄瑠璃で政岡が飯を炊く場面は、冗長でだれた印象になりやすいとされており、語る太《た》夫《ゆう》にとってむずかしい演目のひとつとなっている。とくに、若君に涙をみつけられて泣き笑いでごまかすときの心情表現がむずかしいらしい。歌舞伎においても、この場面の政岡は、茶の手前にしたがった作法で飯を炊き、その一挙一動で観客を魅了する力量が要求される。

(4) 現在では歌舞伎でも文楽《ぶんらく》でも、政岡が登場する竹の間・御殿の場だけが上演されることが多い。

(5) 政岡には、あくまで若君が大事と忠義の心をもち、千松が殺されても動揺をみせない落ちついた部分と、千松の遺体に向き合い、子どもを失った母親の苦しみ、悲しみを存分に述べる情にあふれた部分とがある。この両方が自分のなかでせめぎあうために苦しむ人物である。

〔政岡の人物像をいかに読むべきか〕

歌舞伎・文楽《ぶんらく》で『伽羅先代萩《めいぼくせんだいはぎ》』が上演されると、八汐が千松の喉を刺す場面で観客が思わず「あっ！」と声をあげたり、政岡が千松の遺体を抱きしめて心情を述べる場面で劇場内のあちらこちらからすすり泣きが聞こえたりする。私たち現代社会に生きる人間にとっても、『伽羅先代萩』は理解しやすい演目であり、政岡は共感や同情を感じることのできる人物なのである。

政岡のどのような面が、時代を超えて共感をよぶのであろうか。政岡は忠義の臣であるが、それ以前に千松の母であり、鶴喜代君を守り育てる乳母である。そこには母親の、そして幼い子どもの成長にかかわる人間の、喜びや悲しみや責任の重さが十分に描かれているのである。

鶴喜代と千松に接する政岡の態度は、兄弟に接する母親の理想的な姿である。政岡が食べ物をねだる鶴喜代をたしなめつつ、空腹を我慢する千松をほめると、鶴喜代も真似をして我慢する。主君と家臣という関係を完全にぬぐいさることはできないが、二人を極力平等に叱《しか》り、平等に誉める。そのようすは愛情にあふれており、血縁というものがなくても、人と人が家族的な愛情をもつことは十分に可能であることを示しているようである。

政岡は母としての、子どもを育てる者としての喜びを、多く鶴喜代から得ている。「竹の間」で申し開きのできぬ罪を着せられたとき、鶴喜代は政岡をかばって、「科人でも大事ない。乳母はどこへもやる事ならぬ」というのである。このことばには、鶴喜代が政岡によせる全面的な信頼と愛情が示されている。また「まま焚《た》き」の場面で、密かに政岡が泣いているのをみつけた鶴喜代が自分が悪いと思って述べる「おれが食べても乳母が食べずに死にやったら悪いナア。千松、そちが死んでも悪いナア」ということばには、千松と政岡へのいたわりや思いやりがみえる。自分が愛情を与える子どものなかに、愛情を受け取るばかりではなく、それを返したり分け与えたりする心が育っていることを確認できた瞬間というのは、至上の喜びであろう。

愛する者があれば、その対象がつらそうにしているようすには、胸をえぐられるような悲しみをおぼえる。政岡も二人の子どものなんとなく面瘦《おもや》せした顔、空腹に耐えながらも涙を隠している姿に、いたわしさを感じる。

しかし、大人が胸をえぐられるのは、子どものかわいそうなしぐさにばかりではない。

「まま焚き」で、食事をせがまずじっと耐えている千松を政岡が誉めたとき千松は、「コレかか様。侍の子というものは、ひもじいめをするが忠義じゃ。また食べる時には毒でも何とも思わず、お主《しゅう》の為には食うものじゃと言わしゃった故に、わしゃ何とも言わずに待っている」と返事をする。この千松のことばは、政岡だけではなく、子どもを教え導く立場にある人間すべてに、大人の責任というものを突きつけ、考えさせるものである。幼い子どもは、まず大人がいったことをそのまま吸収して覚えるのであるが、内容を吟味《ぎんみ》する力はなく、大人に対する愛情や信頼にもとづいて、教えられたことを受けいれるのである。千松は自分のことばの内容をまだ理解できていないが、愛する母親のことばだからこそ受けいれ、誉められたさにじっと耐えているのである。母親のいうことだから「忠義」を口にし、いわれたとおりに死ぬのが自分のなすべきことだと思っているのである。

政岡は、息子千松のことばをどのような思いで受けとめたのだろうか。「忠義」が子どもの口から表現されたさい、そこにはなんの邪心も計算もないからこそ、その内容の残酷さには驚かされる。すくなくとも現代に生きる私たちは、このことばが子どもの口から出ることの残酷さに無神経であってはならないように思う。

政岡だって、ほんとうはそんなことを教えたくはないのであるが、自分の役目上、そう教えなければならないのである。そして、わが子は自分の教えたとおりに行動し、死んでいった。千松は、おそらく死の意味も知らず、母親のことばを無邪気に信じて菓子を食べたのだ。忠義が終わればお腹いっぱい飯が食べられると本気で信じていたであろう。

『伽羅先代萩』の浄瑠璃に、大きな内容的変化はないはずである。封建的な時代から、忠義の政岡を描きつつ、忠義のもつ残酷さを、この演目は突きつけつづけている。政岡は立場上、千松の遺体に向かって、「よう死んでくれた」といわねばならないのだが、子どもにたいしてこんなことをいいたい親がいるであろうか。政岡の忠義を誉め称《たた》える機会などないに越したことはないのである。

現代社会に生きている私たちは、主君にたいする忠義を強制される機会はないはずであるが、政岡と同じように苦しんでいる母親は、いまもどこかにいるような気がしてならない。

〔政岡が影響を与えた人物・作品〕

寛政十一年（一七九九）に歌舞伎『伊達《だて》衣装曲輪好《いしょうくるわごのみ》』が上演され、この五立目奥御殿政岡暇乞いの場は通称「老後の政岡」といわれ、小芝居などで親しまれる演目となった。成長して藩主となった綱村《つなむら》が、老齢のため国元へ帰ることになった政岡にたいして、彼がいまも身近に置いている千松の位牌《いはい》を示し、別れを惜しませている。政岡は失ったわが子千松への情愛を訴え、当時空腹をこらえるため千松が歌った俗謡を綱村と唱和し、別れを告げて帰っていったのであった。

明治九年（一八七六）六月に、伊達騒動の実録に取材した河竹黙阿弥《かわたけもくあみ》の『実録先代萩』が東京新富座にて上演された。この五幕目伊達家奥殿の場では、若君亀千代の遊び相手として国元より乳母浅岡の子千代松が連れてこられるが、浅岡は意見してこれを国元へ帰す。この場は「浅岡子別れ」と呼ばれている。

（檜山裕子）

〔現代に生きる政岡〕

政岡は、現代風にいえば、家を守るために子供を犠牲にした悲しき母である。

いつの時代においても、親、とりわけ母親は、自分を犠牲にしても、子供のために献身的・犠牲的な母性愛をそそぐものであるという。幼い子供のかわいいしぐさや表情は、母親としての幸福感を与えるのであろう。

ところが、現代社会にあっては、母親の子捨て・虐待・殺人など増加し、昨今のマスコミをにぎわせている。世の中には、子宝に恵まれず、苦しい不妊治療をしている女性もいるのに、わが子にひどいことをするのは、人間の道、母親のモラルに欠けているからであろう。子供は社会のものであるということも忘れてはならない。

（西沢正史）

（歌舞伎）お岩《おいわ》

『東海道四谷怪談』
江戸時代

〔お岩の人生〕

塩冶《えんや》家の浪人四谷左門《よつやさもん》の娘お岩は、同じく塩冶家に仕えていた民谷伊右衛門《たみやいえもん》の妻となり懐妊していたが、父によって実家に連れもどされていた。塩冶家に忠義をつくす左門は、娘婿《むすめむこ》の伊右衛門に主家の御用金横領の疑いをもっており、それが気に入らなくて娘を連れ帰っていたのである。しかし、浪人の四谷家の暮らしは楽ではなく、左門は浅草観音の境内で密かに物乞《ものご》いをし、お岩も夜鷹《よたか》（売春婦）に扮《ふん》して得た客に、妊婦《にんぷ》の自分が往来に立って客引きをしている家庭の事情を話しては、肌を合わせず金を恵んでもらって、細々と暮らしていた。ある日、帰りの遅い父を心配して探しに出たお岩は、妹のお袖に出会う。お袖もまた、佐藤与茂七《よもしち》という許婚《いいなずけ》がありながら、地獄宿《じごくやど》（私娼窟《ししょうくつ》）で身を売って細々と暮らしていた。武士としてあまりに恥ずかしいたがいの身の上を嘆いていた姉妹は、道に流れていた血糊《ちのり》から、二つの遺体を発見する。一体はお袖の許婚佐藤与茂七（じつは別人）、もう一体は姉妹の父の四谷左門であった。姉妹が悲しみ嘆くちょうどそのおり、お袖に横恋慕する薬売り直助と、お岩の夫の民谷伊右衛門が現われて、それぞれ姉妹を慰める。姉妹は敵討《かたきう》ちを誓い、お袖は直助と仮の夫婦となることを承諾し、お岩も伊右衛門のもとへ帰ることになる。じつは横領の証拠を突きつけられた伊右衛門が、左門を殺していたのだった。与茂七らしき遺体も、じつは直助が恋敵憎さに切ったものだった。直助・伊右衛門はたがいの悪事を知りながらそれを隠し、それぞれお袖・お岩の助太刀をかたく約束するのだった。

　もとどおり伊右衛門と夫婦となり、いっしょに暮らしはじめたお岩は、やがて男の子を生んだ。しかし、伊右衛門は子どもをかわいがらず、父の敵の詮議にも乗り気ではないようすだった。お岩はそれを気がかりに思いながら、産後の体のぐあいが悪く、目まいがひどくて寝たきりの状態でいる。隣家の伊藤喜兵衛方から、出産祝いの品々と、家伝の血《ち》の道《みち》（婦人病）の妙薬が届けられたので、伊右衛門は伊藤家へ返礼に出かけていった。お岩は子どもをあやし、伊右衛門の冷淡さを嘆きつつ、伊藤家から届けられた薬を感謝して飲んだところ、やがて顔面に痛みがはしり、燃えるように熱くなって、ひどく苦しみはじめた。

伊藤家でもてなしを受けた伊右衛門は、喜兵衛の孫娘のお梅が自分を以前浅草で見初《みそ》め、それ以来添いたいと思いつめていたことを知る。お岩という女房がいるために伊右衛門が躊躇《ちゅうちょ》しているそのときに、お梅が絶望して自害しようとした。喜兵衛は伊右衛門に、じつはお岩に届けた薬は容貌が醜《みにく》く変わる毒薬で、お岩が醜くなれば伊右衛門が離縁してかわりにお梅をもらってくれると思いつめたため悪事を謀《はか》ったのだとうちあけ、どうかお梅をもらってくれと頼んだ。とうとう伊右衛門は、お岩との離縁、そしてお梅との婚姻《こんいん》を承諾する。

お岩の顔が腫《は》れあがり、醜くくずれていくのを見て、留守をあずかっていた按摩《あんま》の宅悦《たくえつ》は恐怖に震えていた。そこへ伊右衛門が帰宅したので、お岩は、伊藤家よりの薬を飲んでもぐあいが悪いこと、自分はもう死んでしまうような気がすることなどを訴えたが、伊右衛門は、おまえが死んだら新しい女房をすぐにもつと、きっぱり言うのだった。伊右衛門の非情を嘆きつつ、せめて父の敵討ちをとすがるお岩に、伊右衛門は敵討ちの助太刀はいやだといって突き放した。気に入らなければ子どもを連れて出ていけと、お岩に愛想尽《あいそづ》かしをした伊右衛門は、さらに宅悦との不義の疑いをかける。あまりのことに憤《いきどお》りを感じつつ、それでも子どものこと、父の敵討ちのことを頼んでとりすがるお岩から、母の形見の櫛《くし》や着物や蚊帳《かや》をはぎとって、質入れするために伊右衛門は出ていく。じつは内祝言《うちしゅうげん》のために、伊右衛門はふたたび伊藤家へ出かけていったのだ。宅悦はお岩に不義をしかけるよう伊右衛門に頼まれていたが、お岩の顔の恐ろしさのためやりとげられず、お岩に鏡をさし出す。ここでやっと自分の顔が醜く変化していることに気づいたお岩は、宅悦から伊藤家がお梅と伊右衛門を結婚させるため、お岩に醜くなる薬を飲ませたことを聞いて、怒りに震える。死を覚悟したお岩は、せめて伊藤家へ返礼に出かけようと、お歯黒《はぐろ》をつけ、髪を梳《す》きはじめたが、櫛《くし》で梳くたびにお岩の髪の毛は抜け落ち、山のようにたまる。抜け毛を握りしめたお岩が、伊右衛門や伊藤家にたいする恨みを吐露《とろ》し、毛束をねじ切ると、そこから血がたらたらとしたたった。「一念通さでおくべきか」ということばを残して立ちあがったお岩が、そのまま意識を失って、よろよろとよろめくと、柱につきささっていた刀の歯がちょうど彼女の喉《のど》に当たって切り裂いた。顔を血に染め、お岩は床に倒れて息絶えてしまった。宅悦はそのとき、巨大な鼠《ねずみ》がどこからか現われ、猫を食い殺すのを見る。死んだお岩は子年《ねどし》生まれであった。そこへ伊右衛門が帰ってきたとき、恐ろしさきわまった宅悦は逃げ出した。

伊右衛門は、民谷家に伝わる秘薬を盗もうとした小仏小平に、お岩と不義をしたうえに殺したという濡れ衣《ぎぬ》を着せて殺害してしまう。二人の死骸は戸板《といた》の裏表に打ちつけられて、川へ捨てられる。やがて、花嫁姿のお梅が喜兵衛に連れられて伊右衛門に嫁入りしてくる。その後、床入りとなり、伊右衛門がお梅の綿帽子を取ってみると、そこに現われたのはお岩の顔だったので、動揺した伊右衛門がとっさに首をはねると、その首はお梅のものにもどった。寝ずの番をかってでて、座敷で寝ていた喜兵衛のもとへ行ってみると、その顔は小仏小平であったので、これもまた切ると、喜兵衛の顔にもどった。お岩の怨霊《おんりょう》に幻を見せられ、二人の人間を殺害してしまった伊右衛門は、お岩が自分に復讐する気であることをさとった。

以後、お岩は生まれの干支《えと》である鼠の姿で、また醜くくずれた容貌の怨霊として現われては、伊右衛門の縁者や伊藤家の人びとに祟《たた》り、死へ追い込んでゆくのであった。ある者はお岩の化身である鼠に川へ引きこまれ、またある者は怨霊にくびり殺されて、悲惨な最期《さいご》をとげた。夢の中でまでお岩の悪夢に苦しめられた伊右衛門は、しだいに錯乱してゆき、お岩の妹お袖の婿《むこ》の与茂七によって、とうとう討たれてしまうのであった。

〔お岩のモデル・素材〕

成立年は未詳であるが、広く流布していたと思われる実録小説『四谷雑談《ぞうだん》』が、いまのところ最も歌舞伎の『東海道四谷怪談』に近い内容をもっている。四谷左門組同心である田宮又左衛門の娘で、疱瘡《ほうそう》によって容貌が醜くなったお岩が、伊右衛門という婿を迎える。しかし、伊右衛門は上司伊東喜兵衛の妾お花と通じ、一計をめぐらしてお岩を離縁し、喜兵衛の子を妊娠していたお花を後妻に迎えた。のちにお岩は、伊右衛門が家付き娘の自分から計画的に家督《かとく》を奪い取ったことを知り激怒し、鬼女のような顔で飛び出していったきり、ゆくえ不明になった。その後、田宮家・伊東家では死人があいつぎ、とうとう両家は断絶してしまった。元禄年間の出来事として記されたこの話が、お岩の説話の原形と思われる。また、天明八年（一七八八）刊の『模文画今怪談《ももんがこんかいだん》』に「間宮某の娘」の話が載る。そして、文政十年の町方書上に追加報告された『於岩稲荷来由書上《おいわいなりらいゆかきあげ》』に、四谷左門町の御手先同心田宮又左衛門伊織の娘お岩の話が記され、これによってお岩の話が実際の出来事であるという印象が強まった。しかし、この書上の成立が『東海道四谷怪談』の上演以降であることなどから、芝居の影響を強く受けて書かれた可能性も否定できない。したがって、裏切られて多数の人物を呪《のろ》い殺したお岩なる女性が実在したかどうかは、依然として不明のままである。ただ、お岩の呪いで断絶したはずの四谷の田宮家は実在し、以後もつづいていたようで、『東海道四谷怪談』初演時に苦情を申しいれたため、主人公の名が「神谷《かみや》仁右衛門」に改められたという。毒を飲まされたお岩の面《おも》ざしが変わり、髪を櫛でとかすとどんどん抜けていく「髪《かみ》梳《す》き」の部分は、文化六年（一八〇九）上演の『阿国御前《おくにごぜん》化粧鏡《けしょうのすがたみ》』の阿国御前の恨み死にから取りいれられた。そして、小仏小平とともに戸板に打ちつけて流されるところは、旗本の妾が間男《まおとこ》とともになぶり殺しにされて戸板に打ちつけられ、神田川に流されたという当時実際に起こり、人びとの噂になった事件から取りいれられた。

〔お岩の人物の評価の歴史〕

(1) 歌舞伎『東海道四谷怪談』は、文政八年（一八二五）、三代目尾上菊五郎が上坂《じょうはん》する名残狂言《なごりきょうげん》として上演された。男女早替わりで演じる「戸板直し」などの趣向が先行して作られた芝居のため、お岩の人物像などはあまり深く考えられていなかったらしい。

(2) 産後、体のぐあいが完全に回復しないまま死んだお岩は、死後に怨霊となって出る部分で、「産女《うぶめ》」という妖怪の姿をしている。産女はお産の途中で死んでしまった女性が成仏できずにいる姿と考えられ、子どもを抱き、下半身を血に染めている。

(3) 歌舞伎初演のさい、三代目尾上菊五郎はお岩稲荷に参詣した。興行の話題づくりのための演出であったが、これが以後定着し、現在でも興行のさいは参詣しないと祟《たた》りがあると言い伝えられている。

〔お岩の人物像をいかに読むべきか〕

歌舞伎『東海道四谷怪談』に初めて登場したお岩は、武士の妻であり、妊婦でありながら、夜鷹《よたか》(売春婦)という最下層の娼婦《しょうふ》の姿をしていた。この姿には、浪人した武士の生活の苦しさと、武士のもつ忠義にたいする考え方の複雑さが現われている。主君である塩冶《えんや》家が没落して浪人になっても、お岩の父の四谷左門は主家に忠義をつくして別の主君には仕えないのである。娘のお袖にいたっては、客として来た伊藤家の一行が高家《こうけ》の重臣であると知ると、理由もいわずに追い返した。それほど、武士にとって主君にたいする忠義とはたいせつなものであった。そのために四谷左門は密かに物乞《ものご》いをするのであるが、物乞いすることじたいにたいする恥ずかしさはあっても、これも主君への忠義をつらぬくためと思えば、自身も周囲も容認するのである。夫がありながらお岩が身を売るのは生活が苦しいからであるが、その苦しさは主君への忠義をつらぬく父に自分も従っているためであり、父親にたいする孝行なのである。忠義や孝行のためなら、耐え忍んで恥ずかしい仕事もするというのが、左門やお岩、お袖の考え方なのである。

ところが、伊右衛門は同じ塩冶家の浪人であるが、もっと現実的な考え方の持ち主であった。それは、お岩のことで伊右衛門と左門が言い争う場面に現われている。許可なく物乞いをしたとしてほかの物乞いたちから打ち据《す》えられていた四谷左門を助けた伊右衛門は、左門に非難される。伊右衛門からみた左門は、やせがまんのすえに物乞いするほど貧乏をしていながら、人の些細《ささい》なことを言い立てて厚意をふみにじる失礼な人間にしかみえない。左門のもとにおいていては、妊娠中のお岩もそのうち貧苦にせまって身を売るだろうと、伊右衛門は非難する。これにたいして左門は、伊右衛門のような忠義の心がないばかりか、盗み癖のある人物にお岩を添わせていては、いつか売られてしまうだろうといい、「身に錦繡《きんしゅう》をまとうとも、不義の富貴は頼みにない」(美しい衣服を着ていても、道義に反する富裕など望んでいない)と言い返した。ここには、武士はあくまでも忠義をつらぬき、信念のためにはどんな苦労も耐えぬくべきだという考え方と、忠義もまずは生活あってのことで、生きぬくためにはなんでもするという現実的な考え方の直接対決がみられる。

お岩は、一度は伊右衛門側にいた人間である。お岩と伊右衛門は、親の許可なく勝手にいっしょになってい て、これは武家社会では許されないことであった。そんなかたちで伊右衛門といっしょになり身重《みおも》になったのに、父の左門に実家へ連れもどされたお岩は、父への孝行のため密かに身を売るのである。伊右衛門の生き方に従うかにみえたお岩であるが、彼女にとってなによりたいせつなのは、じつは親への孝行であった。父の左門が忠義の人であったように、娘のお岩は孝行の人であったのである。そして、これがけっきょく、伊右衛門とお岩の決定的な亀裂に発展してゆく。

伊右衛門は、左門のもとに帰ったお岩を取りもどすことに執着した態度からわかるように、本来お岩にたいして、強い愛情をもっていたはずなのである。しかし、伊右衛門のもとにもどり子どもを生んだお岩が、ふたたび伊右衛門の側に来ることはなかった。父を失ったお岩は、親への孝行をあらわす敵討《かたきう》ちに執着し、母親として新たに生まれた絆《きずな》である自分の子どもとの関係に向かってゆく。そして、自分の死を意識したときにお岩が考えたのは、子どものことと、母の形見を妹に伝えたいということであった。自分の血が直接つながる関係に執着したのである。そして夫の伊右衛門にたいして、それを手助けする存在であることを望んだ。

もっとも、お岩は父親やお袖ほど、忠義にたいする強い思いがあったわけではないようである。伊右衛門との苦しい生活のなかで、高家《こうけ》の重臣伊藤家の援助を彼女は拒否しなかった。伊右衛門はもとよりこだわりはないであろうが、子どもをふくめたたいせつな家族を守るためなら、お岩は主君の敵につながる人間からの援助も受けたが、親にたいする孝行の精神はどうしても捨てられなかったので、父の敵討ちを伊右衛門に催促しつづけたのである。それが、お岩にとっては生きていくための支えであったからである。しかし、伊右衛門はそうではなかった。伊右衛門にとって左門は、あいいれない考えの持ち主であり、捨て去ってしまいたい忠義を体現する人物であった。敵討ちをしたところで、認めて評価してくれる主君があるわけではないし、敵は自分なのであるから、もともとむりな話である。それをつねに突きつけるお岩から、伊右衛門の心は離れていったのであろう。

お岩は、当時の感覚としては当然のものであった孝行を、最もたいせつなものとして信じ、血のつながる人間を守ってまじめに生きてきただけであった。血をたいせつに守ってきたお岩は、血を流しながら全身を赤く染めて亡くなり、怨霊となって血を求めつづけたのであった。

〔お岩が影響を与えた人物・作品〕

歌舞伎が大当たりした『東海道四谷怪談』はその後、講談や義太夫《ぎだゆう》も作られて上演され、怪談の代表作として広く知られることとなった。また、映画やテレビドラマも多数製作された。

お岩という女性については、容貌が醜く変わり、血を流しながら凄絶《せいぜつ》に死んでいく視覚的な面や、自分を裏切った男にたいするすさまじい恨みと執念という点がこれまで大きく取りあげられてきた。しかし、京極夏彦は小説『嗤《わら》う伊右衛門』で、生来の美貌を悪意による陰謀で醜く変えられながらも、それを受けいれてりりしく生きていこうとするお岩という新しい人物像を創作した。

（檜山裕子）

〔現代に生きるお岩〕

お岩は、現代風にいえば、愛する夫の残酷な仕打ちによって怨念となった女性である。

現代にあっても、夫婦や恋人のように、本当に信頼していた愛情関係が裏切られた場合、お岩のごとく、怨念を長く抱き続け、折あらば報復し、相手に思い知らせてやりたいと考えるのは、人の情としてやむをえないことかもしれない。

従って、夫婦や恋人関係において、うまくゆかなくなってきたら、相手が怨みを残さないように、第三者を交じえて誠意をもって話し合い、きちんとした約束を交わし、後味《あとあじ》の悪くない別れ方をしなければならないだろう。

（西沢正史）

〔執筆者一覧〕

飯《いい》塚《づか》恵《え》理《り》人《と》　椙山女学園大学文化情報学部教授

家《いえ》永《なが》香《か》織《おり》　白百合女子大学非常勤講師

石《いし》坂《ざか》妙《たえ》子《こ》　新潟大学教授

石《いし》破《ば》洋《ひろし》　元島根県立女子短期大学教授

伊《い》藤《とう》禎《てい》子《こ》　学習院大学文学部非常勤講師

乾《いぬい》澄《すみ》子《こ》　同志社大学非常勤講師

黒《くろ》石《いし》陽《よう》子《こ》　東京学芸大学教授、一橋大学大学院連携教授

小《こ》井《い》土《ど》守《もり》敏《とし》　昭和学院短期大学准教授

斎《さい》藤《とう》正《まさ》昭《あき》　いわき明星大学人文学部教授

田《た》中《なか》仁《ひとし》　鳥取大学教授

蔦《つた》尾《お》和《かず》宏《ひろ》　岡山大学大学院准教授

土《つち》屋《や》博《ひろ》映《えい》　跡見学園女子大学文学部教授

中《なか》根《ね》千《ち》絵《え》　愛知県立大学文学部准教授

西《にし》沢《ざわ》正《まさ》史《し》　創価大学文学部講師

野《の》村《むら》倫《みち》子《こ》　大阪府立茨木高等学校教諭

濱《はま》中《なか》修《おさむ》　国士舘大学文学部教授

林《はやし》和《かず》利《とし》　名古屋女子大学文学部・大学院教授

檜《ひ》山《やま》裕《ゆう》子《こ》　国文学研究資料館機関研究員

平《ひら》林《ばやし》香《か》織《おり》　長野県短期大学教授

藤《ふじ》田《た》一《かず》尊《たか》　元大東文化大学講師

藤《ふじ》田《た》加《か》代《よ》　高知女子大学名誉教授

松《まつ》浦《うら》あゆみ　京都女子大学非常勤講師

三《み》村《むら》友《ゆ》希《き》　フェリス女学院大学非常勤講師

森《もり》田《た》喜《き》郎《ろう》　弘前学院大学大学院教授

八《や》島《しま》由《ゆ》香《か》　日本大学豊山女子高等学校非常勤講師

和《わ》田《だ》琢《たく》磨《ま》　日本学術振興会特別研究員

渡《わた》邊《なべ》亜《あ》紀《き》　私立武南高等学校司書

古典文学にみる《こてんぶんがくにみる》　女性の生き方事典《じょせいのいきかたじてん》

平成二十年五月二十二日印刷
平成二十年五月　三十　日発行

編　者　西沢正史《にしざわまさし》
発行者　佐藤今朝夫
発行所　株式会社国書刊行会
東京都板橋区志村一―一三―一五
電　話〇三（五九七〇）七四二一
FAX〇三（五九七〇）七四二七
印　刷　明和印刷株式会社
製　本　株式会社ブックアート

乱丁・落丁本はお取替えいたします。

ISBN978-4-336-05000-7